AMÉRICA DEL SUR

BELICE
HONDURAS
NICARAGUA
Lago de Nicaragua
EL SALVADOR
GUATEMALA
COSTA RICA
PANAMÁ

MAR CARIBE

W9-DHH-312

ATLÁNTICO

Barranquilla
Cartagena
Maracaibo
Lago de Maracaibo
Caracas
Río Magdalena
San Cristóbal
Medellín
VENEZUELA
Río Orinoco

Georgetown
GUAYANA
Paramaribo
Cayena
Boa Vista
SURINAM

⊛ Bogotá
Cali
COLOMBIA

GUAYANA
FRANCESA

ECUADOR

⊛ Quito
ECUADOR
Guayaquil
Cuenca
Iquitos

Río Amazonas

ISLAS GALÁPAGOS (Ecuador)

LOS ANDES

PERÚ

A M A Z O N A S

BRASIL

Machu
Picchu
Cuzco

10°

Lima ⊛
Ayacucho

BOLIVIA
⊛ La Paz
Lago Titicaca

Brasilia ⊛

OCÉANO PACÍFICO

Santa Cruz
Sucre
Potosí

LOS ANDES

PARAGUAY
Río Paraná

Río de Janeiro
São Paulo

20°

TRÓPICO DE CAPRICORNIO

Asunción ⊛

Iguazú

OCÉANO ATLÁNTICO

CHILE

Río Uruguay

URUGUAY

Córdoba

Montevideo

30°

Viña del Mar
Valparaíso ⊛ Santiago
Buenos Aires
ARGENTINA
Río de la Plata

Concepción
Bahía Blanca

Elevación en metros

4.000+
2.000–4.000
500–2.000
200–500
0–200
Nivel del mar

Viedma

0	250	500	750 MILLAS

0	500	1.000 KILÓMETROS

AMÉRICA
DEL SUR

ISLAS MALVINAS (Br.)

Estrecho de Magallanes
TIERRA DEL FUEGO

ÁFRICA

NIGERIA

Malabo ⊛
GUINEA
ECUATORIAL

CAMERÚN

GABÓN

ÁFRICA

0	MILLAS	250

0	KILÓMETROS	500

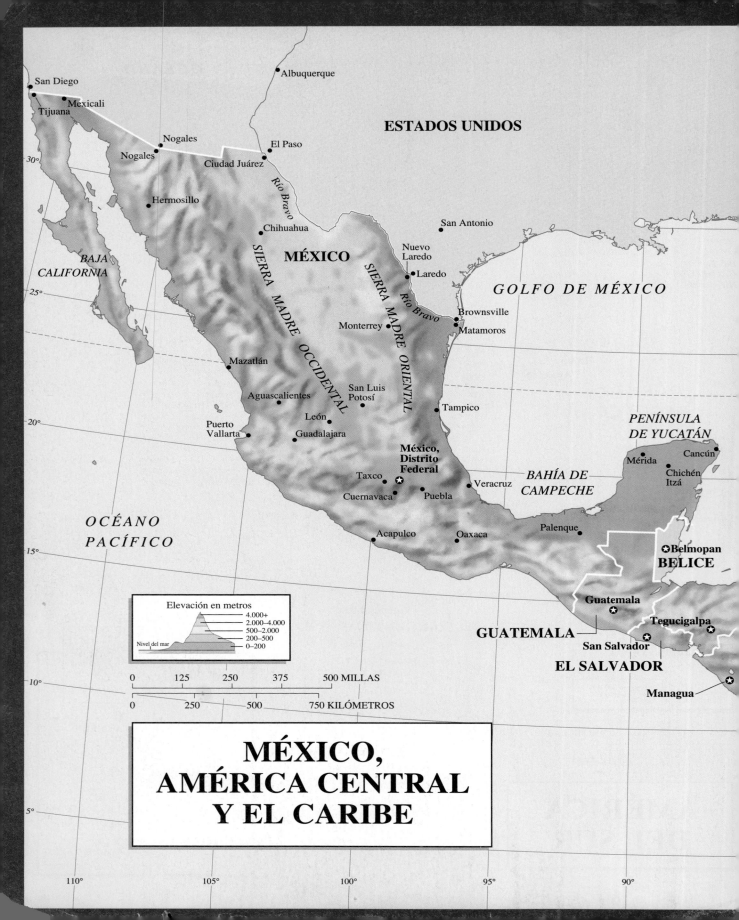

San Diego
Tijuana
Mexicali
Nogales
Nogales
El Paso
Ciudad Juárez
Albuquerque

ESTADOS UNIDOS

30°

Hermosillo

Río Bravo

Chihuahua

San Antonio

Nuevo
Laredo

Laredo

Río Bravo

GOLFO DE MÉXICO

*BAJA
CALIFORNIA*

SIERRA MADRE OCCIDENTAL

MÉXICO

SIERRA MADRE ORIENTAL

25°

Brownsville
Matamoros

Monterrey

Mazatlán

Aguascalientes

San Luis
Potosí

Tampico

*PENÍNSULA
DE YUCATÁN*

20°

Puerto
Vallarta

León

Guadalajara

**México,
Distrito
Federal**

Mérida

Cancún

Chichén
Itzá

*BAHÍA DE
CAMPECHE*

Taxco

Cuernavaca

Puebla

Veracruz

*OCÉANO
PACÍFICO*

Acapulco

Oaxaca

Palenque

❂**Belmopan**
BELICE

15°

Guatemala
☆

Tegucigalpa
☆

GUATEMALA

San Salvador
☆

EL SALVADOR

Elevación en metros

4.000+
2.000–4.000
500–2.000
200–500
0–200

Nivel del mar

0   125   250   375   500 MILLAS

0   250   500   750 KILÓMETROS

Managua
☆

10°

5°

MÉXICO,
AMÉRICA CENTRAL
Y EL CARIBE

110°   105°   100°   95°   90°

75° 70° 65° 60° 55°

30°

OCÉANO
ATLÁNTICO

25°

Miami

Nassau

BAHAMAS *TRÓPICO DE CÁNCER*

20°

La Habana

CUBA REPÚBLICA
DOMINICANA

San Juan

Santiago

MAR CARIBE Puerto Príncipe Santo PUERTO
Domingo RICO

Kingston GUADALUPE

JAMAICA HAITÍ 15°
DOMINICA

MARTINICA

HONDURAS
BARBADOS

NICARAGUA

TRINIDAD TOBAGO

Lago de
Nicaragua

Caracas 10°

CANAL DE
PANAMÁ

San José Colón

Panamá

PANAMÁ VENEZUELA

COSTA
RICA *GOLFO*
DE
PANAMÁ

80°

Bogotá

COLOMBIA

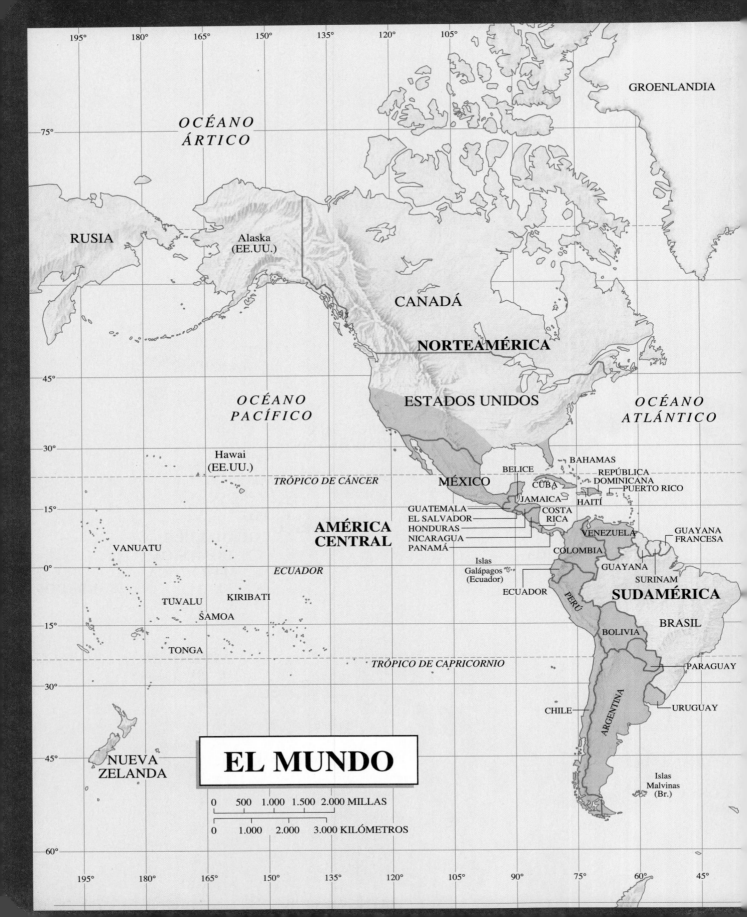

OCÉANO ÁRTICO

GROENLANDIA

RUSIA

Alaska (EE.UU.)

CANADÁ

NORTEAMÉRICA

OCÉANO PACÍFICO

ESTADOS UNIDOS

OCÉANO ATLÁNTICO

Hawai (EE.UU.)

TRÓPICO DE CÁNCER

MÉXICO

BAHAMAS

BELICE

REPÚBLICA DOMINICANA

CUBA

PUERTO RICO

JAMAICA

HAITÍ

GUATEMALA

EL SALVADOR

HONDURAS

COSTA RICA

VANUATU

AMÉRICA CENTRAL

NICARAGUA

PANAMÁ

VENEZUELA

GUAYANA FRANCESA

ECUADOR

Islas Galápagos (Ecuador)

COLOMBIA

GUAYANA

SURINAM

ECUADOR

TUVALU

KIRIBATI

SAMOA

PERÚ

SUDAMÉRICA

BRASIL

BOLIVIA

TONGA

TRÓPICO DE CAPRICORNIO

PARAGUAY

CHILE

ARGENTINA

URUGUAY

NUEVA ZELANDA

EL MUNDO

Islas Malvinas (Br.)

| 0 | 500 | 1.000 | 1.500 | 2.000 MILLAS |

| 0 | 1.000 | 2.000 | 3.000 KILÓMETROS |

MAR DE NORUEGA

ISLANDIA

SUECIA

FINLANDIA

NORUEGA

REINO UNIDO

REPÚBLICA DE IRLANDA

DINAMARCA

HOLANDA

ESTONIA
LETONIA
LITUANIA

POLONIA BIELORRUSIA

ALEMANIA

FRANCIA

BÉLGICA
SUIZA

EUROPA

11

1
3 2
4
5 6 8
7
9 10

MOLDAVIA
UCRANIA

RUMANIA
BULGARIA

ESPAÑA

ITALIA

PORTUGAL

REP. ÁRABE SAHARAUI DEMOCRÁTICA

MARRUECOS

ISLAS CANARIAS (ESPAÑA)

TÚNEZ

ARGELIA

LIBIA

ÁFRICA

GRECIA

CHIPRE
LÍBANO
ISRAEL

SIRIA

IRAK

JORDANIA

TURQUÍA

GEORGIA

ARMENIA

AZERBAIYÁN
IRÁN

KUWAIT

QATAR

BAHREIN

EMIRATOS ÁRABES UNIDOS

OMÁN

1 LA REPÚBLICA CHECA
2 ESLOVAQUIA
3 AUSTRIA
4 HUNGRÍA
5 ESLOVENIA
6 CROACIA
7 BOSNIA Y HERZEGOVINA
8 YUGOSLAVIA
9 ALBANIA
10 MACEDONIA
11 LUXEMBURGO

RUSIA

ASIA

KAZAJSTÁN

TURKMENISTÁN
UZBEKISTÁN

KIRGUIZISTÁN

TADJIKISTÁN

AFGANISTÁN

NEPAL

PAKISTÁN

BHUTÁN

ARABIA SAUDITA

MONGOLIA

REPÚBLICA POPULAR CHINA

COREA DEL NORTE

JAPÓN

COREA DEL SUR

LAOS

VIETNAM

TAIWÁN

TAILANDIA

INDIA

BANGLADESH

MYANMAR

CAMBOYA

BRUNEI
MALASIA

SINGAPUR

FILIPINAS

PAPÚA-NUEVA GUINEA

MAURITANIA

MALÍ

NÍGER

CHAD

EGIPTO

ERITREA

SUDÁN

YEMEN

JIBUTI

SENEGAL

GAMBIA

BURKINA FASO

NIGERIA

REP. CENTRO-AFRICANA

UGANDA

ETIOPÍA

SOMALIA

GUINEA-BISSAU

SIERRA LEONA

GUINEA

LIBERIA

COSTA DE MARFIL

GHANA

TOGO

BENÍN

CAMERÚN

GABÓN

R.D. DEL CONGO

REP. DEL CONGO

RUANDA

BURUNDI

KENIA

TANZANIA

SRI LANKA

INDONESIA

ECUADOR

OCÉANO ÍNDICO

GUINEA ECUATORIAL

ANGOLA

ZAMBIA

MALAWI

NAMIBIA

BOTSWANA

LESOTO

SUDÁFRICA

ZIMBABUE

MOZAMBIQUE

SUAZILANDIA

MADAGASCAR

TRÓPICO DE CAPRICORNIO

AUSTRALIA

15° 0° 15° 30° 45° 60° 75° 90° 105° 120° 135°

30°

15°

0°

15°

45°

60°

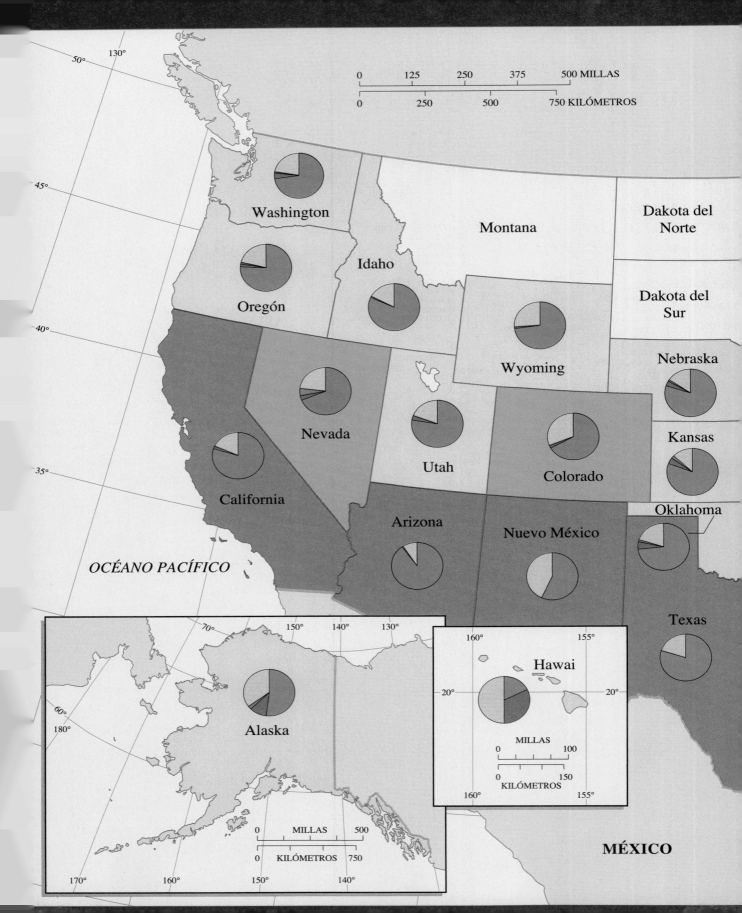

Washington

Oregón

Idaho

Montana

Dakota del Norte

Dakota del Sur

Wyoming

Nebraska

Nevada

Utah

Colorado

Kansas

California

Arizona

Nuevo México

Oklahoma

OCÉANO PACÍFICO

Texas

Alaska

Hawai

MÉXICO

LOS HISPANOHABLANTES EN LOS ESTADOS UNIDOS

CANADÁ

Maine

Vermont

New Hampshire

Minnesota

Mass.

Wisconsin

Nueva York

Conn.

Rhode Island

Michigan

Pennsylvania

Nueva Jersey

Iowa

Illinois

Ohio

Indiana

Delaware

Misuri

Kentucky

Virginia Occidental

Washington, D.C.

Virginia

Maryland

Carolina del Norte

Tennessee

Arkansas

Carolina del Sur

OCÉANO ATLÁNTICO

Misisipí

Georgia

Alabama

Luisiana

Florida

GOLFO DE MÉXICO

Porcentaje de población hispana

Raíces

20 o más

10–19,9

México

Cuba

3–9,9

0–2,9

Puerto Rico

Otros

Total EE.UU. población hispana

45°

40°

35°

30°

70°

25°

95° 90° 85° 80° 75°

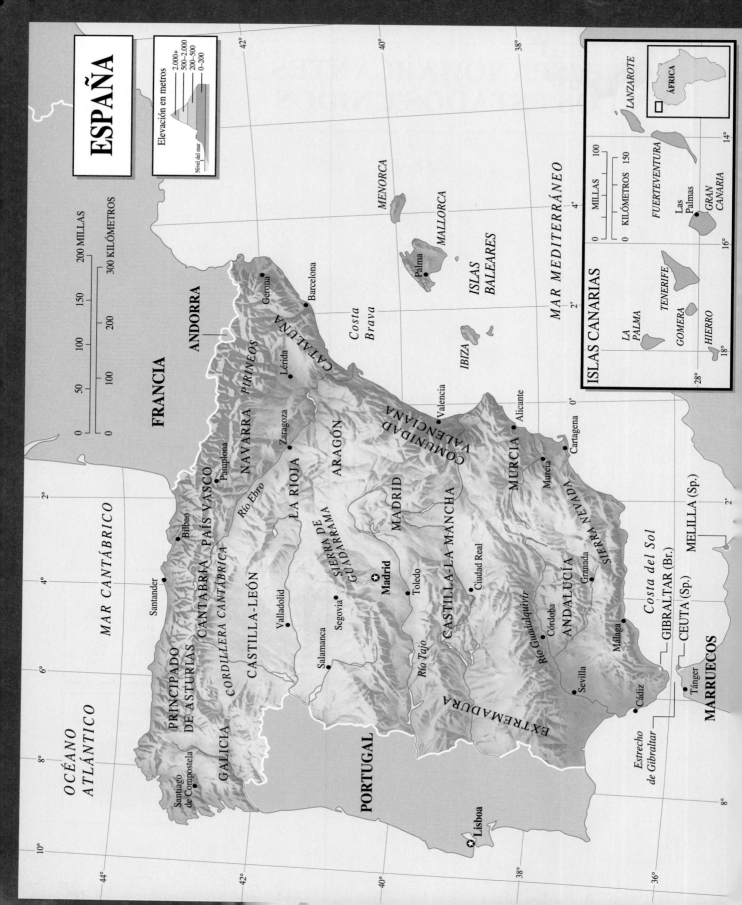

Interacciones

Fourth Edition

Interacciones

Fourth Edition

Emily Spinelli
University of Michigan – Dearborn

Carmen García
Arizona State University

Carol E. Galvin Flood
Bloomfield Hills (Michigan) Schools

HEINLE & HEINLE

THOMSON LEARNING

Australia • Canada • Mexico • Singapore • Spain
United Kingdom • United States

Interacciones / Fourth Edition
Emily Spinelli, Carmen García, Carol E. Galvin Flood

Spanish Editor: *Ken S. Kasee*
Development Editor: *Jeff Gilbreath*
Marketing Manager: *Katrina Byrd*
Print/Media Buyer: *Lisa Kelley*
Permissions Editor: *Shirley Webster*
Production Service: *TSI Graphics*

Project Manager: *Angela Williams Urquhart*
Photo Researcher: *Judy Mason*
Compositor: *TSI Graphics*
Copy Editor: *Catalina Vasquez*
Cover Printer: *Lehigh Press*
Printer: *R.R. Donnelley*

Cover Image: © *Jose Ortega*

Printed in the United States of America.
4 5 6 7 8 9 10   06 05 04 03

For more information contact Heinle, 25 Thomson Place, Boston, Massachusetts 02210 USA, or you can visit our Internet site at http://www.heinle.com

For permission to use material from this text or product contact us:
Tel   1-800-730-2214
Fax   1-800-730-2215
Web   www.thomsonrights.com

0-03-033502-7 (Student Edition)
0-03-033941-3 (Annotated Instructor's Edition)

Library of Congress Control Number: 2001097023

To the student

¡BIENVENIDOS!

Welcome to the *Interacciones* program and the world of the Spanish language and Hispanic culture. With the *Interacciones* program you will develop your Spanish-language proficiency as you explore the 21 countries where Spanish is spoken and become acquainted with the variety and diversity of Hispanic culture. As authors of the *Interacciones* program we hope that these *interacciones* with the Spanish language and Hispanic culture will be interesting and personally rewarding for you.

BECOMING A SUCCESSFUL LANGUAGE LEARNER

As you continue your study of Spanish, here is a list of general hints and pointers for helping you study and become a successful language learner.

- Keep in mind that you are developing a skill—communicating in another language. As a result, your language class will be very different from classes where the focus is on content such as history, psychology, or economics. In your intermediate Spanish class the focus is on skill development; you will learn to listen, speak, read, and write in Spanish with greater accuracy and in more situations. To develop those skills you will engage in many different types of exercises, activities, and role plays in your language class; you will need to be actively involved. Learning another language is like learning to play a musical instrument or a sport—the more you practice, the better you become.

- Set aside time to study Spanish on a regular, preferably daily, basis. It is far more effective to study for shorter, frequent periods of time than it is to study for one marathon session.

- To develop the speaking skill, practice aloud and preferably with a partner, such as a classmate, a friend who speaks or studies Spanish, or a family member.

- We know that successful language learners have a common personality trait—they are risk takers. They actively participate in class, they volunteer for classroom exercises and activities, and they take advantage of every opportunity to speak and practice. They make intelligent guesses about what words or phrases mean. Most importantly, they are not afraid of making mistakes—even in front of other people. People who become proficient in another language make lots of errors but, nonetheless, they communicate and that, after all, is the goal.

- Remember that vocabulary and grammar structures are the building blocks of language. Learn the vocabulary and grammar as soon as they are presented in class and practice them in the context of exercises and activities.

- As you develop the reading and listening skills, focus on the general meaning. Don't panic or shut down mentally if you don't understand a particular word or phrase. Continue listening or reading and attempt to understand the main idea. If you understand the main idea, the details will fall into place.

- Find opportunities outside the classroom to speak and use Spanish. Read Spanish-language newspapers on the Internet, listen to radio and TV broadcasts in Spanish, watch Spanish-language videos and films, listen to music in Spanish, or speak Spanish with a native speaker. Even if you do not understand every word, the exposure to the language is important and over time it will help improve your pronunciation and build vocabulary.

- Get to know the textbook and its various components. Every chapter in *Interacciones* will have many different sections, each designed for a specific purpose or to develop a specific skill. Become familiar with the various sections and keep the purpose of the section in mind as you do the exercises.

- The *Interacciones* textbook will provide you with many additional strategies or tips on how and what to study. Pay particular attention to the following sections of *Interacciones*.

  Así se habla provides strategies for developing the speaking skill Spanish.

  ¿Qué oyó Ud.? provides strategies for developing the listening skill in Spanish.

  Para leer bien provides strategies for developing the reading skill in Spanish.

  Para escribir bien provides strategies for developing the writing skill in Spanish.

- Remember that the principal goal of your Spanish instruction is for you to be able to communicate with Spanish speakers and to function in a Spanish-speaking culture. Learning vocabulary and grammar is not the end goal; it is a means to develop your ability to communicate. Keeping the goal in mind will help you see the purpose behind the exercises you do and will ultimately help make you a successful language learner.

- Last, and perhaps most important, enjoy your language learning experience and use your developing Spanish language and culture skills for personal satisfaction. Interact with a Spanish-speaking community for entertainment—eat in a Mexican, Spanish or Latin American restaurant, listen to Latin music or go dancing, attend festivals or concerts. Have fun!

¡Buena suerte!

The Interacciones Program Components

The *Interacciones* program has many components that will help you in your study of the Spanish language and Hispanic culture. The components include:

- **Student Textbook with Free Audio CD (0-03-033956-1).** The *Interacciones*, Fourth Edition student text with free accompanying audio compact disc is available for purchase.

- *Student Activities Manual* **(0-03-033974-X)**. This component, which includes the *Cuaderno de ejercicios* and *Manual de laboratorio* is an integral part of the *Interacciones* program. It is available for purchase in traditional, printed format. An electronic *Student Activities Manual (E-SAM)* is available in WebCT™ and Blackboard™ web formats.

  The *Cuaderno de ejercicios* is composed of exercises designed to develop the writing skill and consists of contextualized exercises practicing vocabulary and grammar structures, exercises on geographical and cultural information, and numerous exercises and activities designed to improve the describing and narrating functions as well as writing for academic, social and work situations. Each chapter of the *Cuaderno de ejercicios* concludes with a special section entitled *Expansión de vocabulario* which contains exercises to help you learn to select the correct vocabulary item and to recognize cognates.

  The laboratory portion of the program includes sections that specifically emphasize the development of the listening skill in mechanical and communicative exercises related to the chapter situation. The lab manual also includes listening comprehension strategies with applications, pronunciation exercises, oral exercises for practicing vocabulary and grammar, and other activities that are designed to improve the listening comprehension skill.

- **Lab Manual Cassettes (0-03-033623-6) or Lab Manual Audio CDs (0-03-034006-3).** This component is available for purchase, but can also be used in a media center or language laboratory. The cassettes or CDs are to be used in conjunction with the laboratory manual section of the *Student Activities Manual*.

- ***Interacciones* CD-ROM (0-03-033983-9).** This exciting dual-platform (Windows/Macintosh) CD-ROM provides additional reading, speaking and cultural activities that complement the rest of the *Interacciones* program. The cultural reading passages can be simply read or an optional audio feature allows the learner to hear a native speaker narrate the passage. These readings are followed by interactive exercises that test the student's comprehension of the passages. In addition, video clips from the new *Interacciones* video are included in the cultural sections, followed by interactive comprehension checks. In addition, the writing function features an internal diacritical palette, and the writing activities can be e-mailed to your professor, saved to a disk, or be printed out.

- **The *Interacciones* Videocassette (0-03-033638-4).** The *Interacciones* text-specific video program was filmed on location in several countries of the Spanish-speaking world. The video program is composed of real-life situations that reflect the vocabulary, grammar, communicative functions and/or culture presented in each chapter of the student text. The exercises for the video segments are located in the *Panorama cultural* section of the textbook.

- ***Interacciones* World Wide Web Site (www.heinle.com)** *Interacciones* has its own Web site where you can access activities and information linked to chapter themes. In addition, you have access to resource materials such as dictionaries or maps.

Visual Icons Used Throughout the Text

In order to help you recognize certain key features of the *Interacciones* textbook, we have indicated them with icons or visual symbols.

The Information Gap Activity Icon is used to help you readily identify the information gap activities that relate to the vocabulary and / or grammatical structures of the lesson.

The CD-ROM icon located at the end of the *Primera* and *Segunda situación* directs you to the *Interacciones* CD-ROM where you will find additional vocabulary and grammar exercises relating to the *situación* you have just completed.

The Web icon is found at the end of each *Bienvenidos, Personalidades* and *Arte y arquitectura* section as well as at the end of each *situación* of the textbook chapter. The web icon directs you to the *Interacciones* web site for additional information and exercises related to the topic presented.

The listening icon is used with the *¿Qué oyó Ud.?* sections to indicate that the section correlates with recorded material on the Student Listening CD that accompanies each new textbook.

The video icon accompanies the *Panorama cultural* sections to indicate that the exercises and activities of the section relate to information found on the *Interacciones* videocassette.

The reading icon is located at the beginning of the *Para leer bien* sections to point out the reading strategy and the cultural or literary reading that follows.

The writing icon is located at the beginning of the *Para escribir bien* sections to point out the writing strategy and the composition topics that follow in the *Composiciones* sections.

The communicative icon is located at the beginning of the *Actividades* section to point out the communicative nature of the activities and role plays of this section.

Acknowledgments

The publication of this fourth edition of *Interacciones* could not have been accomplished without the contributions of many people. We would first like to thank Harcourt College Publishers and Phyllis Dobbins, Publisher, for their continued support of the Interacciones program. We would also like to acknowledge Kenneth S. Kasee, Acquisitions Editor, for his guidance that led to the conceptualization of this fourth edition and Katrina Byrd, Market Strategist, for her many suggestions and her skillful marketing of the Interacciones program. We are especially grateful to our hard-working editor Jeffry E. Gilbreath, Senior Developmental Editor. As always, Jeff has been extremely thorough and attentive to detail throughout this project. We thank him for his patience and support, his openness to new ideas, and his ability to listen and negotiate solutions. A special thank you is extended to Bill Peterson, whose delightful and attractive art work has greatly enhanced the visual appeal of this new edition. Thanks also go to Sue Hart, art director and to the creative art and design department at Harcourt College Publishers; Angela Urquhart, Project Manager; Shirley Webster, Photo Researcher; Dee Josephson, Editorial Director, and Rachel Witty at TSI Graphics.

Last, we would like to acknowledge the work of the many reviewers who provided us with insightful comments and constructive criticism for improving our text:

Elaine S. Brooks, University of New Orleans

Carmen J. Coracides, Scottsdale Community College

Luiz González, Wake Forest University

Steve Hunsaker, Emporia State University

Teresa M. Klocker, New Trier High School (Illinois)

Dale Knickerbocker, East Carolina University

Joseph McClanahan, University of Nebraska, Lincoln

Leticia McGrath, Georgia Southern University

Karen R. Martin, Texas Christian University

Edward Miller, Jr., Calvin College

Patricia Moore-Martinez, Temple University

Martha Patricia Orozco Watrel, University of North Dakota

Donnie D. Richards, Georgia Southern University

Andrew A. Tabor, University of Southern Mississippi

Habib Zanzana, University of Scranton

Contents

Interacciones

Fourth Edition

CAPÍTULO
preliminar
Un autorretrato

Una pareja en un café al aire libre

Cultural Theme
The Spanish-speaking World

Communicative Goals
Finding out about others
Expressing small quantities
Discussing when things happen
Discussing activities

Presentación

¿Quién soy yo?

Práctica y conversación

A. ¿Qué se ve en el dibujo? *(What do you see in the drawing?)* Utilizando el **Vocabulario** a continuación, describa a las personas que se ven en el dibujo.

B. Su documento de identidad, por favor. Explique qué documento de identidad Ud. necesita en las siguientes situaciones.

1. Ud. acaba de llegar al aeropuerto de Barajas en Madrid después de un vuelo largo de Nueva York.
2. Un policía lo (la) detiene porque Ud. está conduciendo demasiado rápido.
3. Ud. necesita sacar un libro de la biblioteca de la universidad.
4. Ud. compra un traje de baño y quiere pagar con cheque.
5. Ud. compra entradas para el concierto con descuento estudiantil.
6. Ud. entra en un bar para tomar algo con sus amigos.

C. Un autorretrato *(self-portrait).* Conteste las siguientes preguntas describiéndose a sí mismo(-a).

1. ¿Cómo es Ud.?
2. ¿Tiene Ud. señas particulares? ¿Cuáles son?

3. ¿Cuál es su fecha de nacimiento? ¿Su lugar de nacimiento?
4. ¿Cuál es su estado civil?
5. ¿Cuál es su profesión?
6. ¿Cuáles son sus pasatiempos favoritos?

D. La conocí ayer *(I met her yesterday).* Utilice el siguiente anuncio *(advertisement)* para contestar. ¿Quién es este hombre? ¿Cómo es la nueva mujer en su vida? ¿Quién es ella? ¿Qué edad tiene? ¿Cuándo y cómo la conoció?

E. Creación. En una narración cuente lo que pasa en el dibujo de la **Presentación,** contestando las siguientes preguntas. ¿Cómo son las personas del dibujo? ¿Cómo se llaman? ¿Cuáles son sus pasatiempos favoritos? ¿Adónde van? ¿Cómo sabe Ud. eso? Use su imaginación.

Vocabulario

Los documentos de identidad	**Identification**	tener el pelo castaño	*to have chestnut hair*
el apellido	*last name*	negro	*black hair*
el carnet estudiantil	*student I.D. card*	rubio	*blond hair*
la dirección	*address*	tener el pelo corto	*to have short hair*
el domicilio	*residence*	largo	*long hair*
la edad	*age*	tener señas particulares	*to have distinguishing features*
el estado civil	*marital status*		
la fecha de nacimiento	*date of birth*	tener barba	*to have a beard*
el lugar de nacimiento	*birthplace*	bigote *(m.)*	*a moustache*
la nacionalidad	*nationality*	una cicatriz	*a scar*
el nombre	*name*	un lunar	*a beauty mark*
el pasaporte	*passport*	pecas	*freckles*
el permiso de conducir	*driver's license*		
la profesión	*profession, job*	**Los pasatiempos**	**Leisure time activities**
la tarjeta de identidad	*I.D. card*	bailar	*to dance*
estar casado(-a	*to be married*	charlar con amigos(-as)	*to chat with friends*
divorciado(-a)	*divorced*	contar (ue) chistes	*to tell jokes*
separado(-a)	*separated*	dar un paseo	*to take a walk*
quedar viudo(-a)	*to be widowed*	escribir cartas	*to write letters*
ser soltero(-a)	*to be single*	hacer crucigramas	*to solve crossword puzzles*
La descripción física	**Physical description**	hacer ejercicios	*to exercise*
llevar anteojos	*to wear glasses*	ir a bailar	*to go dancing*
lentes *(m.)* de contacto	*contact lenses*	ir a un concierto	*to go to a concert*
		ir de compras	*to go shopping*
ser alto(-a)	*to be tall*	jugar (ue) al fútbol	*to play soccer*
bajo(-a)	*short*	al golf	*golf*
de talla media	*of average height*	al tenis	*tennis*
ser atlético(-a)	*to be athletic*	leer una novela	*to read a novel*
delgado(-a)	*thin*	el periódico	*the newspaper*
gordo(-a)	*fat*	una revista	*a magazine*
ser calvo(-a)	*to be bald*	mirar (ver) la televisión	*to watch television*
ser moreno(-a)	*to be brunette*	practicar los deportes	*to participate in sports*
pelirrojo(-a)	*red-haired*	tocar la guitarra	*to play the guitar*
rubio(-a)	*blond*	el piano	*the piano*
tener los ojos azules	*to have blue eyes*		
de color café	*brown eyes*		

Así se habla

Finding Out About Others

Yolanda	Oye, Maribel, uno de mis compañeros de la universidad va a venir esta noche a la casa. Vamos a escuchar música y conversar un rato. Quiero presentártelo. Es muy inteligente, guapo y simpático. Te va a gustar.
Maribel	¿Ah, sí? ¿Cómo se llama?
Yolanda	Javier Salas. Es alto, delgado, tiene el pelo castaño y los ojos negros.
Maribel	¡Umm! ¿Y cuántos años tiene?
Yolanda	Calculo que debe tener veinte o veintiún años.
Maribel	¿Sabes a qué hora va a venir?
Yolanda	Entre las siete y las siete y media, más o menos. Va a venir con un amigo, o sea que tienes que venir.
Maribel	¡Oye, qué bien! Vengo como a las ocho, ¿te parece?
Yolanda	¡Perfecto! Nos vemos entonces.

If you want to get someone's attention, you can use the following phrases:

Oiga (Oye)...	*Listen...*
Mire (Mira)...	*Look...*
Dígame (Dime), por favor...	*Please, tell me...*
Quisiera saber...	*I would like to know...*
¿Quiere(-s) decirme(-nos), por favor...?	*Would you please tell me (us)...?*

If you want to find out personal information about someone, you can ask the following questions:

¿**Cuál es su (tu) nombre?**	*What is your name?*
¿**Cómo se (te) llama(-s)?**	
¿**Dónde vive Ud. (vives)?**	*Where do you live?*
¿**De dónde es Ud.(eres)?**	*Where are you from?*
¿**Dónde nació Ud. (naciste)?**	*Where were you born?*
¿**Cuál es su (tu) nacionalidad?**	*What is your nationality?*
¿**Cuántos años tiene Ud. (tienes)?**	*How old are you?*
¿**Cuándo es su (tu) cumpleaños?**	*When is your birthday?*
¿**Dónde estudia Ud. (estudias)?**	*Where do you study?*
¿**Dónde trabaja Ud. (trabajas)?**	*Where do you work?*
¿**Qué estudia Ud. (estudias)?**	*What are you studying? / What do you study?*
¿**Cuál es su (tu) pasatiempo favorito?**	*What is your favorite hobby?*
¿**Cuál es su (tu) profesión?**	*What is your profession?*

Fórmulas

Después de encuestar a hombres y mujeres en 50 bares de solteros, el sociólogo Thomas Murray publicó sus conclusiones en un artículo titulado "El lenguaje de los bares de solteros", publicado en la revista American Speech. Según Murray, las cuatro fórmulas más habituales de iniciar una conversación, son las siguientes:
1. Mi nombre es...
2. Me gusta tu (referencia a algún elemento de vestimenta)
3. ¿Viene seguido?
4. Veo que estamos tomando la misma cosa.

¿En qué lugar o situación se puede usar estas preguntas? ¿Qué otras preguntas se puede usar en esta situación?

Práctica y conversación

A. En una reunión social. Ud. está en una fiesta y como no conoce a nadie, comienza a hablar con otra persona que también está sola.

> **MODELO**   **Disculpe (Disculpa), mi nombre es... ¿Cómo se llama Ud.? (¿Cómo te llamas?)**

Temas de conversación: profesión / nacionalidad / lugar de trabajo / deporte favorito / lugar de residencia

B. Su nuevo(-a) compañero(-a). Es su primer año de la universidad y antes de llegar allí, Ud. habla por teléfono con la persona que va a ser su compañero(-a) de cuarto para conocerlo(-la). Uds. intercambian información personal.

> **MODELO**   **Yo soy de Detroit. Tengo 19 años. ¿Y tú?**

Temas de conversación: lugar de nacimiento / cumpleaños / estatura / color de pelo / color de ojos / pasatiempo favorito / especialización

Estructuras

Expressing Small Quantities

Numbers

Numbers are the basic vocabulary for many important situations and functions such as counting, expressing ages, telling time, discussing dates, expressing addresses and phone numbers, and requesting and giving prices.

0	cero	10	diez	20	veinte	30	treinta
1	uno	11	once	21	veintiuno	40	cuarenta
2	dos	12	doce	22	veintidós	50	cincuenta
3	tres	13	trece	23	veintitrés	60	sesenta
4	cuatro	14	catorce	24	veinticuatro	70	setenta
5	cinco	15	quince	25	veinticinco	80	ochenta
6	seis	16	dieciséis	26	veintiséis	90	noventa
7	siete	17	diecisiete	27	veintisiete	100	cien, ciento
8	ocho	18	dieciocho	28	veintiocho		
9	nueve	19	diecinueve	29	veintinueve		

a. The numbers 16-19 have an optional spelling: 16 = **diez y seis**; 17 = **diez y siete**; 18 = **diez y ocho**; 19 = **diez y nueve**.

b. The numbers 21-29 may also be written as three separate words: 21 = **veinte y uno**; 22 = **veinte y dos**, etc.

c. The numbers beginning with 31 must be written as three separate words: 31 = **treinta y uno**; 46 = **cuarenta y seis**.

d. When **uno** occurs in a compound number (21, 31, 41, 51, etc.), it becomes **un** before a masculine noun and **una** before a feminine noun.

> 21 libros = **veintiún** libros   51 novelas = **cincuenta y una** novelas

e. 1. The word **ciento** is used with numbers 101-199: 117 = **ciento diecisiete**; 193 = **ciento noventa y tres**.

   2. The word **cien** is used before any noun: **cien libros**; **cien novelas**. **Cien** is also used before **mil** and **millones**: 100.000 = **cien mil**; 100.000.000 = **cien millones**.

Práctica y conversación

Antes de empezar los siguientes ejercicios, busque ejemplos de las formas gramaticales de esta sección en el diálogo escrito de **Así se habla**.

A. **¡A contar!** En grupos, cuenten de 30 a 50 / de 60 a 80 / de 0 a 100 de diez en diez / de 0 a 100 de cinco en cinco.

B. **Unos números de teléfono.** Ud. trabaja de telefonista para el servicio de información en Bogotá, Colombia. Déles a los clientes los números que piden.

MODELO

	Ramón Gutiérrez / 428-63-11
Cliente	**Quisiera el número de Ramón Gutiérrez, por favor.**
Telefonista	**Es cuatro, veintiocho, sesenta y tres, once.**
Cliente	**¿Cuatro, veintiocho, sesenta y tres, once?**
Telefonista	**Exacto.**
Cliente	**Muchas gracias.**

1. Manolita Reyes / 639-75-15
2. Hotel Colón / 263-11-48
3. Federico González / 584-07-29
4. Clínica Ramírez / 458-92-17
5. Restaurante Cali / 721-56-13
6. Sofía Cano Pereda / 396-31-22
7. Cine Estrella / 885-04-36
8. José Luis Gallegos / 977-61-12

C. Datos personales. You are involved in a minor car accident with a classmate. Exchange relevant information such as your name, home / work / school address and phone number, your license plate number, make and year of your car. Write down the information that your classmate gives you and then have your classmate check it for accuracy.

Discussing When Things Happen
Telling Time

When you want to know what time it is, you ask: **¿Qué hora es?**

¿Qué hora es?

1:00 Es la una.

3:15 Son las tres y cuarto.

6:22 Son las seis y veintidós.

8:30 Son las ocho y media.

9:40 Son las diez menos veinte.

10:55 Son las once menos cinco.

a. From half past to the hour, time can also be expressed in the following manner:
2:35 = **Son las dos y treinta y cinco;** 8:42 = **Son las ocho y cuarenta y dos;**
10:55 = **Son las diez y cincuenta y cinco.** With the increasing use of digital clocks and watches this method is becoming more common.

b. The following variations for **cuarto** and **media** are often used: 3:15 = Son las tres **y quince;** 8:30 = Son las ocho **y treinta;** 9:45 = Son las diez **menos quince.**

c. Other expressions of time include the following:

Son las dos en punto.	*It's two o'clock sharp (on the dot).*
Es mediodía / medianoche.	*It's noon / midnight.*
Es temprano / tarde.	*It's early / late.*
a tiempo	*on time*
tarde	*late*

d. De la mañana / tarde / noche follow a specific time and express A.M. and P.M.

Son las nueve y cuarto **de la noche.**	*It's 9:15 P.M.*

Por la mañana / tarde / noche mean *in the morning / afternoon / evening* and are used without specific times.

Me gusta ir a la discoteca **por la noche.**	*I like to go to the discotheque in the evening.*

e. When you want to know at what time things are taking place, you ask **¿A qué hora...?**

¿A qué hora sales para el concierto?	*(At) What time are you leaving for the concert?*
A las siete y cuarto.	*At 7:15.*

f. In the Spanish-speaking world the 24-hour system is frequently used, especially for expressing time in official schedules. The system begins at midnight and the hours are numbered 0-24.

El concierto empieza **a las 20:30** (veinte y media).	*The concert begins at 8:30 P.M.*

Práctica y conversación

Antes de empezar los siguientes ejercicios, busque ejemplos de las formas gramaticales de esta sección en el diálogo escrito de **Así se habla**.

A. **¿Qué hora es?** Exprese la hora y explique lo que hacen las personas.

> **MODELO**   8:30: Federico / mirar la televisión
> **Son las ocho y media. Federico mira la televisión.**

1. 10:00: María / tocar el piano
2. 10:45: tú / hacer ejercicios
3. 1:20: Miguel / jugar al golf
4. 3:27: mi abuelo / leer
5. 7:30: los Ruiz / bailar
6. 8:50: yo / ir al concierto
7. 9:22: Uds. /escribir cartas
8. 11:00: Tomás y yo / charlar

B. ¿A qué hora? Pregúntele a un(-a) compañero(-a) de clase a qué hora hace las siguientes actividades. Su compañero(-a) debe contestar en una manera lógica. *(A ¿? symbol following the last item of an exercise means that you are free to add items of your own. Try to use as many new vocabulary words and structures as you can. This is your opportunity to be imaginative and say what you would like to say.)*

llegar a la universidad / asistir a sus clases / salir de la universidad / comer por la noche / charlar con amigos / trabajar / ¿?

Providing Basic Information

Present Tense of Regular Verbs

In order to discuss activities and provide basic information about yourself and other people, you need to be able to conjugate and use many verbs in the present tense. The following shows the conjugation of regular **-ar, -er,** and **-ir** verbs in the present tense.

	Verbos en -AR TRABAJAR	Verbos en -ER APRENDER	Verbos en -IR ESCRIBIR
yo	trabajo	aprendo	escribo
tú	trabajas	aprendes	escribes
él ella Ud.	trabaja	aprende	escribe
nosotros nosotras	trabajamos	aprendemos	escribimos
vosotros vosotras	trabajáis	aprendéis	escribís
ellos ellas Uds.	trabajan	aprenden	escriben

a. To conjugate a regular verb in the present tense, first obtain the stem by dropping the **-ar, -er,** or **-ir** from the infinitive. The endings that correspond to the subject noun or pronoun are then added to this stem.

b. When the verb ending corresponds to only one subject pronoun, that pronoun is usually omitted: **trabajo** = *I work*; **trabajas** = *you work*; **trabajamos** = *we work*. **Yo, tú,** and **nosotros** are not used because the verb ending indicates the subject. When the pronouns **yo, tú,** or **nosotros** are used with the verb, the pronoun subject is given extra emphasis.

Yo estudio muchísimo, pero mi compañero de cuarto no.   *I study a lot but my roommate doesn't.*

c. It is often necessary to use the third-person pronouns for clarification since the third-person verb endings refer to three different subject pronouns.

d. Spanish verbs in the present tense may be translated in three different ways: **escribo** = *I write, I am writing, I do write.*

e. Verbs are made negative by placing **no** directly before the verb. In such cases **no** = *not.*

—¿Tocas la guitarra?	*Do you play the guitar?*
—Sí, pero **no toco** bien porque **no practico** mucho.	*Yes, but I don't play well because I don't practice a lot.*

Práctica y conversación

Antes de empezar los siguientes ejercicios, busque ejemplos de las formas gramaticales de esta sección en el diálogo escrito de **Así se habla**.

A. Unas actividades estudiantiles. Cuando un(-a) compañero(-a) le dice lo que hace, explíquele si Ud. y sus amigos hacen las mismas cosas o no.

> **MODELO**   COMPAÑERO(-A): Estudio en la biblioteca.
> USTED: **Mis amigos y yo estudiamos en la biblioteca también.**
> **Mis amigos y yo no estudiamos en la biblioteca.**

1. Aprendo español y lo practico mucho.
2. Regreso a casa los fines de semana.
3. Por la noche bailo en una discoteca.
4. Después de mis clases tomo café con mis amigos.
5. Vivo en una residencia estudiantil.

B. Sus pasatiempos. Usando la lista de los pasatiempos del **Vocabulario** de la **Presentación**, explíquele a un(-a) compañero(-a) de clase lo que Ud. hace (o no hace) y con quién lo hace.

> **MODELO** **Escucho música rock / clásica / popular con mi novio(-a) / mis amigos / mi familia.**

C. Entrevista. Pregúntele a un(-a) compañero(-a) de clase las siguientes cosas. Su compañero(-a) debe contestar de una manera lógica.

Pregúntele ...

1. a qué hora llega a la universidad. ¿Y a la clase de español?
2. si vive en una casa / una residencia / un apartamento.
3. a qué hora regresa a su cuarto / casa / apartamento.
4. si trabaja. ¿Dónde? ¿Gana mucho dinero?
5. lo que estudia este semestre.
6. qué deportes practica.
7. si viaja mucho. ¿Adónde?

Using Background Knowledge

Madrid: Unos jóvenes en un autobús

When you are talking with someone in English or are listening to a narration or description, you anticipate or predict what you are going to hear because of previous experiences you have had in similar situations. For example, when you arrive at the airport, you don't expect the airline ticket agent to ask you about your hobbies or your parents' health. Instead, you expect the person to ask you for your ticket, your seat preference, and so on. This is because your knowledge of the world and your previous experiences in similar situations help you to predict what you are going to hear. Similarly, you should use your knowledge of the world to anticipate what is going to be said when listening in Spanish.

Ahora, escuche el diálogo entre dos estudiantes, José Manuel y Santiago, en una calle de Madrid y anticipe lo que dirán. Antes de escuchar la conversación, lea los siguientes ejercicios. Después, conteste.

A. Información general. Con un(-a) compañero(-a) de clase decida cuál es el tema *(topic)* de la conversación entre José Manuel y Santiago.

1. José Manuel y Santiago quieren ir a Sevilla en autobús.
2. José Manuel y Santiago van a ir a la Universidad de Madrid.
3. José Manuel y Santiago van a trabajar en una compañía de arquitectura.

B. Algunos detalles. Complete las siguientes oraciones con la mejor respuesta.

1. José Manuel estudia en
   a. la Facultad de Ingeniería.
   b. un instituto politécnico.
   c. la escuela secundaria.
2. Santiago necesita información porque
   a. no sabe dónde para el autobús.
   b. no tiene un mapa de la ciudad.
   c. necesita comprar sus libros.
3. José Manuel
   a. trata de confundir a Santiago.
   b. no sabe cómo ayudar a Santiago.
   c. le da a Santiago la información que necesita.

C. Análisis. Conteste las siguientes preguntas usando la información de la conversación.

1. ¿Son corteses o descorteses José Manuel y Santiago? Mencione una frase que ellos dicen para justificar *(justify)* su opinión.
2. ¿Qué tipo de personas son Santiago y José Manuel? Escoja de las siguientes opciones las que Ud. cree que los describen mejor: tímido / temeroso / sociable / amigable / difícil. Mencione una frase que ellos dicen para justificar su opinión.

Siga practicando el vocabulario y las estructuras gramaticales del **Capítulo preliminar** en *Interacciones CD-ROM*.

Perspectivas

Addressing Other People in the Spanish-speaking World

The selection of the words and phrases you use to address other persons depends upon the level of formality of the relationship between you and the person(-s) you are addressing. In English in formal situations, you would use a title followed by a last name: *Good morning, Dr. Russell / Ms. Montgomery.* When you address a family member or a friend, you would use a first name: *Hi, Bill / Carol.* The greeting *Good morning* used in a formal situation would change to *Hi* in an informal situation.

In English there is only one pronoun used to address other people: *you.* In the Spanish-speaking world, however, there are several words used as an equivalent for the word *you.* The selection of the correct form of *you* depends upon the level of formality of the relationship between you and the person(-s) you are addressing as well as the area of the Hispanic world in which you live. Each form of *you* has specific corresponding verb endings.

  a. **Tú** is the familiar, singular form of *you* used to address one person that you would call by a first name, such as a relative, friend, or child. It is also used with pets.

  b. **Usted** is the formal, singular form used to address one person that you do not know well or to whom you would show respect. In general **usted** is used with a person with whom you would use a title such as **profesora, señor,** or **doctor.** When addressing a native speaker, it is better to use **usted;** he or she will tell you if it is appropriate to use the **tú** form. In writing, **usted** is generally abbreviated **Ud.**

  c. In Hispanic America and the United States **ustedes** is the plural of both **tú** and **usted.** It is used to address two or more persons regardless of your relationship to them. In Spain **ustedes** serves only as the plural of **usted** and is, thus, a formal, plural form. In writing **ustedes** is generally abbreviated **Uds.**

  d. In Spain the familiar, plural forms **vosotros** and **vosotras** are used as the plural of **tú.**

  e. In Argentina, Uruguay, and other parts of Hispanic America, the pronoun **vos** replaces **tú** as a familiar, singular pronoun.

  f. In this textbook only the forms **tú, Ud.,** and **Uds.** will be practiced in exercises and activities since they are the most widely used forms. However, when living in areas where **vos** or **vosotros** forms are used, it is relatively easy to understand the forms you hear other people using.

Práctica

A. ¿Qué forma usaría Ud.? Escoja **tú, Ud., Uds., vosotros(-as),** o **vos** según la situación.

1. Ud. vive en Madrid y habla con sus dos compañeros(-as) de cuarto en la residencia estudiantil.
2. Ud. vive en la Ciudad de México y habla con sus dos compañeros(-as) de cuarto en la residencia estudiantil.
3. Ud. vive en Buenos Aires y quiere hablar con su mejor amigo(-a).
4. Ud. vive en el Perú y necesita hablar con los padres de un amigo.
5. Ud. vive en Panamá y habla con un niño de cinco años.
6. Ud. vive en Colombia y necesita darle de comer a su gato.
7. Ud. vive en Venezuela y necesita hablarle a su dentista.

B. Mafalda. Mafalda es el personaje *(character)* principal en una tira cómica popular. Una de sus características es que no le gusta la sopa. En la siguiente tira, ¿a quién le habla Mafalda? ¿Usa ella la forma familiar o la formal? En su opinión, ¿de dónde es Mafalda? Justifique su respuesta.

El Nuyorican Poets Café

A. Miguel Algarín. Con un(-a) compañero(-a) de clase, utilice la siguiente foto para describir a Miguel Algarín. Después, preparen una lista de preguntas para saber más acerca de él y su Nuyorican Poets Café.

B. El Nuyorican Poets Café. Complete la descripción del Café utilizando información del vídeo y la siguiente lista de palabras.

café / cincuenta / cultura / hamburguesa / inmigrante / internacional /
japonés / Manhattan / noche / poesía / puertorriqueño

1. El Café está en el bajo Manhattan que es el lugar de toda clase de _____ .
2. El Café se abrió vendiendo un vaso de vino y un vaso de cerveza por _____ centavos al trabajador _____ que vivía en el bajo _____ .
3. Poco a poco El Café dejó de ser puramente _____ y se convirtió en un centro _____ . El enfoque *(focus)* del café es la _____ .
4. A veces grupos de Tokio vienen al café para recitar su poesía en _____ y regresan a Tokio la misma _____ .
5. En El Café no se vende una buena _____ ni una buena taza de _____ . Lo que se vende es la _____ puertorriqueña.

A. **Un autorretrato.** You are an exchange student and will be spending your next semester in Quito, Ecuador. You must provide your host family with an audio tape describing yourself and some of your interests and activities. Be accurate in your self-portrait so they will recognize you when they meet you at the airport.

B. **Jugar a la Berlina.** You and your classmates will divide into groups of four to play this popular Latin American game. One person in the group will leave the group for a moment while the others decide to be a famous person such as a movie or TV star, a political personality, or a sports figure. The person re-enters the group and asks *yes* or *no* questions until he / she guesses the identity of the person in question.

C. **Una entrevista.** You are looking for a job and you go to a department store that has an opening for a sales manager. The director of personnel (played by a classmate) interviews you and asks you a series of typical questions such as your name, address, phone number, age, marital status, number of children, names and addresses of previous employers, your education, and so on.

Para saber más:
www.heinle.com

Bienvenidos a
España

Una playa en el Mediterráneo

GEOGRAFÍA Y CLIMA
Tercer país más grande de Europa

País montañoso; es el segundo país europeo en altitud media después de Suiza.

País marítimo; ocupa con Portugal la Península Ibérica; rodeado de mares

Clima muy variado según la región

POBLACIÓN
40.000.000 de habitantes

LENGUAS
El castellano (el español); el catalán (7.000.000 de hablantes); el gallego (3.000.000 de h.); el vascuense (*Basque*) (650.000 de h.)

CIUDADES PRINCIPALES
Madrid (la capital) 3.300.000 de habitantes; Barcelona 1.826.000; Valencia 800.000; Sevilla 720.000

MONEDA
el euro

GOBIERNO
Monarquía constitucional; Juan Carlos I, el rey actual

ECONOMÍA
El turismo; productos agrícolas (vino, fruta y verdura); la pesca; fabricación de acero, barcos, productos de cuero, vehículos

FECHAS IMPORTANTES
Además de las fiestas religiosas que se celebran en todos los países católicos (6 de enero, Jueves y Viernes Santos, Pascua, Navidad), hay otras fiestas religiosas y nacionales. 19 de marzo = San José; 1 de mayo = Día del Trabajo; 24 de junio = San Juan; 25 de julio = Santiago, santo patrón de España; 15 de agosto = la Asunción; 12 de octubre = Día Nacional

Práctica geográfica

Consulte el mapa de España al principio de este libro para contestar las siguientes preguntas.

1. ¿Cómo se llama la península que ocupa España? ¿Qué otro país también ocupa la península?
2. ¿Cuáles son las montañas que separan España de Francia? ¿Cómo se llaman otras cordilleras (*mountain ranges*)?
3. ¿Qué mares rodean España? ¿Qué industrias de España dependen de los mares?
4. Nombre tres ríos importantes.
5. ¿Por qué se dice que España es un país aislado (*isolated*)?
6. ¿Por qué es España un buen lugar para turistas?
7. ¿Qué ventajas y desventajas ofrece la geografía de España?

Las Ramblas;
Barcelona,
España

CAPÍTULO
1
La vida de todos los días

Algunos estudiantes españoles en camino a clase

Cultural Themes
Spain

The Hispanic schedule

Communicative Goals
Discussing daily activities

Expressing frequency and sequence of actions

Describing daily routine

Expressing lack of comprehension

Asking questions

Primera situación

Presentación

Un día típico

Práctica y conversación

A. ¿Qué ve Ud. en el dibujo? Utilizando el **Vocabulario** al final de esta sección, nombre los sitios comerciales que se ven en el dibujo. ¿Cuáles son algunas diligencias que le llevan a Ud. a estos sitios?

B. Hay que trabajar. ¿Qué habilidades profesionales necesita Ud. para conseguir empleo en los siguientes lugares?

un banco / una tienda / una escuela primaria / una oficina / una estación de servicio / un supermercado / una biblioteca / una agencia de viajes

C. ¡Qué día! En el dibujo hay una chica cansada que está sentada sola en el café al aire libre. Ud. quiere saber lo que ella hace en un día típico. Su compañero(-a) va a mirar otro dibujo que tiene la información que Ud. necesita. Pregúntele a su compañero(-a) lo que hace la chica en primer lugar, en segundo lugar, más tarde, finalmente, etc. Su compañero(-a) va a contestar utilizando el segundo dibujo de este ejercicio que está en el **Apéndice A.**

D. El lunes. Usando la información a continuación, conteste las siguientes preguntas. ¿Qué hace esta persona primero? ¿Después? ¿Y por último? ¿Es un día típico para un(-a) estudiante? ¿Es un día típico para Ud.?

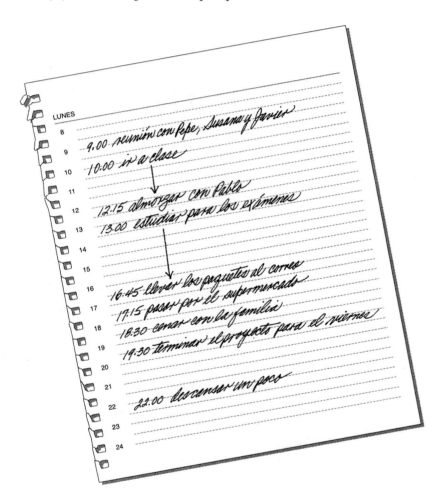

E. Entrevista personal. Pregúntele a un(-a) compañero(-a) de clase lo que hace en un día típico.

Pregúntele lo que hace ...

1. a las 7:30 de la mañana.
2. a las 9:00 de la mañana.
3. a las 10:15 de la mañana.
4. al mediodía.

5. a las 2:00 de la tarde.
6. a las 4:45 de la tarde.
7. a las 8:00 de la noche.
8. a las 11:05 de la noche.

F. Creación. En una narración cuente lo que pasa en el dibujo de la **Presentación** contestando todas las siguientes preguntas. ¿Qué día de la semana es? ¿Cómo lo sabe Ud.? ¿Por qué está cansada la chica? ¿Qué acaba de hacer? ¿Qué va a hacer ahora?

SER ESPAÑOL UN ORGULLO MADRILEÑO UN TITULO

¿De qué país y de qué ciudad es la persona que va a usar esta pegatina _(sticker)_? ¿Dónde va a ponerla?

Vocabulario

Descansar	**To relax**	llenar el tanque	_to fill the (gas) tank_
echar una siesta	_to take a nap_	llevar ropa sucia	_to drop off clothing_
mirar	_to watch_	recoger ropa limpia	_to pick up cleaning_
una telenovela	_a soap opera_	revisar el aceite	_to check the oil_
las noticias	_the news_	**Trabajar**	**To work**
los deportes	_sports_	escribir a máquina	_to type_
reunirse con amigos	_to get together with friends_	llevarse bien con los clientes	_to get along well with customers_
		tener empleo en	_to have a job in_
Estudiar	**To study**	una agencia	_an agency_
hacer la tarea	_to do homework_	un banco	_a bank_
prepararse para los exámenes	_to prepare for exams_	una compañía	_a company_
		una fábrica	_a factory_
tomar apuntes	_to take notes_	una oficina	_an office_
		tener habilidades profesionales	_to have job skills_
Hacer diligencias	**To run errands**	trabajar	_to work_
comprar estampillas	_to buy stamps_	horas extra	_overtime_
enviar (mandar) una carta	_to send a letter_	medio tiempo	_part-time_
un paquete	_a package_	tiempo completo	_full-time_
hacer compras en	_to shop in the_	usar una computadora	_to use a computer_
el gran almacén	_department store_	un escáner	_a scanner_
el supermercado	_supermarket_	una fotocopiadora	_a copier_
la tienda	_store, shop_	una impresora	_a printer_
ir al centro comercial	_to go to the shopping center / mall_	una máquina de fax	_a fax machine_
al correo	_to the post office_	el correo electrónico	_e-mail_
a la estación de servicio	_to the gas station_		
a la tintorería	_to the dry cleaner_		

Así se habla

EXPRESSING FREQUENCY AND SEQUENCE OF ACTIONS

Patricia	Hola, Raquel, ¿cómo estás? ¡Tienes una cara de cansada! ¿Qué te pasa?
Raquel	No, nada. Lo único es que tengo a mi mamá enferma y, como comprenderás, todas las mañanas tengo que hacer un montón de cosas en la casa. En las noches tengo que cuidar a mis hermanitos, cocinar y todo eso. Encima de eso estoy en época de exámenes. ¡Imagínate! ¡Como si fuera poco!
Patricia	¡Ay, dios! Pero mira, ¿estás durmiendo bien por lo menos? Porque si no, te vas a enfermar. Nadie puede trabajar del amanecer al anochecer sin un descanso.
Raquel	Sí, lo sé. A veces no tengo tiempo ni de comer. Generalmente como algo mientras estudio y todos los días me acuesto tardísimo, a medianoche, más o menos.
Patricia	¡Pero, Raquel, es que te vas a enfermar si sigues así!
Raquel	No te preocupes que ya termino los exámenes esta semana.
Patricia	¡Menos mal! ¡Pero bueno, amiga, cuídate, por favor!
Raquel	Sí, sí, no te preocupes.
Patricia	Mira, dale un beso a tu mamá y dile que espero que se mejore pronto.
Raquel	Gracias. Nos vemos.

If you need to express frequency of actions, you can use the following phrases. They answer the questions **¿Cuántas veces?** = *How many times?*, *How often?* or **¿Cuándo?** = *When?*

a veces / a menudo / algunas veces	*sometimes / often*
siempre	*always*
nunca / jamás	*never*
ya	*already*
(casi) todos los días / todas las mañanas / las noches	*(almost) every day / morning / night*
una vez / dos veces al día / al mes / al año / a la semana	*once / twice a day / month / year / week*
cada dos días / lunes / martes	*every other day / Monday / Tuesday*
frecuentemente	*frequently / often*
de vez en cuando	*from time to time*
del amanecer al anochecer	*from dawn to dusk*
la mayor parte de las veces	*most of the time*
generalmente / por lo general	*generally*

If you want to describe when actions take place in relation to other actions, you can use the following phrases.

primero	*first*
luego / después	*then / afterwards*
más tarde	*later*
finalmente / por último	*finally*
en primer / segundo / tercer lugar	*in the first / second / third place*

Práctica y conversación

A. Vidas diferentes. Ud. es un(-a) atleta en el equipo universitario de natación. Su hermano(-a) está casado(-a) y tiene tres hijos. Uds. hablan de sus actividades diarias, la frecuencia con la que hacen las diferentes cosas, cómo se sienten, etc.

MODELO

USTED: Todas las mañanas me levanto muy temprano, voy a la piscina y nado durante hora y media. Luego, voy a clase, a la biblioteca y ...

HERMANA: Yo también me levanto temprano pero me voy a trabajar. Voy al supermercado una vez a la semana, algunas veces cocino, ...

B. Hablando de su horario. Ud. está muy cansado(-a) porque tiene muchas responsabilidades con sus estudios, su trabajo, etc. Hable con un(-a) compañero(-a) de clase y cuéntele su horario.

MODELO

COMPAÑERO(-A): **¿Qué te pasa...?**

USTED: **¡Estoy muy cansado(-a)! ¡Tengo mucho que hacer! Todos los días tengo que... Dos veces por semana tengo que...**

COMPAÑERO(-A): **Te comprendo. ¡Yo también tengo que... dos veces por semana y ...!**

Temas de conversación: preparar un informe / hacer diligencias / asistir a conferencias / prepararse para los exámenes / reunirse con amigos / ¿?

Estructuras

Discussing Daily Activities

Present Tense of Irregular Verbs

Many of the verbs that you need in order to talk about daily activities are irregular verbs in the present tense. These irregular verbs can be divided into two main groups: verbs that are irregular only in the first person singular (**yo**) form and those that show irregularities in many forms.

Common Verbs with Irregular yo Forms

hacer *(to do, make)*	**hago**	**traer** *(to bring)*	**traigo**
poner *(to put, place)*	**pongo**	**saber** *(to know)*	**sé**
salir *(to leave)*	**salgo**	**ver** *(to see)*	**veo**

Verbs ending in **-cer** like **conocer** *(to know)*: **conozco**
Verbs ending in **-cir** like **conducir** *(to drive)*: **conduzco**

Common Irregular Verbs

dar *(to give)*	doy	das	da	damos	dais	dan
decir *(to say, tell)*	digo	dices	dice	decimos	decís	dicen
estar *(to be)*	estoy	estás	está	estamos	estáis	están
ir *(to go)*	voy	vas	va	vamos	vais	van
oír *(to hear)*	oigo	oyes	oye	oímos	oís	oyen
ser *(to be)*	soy	eres	es	somos	sois	son
tener *(to have)*	tengo	tienes	tiene	tenemos	tenéis	tienen
venir *(to come)*	vengo	vienes	viene	venimos	venís	vienen

Verbs ending in **-uir** like **destruir** *(to destroy):*

destruyo, destruyes, destruye, destruimos, destruís, destruyen

a. Common verbs ending in **-cer** include **aparecer** = *to appear;* **conocer** = *to know, be acquainted with;* **merecer** = *to merit, deserve;* **obedecer** = *to obey;* **ofrecer** = *to offer;* **parecer** = *to seem;* **reconocer** = *to recognize.*

b. Common verbs ending in **-cir** include **conducir** = *to drive;* **producir** = *to produce;* **traducir** = *to translate.*

c. Common verbs ending in **-uir** include **construir** = *to construct;* **contribuir** = *to contribute;* **destruir** = *to destroy.*

Práctica y conversación

Antes de empezar los siguientes ejercicios, busque ejemplos de las formas gramaticales de esta sección en el diálogo escrito de **Así se habla.**

A. Un día típico. Compare las actividades de un día típico en la vida de Manuel con un día típico de Ud. y sus amigos.

> **MODELO**
>
> MANUEL: **Conduzco a clase.**
> USTED: **Mis amigos y yo conducimos a clase también.**
> **Mis amigos y yo no conducimos a clase.**

1. Soy estudiante y tengo mucho que hacer.
2. Hago compras en el centro comercial.
3. Voy al correo y a la tintorería.
4. Traduzco ejercicios en mi clase de español.
5. Pongo la televisión y oigo las noticias.
6. Veo a mi familia y le doy dinero.

B. ¿Con qué frecuencia? Complete las oraciones siguientes con una de las frases dadas explicando con qué frecuencia Ud. hace las siguientes actividades.

decir la verdad	salir de casa a tiempo
venir a clase	poner la radio / televisión
hacer la tarea	ver a mis amigos
ir al cine	traer libros a clase
conducir rápidamente	obedecer a mis padres

1. _____ a menudo.
2. Nunca _____.
3. _____ (casi) todos los días.
4. Una vez al mes _____.
5. _____ frecuentemente.
6. Siempre _____.
7. Del amanecer al anochecer _____.
8. La mayor parte de las veces _____.

C. Entrevista. Usando las frases de la **Práctica B,** pregúntele a un(-a) compañero(-a) de clase cuándo o con qué frecuencia hace diferentes actividades. Su compañero(-a) debe contestar de una manera lógica.

> **MODELO**
>
> USTED: **¿Con qué frecuencia ves a tus amigos?**
> COMPAÑERO(-A): **Veo a mis amigos a menudo.**

Talking About Other Activities

Present Tense of Stem-Changing Verbs

To discuss other daily activities such as sleeping or having lunch and activities such as requesting, recommending, preferring, wanting and remembering, you will need to learn to conjugate and use stem-changing verbs. There are three categories of stem-changing verbs.

e → ie **querer** *to wish, want*	o → ue **almozar** *to have lunch*	e → i **pedir** *to ask for, request*
quiero	almuerzo	pido
quieres	almuerzas	pides
quiere	almuerza	pide
queremos	almorzamos	pedimos
queréis	almorzáis	pedís
quieren	almuerzan	piden

a. Certain Spanish verbs change the last vowel of the stem from **e → ie, o → ue,** or **e → i** when that vowel is stressed. These verbs may have infinitives ending in **-ar, -er,** or **-ir.** There is no way to predict which verbs are stem-changing; these verbs must be learned through practice. In many vocabulary lists or dictionaries the stem-changing verbs may be listed in the following manner: **querer (ie); volver (ue); servir (i).**

b. Some common stem-changing verbs **e → ie** are:

cerrar	*to close*	perder	*to lose, waste (time),*
comenzar	*to begin*		*miss (bus)*
empezar	*to begin*	preferir	*to prefer*
entender	*to understand*	querer	*to want, wish*
pensar	*to think*	recomendar	*to recommend*

c. Some common stem-changing verbs **o → ue** are:

almorzar	*to eat lunch, have lunch*	poder	*to be able*
contar	*to count*	probar	*to try, taste*
dormir	*to sleep*	recordar	*to remember*
encontrar	*to find, meet*	soñar	*to dream*
morir	*to die*	soler	*to be accustomed to*
mostrar	*to show*	volver	*to return*

d. Some common stem-changing verbs **e → i** are:

pedir	*to ask for, request*	seguir	*to follow*
repetir	*to repeat*	servir	*to serve*

Práctica y conversación

Antes de empezar los siguientes ejercicios, busque ejemplos de las formas gramaticales de esta sección en el diálogo escrito de **Así se habla.**

A. Preferencias. Las siguientes personas no quieren hacer ciertas cosas; prefieren hacer otras. Dígale a un(-a) compañero(-a) de clase lo que prefieren hacer.

MODELO   Miguel: prepararse para los exámenes / practicar deportes
          Miguel no quiere prepararse para los exámenes.
          Prefiere practicar deportes.

1. tú: trabajar / echar una siesta
2. nosotros: mirar una telenovela / reunirnos con amigos
3. María: hacer la tarea / hacer compras
4. yo: ir a la tintorería / ir a la tienda
5. José y yo: trabajar horas extra / estar de vacaciones
6. Uds.: trabajar en un banco / tener empleo en una oficina

B. ¡Hay mucho que hacer! Dígale a un(-a) compañero(-a) de clase lo que Paco hace hoy. Luego, dígale si Ud. y sus amigos hacen las mismas cosas.

> **MODELO**   comenzar a estudiar
> **Paco comienza a estudiar.**
> **Mis amigos y yo (no) comenzamos a estudiar.**

despertarse a las seis / encontrar los libros en la biblioteca / empezar a leer una novela / pedirle ayuda a José / almorzar con amigos / jugar al tenis / volver a casa temprano / acostarse antes de la medianoche / soler trabajar los fines de semana

C. Entrevista personal. Hágale preguntas a un(-a) compañero(-a) de clase sobre los planes que tienen él (ella) y sus amigos(-as).

Pregúntele...

1. dónde almuerzan.
2. qué piensan hacer esta noche.
3. si recomiendan una buena película.
4. cuándo vuelven a casa.
5. si quieren jugar al tenis.
6. ¿?

Siga practicando el vocabulario y las estructuras gramaticales de **Capítulo 1, Primera situación** en *Interacciones CD-ROM*.

Para saber más:
www.heinle.com

Segunda situación

Presentación

La rutina diaria

Práctica y conversación

A. ¿Qué ve Ud. en el dibujo? Utilizando el vocabulario al final de esta sección, nombre los ejemplos de actividades de arreglo personal que se ven en el dibujo.

B. Mi arreglo personal. ¿Qué productos usa Ud. para hacer lo siguiente?

despertarse a tiempo / bañarse / lavarse el pelo / lavarse los dientes / afeitarse / rizarse el pelo / maquillarse / perfumarse

C. Las rutinas diarias. Dígale a su compañero(-a) de clase lo que Ud. hace para arreglarse un día típico. Él (Ella) escribirá lo que Ud. dice. Luego, le toca a Ud. escribir lo que su compañero(-a) dice. Cuando terminen, le dirán a su profesor(-a) lo que cada uno(-a) hace para arreglarse.

D. Creación. Cuente en una narración lo que pasa en el dibujo de la **Presentación,** contestando las siguientes preguntas. ¿Está de buen humor el hombre que Ud. ve en el dibujo? ¿Por qué se levanta tan temprano? ¿Para qué se arreglan los chicos? ¿Y las chicas? ¿Qué hace la mujer?

¿Qué tipo de productos llevan la marca *(brand name)* "Naturaleza y Vida"? ¿Quiénes pueden usar estos productos? ¿Usaría Ud. estos productos?

Vocabulario

El arreglo personal	Personal care		
la afeitadora eléctrica	*electric shaver*	cepillarse el pelo	*to brush one's hair*
el agua (f) caliente	*hot water*	despertarse (ie)	*to wake up*
el cepillo de dientes	*toothbrush*	desvestirse (i, i)	*to get undressed*
la crema de afeitar	*shaving cream*	ducharse	*to shower*
el champú	*shampoo*	lavarse los dientes	*to brush one's teeth*
el desodorante	*deodorant*	lavarse el pelo	*to wash one's hair*
el espejo	*mirror*	levantarse temprano	*to get up early*
el jabón	*soap*	tarde	*late*
la laca	*hair spray*	maquillarse	*to put on make-up*
el lápiz de labios	*lipstick*	peinarse	*to comb one's hair*
el maquillaje	*make-up*	perfumarse	*to put on perfume*
la pasta de dientes	*toothpaste*	poner el despertador	*to set the alarm clock*
el peine	*comb*	ponerse la camisa	*to put on one's shirt*
el rímel	*mascara*	los pantalones	*pants*
el secador	*hair dryer*	el vestido	*dress*
la sombra de ojos	*eye shadow*	quitarse la camisa	*to take off one's shirt*
las tenacillas de rizar	*curling iron*	rizarse el pelo	*to curl one's hair*
la toalla	*towel*	secarse	*to dry off*
afeitarse	*to shave*	secarse el pelo	*to dry hair one's hair*
arreglarse	*to get ready*	ser madrugador(-a)	*to be an early riser*
bañarse	*to bathe, to take a bath*	dormilón(-ona)	*a heavy sleeper*
cambiarse de ropa	*to change clothes*	vestirse (i, i)	*to get dressed*

Así se habla

Expressing Lack of Comprehension

Sara	Ana, ¿qué pasa con Linda que no se levanta? Ya son las once de la mañana y tiene que ir a clases. Incluso, creo que tiene un examen hoy.
Ana	¿Qué dices? ¿Puedes repetir, por favor? No puedo oír nada con este secador de pelo.
Sara	Te preguntaba qué pasaba con Linda que sigue en cama. Ya es tarde.
Ana	¡Ay, hija! Francamente no tengo la menor idea. Hace ya más de una semana que se acuesta como a las cinco de la madrugada y se levanta a las once o doce del día. No se viste, no se peina, no se arregla, ni siquiera se baña. No sé lo que le está pasando. Desde que peleó con Jorge, sólo llora, duerme y no quiere hacer nada.
Sara	No comprendo, no comprendo nada. ¿Y por qué han peleado?
Ana	No sé. Yo tampoco comprendo nada pero no quiero preguntarle. Tú sabes cómo es ella.
Sara	Sí, pero estoy preocupada.
Ana	Yo también.

If you do not understand what is being said to you, you can use the following phrases.

¿Cómo dijo / dijiste?	*What did you say?*
¿Puede(-s) repetir, por favor?	*Can you repeat, please?*
No comprendo / entiendo nada (de nada).	*I don't understand anything.*
¡No entiendo ni pizca!	*I don't understand one bit!*
¡Estoy perdido(-a)!	*I'm lost!*
¡Ya me confundí!	*I'm confused!*
No sé si comprendo bien...	*I don't know if I understand correctly . . .*
A ver si comprendo bien...	*Let's see if I understand . . .*
¿Quiere(-s) decir que... ?	*Do you mean that . . . ?*
¿Mande? *(México)*	*What?*

Práctica y conversación

A. No comprendo. ¿Qué diría Ud. en las siguientes situaciones?

1. Su profesor(-a) le explica un tema de cálculo pero Ud. no entiende nada.
2. Su novio(-a) le está hablando pero hay mucho ruido y Ud. no puede oír bien.
3. Ud. estudió muchas horas pero no sabe nada. Su compañero(-a) le pregunta si está preparado(-a) para el examen.
4. Su profesor(-a) de español le hace una pregunta que Ud. no entiende.
5. Su jefe le dice que está despedido(-a) y Ud. no sabe por qué.
6. Su compañero(-a) de cuarto le hace una pregunta pero Ud. no estaba prestando atención.

B. ¿Por qué necesitas tanto tiempo? Su compañero(-a) de cuarto ocupa el baño dos horas cada mañana antes de ir a clases. Ud. no entiende por qué tiene que tomar tanto tiempo. Hable con él (ella).

MODELO

USTED: **¿Qué haces tanto tiempo en el baño? ¡No entiendo por qué te demoras tanto!**

COMPAÑERA: **Es que me tengo que poner el maquillaje y además tengo que rizarme el pelo y...**

Estructuras

Describing Daily Routine

Reflexive Verbs

Many of the Spanish verbs used to describe and discuss daily routine are reflexive verbs, that is, verbs that use a reflexive pronoun throughout the conjugation. The reflexive pronouns indicate that the subject does the action to or for himself or herself; **me levanto** = *I get (myself) up;* **nos arreglamos** = *we get (ourselves) ready.* In Spanish these reflexive verbs can be identified by the infinitive form which has the reflexive pronoun **se** attached to it: **levantarse** = *to get up.*

Present Indicative Reflexive Verbs		Reflexive Pronouns	
me arreglo	I get ready	**me**	myself
te arreglas	you get ready	**te**	yourself
se arregla	he gets ready / she gets ready / you get ready	**se**	himself / herself / yourself
nos arreglamos	we get ready	**nos**	ourselves
os arregláis	you get ready	**os**	yourselves
se arreglan	they get ready / you get ready	**se**	themselves / yourselves

a. In English the reflexive pronouns end in *-self / -selves.* However, the reflexive pronoun will not always appear in the English translation, for it is often understood that the subject is doing the action to himself or herself.

> Silvia siempre **se ducha** y **se lava** el pelo por la mañana.
>
> *Silvia always takes a shower and washes her hair in the morning.*

Note that with reflexive verbs, the definite article (rather than a possessive pronoun) is used with parts of the body or with clothing.

b. The reflexive pronoun precedes an affirmative or negative conjugated verb.

> Eduardo **se dedica** a sus estudios y **no se queja** nunca.
>
> *Eduardo devotes himself to his studies and never complains.*

c. Reflexive pronouns attach to the end of an infinitive. When both a conjugated verb and an infinitive are used, the reflexive pronoun may precede the conjugated verb or attach to the end of the infinitive. Note that the reflexive pronoun always agrees with the subject even when attached to the infinitive.

> ¿Cuándo vas a **acostarte?**
> ¿Cuándo **te** vas a **acostar?**
>
> *When are you going to bed?*

d. The following list contains common reflexive verbs; others are listed in the **Presentación.**

acordarse (ue) de	*to remember*
acostarse (ue)	*to go to bed*
dedicarse a	*to devote oneself to*
despedirse (i) de	*to say good-bye to*
divertirse (ie)	*to have a good time*
dormirse (ue)	*to go to sleep*
hacerse	*to become*
irse	*to go away, leave*
llamarse	*to be called*
preocuparse (por)	*to worry (about)*
quejarse (de)	*to complain (about)*
sentirse (ie)	*to feel*

Práctica y conversación

Antes de empezar los siguientes ejercicios, busque ejemplos de las formas gramaticales de esta sección en el diálogo escrito de **Así se habla.**

A. Su rutina diaria. Usando las frases dadas describa su rutina diaria en orden lógico.

> **MODELO**   **Primero me despierto.**

primero / en segundo lugar / en tercer lugar / más tarde / después / finalmente

B. Consejos. Explique por lo menos tres cosas que estas personas deben hacer para arreglarse.

1. Ud. toma un examen de matemáticas.
2. Manolo y Pepe van a la escuela primaria.
3. Isabel sale con su novio.
4. Tú vas a una fiesta.
5. Nosotros jugamos al tenis.
6. La Sra. Ruiz habla con unos clientes importantes.

C. Hoy y ayer. Con un(-a) compañero(-a) de clase compare lo que Ud. hace hoy con lo que Ud. hizo ayer.

despertarse / levantarse / vestirse / sentirse / preocuparse / quejarse / acostarse / ¿?

Asking Questions

Question Formation

Since most conversation consists of a series of questions and answers, it is important to learn to form questions in a variety of ways.

Questions requiring a yes / no answer

a. A statement can become a question by adding the tag words **¿no?** or **¿verdad?** to the end of that statement.

Raúl se levanta temprano, **¿no?**	*Raúl gets up early, doesn't he?*
Se divierten en clase, **¿verdad?**	*You have a good time in class, don't you?*

b. A statement can also become a question by inversion, that is, placing the subject after the verb. When using inversion to form a question that contains more than just a subject and verb, the word order is generally:

VERB   +   REMAINDER   +   SUBJECT
¿Se levantan   temprano   Uds.?

However, when the remainder of the sentence contains more words than the subject, then the word order is generally:

VERB   +   SUBJECT   +   REMAINDER
¿Se levantan   Uds.   temprano todos los días?

Questions requesting information

a. Questions requesting information contain an interrogative word such as those in the following list.

¿cómo?	*how?*
¿cuál(-es)?	*which?*
¿cuándo?	*when?*
¿cuánto(-a)?	*how much?*
¿cuántos(-as)?	*how many?*
¿dónde?	*where?*
¿qué?	*what?*
¿quién(-es)?	*who?*
¿por qué?	*why?*

Note that the question word **dónde** has the form **adónde** when used with **ir, viajar,** and other verbs of motion. The form **de dónde** is used with **ser** to express origin.

Jorge, **¿adónde** vas?   *Jorge, where are you going?*
¿De dónde son Uds.?   *Where are you from?*

b. Most information questions are formed by inverting the subject and verb. Note that the interrogative word is generally the first word of the question.

¿Qué se ponen los estudiantes para ir a clase?   *What do the students put on in order to go to class?*

c. **Por qué** meaning *why* is written as two words. The word **porque** means *because* and is often used in answers.

—**¿Por qué** te quitas la chaqueta?   *Why are you taking off your jacket?*
—**Porque** hace calor.   *Because it's hot.*

Práctica y conversación

Antes de hacer los siguientes ejercicios, busque ejemplos de las formas gramaticales de esta sección en el diálogo escrito de **Así se habla**.

A. Barcelona. Haga preguntas para las siguientes respuestas.

1. Barcelona es la capital de Cataluña, la región más próspera de España.
2. Esta gran ciudad cosmopolita tiene importancia comercial e industrial.

3. Está situada entre dos montañas: el Tibidabo y Montjuïc.
4. Hay playas a pocos kilómetros de la ciudad.
5. Las Ramblas es un paseo que va desde el centro de la ciudad hasta el mar Mediterráneo.
6. Al final de Las Ramblas está el monumento a Colón, uno de los monumentos más conocidos de la ciudad.

B. Las fiestas de Pamplona. En parejas, hagan todas las preguntas necesarias para informarse sobre estas fiestas españolas.

1. Cada julio se celebran fiestas regionales en Pamplona.
2. Estas fiestas duran varios días.
3. Se celebran en honor a San Fermín.
4. Hay muchas actividades cada día de las fiestas.
5. La actividad más famosa es el encierro.

¿Qué colores predominan en el sello *(seal)* de Pamplona? ¿Qué animal se ve?

C. Entrevista personal. Pregúntele a un(-a) compañero(-a) de clase acerca de su rutina diaria y su compañero(-a) debe contestar.

Temas de conversación: la hora de levantarse / acostarse; la hora de desayunar / almorzar / cenar; el lugar donde vive / trabaja / estudia; la frecuencia de cambiarse de ropa / lavarse el pelo / peinarse; con quién(-es) vive / estudia / va al cine; las cosas y las personas de las que se queja.

¿Qué oyó Ud.?

Listening for the gist

La Universidad de Madrid

When you are talking to someone in English or are listening to a narration or description, you can often understand what is being said by paying attention to a person's intonation or gestures, the topic being discussed, and the situation in which it occurs. Even when you don't understand every word being said, you can still get the gist or the general idea of what the speaker is saying.

Ahora, escuche el diálogo entre Ada y Tania que hablan de su rutina diaria. Preste atención a su entonación y al tema que discuten para obtener la información general de lo que hablan. Antes de escuchar la conversación, lea los siguientes ejercicios. Después, conteste.

A. Información general. Con un(-a) compañero(-a) de clase decidan dónde están Ada y Tania y cuál es el tema general de su conversación.

B. Algunos detalles. Marque una **A** si las siguientes frases describen la vida de Ada y una **T** si describen la vida de Tania. Lea las posibilidades antes de escuchar la conversación.

_____ Está muy cansada.   _____ Su vida no es muy complicada.
_____ Hace los quehaceres domésticos.   _____ Se levanta temprano todos los días.
_____ No entiende a su amiga.   _____ Echa una siesta todos los días.

C. Análisis. Conteste las siguientes preguntas usando información de la conversación.

1. ¿Qué tipo de vida tienen Ada y Tania?
2. ¿Qué tipo de relación existe entre estas dos personas: formal / informal o amistosa / hostil? Justifique su respuesta.

Siga practicando el vocabulario y las estructuras gramaticales de **Capítulo 1, Segunda situación** en *Interacciones CD-ROM*.

Para saber más:
www.heinle.com

Tercera situación

Perspectivas

El horario hispano

Madrid: Palacio Real

El horario *(schedule)* español es muy distinto del horario estadounidense. Por lo general los españoles trabajan ocho horas al día pero dividen el día en dos partes. En España la mayoría de las oficinas, las tiendas y los negocios abren a las diez de la mañana y cierran a las dos de la tarde. Pero abren de nuevo entre las cuatro y las ocho. Entre las dos y las cuatro de la tarde los españoles comen su comida principal en casa y después de comer se quedan un rato allá hablando con la familia o descansando. Este descanso entre las dos y las cuatro se llama **la siesta.** Se nota que esta tradición de la siesta está desapareciendo en las ciudades y hay muchas tiendas, museos y negocios que no cierran para la siesta. Al cerrar los negocios alrededor de las ocho de la noche muchos españoles se pasean *(stroll)* por el centro de la ciudad; finalmente vuelven a casa para cenar entre las diez y las once de la noche.

En los países de las Américas el horario tiene muchas variaciones pero generalmente se come entre el mediodía y las dos de la tarde y otra vez entre las siete y las nueve de la noche.

Práctica

Una visita a Madrid. Ud. y su familia están en Madrid por dos días y medio. Durante estos días quieren ver lo máximo posible pero también necesitan comer, descansar y cambiar dinero. Prepare un horario con la información dada en la siguiente página.

- Banco Nacional
  10,00-13,30
- Cine Madrileño
  16,00; 18,30; 21,00; 23,30; 1,30
- Club Elegante
  Espectáculos a las 23,30; 1,30
- Corrida de Toros
  17,00

- Excursión al Escorial
  Palacio y monasterio real a unos 35 kilómetros de Madrid. Martes a domingo: 10,00-18,00; Días festivos: Cerrado
- Piscina Municipal
  10,00-13,30; 16,00-20,30
- El Palacio Real
  Lunes a sábado; 9,00-18,00; Domingos y días festivos: 9,00-14,00
- El Prado
  Museo de arte de fama internacional
  Martes a sábado: 9,00-19,00; Domingos y dias festivos: 9,00-14,00 Lunes: Cerrado

Museo del Prado

Panorama cultural

Los cibercafés

A. Café America Online. Con un(-a) compañero(-a) de clase, utilice la foto a continuación y describa al joven en el cibercafé. En su opinión, ¿qué va a hacer él en el Café America Online?

B. Las actividades. Identifique todas las actividades mencionadas en el vídeo que se puede hacer en un cibercafé.

comprar una computadora	escanear fotos	escuchar música
estudiar programación	imprimir fotos	leer el correo electrónico
mirar una película	navegar Internet	reparar una computadora
revisar el aceite	tomar un cafecito	trabajar en Word

Para leer bien

Predicting and Guessing Content

To make your reading more efficient and pleasurable, it is a good technique to try to predict an author's main idea prior to actually reading. This technique will help you locate and remember key ideas within the reading passage. The title as well as photographs, drawings, and charts accompanying the passage provide many hints which will help you form a hypothesis about the content. As you read, you will confirm or discard this original hypothesis. First, look at the title of the reading and ask yourself: Given this title, what topics might be covered in the reading? Then, look at the drawings or photos and decide what further ideas come to mind.

Práctica

A. El título. Mire el título de la **Lectura cultural** que sigue: «España está de moda». **La moda** = *style, fashion.* ¿Qué quiere decir el título?

B. Las fotos. Ahora, mire las fotos. ¿Por qué hay flamenco español en los EE.UU. y una corrida de toros en Francia?

C. La idea principal. En su opinión, ¿cuál es la idea principal de la **Lectura cultural** que sigue?

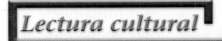
Lectura cultural   ## España está de moda

España está de moda por primera vez quizás en los últimos cuatro siglos°. Unos meses atrás° la revista francesa Paris Match *decía: «España arrasa en° Francia y en Europa. Sus diseñadores° de moda, su música, su pintura, su cine, se han puesto° de moda en el Continente y es difícil que alguien los desbanque° de esa posición».*

    Es que la cultura española viaja y es bienvenida y aplaudida en los lugares más distantes. Una exposición de Salvador Dalí ocupó el Museo Pushkin de Moscú, el Ballet Nacional de España se presentó en el Metropolitan de Nueva York, y la literatura española se lee por todas partes°. El cine español también es muy popular en todo el mundo y a muchas personas les encantan las películas de Pedro Almodóvar.

centuries / ago
conquers / designers
have become
displace
everywhere

Flamenco español en Nueva York

Una corrida de toros en Francia

fever / reached its peak
bullfights / Spanish wine punch
tons / Spanish omelette
the same / department stores
display windows / made

doubled / spread across

 En Francia hay una españomanía en forma de exposiciones de arte y de películas. La fiebre° española alcanzó de lleno° en la ciudad de Nîmes en el sur de Francia, donde un millón de personas vieron corridas de toros°, bebieron sangría° y comieron toneladas° de tortillas de patatas° en un festival de lo español.

 En Londres es igual°. Harrods, el más exclusivo de los grandes almacenes° londinenses, dedicó un mes a España con los escaparates° llenos de todo tipo de productos hechos° en España. También hay mucho entusiasmo por el teatro y la pintura española.

 A los italianos les encanta España. En los últimos cinco años el número de visitantes de Italia se ha duplicado°; hace un par de años 1.200.000 visitantes italianos se esparcieron° por

"Nos Encanta el Ambiente Nocturno"

No es la primera vez que visitan España. En esta ocasión, esta pareja va de camino a México y han decidido hacer escala en Madrid. Les encanta el carácter de los españoles, el ambiente nocturno y hacer compras. «La ropa es infinitamente más barata que en Italia», comenta Silvia. Confiesan que son conscientes de la simpatía que despiertan aquí los italianos y se sienten como en casa. ∎

SILVIA Y ENRICO

tierras españolas. En Roma se han abierto dos escuelas de baile flamenco. Pero lo más importante es que la demanda del producto cultural español también se extiende° a los centros urbanos menores. Es cierto que España es un país en movimiento° y la economía española sigue creciendo°.

    Españolear° está de moda, y España atrae° y seduce en el mundo por su vitalidad, su capacidad creativa y su prosperidad.

	extends
	on the move
	continues growing
	doing it the Spanish way / attracts

Comprensión

A. La idea principal. Escoja entre las siguientes posibilidades la idea principal de la lectura.

1. La gente española lleva ropa moderna.
2. La cultura española es popular en todo el mundo.
3. Las tiendas españolas venden artículos muy de moda.

B. ¿Ciertas o falsas? Lea las siguientes oraciones y decida si son ciertas o falsas. Si son falsas, corríjalas.

1. España se ha puesto de moda en Europa recientemente.
2. España exporta solamente sus productos agrícolas.
3. En Francia recientemente un millón de personas vieron corridas de toros.
4. En Inglaterra no hay interés por los productos españoles.
5. Los italianos tienen miedo de España y no viajan allá.
6. La demanda de la cultura española se extiende a los pueblos italianos.
7. La economía española sufre bastante ahora.

C. La defensa de una opinión. ¿Qué evidencia puede Ud. encontrar en el artículo que confirma la siguiente idea? «España y lo español atraen por su vitalidad, su capacidad creativa y su prosperidad.»

Writing Personal Letters and E-Mail Messages

In Spanish there is a great deal of difference in the salutations and closings between a personal letter and a business letter. While business letters tend to be very formal and respectful, personal letters are very warm and loving. Here are some ways of beginning and ending a personal letter or an e-mail message.

Salutations

Querido(-a) Ricardo / Anita:	*Dear Ricardo / Anita,*
Queridos amigos / padres / tíos:	*Dear friends / parents / aunts and uncles,*
Mi querido(-a) Luis(-a):	*My dear Luis(-a),*
Mis queridas primas:	*My dear cousins,*

Pre-closings

¡Hasta pronto / la próxima semana!   *Until soon / next week,*
Bueno, te / los / las dejo. Prometo   *Well, I must leave you. I promise to*
   escribirte(-les) pronto.   *write you soon.*
Bueno, es la hora de comer, así que   *Well, it's meal time so I have to leave you.*
   tengo que dejarte(-los /-las).
Voy a escribirte(-les) de nuevo   *I'm going to write you again*
   mañana / la semana próxima.   *tomorrow / next week.*

Closings

Un abrazo,   *A hug,*
Abrazos,   *Hugs,*
Un saludo afectuoso de...   *A warm greeting from...*
Cariños,   *Much love,*
Tu amigo(-a), Juan / María   *Your friend, Juan / María*

Composiciones

A. Su rutina diaria. Como es un semestre nuevo, escríbale una carta o un mensaje de correo electrónico a un(-a) amigo(-a) hispano(-a) explicándole su rutina diaria.

B. Sus actividades. Su mejor amigo(-a) asiste a otra universidad. Escríbale una carta o un mensaje de correo electrónico describiendo sus actividades del fin de semana en su universidad.

Actividades

A. Los pasatiempos. You are a reporter for a Hispanic radio station in Miami, Florida and are preparing a feature on leisure-time activities in your city. Prepare at least five questions about the frecuency of typical leisure-time activities; then interview four of your classmates. Report your general findings to the class.

B. ¿Quién soy yo? In groups of three or four, each person will pretend to be a famous person. Do not tell each other your identity. Describe your daily routine, including details about your job and leisure activities, so the group can guess who you are. If necessary, you can include a brief description of your person.

C. Así son las otras culturas. You are the host of a Spanish TV talk show that examines the life style of other cultures; the show is entitled *Así son las otras culturas.* Today's topic is daily routine in the U.S. compared with the Hispanic daily routine. Your classmates will play the roles of two guests on the show—Antonio(-a) Guzmán, a Spanish university student, and Julio(-a) Rivera, a Spanish-speaking resident of Los Angeles. Ask each guest about his/her daily routine and the advantages and disadvantages of it so you can compare the two life styles.

D. Las diligencias. Make a mental list of six errands you must do in the next few days. Your partner must then guess four errands on your list by asking you questions. You must then guess four of the items on your partner's list.

Siga practicando el vocabulario y las estructuras gramaticales de **Capítulo 1, Primera situación** en *Interacciones CD-ROM.*

Para saber más:
www.heinle.com

CAPÍTULO
2

De vacaciones

Sevilla, España: Unas vacaciones en familia

Cultural Themes

Spain
Leisure time and vacations

Communicative Goals

Making a personal phone call
Discussing past activities
Circumlocuting
Avoiding repetition of nouns

Primera situación

Presentación

En el complejo turístico

Práctica y conversación

A. Definiciones. A Pablo le gusta hacer crucigramas, pero a veces tiene problemas con las definiciones. Ayúdelo con las palabras que faltan.

1. el movimiento del agua en el mar
2. unos zapatos que se llevan cuando hace calor
3. lo que se pone uno para nadar
4. un producto que ayuda a broncearse

5. algo que protege los ojos del sol
6. un barco de lujo
7. algo que cubre y protege la cabeza
8. pasarlo bien

B. ¡Me divertí! Ud. acaba de regresar de un fin de semana maravilloso en Marbella, una de las playas famosas de la Costa del Sol en el sur de España. Se quedó en el complejo «Costa del Sol» y disfrutó de todas las actividades. Diga lo que hizo para divertirse.

MODELO   **Jugué al tenis.**

C. Vacaciones en Marbella. En grupos, hagan planes para pasar unas vacaciones en el Hotel Don Carlos en Marbella. ¿Cuánto tiempo pasan Uds. allí? ¿En qué actividades participan Uds.?

DON CARLOS

★ ★ ★ ★ ★

MARBELLA

Para más información y reservas contacte su Agencia de Viajes, o:

Hotel Don Carlos
Jardines de las Golondrinas
Marbella
Telf: 952.831140
Telex: 77015/77481

Oferta Especial

Golf, tenis, sauna y jacuzzi gratuitos para los clientes, sólo sujetos a disponibilidad.

Los niños de hasta 12 años disfrutan de alojamiento gratuito en la habitación de sus padres.

Club Infantil.
Más de 450.000m² de pinares y jardines tropicales que descienden suavemente a través de la finca, hasta una playa de fina arena. Las sendas serpentean interminablemente entre macizos de flores y árboles exóticos. Este es el encanto del Hotel Don Carlos.

Elegantes Suites y Habitaciones

Superiores con el máximo confort. Recientemente equipadas con T.V. en color y además programación vía satélite.

Intensivas Actividades Deportivas y de Recreo

Centro de Tenis con 11 pistas. Sede de la Asociación Internacional de Tenis Femenino W.T.A.; 2 piscinas climatizadas, exteriores; gimnasio equipado con sauna y jacuzzi; club hípico; windsurf; vela; esquí acuático y demás deportes náuticos; mini golf y campo de prácticas de golf en los jardines del hotel así como 3 campos de golf cercanos a la disposición de nuestros clientes.

D. Creación. Cuente en una narración lo que pasa en el dibujo de la **Presentación,** contestando las siguientes preguntas. Imagínese que el dibujo de esta **Presentación** es una foto que Ud. sacó durante sus últimas vacaciones. ¿Cómo se llaman las chicas que están tomando el sol? ¿De qué hablan? ¿De dónde viene el yate que se ve cerca de la costa?

Vocabulario

En la playa	At the beach		
la arena	sand	practicar el esquí acuático	to water-ski
el castillo	castle	quemarse	to burn
el colchón neumático	air mattress	tomar el sol	to sunbathe
la concha	shell	**En el complejo turístico**	**In the tourist resort**
el esquí acuático	waterskiing	el campo de golf	golf course
las gafas de sol	sunglasses	la cancha de tenis	tennis court
la lancha	motorboat	las vacaciones	vacation
la loción solar	sunscreen	correr	to run
el mar	sea	estar de vacaciones	to be on vacation
la ola	wave	montar a caballo	to ride horseback
las sandalias	sandals	montar en bicicleta	to ride a bicycle
el sombrero	hat	**En el hotel**	**In the hotel**
la sombrilla	beach umbrella	el gimnasio	gymnasium
la tabla de windsurf	windsurfing board	la piscina	swimming pool
el traje de baño	bathing suit	disfrutar de	to enjoy
el yate	yacht	divertirse (ie,i)	to have a good time
broncearse	to tan	gozar de	to enjoy
nadar	to swim	levantar pesas	to lift weights
navegar en un velero	to sail in a sailboat	pasarlo bien	to have a good time
pescar	to fish		

ESPAÑA
TODO BAJO EL SOL EVERYTHING UNDER THE SUN

¿Cuáles son los colores de este logo del turismo español? ¿Cuáles son los dos sentidos *(meanings)* del lema *(slogan)* ESPAÑA: TODO BAJO EL SOL? En su opinión, ¿representa bien el país de España?

![Así se habla]

MAKING A PERSONAL PHONE CALL

Madrid: Un teléfono público

MAITE	¿Diga?
NORMA	Hola. Por favor, ¿está Silvana?
MAITE	¿De parte de quién?
NORMA	De Norma, por favor.
MAITE	Un momentito. Voy a ver si está.
NORMA	Muchas gracias.

Después de un momento.

MAITE	Lo siento, pero Silvana no está. Salió hace media hora.
NORMA	Por favor, dile que me llame.
MAITE	Muy bien. Se lo diré.
NORMA	Muchas gracias.

Phrases to answer the telephone

Diga / Dígame. *(Spain)*	*Hello.*
Bueno. *(Mexico)*	*Hello.*
¿Aló? *(Most other countries)*	*Hello.*

Phrases to initiate a conversation

Por favor, ¿está...?	*Is . . . home, please?*
¿Hablo con...?	*Is this . . . ?*
¿De parte de quién, por favor?	*May I ask who is calling, please?*
Lo siento, pero no está.	*I'm sorry but he / she is not home.*
Un momentito, por favor. **Voy a ver si está.**	*One moment, please. I'll see if he / she is in.*
Está equivocado.	*You have the wrong number.*

Phrases to leave a message

Quisiera dejar un recado / mensaje.	*I would like to leave a message.*
Por favor, dígale (dile) que me llame / que lo (la) volveré a llamar.	*Please, tell him / her to call me / that I'll call him / her back.*
Si fuera(-s) tan amable de decirle que me llame.	*If you would be kind enough to tell him / her to call me.*

Phrases to explain problems with the connection

La línea / el teléfono está ocupada(-o).	*The line / the phone is busy.*
No se oye bien.	*I can't hear very well.*
Hay mucha interferencia.	*There's a lot of interference.*
Tiene que colgar.	*You have to hang up.*

Phrases to close the conversation

Disculpe(-a), pero me tengo que ir / tengo que colgar.	*Excuse me, but I have to go / I have to hang up.*

Phrases to say good-bye

Chau.	*Bye.*
Nos hablamos.	*I'll talk to you later.*
Lo / la / te llamo.	*I'll call you.*

Práctica y conversación

A. ¿Qué dirían Uds.? Con un(-a) compañero(-a), dramatice la siguiente situación. Ud. llama a su amiga Josefina por teléfono. La mamá de Josefina contesta y dice que no sabe si Josefina está en casa o no. Josefina no está en casa. Ud. quiere dejar un recado: la fiesta del sábado es a las 9 de la noche. La mamá de Josefina toma apuntes. Ud. se despide.

B. ¿Como estás? En grupos, dos personas hablan por teléfono y la tercera toma apuntes de las expresiones utilizadas y el tema de la conversación.

Temas de conversación: actividades diarias / estudios / fiestas / nuevos amigos / padres / novios(-as) / planes para el fin de semana / ¿?

Estructuras

Talking About Past Activities

Preterite of Regular Verbs

Spanish, like English, has several past tenses that are used to talk about past activities. The Spanish preterite tense corresponds to the simple past tense in English: El verano pasado **lo pasé muy bien; tomé el sol, nadé** y **jugué al golf**. = Last summer *I had a good time; I sunbathed, swam,* and *played golf.*

Preterite of Regular Verbs

Verbos en -AR		Verbos en -ER		Verbos en -IR	
tomé	*I took*	corrí	*I ran*	salí	*I left*
tomaste	*you took*	corriste	*you ran*	saliste	*you left*
tomó	*he took* *she took* *you took*	corrió	*he ran* *she ran* *you ran*	salió	*he left* *she left* *you left*
tomamos	*we took*	corrimos	*we ran*	salimos	*we left*
tomasteis	*you took*	corristeis	*you ran*	salisteis	*you left*
tomaron	*they took* *you took*	corrieron	*they ran* *you ran*	salieron	*they left* *you left*

a. Some verbs like **salir** that are irregular in the present tense follow a regular pattern in the preterite.

b. Most **-ar** and **-er** verbs that stem-change in the present tense follow a regular pattern in the preterite.

> Siempre me acuesto a las once, pero anoche bailé mucho y **me acosté** a las tres de la mañana.

> *I always go to bed at 11:00, but last night I danced a lot and went to bed at 3:00 A.M.*

c. Certain **-ar** verbs have spelling changes in the first-person singular of the preterites. The other forms follow a regular pattern.

   1. Verbs whose infinivitives end in **-car** change the **c** to **qu** in the first-person singular: **pescar → pesqué**. Some common verbs of this type include **buscar, explicar, pescar, practicar, sacar, tocar**.
   2. Verbs whose infinitives end in **-gar** change the **g** to **gu** in the first-person singular: **jugar → jugué**. Some common verbs of this type are **llegar, jugar, navegar, pagar**.
   3. Verbs whose infinitives end in **-zar** change the **z** to **c** in the first-person singular: **gozar → gocé**. Some common verbs of this type are **almorzar, comenzar, empezar, gozar**.

d. The following words and expressions are often used with the preterite to indicate past time.

ayer	*yesterday*
anteayer	*day before yesterday*
anoche	*last night*
el mes / año pasado	*last month / year*
la semana / Navidad pasada	*last week / Christmas*
el jueves / verano pasado	*last Thursday / summer*
en 1990 / en el 90	*in 1990 / in '90*
en abril	*in April*
hace un minuto / mes / año	*a minute / month / year ago*
hace una hora / semana	*an hour / a week ago*
hace un rato	*a while ago*

Práctica y conversación

Antes de empezar los siguientes ejercicios, busque ejemplos de las formas gramaticales de esta sección en el diálogo de **Así se habla.**

A. El verano pasado. Explique si Ud. hizo o no hizo las siguientes actividades el verano pasado.

> **MODELO** caminar en la playa
> **(No) Caminé en la playa.**

jugar al tenis / descubrir lugares interesantes / broncearse / tomar un curso / comer mucha fruta / pasarlo bien / pescar / gozar de las vacaciones

B. En el complejo turístico. ¿Qué hicieron estas personas ayer en el complejo turístico?

> **MODELO** los García / nadar
> **Los García nadaron ayer.**

1. los Valero / jugar al golf
2. Elena y yo / navegar
3. yo / almorzar en el café
4. Mariana / aprender a pescar
5. tú / quemarse
6. Uds. / sacar fotos

C. ¿Qué hiciste ayer? Un(-a) estudiante llama a un(-a) amigo(-a) y ambos(-as) hablan de lo que hicieron la noche anterior. Con un(-a) compañero(-a), complete el siguiente diálogo.

Estudiante 1

2. ¿Aló? ¿_____?

4. Muy bien, ¿y tú? _____

6. Te llamé anoche pero no te encontré en tu casa.

Estudiante 2

1. ¿Aló?

3. Sí, habla _____. ¿_____? ¿Cómo estás?

5. Muy bien, también. ¿Qué cuentas?

7. ¡Ay, sí! Anoche salí con _____ y fuimos a _____.

8. ¿—————?

9. Sí, muchísimo. Regresé a medianoche cansado(-a) de bailar tanto. Y tú ¿—————?

10. Yo —————.

11. ¡No me digas! ¡Qué suerte! Cuándo vas a ————— otra vez?

12. Mañana. ¿Quieres ir?

13. Por supuesto. —————.

14. Muy bien. —————.

15. Nos vemos.

D. ¡Un fin de semana estupendo! Ud. llama por teléfono a unos amigos a quienes no veía desde el jueves pasado. Pregúnteles qué hicieron el fin de semana y luego cuénteles lo que Ud. hizo.

Discussing Other Past Activities

Preterite of Irregular Verbs

Many common verbs used to discuss activities have irregular preterite forms; these irregular forms can be grouped into several categories to help you learn them.

Irregular Verbs in the Preterite Tense

VERBS WITH -U- STEM

andar	anduv-		
estar	estuv-	tuve	tuvimos
poder	pud-	tuviste	tuvisteis
poner	pus-	tuvo	tuvieron
saber	sup-		
tener	tuv-		

VERBS WITH -I- STEM

querer	quis-	vine	vinimos
venir	vin-	viniste	vinisteis
		vino	vinieron

VERBS WITH -J- STEM

decir	dij-	dije	dijimos
traer	traj-	dijiste	dijisteis
Verbs ending in **-cir** like **traducir**		dijo	dijeron

VERBS WITH STEMS ENDING IN A VOWEL (-Y-STEM)

oír		oí	oímos
Verbs ending in **-eer** like **leer**		oíste	oísteis
Verbs ending in **-uir** like **construir**		oyó	oyeron

Other Irregular Verbs

dar		ir/ser		hacer	
di	dimos	fui	fuimos	hice	hicimos
diste	disteis	fuiste	fuisteis	hiciste	hicisteis
dio	dieron	fue	fueron	hizo	hicieron

a. In the preterite, these verbs use a special set of endings.

1. **-u-** and **-i-** stem endings: **-e, -iste, -o, -imos, -isteis, -ieron**
2. **-j-** stem endings: **-e, -iste, -o, -imos, -isteis, -eron**
3. **-y-** stem endings: **-í, -íste, -yó, -ímos, -ísteis, -yeron**

b. There is no written accent on these irregular preterite forms except for **-y-** stem verbs.

> NOTE: Verbs ending in **-uir** like **construir** have an accent only in the first-person and third-person singular.

c. The irregular preterite of **hay (haber)** is **hubo.**

Ayer **hubo** un accidente muy grave en la playa.

Yesterday there was a very serious accident at the beach.

d. In the preterite, **saber** = *to find out.*

Esta mañana **supimos** que hay una piscina en este hotel.

This morning we found out that there's a swimming pool in this hotel.

e. Since the forms of **ir** and **ser** are the same in the preterite, context will determine the meaning.

IR: Ayer **fue** a la playa.
SER: **Fue** muy interesante.

Yesterday he went to the beach.
It was very interesting.

Práctica y conversación

A. En la playa. ¿Qué hizo Ud. la última vez que pasó un día en la playa?

> **MODELO** leer una novela
> **Leí una novela.**

andar por la playa / estar todo el día al sol / ponerse loción / hacer esquí acuático / oír música / construir un castillo de arena / ¿?

B. Y tú, ¿qué hiciste? Al regresar de sus vacaciones Ud. se encuentra con un(-a) amigo(-a). Salúdelo(-la) y pregúntele acerca de sus vacaciones. Cuéntele también acerca de las vacaciones suyas.

MODELO

	USTED:	**¡Hola! ¿Cómo estás?**
	AMIGO(-A):	**Muy bien, ¿y tú?**
	USTED:	**¡Bien, también! Y dime por fin, ¿adónde fuiste de vacaciones?**
	AMIGO(-A):	**A la playa. Fui a...**
	USTED:	**¡Qué maravilla! ¿Y esquiaste mucho?**

Actividades	*Lugares*
ir a la playa	la playa
andar por la playa	el campo
tomar el sol	las montañas
nadar	un campamento
esquiar	en casa
montar a caballo	¿?
jugar al golf	
navegar en un velero	
correr	
¿?	

C. Una anécdota. Cuéntele a un(-a) compañero(-a) una anécdota de algo especial que le pasó durante sus vacaciones. Su compañero(-a) va a reaccionar según lo que Ud. diga y narrará algo que le pasó a él (ella).

MODELO   **El verano pasado fui de vacaciones a Cancún y ahí conocí a un(-a) muchacho(-a) muy guapo(-a). Un día...**

Temas de conversación: tener un accidente / perder el pasaporte / quedarse sin dinero / perderse en la ciudad / ¿?

Discussing When Things Happened

Expressing Dates

In order to explain when an action took place or will take place, you will need to be able to express dates in Spanish.

a. To inquire about the date, the following questions are used.

¿Cuál es la fecha?
¿A cuántos estamos? }   *What is the date?*

b. The date is expressed using the following formula:

ARTICLE	+	DATE	+	**de**	+	MONTH	+	**de**	+	YEAR
el		doce		de		octubre		de		1492

The first day of the month is called **el primero;** the other days use cardinal numbers.

Hoy es **el treinta y uno** de enero;   *Today is January 31; tomorrow is*
   mañana es **el primero** de febrero.   *February 1.*

c. When the day of the week is mentioned along with the date, the following formula is used:

ARTICLE	+	DAY OF WEEK	+	DATE	+	**de**	+	MONTH
el		jueves		catorce		de		abril

d. The article **el + date** = *on + date.*

—¿Cuándo llegó tu hermano de   *When did your brother arrive from*
    Caracas?   *Caracas?*
—Llegó **el viernes 4 de agosto.**   *He arrived on Friday, August 4.*

e. When talking about the year of an event, the expression is **en + year.**

Construyeron la catedral **en 1659.**   *The cathedral was built in 1659.*

Práctica y conversación

A. El árbol genealógico. ¿En qué fecha nacieron estas personas?

su padre / su madre / su mejor amigo(-a) / Ud. / su hermano(-a)

B. Un poco de historia. Dígale a un(-a) compañero(-a) cuándo ocurrieron los siguientes hechos de la historia contemporánea de España.

1. la Guerra Civil española / empezar / 1936
2. Francisco Franco / hacerse dictador de España / 1939
3. El general Franco / morir / 1975
4. Juan Carlos I / llegar a ser rey de España / 1975
5. el pueblo español / aprobar la nueva Constitución / 1978
6. España / entrar en la Unión Europea / 1986
7. José Aznar / llegar a ser presidente del gobierno español / 1996
8. los españoles / comenzar a usar el euro / 2002

C. Entrevista personal. Pregúntele a un(-a) compañero(-a) de clase algunas fechas de su vida personal.

Pregúntele ...

1. cuándo nació.
2. cuándo recibió su permiso de conducir.
3. cuándo se graduó de la escuela secundaria.
4. cuándo empezó sus estudios universitarios.
5. cuándo piensa graduarse de la universidad.
6. ¿?

Siga practicando el vocabulario y las estructuras gramaticales de **Capítulo 2, Primera situación** en *Interacciones CD-ROM.*

Para saber más:
www.heinle.com

Segunda situación

Presentación

Diversiones nocturnas

Práctica y conversación

A. Recomendaciones. Sus amigos quieren disfrutar de las diversiones nocturnas. ¿Adónde les recomienda Ud. que vayan para hacer lo siguiente?

escuchar música rock / ver una película policíaca / tomar una copa / bailar / ver un drama / escuchar música clásica / ver un espectáculo / pasarlo bien

B. Entrevista personal. Cada estudiante les hace preguntas a seis de sus compañeros de clase sobre lo que hicieron para divertirse el sábado por la noche. Comparen las respuestas para ver qué actividad es la más popular y cuál es la menos popular.

C. ¡Diviértanse! Usando la información de los anuncios *(advertisements)* a continuación conteste las siguientes preguntas en la página 60.

CABARETS

Ballroom—253 W. 28th St. (244-3005). Club nocturno que presenta todas las noches los mejores artistas de cabaret.

Don't Tell Mama—343 W. 46th St. (757-0788). Cabaret con revistas y música de piano. Micrófono a disposición.

Duplex—61 Christopher St. (255-5438). En el piano de abajo hay el piano bar con la partecipación del público, cada noche.

Eighty Eights—228 W. 10th St. (924-0088). Cada noche, piano bar y cabaret.

Rainbow and Stars—30 Rockefeller Plaza (632-5000). Un cabaret íntimo con un buen entretenimiento y magníficas vistas.

JAZZ/POP/BLUES

Blue Note—131 W. 3rd St. (475-8592). Todas las noches podrán ver y oír a los mejores y más brillantes músicos de jazz.

Bottom Line—15 W. 4th St. (228-7880). Ofrece un excitante programa de actuaciones de jazz y rock.

Bradley's—70 University Place (228-6440). Ofrece jazz clásico todas las noches.

Chicago Blues—73 8th Ave. (924-9755). Club de blues. Abierto todas las noches.

Iridium—44 W. 63rd St. (582-2121). Club de cenar y jazz en vivo. Abierto todas las noches.

Judy's—49 W. 44th St. (764-8930). Cabaret y restaurante acogedor. Abierto todas las noches.

Knickerbocker Bar & Grill—33 University Pl. (228-8490). Jazz en vivo.

Knitting Factory —74 Leonard St. (219-3055). Cada noche, un programa diferente de música en vivo.

Manny's Car Wash—1558 3rd Ave. (369-2583). Bar de blues con espectáculo en vivo todas las noches.

Michael's Pub—211 E. 55th St. (758-2272). Restaurante/club de jazz, donde podrá ver a Woody Allen los lunes por la noche.

Sweet Basil—88 7th Ave. So. (242-1785). Ofrecen las corrientes de jazz más diversas a través de famosos músicos.

Tramp's—45 W. 21st St. (727-7788). Amplio club que ofrece música folk, funk, reggae y blues.

Village Vanguard—178 7th Ave So. (255-4037). Todas las noches ofrecen músicos diferentes.

Visiones—125 McDougal St. (673-5576). Ofrece jazz acústico directo e inmediato con fusión de jazz cada noche.

Cena y Baile a Ritmo Latino

Música en vivo y D.J. • Club para Cenar y Bailar

Cocina Brasileña y Cubana ♥ Ambiente Elegante

HAVANA★RIO N.Y.

1711 Broadway
(entrada por la calle 54)
956-1000

En el distrito de los teatros

COPACABANA
Música Disco y Salsa

Cada uno en un salón diferente

Martes, Viernes y Sábado

2 Grandes Orquestas cada viernes y sábado

Martes de 6 pm hasta 3 am

Viernes y sábado 10 pm hasta las 4:30 am

617 W. 57th Street (entre avenidas 11 y 12) • Tel: 582-2672

1. ¿Adónde se va para escuchar los mejores artistas del Cabaret?
2. ¿Qué club tiene magníficas vistas de la ciudad?
3. ¿Qué club ofrece un programa de jazz y rock?
4. ¿Qué club ofrece comida cubana?
5. ¿Dónde se escucha jazz acústico con fusión de jazz?
6. ¿A qué hora cierra el Club Copacabana los martes?

D. Creación. Cuente en una narración lo que pasa en el dibujo de la **Presentación,** contestando las siguientes preguntas. Ud. está sentado(-a) en una de las mesas en el café. ¿Qué puede Ud. decir de las personas que están en el café? Describa la personalidad, la profesión y el modo de vivir de estas personas. ¿Adónde piensa Ud. que van a ir después?

Vocabulario

Ir al cine	To go to the movies	Ir a una discoteca	To go to a discotheque
ver una película cómica	to see a funny film	el bar	bar
trágica	sad	el conjunto	band, musical group
romántica	romantic	escuchar música	to listen to
policíaca	mystery	rock	rock music
de aventuras	adventure	popular	popular music
		folklórica	folk music
Ir a un club nocturno	**To go to a nightclub**	**En el hotel**	**In the hotel**
emborracharse	to get drunk	chismear	to gossip
estar borracho(-a)	to be drunk	jugar (ue) a las cartas (A) los naipes	to play cards
tomar una copa	to have a drink		
un refresco	a soft drink	**Otras actividades**	**Other activities**
un vino	wine	una comedia	a comedy
un whisky	whiskey	un drama	a drama
un ron	rum	la música clásica	classical music
una gaseosa	a mineral (soda) water	la orquesta	the orchestra
		ir a la ópera	to go to the opera
ver un espectáculo	to see a show, floorshow	al teatro	to the theater
		a un café al aire libre	to an outdoor cafe
		a un concierto	to a concert
		pasearse	to take a walk

Así se habla

CIRCUMLOCUTING

En un restaurante de mariscos en Madrid

JOAQUÍN	Hola, Mauricio, ¿qué hubo?
MAURICIO	Ahí, pasándola.
JOAQUÍN	¿Has visto a Manolo? Necesito hablar con él.
MAURICIO	Lo vi esta mañana en la cancha de tenis. Se veía muy mal. Según me dijo, anoche no durmió nada. Parece que fue a ese restaurante nuevo que abrieron cerca de su casa y comió este... ¿cómo se llama? es un tipo de marisco... este...
JOAQUÍN	¿Cangrejos? ¿Langosta? ¿Camarones?
MAURICIO	Eso, camarones, y parece que tuvo una reacción alérgica y lo tuvieron que llevar al hospital.

If you don't know how to express an idea or you don't know the name of an object, place, or activity, you can use the following phrases to make yourself understood.

Es un tipo de bedida / alimento / animal / vehículo.	*It's a kind of beverage / food / animal / vehicle.*
Se usa para jugar al tenis / cortar la carne / servir el café.	*It's used for playing tennis / cutting meat / serving coffee.*
Es un lugar donde se baila / se nada / se estudia.	*It's a place where one dances / one swims / one studies.*
Es como una silla / un lápiz / una mesa.	*It's like a chair / a pencil / a table.*
Se parece a un perro / una bicicleta.	*It's like a dog / a bicycle.*
Es parte de una casa / un carro.	*It's part of a house / a car.*
Es algo redondo / cuadrado / duro / blando / áspero.	*It's something round / square / hard / soft / rough.*
Es un artículo de ropa / de cocina / de oficina / de metal / de madera / de vidrio.	*It's a clothing / kitchen / office / metal / wooden /glass object.*

Es algo así como un(-a)...   *It's something like a . . .*
Es uno de esos sitios donde...   *It's one of those places where . . .*
Suena / Huele / Sabe como...   *It sounds / smells / tastes like . . .*

Práctica y conversación

A. Circunlocuciones. Mientras su compañero(-a) tiene el libro cerrado, Ud. lee las siguientes descripciones. Su compañero(-a) le dirá la palabra que falta.

1. Necesito un líquido para protegerme del sol. No quiero quemarme cuando vaya a la playa la próxima vez. ¿Sabes lo que necesito?
2. Es un lugar de forma rectangular, generalmente lleno de agua. La gente va allí a nadar. No recuerdo bien la palabra. ¿Cuál es?
3. Es un artículo de ropa que nos ponemos cuando queremos nadar. Es de una pieza para los hombres y a veces de dos para las mujeres. ¿Cómo se dice?
4. Es un lugar adonde la gente va a hacer ejercicio o a levantar pesas. ¿Cómo se llama?
5. Es un objeto redondo y pequeño. Batimos este objeto con una raqueta cuando jugamos al tenis. ¿Sabes a qué me refiero?
6. Es un ave que se parece a un pollo pero es más grande y generalmente se come en las Navidades o en la fiesta de Acción de Gracias. ¿Cómo se llama?

B. De compras en España. Ud. está en España estudiando en la Universidad de Madrid y necesita algunas cosas, pero no sabe su nombre en español. Vaya a la tienda y descríbale estos objetos al (a la) vendedor(-a), y éste (ésta) tratará de ayudarlo(-la). (No es necesario que sepa la palabra exacta.)

MODELO   nail polish remover

USTED: **Señor(ita), por favor, ¿tiene eso que sirve para quitar la pintura de las uñas?**
VENDEDOR(-A): **¡Ah sí! ¡Cómo no! Aquí tiene acetona.**

Temas de conversación: headband / running shoes / watch band / bedspread / posters / reading lamp / detergent / envelopes / paper clips / ¿?

Estructuras

Discussing Past Actions

Preterite of Stem-Changing Verbs

Many verbs that are needed to talk about past actions and activities are stem-changing verbs. You have already learned that **-ar** and **-er** verbs that stem change in the present tense follow a normal pattern in the preterite. However, **-ir** verbs that stem-change in the present tense also stem-change in the preterite but in a different way.

Preterite of Stem-Changing Verbs

e → i pedir		o → u dormir	
pedí	pedimos	dormí	dormimos
pediste	pedisteis	dormiste	dormisteis
pidió	pidieron	durmió	durmieron

a. In the preterite there are two types of stem changes: **e → i** and **o → u.** These stem changes occur only in the third person singular and plural forms. These stem changes are often indicated in parenthesis next to the infinitive: **pedir (i, i); divertirse (ie, i); dormir (ue, u).** The first set of vowels refers to stem changes in the present tense; the second set of vowels refers to stem changes in the preterite.

b. Only **-ir** verbs that are stem-changing in the present tense are also stem-changing in the preterite. Here are some common verbs of this type:

1. **ie, i** verbs: **divertirse, preferir, sentirse**
2. **i, i** verbs: **despedirse, pedir, repetir, seguir, servir, vestirse**
3. **ue, u** verbs: **dormir, dormirse, morir**

Práctica y conversación

A. En la discoteca. Explique lo que pasó anoche en la discoteca.

1. el conjunto / seguir tocando música rock
2. Julio / pedir un whisky
3. tú / preferir tomar vino
4. el camarero / servir rápidamente
5. Paco y María / despedirse temprano
6. yo / divertirme
7. nosotros / dormirnos muy tarde

B. ¡Qué aburrido! Un(-a) estudiante le pregunta a su compañero(-a) qué hizo el fin de semana. Él (Ella) le responde.

aburrirse mucho / dormirse temprano / divertirse / sentirse enfermo(-a) / preferir ver televisión / ¿?

C. Y tú, ¿te divertiste? En grupos, dos estudiantes intercambian información acerca de sus actividades durante las últimas vacaciones. El (La) tercer(-a) estudiante toma apuntes y luego informa al resto de la clase sobre lo que dijeron sus dos compañeros(-as).

DISTINGUISHING BETWEEN PEOPLE AND THINGS

Personal a

In Spanish it is necessary to distinguish between direct objects referring to people and direct objects referring to things.

a. In Spanish the word **a** is placed before a direct object noun that refers to a person or persons. It is not translated into English. Compare the following.

Anoche vi **a Ramón** en el hotel.	*Last night I saw Ramón in the hotel.*
Anoche vi una película en el hotel.	*Last night I saw a movie in the hotel.*

b. The personal **a** is used whenever the direct object noun refers to specific human beings and is generally repeated when they appear in a series.

Vimos **a Luis, a Miguel y a Pepe** en la discoteca.	*We saw Luis, Miguel and Pepe in the discotheque.*

c. The personal **a** is not generally used after the verb **tener.**

Tengo una amiga que vive en Madrid.	*I have a friend who lives in Madrid.*

d. Often the personal **a** is also used before nouns referring to family in general or to pets.

Visito mucho **a mi familia.**	*I visit my family a lot.*
José busca **a su perro.**	*José is looking for his dog.*

Práctica y conversación

A. **¿Qué vieron en Madrid?** Explique lo que Raúl y Federico vieron en Madrid durante sus vacaciones.

> **MODELO**   mucha gente
> Raúl y Federico vieron a mucha gente.

el Museo del Prado / turistas italianos / un espectáculo / una bailarina de flamenco / una corrida de toros / un concierto rock / sus abuelos / el Palacio Nacional

B. **¿Adónde fuiste en el verano?** Pregúntele a su compañero(-a) adónde fue en el verano y a qué personas o qué cosas vio.

AVOIDING REPETITION OF NOUNS

Direct Object Pronouns

Direct object pronouns are frequently used to replace direct object nouns as in the following exchange:

NOUN:	¿Viste **a Silvia** en la discoteca?	*Did you see Silvia in the discotheque?*
PRONOUN:	Sí, **la** vi.	*Yes, I saw her.*

Direct Object Pronouns Referring to Things

Al llegar a la playa, la madre de Pepe quiere saber si tienen todas las cosas que necesitan.

¿El traje de baño?	Sí, **lo** traje.	*Yes, I brought it.*
¿La loción?	Sí, **la** traje.	*Yes, I brought it.*
¿Los sombreros?	Sí, **los** traje.	*Yes, I brought them.*
¿Las toallas?	Sí, **las** traje.	*Yes, I brought them.*

Direct Objects Referring to People

Jorge vio a muchas personas en el club nocturno anoche.

Jorge	**me**	vio.	*Jorge saw me.*
Jorge	**te**	vio.	*Jorge saw you (fam. sing.).*
Jorge	**lo**	vio.	*Jorge saw him / you (form. masc. sing.).*
Jorge	**la**	vio.	*Jorge saw her / you (form. fem. sing.).*
Jorge	**nos**	vio.	*Jorge saw us.*
Jorge	**os**	vio.	*Jorge saw you (fam. pl.).*
Jorge	**los**	vio.	*Jorge saw them / you (form. masc. pl.).*
Jorge	**las**	vio.	*Jorge saw them / you (form. fem. pl.).*

a. Direct object pronouns have the same gender, number and person as the nouns they replace.

| —¿Oíste mis nuevas cintas? | *Did you listen to my new tapes?* |
| —Sí, **las** oí anoche. | *Yes, I heard them last night.* |

b. The direct object pronoun is placed directly before a conjugated verb.

| —¿Por fin viste la nueva película de Almodóvar? | *Did you finally see the new Almodóvar film?* |
| —No, no **la** vi. | *No, I didn't see it.* |

c. When a conjugated verb is followed by an infinitive, the direct object pronoun can precede the conjugated verb or be attached to the end of an infinitive.

| —¿Quieres ver el espectáculo esta noche? | *Do you want to see the show tonight?* |
| —No, **lo** voy a ver mañana.
—No, voy a ver**lo** mañana. | *No, I'm going to see it tomorrow.* |

d. Direct object pronouns must be attached to the end of affirmative commands. If the affirmative command has more than one syllable, an accent mark is placed over the stressed vowel. Direct object pronouns must be placed directly before negative commands.

—¿Quieres probar la sangría?   *Do you want to taste the sangría?*
—Sí, **tráela** a la fiesta. ¡Y **no la**   *Yes, bring it to the party. And don't forget it.*
olvides!

Práctica y conversación

A. ¿Y trajiste... ? Ud. y su compañero(-a) de cuarto están en un complejo turístico. Su compañero(-a) preparó todo pero Ud. no está seguro(-a) si él (ella) trajo algunas cosas que Ud. necesita. Pregúntele a ver qué le dice.

MODELO   USTED: **¿Y trajiste jabón?**
          COMPAÑERO(-A):   **Sí, lo traje.**
                              No, lo olvidé.

sombrero / loción de broncear / gafas de sol / dinero / sandalias / desodorante / pasta de dientes / despertador / sombrilla / trajes de baño / ¿?

B. ¿Dónde pusiste mi... ? Ud. le prestó algunas cosas a su compañero(-a) de cuarto y las necesita. Pregúntele dónde están.

MODELO   USTED: **¿Dónde están mis libros?**
          COMPAÑERO(-A):   **No, sé. No los tengo.**
                              Los perdí.

máquina de afeitar / loción de afeitar / cuadernos / lápices / cintas / secador / ¿?

C. ¿Qué película viste? Pregúntele a su compañero(-a) qué películas, programas de televisión u obras de teatro ha visto úlitmamente.

MODELO   USTED: **¿Viste las noticias anoche?**
          COMPAÑERO(-A):   **Sí, las vi.**
                              No, no las vi.

D. De regreso a casa. Su compañero(-a) acaba de regresar de su viaje por toda Europa. Ud. quiere saber qué hizo, con quién fue, a quién(-es) vio, qué lugares visitó, qué comida exótica comió, qué compró, etc. Él (Ella) le contesta con todos los detalles posibles.

Using Visual Aids

You can use visual aids to help you understand what is being said. These visual aids can be concrete objects you see around you or mental images formed from previous experiences. When you hear someone speak about a particular object, person, or activity, your mind conjures up an image of that object, person, or activity. If your friend, for example, tells you she went swimming, your mind immediately supplies the image of a swimming pool or the ocean and the activity of swimming itself.

Ahora, escuche el diálogo entre Luisa y Susana, dos amigas que intercambian información acerca de sus actividades en la playa. Antes de escuchar la conversación, mire las ilustraciones y lea los ejercicios a continuación y piense qué expresiones van a utilizar estas dos amigas. Después, conteste.

A. Información general. De las ilustraciones que se presentan arriba, decida qué ilustración presenta lo que hicieron las siguientes personas: Miguel, Susana, Luisa y Pepe.

Ilustración 1 _____   Ilustración 2 _____

Ilustración 3 _____   Ilustración 4 _____

B. Algunos detalles. Escoja la respuesta correcta entre las alternativas que se presentan.

1. La persona que contestó primero el teléfono fue
   a. Luisa.
   b. la madre de Luisa.
   c. la hermana de Luisa.
2. Según la conversación, parece que Luisa estuvo
   a. divirtiéndose todo el día.
   b. sola y muy aburrida.
   c. muy enferma y triste.
3. Susana le dice a Luisa que ella y Miguel
   a. hablaron por teléfono en la mañana.
   b. tomaron el sol y levantaron pesas.
   c. hicieron windsurf todo el día.
4. Al día siguiente las amigas van a
   a. ir de compras.
   b. navegar en velero.
   c. nadar en el mar.

C. Análisis. ¿Qué diferencias hay entre las frases que Susana usa con la madre de Luisa y las que usa con su amiga Luisa? ¿Por qué hay diferencias?

Siga practicando el vocabulario y las estructuras gramaticales de **Capítulo 2, Segunda situación** en *Interacciones CD-ROM.*

Para saber más:
www.heinle.com

Tercera situación

Perspectivas

BENICASIM
PROGRAMA FIESTAS DE VERANO
DEL 19 AL 26 DE AGOSTO

XIII CERTAMEN INTERNACIONAL DE GUITARRA
"FRANCISCO TARREGA"

benicasim
costa de azahar (españa)
DEL 21 AL 24 AGOSTO

Celebrando las fiestas de verano

A mediados de agosto muchos pueblos y ciudades españoles tienen sus fiestas de verano. Algunas de estas fiestas coinciden con el Día de la Asunción (15 de agosto), fecha en que los españoles celebran el ascenso al cielo de la Virgen María. Durante estas fiestas hay diversas actividades para gente de todas las edades. Estas actividades incluyen desfiles y pasacalles *(parades),* concursos y competiciones *(contests)* de toda categoría, carreras *(races),* bailes, exposiciones, fuegos artificiales *(fireworks)* y corridas de toros o de vaquillas *(amateur bullfights with young and small bulls).*

El siguiente programa es de las fiestas de verano de Benicasim, un pueblo en la Costa del Azahar cerca de Valencia, en el Mediterráneo.

¡¡Fiesta!!

Lunes, 20

A las 16 horas. Campeonato de fútbol en el campo del Pedrol, entre equipos Santa Agueda y Roda.

A las 16,30. Concursos y competiciones infantiles de Hulla-Hoop, castillos en la arena, etc., con premios a los vencedores .

A las 19,30. Maratón popular con salida de la Plaza del Ayuntamiento.

A las 22,30. Gran espectáculo en la Plaza de Toros con la actuación de Victoria Abril y su famoso ballet de programas de Televisión Española.

Martes, 21

A las 11 horas. Competición de natación en la Piscina Municipal.

A las 18. Exhibición de vaquillas en la Plaza de Toros.

A las 20,30. Certamen Internacional de Guitarra en el Hotel Orange.

A las 21. Bailes populares gratis en la Plaza de Toros.

A las 24. Gran castillo de fuegos artificiales por la famosa Pirotecnia Caballer.

Práctica y conversación

A. Diversiones apropiadas. Escoja del programa de la fiesta de Benicasim una actividad para las siguientes personas. Indique también cuándo tiene lugar la actividad.

1. una niña de cuatro años
2. un joven de catorce años a quien le encanta nadar
3. un muchacho de siete años a quien le gusta la playa
4. una guitarrista profesional
5. una mujer de treinta años a quien le gusta correr
6. unos novios a quienes les gusta bailar
7. un aficionado al fútbol
8. toda la familia

B. Sus preferencias. Usted y un(-a) amigo(-a) están en Benicasim durante las fiestas de verano. Con un(-a) compañero(-a) de clase, escoja sus actividades preferidas. Escoja por lo menos una actividad en la que pueden participar y una para observar.

Panorama cultural

El baile flamenco

A. Las castañuelas. Con un(-a) compañero(-a) de clase prepare una lista de las actividades que los turistas típicos quieren ver o hacer durante sus vacaciones en España. Después, miren la siguiente foto y contesten las preguntas. ¿Con qué actividad se asocian las castañuelas? ¿Para qué se usan?

B. María Rosa. Utilizando información del vídeo, describa a María Rosa y su compañía. Incluya información acerca de la ropa de los hombres y las mujeres, el escenario y la música.

Using the Subtitles of a Reading to Predict and Understand Content

Often subtitles are used to divide lengthy magazine and newspaper articles into smaller, more manageable sections. These subtitles generally provide a summary of the content of each section in a clear and succinct manner and help the reader predict, understand, and remember content. Together the subtitles form an outline of the article. Before reading such an article, look at the subtitles and try to make predictions about the possible content of the article. As you read, keep these subtitles in mind to help you clarify and simplify the material. You will find that you remember much more content if you use the subtitles to their full advantage.

Práctica

A. Benidorm. Para comprender el título del siguiente artículo: «24 Horas: De vacaciones en Benidorm» es necesario saber algo de Benidorm. Use un mapa de España y las fotos del artículo para contestar las siguientes preguntas. ¿Dónde está situada la ciudad de Benidorm? Con esta situación, ¿qué tipo de ciudad es? ¿Es un buen lugar para las vacaciones? ¿Cuál es la idea general del artículo?

B. El horario español. Para comprender el artículo, también es necesario saber algo del horario español. ¿A qué hora comen la comida principal los españoles? ¿A qué hora abren las tiendas y las oficinas? ¿Qué hacen los españoles por la noche? ¿A qué hora se acuestan?

C. Los subtítulos. ¿Cuáles son las dos partes de cada subtítulo? ¿A que se refieren los números en los subtítulos? ¿Cómo está organizado el artículo? ¿De qué tratan las secciones del artículo con los siguientes subtítulos?

7.30 Todo en orden / 10.00 Uniforme playero / 11.00 Arriba el telón *(The curtain rises)* / 12.00 Siempre fieles / 14.00 Ensalada, paella y sangría / 21.00 ¡A la calle!

Lectura cultural 24 Horas: De vacaciones en Benidorm

Benidorm, España: La playa

7.30   Todo en orden

Sale el sol y Benidorm se despierta de una noche que no ha tenido fin. Las playas están tranquilas, ordenadas y con sombrillas de personas que ya han bajado hasta la orilla° del mar para obtener sitio°, que al mediodía será imposible encontrar. Es uno de los centros turísticos más importantes. «Está a dos horas del resto de Europa, es cosmopolita y segura en todos los aspectos», señala° Andrés Guerrero, presidente de la asociación de agencias de viajes. La población de Benidorm, 50.176 personas, se multiplica por seis en estos meses de verano, hasta superar las 370.000 personas. Es una fábrica° de ocio° que recibe unos cinco millones de turistas anuales. Es la cuarta ciudad europea en plazas° hoteleras (34.000) tras Madrid, París y Londres.

shore
place

points out

factory / leisure time
spaces, rooms

10.00   Uniforme playero°

La mayoría de los veraneantes° se marchan a la playa con su uniforme playero: en bañador°, sin camiseta, con riñonera°, sandalias, colchón acuático, gorrita° y toalla.

beach (adj.)
vacationists / traje de baño
money pouch / cap

11.00   Arriba el telón

Todo está prácticamente listo para comenzar una larga y agotadora° jornada° de playa. La temperatura ronda los 30 grados, luce el sol, la humedad relativa es del 65 por ciento, la temperatura del agua es de 24 grados y una suave y refrescante brisa eriza° las olas que rompen en la playa.

exhausting / día

raises up

12.00   Siempre fieles

Los 5,3 kilómetros de playa están de bote en bote°. Según datos del ayuntamiento°, a esta hora punta° puede haber en la playa de Levante unas 35.000 personas. Lo del espacio no es problema para Gabriel, un madrileño de 55 años que lleva veraneando en la ciudad desde hace 20 años. «Me gusta, me gusta. Es una ciudad con alegría, juerga°, música... Me gustan las orquestinas de los bares, la arquitectura, los edificios».

packed / municipal government
peak

festivity

14.00   Ensalada, la paella y sangría

Ensalada, paella y sangría, dieta mediterránea a la orilla del mar. Extranjeros y nacionales se desviven por° pedir la paella en sus más variadas formas. En Benidorm hay casi 350 restaurantes. Muchos se encuentran en primera línea de la playa; otros están en el barrio antiguo.

are very eager to

19.00   Como langostas°

Cuando el sol empieza a declinar, la actividad playera decae considerablemente. Es una hora en la que se está a gusto tumbado° en la arena. Eso es lo que hace un grupo de 13 jóvenes holandeses que toman su enésima° cerveza. Están rojos como langostas pero contentos de estar en España.

lobsters

lying down
umpteenth

21.00   ¡A la calle!

Las luces del paseo se encienden lentamente y la calle empieza a bullir°. Las más de 230 cafeterías y 920 bares comienzan a llenarse de una diversidad de gente. Las tiendas continúan abiertas. En la ciudad hay más de mil establecimientos que son visitados por los ávidos° de «comprar algún recuerdo° para la familia».

to bustle about

eager / souvenir

24.00   El karaoke

El reloj da la medianoche. El karaoke causa furor; niños y mayores se emboban con° los aspirantes a Julio Iglesias. También pequeños grupos musicales y shows *alegran la noche.*

are amazed by

3.00   ¡A trabajar!

Mientras muchos se divierten, Tomás Antón trajina por° la playa de Levante con su tractor. Su trabajo es importante: dejar la playa limpia. El Ayuntamiento de Benidorm considera sus playas «como la niña de sus ojos». Las cuidan al máximo.

moves around

5.00   Sin freno°

El que llega hasta esta hora va a dormir muy poco; mejor dicho, nada. Es la hora de cerrar para los pubs y disco-bares que hay en la zona de la playa. Algunos regresan al hotel mientras otros van a desayunar en un café en la playa. La actividad terminará sólo cuando el sol vuelva a salir sobre la playa.

restraint

Comprensión

A. Las actividades. Indique la hora cuando las siguientes actividades tienen lugar. Después pongan las actividades en orden cronológico.

_____ todos salen a la calle para divertirse
_____ limpian las playas
_____ la actividad playera decae
_____ los turistas van a la playa
_____ las playas están tranquilas
_____ los turistas comen la comida principal
_____ cierran los bares
_____ las playas están de bote en bote

B. Los veraneantes. Con un(-a) compañero(-a) describa a los veraneantes de Benidorm. Incluya información acerca de su ropa, su comida, y sus actividades.

C. En defensa de una opinión. ¿Qué evidencia puede Ud. encontrar en el artículo que confirma la siguiente idea? Benidorm es un lugar muy popular para las vacaciones del verano.

SEQUENCING EVENTS

When writing about events that took place in the past, you often need to tell in what order or when the various activities took place. The following expressions can be used to indicate the proper sequence of activities.

primero	*first*
el primer día / mes / año	*the first day / month / year*
la primera semana	*the first week*
la segunda semana	*the second week*
el tercer día / mes / año	*the third day / month / year*
entonces	*then, at that time*
luego / después	*then, later, afterwards, next*
más tarde	*later*
a la(-s) ...	*at . . . o'clock*
era(-n) la(-s)... cuando	*it was . . . o'clock when*
por fin / finalmente	*finally*

Composiciones

A. Mis vacaciones. Escriba una composición breve sobre unas vacaciones reales o imaginarias que Ud. tomó.

B. Unas tarjetas postales. Ud. acaba de terminar el quinto día de una semana de vacaciones en Benidorm. Sacando información de la lectura **24 Horas: De vacaciones en Benidorm,** escríbales una tarjeta postal a sus padres explicándoles lo que Ud. hizo durante los primeros días allí. También escríbale una tarjeta a su mejor amigo(-a) explicándole lo que hizo de noche.

C. Las vacaciones norteamericanas. Escriba un artículo breve explicando lo que hicieron unas familias típicas durante sus vacaciones de verano en los EE.UU.

Actividades

A. **Las fiestas de Benicasim.** Part of your week-long vacation in Benicasim last August coincided with the summer festival. Using the program in **Perspectivas** as well as your imagination, explain what you did each day. Include activities you watched and those in which you participated.

B. **El fin de semana pasado.** You and a partner will each think of seven activities you participated in last weekend, but do not tell each other what you did. Then, ask each other questions to find out what the other person did. After learning about each other's activities, tell your instructor what your partner did last weekend.

C. **Mis vacaciones favoritas.** Tell your classmates about a real or imagined vacation trip you once took. Explain where and with whom you went, how you traveled, where you stayed, what you ate, saw, and did.

D. **Una encuesta** *(A survey).* In groups of five or six students, take a survey about the summer vacations of your families. Find out the following information: how many days the vacation lasted; where they went; how they traveled; who made the arrangements; where they stayed; what they did. Compare your group's results with those of the other groups.

Para saber más:
www.heinle.com

Herencia cultural

Personalidades

De ayer

Rodrigo Díaz de Vivar (¿1043?–1099), conocido *(known)* como **El Cid Campeador,** es una personalidad histórica y legendaria. Es un gran héroe nacional y representa los valores españoles más importantes: amor a la familia, devoción a Dios y fidelidad al rey *(king).*

El matrimonio de **Fernando de Aragón** e **Isabel de Castilla** en 1469 produjo la unidad política de España. Fernando e Isabel, conocidos como los Reyes Católicos, hicieron de España la primera nación de la Europa moderna.

De hoy

Pedro Almodóvar es uno de los directores del cine más reconocidos de este siglo. Entre sus películas más importantes están *Mujeres al borde de un ataque de nervios* y *Todo sobre mi madre.*

Entre los jóvenes, **Enrique Iglesias** es uno de los cantantes más populares en España y los EE.UU. Es hijo de Julio Iglesias, otro famoso cantante de España. Aunque nació en España, actualmente vive en los EE.UU.

La familia real española incluye al rey, **Juan Carlos I,** la reina **Sofía,** y sus hijos **Felipe, Elena** y **Cristina.** Elena y Cristina están casadas y también son madres. Felipe todavía es soltero y es el heredero del trono.

El popular golfista **Sergio García** es conocido como «El niño» por ser uno de los jugadores más jóvenes del mundo en competir en torneos profesionales. Empezó a jugar al golf a los tres años de edad y ganó su primer torneo de profesionales a los 17 años. Durante su corta carrera ha obtenido una infinidad de premios y trofeos.

Para saber más:
www.heinle.com

76

Arte y arquitectura

El Greco, *El entierro del Conde de Orgaz.* Toledo: Iglesia de Santo Tomé

Los grandes maestros del Prado: El Greco, Velázquez, Goya

El Prado, uno de los grandes museos de arte del mundo, se encuentra en el centro de Madrid. Allí se puede ver cuadros *(paintings),* dibujos *(drawings)* y esculturas *(sculptures)* desde la época clásica de los griegos y romanos hasta la época contemporánea. Pero sobre todo se puede ver las obras *(works)* de los grandes artistas españoles: El Greco, Velázquez y Goya.

Doménico Theotocópuli (1542–1614), llamado **El Greco,** nació en la isla de Creta (Grecia). En 1575 viajó a España y pasó la mayor parte de su vida en Toledo. Muchas de sus obras son religiosas o espirituales; pintó muchos retratos *(portraits)* de los santos.

Aunque hay muchos cuadros de El Greco en el Prado, su obra más famosa, *El entierro* (burial) *del Conde de Orgaz* (1586–1588) está en la Iglesia de Santo Tomé en Toledo. El Conde de Orgaz fue un hombre muy rico y generoso que durante su vida contribuyó mucho dinero a la Iglesia de Santo Tomé. Según una leyenda *(legend),* San Agustín y San Esteban presenciaron el entierro del Conde a causa de su generosidad.

Diego Rodríguez de Silva y Velázquez (1599–1660) fue el pintor de la corte de Felipe IV y muchas de sus obras son retratos de la familia real o de otras personas de la corte. Su obra maestra *(masterpiece)* es *Las Meninas* (Ladies-in-waiting), que según los críticos es uno de los mejores cuadros del mundo.

Diego Rodríguez de Silva y Velázquez, *Las Meninas.* **Madrid: Museo del Prado**

Las Meninas (1656) representa una escena en el taller *(workshop)* del palacio real. Velázquez está pintando al rey Felipe IV y a la reina Mariana, quienes se reflejan en el espejo *(mirror)*. La hija de los reyes es la infanta Margarita y ella y sus meninas miran la escena.

Francisco de Goya y Lucientes (1746–1828) fue pintor de gran originalidad y de muchos estilos. Generalmente sus obras reflejan las costumbres típicas o los hechos *(happenings)* históricos de España. *El tres de mayo* representa una escena de la guerra *(war)* entre España y la Francia de Napoleón. El dos de mayo de 1808 hubo una batalla muy sangrienta *(bloody)* en Madrid. A pesar de que lucharon valientemente, los españoles perdieron la batalla. Al día siguiente, el tres de mayo, las tropas francesas ejecutaron *(executed)* a muchos soldados españoles.

Francisco de Goya y Lucientes, *El tres de mayo.* Madrid: Museo del Prado

Para saber más:
www.heinle.com

Comprensión

A. Unos detalles *(details).* Complete el siguiente cuadro con información acerca de las obras de El Greco, Velázquez y Goya.

	El Greco	Velázquez	Goya
	El entierro del Conde de Orgaz	*Las Meninas*	*El tres de mayo*
Escena representada			
Personas representadas			
Descripción de las personas más importantes			
Colores predominantes			
Emociones predominantes			
Objetos y artículos			

B. La historia. Con un(-a) compañero(-a) de clase, cuente lo que pasa en cada cuadro.

Para leer bien

READING LITERATURE

You have learned to predict the content of a reading by using the title and accompanying information and to guess meaning during your reading by using cognates. These same strategies can be applied to the reading of literature. In addition, there are other techniques that can also be used. Authors often do not express their ideas directly, but rather suggest them through the use of symbols or vocabulary that evoke many ideas and feelings. As a result, literature can generally be read on two levels: one level is the presentation of concrete ideas and the other is a higher, more abstract level that uses figurative language and symbols.

A **symbol** is a word or object that can be used to signify or represent something else. For example, a star is a heavenly body appearing in the sky at night. However, a star can be used to represent a variety of things according to its use and location. On an assignment returned to a first-grader, a star means a job well done; on a door inside a theater, it signifies the dressing room of the leading actress; on a holiday card, it symbolizes the birth of Jesus Christ. Many symbols are universal; others are culturally specific. Authors use symbols to suggest multiple meanings or to present a point of view in a more subtle manner.

Práctica

A. Algunos símbolos. Con un(-a) compañero(-a) de clase explique lo que las siguientes palabras pueden simbolizar o representar.

1. las estaciones: la primavera / el otoño / el invierno
2. los animales: un león / un águila *(eagle)* / una serpiente
3. los colores: el blanco / el negro / el rojo / el verde / el amarillo
4. el agua: el mar / un río / un lago

B. Las obras de Matute y Bécquer. Al leer las siguientes selecciones de Matute y Bécquer, utilice las estrategias para leer bien y trate de identificar los símbolos.

Lectura literaria

Nacida en Barcelona, **Ana María Matute** (1926–   ) es una de las mejores escritoras españolas contemporáneas. Sus novelas, entre ellas *Fiesta al noroeste, Los hijos muertos* y *Primera memoria,* han ganado varios premios literarios. También es autora de colecciones de cuentos *(short stories).* Su tema principal es el mundo infantil que Matute describe con muchísima sensibilidad; otros temas suyos son la soledad *(loneliness)* y la muerte. El siguiente cuento, «El niño al que se le murió el amigo» *("The Child Whose Friend Passed Away")* es de su colección *Los niños tontos* (1956).

Antes de leer

A. Unos juguetes *(toys).* Con un(-a) compañero(-a) de clase, haga una lista de los juguetes típicos de los niños. ¿Cuáles fueron sus juguetes favoritos en su infancia?

B. El escenario *(scene).* Utilizando el siguiente dibujo del escenario del cuento, describa al niño y sus juguetes.

El niño al que se le murió el amigo

Una mañana se levantó y fue a buscar al amigo, al otro lado de la valla. Pero el amigo no estaba, y, cuando volvió, le dijo la madre: «El amigo se murió. Niño, no pienses más en él y busca otros para jugar.» El niño se sentó en el quicio de la puerta, con la cara entre las manos y los codos en las rodillas. «Él volverá», pensó. Porque no podía ser que allí estuviesen° las canicas, el camión y la pistola de hojalata, y el reloj aquel que ya no andaba°, y el amigo no viniese° a buscarlos.

Vino la noche, con una estrella muy grande, y el niño no quería entrar a cenar. «Entra niño, que llega el frío», dijo la madre. Pero, en lugar de entrar, el niño se levantó del quicio y se fue en busca del amigo, con las canicas, el camión,

were

no longer worked
wouldn't come

la valla
el codo
la rodilla
el camión
el quicio
el reloj
la pistola de hojalata
la canica

la pistola de hojalata y el reloj que no andaba. Al llegar a la cerca°, la	fence
voz del amigo no lo llamó, ni lo oyó en el árbol, ni en el pozo°. Pasó	well
buscándolo toda la noche. Y fue una larga noche casi blanca, que le	
llenó de polvo° el traje y los zapatos. Cuando llegó el sol, el niño, que	dust
tenía sueño y sed, estiró° los brazos, y pensó: «Qué tontos y pequeños	stretched
son estos juguetes. Y ese reloj que no anda, no sirve para nada°». Lo	isn't good for anything
tiró° todo al pozo, y volvió a la casa, con mucha hambre. La madre le	threw
abrió la puerta, y dijo: «Cuánto ha crecido° este niño, Dios mío, cuánto	has grown
ha crecido». Y le compró un traje de hombre°, porque el que llevaba le	man's suit
venía muy corto°.	was too short for him

Después de leer

A. La acción. Con un(-a) compañero(-a) de clase, diga lo que pasa en el cuento. Después, preséntele su resumen *(summary)* de la acción a la clase.

B. Los símbolos. ¿Que representan los siguientes símbolos del cuento?

los juguetes / el traje de hombre / el pozo / la noche

C. De la infancia a la madurez *(maturity)*. Explíquele a un(-a) compañero(-a) cuándo y cómo pasó Ud. de la infancia a la madurez. ¿Hubo un suceso *(event)* en su vida que causó este cambio? Compare este suceso en su vida con lo que pasó en el cuento.

Bécquer nació en Sevilla y luego se trasladó a Madrid, donde murió pobre y solo a los treinta y cuatro años. A pesar de que escribió muy poco es reconocido como uno de los grandes poetas líricos de la literatura española. Sus *Rimas* (una colección de 76 poemas) reflejan su sensibilidad romántica y su angustia *(anguish)*.

Gustavo Adolfo Bécquer (1836–1870)

Antes de leer

A. Las etapas *(stages)* **del amor.** Ponga en orden cronológico las siguientes cinco etapas de una relación amorosa.

_____ el amor correspondido
_____ falta de comprensión mutua
_____ la ruptura
_____ el primer encuentro
_____ el (la) amado(-a) como fuente *(source)* de alegría

B. El orden de las palabras. En la lengua hablada, el orden de las palabras de una oración es generalmente el sujeto + el verbo + los objetos. Pero dentro de la poesía, el orden tradicional cambia y el poeta puede empezar con cualquier parte de la oración. Por eso es difícil encontrar el sujeto de la oración poética. Para comprender mejor la poesía de Bécquer, identifique el sujeto de las siguientes frases y póngalo enfrente de las frases.

SUJETOS: yo / tú / él / ella / el sol / mi alma / el fondo / un diccionario / el amor
_____ la he visto
_____ me ha mirado
_____ dices mientras clavas en mí
_____ hoy llega al fondo de mi alma el sol
_____ (Es) Lástima que el amor un diccionario no tenga

Rima XVII

Hoy la tierra y los cielos me sonríen°   *smile*
hoy llega al fondo° de mi alma° el sol;   *bottom / soul*
hoy la he visto°..., la he visto y me ha mirado   *saw*
¡Hoy creo en Dios!

Rima XXI

«¿Qué es poesía»? dices mientras clavas
en° mí tu pupila azul.   *gaze at*
«¿Qué es poesía? ¿Y tú me lo preguntas?
Poesía eres tú.»

Rima XXXIII

Es cuestión de palabras y, no obstante,
ni tú ni yo jamás°   *never*
después de lo pasado, convendremos°   *will agree*
en quién la culpa° está.   *blame*
¡Lástima que el amor un diccionario
no tenga dónde hallar°   *to find*
cuándo el orgullo° es simplemente orgullo   *pride*
y cuándo es dignidad!

Después de leer

A. Los temas. Utilice la lista de las etapas de una relación amorosa en **Práctica A** de **Antes de leer.** Busque las etapas que correspondan a estas Rimas.

Rima XVII   _____

    _____

Rima XXI   _____

    _____

Rima XXXIII   _____

    _____

B. Las circunstancias. Conteste las siguientes preguntas acerca de las tres Rimas.

Rima XVII: ¿Cómo se siente Bécquer en este poema? ¿Por qué dice Bécquer que hoy cree en Dios?

Rima XXI: ¿Qué quiere decir Bécquer cuándo dice «poesía eres tú»? ¿Qué representa la mujer en este poema?

Rima XXXIII: ¿Cuál es el problema entre Bécquer y su amada? ¿Cómo se siente Bécquer en este poema? ¿Por qué necesita Bécquer un diccionario? ¿Cuál es la diferencia entre el orgullo y la dignidad?

Para saber más:
www.heinle.com

Bienvenidos a

México

México, D.F.: Monumento
a la Independencia

GEOGRAFÍA Y CLIMA

Tercer país más grande de la América Latina. Se divide en
varias regiones; el altiplano (tierras altas entre las
montañas) ocupa el 40 por ciento del territorio y tiene
la mayor parte de la población. El clima varía según la
altitud.

POBLACIÓN

97.500.000 de habitantes; 60% mestizos (personas con
una mezcla de sangre europea e indígena), 30% indios
y 10% europeos y otros.

LENGUAS

El español (92%) y varios idiomas indígenas (8%).

CIUDADES PRINCIPALES

La Ciudad de México = el Distrito Federal = México, D.F. =
la capital con 20.000.000 de habitantes; Guadalajara
4.000.000; Monterrey 3.500.000; Puebla 2.000.000;
Cancún 1.300.000; Ciudad Juárez 1.200.000; León
1.000.000.

MONEDA

El peso, cuyo símbolo es N$.

GOBIERNO

Los Estados Unidos Mexicanos es una república federal
compuesta de 31 estados. Se elige un nuevo presidente
cada seis años.

ECONOMÍA

El turismo; el petróleo; productos agrícolas; fabricación
de vehículos, piezas de recambio y maquinaria;
materias primas; la artesanía.

FECHAS IMPORTANTES

Además de las fiestas hispanas tradicionales, se celebran
otras fiestas nacionales y religiosas; 5 de mayo = Día
de la Victoria (Batalla de Puebla); 16 de setiembre =
Día de la Independencia; 2 de noviembre = Día de los
Muertos; 12 de diciembre = Día de Nuestra Señora de
Guadalupe (la santa patrona de México).

Práctica geográfica

**Conteste las siguientes preguntas usando la información
dada y un mapa de México.**

1. ¿Cómo se llama el río que separa México de los EE.UU.?
2. ¿Cuáles son las ciudades más importantes?
3. ¿Cómo se llama la zona montañosa principal?
4. ¿En qué mar está la isla de Cozumel? (Cozumel se encuentra cerca
   de Cancún.)
5. ¿Qué países lindan (*border*) con México?
6. ¿Qué estados de los EE.UU. lindan con México?
7. ¿Cuáles son algunas playas famosas de México? ¿En qué mar están?
8. ¿Qué ventajas y desventajas ofrece la geografía de México?

**Taxco:
Parroquia de
Santa Prisca**

CAPÍTULO
3
En familia

Toda la familia se reúne para celebrar un cumpleaños.

Cultural Themes

Mexico

Family life in the Hispanic world

Communicative Goals

Greetings and Leave-takings

Describing what life used to be like

Describing people

Expressing endearment

Extending, accepting, and declining
   invitations

Discussing conditions, characteristics, and
   existence

Indicating Ownership

Primera situación

Presentación

Los domingos en familia

Práctica y conversación

A. El árbol genealógico. ¿Quiénes son estos parientes tuyos?

    1. El hermano de mi madre es mi _____.

2. Soy el (la) _____ de mis abuelos.
3. La esposa del padre de mi padre es mi _____.
4. La madre de mi padre es mi _____.
5. El hijo del hermano de mi madre es el _____ de mi padre.
6. La hija de la hermana de mi padre es mi _____.
7. El hijo de mi padre es mi _____.

B. Una reunión familiar. Cada estudiante les hace preguntas a tres de sus compañeros(-as) de clase sobre lo que hacen cuando se reúnen con sus parientes. Luego, le dirá a su profesor(-a) lo que Ud. escuchó.

C. Diversiones familiares. ¿Qué productos se venden en estos anuncios? ¿Cómo acercan a la familia los productos?

¡Productos que acercan a la familia!

¡Ahorre en equipos para actividades recreativas al aire libre!

A. ¡La piscina Playground tiene 4 juegos acuáticos en uno! *Playground Pool.* Esta "divertida" piscina tiene un tobogán acuático integrado, un chapoteadero, una palmera con rociador de agua y una canasta para baloncesto acuático, todo en un solo fantástico diseño. Incluye 4 pelotas plásticas para jugar al baloncesto acuático y un parche. Fácil de inflar. Resistente construcción de vinilo calibre 8 y 10. Hecha en USA. 1K60R $49.99* **7.00** por mes$^\nabla$

7½' x 13" de profundidad

THE ROYAL ARMS

¡Más de 200 piezas!

I. Gabinete de juegos monogramado. Con más de 200 piezas para 7 juegos diferentes: backgammon, dominó, ajedrez, dardos, damas chinas y cartas. Incluye fichas y juego de barajas. Sírvase especificar la inicial del monograma para la puerta del gabinete. Tiene pizarra, tiza y ganchos para colgarlo en la pared. Importado. R1037 $39.99* **4.79** por mes*

D. Creación. En una narración cuente lo que pasa en el dibujo de la **Presentación.** ¿Qué consejos le da la abuela a su nieta? ¿Por qué riñen los dos chicos? ¿De qué hablan las personas que están sentadas en la mesa? ¿?

Vocabulario

La familia	The family
el abuelo	grandfather
la abuela	grandmother
los abuelos	grandparents
el bisabuelo	great-grandfather
la bisabuela	great-grandmother
los bisabuelos	great-grandparents
los (las) gemelos(-as)	twins
el hermano	brother
la hermana	sister
el hijo	son
la hija	daughter
los hijos	children
la madre	mother
la madrina	godmother
el muchacho	boy
la muchacha	girl
el nieto	grandson
la nieta	granddaughter
el padre	father
los padres	parents
el padrino	godfather
los padrinos	godparents
los parientes	relatives
el(la) primo(-a)	cousin
el sobrino	nephew
la sobrina	niece
el tío	uncle
la tía	aunt
los tíos	uncle(-s) and aunt(-s)

Las costumbres del domingo	Sunday customs
aconsejar	to advise, give advice
almorzar (ue)	to eat lunch
cenar	to eat dinner
dar consejos	to give advice
hacer la sobremesa	to hold after-dinner conversation
ir a misa	to attend Mass

ir de excursión	to go on an outing
al campo	to the country
al museo	to the museum
a la playa	to the beach
jugar (ue) al ajedrez	to play chess
a las damas	checkers
al dominó	dominoes
jugar (ue) con juguetes	to play with toys
una muñeca	a doll
visitar a los parientes	to visit relatives

El trato familiar	Family relations
amar	to love
comportarse bien (mal)	to behave well (poorly)
confiar en	to trust, confide in
estar bien (mal) educado	to be well (poorly) brought up
llevar una vida feliz	to lead a happy life
llorar	to cry
querer	to love
regañar	to scold
reír (i)	to laugh
reñir (i)	to quarrel
respetar	to respect
sonreír (i)	to smile
tener cariño a	to be fond of

Las descripciones	Descriptions
alegre / feliz	happy, cheerful
cariñoso(-a)	affectionate
enojado(-a)	angry
infeliz	unhappy
íntimo(-a)	close
joven	young
mimado(-a)	spoiled
molesto(-a)	annoyed
mono(-a)	cute
travieso(-a)	naughty, mischievous
triste	sad
unido(-a)	close-knit, united
viejo(-a)	old

Así se habla

Greetings and Leave-takings

México: Dos mujeres se saludan.

Sonia	Hola, Teresita, ¿qué onda? ¿Dónde has estado? ¡Tanto tiempo sin verte!
Teresita	Sí, tienes razón. Sabes que con los niños tan pequeños no tengo tiempo para nada.
Sonia	Comprendo, todo cambia. Antes, cuando tú y yo vivíamos cerca, nos veíamos siempre, pero ahora sólo nos vemos muy de vez en cuando.
Teresita	Así es. Me acuerdo que nos visitábamos y salíamos juntas, pero ahora mi vida se ha complicado un poquito más, tú sabes.
Sonia	Y la mía también. Antes de que nacieran mis hijos, mi esposo y yo salíamos con amigos, nos visitábamos, nos reuníamos en la noche, jugábamos a las cartas, íbamos a bailar. En fin, esos tiempos se han acabado.
Teresita	Bueno, pero tenemos que hacer algo y reunirnos otra vez. No podemos dejar de vernos tanto tiempo. ¿Qué te parece si salimos uno de estos fines de semana?
Sonia	¡Eso! Llámame para concretar los planes.

If you want to greet someone, the following expressions can be used after **«¡Hola!»** with persons you call by their first name, such as family members, friends, and classmates.

¿Qué hay / tal / hubo?	*How are things?*
¿Cómo andan las cosas?	
¿Qué hay de nuevo?	*What's new?*
¿Qué me cuentas?	
¿Cómo estás?	*How are you?*
¿Cómo te va?	*How's it going?*
¿Cómo están por tu casa?	*How are things at home?*
¡Encantado(-a)!	*How nice to see you!*
¡Cuánto gusto (en) verte!	

If you want to greet a person you would address with the pronoun **Ud.,** you can use the following expressions.

Buenos días.	*Good morning.*
Buenas tardes / noches.	*Good afternoon / evening.*
¿Cómo está Ud.?	*How are you?*
¡Qué / Cuánto gusto (en) verlo(-la)!	*How nice (What a pleasure) to see you!*
¡Tanto tiempo sin verlo(-la)!	*It's been so long since I saw you!*

If you want to say good-bye to someone, you can use the following expressions.

¡Chau!	*Bye!*
Hasta luego / pronto.	*See you later / soon.*
Nos vemos.	*See you.*
Nos hablamos / llamamos.	*We'll talk / call each other.*
Que le (te) vaya bien.	*(I) Hope all goes well.*
Saludos a todos por su (tu) casa.	*Say hello to your family.*

Práctica y conversación

A. ¿Cómo los saluda? Ud. encuentra a las siguientes personas en la calle. ¿Qué les dice?

1. una tía a quien no ha visto hace mucho tiempo
2. un(-a) compañero(-a) de clase a quien ve todos los días
3. su profesor de economía
4. la madre de uno(-a) de sus compañeros(-as)
5. su abuelo
6. la secretaria del departamento de español

B. ¡Nos vemos pronto! En grupos, tres estudiantes hacen el papel de diversos familiares y otro(-a) hace el papel de la persona que se despide.

Situación: Ud. pasó todo el día en la casa de sus abuelos pero ahora tiene que irse porque tiene que estudiar. Despídase de todos.

Estructuras

Describing What Life Used to Be Like

Imperfect Tense

The preterite and the imperfect are the two simple past tenses in Spanish. The imperfect is used to talk about repetitive past action and to describe how life used to be. The imperfect tense has two forms; there is one set of endings for regular **-ar** verbs and another set for regular **-er** and **-ir** verbs.

Verbos en -AR	Verbos en -ER	Verbos en -IR
visitar	**comer**	**asistir**
visitaba	comía	asistía
visitabas	comías	asistías
visitaba	comía	asistía
visitábamos	comíamos	asistíamos
visitábais	comíais	asistíais
visitaban	comían	asistían

a. To form the imperfect tense of a regular **-ar** verb, obtain the stem by dropping the infinitive ending: **visitar → visit-.** To this stem add the endings that correspond to the subject: **-aba, -abas, -aba, -ábamos, -ábais, -aban.**

b. To form the imperfect tense of a regular **-er** or **-ir** verb, obtain the stem by dropping the infinitive ending: **asistir → asist-.** To this stem add the endings that correspond to the subject: **-ía, -ías, -ía, -íamos, -íais, -ían.** Note the use of a written accent mark on these endings.

c. The first- and third-person singular forms use the same endings: **-aba / -ía.** It will frequently be necessary to include a noun or pronoun to clarify the subject of the verb.

Los domingos mamá siempre **preparaba** la comida mientras yo **leía** el periódico.

On Sundays Mom always prepared dinner while I read the paper.

d. There are no stem-changing verbs in the imperfect. Verbs that stem-change in the present or preterite tenses are regular in the imperfect.

De niña **jugaba** en el parque. Allí **me divertía** mucho.

As a little girl, I used to play in the park. I always had a good time there.

e. There are only three verbs that are irregular in the imperfect tense: **ir, ser,** and **ver.**

IR: iba, ibas, iba, íbamos, ibais, iban
SER: era, eras, era, éramos, erais, eran
VER: veía, veías, veía, veíamos, veíais, veían

f. There are several possible English equivalents for the imperfect. Context will determine the best translation.

Luis trabajaba.

Luis was working.
Luis used to work.
Luis worked.

g. The preterite is used to express an action or state of being that took place in a definite, limited time period in the past. In contrast, the imperfect is used to express an on-going or repetitive past action or state of being that has no specific beginning and/or ending.

h. The imperfect tense is used:

1. as an equivalent of the English *used to, was / were* + present participle (*-ing* form), as well as simple English past (*-ed* form).
2. to describe how life used to be in the past.
3. to express interrupted action in the past.

   Cenábamos cuando llegó   *We were eating dinner when*
      mi prima.   *my cousin arrived.*

4. to express habitual or repeated past action. The words and phrases of the following list are often associated with the imperfect because they indicate habitual or repeated past actions.

cada día / semana / mes /año	*every day / week / month / year*
todos los días / meses / años	*every day / month / year*
todas las horas / semanas	*every hour / week*
todos los (domingos)	*every* + day of week (*every Sunday*)
los (domingos)	*on* + day of week (*on Sundays*)
generalmente / por lo general	*generally*
frecuentemente	*frequently*
siempre	*always*
a veces / algunas veces	*sometimes*
a menudo / muchas veces	*often*

Práctica y conversación

A. Durante el verano pasado. Explique lo que hacían las siguientes personas cada día, cada semana y cada mes del verano pasado: yo / mi mejor amigo(-a) / mi hermano(-a) / mis padres.

> **MODELO**   yo
> **Cada día yo nadaba en nuestra piscina. / Cada semana iba al cine. Cada mes visitaba a mis primos.**

B. ¿Cómo era Ud.? Explique cómo era Ud. cuando estaba en su primer año de la escuela secundaria. ¿Qué estudiaba? ¿En qué actividades o deportes participaba? ¿Qué hacía después de las clases? ¿Qué hacía los fines de semana? ¿Cómo eran sus amigos(-as)? ¿?

C. Antes y hoy en día. Lea la siguiente información acerca del papel *(role)* de los abuelos y los padres en la crianza *(raising)* de los niños. Después conteste las preguntas. ¿Quiénes ayudaban a los padres a criar a los niños? ¿Dónde vivían los abuelos? ¿Cuál era el papel de los abuelos? Hoy en día, ¿cómo aprenden los padres a criar a los niños? ¿Qué requiere ser madre o padre?

Reproduced from "Sobre las habilidades de ser madre o padre," with permission. © 1986; Channing L. Bete Co., Inc., South Deerfield, MA 01373.

D. De niño(-a). Explíquele a un(-a) compañero(-a) de clase lo que Ud. y su familia hacían los fines de semana cuando Ud. era niño(-a). Después compare su lista con la lista de un(-a) compañero(-a) de clase. ¿Qué actividades tienen Uds. en común?

Describing People

Formation and Agreement of Adjectives

In order to describe family members and friends as well as their belongings, you need to use a wide variety of adjectives.

In Spanish, adjectives change form in order to agree in gender and number with the person or thing being described. There are four basic categories of descriptive adjectives.

a. Adjectives ending in **-o** have four forms: **viejo, vieja, viejos, viejas.**

b. Adjectives ending in a vowel other than **-o** have two forms and add **-s** to become plural: **alegre, alegres.**

c. Adjectives ending in a consonant have two forms and add **-es** to become plural: **azul, azules.**

d. Adjectives of nationality have four forms and have special endings:

1. Adjectives of nationality ending in a consonant such as **español: español, española, españoles, españolas.**
2. Adjectives of nationality ending in **-és** such as **francés: francés, francesa, franceses, francesas.** Note that the accent mark is used on the masculine singular form only.
3. Adjectives of nationality ending in **-án** such as **alemán: alemán, alemana, alemanes, alemanas.** Note that the accent mark is used on the masculine singular form only.

e. Descriptive adjectives may follow a form of **ser** or **estar**. In general, adjectives denoting a characteristic are used with **ser** while adjectives of condition are used with **estar.**

Generalmente mi prima Antonia **es** muy alegre y divertida, pero hoy **está** muy cansada y deprimida.

Generally my cousin Antonia is cheerful and fun-loving, but today she's very tired and depressed.

f. Descriptive adjectives may also follow the nouns they modify.

Mi familia vive en una casa **grande y vieja.**

My family lives in a big, old house.

Práctica y conversación

A. La familia Aguilar. Los Aguilar acaban de comer y ahora están en la sala haciendo diferentes actividades. Describa a los miembros de la familia con diversos adjetivos.

B. Actividades familiares. En el dibujo de **Práctica A,** Ud. ve algunas de las actividades de la familia Aguilar. Su compañero(-a) va a mirar otro dibujo de esta familia que muestra otras actividades. Hablen sobre las actividades de cada persona hasta que describan todas las actividades de la familia Aguilar. Su compañero(-a) va a utilizar el segundo dibujo de este ejercicio que está en el **Apéndice A.**

C. Lo ideal. Utilizando por lo menos tres adjetivos, exprese cuál es para Ud. la versión ideal de las siguientes cosas y personas. Después, compare sus respuestas con las de su compañero(-a) de clase. ¿Están Uds. de acuerdo? ¿Por qué sí or por qué no?

las vacaciones / el coche / el (la) novio(-a) / el empleo / el (la) profesor(-a)

D. ¿Quién es? Trabaje en grupos de tres. Piense en alguien que está en la clase pero no les diga a sus compañeros(-as) quién es. Para adivinar quién es, ellos(-as) deben hacerle a Ud. siete preguntas sobre su descripción física.

Expressing Endearment

Diminutives

To express endearment, smallness, or cuteness in English you frequently add the suffix *-y* or *-ie* to the ends of proper names and nouns: *Billy, Jackie, sonny, birdie*. Spanish uses a similar suffix to express endearment.

To make a nickname of endearment or to indicate smallness or cuteness the suffix **-ito(-a)** can be attached to many words, but especially to nouns and adjectives. The gender of the noun generally remains the same.

   a. Feminine nouns ending in **-a** drop the **-a** ending and add -**ita: Ana > Anita; casa > casita.** Masculine nouns ending in **-o** drop the **-o** ending and add **-ito: Pedro > Pedrito; libro > librito.**

   b. Most nouns ending in a consonant add the suffix onto the end of the noun: **Juan > Juanito; papel > papelito.**

   c. Some words will undergo minor spelling changes before the suffix **-ito(-a)** is added.

      1. Words ending in **-co / -ca** change the **c** to **qu: Paco > Paquito; chica > chiquita.**
      2. Words ending in **-go / -ga** change the **g** to **gu: amiga > amiguita; lago > laguito.**
      3. Words ending in **-z** change the **z** to **c: lápiz > lapicito; taza > tacita.**

   d. Alternate forms of this suffix are **-cito** and **-ecito: café > cafecito; mujer > mujercita; nuevo > nuevecito.**

   e. Certain regions of the Spanish-speaking world prefer their own diminutive suffixes such as the suffix **-ico(-a)** used in Costa Rica.

Práctica y conversación

A. Unos nombres populares. Dé el diminutivo de estos nombres.

Juan / Juana / Ana / Pepe / Paco / Luis / Marta / Manolo / Ramona

B. ¿Qué es esto? Dé una definición o una descripción de cada palabra.

un regalito / una casita / un librito / una jovencita / un perrito / un papelito / una abuelita / un chiquito / una cosita / un gatito

Siga practicando el vocabulario y las estructuras gramaticales de **Capítulo 3, Primera situación** en *Interacciones CD-ROM*.

Segunda situación

Presentación

La boda de Luisa María

Práctica y conversación

A. Más parientes. ¿Quiénes son los siguientes parientes políticos?

1. Susana se casó con Marcos; por eso, ella es la _____ de Marcos.
2. El padre de Marcos es el _____ de Susana.
3. La hermana de Susana es la _____ de Marcos.
4. Susana es la _____ de los padres de Marcos.

5. La madre de Susana es la _____ de Marcos.
6. El hijo de un matrimonio anterior de Marcos es el _____ de Susana.
7. Marcos es el _____ de los padres de Susana.
8. Susana es la _____ del hijo del matrimonio anterior de Marcos.

B. El hombre (La mujer) de mis sueños. Haga una lista de siete cualidades que debe tener su hombre (mujer) ideal. Sin mirar esta lista, su compañero(-a) de clase le va a hacer preguntas hasta que adivine cinco de las cualidades que Ud. puso en su lista. Luego le toca a Ud. adivinar cinco cualidades que tiene el hombre (la mujer) ideal de su compañero(-a).

C. Un día especial. ¿Para qué día especial es este anuncio? ¿A quiénes está dirigido el anuncio? ¿Qué comidas y bebidas hay en el anuncio? ¿Qué servicios ofrece Publix para este día?

...Y PARA TODA LA VIDA.

Hoy te unes a tu ser más querido para toda la vida. Es el día de tu boda.

Y para que esta ocasión tan especial quede como la has soñado, Publix te complace con deliciosos platos preparados. Bellos arreglos florales. Finas champañas y vinos de cosecha. Hermosos cakes confeccionados a tu gusto. Y fotografías que captan para siempre la emoción de este gran momento. En un día como hoy, confía en el buen gusto y la esmerada atención de Publix. Tu boda será un sueño.

Publix

Donde comprar es un placer.

D. Creación. En una narración cuente lo que pasa en el dibujo de la **Presentación**.

Vocabulario

Los novios	Engaged couple
el anillo de boda	*the wedding ring*
de compromiso	*engagement ring*
el cariño	*affection*
los esponsales	*engagement*
el (la) novio(-a)	*fiancé(e)*
el noviazgo	*engagement period*
la pareja	*couple*
la petición de mano	*marriage proposal*
comprometerse con	*to become engaged to*
enamorarse de	*to fall in love with*
salir con	*to date*
tener celos	*to be jealous*

La boda	Wedding
la ceremonia de enlace	*wedding ceremony*
la cena	*wedding reception*
el cura	*priest*
el padre	
la dama de honor	*bridesmaid*
el día de la boda	*wedding day*
el esposo	*husband*
la esposa	*wife*
la iglesia	*church*
el (la) invitado(-a)	*guest*

la luna de miel	*honeymoon*
la madrina	*godmother / maid of honor*
el marido	*husband*
el novio	*groom*
la novia	*bride*
el padrino	*godfather / best man*
el regalo de bodas	*wedding gift*
los recién casados	*newlyweds*
la torta de bodas	*wedding cake*
el traje de novia	*wedding gown*
casarse con	*to marry*

Los parientes políticos	In-laws
el cuñado	*brother-in-law*
la cuñada	*sister-in-law*
el hermanastro	*stepbrother*
la hermanastra	*stepsister*
el hijastro	*stepson*
la hijastra	*stepdaughter*
la nuera	*daughter-in-law*
el padrastro	*stepfather*
la madrastra	*stepmother*
el suegro	*father-in-law*
la suegra	*mother-in-law*
el yerno	*son-in-law*

Así se habla

Extending, Accepting, and Declining an Invitation

La celebración de un aniversario

Cristina   Hola, Ana María, ¡qué gusto de verte!

Ana María   ¡Hola! ¡Qué milagro es éste!

Cristina   Así es. Mira, aprovecho que te veo para decirte que la próxima semana, el sábado, vamos a tener una reunión en la casa y quiero que vayas con Ramiro. Tú sabes que Juancho estuvo muy enfermo.

Ana María   ¡No me digas! ¡Cuánto lo siento! ¡Yo no sabía nada!

Cristina   Sí, fue muy feo. Tuvo un virus y no sabían qué era. Hemos pasado unas semanas..., pero bueno... ahora ya está bien. Por eso queremos reunirnos con los amigos. No es nada formal, ni mucho menos, sino sólo para estar juntos y pasar un rato agradable, nada más.

Ana María   Oye, con mucho gusto. ¿A qué hora quieres que vayamos?

Cristina   Como a las siete u ocho, ¿te parece?

Ana María   Perfecto. Ahí estaremos. Muchas gracias y me alegro mucho que Juancho esté bien ya. Dale un saludo de mi parte.

Cristina   Ay sí, francamente... Gracias. ¡Estoy feliz!

If you want to invite someone to do something, you might use the following expressions.

¿Cree(-s) que podría(-s) venir a... este...?	*Do you think you could come to... this...?*
Estoy preparando un(-a)..., y me gustaría que Ud. (tú) viniera(-s).	*I am preparing a (an) ..., and I'd like you to come.*
El próximo viernes / sábado vamos a tener una reunión en casa.	*Next Friday / Saturday we are going to have a party at home.*

If you want to accept an invitation, you might say:

Con mucho gusto. ¿A qué hora?	*I'd be glad to. At what time?*
Ahí estaré / estaremos.	*I / we will be there.*
Muchísimas gracias. Ud. es (Tú eres) muy amable.	*Thank you very much. You are very kind.*
Será un placer.	*It'll be a pleasure.*

If you want to decline an invitation, you can use the following phrases.

Me encantaría, pero...	*I'd love to, but...*
Qué lastima, pero...	*What a shame (pity), but...*
Cuánto lo lamento / lo siento, pero...	*I'm sorry but...*
En otra ocasión será.	*Some other time.*
Quizás la próxima vez.	*Maybe next time.*

If you are having a party and one of the persons you invited declines your invitation, you may want to reply with one of the following expressions.

¡Qué pena que no pueda(-s) venir!	*What a shame that you can't come!*
Lo (La) / Te voy a echar de menos.	*I am going to miss you.*

Práctica y conversación

A. ¿Quieres venir? Trabajando en parejas, dramaticen estas situaciones.

1. Este sábado hay un almuerzo familiar en casa de su abuela y Ud. quiere llevar a su novio(-a). Invítelo(-la). Él (Ella) no puede ir.
2. La próxima semana es el aniversario de sus padres y Ud. está preparando una fiesta para ellos. Llame a su tío(-a) e invítelo(-la) con toda su familia. Él (Ella) acepta.
3. Ud. está haciendo los preparativos para su fiesta de graduación. Llame a su abuelo(-a) e invítelo(-la). Él (Ella) acepta.
4. Ud. está preparando una fiesta en su casa e invita a su profesor(-a) de español. Él (Ella) no acepta.

B. Lo siento, pero... Con un compañero(-a) de clase, sostenga la siguiente conversación.

Estudiante 1	**Estudiante 2**
1. Invite your friend to your birthday party.	2. Say you would like to go, but have a family gathering that same day.
3. Say you are disappointed.	4. Make arrangements for a future date.
5. Agree.	6. Congratulate your friend on his / her birthday.
7. Thank your friend and say goodbye.	8. Respond.

Estructuras

Discussing Conditions, Characteristics, and Existence

Uses of ser, estar, and haber

In English the verb *to be* is used for a variety of functions and situations. In Spanish there are several words that are used as the equivalent of *to be*. You will need to learn to distinguish and use **ser, estar,** and **haber** in order to discuss and describe characteristics and conditions.

Compare the uses of **ser** and **estar** in the following chart.

Uses of ESTAR

1. With adjectives to express conditions or health:
   ¿Cómo **está** ... ?
   Anita **está** enojada.
   Estoy muy bien pero mi esposo **está** enfermo.
2. To express location:
   ¿Dónde **está** ... ?
   Taxco **está** en México.
   Mis suegros **están** en una fiesta hoy.
3. With **de** in certain idiomatic expressions denoting a condition or state of being:
   estar de acuerdo
   estar de buen / mal humor
   estar de huelga
   estar de pie
   estar de vacaciones
   estar de + *profession*
   Manolo **está** de vacaciones.
   Está de camarero en un café en la playa.
4. With the present participle in progressive tenses:
   ¿Qué **estás** haciendo?
   Estoy hablando con mi nuera.

Uses of SER

1. With adjectives to express traits or characteristics:
   ¿Cómo **es** ... ?
   Anita **es** linda y muy coqueta.
   Soy baja pero mi esposo **es** alto.
2. To express time and location of an event:
   ¿Dónde y cuándo **será** la boda?
   Será en la Iglesia San Vicente a las dos.
3. With **de** to express origin:
   ¿De dónde **es** ... ?
   Felipe **es** de Guadalajara.
4. With **de** to show possession:
   ¿De quién **es** esa casa?
   Es de mi madrastra.
5. With nouns to express who or what someone is:
   ¿Quién **es** ... ?
   Es mi prima Carolina. **Es** abogada.
6. To express time and season:
   ¿Qué hora **es**?
   Son las cuatro en punto.
   Era verano.
7. To express nationality:
   Manuel **es** mexicano.

a. Normal speech patterns favor the use of certain adjectives with **ser** or with **estar.**

estar casado(-a)	*to be married*	ser alegre	*to be happy*
estar contento(-a)	*to be happy*	ser feliz	*to be happy*
estar muerto(-a)	*to be dead*	ser soltero(-a)	*to be single, unmarried*

b. Hay and its equivalent in other tenses, such as **había, hubo,** or **habrá,** are used to indicate existence. **Hay** means both *there is* and *there are.*

Este año **hay** muchos novios
   en nuestra familia y por
   eso **habrá** dos bodas este
   verano.

This year there are many engaged
*   people in our family and for*
*   that reason there will be two*
*   weddings this summer.*

Hay stresses the existence of people and things; it will be followed by a singular or plural noun or an indefinite article, number, or adjective indicating quantity such as **muchos, varios, otros,** + *noun.*

¿**Hay** un restaurante mexicano
   por aquí?
¿**Hay** (muchos) restaurantes
   mexicanos por aquí?

Is there a Mexican restaurant
*   around here?*
Are there (many) Mexican
*   restaurants around here?*

Estar stresses location and will be followed by a *definite article* + *noun.*

¿Dónde **está** el restaurante
   mexicano?

Where is the Mexican
*   restaurant?*

Práctica y conversación

A. La boda de Luisa María. Haga oraciones con la forma adecuada de **ser** o **estar** para describir la boda de Luisa María.

> **MODELO**   la boda / a las siete
>   **La boda es a las siete.**

1. los padres / contentos
2. las madres / un poco tristes
3. la ceremonia / en la iglesia nueva
4. el novio / abogado
5. Luisa María / linda y coqueta
6. la madrina / cubana
7. el padrino / de vacaciones
8. los novios / nerviosos

B. Un autorretrato. Descríbase a sí mismo(-a) usando las siguientes palabras.

> **MODELO**   triste / de Nueva York
>   **(No) Estoy triste.**
>   **(No) Soy de Nueva York.**

joven / casado(-a) / estudiante / preocupado(-a) / en casa / inteligente / en Acapulco / cubano(-a) / ¿?

C. Así era. Complete las oraciones de una manera lógica para describir su juventud.

1. Mis amigos(-as) eran / estaban _____.
2. Mi novio(-a) era / estaba _____.
3. Mi familia era / estaba _____.
4. Mis profesores(-as) eran / estaban _____.
5. Yo era / estaba _____.
6. Mi casa / apartamento era / estaba _____.

D. Su boda. Es el día de su boda. Explique qué y cuántas cosas hay en la iglesia y en la recepción. Después explique dónde están y cómo son.

la torta de bodas / el cura / las sillas / los invitados / los regalos / las flores / los parientes políticos / la música

E. Entrevista. Pregúntele a un(-a) compañero(-a) de clase qué cosas tiene en los siguientes lugares, dónde están estas cosas y cómo son. Su compañero(-a) debe contestar en una manera lógica.

en su coche / en su dormitorio / en su mochila / en su casa o apartamento / en su clase de español

Indicating Ownership

Possessive Adjectives and Pronouns

Possessive adjectives and pronouns are used in order to avoid repeating the name of the person who owns the item in question.

Is that *Ricardo's* fiancée?
No, *his* fiancée couldn't come to the party.

Spanish has two sets of possessive adjectives: the simple, unstressed forms and the longer, stressed forms.

Possessive Adjectives

	Unstressed Forms	Stressed Forms
my	mi(-s)	mío(-a, -os, -as)
your	tu(-s)	tuyo(-a, -os, -as)
his, her, your	su(-s)	suyo(-a, -os, -as)
our	nuestro(-a, -os, -as)	nuestro(-a, -os, -as)
your	vuestro(-a, -os, -as)	vuestro(-a, -os, -as)
their, your	su(-s)	suyo(-a, -os, -as)

a. The possessive adjective refers to the owner / possessor while the ending agrees with the person or thing possessed: *his brothers* = **sus hermanos / los hermanos suyos;** *our wedding* = **nuestra boda / la boda nuestra.**

b. Unstressed possessive adjectives precede the noun they modify.

Mañana es **mi** cumpleaños.   *Tomorrow is my birthday.*

c. Stressed possessive adjectives are used less frequently than the unstressed forms. They follow the noun they modify, and the noun is usually preceded by the definite article, indefinite article, or a demonstrative adjective.

$$\left.\begin{array}{l} un \\ el \\ este \end{array}\right\} primo\ nuestro \qquad \left.\begin{array}{l} a \\ the \\ this \end{array}\right\} cousin\ of\ ours$$

d. Since **su / sus** and **suyo / suyos** have a variety of meanings, the phrase *article + noun + de + pronoun* is often used to avoid ambiguity. While **su regalo** could have several meanings, **el regalo de Ud.** can only mean *your gift.* Likewise, **el regalo de ellos** can only mean *their gift.*

e. Possessive pronouns preceded by the definite article are used in place of the *stressed possessive adjective + noun:* **la hija mía** > **la mía** = *my daughter > mine.* Both the article and the possessive pronoun ending agree in number and gender with the item possessed.

¿Cuándo es la boda   *When is Tomas' wedding?*
   de Tomás?
No sé, pero **la mía** es   *I don't know, but mine is*
   el 27.   *the 27th.*

f. The possessive pronoun is always preceded by the definite article. The stressed possessive without the article is used after forms of **ser.**

¿De quién es este coche?   *Whose car is this?*
No es **mío. El mío** es rojo.   *It isn't mine. Mine is red.*

Práctica y conversación

A. ¿Dónde está...? Ud. no puede encontrar varias cosas suyas. Pregúntele a su compañero(-a) si él (ella) las tiene.

MODELO   Usted: **¿Tienes mi lápiz?**
       Compañero(-a):   **¿El tuyo? No, no lo tengo.**

libros / cartas / cuaderno / invitación / apuntes / revista / ¿?

B. Después de la recepción. Después de la recepción varias personas han olvidado algunas cosas. Pregúntele a un(-a) compañero(-a) de clase de quién son las cosas olvidadas.

MODELO   suéter / **Martín / nuevo**
       Usted: **¿De quién es este suéter? ¿De Martín?**
   Compañero(-a):   **No, no es suyo. El suyo es nuevo.**

1. chaqueta / Federico / azul
2. sombrero / Héctor / gris
3. discos / Gloria / mexicanos
4. vídeo / Elena / de Francia
5. zapatos / Ernesto / más viejos
6. abrigo / Rita / negro

C. Una boda ideal. Ud. y su compañero(-a) de clase hablan de cómo quieren que sean sus bodas y comparan sus planes con las bodas de sus padres. Comparen los anillos de compromiso y de matrimonio, la ceremonia de enlace, la cena, la torta, los padrinos, los invitados, la luna de miel y otras cosas. Luego, informen a la clase sus planes.

Focusing on Specific Information

When you listen to a passage, conversation, or announcement, you do not always need to understand every single word that is being said. Sometimes you just focus on certain details or specific information. For example, if you are at the airport and you want to know what gate your flight leaves from, you do not listen attentively to everything the announcer has to say. Instead, you just focus on your flight number and gate number.

Ahora, escuche el diálogo entre Teresa y Leonor. Preste atención a la invitación que se hace y haga los siguientes ejercicios.

A. Información general. Después de escuchar el diálogo llene el siguiente cuadro.

Motivo de la reunión	
Tipo de reunión	
Día	
Hora	
Invitados	

B. Algunos detalles. Conteste las siguientes preguntas acerca de la conversación.

1. ¿Cuál fue la reacción de la amiga cuando recibió la invitación? ¿Por qué?
2. ¿Por qué quiere llevar Leonor a un invitado?
3. Además de los invitados mencionados, ¿quién más va a participar en esta reunión? Justifique su respuesta.

Siga practicando el vocabulario y las estructuras gramaticales de **Capítulo 3, Segunda situación** en *Interacciones CD-ROM*.

Tercera situación

Perspectivas

Los apellidos en el mundo hispano

Los hispanos acostumbran llevar tanto el apellido paterno como el apellido materno, en ese orden. Por ejemplo, en el nombre Luis Felipe Loyola Chávez, Loyola es el apellido paterno y Chávez, el materno. Sin embargo, es necesario destacar que normalmente la persona será identificada por el apellido paterno.

Algunos apellidos (paternos o maternos) son compuestos y se utiliza un guión *(hyphen)* para unirlos; por ejemplo, Ruiz-Fernández. Las personas que llevan un apellido compuesto también llevan el otro apellido; por ejemplo, Mariano Ruiz-Fernández Salas. En este caso, Ruiz-Fernández es el apellido paterno y Salas el apellido materno. En el caso de María Cecilia Chocano Pérez-Sosa, Chocano es el apellido paterno y Pérez-Sosa, el apellido materno.

Al casarse, la mujer añade el apellido paterno de su esposo a su apellido de soltera, utilizando la partícula **de**. Por ejemplo, si Carmela Vásquez Mendoza se casa con Francisco Ortega Reyes, su nombre de casada será Carmela Vásquez de Ortega y sus hijos se apellidarán Ortega Vásquez.

Eduardo García Olmos   Javier Figueroa Meléndez
Ana Estrada de García   Irma Lado de Figueroa

tienen el agrado de participar a usted
al próximo matrimonio de sus hijos

Luisa María   y   José Alberto

e invitarlo a la ceremonia religiosa que se realizará
el miércoles 2 de marzo, a las siete horas de la noche
en la Iglesia San José de Miraflores
(Avenida Dos de Mayo, 259)

Después de la ceremonia sírvase pasar a
los salones de la iglesia

Práctica

Una invitación de boda. Busque en la invitación presentada aquí los siguientes datos.

1. el nombre de los padres de la novia
2. el nombre de los padres del novio
3. el nombre del novio
4. el nombre de la novia antes de casarse
5. el nombre de la novia después de casarse
6. los apellidos que tendrá su futuro hijo, Carlos

La vida de una familia

A. La familia Cruz Barahona. La familia Cruz Barahona maneja la Hostería San Jorge, un complejo turístico cerca de Quito, Ecuador. Con un(-a) compañero(a) de clase describa a Jorge Cruz Barahona, la persona de la siguiente foto. En su opinión, ¿quién es él? ¿Qué papel tiene dentro de la familia y qué hace en la Hostería? ¿Quiénes son los otros miembros de la familia y qué hacen ellos en el complejo turístico?

B. El trabajo familiar. Utilizando la información del vídeo, empareje el trabajo con el miembro de la familia que lo realiza.

1. maneja la cocina	la abuela
2. se dedica a las labores de floricultura	el abuelo
3. realiza la animación musical	la esposa / la madre
4. administra la propiedad	el esposo / el padre
5. realiza las relaciones públicas	la hija / la nieta
6. organiza la hostería	
7. ayuda en los jardines	

En su opinión, ¿es ésta una familia tradicional o contemporánea? Justifique su respuesta.

Recognizing Cognates

Cognates are words that have similar spellings and meanings in two different languages. Recognizing cognates will facilitate your reading and will allow you to guess and predict the meaning of words without resorting to a dictionary. Knowledge of word formation will greatly improve your ability to recognize cognates.

1. The easiest kind of cognates to recognize are those that are exactly alike in Spanish and English, such as the nouns **el animal / la crisis** or the adjectives **general / rural.**
2. Many cognates are based on an English word + **-a, -e**, or **-o: económica / importante / contento.**
3. The prefix **esp-** = *sp-*: **espléndido**; the prefix **est-** = *st-:* **el estilo.**
4. The suffix **-ción** = *-tion:* **la composición** = *composition.* Nouns ending in **-ción** are always feminine: **la investigación**.
5. The suffix **-dad** = *-ty*: **la sociedad** = *society.*
6. The suffix **-ia** = *-e* or *-y:* **la provincia** = *province*; **la familia** = *family.*

It is important to learn to recognize cognates even when endings are embedded within a word, such as **-ción** embedded within **generaciones** or **-dad** embedded in **sociedades**.

Práctica

A. **Unos cognados.** ¿Qué quieren decir las siguientes palabras en inglés? Todas las palabras aparecen en la lectura «El encanto *(charm)* de Guadalajara».

1. Cognates exactly like the English word: **popular / la capital / el plan / el picnic**
2. Cognates composed of an English word = **-a, -e**, or **-o: el tráfico / el público / el arte / la parte / los bares / los clubes / rápido / parte / excelentes / modernos**
3. Cognates with the prefix **esp-: el espacio**
   Cognates with the prefix **est-: el estado / el estudio / las estructuras**
4. Cognates with the suffix **-ción: una población / la transición / una sensación / la descentralización / las diversiones**
5. Cognates with the suffix **-dad: la ciudad / la actividad / la complejidad**
6. Cognates with the suffix **-ia: la historia / la presencia**

B. **El título.** Considere el título «El encanto *(charm)* de Guadalajara». ¿Qué quiere decir? En su opinión, ¿de qué trata el artículo?

Lectura cultural El encanto de Guadalajara

Guadalajara: La plaza mayor y la catedral

Se podría° pensar que la segunda ciudad en tamaño° de un país de la extensión y complejidad de México sería° una versión en pequeño de la capital, que tendría° el mismo gentío° y el mismo frenesí° de tráfico y actividad comercial. Guadalajara, sin embargo, es diferente. Es una ciudad grande de encanto pueblerino°, una alternativa al torbellino° de la Ciudad de México.

El viaje en auto desde el aeropuerto da la tónica°. Es un viaje de 20 minutos a través de campos con cultivos y ganado°. No tiene suburbios que se extiendan. La transición del campo a los barrios residenciales de la ciudad es gradual. Los vehículos se mueven con calma, aunque el tráfico se está haciendo más rápido. Guadalajara está creciendo° muy rápido, particularmente como consecuencia del plan de descentralización gubernamental; están trasladando° oficinas del gobierno° del D.F. a otros lugares del país.

Guadalajara, que tiene una población de unos 4.000.000 de habitantes, es la capital de Jalisco. En la parte antigua de la ciudad se combinan armoniosamente edificios coloniales del gobierno con estructuras modernas de acero° y cristal°. El clima benigno de la ciudad hace que la gente disfrute de estar en la calle y gran parte de las diversiones son al aire libre. Para pasar un buen rato bajo el cielo azul de la ciudad, muchas personas acostumbran a dar un paseo en coche de caballos° por las calles del centro.

Si a uno le gusta caminar, encuentra que hay una serie de parques que son excelentes para ir de picnic los domingos. Desde 1898, la banda del estado de Jalisco deleita° al público todos los jueves y domingos a las 6:30 de la tarde en la Plaza de Armas. El visitante puede oírla descansando en la plaza. O quizás prefiera sentarse en uno de los cafés de la Plaza de los Mariachis° y escuchar los conjuntos que tocan allá. No hay mariachis más auténticos que éstos, porque Jalisco es la cuna° del mariachi.

En la ciudad hay más de 200 iglesias; entre ellas se destaca° la catedral empezada en 1561. Las cuatro plazas que están a los cuatro lados de la catedral crean° una sensación de espacio en el centro de la ciudad.

One could / size
would be / would have
crowd / frenzy
small-town / whirlwind
keynote
livestock
growing
moving / government
steel / glass
horse-drawn carriage
delights
typical Mexican musical group
birthplace
stands out
create

Unos mariachis

Si quiere ver museos, en Guadalajara hay muchos, desde museos de paleontología y arqueología hasta historia regional y arte popular. Sin embargo, lo que domina es la presencia de José Clemente Orozco, uno de los tres grandes muralistas° modernos de México. Orozco vivió en Guadalajara antes de su muerte en 1949 y su casa y su estudio están convertidos en museo.

En general vale la pena° ir de compras en Guadalajara, porque muchos artículos cuestan hasta un 30 por ciento menos que en la capital. En la ciudad hay seis grandes centros comerciales° modernos. Probablemente lo que se consigue a mejor precio son los zapatos porque Guadalajara es uno de los principales centros manufactureros de calzado° de México.

Para terminar bien la visita a Guadalajara se puede viajar al sur de la ciudad para ver el lago Chapala, el más grande de México. A orillas° de este lago hay muchos pueblecitos; entre ellos un lugar único que se llama Ajijic. Allá el viajero cansado puede sentarse en un bar cerca del lago para disfrutar de una margarita y mirar el lago. Se puede visitar todos los bares y clubes de la capital sin encontrar una margarita tan buena ni una vista tan hermosa.

Left margin glosses:
- *pintor de murales*
- it's worth the effort
- shopping malls
- footwear
- shores

Comprensión

A. Identificaciones. Combine los elementos de la primera columna con los de la segunda.

1. una iglesia grande
2. un conjunto que toca música típica de México
3. un estado al noroeste de México
4. una bebida con tequila, limón y sal
5. un famoso pintor mexicano
6. el lago más grande de México
7. un pueblo cerca de Guadalajara

a. una margarita
b. Jalisco
c. Ajijic
d. José Clemente Orozco
e. los mariachis
f. una catedral
g. Chapala

El lago Chapala

B. **¿Cierto o falso?** Decida si las siguientes oraciones son ciertas o falsas; después corrija las oraciones falsas.

    1. Guadalajara es semejante a la capital de México.
    2. Alrededor de Guadalajara hay suburbios grandes.
    3. El gobierno está trasladando oficinas de la capital a otros lugares del país.
    4. Guadalajara tiene un clima desagradable; por eso no hay muchas diversiones al aire libre.
    5. La banda de Jalisco toca los jueves y los domingos a las 6:30.
    6. Vale la pena ir de compras a Guadalajara.
    7. Guadalajara es un centro manufacturero de automóviles.
    8. Ajijic es un museo de arte moderno.

C. **Las diversiones.** Haga una lista de diversiones turísticas en Guadalajara. ¿Cuál(-es) prefiere Ud.? Explique.

D. **La defensa de una opinión.** ¿Qué evidencia hay en el artículo que confirma la siguiente idea? «Guadalajara no es una versión en pequeño de la capital de México.»

Extending and Replying to a Written Invitation

You have already learned to extend, accept and decline an oral invitation. The major difference in performing these functions in written form is that the person(-s) involved is (are) not present to ask questions or to offer an immediate reply to your invitation. When extending a written invitation, you will need to include all the details such as date, time, location, and purpose of the invitation. When replying, you will need to thank the person for the invitation and then graciously accept or decline. While in conversation a simple **"Con mucho gusto"** might be an appropriate acceptance, it sounds abrupt in written form. It is usually better to add more information in written invitations and replies. You can use phrases similar to those below or adapt the phrases of the previous **Así se habla** section.

To Extend a Written Invitation

Mi familia / novio(-a) / amigo(-a) y yo vamos a tener una fiesta para el cumpleaños de ... Te (Lo / La) invitamos (a Ud.) a celebrar con nosotros el sábado 21 de julio a las ocho de la noche en nuestra casa.

To Accept a Written Invitation

Muchas gracias por su invitación a la fiesta / cena / comida. Me (Nos) encantaría ir y acepto (aceptamos) con mucho gusto.

To Decline a Written Invitation

Muchas gracias por su invitación para cenar con Uds. Desgraciadamente no me es posible ir el viernes 16 porque tengo que trabajar. Lo siento mucho. Posiblemente podamos reunirnos otro día.

Composiciones

A. **Un(-a) antiguo(-a) profesor(-a).** Un(-a) antiguo(-a) profesor(-a) suyo(-a) le escribió a Ud. para invitarlo(-la) a comer con él (ella) el jueves a las siete. Desgraciadamente Ud. tiene una clase a las siete de la noche. Escríbale una carta explicándole que le gustaría ir pero no puede. También mencione algo sobre su vida y sus estudios actuales.

B. **Su tío(-a) favorito(-a).** Su tío(-a) favorito(-a) vive muy lejos del resto de la familia. Escríbale una carta diciéndole que su hermano mayor va a casarse en junio. Como su tío(-a) no conoce ni a la novia de su hermano ni a su familia, descríbaselas a su tío(-a). Cuéntele cómo está la familia y añada algunos detalles de la boda. Invítelo(-la) a alojarse con Uds. el fin de semana de la boda.

C. Una reunión escolar. Ud. era el (la) presidente de su clase de la escuela secundaria. Su clase va a celebrar el décimo aniversario de su graduación. Escríbales una carta a los miembros de su clase invítandolos a la fiesta; déles todos los detalles. Para que ellos recuerden su vida de entonces y para que tengan ganas de asistir a la fiesta, describa cómo era un día típico en su escuela. También describa cómo eran algunos estudiantes y lo que hacían los fines de semana.

A. Una fiesta. Call a classmate to invite him / her to a party you are giving this weekend. Chat for a few minutes and then extend your invitation. Your classmate should inquire about the details of the party—who will be there, when it will start, where your house is located, if he / she can bring something to eat or drink. After your friend accepts your invitation, repeat the time, date, place and address again.

B. Celebraciones familiares. As a grandparent you often remember your youth with great nostalgia. Tell your grandchildren (played by your classmates) what a typical family celebration was like in your family. Explain what family members were present and what you used to do. Describe what various family members used to be like as well.

C. La sobremesa. You and three other classmates will each play the role of a member of a Hispanic family. It is Sunday afternoon and you have just finished eating. You still stay at the table and talk for a long time about family interests, activities and news about other family members.

D. La boda del año. You are a reporter for a local radio station and have been assigned to cover the wedding of the only daughter of a wealthy and prominent local citizen. As the guests and wedding party approach the church, describe them for your radio audience. Tell what the bride, groom, parents and other relatives are like and how they look or are feeling today. Explain how many people are present, who they are, etc. As the bride and groom approach, ask them how they feel on this important day.

Para saber más:
www.heinle.com

CAPÍTULO
4

En el restaurante

Un lindo restaurante mexicano

Cultural Themes

México
Eating in Hispanic cafés and restaurants

Communicative Goals

Reading a menu and ordering in a restaurant

Indicating to whom and for whom actions are done
Expressing likes and dislikes
Refusing, finding out, and meeting
Making introductions
Narrating in the past
Talking about people and events in a series

Primera situación

Presentación

Me encantan las enchiladas

Casa Lupita
Menú turístico

Aperitivos	**Appetizers**
Botana	A plate of tortilla chips, tomatoes, avocados, chilies and salsa
Ceviche	Marinated fish and seafood
Cóctel de camarones	Shrimp cocktail
Cóctel de mariscos	Seafood cocktail
Chile con queso	Chili cheese dip
Ensalada de jícama	Jicama salad
Ensalada mixta	Tossed salad
Guacamole	Avocado dip
Nachos	Cheese and tortilla chips

Sopas	**Soups**
Caldo de pollo con fideos	Chicken noodle soup
Gazpacho	Chilled vegetable soup
Menudo	Tripe Soup
Sopa de aguacate	Avocado soup
Sopa de albóndigas	Meatball soup

Platos Principales	**Entrées**
Arroz con pollo	Chicken with rice
Chiles rellenos	Stuffed peppers
Enchiladas de pollo	Chicken enchiladas
Enchiladas suizas	Enchiladas with a sour cream sauce
Tacos de res o de pollo	Beef or chicken tacos
Huachinango	Red Snapper
Mole poblano	Chicken in sauce
Tamales	Tamales

Postres	**Desserts**
Almendrado	Almond pudding with custard sauce
Buñuelo	Deep-fried sugar tortillas
Empanadas de dulce	Turnovers with sweet fillings
Flan	Caramel custard
Fruta del tiempo	Seasonal fruit
Helados	Ice cream

Bebidas	**Beverages**
Agua mineral	Mineral water
Café	Coffee
Cerveza	Beer
Chocolate	Hot chocolate
Margarita	Tequila with lime juice
Té	Tea
Vino blanco	White wine
Vino tinto	Red wine

Servicio 15% | *Gratuity 15%*

Práctica y conversación

A. ¿Qué pide Ud.? En el restaurante Casa Lupita, ¿qué va a pedir Ud...
de aperitivo / de sopa / de plato principal / de postre / de bebida?

B.   El restaurante Casa Lupita. Pregúntele a un(-a) compañero(-a) de clase lo que va a pedir en el restaurante Casa Lupita.

Pregúntele...

1. si va a pedir un aperitivo. ¿Cuál?
2. si quiere una ensalada. ¿Cuál?
3. qué sopa quiere.
4. qué quiere de plato principal.
5. qué quiere beber con el plato principal.
6. si va a pedir un postre. ¿Cuál?

C.   ¡Tengo mucha hambre! Diga a qué categoría pertenecen los platos a continuación: bebida / carne / postre / plato principal / aperitivo / ¿? ¿Cuáles son los ingredientes principales de estos platos? ¿Qué plato(-s) preferiría pedir? ¿Por qué?

Ceviche

Enchiladas

Gazpacho

Flan

D.   Creación. Trabajen en grupos de tres. Un(-a) compañero(-a) de clase va a hacer el papel de mesero(–a) *(waiter, waitress)* del restaurante Casa Lupita y los otros dos son los clientes. Antes de pedir, los clientes deben hacerle preguntas al (a la) mesero(-a) sobre los platos. Luego, pidan lo que quieren comer y beber.

Vocabulario

Los platos	Courses
el aperitivo	*appetizer*
la bebida	*beverage*
la carne	*meat*
el plato principal	*entrée, main course*
los mariscos	*seafood*
el pescado	*fish*
el postre	*dessert*
la sopa	*soup*

La comida	Food
el aguacate	*avocado*
la albóndiga	*meatball*
la almeja	*clam*
el arroz	*rice*
el atún	*tuna*
el caldo	*soup, broth*
el camarón	*shrimp*
la carne de cerdo	*pork*
el ceviche	*marinated fish and seafood*
el chile	*red or green pepper*
el cóctel	*cocktail*
la empanada	*turnover*

la enchilada	*cheese or meat filled tortilla*
la ensalada	*salad*
el fideo	*noodle*
el flan	*caramel custard*
la fruta	*fruit*
el gazpacho	*chilled vegetable soup*
el guacamole	*avocado dip*
el helado	*ice cream*
el huachinango	*red snapper*
la jícama	*jicama*
el lenguado	*sole*
el lomo de res	*beef tenderloin*
el mejillón	*mussel*
el menudo	*tripe soup*
el pollo	*chicken*
el taco	*crisp tortilla filled with meat, lettuce, tomatoes, cheese*

Las bebidas	Beverages
el café	*coffee*
la cerveza	*beer*
el chocolate	*hot chocolate*
el té	*tea*

Así se habla

Ordering in a Restaurant

Un restaurante en el patio de un hotel

Mesero	Buenas tardes, ¿les puedo ofrecer algo para beber?
Manuel	¿Qué quisieras tomar, María Luisa?

María Luisa	Un agua mineral bien helada, por favor.
Manuel	*(Dirigiéndose al mesero)*: Y yo una cerveza bien fría, por supuesto.
Mesero	Muy bien, señor. Ahora mismo se las traigo.
	[*Al poco rato*]
Mesero	¿Están listos para pedir?
Manuel	¿Qué dices, María Luisa?
María Luisa	Sí. Yo quisiera un ceviche y un arroz con pollo, pero una porción pequeña, por favor.
Mesero	Muy bien, ¿y para el señor?
Manuel	Yo quiero un cóctel de mariscos y un lomo de res. Espero que la comida esté tan deliciosa hoy como la semana pasada.
Mesero	No se preocupe, señor. Le aseguro que le gustará mucho. Nuestros cocineros son de primera.

If you are in a restaurant your waiter or waitress may use the following expressions:

¿Cuántas personas son?	*How many are in your party?*
¿Qué desearía(-n) comer / tomar hoy?	*What would you like to eat / drink today?*
¿Le(-s) apetecería un(-a)...?	*Would you like a...?*
¿Desearía(-n) probar...?	*Would you like to try...*
Le(-s) recomiendo...	*I recommend...*
¿Qué le(-s) parecería...?	*How would you like...?*

If you are in a restaurant or cafeteria and you want to place your order you can use the following phrases:

Tráigame(-nos) el menú, por favor.	*Bring me (us) the menu, please.*
De aperitivo / plato principal / postre, quisiera / me gustaría...	*For an appetizer / entrée / dessert, I would like...*
No sé qué pedir / comer / tomar.	*I don't know what to order / eat / drink.*
¿Qué me / nos recomienda?	*What do you recommend (to me / us)?*
¿Podría regresar dentro de un momento, por favor?	*Could you come back in a minute, please?*
¿Cuál es la especialidad de la casa?	*What's the restaurant's speciality?*
¿Es picante / muy condimentado(-a) / pesado(-a)?	*Is it hot / very spicy / heavy?*

Práctica y conversación

A. ¡Hoy no estoy a dieta! Con un compañero(-a), dramaticen la siguiente situación. Una persona hará el papel de cliente y la otra el de mesero(-a).

Cliente	**Mesero(-a)**
	1. Se acerca y ofrece su ayuda.
2. Pide algo para beber.	3. Responde.
4. No sabe qué pedir y pide ayuda al (a la) mesero(-a).	5. Da información acerca de los platos del día, la especialidad de la casa, etc.
6. Quiere saber cómo es uno de los platos del día.	7. Explica.
8. Ordena lo que quiere.	9. Responde.

B. **En Casa Lupita.** Ud. y dos compañeros(-as) de clase se reúnen después de mucho tiempo y van a comer en el restaurante Casa Lupita. Dos estudiantes hacen el papel de clientes y uno(-a) el papel de mesero(-a). Dramaticen la situación y pidan su cena.

Estructuras

Indicating To Whom and For Whom Actions Are Done
Indirect Object Pronouns

Indirect object nouns and pronouns indicate to whom or for whom actions are done: *Elena sent **us** a wedding invitation so we sent **her** a gift.*

—¿A quiénes **les** vas a dar esos regalos?
—**Le** doy este suéter **a mi papá** y **les** doy el juego **a mis hermanitos.**

Indirect Object Pronouns	
Luis **me** dio un regalo.	*Luis gave a gift to me.*
Luis **te** dio un regalo.	*Luis gave a gift to you.* (fam. s.)
Luis **le** dio un regalo.	*Luis gave a gift to him, her, you.* (form. s.)
Luis **nos** dio un regalo.	*Luis gave a gift to us.*
Luis **os** dio un regalo.	*Luis gave a gift to you.* (fam. pl.)
Luis **les** dio un regalo.	*Luis gave a gift to them, you.* (form. pl.)

a. Indirect object pronouns are placed before a conjugated verb.

> **Les** traigo las ensaladas ahora mismo. *I'll bring you the salads right away.*

b. When a conjugated verb and an infinitive or present participle are used together, the object pronoun may attach to the end of an infinitive or present participle or precede the conjugated verb. The indirect object pronoun must precede a conjugated verb. It may attach to the end of the infinitive or present participle or precede the conjugated verb.

> Luis va a explicar**me** el menú.
> Luis **me** va a explicar el menú. | *Luis is going to explain the menu to me.*

c. The indirect object pronoun must be attached to the end of an affirmative command and must precede a negative command.

> Cómpra**le** un lindo regalo a Laura | *Buy a nice gift for Laura but don't give the*
> pero no **le** des el regalo todavía. | *gift to her yet.*

d. Indirect object pronouns can be clarified or emphasized by using **a** + *prepositonal pronouns.*

> Le doy el café **a él** y **a ti** te doy | *I'm giving the coffee to him and I'm*
> el vino. | *giving the wine to you.*

e. In Spanish, sentences that contain an indirect object noun must also contain the corresponding indirect object pronoun.

> **Le** regalé un suéter **a mi papá.** | *I gave a sweater to my dad.*

Once the identity of the indirect object noun has been made clear, the indirect object pronoun can be used alone.

> **Le** preparé un sándwich **a Miguel** | *I prepared a sandwich for Miguel and*
> y después **le** di una cerveza. | *then I gave him a beer.*

Práctica y conversación

A. Comida para llevar. Ud. va a llevarles comida del restaurante Casa Lupita a sus amigos que no quieren salir a comer. Explique lo que Ud. escoge para cada persona. Use pronombres de complemento indirecto en sus respuestas.

> **MODELO** una botana / a Susana
> Le llevo una botana a Susana.

a Juan / a los gemelos Sánchez / a ti / a Juana y a Lupe / a Isabel

B. Entrevista. Pídale favores a su compañero(-a) de clase. Su compañero(-a) va a contestar.

> **MODELO** mandar una tarjeta postal
> Usted: **Mándame una tarjeta postal, por favor.**
> Compañero: **Sí, te mando una tarjeta postal esta tarde.**

prestar el coche / mostrar las fotos / dar los apuntes de la clase de historia / decir el número de teléfono / prestar cincuenta dólares / explicar los verbos / ¿?

C. ¡Qué trabajo! Ud. hace el papel de secretario(-a) en una oficina y un(-a) compañero(-a) hace el papel de jefe(-a). Explíquele a su jefe(-a) lo que Ud. hizo esta mañana para ayudarlo(-la) con el trabajo. Incluya actividades como las siguientes: comprarle flores a su esposo(-a); hacerle reservaciones en su restaurante favorito; escribirle una carta a un nuevo cliente; hablarles a las otras secretarias; sacar fotocopias.

Expressing Likes and Dislikes

Verbs like gustar

To express likes, dislikes and interests, Spanish uses a group of verbs that function very differently from their English equivalents. The verb **gustar** meaning *to like* or *to be pleasing*, is one of a number of common English verbs that use an indirect object where English uses a subject.

Me gustan estas empanadas.	*I like these empanadas.*
↓ ↓	↓ ↓
Indirect Object Subject	Subject Direct Object

a. With verbs like **gustar** the subject generally follows the verb; it is this subject that determines a singular or plural verb.

Me **gusta** esta ensalada pero   *I like this salad, but I don't*
    no me **gustan** estos tacos.   *like these tacos.*

b. The use of **a** + *prepositional pronoun* is often necessary to clarify or emphasize the indirect object.

A mí no me gusta este restaurante   *I don't like this restaurant but*
    pero **a ellos** les gusta muchísimo.   *they like it a lot.*

c. The phrase **a** + *noun* can also be used with the indirect object pronouns **le/les**.

A Rita le gustan los postres.   *Rita likes desserts.*
A mis padres no **les** gusta   *My parents don't like fish.*
    el pescado.

d. The following verbs function like **gustar.**

caer bien / mal	to suit / to not suit
disgustar	to annoy, upset, displease
encantar	to adore, love, delight
faltar	to be missing, lacking; to need
fascinar	to fascinate
importar	to be important, to matter
interesar	to be interesting; to interest
molestar	to bother
parecer	to seem
quedar	to remain, have left

Práctica y conversación

A. Los gustos. Ponga las siguientes cosas en la categoría apropiada de la tabla en la siguiente página para indicar sus preferencias. ¿Puede explicar por qué pone Ud. cada cosa en esa categoría?

la comida mexicana / el arte moderno / las fiestas / la política / la música rock / los exámenes / las vacaciones

Me gusta(-n)	Me fascina(-n)	Me molesta(-n)

B. Entrevista. Pregúnteles a tres compañeros(-as) de la clase sobre sus gustos y preferencias con respecto a las cosas de la **Práctica A.** ¿Tienen Uds. los mismos gustos y preferencias?

MODELO
                                        las fiestas
                        Usted: **¿Te gustan las fiestas?**
              Compañero(-a):   **Me gustan muchísimo.**

C. ¿Te gusta? Ud. quiere saber si su compañero(-a) tiene los mismos gustos que Ud. tiene con respecto a la comida y otras cosas. Pregúntele y vea cuál es su reacción a lo siguiente. Después dígale a la clase si Ud. y su compañero(-a) son compatibles o no y explique por qué.

MODELO
                                        los frijoles / el arroz con pollo
                        Usted: **¿Te gustan los frijoles?**
              Compañero(-a):   **No, no me gustan. ¿Y a ti?**
                        Usted: **A mí me encantan. ¿Te gusta el arroz con pollo?**
              Compañero(-a):   **¡Me encanta el arroz con pollo!**

los pasteles / el flan / los chiles / las sopas / los postres / las ensaladas / la cerveza / el café / el chocolate / el vino blanco / la comida mexicana / ¿?

D. Me acuerdo que... Con un(-a) compañero(-a) de clase, discutan lo que a Uds. les gustaba o no les gustaba cuando eran niños(-as).

MODELO
                        Usted: **Cuando era niño(-a) a mí me gustaba ir al**
                                       parque con mis amigos todos los fines de
                                       semana. ¿Y a ti?
              Compañero(-a):   **A mí me gustaba montar en bicicleta por mi**
                                       barrio. Yo salía todos los días...

jugar con mis amigos / practicar deportes / tocar el piano / sacar a pasear a mi perro / conversar con los amigos de mis padres / comer muchos vegetales / comer helados

Refusing, Finding Out, and Meeting

Verbs That Change English Meaning in the Preterite

Several common Spanish verbs have an English meaning in the preterite that is different from the meaning of the infinitive or the imperfect. These changes in English meaning reflect the fact that the Spanish preterite focuses on the completion of the action while the imperfect stresses continuing or habitual action.

a. conocer = *to know, be acquainted with*
Imperfect = *knew, was accquainted with*
Preterite = *met*

Conocemos bien al señor Ochoa.	*We know Sr. Ochoa well.*
Lo **conocimos** en un restaurante el año pasado.	*We met him in a restaurant last year.*

b. poder = *to be able*
Imperfect = *was able*
Preterite Affirmative = *managed*
Preterite Negative = *failed*

Aunque **no pudimos** obtener reservaciones en Casa Lupita para el sábado, **pudimos** conseguir reservaciones para el viernes. Así **podemos** comer allí este fin de semana.	*Although we failed to get reservations at Casa Lupita for Saturday, we managed to get reservations for Friday. So we are able to eat there this weekend.*

c. querer = *to want, wish*
Imperfect = *wanted, wished*
Preterite Affirmative = *tried*
Preterite Negative = *refused*

¡Pobre Ángela! **Quería** hacerse cocinera. **Quiso** trabajar en un restaurante famoso pero el gerente **no quiso** darle un puesto.	*Poor Angela! She wanted to become a chef. She tried to work in a famous restaurant but the manager refused to give her a job.*

d. saber = *to know information, know how to*
Imperfect = *knew*
Preterite = *found out*

Anoche **supimos** que Carlos es cocinero. Finalmente **sabemos** lo que hace.	*Last night we found out that Carlos is a chef. We finally know what he does.*

e. tener = *to have*
Imperfect = *had*
Preterite = *received, got*

Ayer Silvia me dijo que **tuvo** un buen puesto como gerente de un restaurante de lujo.	*Yesterday Silvia told me that she got a good job as a manager of a luxury restaurant.*

Práctica y conversación

A. ¿Qué pasó ayer? Explique lo que les pasó a las siguientes personas en el restaurante ayer. Use el imperfecto o el préterito de los verbos según el caso.

1. Paco / conocer a María
2. yo / saber que unos amigos iban a ir a Acapulco durante las vacaciones
3. nosotros / tener una buena noticia de nuestra compañera de cuarto
4. el mesero / no querer servirnos a causa de problemas con su jefe
5. tú / querer pedir las enchiladas suizas pero el restaurante no las tenía
6. Uds. / no poder comer todo el plato principal porque les sirvieron demasiado

B. ¿Qué sucede? Describa el siguiente dibujo utilizando los verbos **conocer, poder, querer, saber** y **tener** en el pretérito o el imperfecto, según el caso.

1. En la escuela secundaria Elena siempre _____.
2. Ayer Marianela _____.
3. La semana pasada Roberto _____.
4. Antes de la clase Eduardo _____.
5. Teresa _____.

Siga practicando el vocabulario y las estructuras gramaticales de **Capítulo 4, Primera situación** en *Interacciones CD-ROM*.

Para saber más:
www.heinle.com

Segunda situación

Presentación

Fuimos a un buen restaurante

Práctica y conversación

A. Tengo hambre. ¿A qué restaurante va Ud. si quiere...?

el almuerzo / la cena / la comida completa / la comida ligera / el desayuno /
la merienda / la comida mexicana

B. Consejos. ¿Qué debe comer o beber una persona que...?

quiere engordar / está a dieta / quiere una comida sabrosa / está muriéndose de hambre /
tiene mucha sed / no tiene mucha hambre

C. Vamos a McDonald's. Hágale preguntas a un(-a) compañero(-a) de clase sobre lo que va a pedir en McDonald's.

Pregúntele...

1. qué va a tomar para el desayuno.
2. qué quiere para el almuerzo.
3. qué pide si no tiene mucha hambre.
4. qué va a beber.
5. qué quiere de postre.

¿Qué semejanzas *(similarities)* y diferencias hay entre el menú en español y el menú del McDonald's donde Ud. come?

D. Creación. En una narración cuente lo que pasa en el dibujo de la **Presentación**.

Vocabulario

Las preferencias	**Preferences**	un restaurante caro	*an expensive restaurant*
estar loco por	*to be crazy about*	económico	*an inexpensive restaurant*
soportar	*to tolerate*	de lujo	*a first-class restaurant*
Las comidas	**Meals**	tener una reservación a nombre de ____	*to have a reservation in the name of ____*
el almuerzo	*lunch*		
la cena	*dinner*	**El menú**	**Menu**
la comida completa	*complete meal*	la lista de vinos	*wine list*
criolla	*native or regional food*	el menú del día	*special menu of the day*
ligera	*light meal*	turístico	*tourist menu*
típica	*typical meal*	el plato principal	*main course, entrée*
el desayuno	*breakfast*	pedir (i, i)	*to order*
la merienda	*snack*	recomendar (ie)	*to recommend*
El apetito	**Appetite**	sugerir (ie, i)	*to suggest*
rico	*delicious*	**El cubierto**	**Place setting**
sabroso		la copa	*goblet, glass with a stem*
engordar	*to gain weight*	la cuchara	*soup spoon*
estar a dieta	*to be on a diet*	la cucharita	*teaspoon*
morirse (ue, u) de hambre	*to be starving*	el cuchillo	*knife*
		el platillo	*saucer*
tener hambre	*to be hungry*	el plato	*plate*
En el restaurante	**In the restaurant**	el pimentero	*pepper shaker*
el (la) camarero(-a) (E) el (la) mesero(-a) (A)	*waiter (waitress)*	el salero	*salt shaker*
una mesa afuera	*a table outside*	la servilleta	*napkin*
cerca de la ventana	*near the window*	la taza	*cup*
en el patio	*on the patio*	el tenedor	*fork*
en el rincón	*in the corner*	el vaso	*glass*

Así se habla

Making Introductions

Sr. Robles	¿Cómo está Ud., doctora Cabrera? ¡Qué gusto verla después de tanto tiempo!
Dra. Cabrera	Sí, hacía tiempo que no lo veía. No me diga que también le gusta la comida criolla.
Sr. Robles	¡Por supuesto! ¡Siempre!
Dra. Cabrera	*(Dirigiéndose a su esposo.)* Esteban, mi amor, te presento al señor Robles. Él trabajó en la Oficina de Personal el año pasado pero ahora trabaja en el gobierno local, ¿verdad?
Sr. Robles	Sí, así es.
Dr. Cabrera	¡Ah, qué bien! Es un placer conocerlo.
Sr. Robles	El gusto es mío.
Dr. Cabrera	¿Viene Ud. aquí seguido?
Sr. Robles	La verdad es que es la segunda vez que vengo. Vine hace un año más o menos cuando trabajaba con su esposa.
Dr. Cabrera	Nosotros veníamos antes muy seguido, pero la última vez que vinimos fue hace como cuatro meses. La verdad es que la comida es deliciosa aunque algo cara.
Sr. Robles	Sí, lo es. Bueno, los dejo. ¡Que disfruten!
Dr. y Dra. Cabrera	De igual manera.

If you want to introduce someone, you can use the following phrases.

Sr. Llosa, le presento al Sr. Paniagua.	*Mr. Llosa, this is Mr. Paniagua.*
Valentín, te presento / quiero que conozcas a Alberto.	*Valentín, this is / I want you to meet Alberto.*
Ramón, ésta es Mariela, de quien tanto te he hablado.	*Ramón, this is Mariela, whom I've told you so much about.*

If you want to introduce yourself, you can use the following phrases.

Permítame / Permíteme que me presente. Yo soy Mónica Belaúnde.	*Let me introduce myself. I'm Mónica Belaúnde.*

If you are responding to an introduction, you can use the following phrases.

Mucho / Cuánto gusto.	*Nice to meet you.*
Es un placer.	*It's a pleasure.*
Encantado(-a) de conocerlo(-a).	*Delighted to meet you.*
El gusto es mío.	*My pleasure.*

Práctica y conversación

A. Quiero presentarte a... En grupos de tres, un(-a) estudiante presenta a los(-as) otros(-as) dos. Éstos(-as) se saludan e intercambian información personal (ciudad / país de origen, ocupación / lugar de estudios, pasatiempo favorito, etc.).

B. En una fiesta familiar. En grupos, dramaticen la siguiente situación. Ud. ha invitado a su novio(-a) a una fiesta familiar. Preséntelo(-a) a sus padres, a su hermano(-a) mayor, a su abuelo(-a), a sus padrinos.

BCC

Alberto Robles Podestá
Director de Personal
Banco del Centro Consolidado

Av. Independencia 167   Tel. (3) 658-1648
Guadalajara, Jalisco   Fax (3) 825-1368
México

¿De quién es esta tarjeta? ¿En qué lugar trabaja él? ¿Qué puesto (*position*) ocupa?

Estructuras

Narrating in the Past

Imperfect versus Preterite

You have studied the formation and general uses of the imperfect and preterite, but you need to learn to distinguish between the two tenses so you can discuss, relate and narrate past events.

In past narration the preterite is generally used to relate what happened; it tells the story or provides the plot. The imperfect gives background information and describes conditions or continuing events.

The following sentences form a brief narration. Note the use of the imperfect for describing conditions or continuing events and the preterite for relating what happened.

IMPERFECT	**Estaba** nerviosa porque **tenía** que organizar una fiesta para unos clientes y mi jefe. **Era** una comida para celebrar un contrato importante.
PRETERITE	La semana pasada **llamé** al restaurante Brisamar para hacer las reservaciones. También le **hablé** al cocinero para decirle el menú. Anoche todos **fueron** al restaurante para comer. **Me alegré** mucho porque todos **comieron** muy bien y **se divirtieron** mucho.

The following is a list of the uses of the preterite and imperfect.

The Preterite...

1. expresses an action or state of being that took place in a definite limited time period.

La semana pasada **fuimos** a un famoso restaurante mexicano.	*Last week we went to a famous Mexican restaurant.*

2. is used when the beginning and/or end of the action is stated or implied.

Llegamos a las ocho y **pedimos** unos aperitivos inmediatamente.	*We arrived at 8:00 and ordered some appetizers immediately.*

3. expresses a series of successive actions or events in the past.

Nos **sirvieron** un arroz con pollo excelente. **Comimos** bien y **nos divertimos** mucho.	*They served us an excellent chicken with rice. We ate well and had a very good time.*

4. expresses a past fact.

Tenochtitlán **fue** la capital del imperio azteca.	*Tenochtitlán was the capital of the Aztec empire.*

5. is generally translated as the simple past in English: **llamó** = *he called, he did call.*

The Imperfect...

1. expressses an ongoing past action or state of being with an indefinite beginning and/or ending.

Rosa **era** la segunda hija en una familia grande.	*Rosa was the second daughter in a large family.*

2. describes how life used to be.

Cuando Rosa **era** pequeña, **vivía** en Guadalajara.   *When Rosa was little, she lived in Guadalajara.*

3. expresses habitual or repetitive past actions.

Su madre **preparaba** tacos y enchiladas a menudo.   *Her mother frequently prepared tacos and enchiladas.*

4. describes emotional or mental activity.

Creía que su madre era la mejor cocinera del mundo.   *She thought that her mother was the best cook in the whole world.*

5. expresses conditions or states of being.

Cuando supo que la familia iba a vivir en los EE.UU., **estaba** nerviosa y **se sentía** triste.   *When she found out that the family was going to move to the U.S., she was nervous and felt sad.*

6. expresses time in the past

Eran las cinco de la mañana cuando Rosa salió de Guadalajara.   *It was 5:00 AM when Rosa left Guadalajara.*

7. has several English equivalents: **llamaba** = *he was calling, he used to call, he called.*

A. Sometimes the preterite and the imperfect will occur together within the same sentence.

Cuando Enrique y yo **entramos** en el restaurante, nuestros amigos **comían**.   *When Enrique and I entered the the restaurant, our friends were eating.*

Here the imperfect is used to express the ongoing action: **comían**. The preterite is used to express the action that interrupts the other one: **entramos**.

B. The imperfect is also used to express two simultaneous past actions.

Mientras la cocinera **preparaba** el postre, los meseros **servían** la entrada.   *While the chef was preparing dessert, the waiters were serving the main course.*

C. You may have learned that certain words and phrases are generally associated with a particular tense; however, these phrases do not automatically determine which tense is used. The use of the imperfect or preterite is determined by the entire sentence, not by one word or phrase. Study the following examples.

Ayer **almorcé** en mi restaurante favorito.   *Yesterday I had lunch in my favorite restaurant.*

Ayer **almorzaba** en mi restaurante favorito, cuando me llamó mi mamá.   *Yesterday I was having lunch in my favorite restaurant when my mother called.*

In these sentences the use of the imperfect with **ayer** stresses an action in progress while the use of the preterite with **ayer** emphasizes a completed event.

D. It is the speaker's intended meaning that determines the tense. When the speaker wants to emphasize a time-limited action or call attention to the beginning or end of an action, the preterite is used. When the speaker wants to emphasize an ongoing or habitual condition or an action in progress, the imperfect is used.

Anoche Marcos **estuvo** enfermo.	*Marcos was sick last night.* (But he is no longer sick.)
Anoche Marcos **estaba** enfermo.	*Marcos was sick last night.* (He may or may not still be sick.)

The preterite emphasizes a change in thoughts, emotions or conditions; the imperfect describes thoughts, emotions, or conditions without emphasizing their beginning or ending.

Práctica y conversación

A. Esta mañana. Cuente lo que le pasó a Ud. esta mañana y cómo se sentía. Use las siguientes frases en una forma afirmativa o negativa.

levantarme temprano / querer dormir más / hacer mal tiempo / estar muy cansado(-a) / desayunar en un restaurante / llegar tarde a clase / tener buenas noticias / salir muy bien en el examen de ayer / sentirme muy contento(-a) / ¿?

B. Siempre a dieta. Complete las siguientes oraciones de una manera lógica usando el pretérito o el imperfecto.

—Cuando yo era más joven nunca (estar a dieta) _____. Yo (comer) _____ muchísmo más de lo que como ahora y no (engordar) _____. Sin embargo, ahora todo es diferente. Ayer, por ejemplo, (ir) _____ a cenar con una amiga en un restaurante muy lindo pero caro. Como yo (tener hambre) _____ pero no (querer) _____ engordar, (pedir) _____ una ensalada pequeña y agua mineral aunque (estar loca por) _____ pedir un gazpacho, arroz con pollo y una copa de vino. Mi amiga, que es más joven que yo, (pedir) _____ una enchilada de queso, menudo, arroz con pollo, y de postre, un flan.

—Sí, te comprendo. Sé exactamente lo que dices, yo tampoco como mucho y hago ejercicio todo el tiempo. Antes no (ir) _____ al gimnasio, pero ahora sí. Ayer en la noche, por ejemplo, (morirse de hambre) _____ y (comer) _____ muy poco, solamente una empanada de queso, un huachinango a la parrilla con arroz, una cerveza y una ensalada de fruta con helado.

—¡Qué! ¿Tú (comer) _____ todo eso en la noche?

—¡Sí! La comida (estar) _____ muy sabrosa. ¿Quieres ir a cenar conmigo esta noche?

C. Un restaurante excelente. Ud. y un(-a) compañero(-a) comieron en El Miztón el fin de semana pasado. Lea el anuncio *(ad)* a continuación y describa su experiencia en este típico restaurante mexicano. Explique lo que Uds. comieron y bebieron, qué les gustó y cómo era el restaurante.

D. ¡Qué comida tan deliciosa! Ud. fue a cenar anoche con sus padres y hermanos a un restaurante de lujo y comió mucho. Ahora Ud. se siente muy mal. Su compañero(-a) de cuarto no sabe qué le pasa y está preocupado(-a). Dígale dónde y con quién fue, cómo era el lugar (descríbalo en detalle), qué comieron y bebieron, cómo estaba la comida, si le gustó o no. Su compañero(-a) le escucha con interés y le cuenta una experiencia similar. Luego, le da algo para que Ud. se sienta mejor.

E. Recuerdo que... Cuente una anécdota de algo desagradable que le haya pasado al cenar en un restaurante o en casa de un amigo o familiar.

   Sugerencias: la comida estaba mala / Ud. pidió algo y no le gustó / Ud. no tenía dinero para pagar / Ud. estaba enfermo y no tenía hambre

Talking About People and Events in a Series
Ordinal Numbers

Ordinal numbers such as *first, second, third* are used to discuss people, things, or events in a series.

Ordinal Numbers			
primer(-o)	*first*	**sexto**	*sixth*
segundo	*second*	**séptimo**	*seventh*
tercer(-o)	*third*	**octavo**	*eighth*
cuarto	*fourth*	**noveno**	*ninth*
quinto	*fifth*	**décimo**	*tenth*

A. Ordinal numbers generally precede the noun they modify or replace and agree with that noun in number and gender. They may also be used as nouns.

> Carolina es **la quinta** mesera que contrataron; Rita es **la sexta**.
>
> **El primer** plato fue excelente; también **el segundo**. Pero **el tercero** fue absolutamente estupendo.

> *Carolina is the fifth waitress they hired; Rita is the sixth.*
>
> *The first dish was excellent; so was the second. But the third dish was absolutely stupendous.*

Note that **primero** and **tercero** drop the **-o** before a masculine, singular noun.

B. When ordinal numbers refer to sovereigns, the ordinal number follows the noun.

> **Carlos V (Quinto)**   *Charles the Fifth*
> **Isabel II (Segunda)**   *Isabel the Second*

C. Cardinal numbers are generally used to express numbers higher than ten: **el siglo XVIII (dieciocho)** = *the eighteenth century*; **Luis XIV (Catorce)** = *Louis the Fourteenth*.

Práctica y conversación

A. **¿Qué hay?** Describa lo que hay en cada piso del edificio.

B. **Una comida estupenda.** Trabaje con un(-a) compañero(-a) de clase y describa una comida estupenda que Uds. comieron en un restaurante lujoso recientemente. Diga lo que les sirvieron de primer plato, de segundo plato, etc.

Remembering Key Details and Paraphrasing

When you listen to a conversation, lecture, announcement, or any other type of speech, sometimes you don't need to remember the exact words that were spoken. Instead you can paraphrase, that is, use different words or phrases to report what you heard. Other times, however, you do need to remember factual information, so you filter out what you don't need, and select only the important points the speaker is making. If you take notes, written or mental, you will be able to recall the valuable information you need.

Ahora, escuche la conversación que se lleva a cabo en un restaurante entre Javier, Mariela, Fernando y el camarero. Antes de escuchar la conversación, lea los siguientes ejercicios. Después conteste.

A. Algunos detalles. Ahora, marque **SÍ** si las oraciones presentadas a continuación parafrasean apropiadamente lo que Ud. oyó, o **NO** si no lo hacen.

SÍ   NO   1. Javier y Fernando estaban muertos de hambre.
SÍ   NO   2. Mariela estaba a dieta y por eso no quería comer mucho.
SÍ   NO   3. Fernando comió demasiado el día anterior y por eso se enfermó.
SÍ   NO   4. Mariela no sabía qué pedir y por eso pidió ayuda al camarero.
SÍ   NO   5. El camarero fue muy amable y les sugirió a todos lo que debían pedir.

Ahora, conteste las siguientes preguntas:

1. ¿Qué relación existe entre Javier y Mariela? ¿Qué frase(s) de las que dijeron justifican su opinión?
2. Según Fernando, ¿cuál fue su problema el día anterior? ¿Está Ud. de acuerdo con lo que él dice? Justifique su opinión.

B. Análisis. Escuche el diálogo nuevamente y cuénteles a sus compañeros(-as) de clase sobre la última vez que fue al restaurante con sus amigos: adónde fueron, cómo era el restaurante, qué comieron, qué problema tuvieron, etc.

Siga practicando el vocabulario y las estructuras gramaticales de **Capítulo 4, Segunda situación** en *Interacciones CD-ROM*.

Para saber más:
www.heinle.com

Tercera situación

Perspectivas

Los menús en el mundo hispano

Existen muchas diferencias en las comidas típicas de los países hispanos y no es raro que un peruano o un chileno no entienda el menú de un restaurante mexicano, por ejemplo, y viceversa. En el menú de un restaurante peruano, Ud. puede encontrar los siguientes platos.

RESTAURANTE EL RAYMONDI

Menú Turístico

Ceviche
(Marinated fish or seafood)

Escabeche
(Fried fish with onions)

Papas a la huancaína
(Potatoes with cheese and hot pepper sauce)

Ají de gallina
(Shredded chicken with hot sauce)

Arroz con pato
(Duck with rice)

Lomo a la chorrillana
(Tenderloin with onions and hot peppers)

Miraflores, Perú

En el menú de un restaurante venezolano no encontrará ninguno de los platos peruanos. En su lugar, Ud. podrá encontrar los siguientes platos.

Restaurante La Estancia

Parrillada mixta
(Grilled meats)

Pabellón criollo
(Shredded beef served with
black beans, baked plantain, and rice)

Parrillada a la criolla
(Grilled beef and sausages)

Arroz con coco
(Rice with coconut sauce)

Canasta de arepas
(Basket of cornmeal bread)

**Caracas, Venezuela
Menú Turístico**

A continuación se presenta el menú de un restaurante español donde no verá ninguno de los platos anteriores.

El Rincón Viejo

Toledo, España · Menú Turístico

Entremeses
(Appetizers)

Jamón serrano
(Cured Mountain Ham)

Tortilla a la española
(Egg and Potato Omelette)

Calamares en su tinta
(Squid in its own Liquid)

Entradas
(Main Dishes)

Cocido a la madrileña
(Stewed Chicken, Meat,
Potatoes, and Beans)

Cordero lechal asado
(Roast Lamb)

Paella a la valenciana
(Rice, Seafood, Chicken
and Vegetable Casserole)

Cochinillo asado
(Roast Suckling Pig)

Los postres varían mucho también de país a país, pero generalmente Ud. podrá pedir helados o flan en cualquier restaurante del mundo hispano. Con respecto a las bebidas, también hay mayor uniformidad y Ud. podrá pedir aguas gaseosas, minerales, jugos de fruta, vinos, cervezas, café o té.

Práctica

A. **¿Qué voy a comer?** Ud. y un(-a) compañero(-a) de clase están en un restaurante español. Otro(-a) compañero(-a) hace el papel de camarero(-a). Pidan una comida completa incluyendo un entremés, un plato principal, un postre y una bebida.

B. **Comparaciones.** Con un(-a) compañero(-a) compare los platos principales en un menú típico de España, México, Perú y Venezuela. ¿Qué ingredientes son más comunes en cada país? ¿Cuáles son las similaridades y las diferencias?

El chocolate en la cocina mexicana

A. **El chocolate.** Con un(-a) compañero(-a) de clase, haga una lista de las maneras en que usamos el chocolate; incluya apertivos, platos principales, dulces, postres y bebidas. ¿Cuál es su favorito? Después, miren la siguiente foto y descríbanla. En su opinión, ¿qué está preparando Patricia Quintana?

B. El mole poblano. Utilizando la información del vídeo, identifique los ingredientes que se usaron en la preparación del mole poblano.

la almendra	los chiles	los mariscos	el pescado
el cacahuate	las especias	la naranja	la piña
el café	el helado	la pasa	el pollo
el chocolate	la lechuga	el pavo	la tortilla

Según Patricia Quintana, ¿cuántos ingredientes hay en el mole poblano clásico?

Scanning and Skimming

Scanning and skimming are techniques that good readers use automatically and frequently in their native language. These techniques can be even more valuable in a foreign language.

Scanning is the process used to discover the general content of a reading selection. People frequently scan books, magazines, and newspapers to choose the selections they wish to read. When scanning you run your eyes quickly over the written material. You look at its layout, that is, the design of the material on the page, the title and subtitles, any accompanying photos, drawings, or charts, and even the typeface used. Together these elements combine to provide general clues as to the content and purpose of the written material.

Skimming is the technique used to locate specific or detailed information within a reading passage. Skimming is similar to scanning in that your eyes move quickly over the material. However, skimming differs from scanning in that the purpose is to notice a particular word, phrase, or piece of information. You often apply this technique to the reading of schedules or menus. Skimming can also follow a close reading when you wish to recall particular details or review the information quickly.

When approaching a reading selection for the first time, you frequently scan the material to determine what type of information it contains. You then skim the reading to locate items or details of particular interest.

Práctica

A. Los elementos generales. Dé un vistazo a *(scan)* los siguientes elementos de la lectura que sigue: la composición *(layout)* general, el título y las fotos. ¿De qué trata la lectura? ¿Cuál es el tema general?

B. Un examen superficial. Examine superficialmente *(skim)* la siguiente información sobre el metro de México, D.F. y conteste las siguientes preguntas.

TRAMITES

SECRETARIA DE SALUD
Estación Chapultepec — Línea 1
SECRETARIA DE GOBERNACION
Estación Cuauhtémoc — Línea 1
OFICINA CENTRAL DEL REGISTRO CIVIL
PROCURADURIA FEDERAL DE LA DEFENSA DEL TRABAJO
Estación Salto del Agua — Línea 1
SECRETARIA GENERAL DE PROTECCION Y VIALIDAD
Estación Insurgentes — Línea 1
PALACIO NACIONAL
SUPREMA CORTE DE JUSTICIA DE LA NACION
DEPARTAMENTO DEL DISTRITO FEDERAL
Estación Zócalo — Línea 2
SECRETARIA DE EDUCACION PUBLICA
Estación Allende — Línea 2
PROCURADURIA GENERAL DE LA REPUBLICA
Estación Hidalgo — Línea 3
UNIVERSIDAD NACIONAL AUTONOMA DE MEXICO
(Circuito Escolar)
Estación Copilco — Línea 3
SECRETARIA DE RELACIONES EXTERIORES
Estación Tlatelolco — Línea 3
INSTITUTO POLITECNICO NACIONAL
Estación Politécnico — Línea 5
PROCURADURIA FEDERAL DEL CONSUMIDOR
Estación Cuauhtémoc — Línea 1
PROCURADURIA DE JUSTICIA DEL DISTRITO FEDERAL Y
SERVICIO MEDICO FORENSE
Estación Niños Héroes — Línea 3
SECRETARIA DE COMERCIO Y FOMENTO INDUSTRIAL
Estación Juanacatlán — Línea 1
SECRETARIA DE HACIENDA
Estación Zócalo — Línea 2

PASEOS

CENTRO HISTORICO DE LA CIUDAD DE MEXICO
Estaciones Balderas, Salto del Agua, Isabel La Católica,
Pino Suárez, Merced y Candelaria — Línea 1
Estaciones Pino Suárez, Zócalo, Allende, Bellas Artes e
Hidalgo — Línea 2
Estaciones Balderas, Juárez, Hidalgo y Guerrero — Línea 3
CASTILLO DE CHAPULTEPEC Y
MONUMENTO A LOS NIÑOS HEROES
Estación Chapultepec — Línea 1
ANGEL DE LA INDEPENDENCIA Y ZONA ROSA
Estaciones Insurgentes y Sevilla — Línea 1
MONUMENTO A LA REVOLUCION
Estación Revolución — Línea 2
MONUMENTO A LA RAZA
Estación La Raza — Línea 3
MONUMENTO A ALVARO OBREGON
Estación Miguel A. de Quevedo — Línea 3
COYOACAN
Estaciones Coyoacan y Viveros — Línea 3
BASILICA DE GUADALUPE
Estación La Villa — Línea 6

TELEFONOS DEL S.T.C. **?**
CONMUTADOR — TEL: 709 11 33
MODULO DE ORIENTACION Y QUEJAS — EXTENS 5009-5010
RELACIONES PUBLICAS — EXTENS 5051-5052
OBJETOS EXTRAVIADOS — EXTENS 1018-1019

MUSEOS

MUSEO DE ARTE MODERNO
Estación Chapultepec — Línea 1
MUSEO NACIONAL DE ANTROPOLOGIA
Estación Chapultepec — Línea 1
MUSEO NACIONAL DE HISTORIA
Estación Chapultepec — Línea 1
MUSEO DE LA CIUDAD DE MEXICO
Estación Pino Suárez — Líneas 1 - 2
MUSEO DEL PALACIO DE BELLAS ARTES
Estación Bellas Artes — Línea 2
MUSEO DE SAN CARLOS
Estación Revolución — Línea 2
MUSEO NACIONAL DE LAS CULTURAS
Estación Zócalo — Línea 2
MUSEO NACIONAL DE LAS INTERVENCIONES
Estación General Anaya — Línea 2
PINACOTECA VIRREINAL DE SAN DIEGO
Estación Hidalgo — Líneas 2 - 3
ARCHIVO GENERAL DE LA NACION
Estación Morelos — Línea 4
MUSEO NACIONAL DE ARTE
Estación Allende — Línea 2

HORARIO DE SERVICIO · DIAS	LINEAS 1-2-3	LINEAS 4-5-6-7-9
DIAS LABORALES	5:00-0:30 HRS.	6:00-0:30 HRS.
SABADOS	6:00-1:30 HRS.	6:00-1:30 HRS.
DOMINGOS Y DIAS FESTIVOS	7:00-0:30 HRS.	7:00-0:30 HRS.

DIVERSIONES Y DEPORTES

BOSQUE DE CHAPULTEPEC
Estación Chapultepec — Línea 1
DEPORTIVO PLAN SEXENAL
Estación Popotla — Línea 2
TOREO DE CUATRO CAMINOS
Estación Cuatro Caminos — Línea 2
ESTADIO OLIMPICO MEXICO 68
Estación Copilco — Línea 3
PARQUE DE BEISBOL
Estación Centro Médico — Línea 3
ARENA MEXICO
Estación Balderas — Líneas 1 - 3
BOSQUE DE ARAGON
Estación Aragón — Línea 5
CIUDAD DEPORTIVA MAGDALENA MIXIHUCA
Estación Velódromo — Línea 5
CENTRO DE CONVIVENCIA, ZOOLOGICO INFANTIL
AUDITORIO NACIONAL
Estación Auditorio — Línea 7
CIUDAD DE LOS DEPORTES
Estación San Antonio — Línea 7

✚ URGENCIAS

• CRUZ ROJA	• BOMBEROS	• SECRETARIA GRAL. DE PROTECCION Y VIALIDAD
557 57 57	768 37 00	06
557 57 58	768 36 33	• LOCATEL
557 57 59	768 37 22	658 11 11
357 57 60	768 34 33	

1. ¿Cuáles son las horas de servicio los días laborales? ¿los sábados? ¿los domingos y días festivos?
2. ¿Cuántas líneas hay en el metro de México, D.F.?

3. ¿Qué línea y estación se usan para llegar a los siguientes lugares en el D.F.?

Castillo de Chapultepec / Estadio Olímpico México 68 / Basílica de Guadalupe / Museo Nacional de Antropología / Parque de Béisbol / Museo del Palacio de Bellas Artes / Ángel de la Independencia

Lectura cultural   El estupendo metro de México

Los grandes sistemas de trenes metropolitanos son tan particulares como las ciudades donde se encuentran. El metro de la Ciudad de México también tiene sus características singulares. Es uno de los más modernos y avanzados del mundo desde el punto de vista° point of view *tecnológico. El fuerte terremoto°* earthquake *de 1985 apenas°* scarcely *lo afectó. Por la tarde del día del desastre, la mayoría de las líneas funcionaban normalmente. Lo que parecía un milagro°* miracle *era, según los ingenieros, el resultado de un diseño°* design *que tuvo muy en cuenta°* took into account *la posibilidad de terremotos. Los trenes que estaban transitando durante el sismo°* *terremoto* *continuaron funcionando con energía suministrada°* furnished *por baterías de emergencia hasta llegar a estaciones donde pudieron descargar a los pasajeros.*

La finalidad° purpose *de este metro, como la de todos los demás del mundo, es brindar°* to offer *transporte rápido y económico a los residentes. Y es indiscutible°* unquestionable / succeeds *que lo logra° admirablemente. El metro hacía mucha falta°* was sorely lacking *en una ciudad que, según se calcula, tiene unos 20.000.000 de habitantes. Entre semana montan°* ride *en él unos*

México, D.F.: Una estación del metro

4.000.000 de personas al día, casi el 20% de la población. Los trenes del metro se mueven a una velocidad promedio° average / stops *de 35 kilómetros por hora, contando las paradas° en las estaciones, y pueden llegar a 88 kilómetros por hora. El sistema siempre ha mantenido un barato precio de pasaje, y aunque es posible que la inflación lo haga subir, seguirá siendo el más barato del mundo.*

El metro es un medio de transporte fácil para los empleados, visitantes y los enfermos que van a las consultas del Centro Médico y el Hospital General. También se ven hombres

de negocios, bien vestidos y con su portafolio en la mano, entre los estudiantes y los trabajadores. Hasta los campesinos analfabetos° lo usan sin dificultad, guiados° por los	illiterate / guided
símbolos de las estaciones que se hallan° en los terminales y en los vagones°. Por ejemplo,	*se encuentran* / coaches
el símbolo de la estación del Zócalo, la plaza principal de la ciudad, es el águila° en un cacto con una serpiente en la boca. Este mismo emblema, que se encuentra también en la	eagle
bandera° mexicana, es el símbolo del México antiguo y moderno.	flag
El orgullo° que los residentes de la capital sienten por el metro se refleja en su limpieza	pride
y orden. Un estudio reciente sobre delitos° cometidos en los sistemas de trenes	crimes
metropolitanos del mundo reveló que el metro de México es uno de los más seguros.	
El metro es un mundo subterráneo, una ciudad debajo de otra. Los planificadores° han	planners
construido un metro con más de 100 estaciones brillantes, alegres y, en muchos casos, impresionantes. En ningún momento hay sensación de oscuridad ni de estar bajo tierra.	
Todo es vida y color. En las estaciones más concurridas° a veces hay zonas comerciales.	crowded
Entre la estación del Zócalo y la de Pino Suárez hay un túnel largo, muy iluminado, donde uno puede comprar comida, ropa, libros y chucherías°. Por allí también se ven individuos	trinkets
que entretienen° a los pasajeros con suertes de prestidigitación° y malabarismos°.	entertain / magic tricks / juggling
Todas las estaciones están decoradas con mucho gusto°. La estación de Bellas Artes está	taste
adornada con reproducciones de murales mayas y tiene el piso de mármol°, mientras la estación	marble
del Zócalo tiene vitrinas° donde se reproduce la gran plaza en tiempos aztecas y coloniales.	display windows
Hasta la persona más agotada° debe sentirse contenta al viajar por este mundo	*cansada*
subterráneo tan ameno°. Para el que visita la ciudad, el metro no es sólo un medio rápido y	pleasant
conveniente de trasladarse° a cualquier parte de la capital, sino que también le brinda la	to move
oportunidad de conocer a los que viven en ella. Y como la tercera parte de las líneas no son subterráneas, el metro es una buena manera de ver la ciudad.	

Comprensión

A. Información básica. Examine superficialmente el artículo para obtener la siguiente información.

1. el número de personas que el metro del D.F. transporta diariamente y el porcentaje de la población que transporta diariamente
2. la velocidad promedio del tren y la velocidad máxima
3. el número de estaciones
4. el tipo de gente que usa el metro
5. lo que hay en el túnel entre la estación del Zócalo y la de Pino Suárez
6. la decoración de algunas estaciones

B. Unas explicaciones. Conteste las siguientes preguntas para explicar cómo funciona el sistema.

1. ¿Cómo usan los campesinos analfabetos el metro?
2. ¿Por qué se dice que el metro es un mundo subterráneo?
3. ¿Cómo continuó funcionando el metro durante el terremoto de 1985?
4. ¿Por qué debe sentirse contenta una persona que está agotada al viajar en el metro mexicano?

C. La defensa de una opinión. ¿Qué evidencia hay en el artículo que confirma la siguiente idea? «Los planificadores del metro de la Ciudad de México tuvieron en cuenta lo estético y lo funcional al crear su sistema de trenes metropolitanos.»

Improving Accuracy

Writing is different from the speaking skill in that the writer has more time to think about word choice, sentence and paragraph construction, and the general message than does a speaker. As a result, the writer is expected to produce material that is more error-free than normal speech. In addition, as an intermediate language student you will need to improve your accuracy so that your language becomes more and more comprehensible and acceptable to native speakers. The following techniques should help you.

A. Plan your written compositions.

1. Choose a topic consistent with your ability level. A topic that is too difficult will produce frustrations and errors. A topic that is too easy will not allow you to be judged in the most favorable manner since you will use overly simplified constructions and vocabulary.
2. Prior to writing make a mental or written outline of what you plan to say.

B. As you write the first draft, try to avoid errors.

1. Check spelling and meaning of vocabulary items you are unsure of.
2. Check the agreement of each subject and verb.
3. Check the tense and form of each verb.
4. Check for agreement of all nouns and their articles or adjectives.
5. Be extra cautious with items such as **ser / estar, por / para, saber / conocer.**

C. Re-read your composition for accuracy.

1. Upon completing your first draft, put it aside for some time.
2. Later, re-read your first draft for content. Ask yourself if it says what you want it to.
3. Re-read it again for accuracy using the "checks" of item B.

D. Revise your composition.

1. Pay attention to capitalization, punctuation, and over-all layout.
2. Proofread your composition, correcting any errors.

Composiciones

A. La semana pasada. Escríbale un mensaje por correo eléctronico o una carta a un(-a) amigo(-a) de otra universidad describiendo la semana pasada. Incluya información sobre el tiempo, sus sentimientos y emociones, sus actividades y sus clases.

B. El (La) crítico(-a) culinario(-a). Ud. es el (la) crítico(-a) culinario(-a) de un periódico local. Escriba un artículo sobre una cena que tuvo recientemente en un restaurante. Describa el restaurante, la comida y el servicio. Explique lo que le gustó y no le gustó.

C. La comida universitaria. Escríbale una carta a Julio(-a) Montoya, un(-a) estudiante de intercambio que va a venir a estudiar en su universidad. Dígale dónde, cuándo y qué se come en la universidad; también dígale cómo es la comida. Compare la comida norteamericana con la comida de un país hispano para prepararlo(-la) para su visita aquí.

A. Un restaurante estupendo. Tell your classmates about the best restaurant meal you ever ate. Provide the name of the restaurant, its location, and a description of it. Explain who you went with and what you ate and drank. Explain why this restaurant meal was so special.

B. Preferencias. You must work in a group of three or four people to plan the menu for a party for the International Club. Introduce the members of the group to one another. Then interview each member of your group to find out what food or drink they adore, like, or dislike in each category. Then, with the aid of your survey, prepare a menu with two or three items in each category.

	Me encanta(-n)	Me gusta(-n)	Me disgusta(-n)
Entremeses / Ensaladas			
Platos principales			
Postres			
Bebidas			

C. El Restaurante Pacífico. You are the waiter (waitress) in el Restaurante Pacífico. Two American tourists (played by your classmates) come to your restaurant for dinner. They are not familiar with the food and they ask you many questions about the food items. You answer their questions and make recommendations. Finally, you take their order for a complete meal with beverages.

D. Un experimento. The psychology department is conducting a series of experiments on dormitory living conditions. You and a classmate have been assigned to spend a week together in quarters resembling a college dormitory room. You will be constantly observed by the experiment team. You will be allowed to bring with you food, books, music, videos, games and clothing for the week-long experiment. Prior to packing, get together with your classmate. Ask and answer questions about what kinds of games, movies, music, and books interest you; what foods you love and hate, and what items are important to you. Establish a list of at least two items per category to bring with you for the week.

Para saber más:
www.heinle.com

Herencia cultural

Personalidades

De ayer

Cuauhtémoc fue el último emperador de los aztecas. Aunque luchó valientemente contra los españoles para defender Tenochtitlán, la capital azteca, los españoles lo capturaron en abril de 1521 y más tarde lo ahorcaron *(hanged),* en 1525. Cuauhtémoc es el símbolo de la resistencia de los indígenas contra los españoles.

De hoy

Salma Hayek (1968-) empezó su carrera en la televisión mexicana y ganó su fama con el papel *(role)* principal en la telenovela *Teresa.* Después se trasladó a Los Angeles, aprendió inglés y con mucho esfuerzo ha triunfado en Hollywood. Actualmente es tan popular en los EE.UU. como en México.

Vicente Fox Quesada (1942-), Presidente de México y miembro del Partido de Acción Nacional (PAN), representa un gran cambio en la historia de su país porque es el primer presidente de México en 71 años que no es miembro del Partido Revolucionario Institucional (PRI). Es de una familia humilde pero tuvo la oportunidad de asistir a la universidad. Antes de ser presidente de la República fue gobernador del estado de Guanajuato; también fue presidente de Coca-Cola para México y la América Latina.

Sor Juana Inés de la Cruz (1648-1695) es una de las personalidades literarias más famosas de México. A la edad de 16 años, esta joven hermosa e inteligente decidió entrar en un convento para dedicarse a estudiar y escribir. Entre sus obras hay dramas, ensayos y poesía.

El popular cantante **Luis Miguel** (1970-) cantó por primera vez en la televisión mexicana a la edad de once años. Desde entonces ha aparecido en la televisión y en conciertos por todo el mundo. Ha ganado cuatro Grammys y ha recibido varios otros premios como el de «Mejor Cantante Latino». Su estrella de oro está en el Paseo de la Fama en Hollywood.

Carlos Fuentes (1928-), novelista, ensayista, y guionista de cine *(scriptwriter)*, es uno de los más conocidos autores contemporáneos de México. La historia de México es un tema central en sus obras, que han sido traducidas a casi todos los idiomas. Fuentes ha ganado muchos premios literarios y ha sido profesor en las universidades de Pennsylvania, Columbia, Cambridge, Princeton y Harvard.

Arte y arquitectura

Unos artistas mexicanos del siglo XX:
Rivera, Orozco, Siqueiros y Kahlo

Entre los artistas mexicanos más famosos del siglo XX están los muralistas Diego Rivera, José Clemente Orozco y David Alfaro Siqueiros. Los tres crearon pinturas y murales enormes que representan temas universales como la dignidad de las razas minoritarias o la justicia social y temas nacionales como la historia de México. Se puede encontrar este arte del pueblo (como lo llaman muchos) en los edificios públicos de muchas ciudades mexicanas. De esa manera aun la gente más humilde y pobre puede verlo y apreciarlo.

Diego Rivera (1886-1957) Fue activista político y en muchas de sus obras trata de mostrar la importancia de los indígenas *(native peoples)* en el desarrollo *(development)* de México. En el Palacio Nacional de la capital pintó una serie de murales representando la historia de México, entre ellos una representación de Tenochtitlán, la antigua capital de los aztecas. También hay obras suyas en los EE.UU., en San Francisco y Detroit.

Diego Rivera, detalle de *Tenochtitlán*. México, D.F.: Palacio Nacional

José Clemente Orozco (1883-1949) Aunque no fue muy activo políticamente, sus obras reflejan las mismas ideas y actitudes de los otros muralistas. Sus obras están en edificios públicos en Guadalajara y en otras ciudades de México. También viajó por los EE.UU. y pintó murales en varias universidades, entre ellas Dartmouth. El mural *Hidalgo* está en el Palacio del Gobernador en Guadalajara. El padre Hidalgo fue el líder de la Guerra de la Independencia de 1810.

José Clemente Orozco, detalle de *Hidalgo*. Guadalajara: Palacio del Gobernador

David Alfaro Siqueiros (1898-1974) Del grupo de muralistas famosos, fue el más activo políticamente. Siempre trató de crear un arte del pueblo y para el pueblo. Sus murales más importantes son los del Instituto Nacional de Bellas Artes y los del Polyforum Cultural Siqueiros, en México, D.F. También tiene frescos en la Universidad Nacional Autónoma de México, como éste que representa a los estudiantes devolviendo su sabiduría *(knowledge)* a la patria.

David Alfaro Siqueiros, mural. México, D.F.: Universidad Autónoma de México

Frida Kahlo (1907-1954) Esta artista de fama internacional tuvo una vida llena de enfermedades y dolores. En 1925 sufrió un accidente de autobús que la dejó semi-inválida; pasó mucho tiempo en el hospital, y allí empezó su interés en la pintura. En 1929 se casó con Diego Rivera y juntos participaron en la vida política de su país. Es conocida por sus autorretratos *(self-portraits)* que muestran su sufrimiento físico y su gran amor a su esposo.

Frida Kahlo, Autorretrato «Pensando en Diego».

Comprensión

A. Las obras. Complete la siguiente tabla con información acerca de las obras de Rivera, Orozco, Siqueiros y Kahlo.

	Rivera	Orozco	Siqueiros	Kahlo
Escena representada				
Colores predominantes				
¿Abstracta o realista?				
El tema o la idea central				

B. Los artistas. Llene el espacio en blanco con la letra que representa el nombre del artista.

A = Diego Rivera   **C = David Alfaro Siqueiros**
B = José Clemente Orozco   **D = Frida Kahlo**

_____ Viajó por los EE.UU. y pintó murales en varias universidades.
_____ Fue el más activo políticamente.
_____ Sus obras reflejan su sufrimiento físico.
_____ Pintó una serie de murales en el Palacio Nacional de México.
_____ Pintó un mural del padre Hidalgo.
_____ Pintó un mural de la capital de los aztecas.
_____ Pintó muchos autorretratos.
_____ Siempre trató de mostrar la importancia de los indígenas en el desarrollo de México.
_____ Muchas de sus obras están en edificios públicos de Guadalajara.
_____ Muchas de sus obras están en el Instituto Nacional de Bellas Artes.

Para saber más:
www.heinle.com

Para leer bien

Elements of a Short Story

Prior to reading a literary selection, it is necessary to determine its genre, that is, the literary category to which it belongs. The major genres include **la novela, el drama, la poesía** *(poetry),* **el cuento** *(short story),* and **el ensayo** *(essay).* A quick glance at the following selection will show that it is a prose narration of relatively short length. It could be an essay or a short story. However, by skimming the first paragraph it can be quickly determined that the author is not attempting to analyze or interpret a particular topic as in an essay. Rather, the author takes care to introduce characters and describe a setting, elements typically found in short stories.

As you read the following short story, you should attempt to analyze the following elements of the story.

Los personajes = *characters*. The characters can include human beings, animals and even things and objects. Sometimes the characters play an important role throughout the entire story; sometimes the characters are not even present but are simply talked about or alluded to.

El escenario = *setting*. The setting includes the geography, weather, environment and living conditions, as well as the year and time in which the story takes place.

La estructura = *structure*. A traditional short story or novel is generally structured chronologically, that is, the author begins with the earliest incident in the plot and proceeds to tell the story as the events happened. However, in more modern fiction the structure often breaks with tradition. Chronological order may not be important and at times there is no tale or plot. Many short stories simply paint a moment in time, describe an emotion or feeling, or portray a scene.

El punto de vista = *point of view*. Each literary selection has a particular point of view. We, the readers, see the characters and the action of the story through the eyes of someone else, generally a character in the story or possibly the author. Thus, we read and react to the story based on the mentality and personality of that other person. Sometimes the point of view is very biased and we must try to find the truth in the situation.

El tema = *theme*. The theme of a literary work is its main idea. The theme frequently represents an author's philosophy or view of life.

El tono = *tone*. The tone is the emotional state of the literary work. The tone is generally expressed using adjectives such as *happy, sad, melancholy, angry, mysterious* or *satirical*.

Antes de leer

A. **El título.** Dé un vistazo al título de la siguiente lectura: **El recado** = *el mensaje*. ¿En qué situaciones escribe Ud. recados? ¿A quién(-es) le(-s) escribe Ud. recados a menudo? ¿Escribe Ud. recados por correo electrónico?

B. **El escenario.** Utilizando el dibujo del escenario del cuento, describa a la joven y el ambiente. En su opinión, ¿qué está escribiendo la joven? ¿Por qué?

C. **La estructura.** Este cuento no tiene una estructura tradicional. Es una narración acerca de una joven enamorada que espera a su novio afuera de la casa de él, en México, D.F. Mientras espera le escribe un recado a su novio y también revela sus pensamientos *(thoughts)* y sentimientos acerca de él. Así, el recado de la joven es el cuento que leemos. En su opinión, ¿qué le va a escribir a su novio?

D. **Los personajes.** Lea las dos primeras oraciones del cuento.

Vine Martín, y no estás. Me he sentado en el peldaño (step of a stairway) de tu casa, recargada en (leaning against) tu puerta y pienso que en algún lugar de la ciudad, por una onda (wave) que cruza el aire, debes intuir (guess) que aquí estoy.

Según estas dos oraciones, ¿quiénes son los dos personajes principales del cuento? ¿Están presentes los dos? ¿Dónde están los dos? ¿Quién narra el cuento?

Lectura literaria

Elena Poniatowska (1933-) está considerada entre los mejores escritores mexicanos. Se inició como periodista y fue la primera mujer en recibir el Premio Nacional de Periodismo (1978). Sus obras incluyen ensayos, crónicas, cuentos y novelas. Sus temas principales son los problemas de México y la nueva mujer mexicana que examina y a veces desconfía de los valores del pasado, como el machismo y el papel tradicional de la mujer.

El recado

Vine Martín, y no estás. Me he sentado en el peldaño de tu casa, recargada en tu puerta y pienso que en algún lugar de la ciudad, por una onda que cruza el aire, debes intuir que aquí estoy. Es éste tu pedacito° de jardín; tu mimosa° se inclina hacia afuera y los niños al pasar le arrancan° las ramas más accesibles... En la tierra, sembradas° alrededor del muro°, muy muy rectilíneas y serias veo unas flores que tienen hojas° como espadas°. Son azul marino, parecen soldados. Son muy graves, muy honestas. Tú también eres un soldado. Marchas por la vida, uno, dos, uno, dos... Todo tu jardín es sólido, es como tú, tiene una reciedumbre° que inspira confianza.

small piece / un tipo de árbol
quitan
sown
wall

leaves / *swords*

strength

Aquí estoy contra el muro de tu casa, así como estoy a veces contra el muro de tu espalda. El sol da también contra el vidrio° de tus ventanas y poco a poco se debilita porque ya es tarde. El cielo enrojecido ha calentado tu madreselva° y su olor se vuelve aún más penetrante. Es el atardecer. El día va a decaer. Tu vecina pasa. No sé si me habrá visto. Va a regar° su pedazo de jardín. Recuerdo que ella te trae una sopa de pasta cuando estás enfermo y que su hija te pone inyecciones... Pienso en ti muy despacito, como si te dibujara° dentro de mí y quedaras allí grabado. Quisiera tener la certeza de que te voy a ver mañana y pasado mañana y siempre en una cadena ininterrumpida de días; que podré mirarte lentamente aunque ya me sé cada rinconcito° de tu rostro°; que nada entre nosotros ha sido provisional o un accidente.

glass
honeysuckle
to water

were drawing

little corner / cara

Estoy inclinada ante una hoja° de papel y te escribo todo esto y pienso que ahora, en alguna cuadra° donde camines apresurado, decidido como sueles hacerlo, en alguna de esas calles por donde te imagino siempre: Donceles y Cinco de Febrero o Venustiano Carranza°, en alguna de esas banquetas° grises y monocordes rotas sólo por el remolino de gente° que va a tomar el camión°, has de saber dentro de ti que te espero. Vine nada más a decirte que te quiero y como no estás te lo escribo. Ya casi no puedo escribir porque ya se fue el sol y no sé bien a bien lo que te pongo. Afuera pasan más niños, corriendo. Y una señora con una olla° advierte irritada: «No me sacudas° la mano porque voy a tirar la leche...» Y dejo este lápiz, Martín, y dejo la hoja rayada° y dejo que mis brazos cuelguen inútilmente a lo largo de mi cuerpo y te espero. Pienso que te hubiera querido abrazar. A veces quisiera ser más vieja porque la juventud lleva en sí, la imperiosa, la implacable necesidad de relacionarlo todo al amor.

sheet
city block
names of streets in D.F.
sidewalks / *crowd* / autobús

kettle / *shake*
lined

Ladra° un perro; ladra agresivamente. Creo que es hora de irme. Dentro de poco vendrá la vecina a prender la luz° de tu casa; ella tiene llave y encenderá el foco° de la recámara° que da afuera porque en esta colonia° asaltan mucho, roban mucho. A los pobres les roban mucho; los pobres se roban entre sí... Sabes, desde mi infancia me he sentado así a esperar, siempre fui dócil, porque te esperaba. Te esperaba a ti. Sé que todas las mujeres aguardan. Aguardan la vida futura, todas esas imágenes forjadas en la soledad, todo ese bosque° que camina hacia ellas; toda esa inmensa promesa que es el hombre; una granada° que de pronto se abre y muestra sus granos rojos, lustrosos; una granada como una boca pulposa de mil gajos°. Más tarde esas horas vividas en la imaginación, hechas horas reales, tendrán que cobrar peso y tamaño y crudeza. Todos estamos—oh mi amor—tan llenos de retratos interiores, tan llenos de paisajes no vividos.

barks
poner la luz /
  la lámpara /
  dormitorio / barrio

forest (of men)
pomegranate
sections of fruit

Ha caído la noche y ya casi no veo lo que estoy borroneando° en la hoja rayada. Ya no percibo las letras. Allí donde no le entiendas en los espacios blancos, en los huecos, pon: "Te quiero" ... No sé si voy a echar esta hoja debajo de la puerta, no sé. Me has dado un tal respeto de ti mismo... Quizás ahora que me vaya, sólo pase a pedirle a la vecina que te dé el recado; que te diga que vine.

escribiendo

Después de leer

A. Martín. Haga una lista de las palabras y frases que la joven usa para describir a Martín. ¿Con qué compara la joven a Martín? ¿Cómo es él?

B. Un tema. Uno de los temas del cuento es el papel de la mujer. Lea las siguientes oraciones del cuento que hablan del papel de la mujer.

Sé que todas las mujeres aguardan *(wait)*. Aguardan la vida futura, todas esas imágenes forjadas *(forged)* en la soledad...

¿Qué esperan las mujeres tradicionales? ¿Y las mujeres más feministas? En su opinión, ¿cuáles son algunas de «esas imágenes forjadas en la soledad»? ¿Qué espera la joven del cuento? ¿Es tradicional o feminista ella?

C. El final. El final del cuento es un poco ambiguo; no sabemos lo que va a hacer la joven. ¿Cuáles son las posibilidades mencionadas por la joven? En su opinión, ¿qué va a hacer ella al final?

D. Otro punto de vista. El cuento «El recado» está escrito desde el punto de vista de la joven.

Con un(-a) compañero(-a) de clase escriba un párrafo acerca de la relación entre la joven y Martín. Pero, escriba su párrafo desde el punto de vista del novio Martín.

Bienvenidos a
Centroamérica, a Colombia

Guatemala: Lago Atitlán

GEOGRAFÍA Y CLIMA

Centroamérica es el puente entre la América del Norte y la América del Sur. *Colombia y Venezuela* son dos países de la América del Sur. Tienen una geografía muy similar: la costa tropical y la región templada de las montañas. *Venezuela* también tiene llanos (*plains*) cerca del Río Orinoco.

La temperatura varía según la altitud.

POBLACIÓN

Centroamérica: 32.500.000 de habitantes; *Venezuela:* 21.800.000 de habitantes; *Colombia:* 35.100.000 de habitantes.

LENGUAS

El español y varios idiomas indígenas

GOBIERNO

Centroamérica es como una América Latina en miniatura; hay gran diversidad en los gobiernos y la política. *Colombia y Venezuela:* Democracia

ECONOMÍA

Centroamérica: Productos agrícolas: frutas tropicales, verduras, café; turismo; *Venezuela:* petróleo; *Colombia:* café, flores, turismo

y a Venezuela

**Bogotá,
Colombia**

Práctica geográfica

**Conteste las siguientes
preguntas usando la
información presentada y los
mapas de Centroamérica,
Colombia y Venezuela de las primeras páginas de este libro.**

A. Centroamérica

1. De los siete países de Centroamérica sólo Belice no es un país de habla
   española. ¿Cuáles son los seis países hispanos de la región? ¿Cuál es el
   único país que no tiene costa en el mar Caribe?
2. ¿Cuáles son las capitales de los países hispanos?
3. ¿Qué divide a Panamá en dos regiones? ¿Por qué lo construyeron?

B. Colombia

1. ¿Cuál es la capital? ¿Cuáles son otras ciudades importantes?
2. ¿Cómo se llaman las montañas de Colombia? ¿Dónde están las ciudades en
   relación con las montañas?
3. Colombia tiene costa en dos mares. ¿Cuáles son?

C. Venezuela

1. ¿Cuál es la capital de Venezuela? ¿Cuáles son otras ciudades importantes?
2. ¿Cómo se llama el río más grande de Venezuela? ¿Cómo se llama el lago
   grande en el noroeste del país?
3. ¿Dónde están los llanos?

D. La influencia geográfica.

¿Qué ventajas y desventajas ofrecen las geografías de Centroamérica,
Colombia, y Venezuela?

CAPÍTULO
5

En la universidad

Algunos estudiantes en la Ciudad de Guatemala

Cultural Themes

Central America
Universities in the Hispanic world

Communicative Goals

Functioning in the classroom
Indicating location, purpose, and time
Indicating the recipient of something
Talking about the weather
Expressing hopes, desires, and requests
Making comparisons

Primera situación

Presentación

¿Dónde está la Facultad de Ingeniería?

Práctica y conversación

A. Situaciones. ¿Adónde va Ud. en las siguientes ocasiones?

1. Necesita comprar libros para su clase de historia.
2. Quiere pagar la matrícula.
3. Tiene un examen oral de español y necesita practicar.
4. Va a encontrarse con su compañero(-a) de cuarto para jugar al tenis.

5. Acaba de tomar un examen de matemáticas y tiene sueño.
6. La librería no tiene la novela que Ud. tiene que leer para su clase de literatura.
7. Tiene hambre.

B. La Universidad Tecnológica. Hágale a un(-a) compañero(-a) de clase preguntas sobre la Universidad Tecnológica.

Pregúntele...

1. si uno puede especializarse en administración de empresas.
2. si se puede estudiar periodismo.
3. si se puede tomar cursos de filosofía y letras.
4. si hay cursos posgrados. ¿En qué campos?
5. si hay universidades tecnológicas en los Estados Unidos. ¿Cómo son?

C. Creación. Cuente en una narración lo que pasa en el dibujo de la **Presentación.**

Vocabulario

El ingreso	**Admission**
la beca	*scholarship*
el examen de ingreso	*entrance exam*
la matrícula	*tuition*
el requisito	*requirement*
estar en el primer año	*to be a freshman*
estar en la universidad	*to be at the university*
inscribirse	*to enroll in a class*
matricularse	*to register*

La ciudad universitaria	**Campus**
la biblioteca	*library*
el campo deportivo	*sports field*
el centro estudiantil	*student center*
el estadio	*stadium*
el gimnasio	*gymnasium*
el laboratorio de lenguas	*language lab*
la librería	*bookstore*
las oficinas administrativas	*administrative offices*
la residencia estudiantil	*dormitory*
el teatro	*theater*

Los cursos	**Courses**
la apertura de clases	*beginning of the term*
el campo de estudio	*field of study*
el (la) catedrático(-a)	*university professor*
el curso electivo	*elective class*
obligatorio	*required class*

la Facultad de	*School of*
Administración de empresas	*Business and Management*
Arquitectura	*Architecture*
Bellas artes	*Fine Arts*
Ciencias de la educación	*Education*
Ciencias económicas	*Economics*
Ciencias políticas	*Political Science*
Derecho	*Law*
Farmacia	*Pharmacy*
Filosofía y letras	*Liberal Arts (Philosophy and Literature)*
Ingeniería	*Engineering*
Medicina	*Medicine*
Periodismo	*Journalism*
la materia	*subject matter*
el profesorado	*faculty*
especializarse en	*to major in*
seguir (i, i) un curso tomar un curso	*to take a course*
ser oyente	*to audit a course*

Los títulos	**Degrees**
el bachillerato	*high school diploma*
el doctorado	*doctorate*
la licenciatura	*bachelor's degree*
la maestría	*master's degree*
graduarse	*to graduate*
licenciarse en	*to receive a bachelor's degree*

Así se habla

Classroom Expressions

Profesora	Muy bien, Miguel. Tu presentación acerca de las universidades en el mundo hispano estuvo muy interesante. Por favor, toma asiento. Ahora, por favor, todos Uds. saquen lápiz y papel y escriban un resumen de la presentación oral de su compañero.
Mario	Profesora, ¿de cuántas páginas tiene que ser el resumen?
Profesora	Una página como mínimo.
Mario	¿Y para cuándo es?
Profesora	Para mañana por la mañana.
Mario	*(Murmurando)*: ¡Y yo que no presté atención! ¡Ahora sí que estoy metido en un lío! ¡Eso me pasa por distraído! Oye, José, ¿puedo trabajar contigo?
José	¿Qué? ¡Ni hablar!

If you are in a classroom, these are some of the expressions that your instructor will use. (Remember it is more polite to use "por favor" when giving a command.)

Escuchen.	*Listen.*
Abran / Cierren sus libros.	*Open / Close your books.*
Saquen un lápiz y una hoja de papel.	*Take out a pencil and a sheet of paper.*
Guarden todas sus cosas.	*Put all your things away.*
Contesten, por favor.	*Please answer.*
Escriban una composición de (500) palabras / (tres) páginas.	*Write a composition of (500) words / (three) pages.*
Trabajen con su compañero(-a).	*Work with your partner.*
Lean en voz alta / en silencio.	*Read out loud / silently.*
Hablen más alto.	*Speak louder.*

As the student, these are some of the expressions you can use.

No comprendo.	*I don't understand.*
No sé.	*I don't know.*
¿Puede repetir, por favor?	*Could you repeat (it), please?*
Tengo una pregunta.	*I have a question.*
¿Cómo se dice...?	*How do you say . . . ?*
¿Podría hablar más despacio?	*Could you speak more slowly?*
¿Podría explicar... otra vez?	*Could you explain . . . again?*
¿Para cuándo es?	*When is it due?*
¿De cuántas páginas?	*How many pages long?*

Práctica y conversación

A. Situaciones. ¿Qué dice un profesor cuando...

1. le hace una pregunta a un estudiante?
2. un estudiante responde y nadie lo oye?
3. los estudiantes van a tomar un examen?
4. los estudiantes tienen que leer en clase?

¿Qué dicen los estudiantes cuando...

5. no entienden lo que el profesor dice?
6. no saben una palabra?
7. no saben una respuesta?
8. el profesor habla muy rápido?

B. ¡Presten atención! En grupos de tres, una persona hará el papel del (de la) profesor(-a) de español y las otras dos harán el papel de los estudiantes. El (La) profesor(-a) les dirá a los estudiantes lo siguiente:

Put everything away. / Take out paper and pencil, please. / Ask your classmate what he (she) did last weekend. / Speak louder, please. / Now, write a composition describing what your classmate just told you.

Los estudiantes le preguntarán al (a la) profesor(-a) la siguiente información: How many pages long? When is it due?

Estructuras

Indicating Location, Purpose, and Time

Some Prepositions; por versus para

In order to indicate purpose, destination, location, direction, and time, you will need to learn to use prepositions and to distinguish the prepositions **por** and **para**.

Some Common Prepositions

a	to, at	hasta	until, as far as
con	with	menos	except
de	of, from, about	para	for, in order to
desde	from, since	por	for, by, in, through
durante	during	según	according to
en	in, on, at	sin	without

Some Prepositions of Location

al lado de	beside, next to	detrás de	behind, in back of
alrededor de	around	encima de	on top of, over
cerca de	near	enfrente de	in front of
contra	against	entre	between, among
debajo de	under, underneath	lejos de	far (from)
delante de	in front of	sobre	on top of, over
dentro de	in, inside of		

a. When the masculine singular article **el** follows the preposition **a** the contraction **al** is used.

Joaquín va **al** laboratorio de química; no va a la oficina.

Joaquín is going to the chemistry lab; he's not going to the office.

b. When the masculine singular article **el** follows the preposition **de** or a compound preposition containing **de,** the contraction **del** is used.

La Facultad de Farmacia está al lado **del** edificio de química.

The School of Pharmacy is next to the chemistry building.

c. The prepositions containing **de** can be used as adverbs when **de** is eliminated. Note that prepositions are followed by an object but adverbs are not. Compare the following examples.

La Facultad de Derecho está **lejos de** la biblioteca, ¿verdad?
Sí, está muy **lejos.**

The Law School is far from the library, isn't it?
Yes, it's very far.

d. Even though both **por** and **para** can mean *for,* these two prepositions have separate uses. Study the following explanation.

PARA is used to indicate:

1. destination

   Salgo **para mis clases** a las ocho. *I leave for my classes at 8:00.*

   Esta carta es **para mi compañero** *This letter is for my roommate.*
   de cuarto.

2. purpose

   Ricardo estudia **para ser abogado.** *Ricardo is studying to be a lawyer.*

   Tomo seis cursos este semestre *I am taking six courses this semester*
   para graduarme pronto. *in order to graduate soon.*

3. deadline

   Tengo que escribir un informe *I have to write a paper by Thursday.*
   para el jueves.

4. comparison

   Para un estudiante nuevo, Raúl *For a new student Raúl knows a lot*
   sabe mucho de medicina. *about medicine.*

POR is used to express:

1. length of time

   Ayer practiqué en el laboratorio *Yesterday I practiced in the*
   por dos horas. *laboratory for two hours.*

2. *for, in exchange for* to express sales or gratitude

   Pagué $100.00 **por este libro** *I paid $100.00 for this physics*
   de física. *book.*

   Muchas gracias **por toda tu** *Thank you very much for all*
   ayuda. *your help.*

3. means of transportation or communication

   Francisca me llamó **por** *Francisca called me on the phone*
   teléfono anoche para *last night to tell me that we're*
   decirme que vamos a *going to Managua by plane.*
   Managua **por avión.**

4. cause or reason

   No podemos ir al partido de *We can't go to the soccer game*
   fútbol **por el mal tiempo.** *because of the bad weather.*

5. *through, along, by*

   Anoche caminamos **por el** *Last night we walked through*
   parque. *the park.*

6. **Por** is also used in many common expressions such as the following:

por aquí / allí	*around here / there*	**por favor**	*please*
por desgracia	*unfortunately*	**por fin**	*finally*
por ejemplo	*for example*	**¿por qué?**	*why?*
por eso	*therefore, for that reason*	**por supuesto**	*of course*

Práctica y conversación

A. ¡Por favor, ayúdame! Ud. es un(-a) nuevo(-a) estudiante en su universidad y está totalmente perdido(-a). Complete las oraciones con **por** o **para** para pedirle ayuda a un(-a) compañero(-a).

Usted	*Compañero(-a)*

1. Disculpa, pero me podrías decir, _____ favor, ¿adónde tengo que ir _____ matricularme en un curso de ruso?

2. _____ desgracia, también soy nuevo(-a), pero creo que tienes que ir _____ las oficinas administrativas.

3. ¿Y cómo llego? ¿Están _____ aquí?

4. No, están _____ el otro lado de la universidad. Tienes que pasar _____ el edificio de Educación. ¿Sabes dónde queda?

5. No, en realidad, no. ¿Queda _____ el Centro Estudiantil?

6. No, no está _____ ahí. Pero, ¿_____ qué tienes que matricularte en ese curso?

7. Mi especialidad es ruso. ¿_____ qué me preguntas?

8. Es una lengua muy difícil. _____ ser un(-a) estudiante nuevo(-a) sabes lo que estás haciendo, ¿no? Pienso que debes hablar con tu consejero _____ que te ayude.

9. Tienes razón. Muchas gracias _____ todo y disculpa la molestia.

10. No, ¡qué ocurrencia!

B. ¿Qué clases vas a tomar? Hable con un(-a) compañero(-a) de las clases que piensan tomar y los deportes que piensan practicar el próximo semestre o trimestre.

1. ¿En qué edificios van a tener clases? ¿Dónde van a practicar deportes?
2. ¿Dónde quedan esos sitios? ¿Quedan cerca o lejos de su residencia estudiantil? Expliquen.
3. ¿Cuándo van a tener clases? ¿Cuándo van a practicar deportes?
4. ¿A qué hora van a salir de su residencia para llegar a clase?
5. ¿Por qué prefieren esas clases? ¿Esos deportes?
6. ¿?

C. ¿Dónde está...? Sus padres lo (la) llaman por teléfono y le hacen preguntas acerca de su universidad. Dígales dónde queda su residencia estudiantil, el centro estudiantil, la librería, el laboratorio de lenguas, la biblioteca, el hospital universitario, ¿?

Indicating the Recipient of Something

Prepositional Pronouns

To indicate the recipient of an action, the donor of a gift, or to express with whom you are doing certain activities, you use a preposition followed by a noun or a prepositional pronoun. These prepositional pronouns replace nouns and agree with the nouns in gender and number.

Alicia	¡Qué bonitas flores! ¿Para quién son?
Juana	Son para ti.
Alicia	¡Qué bien! ¿Son de Eduardo?
Juana	Por supuesto que son de él.

Prepositional Pronouns

¿Para quién son las flores?

Son para **mí**.	*They're for me.*	Son para **nosotros(-as)**.	*They're for us.*
Son para **ti**.	*They're for you.*	Son para **vosotros(-as)**.	*They're for you.*
Son para **él**.	*They're for him.*	Son para **ellos**.	*They're for them.*
Son para **ella**.	*They're for her.*	Son para **ellas**.	*They're for them.*
Son para **Ud.**	*They're for you.*	Son para **Uds.**	*They're for you.*

a. Prepositional pronouns have the same form as subject pronouns except for the first- and second-person singular forms: **mí / ti**.

b. The first- and second- person singular pronouns combine with the preposition **con** to form **conmigo** *(with me)* and **contigo** *(with you)*. The forms **conmigo** and **contigo** are both masculine and feminine.

Práctica y conversación

A. ¿Qué es esto? Ud. tuvo una pequeña fiesta en su cuarto de la residencia estudiantil y ahora hay mucho desorden. Su compañero(-a) de cuarto entra y le hace algunas preguntas.

> **MODELO**   cuaderno / José
> COMPAÑERO(-A): **¿De quién es este cuaderno? ¿De José?**
> USTED: **Sí, es de él.**

1. chocolates / tus amigos
2. regalo / Ángela y Elena
3. discos compactos / los hermanos Gómez
4. fotos / Jacinto
5. libros / tu novio(-a)
6. radio / Eduardo

B. **¡Llegó el correo!** En grupos, un(-a) estudiante está encargado(-a) de repartirles el correo a los otros estudiantes de su residencia. Posteriormente, uno(-a) de los estudiantes informará a la clase quién recibió cartas de quién(-es).

MODELO   Cartero(-a):   **¡Dos cartas para Elena!**
Estudiante 1   **¡Ay! Una carta para mí de José y otra de mis padres.**
Estudiante 2   **¿De José?**
Estudiante 1   **¡Sí, de él!**

C. **Adivina a quién vi hoy.** Usando el dibujo, explíquele a un(-a) compañero(-a) a quiénes vio en la biblioteca hoy y qué estaban haciendo. Él (ella) querrá saber todos los detalles.

Siga practicando el vocabulario y las estructuras gramaticales de **Capítulo 5, Primera situación** en *Interacciones CD-ROM.*

Para saber más:
www.heinle.com

Segunda situación

Presentación

Mis clases del semestre pasado

A. Las asignaturas. ¿Qué cursos debe escoger un(-a) estudiante si se prepara para ser...?

periodista / arquitecto(-a) / científico(-a) / farmacéutico(-a) / sicólogo(-a) / maestro(-a) / hombre (mujer) de negocios

B. Entrevista personal. Hágale preguntas a un(-a) compañero(-a) de clase sobre sus estudios y su compañero (-a) debe contestar.

Pregúntele...

1. lo que hace cuando falta a clase.
2. cómo se puede sacar prestado un libro.
3. lo que debe hacer si sale mal en un examen.
4. cómo se puede dejar una clase.
5. lo que tiene que hacer para sacar buenas notas.
6. cuándo es necesario aprender de memoria.
7. lo que hace para aprobar un examen.

C. **¡Sobresaliente!** Mire la hoja de evaluación que recibió Richard Lotero y conteste las siguientes preguntas.

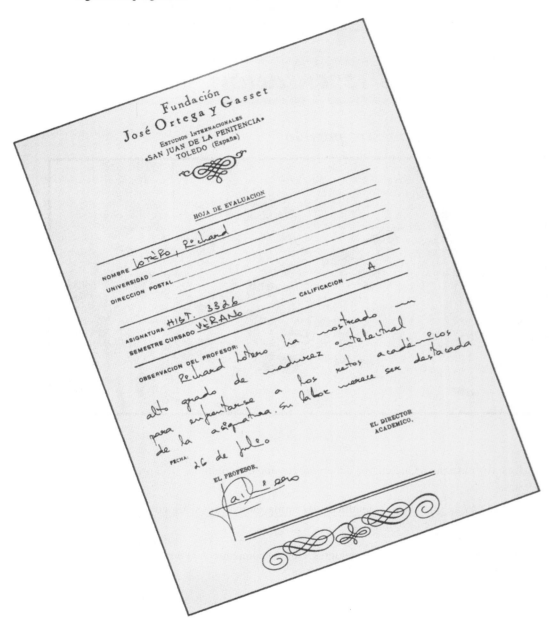

1. ¿Dónde estudió Richard?
2. ¿Qué estudió? ¿Cuándo?
3. ¿Cómo salió en el curso?
4. ¿Qué opinión tiene el profesor del trabajo de Richard?
5. ¿Dónde está la Fundación José Ortega y Gasset?
6. ¿Qué tipo de estudios ofrece la Fundación José Ortega y Gasset?

D. **Los cursos obligatorios.** En parejas, preparen una lista de las asignaturas que deben ser obligatorias para todos los estudiantes y expliquen por qué.

E. **Creación.** En una narración cuente lo que pasa en el dibujo de la **Presentación**.

Vocabulario

Las asignaturas	**Subjects**	asistir a clase	*to attend class*
el arte	*art*	una conferencia	*a lecture*
la biología	*biology*	cumplir con los requisitos	*to fulfill requirements*
las ciencias exactas	*natural science*	dar una conferencia	*to give a lecture*
sociales	*social sciences*	dejar una clase	*to drop a class*
la contabilidad	*accounting*	elegir (i, i)	*to elect*
la física	*physics*	entregar la tarea	*to hand in the homework*
la historia	*history*		
el idioma extranjero	*foreign language*	esforzarse (ue)	*to make an effort*
las matemáticas	*mathematics*	estar flojo(-a) en	*to be weak in*
la música	*music*	fuerte en	*good at*
la programación de computadoras	*computer science*	faltar a clase	*to miss class*
la química	*chemistry*	pasar lista	*to take attendance*
la sicología	*psychology*	prestar atención	*to pay attention*
la sociología	*sociology*	requerir (ie, i)	*to require*
		sacar prestado un libro	*to check out a book*
En la clase	**In class**		
la enseñanza	*teaching*	**La temporada de exámenes**	**Examination period**
el horario	*schedule*	aprender de memoria	*to memorize*
la investigación	*research*	aprobar (ue) un examen	*to pass an exam*
el libro de texto	*textbook*	repasar	*to review*
el semestre	*semester*	sacar buenas (malas) notas	*to get good (bad) grades*
aplicado(-a)	*studious*		
flojo(-a)	*lax, weak*	salir mal en un examen	*to fail an exam*
perezoso(-a)	*lazy*	sobresalir	*to excel*
sobresaliente	*outstanding*	tomar un examen	*to take an exam*
trabajador(-a)	*hard-working*		

Así se habla

Talking About the Weather

Renata	¿Cómo estás, Hilda?
Hilda	¡Ay! hija, aquí un poco resfriada. Tú sabes que ayer tuve que salir muy temprano de la casa porque tenía que hacer una serie de diligencias y como estaba apurada, me olvidé de llevar el paraguas.
Renata	¡Ay, dios mío! ¡Y con el aguacero que cayó ayer!
Hilda	Sí, ¡imagínate! Y además hizo más frío que nunca. Ahora me siento un poco mal.
Renata	Cuídate mucho, Hilda, espero que no te enfermes más y te pongas peor.
Hilda	Ni me digas que ya me están doliendo todos los huesos.
Renata	Es necesario que te quedes en casa y no te enfríes. La temporada de lluvias recién está empezando y parece que este año va a llover más que de costumbre.
Hilda	Eso oí. Pero bueno, ¡qué se va a hacer!

If you want to talk about the weather, you can use the following expressions.

¿Qué tiempo hace?	
¿Cómo está el día?	*What's the weather like?*
¿Hace sol / viento / frío / calor?	*Is it sunny / windy / cold / hot?*
¿Está lloviendo / nevando?	*Is it raining / snowing?*
Está nublado / húmedo.	*It's cloudy / humid.*
Hay neblina.	*It's foggy.*
¡Qué día tan bonito / feo!	
¡Qué bonito / feo está el día!	*What a pretty / an ugly day!*
Parece que va a llover / nevar.	*It seems it's going to rain / snow.*
¡Va a caer un aguacero!	*It's going to rain cats and dogs!*
Espera a que despeje.	*Wait till it clears up.*
¡Me muero de frío / calor!	*I'm freezing / burning up!*

Práctica y conversación

A. ¿Qué te parece este clima? Mire el termómetro. ¿Qué dice Ud. cuando...

1. hace una temperatura de 10 grados (centígrados) y hay un 100% de humedad?
2. la temperatura está a 20 grados (centígrados) y hay un 70% de humedad?
3. llueve mucho?
4. hace una temperatura de 41 grados (centígrados)?
5. el sol brilla mucho y la temperatura está a 34 grados (centígrados)?
6. hay mucha neblina?

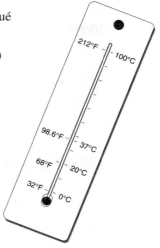

B. Nos vamos de viaje. Trabajen en parejas. Ud. y un(-a) compañero(-a) de clase están planificando un viaje para las próximas vacaciones. El lugar adonde irán dependerá del clima. A Ud. le gusta el clima cálido pero él (ella) prefiere el clima frío. Escojan un sitio que les guste a los (las) dos.

Estructuras

Expressing Hopes, Desires, and Requests

Present Subjunctive After Verbs of Wishing, Hoping, Commanding, and Requesting

Verbs in the indicative mood express statements or questions that are objective or factual.

Carolina **estudia** para su examen de química.

Carolina is studying for the exam in her chemistry class.

Verbs in the subjunctive mood are used for subjective or doubtful statements or questions.

Espero que Carolina **estudie** para su examen de química.

I hope that Carolina is studying for the exam in her chemistry class.

My hope that Carolina is studying for the exam does not mean that she will do it; this action is not an observable fact and therefore the subjunctive is used.

Formation of the Present Subjunctive

a. To form the present subjunctive:

1. Obtain the stem by dropping the **-o** from the first-person singular of the present tense.
2. To the stem add **-er** endings to **-ar** verbs and **-ar** endings to **-er** and **-ir** verbs.

Verbos en -AR repasar	Verbos en -ER aprender	Verbos en -IR escribir
repase	aprenda	escriba
repases	aprendas	escribas
repase	aprenda	escriba
repasemos	aprendamos	escribamos
repaséis	aprendáis	escribáis
repasen	aprendan	escriban

b. Verbs that are irregular in the first-person singular of the present indicative will show the same irregularity in all forms of the present subjunctive.

HACER   haga, hagas, haga, hagamos, hagáis, hagan
CONOCER   conozca, conozcas, conozca, conozcamos, conozcáis, conozcan

c. Certain verbs will show spelling changes in the present subjunctive:

Verbs ending in ...

1. **-car** change the **c → qu**:   buscar   **busque**
2. **-gar** change the **g → gu**:   pagar   **pague**
3. **-zar** change the **z → c**:   organizar   **organice**
4. **-ger** change the **g → j**:   escoger   **escoja**

d. Stem-changing **-ar** and **-er** verbs follow the pattern of change of the present indicative: all forms stem-change except **nosotros** and **vosotros**.

e → ie recomendar	o → ue mostrar	e → ie perder	o → ue devolver
recomiende	muestre	pierda	devuelva
recomiendes	muestres	pierdas	devuelvas
recomiende	muestre	pierda	devuelva
recomendemos	mostremos	perdamos	devolvamos
recomendéis	mostréis	perdáis	devolváis
recomienden	muestren	pierdan	devuelvan

e. Stem-changing **-ir** verbs follow the pattern of change of the present indicative and show an additional stem change in the **nosotros** and **vosotros** forms.

e → ie, i divertirse	e → i, i pedir	o → ue, u dormir
me divierta	pida	duerma
te diviertas	pidas	duermas
se divierta	pida	duerma
nos divirtamos	pidamos	durmamos
os divirtáis	pidáis	durmáis
se diviertan	pidan	duerman

f. Verbs whose present indicative **yo** form does not end in **-o** have irregular subjunctive stems. The endings of such verbs are regular.

DAR	dé, des, dé, demos, deis, den
ESTAR	esté, estés, esté, estemos, estéis, estén
IR	vaya, vayas, vaya, vayamos, vayáis, vayan
SABER	sepa, sepas, sepa, sepamos, sepáis, sepan
SER	sea, seas, sea, seamos, seáis, sean

The present subjunctive of **hay = haya**.

Uses of the Subjunctive

a. The subjunctive in Spanish is used to express subjectivity or that which is unknown. Expressions of desire, hope, command, or request are among many Spanish verbs and phrases that create a doubtful or unknown situation and require the use of the subjunctive.

DESIRE	desear, querer
HOPE	esperar, ojalá (que)
COMMAND	decir, dejar, es necesario, es preciso, exigir, insistir en, mandar, ordenar, permitir, prohibir
ADVICE/REQUEST	aconsejar, pedir, proponer, recomendar, rogar, sugerir

b. **Decir** is followed by the subjunctive when someone is told or ordered to do something. **Decir** is followed by the indicative when information is given.

La profesora les **dice** a los estudiantes
   que **entreguen** la tarea.
*The professor tells her students to
   hand in the homework.*

La profesora **dice** que los estudiantes
   entregan la tarea.
*The professor says that the students
   are handing in the homework.*

c. Many of the expressions of command or advice/request will use indirect objects. In such cases the indirect object pronoun and the subjunctive verb ending refer to the same person.

Te aconsejo que **asistas** a todas
   las clases.
I advise you to attend every class.

d. Generally the subjunctive occurs in sentences with two clauses. The main or independent clause contains an expression that will require the use of the subjunctive in the second or subordinate clause when the subject is different from that of the main clause. If there is no change of subject, the infinitive is used.

Change of Subject: Subjunctive

Bárbara quiere que **salgamos** para
la universidad a las ocho.

*Bárbara wants us to leave for
the university at 8:00.*

Same Subject: Infinitive

Bárbara quiere salir para la universidad
a las ocho.

*Bárbara wants to leave for the
university at 8:00.*

e. There is little direct correspondence between the use of the subjunctive in Spanish and English. As a result, the Spanish subjunctive may translate into English with a subjunctive but will more likely translate with the present or future indicative or an infinitive. Compare the following translations of similar Spanish sentences.

Espero que estudien para el examen.	*I hope (that) they study for the exam.*
Ojalá que estudien para el examen.	*Hopefully they will study for the exam.*
Quiero que estudien para el examen.	*I want them to study for the exam.*
Insisto en que estudien para el examen.	*I insist that they study for the exam.*

Práctica y conversación

A. Para sobresalir. Explique lo que es preciso hacer para sobresalir en sus estudios. Ponga sus actividades en la categoría apropiada.

Es preciso que...
No recomiendo que...

B. La temporada de los exámenes. Es la temporada de los exámenes. Exprese su opinión sobre lo que Ud. necesita hacer para sobresalir. Empiece cada frase con una de las siguientes expresiones.

No quiero que... / Espero que... / Ojalá... / Insisto en que... / Es necesario que... / Recomiendo que...

C. Un examen muy difícil. Ud. tiene un examen de español la próxima semana y está muy preocupado(-a). Hable con su compañero(-a) y dígale qué es lo que Ud. quiere y espera. Luego, complete las siguientes oraciones y compare sus respuestas con las de su compañero(-a).

1. Ojalá que _____.
2. Es necesario que _____.
3. Mis padres insisten en que yo _____.
4. Mi amigo(-a) recomienda que _____.
5. Quiero que _____.
6. Yo les aconsejo a mis amigos(-as) que _____.

D. **¿Adónde vamos a estudiar?** Ud. y un(-a) compañero(-a) tratan de decidir adónde van a ir a estudiar esta noche porque hay mucho ruido en la residencia estudiantil. Discutan varias opciones, sus ventajas/desventajas y qué esperan encontrar en cada lugar.

Making Comparisons

Comparisons of Inequality

In conversation, we frequently compare persons or things that are not equal in certain qualities or characteristics such as age, size, or appearance.

a. When comparing the qualities of two or more unequal persons or things the following structure is used:

$$\left. \begin{array}{c} \textbf{más} \\ \textbf{menos} \end{array} \right\} \; + \; \begin{array}{c} \text{ADJECTIVE} \\ \text{ADVERB} \\ \text{NOUN} \end{array} \; + \; \textbf{que}$$

Adjective:

Las clases de sicología son **más grandes que** las clases de matemáticas.

Psychology classes are larger than math classes.

Adverb:

Antonio hace la tarea **más rápidamente que** Juan.

Antonio does his homework more rapidly than Juan.

Noun:

La residencia nueva tiene **más cuartos que** la residencia vieja.

The new dorm has more rooms than the old dorm.

b. When comparing the unequal manner in which persons or things act or function, the following structure is used:

VERB + **más / menos que** + PERSON or THING

Manolo siempre **estudia más que** tú.

Manolo always studies more than you.

c. A few adjectives do not follow the regular pattern of **más** + *adjective* + **que** but use a special comparative form + **que**.

Adjectives		Comparative Forms	
bueno	*good*	mejor(-es)	*better*
malo	*bad*	peor(-es)	*worse*
joven	*young*	menor(-es)	*younger*
viejo	*old*	mayor(-es)	*older*
mucho	*many, much*	más	*more*
poco	*few, little*	menos	*less*

Esta composición es buena pero la tuya es **mejor**.	*This composition is good but yours is better.*
¡Pobre Julio! Sus notas este semestre son **peores que** las del semestre pasado.	*Poor Julio! His grades this semester are worse than last semester.*

d. The age of persons is compared with **mayor / menor**.

Todos mis primos son **menores que** yo.	*All of my cousins are younger than I.*

The age of things is compared with **más/menos nuevo** and **más/menos viejo**.

La biblioteca es **más vieja que** el centro estudiantil.	*The library is older than the student center.*

e. Some adverbs also have irregular comparative forms.

Adverbs		Comparative Forms	
bien	*well*	mejor	*better*
mal	*bad, sick*	peor	*worse*
mucho	*a lot*	más	*more*
poco	*a little*	menos	*less*

Antonio estuvo mal ayer pero hoy está mucho **mejor**.	*Antonio was sick yesterday but today he's much better.*

g. When comparisons are followed by numbers, the form is **más de** + *number*.

Hay **más de cien** estudiantes en la clase.	*There are more than one hundred students in the class.*

Práctica y conversación

A. **¿Qué es mejor?** Trabaje con un(-a) compañero(-a) de clase. Cada persona debe indicar sus preferencias según el modelo.

> **MODELO**   salir mal en un examen / aprobar un examen
> **¿Qué es mejor, salir mal en un examen o aprobar un examen?**
> **En mi opinión, es mejor aprobar un examen.**

1. asistir a clase / faltar a clase
2. comprar un libro / sacar prestado un libro
3. ser aplicado / ser perezoso
4. aprender de memoria / repasar sin aprender de memoria
5. dejar una clase / esforzarse

B. **¿Qué piensas de...?** Con un(-a) compañero(-a), decidan cuál de las siguientes personas parece estar en mejor situación económica. Comparen también sus características físicas.

Datos personales

	Edad	Estatura	Peso	Sueldo mensual	Propiedades
Víctor	37	1,78 m	78 kg	$2850	1 apartamento
Jesús	34	1,90 m	93 kg	$4200	2 apartamentos
Violeta	36	1,67 m	54 kg	$5800	1 casa y 2 apartamentos
Gustavo	28	1,82 m	82 kg	$6800	2 casas y 1 apartamento
Federico	43	1,76 m	87 kg	$3600	1 casa
Ángela	55	1,56 m	50 kg	$1815	_____

C. ¡Tengo menos dinero que nunca! Ud. y su compañero(-a) tienen sólo 100 pesos cada uno(-a) y van a la librería de la universidad a comprar algunas cosas que necesitan para sus clases. Miren y comparen los precios de los distintos artículos y luego elijan lo que van a comprar.

Librería Cervantes

Lápices Faber	0.50 centavos c/u
Lápices Mongol	5.00 pesos la docena
Bolígrafos Castell	6.00 pesos c/u
Bolígrafos Faber	7.50 pesos c/u
Cuadernos sencillos	4.50 pesos c/u
Cuadernos con espiral	5.25 pesos c/u
Agenda de plástico	8.80 pesos c/u
Agenda de cuero	20.00 pesos c/u
Papel económico para impresora	10.00 pesos el ciento
Papel para impresora láser	18.00 pesos el ciento
Lámpara de mesa	25.00 pesos
Lámpara de pie	38.00 pesos
Maletín	32.00 pesos
Maletín de cuero	65.00 pesos
Diccionario inglés-español	28.00 pesos

The Setting of a Conversation

The setting of a conversation includes not only the physical place, but also the time of the day. Knowing where and when a given conversation or announcement takes place will help you understand the speaker. For example, in a history class you would expect to hear a professor lecturing on famous historical personalities or events. In the registrar's office of a university, you would expect to hear people talking about schedules and the classes they want to take. In other words, the setting helps you to anticipate what the speaker will say.

Ahora, escuche la conversación entre dos estudiantes, Guillermo y Gerardo, y complete los siguientes ejercicios.

A. Algunos detalles. Complete las siguientes oraciones con la mejor respuesta.

1. Guillermo y Gerardo conversan
   a. por teléfono desde sus casas.
   b. en la calle camino a la universidad.
   c. en el autobús cuando van al hospital.
2. Según la conversación se sabe que
   a. hace sol y calor.
   b. llueve y hace frío.
   c. está nublado y triste.
3. Sabemos que Guillermo
   a. conoce el clima de esta ciudad.
   b. está acostumbrado a otra clase de clima.
   c. prefiere el frío y la lluvia.

B.   Análisis. Conteste las siguientes preguntas acerca de la conversción.

1. ¿Qué frase dice Guillermo para saludar a Gerardo? ¿Y para despedirse?
2. ¿Por qué menciona Gerardo el dicho «Al mal tiempo, buena cara» al final de la conversación?

Siga practicando el vocabulario y las estructuras gramaticales de **Capítulo 5, Segunda situación** en *Interacciones CD-ROM.*

Para saber más:
www.heinle.com

Tercera situación

Perspectivas

La vida estudiantil

Es difícil describir el sistema de enseñanza en el mundo hispano porque hay mucha diversidad de uno a otro país. Pero dentro de esta diversidad hay características básicas que todos los países tienen en común. Al igual que en los EE.UU., hay tres niveles de enseñanza: el primario, el secundario y el universitario. La primera etapa obligatoria es el nivel primario, donde los estudiantes de seis a doce años aprenden materias básicas como aritmética, lenguaje, estudios sociales y ciencias naturales. Al salir de la escuela primaria reciben un certificado de sexto grado.

Los estudiantes que pueden continuar pasan al nivel secundario y asisten al colegio, al instituto o al liceo, según el país. Por lo general, esta etapa consiste en cinco o seis años de estudios divididos en dos partes. El primer ciclo termina en el bachillerato elemental y el segundo en el bachillerato clásico. Solamente los estudiantes que quieren asistir a la universidad completan los dos ciclos. En el colegio o liceo los estudiantes no pueden escoger ni sus clases ni su horario. El Ministerio de Educación de cada país determina qué materias deben estudiar en cada año. Así, todos los estudiantes de primer año de secundaria estudian exactamente las mismas materias.

Las universidades están divididas en facultades, como la Facultad de Administración de Empresas, la Facultad de Filosofía y Letras o la Facultad de Farmacia. Los estudiantes empiezan a especializarse en cuanto entran en la universidad. Por ejemplo, una estudiante que quiere hacerse médica entra directamente en la Facultad de Medicina en su primer año de universidad. Generalmente, la licenciatura lleva cinco o seis años de estudio. Al graduarse los estudiantes reciben la licenciatura y los llaman licenciados. Los que se gradúan de las facultades profesionales reciben un título profesional cuyo nombre varía según la facultad; por ejemplo, los que se gradúan de la Facultad de Medicina son médicos, mientras que los de la Facultad de Farmacia son farmacéuticos.

Las relaciones entre los estudiantes y los profesores son mucho más formales en la cultura hispana que en los EE.UU. Los profesores son corteses y amables con los estudiantes pero mantienen cierta distancia emocional. Los estudiantes tratan a los profesores con respeto; generalmente emplean Ud. y un título seguido por el apellido. En clase los profesores son una autoridad que no se cuestiona mucho. Los profesores dictan una conferencia y los estudiantes toman apuntes; no hay mucha interacción o discusión de la materia. Tampoco hay mucha oportunidad o tiempo para la atención individual porque las clases son grandes. Después de clase no es normal pasar tiempo con un(-a) profesor(-a) en su oficina o en una situación social.

Algunos estudiantes universitarios en un salón de clase

Práctica

A. Los títulos. Ponga al lado de cada título la letra correspondiente al nivel de enseñanza o la facutad.

_____ una licenciatura   a. la Facultad de Ingeniería

_____ un ingeniero   b. la escuela primaria

_____ un certificado   c. la Facultad de Farmacia

_____ un médico   d. el liceo

_____ un abogado   e. la Facultad de Medicina

_____ un bachillerato   f. la universidad

_____ un farmacéutico   g. la Facultad de Derecho

B. Comparaciones. Con un(-a) compañero(-a) de clase, preparen una lista de las semejanzas y diferencias entre el sistema de enseñanza en los EE.UU. y el mundo hispano. También preparen una lista de las ventajas y desventajas de cada sistema.

El sistema educativo español

A. El sistema educativo. Con un(-a) compañero(-a) de clase, describan el sistema educativo de los EE.UU. para los cuatro niveles básicos. Para cada nivel incluyan información sobre la edad de los estudiantes, el lugar donde estudian y el currículo. Después miren el edificio de la siguiente foto y descríbanlo. En su opinión, ¿qué es este edificio? ¿A qué nivel educativo pertenece?

B. La Universidad de Alcalá de Henares. Utilizando la información del vídeo sobre la Universidad, complete las siguientes oraciones.

1. Antes de entrar en la _____, cada alumno tiene que estudiar el bachillerato. El bachillerato son _____ años de cursos. El _____ año se llama COU.
2. La Universidad de Alcalá de Henares es una de las universidades más _____ de _____. _____ nació en la ciudad de Alcalá de Henares. Muchos _____ importantes estudiaron en la Universidad.
3. En la Universidad no se suelen _____ muchos libros porque los estudiantes utilizan los libros de _____. Entre clases los estudiantes suelen estar en _____.

Locating Main Ideas and Supporting Elements

Every reading selection is composed of a main idea and the details or supporting elements that help develop this main idea. In order to understand a reading passage, it is important to locate the main idea quickly and to separate it from the supporting details. In articles such as those found in newspapers and magazines, the main idea is generally located in the first paragraph. The paragraphs that follow develop the main idea by providing details and examples. A similar structure exists within each paragraph. The topic sentence or main idea of the paragraph is frequently the first sentence of the paragraph and the succeeding sentences further develop and support the topic sentence.

Práctica

A. Antes de leer. Como siempre, dé un vistazo *(scan)* al título y a las fotos de la lectura siguiente. En su opinión, ¿cuál es la idea central? Busque Costa Rica en un mapa de Centroamérica. ¿Dónde está y qué países están cerca?

B. **El tema principal.** Lea el segundo párrafo de la lectura para descubrir el tema principal del artículo. ¿Qué oración contiene el tema del artículo?

C. **Detalles secundarios.** Ahora lea la selección. Trate de encontrar la idea principal de cada párrafo. Las ideas principales de los párrafos forman los detalles secundarios que apoyan el tema principal del artículo.

Lectura cultural Costa Rica, un país único°

unique

Costa Rica: Parque nacional Braulio Carrillo

La carretera° excelentemente pavimentada que conduce desde la capital San José al pueblo de Guapiles atraviesa° el parque nacional Braulio Carrillo. Por la carretera del parque circulan pocos vehículos. De repente, el coche es detenido° por un control. Dos hombres de paisano° se acercan al coche mientras, a lo lejos, dos agentes de la Guardia Civil observan la escena. «Disculpe, es una inspección. Somos de la organización Vida Silvestre y vigilamos para evitar el robo de plantas del parque.»

Esta experiencia nos devuelve a una realidad distinta y sirve para recordarnos que Costa Rica es diferente. Aquí, nada de militares de uniforme armados hasta los dientes ni convoyes de camiones de color oliva.

Costa Rica, este pequeño país de 3.400.000 de habitantes, parece encontrarse fuera del contexto conflictivo habitual. Sacudido° y varias veces amenazado° por sus vecinos, la pequeña Suiza° mantiene su identidad.

Los costarricenses viven en un relativo aislamiento° pero han llevado al exterior la voz popular de ser el «país de la paz». Puesto que Costa Rica no tiene ejército° es lógico que su símbolo es el maestro° y no el soldado.

En 1948 el pueblo costarricense se alzó° en contra del entonces presidente Rafael Calderón Guardia y su fraude electoral. El líder del pueblo fue José Figueres Ferrer, llamado don Pepe. Al triunfar el pueblo, don Pepe disolvió los cuerpos armados el primero de diciembre de 1948. La abolición del ejército fue acompañada de una serie de medidas° progresistas que encaminaron a Costa Rica hacia cuatro décadas de paz y bienestar económico y social. Don Pepe, considerado «el prócer° de la Patria», nacionalizó la Banca°, los seguros°, la sanidad° y el transporte. Convirtió a Costa Rica en un país fuerte bajo la teoría del Estado benefactor.

highway

crosses

stopped
plainclothed

Shaken
threatened
Switzerland

isolation
army
teacher
rose up

measures

líder, padre / banking system
insurance / public health system

La Fortuna de San Carlos, Costa Rica

Pero esta vieja paz fue sacudida por las eternas crisis centroamericanas y, en particular, por la revolución sandinista de Nicaragua en 1979. Aquel año el gobierno y el pueblo costarricense apoyaron° en su inmensa mayoría la lucha del sandinismo, un factor importante para su triunfo.

Sin embargo, dos años después, la situación cambió sustancialmente; el gobierno sandinista de Nicaragua se radicalizó bastante. «El pueblo (costarricense) resintió mucho el fraude sandinista y en nuestra gente, de tradición antimilitarista, renació el miedo ante el recuerdo histórico de numerosas agresiones anteriores», comenta Rolando Araya, ex secretario general del Partido de Liberación. Una gran mayoría de la población observaba con recelo° al gobierno sandinista. Temían los éxodos masivos de exiliados y refugiados nicaragüenses porque este pequeño país de más de tres millones de habitantes y con serios problemas económicos no podía aguantar° otros miles de refugiados.

El entonces presidente de Costa Rica, Óscar Arias Sánchez, propuso un plan de pacificación para el área. Más tarde, en 1987, Arias recibió el Premio Nóbel de la Paz por su exitoso° plan. Rolando Araya afirma, « El Premio Nóbel de la Paz tiene gran importancia para la seguridad del país; hemos ganado más con este galardón° que con la compra de mil tanques».

A pesar de tener serios problemas económicos, Costa Rica ha logrado un relativo bienestar si se compara con sus vecinos. El noventa por ciento de las viviendas° posee un televisor, el sueldo medio semanal es bueno y los precios de los productos básicos no se han disparado°. La Seguridad Social cubre a todos los ciudadanos y hay buena remuneración para los jubilados°.

En este país, donde el presidente vive en una casa y no en palacio, conduce su propio automóvil sin guardaespaldas° y en el que no existe protocolo oficial, cualquier ciudadano puede acercarse al presidente.

En Costa Rica los jóvenes se divierten, salen de noche a bailar o a pasear, sin el temor de ser aprehendidos por la fuerza e ingresar en el servicio militar.

Costa Rica es diferente y así lo afirmó el presidente Árias cuando se celebró el 39 aniversario de la abolición del ejército: «En estas cuatro décadas todos los países de nuestra América Latina conocieron la dictadura militar. Costa Rica, no. En estos 39 años todos los países de nuestra América han visto morir al joven estudiante, al campesino, al obrero, en crueles e inútiles matanzas° perpetradas por bestias° en botas... En Costa Rica, no».

supported

suspicion

to bear

successful
prize

dwellings

shot up
retired persons

body guards

killings / beasts

Práctica

A. Identificaciones. Describa en una o dos oraciones breves los siguientes lugares o personas mencionados en el artículo.

San José	Don Pepe	José Figueres Ferrer
Braulio Carrillo	Óscar Arias Sánchez	Rafael Calderón Guardia

B. Símbolos y metáforas. A veces el autor usa símbolos y metáforas para referirse a personas y lugares. Conteste estas preguntas que tienen que ver con los símbolos o metáforas utilizados en el artículo.

1. ¿A qué se refiere «la pequeña Suiza»? ¿Por qué es una buena designación?
2. Según el artículo, es lógico que el símbolo de Costa Rica es el maestro. ¿Por qué?
3. Al final del artículo mencionan «...crueles e inútiles matanzas perpetradas por bestias en botas...» ¿Quiénes son estas «bestias en botas»? ¿Existen en Costa Rica?

C. Un presidente y un país excepcional. Describa al ex presidente de Costa Rica. ¿Cómo es excepcional? Describa el gobierno, la economía y el estado social de Costa Rica. ¿En qué son excepcionales?

D. Defensa de una opinión. ¿Qué evidencia hay en el artículo que confirma la siguiente idea? Costa Rica es un país único.

Para escribir bien

Summarizing

In the academic as well as the business world summarizing is an important skill. People frequently need to summarize what they have read or listened to in order to use the information in the future.

A summary is a brief version of a reading selection or oral presentation. A good summary is basically a re-statement of the main idea of the reading or oral passage followed and supported by the topic sentences of major paragraphs.

The first step in preparing a summary is to identify the main idea and supporting elements. (You may need to re-read the **Para leer bien** section of this chapter to review this step.) The second step is to arrange the main idea and supporting elements into a cohesive unit. During this step you may need to re-arrange supporting elements so they follow each other more logically. The final step is to write the summary. During the actual writing you will probably need to add words and phrases that will join the ideas together in a cohesive manner.

Composiciones

A. Un resumen. Escriba un resumen del artículo *«Costa Rica, un país único»*.

B. Mi universidad. Describa su universidad para un folleto dirigido a futuros estudiantes. Describa las facultades y los programas, los edificios, las actividades y el clima que hay normalmente. Compare su universidad con otras que Ud. conoce. Su descripción debe ser agradable para atraer a un gran número de estudiantes.

C. Unos consejos. El director de una escuela secundaria en Costa Rica le pide a Ud. que escriba un artículo en español para los estudiantes que irán a su universidad el año próximo. Como ellos no conocen bien el sistema educativo de los EE.UU., Ud. tiene que describir la vida universitaria. Déles consejos y recomendaciones a los estudiantes para que tengan éxito en la universidad.

Actividades

A. El Programa de Orientación. You are a student guide for Orientation Week at your university. Prepare a brief introductory speech about your school including its history, number and type of students, outstanding features and programs, a description of the campus, where important buildings are located, and other information you think would interest new Hispanic students.

B. El (La) meteorólogo(-a). You are the weather announcer for the morning news show on a Hispanic network. Each fall one of your most popular features is to provide the weather forecast for football weekends at universities around the U.S. In addition to the weather forecast, provide your audience with comparisons of the football teams and other features of the universities.

C. «Temas de actualidad». You are the moderator of **«Temas de actualidad»,** a popular Los Angeles radio show that examines contemporary and often controversial issues. The topic for this week's show is **«Las universidades: ¿buenas o malas?»** The guests (played by classmates) are three typical university students. As moderator you must ask each university student about his/her university experience including information on classes, assignments, exams, instructors, and social life. The student guests should explain what they hope and want the university to be like and offer advice and recommendations for improving the campus.

D. El primer año de universidad. You are the parent of an eighteen-year old son/daughter who is leaving home for his/her first year in the university. Explain what you want and hope that your son/daughter will do during the freshman year. Offer advice and recommendations so that he/she will be successful. Specify any activities that you insist that they should or should not engage in.

Para saber más:
www.heinle.com

CAPÍTULO
6

En casa

Esta familia comparte los quehaceres domésticos.

Cultural Themes

Colombia and Venezuela
Hispanic home life

Communicative Goals

Enlisting help
Telling others what to do

Comparing people and things with equal qualities
Pointing out people and things
Expressing polite dismissal
Expressing judgments, doubt, and uncertainty
Talking about things and people

Primera situación

Presentación

Lava los platos y saca la basura

Práctica y conversación

A. ¡Manos a la obra! ¿Con qué frecuencia necesita Ud. hacer estos quehaceres domésticos?

1. sacudir los muebles
2. lavar los platos
3. barrer el piso
4. planchar la ropa
5. cortar el césped
6. lavar la ropa

B. Le toca a Ud. Explíquele a su compañero(-a) de clase lo que él (ella) debe hacer para ayudar a arreglar la casa. Dígale por lo menos tres quehaceres para cada lugar.

en la sala / en la cocina / en la lavandería / en el comedor / en el dormitorio / en el jardín

C. Tareas que los hombres no realizan. Según un sondeo *(survey)* hecho en España hay ciertos quehaceres domésticos que los hombres españoles no hacen nunca. Utilizando el gráfico, conteste las preguntas a continuación. **Vocabulario:** fregar = lavar / limpiar; hacer chapuzas = *to do odd jobs around the house;* tender la ropa = *to hang clothes out to dry.*

POR AHI NO PASO
Tareas que los hombres no realizan

Tarea	%
Hacer las camas	40
Limpiar el polvo	56
Cocinar	40
Lavar la ropa	77
Tender la ropa	47
Fregar el suelo	57
Recoger la casa	45
Hacer chapuzas	14
Fregar los platos	45
Planchar	87
Ir de compras	34
Cuidar a los niños	40
Fregar el cuarto de baño	66
Regar las plantas	44
Sacar la basura	16
Limpiar ventanas	72

Teoría y práctica del macho. Arriba, la opinión «progre» de los hombres españoles, según una encuesta del CIS. A la izquierda, las actividades domésticas que los varones no realizan «nunca», según un sondeo del Instituto de la Mujer.

ARTURO JUEZ

1. ¿Cuáles son los dos quehaceres domésticos que los hombres españoles hacen con más frecuencia?
2. ¿Cuáles son los cuatro quehaceres domésticos que los hombres españoles hacen con menos frecuencia?

3. ¿Qué tareas hacen los hombres españoles en la cocina?

4. ¿Qué porcentaje de los hombres españoles hace las siguientes tareas?

   hacer las camas / recoger la casa / lavar los platos / cuidar a los niños / regar las plantas

D. Un sondeo. Haga un sondeo en su clase de español para determinar qué porcentaje de sus compañeros(-as) de clase nunca hace las tareas en la lista del gráfico de la **Práctica C.**

E. Creación. En una narración cuente lo que pasa en el dibujo de la **Presentación.**

Vocabulario

Los quehaceres domésticos	Housework
En la cocina	**In the kitchen**
fregar (ie)	*to clean, scrub, wash*
limpiar la cocina	*to clean the stove*
el fregadero	*sink*
el horno	*oven*
el microondas	*microwave*
el refrigerador	*refrigerator*
poner los platos en el lavaplatos	*to put dishes in the dishwasher*
sacar la basura	*to take out the trash*
En el comedor	**In the dining room**
pasar la aspiradora por la alfombra	*to vacuum the carpet*
poner la mesa	*to set the table*
recoger la mesa	*to clear the table*
En el cuarto de baño	**In the bathroom**
limpiar la bañera	*to clean the bathtub*
el lavabo	*sink*
el inodoro	*toilet*

En el dormitorio	**In the bedroom**
arreglar	*to straighten up*
barrer el piso	*to sweep the floor*
colgar (ue) la ropa	*to hang up clothes*
hacer la cama	*to make the bed*
En el jardín	**In the yard**
el cortacésped	*lawn mower*
la manguera	*hose*
cortar el césped	*to cut the grass*
sacar la mala hierba	*to weed*
plantar los árboles	*to plant trees*
regar (ie) las flores	*to water flowers*
En la lavandería	**In the laundry room**
la lavadora	*washing machine*
la plancha	*iron*
la secadora	*clothes dryer*
la tabla de planchar	*ironing board*
planchar la ropa	*to iron clothes*
En la sala	**In the living room**
pasar la aspiradora	*to vacuum*
sacudir los muebles	*to dust the furniture*
recoger	*to pick up, put away*
vaciar la papelera	*to empty the wastebasket*

Así se habla

Enlisting Help

Rocío   Joaquín, por favor, no seas malito, saca la basura. Los Núñez están por venir y yo todavía no he terminado de preparar la cena.

Joaquín   Mira, no te preocupes tanto. Ellos son tan sencillos como nosotros. Estoy seguro que su casa está siempre tan sucia o tan limpia como la nuestra, ni más ni menos.

Rocío   Lo sé, pero tú sabes cómo soy yo. Guarda esa escoba y pon esas botellas de vino en el refrigerador, por favor. ¡Ah! Y si pudieras, diles a los niños que se acuesten, cuéntales un cuento y que se vayan a dormir.

Joaquín   Muy bien, pero sube tú también para que te despidas de ellos.

Rocío   Sí, sí, por supuesto.

When you want to request a favor or enlist someone's help, you can use the following expressions:

Si fuera(-s) tan amable...	*Could you be so kind as to . . .*
Si me pudiera(-s) hacer el favor...	*If you could do me the favor of . . .*
Disculpe(-a), ¿pero sería(-s) tan amable de...?	*Excuse me, but would you be so kind as to . . . ?*

Disculpe(-a) la molestia, pero ¿podría(-s)...?	*Excuse me for disturbing you, but could you . . . ?*
Quiero pedirle(-te) un favor.	*I want to ask you a favor.*
¿Cree(-s) que sería posible...?	*Do you think it would be possible to . . . ?*

Accepting a request

¡Cómo no!	
¡Por supuesto!	*Of course!*
¡No faltaba más!	
¡Con mucho gusto!	*My pleasure!*
¡Qué ocurrencia!	*No problem!*
Está bien.	*Fine.*

Refusing a request

¡Ay, qué pena! Pero...	*Oh, what a shame! But . . .*
Creo que me va a ser difícil porque...	*I think it's going to be difficult because . . .*
Cuánto lo lamento, pero creo que no voy a poder... porque...	*I'm very sorry, but I think I won't be able to . . . because . . .*
A ver si puedo.	*I'll see if I can.*

Práctica y conversación

A. En la residencia estudiantil. ¿Qué dice Ud. en las siguientes situaciones?

Estudiante 1

1. Ud. quiere que su compañero(-a) de cuarto limpie la habitación.

3. Ud. quiere que su compañero(-a) de cuarto baje el volumen de la música.

5. Ud. no acepta.

Estudiante 2

2. Ud. no quiere limpiar la habitación.

4. Ud. acepta, pero le pide a su compañero(-a) de cuarto que no fume.

6. Ud. se queja.

B. ¡Vamos a tener una fiesta! Con algunos compañeros, dramaticen la siguiente situación. Ud. está organizando una fiesta sorpresa para el aniversario de sus padres y necesita la cooperación de muchas personas: de su hermano(-a) mayor para que mueva los muebles y pase la aspiradora, de sus dos hermanos(-as) menores para que limpien los baños y la cocina, de sus primos(-as) para que compren los adornos para la fiesta, de su tío(-a) para que compre la comida y cocine. Algunas personas no quieren cooperar.

Exterior e interior de una casa hispana

Estructuras

Telling Others What to Do

Familiar Commands

When telling others what to do, the familiar commands are used with relatives, friends, small children, pets or persons with whom you use a first name or the **tú** form.

Regular Familiar Commands

	Verbos en -AR	Verbos en -ER	Verbos en -IR
Affirmative	limpia	barre	sacude
Negative	no limpies	no barras	no sacudas

a. The affirmative familiar command of regular and stem-changing verbs has the same form as the third-person singular of the present indicative tense.

b. The negative familiar command has the same form as the second-person singular (**tú**) form of the present subjunctive.

> **Arregla** tu cuarto pero **no arregles** el de Ramón; él debe hacerlo.
> *Straighten up your room but don't straighten up Ramón's; he ought to do it.*

c. The affirmative familiar command of several common Spanish verbs is irregular. However, the corresponding negative **tú** command is regular. Compare the following:

Irregular Familiar Commands

Infinitive	Affirmative Command	Negative Command
decir	**di**	**no digas**
hacer	**haz**	**no hagas**
ir	**ve**	**no vayas**
poner	**pon**	**no pongas**
salir	**sal**	**no salgas**
ser	**sé**	**no seas**
tener	**ten**	**no tengas**
venir	**ven**	**no vengas**

d. As is the case with all commands, reflexive and object pronouns are attached to the end of affirmative familiar commands and precede the negative forms.

—Mamá, ¿tengo que lavar el vestido de Teresa?	*Mom, do I have to wash Teresa's dress?*
—Claro. Láva**lo** y séca**lo** ahora mismo pero **no lo planches.** Yo lo plancharé mañana.	*Of course. Wash it and dry it right now but don't iron it. I'll iron it tomorrow.*

Práctica y conversación

A. Los quehaceres. Su compañero(-a) le pregunta qué puede hacer para ayudarlo(-la) a Ud. a arreglar el apartamento. Dígale lo que debe hacer.

> **MODELO**   **¿Debo pasar la aspiradora?**
> **Sí, pásala.**

1. ¿Debo recoger la mesa?
2. ¿Debo fregar los platos?
3. ¿Debo hacer la cama?
4. ¿Debo limpiar el cuarto de baño?
5. ¿Debo colgar la ropa?
6. ¿Debo sacudir los muebles?
7. ¿Debo sacar la basura?

B. Consejos. Déle consejos a su hermano(-a) menor.

> **MODELO**   llegar a clase a tiempo / llegar tarde
> **Llega a clase a tiempo. No llegues tarde.**

1. decir la verdad / decir mentiras
2. ser amable / ser antipático(-a)
3. venir a casa temprano / venir a casa tarde
4. salir con amigos / salir con personas desconocidas
5. tener cuidado / ser distraído(-a)
6. ir al parque / ir al centro solo(-a)
7. hacer la tarea / hacer otras cosas
8. ponerse los zapatos / ponerse las pantuflas

C. Ayúdame, por favor. Esta noche Ud. y su compañero(-a) de cuarto van a dar una fiesta y los (las) dos están muy nerviosos(-as) y preocupados(-as). Ud. le dice a su compañero(-a) por lo menos tres cosas que él/ella debe hacer y dos cosas que no necesita hacer. Él/Ella hace lo mismo con Ud.

D. ¿Quién va a hacer esto? Ud., su compañero(-a) de clase y Paco van a hacer los siguientes quehaceres.

limpiar el horno / sacar los platos del lavaplatos / pasar la aspiradora por la alfombra de la sala / limpiar la bañera y el lavabo / hacer las camas / colgar la ropa / cortar el césped / sacudir los muebles de la sala / planchar la ropa / regar las flores / sacar la basura

Es la hora de empezar pero a Paco se le perdió la lista. A continuación está su lista, y la de su compañero(-a) de clase está en el **Apéndice A**. Hablen de los quehaceres que Uds. dos tienen, para hacer de nuevo la lista peridida de Paco.

fregar el horno
sacudir los muebles
hacer las camas
colgar la ropa

Comparing People and Things with Equal Qualities

Comparisons of Equality

Spanish uses a slightly different construction than English to compare people or things with equal qualities.

a. For making comparisons of equality with adjectives or adverbs, the following formula is used.

tan +	ADJECTIVE ADVERB	+ **como** =	*as* +	ADJECTIVE ADVERB	+ *as*

—Este cuarto no está **tan limpio como** el tuyo.

This room isn't as clean as yours.

—Sí, porque Eduardo no lo barre **tan regularmente como** yo.

Yes, because Eduardo doesn't sweep it as regularly as I.

Note that the subject pronouns are used after **como**.

b. For making comparisons of equality with nouns, the following formula is used. Note that **tanto** agrees with the noun in number and gender.

(no) + **tanto(-a, -os, -as)** + NOUN + **como** = *(not)* + *as much / many . . . as*

Mamá, no es justo. Roberto no tiene que lavar **tantos platos como** yo.

Mom, it's not fair. Roberto doesn't have to wash as many dishes as I.

c. For making comparisons with verbs, the phrase **tanto como** is used.

En mi opinión, nadie limpia **tanto como** tu mamá.

In my opinion, no one cleans as much as your mother.

d. In addition to their use in expressions of equality, forms of **tan(-to)** can also be used to express quantity: **tan** = *so;* **tanto** = *so much / so many.*

No limpies **tan** despacio. *Don't clean so slowly.*
Elena tiene **tanta** ropa. *Elena has so many clothes.*
¡No bebas **tanto**! *Don't drink so much.*

Práctica y conversación

A. Una casa nueva. Su amigo(-a) acaba de comprar su primera casa. Describa la casa nueva comparando las habitaciones.

> **MODELO** los dormitorios / la sala / bonito
> **Los dormitorios son tan bonitos como la sala.**

1. la lavandería / la cocina / moderno
2. el comedor / la sala / elegante
3. los cuartos de baño / la cocina / pequeño
4. la sala / los dormitorios / cómodo
5. el jardín / la casa / grande

B. Más quehaceres. Haga oraciones indicando que Ud. trabaja tanto como su compañero(-a) de cuarto.

> **MODELO** lavar platos
> **Yo lavo tantos platos como él (ella).**

plantar flores / lavar ropa / secar platos / planchar camisas / recoger periódicos / sacar basura / cortar el césped

C. Comparaciones. Complete de una manera lógica.

1. Espero tener tanto(-a) _____ como mi mejor amigo(-a).
2. En esta clase yo _____ tanto como mis compañeros(-as).
3. No debo _____ tanto.
4. Quiero ser tan _____ como mis compañeros(-as).
5. Yo _____ tanto como los otros.

D. ¡Tú no trabajas tanto como yo! En grupos, un(-a) estudiante hace el papel de padre/madre y dos hacen el papel de hijos(-as).

Situación: Sus hijos(-as) no hacen nada en la casa; sólo ven televisión, escuchan música, comen y duermen. Ud. los (las) llama y les dice que tienen que hacer algunas labores en la casa. Cada uno(-a) de ellos(-as) cree que trabaja mucho o por lo menos tanto como los (las) otros(-as).

Pointing Out People and Things
Demonstrative Adjectives and Pronouns

Demonstrative adjectives and pronouns are used to point out or indicate people, places, and objects that you are discussing: *this house; that apartment.*

Demonstrative Adjectives

este cuarto	**ese** cuarto	**aquel** cuarto
esta casa	**esa** casa	**aquella** casa
estos cuartos	**esos** cuartos	**aquellos** cuartos
estas casas	**esas** casas	**aquellas** casas

a. Demonstrative adjectives are placed before the noun they modify and agree with that noun in person and number.

1. **este, esta / estos, estas** = *this / these*

    The forms of **este** are used to point out persons or objects near the speaker and are often associated with the adverb **aquí** = *here.*

    Tu libro está **aquí** en **esta** mesa.   *Your book is here on this table.*

2. **ese, esa / esos, esas** = *that / those*

    The forms of **ese** are used to point out persons or objects near the person spoken to and are often associated with the adverb **ahí** = *there.*

    Tu sandwich está **ahí** en **ese** plato.   *Your sandwich is there on that plate.*

3. **aquel, aquella / aquellos, aquellas** = *that / those (over there, in the distance)*

    The forms of **aquel** are used to point out persons or objects away from both the speaker and person spoken to and are often associated with the adverb **allí** = *there, over there.*

    Prefiero **aquella** casa **allí** en   *I prefer that house over there on the*
    la esquina.   *corner.*

Demonstrative Pronouns

éste / **ésta**	*this (one)*	**ése** / **ésa**	*that (one)*	**aquél** / **aquélla**	*that (one)*
éstos / **éstas**	*those*	**ésos** / **ésa**	*those*	**aquéllos** / **aquéllas**	*those*
esto	*this*	**eso**	*that*	**aquello**	*that*

b. Demonstrative pronouns are used to replace the indicated person(-s) or object(-s). They occur alone and agree in gender and number with the nouns they replace. Note the use of written accent marks on all but the neuter forms of demonstrative pronouns.

> Ana prefiere **esta** mesa pero yo prefiero **aquélla.**
>
> *Ana prefers this table but I prefer that one.*

c. The neuter demonstrative pronouns are **esto** = *this,* **eso** = *that,* and **aquello** = *that.* They exist only in the singular. The neuter forms point out an item whose identity is unknown or they replace an entire idea, situation, or previous statement.

> ¿Qué es **esto / eso?**
> **Eso** no es verdad.
>
> *What is this / that?*
> *That isn't true.*

d. The forms of **éste** can be used to express *the latter.* The forms of **aquél** can be used to express *the former.*

> Colombia y Venezuela son dos países de Sudamérica; éste (Venezuela) produce mucho petróleo y aquél (Colombia) produce mucho café.
>
> *Colombia and Venezuela are two South American countries; the former (Colombia) produces a lot of coffee and the latter (Venezuela) produces a lot of oil.*

Note that in Spanish "the latter" **(éste)** is expressed first followed by "the former" **(aquél).**

Práctica y conversación

A. Los quehaceres. Un(-a) amigo(-a) está ayudándolo(-la) a Ud. a hacer los quehaceres domésticos. Indique lo que Ud. necesita.

> **MODELO**   la aspiradora que está aquí
> **Necesito ésta.**

1. la escoba que está aquí
2. los trapos que están ahí
3. las esponjas que están allí
4. el detergente que está ahí
5. la plancha que está aquí
6. la manguera que está allí

B. En el supermercado. Un(-a) compañero(-a) está ayudándolo(-la) a Ud. a comprar comida para la cena. Conteste sus preguntas sobre lo que Ud. quiere comprar.

> **MODELO**   los tomates
> Usted: **¿Quieres comprar estos tomates?**
> Compañero(-a): **Sí, quiero comprar ésos.**

1. las almejas
2. los mariscos
3. el queso francés
4. la torta
5. la cerveza
6. el vino alemán
7. los vegetales
8. las cebollas

C. **¿Qué dicen?** Mire los siguientes dibujos y diga qué dicen las personas. Luego diga cómo son las personas y qué cree Ud. que va a pasar.

MODELO   Niño: **Mami, quiero ir a esta tienda.**
                              Madre: **¿A ésa? ¡No!**

D. **¿Qué es esto?** Ud. es el (la) vendedor(-a) en una tienda de electrodomésticos *(appliances)* muy modernos y sofisticados. Un(-a) cliente entra, ve los objetos y le hace una serie de preguntas. Conteste sus preguntas explicándole qué son.

MODELO   Cliente: **¿Qué es esto?**
          Empleado(-a): **Ésta es una aspiradora muy moderna. Sirve**
                           para aspirar el polvo y también para lavar las
                           alfombras.

Siga practicando el vocabulario y las estructuras gramaticales de **Capítulo 6, Primera situación** en *Interacciones CD-ROM*.

Para saber más:
www.heinle.com

Segunda situación

Presentación

Los programas de la tele

Práctica y conversación

A. Definiciones. Dé las palabras que corresponden a las siguientes definiciones.

1. la persona que mata a alguien
2. una máquina que sirve para poner videocintas
3. la persona que da las noticias
4. lo que uno lee para informarse de los programas que dan en la televisión
5. la persona que lee los anuncios en la televisión
6. la persona que ve un crimen

B. Más definiciones. Explique las siguientes palabras a su compañero(-a) de clase.

la víctima / el (la) diputado(-a) / la guerra / el juez / la cárcel / la ley / el terremoto

C. ¿Qué van a ver? Usando la guía de televisión a continuación, escoja programas para las siguientes personas.

1. una pareja con poco dinero que necesita una casa
2. una estudiante que se especializa en el cine
3. un profesor a quien le encantan las noticias
4. un joven loco por los programas de concursos
5. una mujer a quien le gustan las telenovelas
6. Ud. y sus amigos

TVE 1

VIERNES 11

07.30 Telediario matinal
09.00 Los desayunos de TVE (debate)
09.50 Luz María (serie)
11.20 Saber vivir (magazine)
12.45 Así son las cosas (magazine)
13.35 Noticias
13.45 Informativo territorial
14.30 Corazón de invierno
15.00 Telediario 1
16.05 Calle nueva (serie)
16.45 La mentira (serie)
18.35 El precio justo
19.55 Gente
21.00 Telediario 2
22.00 Estamos en directo (humor)
22.40 La casa de tus sueños (concurso)
01.00 Telediario 3
01.45 Cine de madrugada: Cuando llega la noche (1985). Dir: John Landis. Int: Jeff Goldblum, Michelle Pfeiffer.
03.45 Corazón de invierno (reposición)
04.15 Telediario 4
04.45 Peligrosa (serie)
05.30 Gente (reposición)

LA 2

VIERNES 11

07.30 TPH Club
09.30 Empléate a fondo
10.00 TV Educativa: La aventura del saber
11.00 La película de la mañana: El último explorador (1994) Dir: Donald Shebib. Int: Kevin Dillon.
13.00 TPH, Club
15.15 Saber y ganar (concurso)
15.45 Lo que el siglo nos dejó (serie)
16.45 Jara y sedal
17.45 Hyakutake
19.00 Locos de atar (serie)
19.30 Bullpen (serie)
20.30 Ellen (serie)
22.00 La 2. Noticias
22.30 Desafío Copa América
22.55 La noche temática: Memorias de África (1985). Dir:Sydney Pollack. Int: Robert Redford.
03.10 Cine club: Salto a la gloria (1959). Dir: Leon Klimovsky. Int: Adolfo Marsillach, Asunción Sancho.

TELE 5

VIERNES 11

05.45 Avance programación
06.30 Informativos Telecinco
10.00 Padre Dowling (serie)
11.00 Día a día (magazine)
14.00 El juego del euromillón (concurso)
14.30 Informativos Telecinco
15.25 Al salir de clase (serie)
16.15 Tarde de cine: Secuestro en el aire (1996). Dir: Charles Correl. Int: James Brolin, Michael Gross.
18.15 Médico de familia (serie)
19.45 ¿Quieres ser millonario? (concurso)
20.30 Informativos Telecinco
21.30 El informal (humor)
22.00 Cine 5 estrellas: Aprendiendo a vivir(1994). Dir: James L. Brooks. Int: Nick Nolte, Julie Kavner.
00.30 Cine: Jugando con el diablo (1996). Dir: Rafael Eisenman. Int: Joanna Pacula, Jeroen Krabbe.
02.30 Luchadores WCW
03.30 Como se hizo...
04.00 Infocomerciales

tve LA CASA DE TUS SUEÑOS
✓ **VIERNES 22,40 H**

Tras el éxito de «Waku, Waku», la guapa valenciana Nuria Roca vuelve a ponerse al frente de un concurso. En «La casa de tus sueños» se pone en juego una vivienda todas las semanas. Dos parejas lucharán en ocho pruebas diferentes para conseguir el hogar de sus sueños. Los concursantes necesitan una completa preparación física y mental para lograr alzarse con el fabuloso premio.

D. Creación. Con un(-a) compañero(-a) de clase, prepare un noticiero breve usando los siguientes titulares. Luego, presente su noticiero a la clase.

1. Terremoto en Bogotá
2. Huelga de maestras en las escuelas primarias de Barranquilla
3. Robo en el Banco Nacional de Medellín
4. Manifestación estudiantil en Caracas
5. Tres días de inundaciones en Cali

Vocabulario

La tele	**TV**	la ley	*law*
el anuncio comercial	*commercial*	el robo	*robbery*
el canal	*channel*	el (la) sospechoso(-a)	*suspect*
la guía de televisión	*TV guide*	el (la) testigo	*witness*
el (la) locutor(-a)	*announcer*	arrestar	*to arrest*
el programa de concursos	*game show*	rendirse (i, i)	*to give oneself up*
el televisor	*television set*	rescatar	*to rescue*
la videocasetera	*VCR*	robar	*to rob*
la videocinta	*videotape*	culpable	*guilty*
El noticiero	**News program**	**El desastre**	**Disaster**
las noticias locales	*local news*	el incendio	*fire*
nacionales	*national news*	la inundación	*flood*
internacionales	*international news*	el terremoto	*earthquake*
		ahogarse	*to drown*
el (la) reportero(-a)	*reporter*	quemar	*to burn*
los titulares	*headlines*	**La política**	**Politics**
anunciar	*to announce*	la campaña electoral	*electoral campaign*
entrevistar	*to interview*	el (la) diputado(-a)	*representative*
informar	*to inform*	el discurso	*speech*
El crimen	**Crime**	las elecciones	*elections*
el (la) acusado(-a)	*accused person*	la huelga	*strike*
el asesinato	*murder*	la manifestación	*demonstration*
el (la) asesino(-a)	*murderer*	el (la) político(-a)	*politician*
la cárcel	*jail*	elegir (i,i)	*to elect*
el delito	*crime, offense*	evitar la guerra	*to avoid war*
el (la) juez(-a)	*judge*	mantener la paz	*to maintain peace*
el (la) ladrón(-ona)	*thief*	protestar contra	*to protest against*

Así se habla

Expressing Polite Dismissal

Rosaura   ¡Chica! Cuánto me alegro que estés aquí de regreso. Te hemos extrañado mucho todos estos meses.

Aurelia   Sí, yo también los he extrañado muchísimo. Mira, aquí les traje algunas cosas. Estos cosméticos te los traje a ti. Espero que te gusten.

Rosaura   Ay, Aurelia. No te hubieras molestado.

Aurelia   No, si no fue ninguna molestia. Mira, y les traje estos juguetes a los hijos de Ani.

Rosaura   Muchas gracias. No has debido comprar tantos regalos.

Aurelia   ¡Qué ocurrencia! Mira, a Rafael le traje esta caña de pescar.

Rosaura   ¡Con lo que le gusta pescar a ese hombre! No me sorprendería que se fuera este mismo sábado a la playa a usar su nueva caña. Y tú sabes, ¡yo no puedo protestar contra eso!

Aurelia   ¡Claro que no, chica! ¡No faltaba más!

When you want to dismiss something in order to be polite or to reassure someone you can use the following expressions:

No se hubiera (te hubieras) molestado.	*You shouldn't have (bothered).*
Gracias. No se (te) moleste(-s).	*Thank you. Don't trouble yourself (Don't bother).*
No es necesario, gracias.	*It's not necessary, thank you.*
No se (te) preocupe(-s) (por eso).	*Don't worry (about that).*
No ha(-s) debido hacer eso.	*You shouldn't have done that.*

Práctica y conversación

A. Eres muy amable. ¿Qué dice Ud. en las siguientes situaciones?

1. Un amigo le trae un ramo de rosas el día de su cumpleaños.
2. Una amiga quiere llevarlo(-a) a su trabajo porque su carro no funciona, pero Ud. no quiere causarle una molestia *(impose on him/her)*.
3. Unos amigos insisten en ayudarlo(-la) con su tarea de español, pero Ud. no quiere que lo hagan.
4. Sus padres le traen los libros y discos compactos que Ud. olvidó en casa.
5. Su madre insiste en comprarle una nueva computadora, pero Ud. no cree que sea necesario.
6. Su novio(-a) le compró sus revistas favoritas.

B. ¡Qué buen(-a) amigo(-a) eres! Con un(-a) compañero(-a) complete el siguiente diálogo.

Usted	Hola, _____, sabía que estabas enfermo(-a) y por eso vine a visitarte.
Compañero(-a)	Ay, _____, qué bueno. Pero _____.
Usted	No, si no es ninguna molestia. Al contrario. ¿Te puedo ayudar en algo?
Compañero(-a)	_____.
Usted	Quizás necesitas _____.
Compañero(-a)	_____.
Usted	¿Quieres _____?
Compañero(-a)	_____.
Usted	Bueno, ya me voy. Chau. Llámame si necesitas algo.
Compañero(-a)	_____.

Estructuras

Expressing Judgment, Doubt, and Uncertainty

Subjunctive After Expressions of Emotion, Judgment, and Doubt

a. Spanish verbs and phrases that express an emotion or judgment about another action require the use of the subjunctive when the subject of the first verb is different from the second.

Roberto prefiere que **compremos** una casa nueva pero es mejor que **nos quedemos** en un apartamento por el momento.	*Robert prefers that we buy a new house but it's better that we stay in an apartment for the time being.*

1. Expressions of emotion or judgment include many impersonal expressions.

es bueno	es (in)útil	es preferible
es conveniente	es (una) lástima	es ridículo
es importante	es malo	es sorprendente
es (im)posible	es mejor	es terrible

Impersonal expressions that state a fact require the indicative. Such expressions include **es cierto / es evidente / es obvio / es verdad** and **no es dudoso.**

Como no salimos esta noche, **es posible que alquilemos** un vídeo.	*Since we're not going out tonight, it's possible that we will rent a video.*
Mi marido ha alquilado un vídeo; **es obvio que no salimos** esta noche.	*My husband rented a video; it's obvious (that) we're not going out tonight.*

2. Other expressions of judgment include the following:

alegrarse de	lamentar	sorprender
enfadarse con	preferir	temer
enojarse de	sentir	tener miedo de
estar contento(-a) de		

Siento mucho que **Uds. no puedan** cenar con nosotros.	*I'm very sorry that you can't have dinner with us.*

b. The subjunctive is used after the following expressions of doubt or denial when the speaker expresses uncertainty or negation about the situation he/she is discussing.

dudar	acaso	es dudoso
negar	quizá(-s)	
no creer	tal vez	
no pensar		
¿creer?		
¿pensar?		

1. The subjunctive is used after **dudar, negar, no creer, no pensar,** and **es dudoso** when there is a change of subject.

No creo que esta casa **sea** muy cara.	*I don't think that this house is very expensive.*

2. Interrogative forms of **creer** and **pensar** require the subjunctive when the speaker is uncertain about the outcome of the action. The indicative is preferred in questions when the speaker does not express an opinion.

Subjunctive: Speaker Expresses Doubt

¿Crees que **haya** algo bueno en la tele?	*Do you really think that there is something good on TV?*

Indicative: Speaker Expresses No Opinion

¿Crees que **hay** algo bueno en la tele?	*Do you think that there is something good on TV?*

3. Verbs following the expressions **acaso / quizá(-s) / tal vez**, meaning *maybe* or *perhaps,* will be in the subjunctive when the speaker doubts that the situation will take place.

Quizás nuestro candidato **gane**   *Perhaps our candidate will win the*
   las elecciones, pero es dudoso.   *election, but it's doubtful.*

When the speaker wishes to indicate more certainty, the indicative is used with **acaso / quizá(-s) / tal vez**.

Tal vez vamos a mirar las noticias.   *Perhaps we will watch the news.*

Práctica y conversación

A. **La televisión.** Exprese su opinión sobre la televisión utilizando las siguientes expresiones: **(no) es conveniente / ridículo / terrible / mejor / sorprendente / verdad / posible / malo**.

1. Hay demasiada violencia en la televisión.
2. Algunos niños miran más de cuatro horas de televisión diariamente.
3. Los anuncios siempre son interesantes y divertidos.
4. Pagamos para mirar algunos deportes en la tele.
5. Muchas personas no leen el periódico; sólo ven las noticias en la tele.
6. Generalmente puedo encontrar algún programa bueno en la tele.

B. **¿Qué le parece?** Exprese su opinión sobre los siguientes temas. Use las siguientes expresiones: **me sorprende, estoy contento(-a) de, prefiero, siento, tengo miedo de**.

los terremotos / la cafetería estudiantil / la universidad / los exámenes / las vacaciones / la política / ¿?

C. **Mis opiniones.** Complete las siguientes oraciones de una manera lógica.

1. Me sorprende que _____.
2. Tal vez el (la) profesor(-a) _____.
3. Es necesario que _____.
4. Dudo que _____.
5. Me alegro que _____.
6. Es importante que _____.

D. **¿Qué vamos a ver?** Ud. y un(-a) compañero(-a) están leyendo la guía de televisión en la página 203. Desgraciadamente no pueden ponerse de acuerdo sobre lo que quieren ver en la televisión. Cada uno(-a) critica lo que el (la) otro(-a) dice y trata de imponer su opinión.

MODELO   Compañero(-a): **Quiero ver** *La noche temática* **esta noche.**
                  Usted: **Dudo que sea muy bueno. Prefiero que miremos** *Telediario.*

Talking About Things and People
More About Gender and Number of Nouns

In order to talk about people, places, objects, and ideas you will need to know how to use nouns in Spanish. It is particularly important to be able to predict and learn the gender of nouns since that gender determines the endings of other words such as definite and indefinite articles and adjectives.

Gender of Nouns

a. Masculine nouns include

1. nouns that refer to males, regardless of ending.

el policía	*policeman*
el hombre	*man*
el abuelo	*grandfather*

2. most nouns that end in **-o**.

el piso	*floor*
el robo	*robbery*

Exceptions: la mano, la radio, la moto(cicleta), la foto(grafía)

3. some nouns that end in **-ma, -pa,** and **-ta**.

el problema	*problem*
el mapa	*map*
el cometa	*comet*

4. most nouns that end with the letters **-l, -n, -r,** and **-s**.

el canal	*channel*
el rincón	*corner*
el comedor	*dining room*
el interés	*interest*

5. days, months, and seasons.

el viernes	*Friday*
el febrero pasado	*last February*
el invierno	*winter*

Exception: la primavera

b. Feminine nouns include

1. nouns that refer to females, regardless of the ending.

la madre	*mother*
la mujer	*woman*
la enfermera	*nurse*

2. most nouns that end in **-a**.

la comida	*meal*
la cucharita	*teaspoon*

Exception: el día

3. most nouns that end in **-ión, -d, -umbre, -ie**, and **-sis**.

la reservación	*reservation*
la especialidad	*specialty*
la costumbre	*custom*
la serie	*series*
la crisis	*crisis*

Exceptions: el paréntesis, el análisis

c. Nouns ending in **-e** can be either masculine or feminine.

la clase	*class*
la gente	*people*
el diente	*tooth*
el restaurante	*restaurant*

d. Masculine nouns that refer to people and end with **-or, -n,** or **-és,** become feminine by adding **-a.**

el profesor	la profesora	*professor*
el bailarín	la bailarina	*dancer*
el francés	la francesa	*French man / woman*

Note that the accents are deleted in the feminine forms.

e. The gender of some nouns that refer to people is determined by the article, not the ending.

el artista	la artista	*artist*
el estudiante	la estudiante	*student*

f. Some nouns have only one form and gender to refer to both males and females: **el ángel, el individuo, la persona, la víctima.**

Plural of Nouns

a. Nouns that end in a vowel add **-s** to become plural.

el hombre	los hombres	*men*
el plato	los platos	*plates*
la ensalada	las ensaladas	*salads*

b. Nouns that end in a consonant add **-es** to become plural. Sometimes written accent marks must be added or deleted in the plural form to maintain the original stress.

la mujer	las mujeres	*women*
la reservación	las reservaciones	*reservations*
el joven	los jóvenes	*young people*
el francés	los franceses	*French persons*

c. Nouns ending in **-z** change the **z** to **c** before adding **-es: el lápiz → los lápices; una vez → unas veces.**

d. Nouns of more than one syllable ending in an unstressed vowel + **-s** have identical singular and plural forms: **el martes → los martes; la crisis → las crisis.**

Práctica y conversación

A. Los quehaceres. Explíquele a un(-a) compañero(-a) lo que Ud. quiere que él / ella limpie en su casa.

> **MODELO**   sala
> **Limpia la sala, por favor.**

dormitorios / cocina / muebles / comedor / jardín / mesas / ¿?

B. En casa. Trabaje con un(-a) compañero(-a) para completar la siguiente conversación telefónica utilizando los artículos definidos en singular o en plural, según corresponda.

Mariela   Hola, Chela. ¿Cómo están por tu casa?

Chela   Toda _____ familia está bien, gracias.

Mariela   Te llamo para ver si salimos más tarde. ¿Qué vas a hacer hoy?

Chela   Me encantaría salir contigo, pero hoy tengo que hacer muchas cosas en _____ casa. Empecé con _____ comedor y eso fue un desastre. Después limpié _____ cocina y lavé _____ platos. Ahora estoy por salir a comprar _____ comida para _____ semana pero estoy muy preocupada. _____ precios son cada día más altos. Parece que cada día _____ inflación se pone peor.

Mariela   Sí, así es. _____ televisor de _____ sala de mi casa no funciona. Necesitamos comprar otro y no quiero ni pensar en eso.

Chela   Ayer salí a comprar _____ pollo. ¿Sabes cuánto cuesta? Tres mil bolívares _____ kilo. ¡Imagínate!

Mariela   Sí, es igual con _____ ropa y _____ zapatos. No sé lo que va a pasar. Pero tal vez en _____ elecciones de diciembre podamos cambiar de gobierno.

Chela   Lo dudo, tú sabes cómo son _____ cosas aquí.

¿Qué oyó Ud.?

The Main Idea and Supporting Details

You have already learned that you don't need to understand every single word of what is being said and that you can listen for the general idea of a conversation. It is also important to learn how to listen for the main idea of what is being said and the supporting details. For example, if somebody asks you what your occupation is, you might respond, "I'm a student." That would be the main idea you want to communicate. You might also add, "I study Political Science at George Washington University." Those would be the supporting details that expand the scope of your preliminary statement and add to the listener's knowledge about you.

Escuche la conversación entre dos señoras en la casa de una de ellas y tome los apuntes que considere necesarios. Antes de escuchar la situación, lea los siguientos ejercicios. Después conteste.

A. Algunos detalles. Complete las siguientes oraciones basándose en lo Ud. escuchó.

Sabemos que...

1. Mariana está _____ porque tiene _____.
2. Cuando Rosaluz llega a ver a Mariana, Mariana estaba _____.
3. Rosaluz es generosa porque le lleva _____ y _____ a Mariana.
4. Mariana dice que su hijo, _____, le va a llevar _____ y que él está _____.
5. Cuando Mariana se mejore, Rosaluz quiere ir con ella al _____ o al _____ porque esos son los únicos lugares donde _____.
6. Mariana y Rosaluz son tan amigas que son como _____.

B. Un resumen. Con un(-a) compañero(-a) de clase, resuma brevemente la conversación de las dos señoras.

Siga practicando el vocabulario y las estructuras gramaticales de **Capítulo 6, Segunda situación** en *Interacciones CD-ROM*.

Para saber más:
www.heinle.com

Tercera situación

Perspectivas

La vivienda° en el mundo hispano

housing

Los hispanos que viven en una ciudad generalmente prefieren tener su vivienda cerca del centro, puesto que el trabajo, las tiendas, las escuelas y las diversiones se concentran allí. Como no hay mucho espacio en el centro, la vivienda urbana más típica es el apartamento.

Hay mucha variedad en el estilo, el tamaño y el precio de los apartamentos, pero casi todos tienen los servicios y facilidades modernos, incluso los apartamentos en edificios antiguos. En la planta baja de los edificios de apartamentos muchas veces hay boutiques, farmacias o tiendas donde venden pan, leche, café y otros alimentos básicos. Mientras muchos hispanos tienen apartamento propio, otros lo alquilan.

En algunos barrios de la ciudad hay casas privadas con jardín. A causa del problema de espacio, los terrenos *(lots)* no suelen ser tan grandes como en los EE.UU. Algunas familias tienen más de una vivienda; compran un apartamento en la playa, o una casa en el campo o en las montañas, adonde van para pasar los fines de semana y las vacaciones.

Al contrario de los EE.UU., la mayoría de la gente pobre del mundo hispano vive en las afueras de las ciudades. Allí viven algunos en nuevos edificios de apartamentos construidos por el gobierno; desgraciadamente otros viven en viviendas pequeñas con pocas comodidades.

Práctica y conversación

A. **Comparaciones.** Con un(-a) compañero(-a) de clase, compare las características de la vivienda en el mundo hispano con las de los EE.UU. Incluya información sobre la situación *(location),* el tamaño, las comodidades y los servicios.

B. **Busco apartamento.** Con un(-a) compañero(-a) de clase dramatice la siguiente situación. Ud. vive en Caracas pero tiene que viajar mucho a la Florida para su trabajo. Por eso Ud. piensa comprar un apartamento cerca de Miami para su familia: Ud., su esposo(-a) y sus dos hijos. Utilizando el anuncio para *The Ocean Club* en la siguiente página, discuta con su esposo(-a) las ventajas y desventajas de comprar un apartamento en esta urbanización. Después, explíquenle a la clase su decisión.

Consideraciones: ¿Son bastante grandes los apartamentos? ¿Son demasiado costosos? ¿Hay diversiones para los niños y para los mayores?

Panorama cultural

Nina Pacari, una mujer indígena

A. **Los papeles tradicionales.** Con un(-a) compañero(-a) de clase, describan el papel tradicional de la mujer y del hombre. Después miren la foto de Nina Pacari y descríbanla. En su opinión, ¿qué tipo de mujer es ella? ¿Es tradicional o no? Justifiquen su opinión.

B. Utilizando la información del vídeo sobre Nina Pacari, complete las siguientes oraciones.

1. Nina Pacari es diputada _____ en el Parlamento del _____. Es la _____ legisladora _____ en la historia del país.
2. Nina trabaja en el _____ Legislativo. Aunque pertenece al gobierno ecuatoriano, muchas veces se opone por sus intereses de los grupos o sectores _____.
3. A fines de _____ anunciaron las medidas económicas elevando el precio del _____, del combustible, el precio del _____. Eso afecta más a los sectores populares y a los _____ que están en una situación de pobreza muy profunda.
4. En la movilización de Nina están _____, _____, _____ y ancianos. En el mundo indígena de Nina hay _____ que dirigen a nivel _____, a nivel provincial, a nivel _____. Las mujeres no son solamente para _____.

Para leer bien

Background Knowledge: Geographical References

As you know from your experience with your native language, it is generally easier to read a selection containing a topic with which you are familiar than one with a topic you know little about. This familiarity with a topic is called background knowledge. Activating and expanding your background knowledge can greatly facilitate your reading in a foreign language.

A glance at the title and photo of the following reading indicates that the general topic is the geography of Venezuela. The following suggestions will help you activate and expand your background knowledge of geographical terms and the geography of Venezuela.

1. Scan the opening paragraphs of the selection for the specific topic of the article.
2. Familiarize yourself with the names of towns, cities, and places in Venezuela by skimming the entire selection.
3. Be prepared to guess the meaning of cognates related to geography.
4. Review the geographical information contained in **Bienvenidos a Centroamérica, a Colombia y a Venezuela**.
5. Think about the relationship between geography and lifestyle.

Práctica

A. Los elementos generales. Dé un vistazo al título y al primer párrafo para determinar el tema principal del artículo.

B. Un examen superficial. Examine superficialmente la lectura y haga mentalmente una lista de las ciudades, los pueblos y otros lugares geográficos mencionados en la lectura. Búsquelos en un mapa de Venezuela. ¿Por qué hay tantos lugares con el nombre Bolívar?

C. Palabras geográficas. Mire esta lista de categorías de palabras geográficas y trate de adivinar *(guess)* lo que significan.

1. los Andes	andino	los valles
2. la tierra	el terreno	
3. el trópico	tropical	subtropical
4. alto	la altura / altitud	la elevación
5. el clima	árido	

Lectura cultural   El techo de Venezuela

Venezuela: Mérida con el Pico Bolívar al fondo

long ago — *Si uno les pregunta a los residentes de Caracas dónde se puede ver la Venezuela de antaño°,*
un ejemplo — *muchos contestan que en las montañas del estado de Mérida. Mérida es una muestra° de*
discovery — *cómo era Venezuela antes del descubrimiento° del petróleo y antes de que el 75% de la población se concentrara en los grandes centros urbanos.*

En Mérida, moderna ciudad rodeada de aldeas° andinas, se disfruta de la tranquilidad y del encanto del ayer. Éste es el techo de Venezuela, tierra de contrastes sorprendentes°, donde la caña de azúcar se cultiva en la sombra°del Pico Bolívar, de 5.002 metros de altura.

La mayoría de los visitantes va de Caracas a Mérida en avión. Es sólo una hora de vuelo. Sin embargo, es mucho más interesante hacer el viaje por carretera°, en particular el tramo° de 173 kilómetros que forma parte de la Carretera Panamericana. Este tramo está bien pavimentado pero el viaje en auto lleva mucho tiempo. Hay que hacerlo despacio a causa de la cantidad de curvas cerradas.

El camino sube abruptamente desde las llanuras° tropicales hasta el paso en la cima° del Pico del Águila°. A esta altura la temperatura es agradable en julio, aunque a los pocos kilómetros es bien diferente. En los Andes la elevación determina no sólo la temperatura, sino también la manera de vivir de la gente. Según la altitud, se cultiva café o papas, se lleva ropa de algodón o ponchos de lana gruesa°. Se dice que hasta el carácter de las personas varía con la altitud.

A medida que° el camino asciende hacia el Pico del Águila, con cada curva surgen° nuevos panoramas de las montañas y los valles. Dan ganas de parar° a cada paso y contemplar el paisaje°, pero hay muy pocos lugares donde el camino es lo bastante ancho° para estacionar° el coche. Pronto empieza el páramo°, región alta y fría a más de 3.000 metros de altitud. El paisaje es desolado. Los colores vivos han desaparecido y la tierra es oscura. Hay pocas casas, pues sólo los venezolanos más recios° pueden ganarse la vida en este ambiente. Cerca de la cima una niebla° densa y fría se cierne° como una cortina blanca frente al coche. Al atravesarla°, los viajeros se encuentran en lo alto del Pico del Águila a 4.115 metros de altitud. En este paso de la montaña hay una inmensa estatua de un águila con las alas° extendidas, símbolo del valor de Bolívar al cruzar los Andes buscando la libertad de América. El descenso del Pico del Águila se hace rápidamente.

Apartaderos, situado a 3.470 metros de altitud, es una aldea turística al estilo de las de los Alpes. Es un lugar excelente donde uno puede parar y disfrutar del paisaje andino.

Pasado Apartaderos, el camino desciende hacia Mérida y el terreno es más suave y la vegetación más exuberante. Se pasa por Mucuchíes, Mucuruba y Tobay, pueblecitos coloniales preciosos que están en el camino a Mérida. Cada uno de ellos tiene una plaza Bolívar, una iglesia antigua y bien cuidada y edificios muy juntos.

Mérida está en una mesa° baja rodeada de° altísimas montañas, entre ellos el Pico Bolívar, el más alto del país. Durante muchos años las montañas constituían un gran obstáculo al cambio, pero hoy día Mérida es una capital estatal moderna, de 125.000 habitantes. En la ciudad quedan pocos edificios históricos pero por todas partes se encuentran parques y plazas llenos de flores. La Plaza Bolívar, la más interesante de la ciudad, está rodeada de edificios gubernamentales y de la catedral. Cerca de la plaza hay varios restaurantes pequeños que sirven típica comida venezolana. También se ven artistas jóvenes pintando escenas de la vida de las aldeas andinas, uno de los temas populares de los pintores venezolanos.

La visita a Mérida no está completa si uno no se monta en el teleférico°. Éste, que es el más largo y más alto del mundo, asciende hasta la cima del Pico Espejo, a 4.765 metros de altitud. Aparte de ser un viaje emocionante para el visitante, el teleférico es un medio de transporte muy útil para los habitantes de los Andes que viven en remotas aldeas de las montañas. Para algunos el teleférico es el único medio de comunicación con Mérida.

El teleférico no funciona los lunes ni martes, y éstos son días buenos para visitar las aldeas andinas históricas de los alrededores de Mérida. Una de las más visitadas es Jají, a unos 45 kilómetros al suroeste. Los habitantes de Jají se sienten muy orgullosos° de su pueblo que fue reconstruido a fines de la década de los 60 y tiene arquitectura colonial típica.

Si uno quiere visitar una localidad menos turística, puede ir a Pueblo Nuevo del Sur, declarado monumento nacional en 1960. A las cuatro de la tarde, Pueblo Nuevo del Sur

---

Glosses (right margin):

- villages
- surprising
- shadow
- highway
- section
- plains / summit
- Eagle
- thick
- As / emerge
- to stop
- landscape / wide
- to park / high plateau
- robust
- fog / hangs over
- to cross
- wings
- plateau / surrounded by
- cable railway
- proud

los habitantes   *descansa. Los vecinos° están sentados indolentemente en la plaza o en el frente de sus casas*
carries   *conversando en voz baja. Un hombre carga° un pesado saco en un burro como lo han hecho innumerables generaciones antes que él. De las puertas abiertas de la vieja iglesia de Santa Rita salen las delicadas notas de un violín.*

El que llega a Pueblo Nuevo del Sur ha viajado en el espacio y en el tiempo. Aquí no hay hoteles ni restaurantes. El paso de los siglos no ha dejado más que alguno que otro
a few indications / gentle   *retoque°. Es lógico que Pueblo Nuevo sea un monumento histórico. Desde este apacible° lugar se puede regresar a Mérida en una hora, pero el viaje supone el transcurso de varios siglos. Al salir de Pueblo Nuevo uno se da cuenta de que ha visto lo que vino a ver en Mérida: una visión de la Venezuela de ayer.*

Práctica

A. **Lugares venezolanos.** Ponga enfrente de cada elemento de la primera columna la letra que le corresponde en la segunda columna para identificar los lugares venezolanos.

1. _____ La capital de Venezuela
2. _____ El estado que es el techo de Venezuela
3. _____ El camino largo entre México y la Argentina
4. _____ Una región fría y alta
5. _____ Un paso con una inmensa estatua que representa a Bolívar
6. _____ Una aldea turística al estilo de las de los Alpes
7. _____ El pico más alto de Venezuela
8. _____ Uno de los pueblecitos coloniales preciosos en el camino a Mérida
9. _____ Un medio de transporte para ascender una montaña
10. _____ Un popular pueblo turístico reconstruido
11. _____ Un pueblo poco turístico declarado monumento nacional en 1960

a. el Pico del Águila
b. el Pico Bolívar
c. el Pico Espejo
d. Caracas
e. Mucuruba
f. Pueblo Nuevo del Sur
g. Mérida
h. Apartaderos
i. Jají
j. un teleférico
k. un páramo
l. la Carretera Panamericana

B. **Rasgos geográficos.** Haga una lista de las diversas características geográficas que se pueden ver en el estado de Mérida.

C. **Descripciones.** Describa las siguientes cosas que se encuentran en el estado de Mérida.

las montañas / los valles / la ciudad de Mérida / Jají / Pueblo Nuevo del Sur

D. **La defensa de una opinión.** ¿Qué evidencia hay en el artículo que confirma la idea siguiente? «El estado de Mérida es una visión de la Venezuela de ayer.»

Preparing to Write

Careful preparation is the most important phase of the writing process. The following suggestions should help you plan and organize beforehand so the actual writing is done more quickly and produces a more readable, interesting composition.

1. Choose a topic that interests you and one for which you have some background knowledge.
2. Brainstorm ideas that might possibly fit into the composition topic. Write down these ideas in Spanish.
3. Make a list of the best ideas obtained from your brainstorming.
4. Make a list of key vocabulary items for the composition. Look up words in the dictionary at this point.
5. Organize your key ideas into a logical sequence. These key ideas will form a basic outline for your composition.
6. Fill in your outline with the details and supporting elements for your key ideas. You are now ready to write your composition.

Composiciones

A. **Criados contentos.** Ud. es el (la) dueño(-a) de una compañía de limpieza doméstica que se llama «Criados contentos». Escriba un anuncio para un periódico local explicando sus servicios. Incluya información sobre los quehaceres domésticos que hacen, su horario y sus precios.

B. **Una casa vieja.** Ud. y su esposo(-a) acaban de comprar una casa vieja que tiene muchos problemas: todas las ventanas están muy sucias, una ventana está rota, las paredes están sucias y necesitan pintura, el lavabo en un cuarto de baño no funciona, el lavaplatos no funciona, no hay luz en dos de los dormitorios, no se puede cerrar fácilmente la puerta principal, la alfombra de la sala huele mal. Escríbale una nota a la persona que viene para reparar la casa. Explíquele los problemas y lo que debe hacer para resolverlos.

C. **Los quehaceres domésticos.** Hay cuatro personas en su familia y en su casa hay unos veinte quehaceres domésticos que alguien tiene que hacer todas las semanas. Prepare una lista de instrucciones para estos quehaceres. Cada persona tiene que hacer cinco.

Actividades

A. **Sus compañeros de cuarto.** You live in an apartment with two roommates. It's Parents' Weekend at school, and you must clean up the place before your parents arrive. Enlist your roommates' help and tell each of them what to do to prepare the apartment and some refreshments for your parents.

B. **Un nuevo criado.** As a wealthy and busy professional, you are trying to find a replacement for your live-in domestic helper, who is about to retire. Interview a candidate (played by a classmate). Find out if he/she has qualities equal to or better than your present employee. Explain what you want him/her to do on the job. You are quite demanding and the prospective employee is not certain if he/she wants the job.

C. *Telediario.* You and a classmate are the newscasters on *Telediario,* a brief news broadcast that occurs each evening from 8:58-9:00. Provide the highlights of the day's news for your audience. Include local, national, and international news as well as sports and a brief weather forecast.

D. **Los candidatos.** You are Víctor / Victoria Romero, the host/hostess of a Hispanic television talk show geared to 18-25 year olds. This week's guests are three candidates for President of the U.S. You hold a brief debate with the candidates, asking them questions about items of concern to the viewers of your show. Each candidate should compare himself/herself to the others and explain what he/she wants the voters and Congress to do. Each candidate should express judgment or doubt about what the other candidates say.

Para saber más:
www.heinle.com

Herencia cultural

Personalidades

De ayer

Conocido como el Libertador de América, **Simón Bolívar** (1783–1830) nació en Caracas, Venezuela. Fue el líder del movimiento de la independencia en las colonias españolas de Sudamérica. Bolívar libertó los actuales países de Bolivia, Colombia, Ecuador, Perú y Venezuela. Muchos lugares en Sudamérica llevan su nombre.

Nacido en Nicaragua, «la tierra de los poetas», **Rubén Darío** (1867–1916) fue responsable de la renovación de la poesía en la lengua española. Creó nuevas formas poéticas que los otros poetas de Latinoamérica y de España imitaron. También escribió cuentos, ensayos y crítica literaria.

De hoy

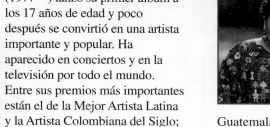

La cantante colombiana **Shakira** (1977–) lanzó su primer álbum a los 17 años de edad y poco después se convirtió en una artista importante y popular. Ha aparecido en conciertos y en la televisión por todo el mundo. Entre sus premios más importantes están el de la Mejor Artista Latina y la Artista Colombiana del Siglo; también ha recibido 21 discos de oro.

Rigoberta Menchú Tum (1959–) es una guatemalteca de origen maya-quiché. Es conocida por su libro *Me llamo Rigoberta Menchú y así me nació la conciencia,* en el cual describe la opresión de las poblaciones indígenas en Guatemala. En 1992 ganó el Premio Nóbel de la Paz por su trabajo contra la opresión social.

Óscar Arias Sánchez (1949–) fue el presidente de Costa Rica desde 1986 hasta 1990. En 1987 recibió el premio Nóbel de la Paz por su plan de pacificación para la región de Centroamérica. Su plan ayudó a terminar la guerra en los países vecinos de Costa Rica y resolvió muchos problemas económicos en la región.

El panameño **Rubén Blades** (1948–) es un hombre de muchos talentos. Además de ser un célebre músico, compositor de salsa y actor del cine y de la televisión en los EE.UU., también es abogado. En Panamá fundó un partido político y en 1994 fue candidato a la presidencia de su país.

Arte y arquitectura

Fernando Botero, *La familia presidencial,* 1967. Oil on canvas, 6'8 ⅛" x 6'5 ¼". Collection, The Museum of Modern Art, New York. Gift of Warren D. Benedek.

Unos artistas modernos: Botero y Soto

La mayoría de los artistas modernos de Latinoamérica forman parte de una tendencia internacional. Aunque usan temas latinos también tratan de representar temas universales del hombre contemporáneo y sus problemas como miembro de una sociedad urbana. Los artistas viajan mucho por el mundo, se conocen e intercambian ideas y técnicas. Tienen exposiciones de sus obras en sus propios países y en las grandes capitales de Europa y las Américas.

Fernando Botero (1932–) Nació en Medellín, Colombia, pero se trasladó a Bogotá donde presentó sus primeras obras. Viajó a Madrid y allá estudió los cuadros de Goya y Velázquez. De éste aprendió la técnica realista y de aquél su punto de vista crítico.

Muchas de las obras de Botero son sátiras de otras obras famosas o de la vida colombiana; sus personajes representan las instituciones del país, como la Iglesia, el gobierno, el ejército. Una de sus obras famosas es *La familia presidencial* (1967), una sátira de la familia presidencial colombiana.

Jesús Rafael Soto (1923–) Nació en Ciudad Bolívar, Venezuela. Es un escultor conocido y miembro del movimiento de arte geométrico y kinético. Sus obras están en una universidad de Caracas, en Alemania y los EE.UU., entre otros lugares. Su obra *Vibraciones* (1965) es una escultura de alambres *(wires)* y cuadrados *(squares)* suspendidos sobre una superficie rayada; el efecto es una ilusión óptica. Cree en la participación del espectador en la creación artística. Por eso creó *Penetrable* (1971), que consiste en una serie de tubos de aluminio que cambian cuando el público camina entre ellos.

Jesús Rafael Soto dentro de su obra *Penetrable*, Museum of Modern Art of Latin America, Washington, D.C. Courtesy of OAS.

Comprensión

A. Fernando Botero: *La familia presidencial*

1. **Los personajes.** Conecte a cada personaje del cuadro con la institución que representa.

   _____ el sacerdote *(priest)*   a. el ejército
   _____ el general   b. la familia
   _____ el hombre con las gafas   c. el gobierno
   _____ las tres mujeres   d. la Iglesia

2. **El contenido.** Conteste las siguientes preguntas acerca de la obra. ¿Qué animales se ven en la obra? ¿Qué otras cosas y objetos se ven? ¿Quién es el hombre de bigote y barba a la izquierda y qué hace?

3. **La interpretación.** ¿De qué manera están relacionados todos los personajes de la obra? ¿Qué está diciendo el artista sobre el gobierno y las otras instituciones de su país?

B. Jesús Rafael Soto: *Penetrable*

1. **La creación artística.** Según Soto, el público debe participar en la creación artística. ¿De qué manera participa el público en la creación de la escultura *Penetrable?*

Para saber más:
www.heinle.com

Para leer bien

Applying Journalistic Reading Techniques to Literature

In the **Para leer bien** sections of this text you have learned to apply reading strategies such as predicting and guessing content, scanning, skimming, locating the main and supporting ideas, and using background knowledge to the reading of journalistic articles and essays. These same strategies can also be effectively applied to the reading of literature. However, certain adaptations need to be made.

Prior to reading you will need to scan the overall layout of the selection to determine its genre **(el cuento, el drama, el ensayo, la novela, la poesía).** Scanning a literary title may not prove to be as helpful in establishing the main idea as scanning the title of a journalistic article. Literary titles are frequently imprecise in order to establish a tone or suggest feelings rather than provide a detailed summary of what is to follow.

Skimming the opening paragraph of a short story will often provide further clues as to content and main theme. In the opening paragraph look for the main ideas and supporting details. The tone of the first paragraph will often carry over throughout the entire story.

Using and expanding background knowledge will help in predicting and guessing content as well as decoding for deeper and more specific meaning. Identifying the verb core is particularly useful when decoding poetry, for poetic language often does not follow normal word order. You can also use your background knowledge of literary terminology taught in previous **Herencia cultural** sections.

In order to fully comprehend a literary selection, it is often necessary to read it more than one time. A second reading will often clarify the central theme and the various elements of the genre.

When approaching the following literary selection, remember to take advantage of the prereading and decoding techniques you have learned.

Antes de leer

A. Un día de éstos. ¿Qué significa el título *Un día de éstos?* ¿En cuál(-es) de las siguientes situaciones se puede usar la frase *un día de éstos?*

1. Hace mucho tiempo que Ud. necesita un coche nuevo. Finalmente Ud. encuentra el coche de sus sueños a un precio muy barato.
2. Un(-a) compañero(-a) de clase lo (la) insulta a Ud. a menudo y Ud. nunca le dice nada porque tiene miedo. Ud. piensa que en el futuro va a encontrar el insulto perfecto para su compañero(-a).
3. Su profesor(-a) de matemáticas siempre les da mucha tarea a los estudiantes pero también les da muy buenas notas a todos.

B. El consultorio del dentista. ¿Quiénes trabajan en un consultorio de dentista? ¿Quiénes van a ver al dentista? ¿Cuáles son algunas de las razones para ir a ver al dentista?

C. El escenario. El cuento *Un día de éstos* tiene lugar *(takes place)* en el consultorio de un dentista en un lugar rural y pobre. Mire el dibujo que acompaña el cuento *Un día de éstos*. Utilizando el vocabulario de los dos primeros párrafos del cuento, describa el escenario. ¿Cuáles son algunas diferencias entre el consultorio del cuento y un consultorio moderno?

D. Los personajes. Hay tres personajes en el cuento: el dentista, el hijo del dentista y el paciente, que además es el alcalde *(mayor)* del pueblo y teniente *(lieutenant)* del ejército. El dentista y el alcalde / teniente representan los dos puntos de vista de la violencia en Colombia. Describa al dentista utilizando el vocabulario del primer párrafo del cuento.

Lectura literaria

Gabriel García Márquez (1928–) *es un célebre escritor de cuentos y novelas y ganador del Premio Nóbel de Literatura en 1982. Nació en Aracataca, Colombia, una pequeña aldea en la costa del Caribe. Más tarde García Márquez transformó esta aldea en Macondo, el escenario mítico de su ficción. Su novela más famosa,* Cien años de soledad, *se publicó en 1967; probablemente es la novela más leída y más traducida del siglo XX.*

Sus cuentos y novelas tratan los mismos temas: la soledad, la violencia, la corrupción, la pobreza y la injusticia. «Un día de estos» tiene lugar en un país sin nombre en la América del Sur. Los antecedentes históricos del cuento son «la violencia», el conflicto que empezó en Colombia en 1948 y duró más de diez años. Unas 200.000 personas murieron en ese conflicto entre liberales y conservadores. «Un día de éstos» presenta la violencia en un microcosmo.

Un día de éstos

warm	El lunes amaneció tibio° y sin lluvia. Don Aurelio Escovar, dentista sin título y buen
early riser / office	madrugador°, abrió su gabinete° a las seis. Sacó de la vidriera una dentadura
set of false teeth / plaster /	postiza° montada aún en el molde de yeso° y puso sobre la mesa un puñado° de
handful	instrumentos que ordenó de mayor a menor, como en una exposición. Llevaba una
	camisa a rayas sin cuello, cerrada arriba con un botón dorado, y los pantalones
suspenders / lean	sostenidos con cargadores° elásticos. Era rígido, enjuto°, con una mirada que raras
	veces correspondía a la situación, como la mirada de los sordos.

he rolled the drill / dentist's chair

Cuando tuvo las cosas dispuestas sobre la mesa rodó la fresa° hacia el sillón de resortes° y se sentó a pulir la dentadura postiza. Parecía no pensar en lo que hacía, pero trabajaba con obstinación, pedaleando en la fresa incluso cuando no se servía de ella.

buzzards
ridge of roof
loud

Después de las ocho hizo una pausa para mirar el cielo por la ventana y vio dos gallinazos° pensativos que se secaban al sol en el caballete° de la casa vecina. Siguió trabajando con la idea de que antes del almuerzo volvería a llover. La voz destemplada° de su hijo de once años lo sacó de su abstracción.

—Papá.

—Qué.

you'll pull his tooth

—Dice el alcalde que si le sacas una muela°.

—Dile que no estoy aquí.

half-closed

Estaba puliendo un diente de oro. Lo retiró a la distancia del brazo y lo examinó con los ojos a medio cerrar°. En la salita de espera volvió a gritar su hijo.

—Dice que sí estás porque te está oyendo.

El dentista siguió examinando el diente. Sólo cuando lo puso en la mesa con los trabajos terminados, dijo:

—Mejor.

Volvió a operar la fresa. De una cajita de cartón° donde guardaba las cosas por hacer, sacó un puente° de varias piezas y empezó a pulir el oro.

small cardboard box
dental bridge

—Papá.

—Qué.

Aún no había cambiado de expresión.

—Dice que si no le sacas la muela te pega un tiro°.

he will shoot you

Sin apresurarse, con un movimiento extremadamente tranquilo, dejó de pedalear en la fresa, la retiró del sillón y abrió por completo la gaveta inferior° de la mesa. Allí estaba el revólver.

lower drawer

—Bueno —dijo—. Dile que venga a pegármelo.

Hizo girar° el sillón hasta quedar de frente de la puerta, la mano apoyada en el borde° de la gaveta. El alcalde apareció en el umbral°. Se había afeitado la mejilla° izquierda, pero la otra, hinchada° y dolorida, tenía una barba de cinco días. El dentista vio en sus ojos marchitos° muchas noches de desesperación. Cerró la gaveta con la punta de los dedos y dijo suavemente:

he turned / edge
doorway / cheek
swollen
tired

—Siéntese.

—Buenos días, dijo el alcalde.

—Buenos, dijo el dentista.

Mientras hervía° los instrumentos, el alcalde apoyó el cráneo en el cabezal° de la silla y se sintió mejor. Respiraba un olor glacial. Era un gabinete pobre: una vieja silla de madera, la fresa de pedal, y una vidriera con pomos de loza°. Frente a la silla, una ventana con un cancel de tela° hasta la altura de un hombre. Cuando sintió que el dentista se acercaba, el alcalde afirmó los talones° y abrió la boca.

he boiled / leaned the back of his head on the headrest
porcelain bottles
cloth curtains
dug in his heels

Don Aurelio Escovar le movió la cara hacia la luz. Después de observar la muela dañada°, ajustó la mandíbula° con una cautelosa presión de los dedos.

rotten
jaw

—Tiene que ser sin anestesia —, dijo.

—¿Por qué?

—Porque tiene un absceso.

El alcalde lo miró en los ojos.

—Está bien —, dijo, y trató de sonreír. El dentista no le correspondió. Llevó a la mesa de trabajo la cacerola° con los instrumentos hervidos y los sacó del agua con unas pinzas frías, todavía sin apresurarse. Después rodó la escupidera° con la punta del zapato y fue a lavarse las manos en el aguamanil°. Hizo todo sin mirar al alcalde. Pero el alcalde no lo perdió de vista.

pot
moved the spittoon
washstand

Era un cordal inferior°. El dentista abrió las piernas y apretó° la muela con el gatillo° caliente. El alcalde se aferró a las barras° de la silla, descargó toda su fuerza en los pies y sintió un vacío helado en los riñones°, pero no soltó un suspiro°. El dentista sólo movió la muñeca°. Sin rencor, más bien con una amarga ternura°, dijo:

lower wisdom tooth / gripped / forceps / grabbed the arms / kidneys / let out a sigh / wrist / bitter tenderness

—Aquí nos paga veinte muertos, teniente°.

Here you're paying us for 20 deaths (you caused), lieutenant. / crunch

El alcalde sintió un crujido° de huesos en la mandíbula y sus ojos se llenaron de lágrimas. Pero no suspiró hasta que no sintió salir la muela. Entonces la vio a través de las lágrimas. Le pareció tan extraña a su dolor, que no pudo entender la tortura de sus cinco noches anteriores. Inclinado sobre la escupidera, sudoroso°, jadeante°, se desabotonó la

sweaty / panting

military jacket / blindly / handkerchief / rag

guerrera° y buscó a tientas° el pañuelo° en el bolsillo del pantalón. El dentista le dio un trapo° limpio.

—Séquese las lágrimas, dijo.

cracked ceiling / dusty spiderweb

El alcalde lo hizo. Estaba temblando. Mientras el dentista se lavaba las manos, vio el cielo raso desfondado° y una telaraña polvorienta° con huevos de araña e insectos muertos. El dentista regresó secándose las manos.

gargle
disdainful / stretching

—Acuéstese —dijo—, y haga buches° de agua de sal. El alcalde se puso de pie, se despidió con un displicente° saludo militar, y se dirigió a la puerta estirando° las piernas, sin abotonarse la guerrera.

—Me pasa la cuenta —, dijo.

—¿A usted o al municipio?

screen

El alcalde no lo miró. Cerró la puerta, y dijo, a través de la red metálica°:

It's one and the same.

—Es la misma vaina°.

Después de leer

A. El contenido. Complete el gráfico con información del cuento.

la hora	
el clima	
los objetos importantes	
las acciones importantes	

B. El diálogo. Hay poco diálogo en el cuento; por eso todas las palabras son muy importantes. Conteste las siguientes preguntas acerca del diálogo del cuento.

1. ¿Es verdad lo que dice el dentista en la conversación que sigue? Justifique su respuesta.
   —Tiene que ser sin anestesia —, dijo.
   —¿Por qué?
   —Porque tiene un absceso.
   ¿Por que hace sufrir al alcalde?
2. ¿Qué implica el dentista con la frase «Aquí nos paga veinte muertos, teniente.»?
3. Explique la oración final: —Es la misma vaina.

C. La interpretación. Conteste las siguientes preguntas que tienen que ver con su interpretación del cuento.

1. **La acción.** ¿Qué predomina en el cuento: la acción, el diálogo o la descripción? ¿Por qué? ¿Qué implican las acciones frías y casi mecánicas del dentista? La acción culminante es cuando el dentista le da un trapo limpio al alcalde para secarse las lágrimas. ¿Qué simboliza esta acción?

2. **El tono.** ¿Cómo es el tono del cuento? ¿Qué adjetivo(-s) mejor expresa(-n) la emoción principal del cuento?

3. **Las actitudes.** Compare las siguientes oraciones (a) del principio y (b) del final del cuento.

   a. El hijo le repite las palabras del alcalde a su papá: —Dice que si no le sacas la muela te pega un tiro.

   b. El dentista le dice al alcalde: —Séquese las lágrimas.

   ¿Quién tiene el control al principio y al final del cuento? ¿Hay un cambio en la actitud del alcalde? Explique.

Para saber más:
www.heinle.com

Bienvenidos a
Los países andinos: Bolivia

Una vista panorámica de
Quito, Ecuador

GEOGRAFÍA Y CLIMA

Bolivia, El Ecuador y *El Perú* son países andinos; la cordillera de los Andes ocupa gran parte de su territorio.

Bolivia: Uno de los dos países de la América del Sur sin costa marítima. La zona de los Andes se llama el Altiplano, una región alta y árida. El lago Titicaca (compartido con el Perú) es el lago navegable más alto del mundo.

El Ecuador: Hay dos regiones distintas: el oeste, la costa; el este, las montañas. La línea del ecuador pasa al norte de la ciudad de Quito.

El Perú: Tercer país más grande de Sudamérica. Hay tres regiones distintas: el oeste, la costa; el centro, las montañas; el este, la selva que ocupa más de la mitad del territorio y por donde cruza el río Amazonas.

POBLACIÓN

Bolivia: 7.400.000 de habitantes: 55% indígenas (quechuas y aymarás); 28% mestizos; 10% europeos

El Ecuador: 11.500.000 de habitantes: 55% mestizos, 25% indígenas, 10% europeos y 10% otros

El Perú: 23.800.000 de habitantes: indígenas, mestizos y una minoría de origen europeo; los indígenas = 46% de la población

MONEDA

Bolivia:	el boliviano
El Ecuador:	el sucre
El Perú:	el (nuevo) sol

ECONOMÍA

Bolivia: Productos agrícolas; industria minera (estaño [tin], plata, plomo y otros metales)

El Ecuador: Petróleo; productos agrícolas (banana, café, cacao); pesca

El Perú: Industria minera (cobre, plata, plomo y otros metales); pesca; petróleo

Para saber más:
www.heinle.com

el Ecuador y el Perú

Práctica geográfica

Conteste las siguientes preguntas usando la información presentada y un mapa de los países andinos.

A. Bolivia

1. ¿Cuál es la capital de Bolivia? ¿Cuáles son otras ciudades importantes?
2. ¿Qué países están cerca de Bolivia?
3. ¿Cómo se llama un lago muy grande que está en su territorio? ¿Por qué es famoso?
4. ¿Cómo se llama la región alta dentro de los Andes?
5. ¿Qué ventajas y desventajas ofrece la geografía de Bolivia?

B. El Ecuador

1. ¿Cuál es la capital del Ecuador? ¿Cuáles son otras ciudades importantes?
2. ¿Qué países están cerca del Ecuador?
3. ¿Cómo se llama la línea geográfica al norte de Quito?
4. Hay dos regiones geográficas en el Ecuador. ¿Cuáles y cómo son?
5. ¿Qué ventajas y desventajas ofrece la geografía del Ecuador?

C. El Perú

1. ¿Cuál es la capital del Perú? ¿Cuáles son otras ciudades importantes?
2. ¿Qué países están cerca del Perú?
3. ¿Cómo se llama el río que corre por el este del Perú? ¿Cómo es el territorio cerca del río?
4. Hay tres regiones geográficas en el Perú. ¿Cuáles y cómo son?
5. ¿Qué ventajas y desventajas ofrece la geografía del Perú?

El Altiplano de Bolivia y el lago Titicaca

CAPÍTULO
7

De compras

Quito, Ecuador: El centro comercial Quicentro

Cultural Themes

Bolivia and Ecuador
Shopping in the Hispanic world

Communicative Goals

Making routine purchases
Expressing actions in progress

Making comparisons
Talking to and about people and things
Complaining
Denying and contradicting
Avoiding repetition of previously
　mentioned people and things
Linking ideas

Primera situación

Presentación

En un centro comercial

Práctica y conversación

A. De compras. Ud. y su compañero(-a) de clase necesitan ir de compras, pero cada persona tiene solamente una lista parcial de los artículos que deben comprar y de las tiendas. Uds. tienen que averiguar lo que hay en las dos listas para saber qué necesitan comprar y adónde deben ir para hacer cada compra. A continuación está su lista; la de su compañero(-a) de clase está en el **Apéndice A.**

La Boutique de Moda   los jeans
La Joyería Orense   un vestido elegante
                                           unos discos compactos
                                           unas gafas de sol

B. En El Corte Inglés. Utilice el anuncio que sigue. ¿En qué departamento compra Ud. las siguientes cosas?

jeans / un reloj de pulsera / un sofá / un vestido elegante / un paraguas / una novela / una cadena de oro / pantuflas / toallas / un estéreo

UN LUGAR PARA COMPRAR.
UN LUGAR PARA SOÑAR.

P
Servicios: Aparcamiento.

3-2

P-1
Servicios: Aparcamiento. Carta de compra. Taller de Montaje de accesorios de automóvil. Oficina postal.

 1.er SÓTANO
Departamentos: Librería. Papelería. Juegos. Fumador. Mercería. Supermercado de Alimentación. Limpieza.
Servicios: Estanco. Patrones de moda.

 PLANTA BAJA
Departamentos: **Complementos de Moda.** Bolsos. Marroquinería. Medias. Pañuelos. Sombreros. Bisutería. Relojería. Joyería. Perfumería y Cosmética. Turismo.
Servicios: Reparación de relojes y joyas. Quiosco de prensa. Óptica 2.000. Información. Servicio de intérpretes. Objetos perdidos. Empaquetado de regalos.

 1.a PLANTA
Departamentos: **Hogar Menaje.** Artesanía. Cerámica. Cristalería. Cubertería. Accesorios automóvil. Bricolaje. Loza. Orfebrería. Porcelanas, (Lladró, Capodimonte). Platería. Regalos. Vajillas. Saneamiento. Electrodomésticos.
Servicios: Listas de boda. Reparación de calzado. Plastificación de carnés. Duplicado de llaves. Grabación de objetos.

 2.a PLANTA
Departamentos: **Niños/as.** (4 a 10 años). Confección. Boutiques. Complementos. Juguetería. **Chicos/as.** (11 a 14 años) Confección. Boutiques. **Bebés.** Confección. Carrocería. Canastillas. Regalos bebé. Zapatería de bebé. **Zapatería.** Señoras, caballeros y niños. **Futura Mamá.**
Servicios: Estudio fotográfico y realización de retratos.

Departamentos: **Confección de Caballeros.** Confección ante y piel. Boutiques. Ropa interior. Sastrería a medida. Artículos de viajes. Complementos de Moda. Zapatería. Tallas especiales.
 3.a PLANTA
Servicios: **Servicio al Cliente.** Venta a plazos. Solicitudes de tarjetas. Devolución de I.V.A. Peluquería de caballeros. Agencia de viajes y Centro de Seguros.

Departamentos: **Señoras.** Confección. Punto. Peletería. Boutiques Internacionales. Lencería y Corsetería. Tallas Especiales. Complementos de Moda. Zapatería. Pronovias.
 4.a PLANTA
Servicios: Peluquería de señoras. Conservación de pieles. Cambio de moneda extranjera.

Departamentos: **Juventud.** Confección. Territorio Vaquero. Punto. Boutiques. Complementos de moda. Marcas Internacionales. **Deportes.** Prendas deportivas. Zapatería deportiva. Armería. Complementos.
 5.a PLANTA

Departamentos: **Muebles y Decoración.** Dormitorios. Salones. Lámparas. Cuadros. **Hogar textil.** Mantelerías. Toallas. Visillos. Tejidos. Muebles de cocina.
 6.a PLANTA
Servicios: **Creamos Hogar.** Post-Venta. Enmarque de cuadros. Realización de retratos.

Departamentos: **Oportunidades** y Promociones.
 7.a PLANTA
Servicios: Cafetería. Autoservicio "La Rotonda". Restaurante "Las Trébedes".

ANEXOS

Preciados, 1. Tienda de la Electrónica: Imagen y Sonido. Hi-Fi. Radio. Televisión. Ordenadores. Fotografía. **Servicios:** Revelado rápido.
Preciados, 2 y 4. Discotienda: Compact Disc. Casetes. Discos. Películas de vídeo. **Servicios:** Venta de localidades.

C. **¡Gangas para todos!** Ud. y un(-a) compañero(-a) de clase van a abrir una tienda en el centro estudiantil de la universidad. ¿Cómo será la tienda? ¿la mercancía? ¿los precios? ¿los empleados? ¿?

D. **Creación.** En una narración cuente lo que pasa en el dibujo de la **Presentación**.

Vocabulario

El centro comercial	Shopping mall	las joyas	jewels
la boutique	boutique	la perla	pearl
el (la) cajero(-a)	cashier	la piedra preciosa	precious stone
el (la) dependiente(-a)	salesclerk	la pulsera	bracelet
el escaparate	display case	el reloj (de pulsera)	(wrist)watch
la etiqueta	label	asegurar	to insure
la ganga	bargain	regalar	to give (a present)
los (grandes) almacenes	department store	valorar	to appraise
la liquidación	clearance sale	**La zapatería**	**Shoe store**
la marca	brand	las botas	boots
la mercancía	merchandise	el número	size
el precio	price	las pantuflas	slippers
la rebaja	reduction, sale	el par	pair
la tienda	store	las sandalias	sandals
de liquidaciones	discount store	el tacón	heel
de lujo	expensive store	los zapatos bajos	low–heeled shoes
de música	music store		
de regalos	gift store	deportivos	athletic shoes
la vitrina	store window	de tacón	high heels
estar en liquidación	to be on sale	de tenis	tennis shoes
La joyería	**Jewelry shop**	apretarle (ie)	to pinch, be too tight
los aretes	earrings		
la cadena de oro	gold chain	calzar	to wear shoes
el collar de brillantes	diamond necklace	quedar	to fit
la esmeralda	emerald		

Así se habla

Making Routine Purchases

Vendedora	Buenas tardes, señorita. ¿En qué puedo servirle?
Manuela	Estoy buscando un regalo para mi novio y francamente no sé qué comprarle.
Vendedora	¿Qué le parece una corbata de seda? Tenemos de toda clase. Unas son más finas que otras, por supuesto, pero en general todas son de muy buena calidad.
Manuela	¿Me las podría enseñar, por favor?
Vendedora	Sí, cómo no. Venga por acá. Aquí están.
Manuela	Sí, se ven muy finas. Tiene razón. Y, ¿cuánto cuestan? Ésta me gusta mucho.
Vendedora	Bueno, ésa es una de las más finas y cuesta 150 bolivianos.
Manuela	¡Ay, no! ¡Eso es mucho para mí! ¡No, no, no, no!
Vendedora	Bueno, mire, aquí tengo las más baratas. ¿Qué le parece ésta? Sólo cuesta 100 bolivianos. Y esta otra cuesta 75.
Manuela	Bueno, ésta no está tan mal. Me la llevo. Espero que le guste.

When you want to purchase something, you need to know the following expressions:

Vendedor(-a):

¿Qué desearía ver?	*What would you like to see?*
¿En qué puedo servirle?	*May I help you?*
¿Qué le parece...?	*What do you think of . . . ?*
¿Qué número / talla necesita?	*What size do you need?*
¿Quisiera probarse / llevar / ver...?	*Would you like to try on / take / see . . . ?*
No nos queda(-n) más.	*We don't have any left.*
¿Desearía algo más?	*Would you like anything else?*
Aquí lo (la, los, las) tiene.	*Here you are.*
Pase por la caja, por favor.	*Please step over to the cashier's.*
... está en oferta.	*. . . is on sale.*

Cliente:

Hágame el favor de mostrarme...	*Please show me . . .*
Me encanta(-n)...	*I love . . .*
No me gusta.	*I don't like it.*
No me parece mal / feo / apropiado.	*I don't think it's bad / ugly / appropriate.*
(No) Me queda bien.	*It (does not) fit(s) me.*
Lo encuentro barato / muy caro / ordinario / fino / delicado.	*I find it inexpensive / very expensive / ordinary / of good quality / delicate.*
Quisiera probarme	*I would like to try . . . on.*
¿Cuánto cuesta, por favor?	*How much is it, please?*
Me lo podría dejar en...	*Could you lower the price to . . .?*
¡Ay, no! Eso es mucho.	*Oh, no! That's too much.*
Quisiera algo más barato.	*I'd like something cheaper.*
Está bien.	*That's fine.*
Me lo (la, los las) llevo.	*I'll take it (them).*
¿Me lo (la, los, las) podría envolver?	*Could you wrap it (them) for me?*

Práctica y conversación

A. En la tienda. ¿Qué dice Ud. cuando va a la tienda y...?
1. quiere saber si venden ropa deportiva
2. no le gusta lo que el (la) vendedor(-a) le enseña
3. quiere probarse unos pantalones
4. los pantalones le quedan muy bien
5. quiere saber el precio
6. quiere comprárselos

Quito, Ecuador: Una boutique

B. ¡Necesito ropa! Ud. y su amigo(-a) hablan sobre la ropa que necesitan comprar para la fiesta de este fin de semana. Primero, hagan la lista de las cosas que necesitan. Luego, vayan a la tienda y compren lo que quieren. Otro(-a) estudiante que hace el papel de vendedor(-a) los (las) ayudará.

Estructuras

Expressing Actions in Progress

Progressive Tenses

The progressive tenses emphasize actions that are taking place at a particular moment in time. In English the present progressive tense is composed of *to be + present participle: I am buying a jacket; John is returning a sweater.*

a. In Spanish the present progressive tense is composed of **estar** + *the present participle.*

estar + Present Participle		
estoy	comprando	*I am buying*
estás	escogiendo	*you are choosing*
está	decidiendo	*he / she is, you are deciding*
estamos	leyendo	*we are reading*
estáis	pidiendo	*you are ordering*
están	durmiendo	*they, you are sleeping*

b. To form the present participle

1. add **-ando** to the stem of **-ar** verbs: **esperar → esper- → esperando.**
2. add **-iendo** to the stem of **-er** and **-ir** verbs: **comer → com- → comiendo; asistir → asist- → asistiendo.** When the stem ends in a vowel, add the ending **-yendo: oír → o- → oyendo; traer → tra- → trayendo.**
3. **-ir** verbs whose stem changes **e → i** or **o → u** in the third-person of the preterite, have this stem change in the present participle also: **pedir → pid- → pidiendo; dormir → durm- → durmiendo.**

c. With verbs in the progressive tenses, direct, indirect, and reflexive pronouns may precede the conjugated verb or be attached to the end of the present participle.

Están probándo**se** ropa nueva.
Se están probando ropa nueva.   *They are trying on new clothes.*

d. The Spanish present progressive is used only to emphasize an action that is currently in progress. Contrary to English, the Spanish present progressive is not used to refer to present actions that take place over an extended period of time or to an action that will take place in the future. Compare the following.

Este año Iliana **trabaja** en el centro comercial.	*This year Iliana is working in the mall.*
Ahora mismo **está trabajando** de cajera.	*Right now she is working as a cashier.*

Carlos **está llegando** en este momento.	*Carlos is arriving at this very moment.*
Sofía **llega** más tarde.	*Sofía is arriving later.*

e. To describe or express an action that was in progress at a particular moment in the past, the imperfect of **estar** + *the present participle* is used.

Anoche a esta hora **estábamos buscando** muebles en el gran almacén.	*Last night at this time we were looking for furniture in the department store.*

f. The verbs **andar, continuar, ir, seguir**, and **venir** can also be used with the present participle to form progressive tenses.

En el centro comercial Roberto **anda probándose** ropa nueva y **mirando** a la gente.	*At the mall Roberto goes around trying on new clothes and watching people.*

Práctica y conversación

A. En el centro comercial. Explique lo que estas personas están haciendo ahora en el centro comercial.

> **MODELO**   Carlos / comer en un café
> **Carlos está comiendo en un café.**

1. Eduardo / probarse los zapatos
2. tú y yo / hacer compras
3. mi hija / tomar un refresco
4. Uds. / divertirse
5. Carolina / buscar rebajas
6. tú / leer las etiquetas
7. los jóvenes / oír música
8. yo / almorzar en el café

B. Ahora mismo. ¿Qué piensa Ud. que estas personas están haciendo ahora mismo?

mi mejor amigo(-a) / mi vecino(-a) / mi compañero(-a) de cuarto / mi profesor(-a) de español / mi abuelo(-a) / mi novio(-a)

Ahora, diga lo que ellos estaban haciendo anoche a las ocho.

C. ¡Estoy comprando de todo! Ud. va de compras a su centro comercial favorito con su mejor amigo(-a) y cuando está en la tienda suena su teléfono celular. Es su padre (madre) / esposo(-a) que quiere saber dónde está y qué está haciendo. Cuéntele dónde está, con quién está, qué están haciendo, qué quieren comprar, etc. Él (Ella) está muy preocupado(-a) ya que no quiere que Ud. gaste mucho dinero.

Making Comparisons

Superlative Forms of Adjectives

In certain situations such as shopping or discussion of family or friends we often want to compare objects or persons and set them apart from all others: *This is the largest mall in the state.* To make these statements that compare one item to many others in its category, the superlative form of the adjective is used. The English superlative is composed of *the most* or *the least* + adjective or the adjective + the ending *-est*.

a. In Spanish the superlative of adjectives is formed using the following construction.

$$\text{DEFINITE ARTICLE (+ NOUN)} + \begin{matrix} \textbf{más} \\ \textbf{menos} \end{matrix} + \text{ADJECTIVE} + \textbf{de}$$

Antonio compró la cadena de oro **más cara de** la joyería.	*Antonio bought the most expensive gold chain in the jewelry store.*

Note that **de** = *in* in these superlative constructions.

b. In superlative constructions the irregular forms **mejor** and **peor** usually precede the noun.

Tienen los **mejores** precios del pueblo.	*They have the best prices in town.*

The irregular forms **mayor** and **menor** follow the noun.

Carolina es la hija **mayor** de la familia.	*Carolina is the oldest daughter in the family.*

c. After forms of **ser** the noun is frequently omitted from superlative constructions.

Esta zapatería es **la más grande** de Quito, pero aquélla es **la mejor**.	*This shoe store is the largest in Quito, but that one is the best.*

Práctica y conversación

A. Yo sólo quiero lo mejor. Ud. va de compras a una tienda muy elegante. Explíquele al (a la) vendedor(-a) lo que quisiera comprar.

> **MODELO** vestido / elegante
> **Quisiera el vestido más elegante de la tienda.**

1. zapatos / cómodo
2. cadena de oro / hermoso
3. aretes / fino
4. perlas / caro
5. regalos / lindo
6. botas / grande
7. sandalias / bueno
8. pantuflas / barato

B. Lo mejor de su categoría. Describa a estas personas y cosas comparándolas con otras de la misma categoría.

> **MODELO** mi hermano
> **Mi hermano es el más alto de la familia.**

Bill Gates / Bloomingdale's / Ferrari / Julia Roberts / el presidente de los EE.UU. / mis padres / las cataratas del Niagara / Monte Everest / mi novio(-a)

C. **¿Adónde vamos de compras?** Ud. y sus compañeros(-as) tienen que ir de compras, pero antes comparan los precios de los artículos que necesitan en los anuncios de los almacenes. Luego deciden qué van a comprar, dónde y por qué.

Saga

Zapatería

Zapatos de ante	Bs. 130
Sandalias de cuero	Bs. 95
Botas de cuero	Bs. 230

Artículos de ropa

Blusas	Bs. 80
Faldas	Bs. 120
Pantalones para damas	Bs. 320

Joyería

Joyas de fantasía	Bs. 50
Relojes finos desde	Bs. 400
Aretes de oro	Bs. 300

Casa Bolívar

Zapatería
Zapatos de ante Bs. 180
Sandalias de cuero Bs. 145
Botas de cuero Bs. 330

Artículos de ropa
Blusas Bs. 90
Faldas Bs. 160
Pantalones para damas Bs. 370

Joyería
Joyas de fantasía desde Bs. 80
Relojes finos desde Bs. 460
Aretes de oro Bs. 400

Asarti

Zapatería
Zapatos de ante Bs. 85
Sandalias de cuero Bs. 45
Botas de cuero Bs. 100

Artículos de ropa
Blusas Bs. 40
Faldas Bs. 70
Pantalones para damas Bs. 80

Joyería
Joyas de fantasía desde Bs. 20
Relojes finos desde Bs. 150
Aretes de oro Bs. 160

Talking About People and Things

Uses of the Definite Article

The definite article in English and Spanish is used to indicate a specific noun: **La zapatería está cerca de la joyería.** *The shoe store is near the jewelry store.*

    a. The forms of the definite article precede the nouns they modify and agree with them in gender and number: **el precio; la perla; los zapatos; las botas.**

    b. The masculine singular article **el** is used with feminine nouns that begin with a stressed **a-** or **ha-**. However, the plural forms of these nouns use **las: el agua / las aguas.**

c. In Spanish the definite article is used . . .

1. before abstract nouns and before nouns used in a general sense.

En mi opinión, **la paz** mundial es muy importante.	*In my opinion, world peace is very important.*
No me gustan **los zapatos de tacón.**	*I don't like high-heeled shoes.*

2. with the names of languages except when they follow **de, en,** or forms of **hablar**. The article is often omitted after **aprender, enseñar, escribir, estudiar, leer,** and **saber**.

Se dice que **el chino** es una lengua muy difícil.	*They say that Chinese is a very difficult language.*
Susana es bilingüe. Habla inglés y español y estudia japonés.	*Susana is bilingual. She speaks English and Spanish and is studying Japanese.*

3. before a title (except **don / doña, san(-to) / santa**) when speaking about a person, but omitted when speaking directly to the person.

—Miguel, éste es nuestro vecino, **el doctor** Casona.	*Miguel, this is our neighbor, Dr. Casona.*
—Mucho gusto, doctor Casona.	*Pleased to meet you, Dr. Casona.*

4. instead of a possessive pronoun with articles of clothing and parts of the body when preceded by a reflexive verb.

Al entrar en casa, se quitó **la chaqueta**.	*When he got home, he took off his jacket.*

5. with days of the week to mean *on*.

La liquidación empieza **el viernes** 25 de mayo.	*The clearance sale begins on Friday, May 25.*
El centro comercial no está abierto **los domingos**.	*The (shopping) mall is not open on Sundays.*

6. in telling time generally meaning *o'clock*.

Se abre la Joyería Orense **a las diez** de la mañana.	*The Orense Jewelry Store opens at 10:00 (ten o'clock) AM.*

7. with the names of certain countries and geographical areas.

la América del Sur	la Habana
la Argentina	la India
el Brasil	el Japón
el Canadá	el Paraguay
el Ecuador	el Perú
los Estados Unidos	la República Dominicana
la Florida	el Uruguay

8. to refer to a quantity or weight.

Estas bananas cuestan tres sucres **el kilo / la libra**.	*These bananas cost three sucres a kilo / a pound.*

d. The neuter article **lo** + the masculine singular form of an adjective can be used to describe general qualities and characteristics: **lo bueno** = *the good thing, the good part.*

> **Lo bueno** de este centro comercial   *The good thing about this shopping center*
> es la variedad de tiendas.   *is the variety of stores.*

1. The words **más** or **menos** can precede the adjective.

> **Lo más importante** es comprar   *The most important thing is to buy new*
> zapatos nuevos.   *shoes.*

2. The following are some common expressions with **lo**.

lo bueno	*the good thing*	**lo peor**	*the worst thing*
lo malo	*the bad thing*	**lo mismo**	*the same thing*
lo mejor	*the best thing*		

Práctica y conversación

A. ¿Qué me pongo? ¿Qué se pone Ud. para ir a los siguientes lugares?

un centro comercial / un restaurante elegante / el cine / un partido de fútbol norteamericano / la clase de español / una fiesta

MODELO   **Para ir a clase me pongo los jeans y una camiseta.**

B. La liquidación. Complete el siguiente diálogo con un(-a) compañero(-a) de clase usando la forma apropiada del artículo definido cuando sea necesario.

1. Hola, [*nombre de su compañero(-a)*]. ¿Por qué no fuiste a _____ liquidación de los Almacenes Guayaquil? Te estuvimos esperando.
2. ¿Cuándo fue? ¿ _____ viernes?
3. No, _____ sábado por _____ noche; empezó a _____ siete.
4. Me olvidé por completo. Fui a _____ casa de mi hermana y ni me acordé. Pero dime, ¿fue Guillermo?
5. Desgraciadamente sí. Él me dijo que no tenía ni un centavo para comprar, pero se gastó todo _____ dinero que le mandaron sus padres _____ mes pasado para _____ matrícula.
6. ¿Y qué va a hacer para pagar _____ universidad, _____ libros y _____ alquiler?
7. No sé, pero de todas maneras quiere ir a _____ Chile y a _____ Argentina en _____ próximas vacaciones.
8. ¡Está loco! Bueno, qué se va a hacer. ¿Quién más fue de compras con Uds.?
9. _____ misma gente de siempre. Todos me preguntaron por ti y por eso les dije que te habías ido a _____ casa de tu hermana por _____ fin de semana.
10. Gracias. En realidad se me olvidó por completo.

C. Entrevista personal. Hágale preguntas a un(-a) compañero(-a) de clase sobre su vida. Su compañero(-a) debe contestar.

Pregúntele...

1. qué es lo bueno de sus amigos / de su familia.
2. qué es lo malo de sus estudios / de su trabajo.
3. qué es lo más interesante de su vida universitaria.

4. qué es lo mejor de ir de compras.
5. qué es lo más importante en su vida.

D. **El centro comercial.** Ud. y un(-a) compañero(-a) están hablando de un viaje reciente al centro comercial. Comenten los aspectos positivos y negativos de su experiencia. Digan qué fue lo más interesante / divertido / agradable / desagradable / ¿?

MODELO **A mí me parece que lo más agradable fue el almuerzo en el restaurante que tienen ahí.**

Siga practicando el vocabulario y las estructuras gramaticales de **Capítulo 7, Primera situación** en *Interacciones CD-ROM.*

Para saber más:
www.heinle.com

Segunda situación

Presentación

Esta blusa no me queda bien

Práctica y conversación

A. ¡De buen gusto! ¿Qué cambios deben hacer las siguientes personas para vestirse bien?

1. María lleva una falda a cuadros, una blusa estampada y unas pantuflas rosadas.
2. José lleva un traje azul marino, una camiseta anaranjada y unos zapatos deportivos grises.
3. Susana lleva un vestido de seda negro, unos zapatos de tacón negros y unos calcetines de lana rojos.
4. Tomás lleva un pijama azul, un sombrero de paja y unas botas rojas.
5. Isabel lleva un traje de baño de lunares, un abrigo de piel y unas botas de cuero.
6. Paco lleva unos pantalones azules, una camisa de seda morada y una chaqueta a rayas.

B. Entrevista. Pregúntele a un(-a) compañero(-a) de clase qué debe ponerse para las siguientes situaciones.

Pregúntele qué se pone para . . .

1. una entrevista importante.
2. esquiar.
3. una fiesta elegante.
4. un día en la playa.
5. lavar el coche.
6. un fin de semana en el campo.

C. ¡La edad no se revela! ¿Por qué usa este producto el lema *(slogan)* «La Edad No Se Revela»? ¿Qué tipo de ropa se puede lavar con este producto?

Shorts

Suéteres

Gorras

Playeras

Calcetínes

Toallas de Cocina

"¡LA EDAD NO SE REVELA!"

100% algodón con salsa de espagueti

lavada una vez con detergente regular

lavada una vez con Tide

Dicen que el secreto de la vida es siempre lucir joven. Y Tide® with Bleach en polvo está totalmente de acuerdo. Su Sistema Activado de Blanqueadores es invencible asegurando que la ropa blanca se quede blanca, e ingredientes especiales le ayuda a mantener los colores vivos en la ropa de algodón, lavada tras lavada (¡aún la ropa negra!). Así que, cuando se habla de la edad, no se preocupe... su ropa la disimulará.

SI TIENE QUE ESTAR LIMPIO, TIENE QUE SER TIDE.

Aún los expertos de algodón confían en Tide with Bleach
®-El sello de Algodón es una marca de servicio registrada de Cotton Incorporated.

D. Creación. En una narración cuente lo que pasa en los dibujos de la *Presentación*.

Vocabulario

La tienda de ropa de caballeros*	**Men's clothing store**	la lana	*wool*
la bufanda	*scarf*	el lino	*linen*
los calcetines	*socks*	la piel	*fur*
el chaleco	*vest*	la seda	*silk*
el impermeable	*raincoat*	**Algunos problemas**	**Some problems**
el paraguas	*umbrella*	acortar	*to shorten*
el pijama	*pajamas*	devolver (ue)	*to return something*
el sobretodo	*overcoat*	envolver (ue)	*to wrap up*
La tienda de ropa femenina	**Women's clothing store**	estar de moda	*to be in style*
el abrigo	*coat*	estar pasado de moda	*to be out of style*
la bata	*(bath)robe*	hacer juego con	*to match*
la bolsa (E)	*purse*	combinar con	
el calentador (A)	*jogging suit*	mostrar (ue)	*to show*
el chandal (E)		probarse (ue)	*to try on*
la camisa de noche	*nightgown*	quedarle bien	*to fit*
la camiseta	*tee-shirt*	quedarle	*to be*
los guantes	*gloves*	un poco ancho	*a little wide*
las medias	*stockings*	apretado	*tight*
el traje de baño	*bathing suit*	corto	*short*
El diseño	**Design**	chico	*small*
a cuadros	*plaid, checkered*	estrecho	*narrow*
a rayas	*striped*	flojo	*loose*
de flores	*flowered*	grande	*big*
de lunares	*polka dot*	largo	*long*
de un solo color	*solid color*	ser de buen gusto	*to be in good taste*
estampado(-a)	*printed*	elegante	*elegant, dressy*
La tela	**Fabric, material**	feo	*ugly*
el algodón	*cotton*	lindo	*pretty*
el cuero	*leather*	vistoso	*flashy*
el encaje	*lace*	usar talla ____	*to wear size ____*

*Common articles of clothing are listed in the chart in Appendix B.

Así se habla

Complaining

Dependienta	¿En qué puedo servirle?
Noemí	Señorita, ayer compré este vestido aquí y hoy cuando me lo iba a poner me di cuenta que tenía esta enorme mancha. Quisiera que me lo cambiaran, por favor.
Dependienta	Bueno, pero ¿no cree que Ud. debió examinarlo cuidadosamente antes de llevárselo?
Noemí	Bueno, sí, pero lo que pasó fue que me probé otro de otro color y después escogí este rojo sin probármelo.
Dependienta	Desafortunadamente no podemos hacer nada, señora. No aceptamos cambios. Lo siento.
Noemí	¿Cómo dice? Y ahora, ¿qué voy a hacer? ¡Este vestido no sirve para nada!
Dependienta	Lo siento mucho señora, pero ésa es la orden que nosotros tenemos.
Noemí	¡Esto no puede ser! Uds. tienen que cambiármelo. Llame a su jefe, por favor.

When you want to complain, you can use the following expressions.

Siento decirle que...	*I'm sorry to tell you that . . .*
Disculpe, pero la verdad es que...	*Excuse me, but the truth is that . . .*
Me parece que aquí hay un error.	*I think there is a mistake here.*
Creo que se ha equivocado.	*I think you have made a mistake.*
¡No puedo seguir esperando!	*I can't keep waiting.*
¡Esto no puede ser!	*It can't be!*
Pero, ¡qué se ha creído!	*But who do you think you are!*
¡Por quién me ha tomado!	*Who do you think I am!*
¡Qué falta de responsabilidad!	*How irresponsible!*
Y ahora, ¿qué voy a hacer?	*And now, what am I going to do?*
¡Ya me cansé de tantos problemas!	*I'm tired of so many problems!*

Práctica y conversación.

A. Perdón, pero... ¿Qué dice Ud. en las siguientes situaciones?

1. Ud. está en un restaurante y el mesero le sirve un helado de vainilla en vez de uno de chocolate.
2. Ud. está en el aeropuerto y le dicen que no puede viajar porque no hizo ninguna reservación.
3. Ud. tenía una cita con el dentista para las dos de la tarde. Ya son las cuatro y media y todavía no lo (la) atienden.
4. Ud. está en un restaurante y le traen la cuenta de otra persona.
5. Ud. se inscribió en la clase de español pero su nombre no aparece en la lista del (de la) profesor(-a).

B. Pero, ¿qué es esto? Con dos compañeros(-as) de clase, dramaticen la siguiente situación. Ud. y su amigo(-a) van de compras porque necesitan ropa. Le piden ayuda a un(-a) vendedor(-a) pero tienen muchos problemas: se demora mucho en atenderlos(-las), les da las tallas equivocadas, les cobra más de lo que cuestan las cosas y al final no les acepta ni sus cheques ni sus tarjetas de crédito.

Estructuras

Denying and Contradicting
Indefinite and Negative Expressions

Negative words such as *no, never, no one, nothing,* or *neither* are used to contradict previous statements or deny the existence of people, things, or ideas. These negatives are frequently contrasted with indefinite expressions such as *someone, something,* or *either* that refer to non-specific people and things.

Indefinite Expressions		*Negative Expressions*	
algo	*something*	nada	*nothing*
alguien	*someone*	nadie	*no one, nobody*
algún	*any, some, someone*	ningún	*no, none, no one*
alguno(-a)		ninguno(-a)	
algunos(-as)		ninguno(-as)	
alguna vez	*sometime*	nunca	*never*
siempre	*always*	jamás	
o	*or*	ni	*nor*
o ... o	*either . . . or*	ni ... ni	*neither . . . nor*
también	*also, too*	tampoco	*neither, not . . . either*
de algún modo	*somehow*	de ningún modo	*by no means*
de alguna manera	*some way*	de ninguna manera	*no way*

a. To negate or contradict a sentence, **no** is placed before the verb.

> **No** vamos de compras hoy.   *We aren't (are not) going shopping today.*

b. There are two patterns for use with negative expressions:

    1. NEGATIVE + VERB PHRASE

> Julio **nunca** está a la moda.   *Julio is never in style.*
> **Nadie** tiene tanta ropa como   *No one has as many clothes as Ana.*
> Ana.

    2. **No** + VERB PHRASE + NEGATIVE

> Julio **no está** a la moda **nunca**.   *Julio is never in style.*
> **No compro nada** en aquella   *I don't buy anything in that store.*
> tienda.

c. Indefinite expressions frequently occur in questions while negatives occur in answers.

> —¿Quieres probarte el suéter **o** el   *Do you want to try on the sweater or the*
> chaleco?   *vest?*
> —No quiero probarme **ni** el suéter   *I don't want to try on either the sweater*
> **ni** el chaleco.   *or the vest.*

d. **Algún** and **ningún** are used before masculine singular nouns.

> Compraré ese vestido de **algún**   *I will buy that dress somehow.*
> **modo**.

Ninguno is generally used in the singular unless the noun it modifies is always plural.

—¿Tienes algunas camisas limpias?   *Do you have any clean shirts?*

—No, no tengo **ninguna.** Y no tengo **ningunos** pantalones limpios tampoco.   *No, I don't have any. And I don't have any clean pants either.*

e. The personal **a** is used before *alguien / nadie* and *alguno / ninguno* when used as direct objects.

—¿Viste **a alguien** en el centro comercial?   *Did you see anyone at the mall?*

—No, no vi **a nadie**.   *No, I didn't see anyone.*

f. The Spanish word **no** cannot be used as an adjective: *no problem* = **ningún problema**; *no person* = **ninguna persona**.

g. In Spanish multiple negative words in the same sentence are common, as in the examples in the following cartoon.

Práctica y conversación

A. **¡No quiero nada de nada!** Su compañero(-a) le hace algunas preguntas, pero Ud. está de mal humor y le contesta negativamente a todo.

> **MODELO**   Compañero(-a):   **¿Le compraste un regalo a Rodrigo?**
> Usted: **No, no le compré ningún regalo.**

1. ¿Viste a alguien en la tienda?
2. ¿Te encontraste con alguien en el café?
3. ¿Comiste algo?
4. ¿Te compraste pantalones o un suéter?
5. ¿Fuiste al cine también?
6. ¿Alguna vez has estado de tan mal humor como ahora?

B. **¿Qué compraste?** Ud. acaba de regresar de un viaje por Bolivia, el Ecuador y el Perú y como tenía muy poco dinero compró muy pocos regalos. Cuando abre sus maletas sus hermanos(-as) están muy desilusionados(-as) y le preguntan si Ud. les compró aretes de oro, pulseras y cadenas de plata, pantuflas de alpaca, adornos de plata para la casa, alfombras de alpaca, etc. Ud. les responde.

C. Necesito zapatos. Con dos compañeros(-as) dramaticen la siguiente situación. Ud. habla con sus padres y les dice que necesita comprar varios tipos de zapatos para las diferentes actividades que Ud. tiene en la universidad. Sus padres, sin embargo, no están de acuerdo con Ud. y rechazan todo lo que les dice. Trate de llegar a un acuerdo con ellos.

Avoiding Repetition of Previously Mentioned People and Things

Double Object Pronouns

In conversation we avoid the repetition of previously mentioned people and things by using direct and indirect object pronouns; for example: *Did you give Charles that sweater? No, his parents gave **it to him***. These double object pronouns are also used in Spanish.

a. When both an indirect object pronoun and a direct object pronoun are used with the same verb, the indirect object pronoun precedes the direct object pronoun.

—¿Quién te regaló esa pulsera?	*Who gave you that bracelet?*
—Mi hermano **me la** dio para mi cumpleaños.	*My brother gave it to me for my birthday.*

b. Double object pronouns follow the rules for placement of single object pronouns; that is, both pronouns must attach to the end of affirmative commands and precede negative commands.

—¿Quiere ver esta camisa?	*Do you want to see this shirt?*
—Sí, muéstre**mela**, por favor, pero no **me la** envuelva todavía.	*Yes, show it to me please, but don't wrap it for me yet.*

c. When both a conjugated verb and infinitive are used, both object pronouns can precede the conjugated verb or attach to the end of the infinitive.

—Me gustaría ver tu traje nuevo.	*I would like to see your new suit.*
—Bueno, voy a mostrár**telo.** —Bueno, **te lo** voy a mostrar.	*Okay, I'm going to show it to you.*

Note that when two pronouns are attached to an infinitive, a written accent mark is placed over the stressed vowel of that infinitive.

d. When both pronouns are in the third person, the indirect object pronoun **le / les** becomes **se**.

—¿Les enviaste el regalo a tus padres?	*Did you send the gift to your parents?*
—Sí, **se** lo envié ayer.	*Yes, I sent it to them yesterday.*

e. The pronoun **se** can be clarified by adding the phrase **a** + *prepositional pronoun*.

—¿Le diste la chaqueta a tu hermano?	*Did you give the jacket to your brother?*
—Sí, **se** la di **a él** ayer.	*Yes, I gave it to him yesterday.*

Práctica y conversación

A. Las compras. Explique si Ud. les compró o no los siguientes regalos a estas personas.

> **MODELO**   a Jaime / la camiseta
> **Sí, se la compré. / No, no se la compré.**

1. a Pepe / la corbata
2. a ti / el sombrero
3. a Silvia / el calentador
4. a nosotros / los guantes

5. a su hermana / la bufanda
6. a Ud. / las camisas
7. a Luis / los calcetines
8. a Luz y Diego / los suéteres

B. Y por fin, ¿compraste... ? Ud. se encuentra con un(-a) amigo(-a) que quiere saber acerca de sus compras en el centro comercial. Conteste las preguntas con SÍ o NO, como Ud. desee.

> **MODELO**   Compañero(-a):   **¿Te compraste los zapatos de cuero?**
> Usted: **Sí, (No, no) me los compré.**

1. ¿Te compraste una guitarra eléctrica?
2. ¿Te mostraron las joyas?
3. ¿Te dieron crédito?
4. ¿Les compraste regalos a tus padres?
5. ¿Le compraste los juguetes a tu hermanito?
6. ¿Me compraste algo a mí?
7. ¿?

C. ¿Me los compraron? Ud. y uno(-a) de sus compañeros(-as) de cuarto fueron a comprar diferentes cosas que necesitaban. Su tercer(-a) compañero(-a) no quiso ir con Uds. pero sí les hizo una serie de encargos. Al regresar él (ella) les pregunta si le compraron todo lo que él (ella) quería y quiere que Uds. se lo den.

> **MODELO**   Compañero(-a):   **¿Me compraron mis discos?**
> Ustedes: **No, no te los compramos.**
> Compañero(-a):   **¿Por qué?**

Linking Ideas

y → e; o → u

The words **y** *(and)* and **o** *(or)* undergo changes before certain words so they will be heard distinctly and understood.

a. When the word **y** meaning *and* is followed by a word beginning with **i** or **hi**, the **y** changes to **e**.

> suéteres **e** impermeables   *sweaters and raincoats*
> padres **e** hijos   *fathers and sons*

Exceptions: words beginning with **hie** as in **hielo** o **hierro**.

b. When the word **o** meaning *or* is followed by a word beginning with **o** or **ho,** the word **o** changes to **u**.

> plata **u** oro   *silver or gold*
> ayer **u** hoy   *yesterday or today*

Práctica y conversación

De moda. Complete el siguiente diálogo utilizando **y/e** u **o/u**, según corresponda.

Usted   Tengo un abrigo nuevo, muy elegante. ¡Ah! _____ además es impermeable.

Amigo(-a) ¡Oye, qué bien! ¿Pagaste mucho _____ poco por él?

Usted   La verdad es que no me acuerdo si pagué mil _____ ochocientos soles por él. Algo así, pero sí sé que fue una verdadera ganga.

Amigo   No está mal el precio, pero dime, ¿es pesado _____ liviano?

Usted   Es un poco pesado porque tiene un forro muy grueso, pero lo voy a usar todo el tiempo porque abriga mucho. No sé si es Joaquín _____ Óscar el que tiene uno parecido.

Amigo(-a) No sé. ¿Y lo compraste, ayer _____ hoy? Porque sé que hoy había una rebaja.

Usted   Hoy. ¿Quieres que te lo enseñe ahora _____ tienes que irte a tu casa?

Amigo(-a) No, no. Enséñamelo que yo también necesito comprarme _____ un abrigo _____ un impermeable uno de estos días, y si me gusta el tuyo me compro uno parecido hoy mismo. ¿Qué te parece?

Usted   Bueno... no sé qué decirte... si quieres... bueno...

Making Inferences

When you are participating in a conversation, there might be instances when either you or the person you are talking to does not say exactly what is meant. For example, if someone asks you if you want to eat some pizza and you say, "Uh . . . well . . . uh . . ." the person might rightly infer that you don't want any or at least that you don't want any at that particular moment. When someone asks you something, you may not always answer the question directly. For example, someone asks you, "Do you want to go to the movies?" and you answer "I have an exam tomorrow." From your answer, the person will think that you would probably like to go to the movies, but you can't because of your exam. Thus, the person has inferred the real meaning of what you said.

Ahora, escuche el diálogo entre una joven y una vendedora en una tienda y tome los apuntes que considere necesarios. Antes de escuchar la conversación, lea los siguientes ejercicios. Después conteste.

A. Algunos detalles. Diga si las siguientes oraciones son verdaderas (**V**) o falsas (**F**) y justifique sus respuestas en base a lo que Ud. oyó.

    V   F   1. Necesita un vestido para ir a un picnic.

    V   F   2. Tiene muchísimo dinero.

    V   F   3. Tiene una vida social interesante.

    V   F   4. Es una mujer de negocios.

    V   F   5. Disfruta yendo de compras.

B. Un resumen. Con un(-a) compañero(-a) de clase, resuma brevemente la conversación que escuchó.

Siga practicando el vocabulario y las estructuras gramaticales de **Capítulo 7, Segunda situación** en *Interacciones CD-ROM*.

Para saber más:
www.heinle.com

Tercera situación

Perspectivas

De compras en el mundo hispano

Ir de compras en el mundo hispano es una experiencia singular ya que hay gran variedad de alternativas para todos los gustos y bolsillos, desde las tiendas pequeñas en el centro de la ciudad y lujosos centros comerciales en los suburbios hasta los vendedores ambulantes que se encuentran en todos los lugares.

En el centro de la ciudad generalmente proliferan tiendas pequeñas especializadas en un producto u otro, ya sean joyas, ropa, telas, zapatos, carteras, anteojos, o libros, revistas, artículos de escritorio, muebles, o artefactos eléctricos. La ventaja de estas tiendas es la atención personal que recibe el cliente de los empleados o del mismo dueño. También existen, sin embargo, los centros comerciales, grandes y pequeños, sencillos y lujosos. En Lima, por ejemplo, hay muchos centros comerciales muy populares, como el Centro Comercial Jockey Plaza, el más grande y uno de los más caros del Perú. Ahí puede encontrar no sólo tiendas de ropa sino restaurantes, tiendas por departamentos, o cines. LarcoMar es otro centro comercial famoso, el más nuevo en Lima, y estando frente al mar tiene una de las vistas más espectaculares. Por último hay que mencionar los vendedores ambulantes que se sitúan en diferentes lugares de la ciudad para vender todo lo imaginable. Así, venden no sólo comida, ropa y cosméticos, sino todo tipo de artículos para el hogar, herramientas, pinturas, productos para la construcción de viviendas, etc. La calidad de sus productos varía pero sus precios son más económicos y generalmente se puede regatear.

Por otro lado, están los mercados artesanales. Si uno está interesado en comprar artesanía, puede ir a los muchos mercados artesanales que existen especialmente en los países con una población indígena grande como el Perú, Bolivia, el Ecuador, o el Paraguay. En estos mercados los mismos artesanos venden sus productos a muy buenos precios. Se puede conseguir, por ejemplo, todo tipo de ropa de lana y alpaca, joyas y adornos de oro y plata, pinturas, muebles tallados de cuero y madera, cerámica, alfombras, hamacas, etc. En Bolivia y el Ecuador hay muchos mercados artesanales por todas partes, pero en el Ecuador no hay mejor lugar que el Mercado de Otavalo para comprar artículos artesanales.

En resumen, ir de compras en los países hispanos es una experiencia inolvidable.

Otavalo, Ecuador: Un mercado al aire libre

Práctica y conversación

A. De compras. Utilizando la información presentada arriba, conteste las siguientes preguntas.

1. Si Ud. quiere comprar ropa deportiva o ropa elegante, ¿qué alternativas tiene en el mundo hispano? ¿Cuál preferiría Ud. y por qué?
2. ¿A qué sitios iría Ud. si quisiera comprar productos típicos del Perú, Bolivia o el Ecuador? ¿Qué le gustaría comprar?
3. ¿Cuál cree Ud. es la ventaja / desventaja de comprar productos a los vendedores ambulantes? Justifique su respuesta.

B. Comparaciones. Con un(-a) compañero(-a) de clase, compare los lugares donde se puede ir de compras en los EE.UU. con los del mundo hispano. ¿Qué diferencias y semejanzas hay?

De compras en Madrid

A. El Rastro (*flea market*). Ud. y un(-a) compañero(-a) de clase necesitan utilizar la siguiente foto de El Rastro de Madrid para preparar una lista de las cosas que se puede comprar allá. Después preparen una lista de palabras asociadas con ir de compras en El Rastro; su lista puede incluir sustantivos, verbos y adjetivos.

B. De compras en Madrid. Después de mirar el vídeo, empareje los sitios y tiendas con los productos que venden.

Sitios y tiendas	*Productos*
1. El Corte Inglés	a. mariscos
2. la Calle del Sonido	b. dulces
3. los mercados tradicionales	c. ropa feminina
4. La Pescadería Fernando VI	d. productos frescos que se venden al peso
5. los Caramelos de Paco	e. equipo electrónico
6. el Rastro	f. ropa, muebles, y objetos para la casa
7. El Danubio Azul	g. cualquier obsequio a un precio negociado

Identifying the Core of a Sentence

The reading techniques discussed to this point have been designed to help you with a process called prereading; that is, techniques that help you guess and predict content by looking for broad, general topics in the reading selection.

The process of reading for detail and deeper understanding is called "decoding." In the native language readers go through the prereading process quickly and automatically before proceeding to decoding. Beginning foreign language students often make the mistake of rushing into the decoding process before prereading.

As you learn techniques for decoding, you will need to remind yourself to preread as you have been taught; avoid the urge to decode as soon as you see a new reading selection.

In prereading you focus on the entire reading passage or on important paragraphs. In decoding attention is focused down to the level of individual sentences, phrases, and words. In decoding it is important to identify the core of an individual sentence. The core generally consists of a main verb and the nouns or pronouns associated with it. In most sentences the identification of the verb core will be simple. The following criteria will help you identify the core of Spanish sentences that are particularly long or difficult.

1. Identify the main verb(s). Spanish sentences may contain more than one verb core. Sentences linked by **y** or **pero** will have at least two main verb cores. Sentences with clauses introduced by words such as **que, cuando,** or **mientras** will contain a main and a subordinate verb core.
2. After locating the main verb, identify its subject. Remember that subject pronouns are rarely used with first- and second-person verbs. When mentioned for the first time, third-person subjects are generally nouns; once the noun subject is established, it can be replaced with a pronoun or identified simply by the third-person verb ending.
3. Identify verb objects. Verb objects are generally located close to the verbs with which they are associated. Object nouns usually follow the verb; direct object nouns referring to persons are preceded by the personal **a**. Object pronouns **lo, los, la, las / le, les** precede conjugated verbs.
4. Note that the important or core nouns are generally those not preceded by a preposition (except the personal **a**).

Práctica

A. El título. Dé un vistazo al título, a las fotos y al primer párrafo para determinar el tema del artículo. **Una guayabera =** una camisa tradicional y típica de la América Latina.

B. Los verbos. Identifique el verbo principal en las oraciones del primer párrafo.

C. Los sujetos. Identifique el sujeto de los verbos principales del primer párrafo.

D. El núcleo. Identifique el núcleo *(core)* total de las oraciones de los dos primeros párrafos.

Lectura cultural   La guayabera: cómoda, fresca y elegante

Dos hombres en guayabera

Tal vez no haya prenda de vestir° tan universal como la guayabera, chaquetilla usada por los hombres desde hace varias generaciones en muchas de las islas del Caribe y en los países latinoamericanos.

El uso de la guayabera está muy extendido. Esta prenda, que antes era con frecuencia de lino y ahora es, por lo general, de algodón, forma parte de la cultura hemisférica hasta tal punto que no se sabe a ciencia cierta cuál fue su origen.

article of clothing

landowner / settled

Se cuenta que en el siglo XVII, un rico terrateniente° de Granada, España, se radicó° en Cuba. Pronto empezó a quejarse de que su vestimenta acostumbrada era demasiado

mandó

calurosa para el clima tropical de la isla, y encargó° que le hicieran una especie de

pockets

chaqueta ligera de tela fresca con cuatro bolsillos°. Según algunos cubanos, ésa fue la primera guayabera.

La prenda le resultó tan práctica que fue adoptada por sus vecinos de Sancti Spíritus,

they produced

ciudad a unos 370 kilómetros de La Habana. Ésta era también una zona donde se daban°

guavas, tropical fruit

las guayabas° que servían de comida de animales. Algunos habitantes de la cercana ciudad

made fun of

de Trinidad se burlaban de° los de Sancti Spíritus llamándoles guayaberos, como si fueran

fed on

ellos los que se alimentaban de° guayabas y no los animales. Fue así que la prenda que usaban los guayaberos empezó a llamarse guayabera, o por lo menos ése es el cuento.

Igual que la guayabera original, la actual es ajustada como una chaqueta de safari y se lleva por fuera del pantalón. Suele ser blanca, pero también las hay beige, azules, grises y de

small pleats, tucks

otros colores claros. Tiene alforcitas° que van de arriba a abajo en el frente y en la espalda,

thread / pleats

o un bordado en hilo° del mismo color de la tela en lugar de las alforzas° del frente. Las

seams

costuras° laterales quedan abiertas en la parte de abajo para dar libertad de movimiento. La

to button

guayabera tiene botoncitos en muchos lugares donde no hay nada que abotonar°; si tiene

chest / above the waist

bolsillos, dos van en el pecho° y dos a la altura de la cintura°. Hay una variación deportiva

sleeves

de mangas° cortas, pero también las hay de seda o de lino para más vestir.

Durante la guerra de independencia de Cuba en la década de 1890, José Martí y otros cubanos llevaban la guayabera por patriotismo; simbolizaba la independencia. Con este

legacy

legado° esta prenda es muy importante para los cubanos que viven ahora en los EE.UU. y, desde hace años, en algunos círculos de Miami el primero de julio se celebra el Día de la Guayabera.

Muchos creen que la guayabera no es una creación de Cuba sino de México, donde la

manufacturing / shops

confección° de guayaberas prospera. En Yucatán hay alrededor de 80 talleres° donde las hacen. Más o menos la mitad de las guayaberas hechas en México se exportan. Los EE.UU. y las Antillas compran muchas de ellas, pero los países del Oriente Medio resultan también muy buenos mercados. Se dice que en México «la guayabera no es una moda pasajera. Es una prenda duradera».

La guayabera es lo que se lleva corrientemente en la mayoría de los países de Centroamérica desde Guatemala hasta Panamá. Sin duda es su comodidad° la que

comfort

makes people grow fond of

encariña a la gente° con ella. La guayabera es perfecta para la temperatura tropical que hay el año entero, sobre todo en la costa.

Algunos bolivianos, ecuatorianos y peruanos comentan que en su país la guayabera se tiene por prenda veraniega° para los que no pueden gastar mucho en ropa. Para muchos es algo así como un uniforme. ⟨summer⟩

En los EE.UU. el uso de la guayabera se está extendiendo, particularmente en los estados más meridionales°. Si la categoría de la guayabera varía en algunos lugares, en los ⟨southern⟩ EE.UU. no es así. En este país ha llegado a aceptarse de tal modo en algunas zonas, que en los restaurantes y clubes particulares es considerada un buen sustituto para el saco° y la ⟨la chaqueta⟩ corbata.

Así y todo, la guayabera, de humilde origen, creada sólo pensando en la comodidad, es ahora casi una prenda chic. Aunque en muchos países son baratas, últimamente en algunas tiendas de los EE.UU. han empezado a aparecer guayaberas hechas por diseñadores°. ⟨designers⟩ Adolfo es uno de los que confecciona variaciones de guayaberas para el mercado estadounidense, y en tiendas desde Panamá hasta Puerto Rico se hallan algunas etiquetas° ⟨labels⟩ de Givenchy, de la Renta y Dior.

Dado que algunos países del mundo están compitiendo° por el mercado de las ⟨competing⟩ guayaberas y que algunos ricos están dispuestos a pagar hasta 250 dólares por una guayabera de seda hecha a la medida°, el porvenir° de esta prenda parece estar asegurado. ⟨custom-made / el futuro⟩

Práctica

A. ¿Ciertas o falsas? Identifique las oraciones falsas y corríjalas.

1. La guayabera es una prenda de vestir muy rara; la usan sólo los indígenas de la península de Yucatán.
2. Antes la guayabera era de lino; ahora suele ser de algodón.
3. Un rico terrateniente de la Argentina creó la primera guayabera.
4. La llaman «guayabera» porque está hecha con el jugo de las guayabas.
5. Las guayaberas suelen ser de colores oscuros.
6. Para los cubanos la guayabera es un símbolo de la independencia.
7. Se usa mucho la guayabera en Centroamérica, especialmente en los lugares donde hace fresco todo el año.
8. En los países andinos los de la clase alta usan la guayabera.
9. En los EE.UU. no se permite llevar la guayabera en los restaurantes.
10. La guayabera siempre es una prenda barata.

B. Descripciones. Haga una lista de los adjetivos que se usan en el artículo para describir la guayabera.

C. Sitios geográficos. En el artículo se mencionan muchos lugares geográficos. Identifique o explique los términos siguientes.

Trinidad	el Oriente Medio	La Habana
Granada	Sancti Spíritus	Cuba
Miami	Guatemala	Panamá
Yucatán	Puerto Rico	

D. La defensa de una opinión. ¿Qué evidencia hay en el artículo que confirma la idea siguiente? «La guayabera es una prenda universal, cómoda y elegante y tiene un futuro asegurado.»

Letters of Complaint

If you are dissatisfied with a product or service, it is sometimes necessary to write a letter of complaint in order to resolve the problem. Letters of complaint are different than complaining directly to a person, for you cannot ask or answer questions or negotiate a settlement quickly. To complain effectively by letter you will first need to give a brief history of the problem, then state what is still unsatisfactory, and finally explain what you would like the person(s) or company to do.

Historia breve del problema

Hace dos meses / El 20 de junio / La semana pasada compré un traje nuevo en su tienda. Al llevarlo la primera vez / En casa / Más tarde descubrí algunos problemas.	*Two months ago / On June 20 / Last week I bought a new suit in your store. When I wore it for the first time / At home / Later I discovered various problems.*

El problema específico

La blusa me queda demasiado pequeña / grande / corta / larga.	*The blouse is too small / large / short / long for me.*
Los pantalones están sucios / rotos / descosidos.	*The pants are dirty / torn / unsewn.*

Remedio deseado

Quisiera cambiarlo(-a) por otro(-a).	*I would like to exchange it for another.*
Quisiera devolverlos(-las) y que me devuelvan el dinero.	*I would like to return them and get my money back.*

Note that business letters have a different salutation and closing than personal letters.

Estimado(-s) señor(-es):	*Dear Sir(s):*
Atentamente,	*Sincerely yours,*

Composiciones

A. **Un pedido equivocado.** Ud. vive en Quito, Ecuador. Hace un mes pidió un abrigo gris talla 40 del catálogo de Almacenes Alcalá de Quito. Ayer recibió un abrigo azul oscuro talla 42. Escríbale una carta a la compañía. Todavía quiere el abrigo gris talla 40.

B. **Una maleta perdida.** En un vuelo reciente la aereolínea perdió su maleta con toda su ropa para las vacaciones. Ud. habló con el gerente en el aeropuerto pero él no pudo encontrar la maleta; tampoco le dio dinero para comprar ropa nueva. Escríbale una carta al presidente de la compañía. Explique el problema y pida dinero para comprar una maleta nueva y más ropa. Incluya una lista de la ropa perdida.

C. Un regalo de cumpleaños. Para su cumpleaños sus padres le regalaron un vestido / traje muy caro, pero le quedó grande. Sus padres le dieron el recibo y Ud. trató de devolverlo a la tienda. La dependienta no fue muy amable y no hizo nada. Escríbale una carta al gerente de la tienda; explique el problema, pida otro vestido / traje o el dinero para comprar algo distinto.

A. Un regalo de cumpleaños. Your sister / brother asks you to buy a birthday gift for a new boy- / girl-friend. Unfortunately you don't know him / her well, but your brother / sister tells you to buy him / her clothing and that he / she is the same size as you. Go to the store, ask the salesperson (played by a classmate) for suggestions for a gift. Ask to try on the clothing items and purchase one. Have it wrapped, pay, and leave.

B. El (La) dependiente(-a) desagradable. You received a new sweater as a gift from your aunt. The sweater doesn't fit and you want to return it and get your money back. You go to the store. The salesperson (played by a classmate) is not at all pleasant. You can't get your money back but you can exchange the sweater for something else. Resolve the situation.

C. Un(-a) hijo(-a) rebelde. You are the parent of a teenager. Your son / daughter (played by a classmate) is packing for a two-week trip to Bolivia to visit friends. You tell him / her what to pack and wear at various occasions. Your son / daughter is feeling very negative and rebellious, refuses to follow your advice, and contradicts everything you say. Try to resolve the situation.

D. Un(-a) reportero(-a) social. You are the reporter for the social scene for a Hispanic TV station in Miami. You are covering a **quinceañera** party for the daughter of a prominent local family. As the TV camera closes in on various guests at the party, describe what they are doing at this very moment. Inform your audience who the people are and what they are wearing. Among the guests are the following people: an aunt and uncle, various cousins, and the grandparents of the girl being honored; a local businessman and his wife; several neighbors of the family; several girlfriends of the girl being honored.

Para saber más:
www.heinle.com

En la ciudad

Lima, Perú: Plaza San Martín

Cultural Themes

Peru

Hispanic cities

Communicative Goals

Asking for, understanding, and giving directions

Telling others what to do

Asking for and giving information

Talking about other people

Persuading

Discussing future activities

Expressing probability

Suggesting group activities

Primera situación

Presentación

¿Dónde está el museo?

Práctica y conversación

A. Situaciones. Pregúntele a su compañero(-a) de clase adónde Ud. debe ir en las siguientes situaciones.

1. Ud. quiere información sobre los puntos de interés histórico en Cuzco.
2. Ud. necesita comprar aspirina.
3. Ud. quiere ir al centro pero está demasiado lejos para caminar.
4. Ud. se da cuenta de que perdió el pasaporte.
5. Ud. desea comprar un periódico.
6. Ud. tiene que averiguar cuándo sale el autobús para Chosica.
7. Ud. necesita cambiar cheques de viajero.

B. Una excursión a Lima. Las siguientes personas van a pasar un día visitando Lima. Con un(-a) compañero(-a) de clase decida qué puntos de interés deben visitar y por qué.

una familia con tres hijos / cuatro estudiantes norteamericanos / un matrimonio joven / un venezolano que visita Lima por primera vez / Ud. y su compañero(-a)

C. Calendario turístico. Con un(-a) compañero(-a) de clase decidan cuándo van a visitar Lima y a qué actividades turísticas van a asistir. Justifiquen sus respuestas.

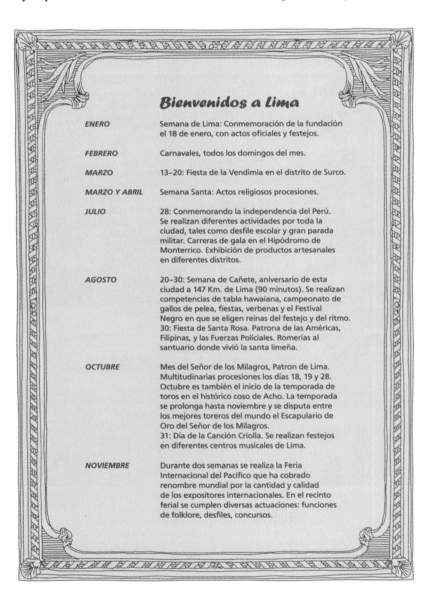

Bienvenidos a Lima

ENERO	Semana de Lima: Conmemoración de la fundación el 18 de enero, con actos oficiales y festejos.
FEBRERO	Carnavales, todos los domingos del mes.
MARZO	13–20: Fiesta de la Vendimia en el distrito de Surco.
MARZO Y ABRIL	Semana Santa: Actos religiosos procesiones.
JULIO	28: Conmemorando la independencia del Perú. Se realizan diferentes actividades por toda la ciudad, tales como desfile escolar y gran parada militar. Carreras de gala en el Hipódromo de Monterrico. Exhibición de productos artesanales en diferentes distritos.
AGOSTO	20–30: Semana de Cañete, aniversario de esta ciudad a 147 Km. de Lima (90 minutos). Se realizan competencias de tabla hawaiana, campeonato de gallos de pelea, fiestas, verbenas y el Festival Negro en que se eligen reinas del festejo y del ritmo. 30: Fiesta de Santa Rosa. Patrona de las Américas, Filipinas, y las Fuerzas Policiales. Romerías al santuario donde vivió la santa limeña.
OCTUBRE	Mes del Señor de los Milagros, Patrón de Lima. Multitudinarias procesiones los días 18, 19 y 28. Octubre es también el inicio de la temporada de toros en el histórico coso de Acho. La temporada se prolonga hasta noviembre y se disputa entre los mejores toreros del mundo el Escapulario de Oro del Señor de los Milagros. 31: Día de la Canción Criolla. Se realizan festejos en diferentes centros musicales de Lima.
NOVIEMBRE	Durante dos semanas se realiza la Feria Internacional del Pacífico que ha cobrado renombre mundial por la cantidad y calidad de los expositores internacionales. En el recinto ferial se cumplen diversas actuaciones: funciones de folklore, desfiles, concursos.

D. Creación. Cuente en una narración lo que pasa en el dibujo de la **Presentación**.

Vocabulario

En la calle	On the street	Lugares	Places
la acera	*sidewalk*	el banco	*bank*
la avenida	*avenue*	el centro	*downtown*
el autobús	*bus*	la clínica	*private hospital*
la bocacalle	*intersection*	la comisaría	*police station*
el cruce		el cuartel de policía	
el (la) conductor(-a)	*driver*	la estación de	
la cuadra (A)	*block*	bomberos	*fire station*
la manzana (E)		taxi	*taxi stand*
el edificio de	*building of*	trenes	*train station*
cemento	*cement*	la farmacia	*pharmacy*
ladrillo	*brick*	la gasolinera	*gas station*
madera	*wood*	el hospital	*hospital*
piedra	*stone*	la oficina de turismo	*tourist bureau*
vidrio	*glass*	la parada de autobuses	*bus stop*
el embotellamiento	*traffic jam*	el quiosco	*newsstand*
la esquina	*corner*	**Puntos de interés**	**Points of interest**
el estacionamiento	*parking*	el ayuntamiento	*city hall*
la fuente	*fountain*	el barrio colonial	*colonial section*
el letrero	*sign, billboard*	histórico	*historic section*
el rótulo		la catedral	*cathedral*
el metro	*subway*	el jardín zoológico	*zoo*
el peatón (la peatona)	*pedestrian*	el museo	*museum*
el puente	*bridge*	el palacio presidencial	*presidential palace*
el rascacielos	*skyscraper*	el parque	*park*
el semáforo	*traffic light*	la plaza mayor	*main square*
la señal de tráfico	*traffic sign*	la plaza de toros	*bullring*
el taxi	*taxi*		
el tranvía	*trolley*		

![Así se habla]

Asking for, Understanding, and Giving Directions

Arnaldo	Disculpe señor, pero quiero ir al Museo Pedro de Osma. ¿Me podría decir dónde se toma el autobús que va para allá?
Señor Gómez	Cómo no. Siga derecho por esta cuadra hasta llegar a la calle Piérola. Luego, doble a la derecha y camine dos cuadras. En la esquina está la parada de autobuses que pasa por el Museo. Es un autobús blanco con letras rojas.
Arnaldo	Muchas gracias, señor. Muy amable.
Señor Gómez	¡Qué ocurrencia! Espero que le guste el museo. ¡Se dice que es excelente!

When you want to ask, understand, or give directions, you can use the following expressions.

Asking for directions

¿Me podría(-s) decir +	*Could you tell me +*
cómo se llega / va a...?	*how to get to . . . ?*
dónde está...?	*where . . . is?*
qué ómnibus tomo para ir a...?	*what bus I should take to go to . . . ?*
dónde para el ómnibus que va para...?	*where the bus going to . . . stops?*

Giving directions

Tome (Toma) el ómnibus / un taxi.	*Take the bus / a taxi.*
El ómnibus pasa por la otra cuadra.	*The bus goes by the other block.*
Camine (Camina) / Vaya (Ve) / Siga (Sigue) derecho.	*Go straight.*

Doble (Dobla) a la derecha / izquierda.	*Turn right / left.*
Al llegar a... siga (sigue) / doble (dobla)...	*When you get to . . . go / turn . . .*

Práctica y conversación

¿Cómo voy a...? Ud. está en el Gran Hotel Bolívar de Lima y quiere ir a diferentes sitios de la ciudad. Pida direcciones a distintos(-as) compañeros(-as) de clase para ir a los siguientes sitios. **Vocabulario:** el jirón = la avenida.

1. el Santuario de Santa Rosa de Lima
2. el Museo de la Inquisición
3. la Iglesia de la Merced
4. la Catedral
5. ¿?

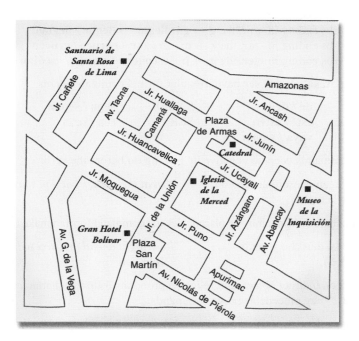

Estructuras

Telling Others What to Do

Formal Commands

Commands are used to give orders and directions. You will need to use formal commands when giving orders to one person you address with **usted**, or more than one person you address with **ustedes**.

Verbos en -AR	Verbos en -ER	Verbos en -IR
tomar	**comer**	**abrir**
(Ud.) **tome** *take*	**coma** *eat*	**abra** *open*
(Uds.) **tomen** *take*	**coman** *eat*	**abran** *open*

a. To form the formal commands of regular verbs, obtain the stem by dropping the **-o** from the first-person singular of the present tense: **paso → pas-; hago → hag-.** To the stem, add the endings **-e / -en** for **-ar** verbs or **-a / -an** for **-er** and **-ir** verbs: **pas- → pase / pasen; hag- → haga / hagan.**

b. Some regular commands will have spelling changes in the stem to preserve the consonant sound of the infinitive.

1. With verbs ending in **-car,** the **c → qu:** buscar → **busque / busquen**
2. With verbs ending in **-gar,** the **g → gu:** llegar → **llegue / lleguen**
3. With verbs ending in **-zar,** the **z → c:**   cruzar → **cruce / crucen**
4. With verbs ending in **-ger,** the **g → j:**   escoger → **escoja / escojan**

c. Dar, estar, ir, saber, and **ser** have irregular formal command stems.

DAR	**dé / den**	SABER	**sepa / sepan**
ESTAR	**esté / estén**	SER	**sea / sean**
IR	**vaya / vayan**		

d. Formal commands become negative by placing **no** before the verb.

Doble Ud. en la esquina pero **no cruce** la calle.   *Turn at the corner but don't cross the street.*

e. The pronouns **Ud. / Uds.** may be placed after the command form to make it more polite.

Sigan Uds. derecho y verán el museo.   *Go straight ahead and you will see the museum.*

f. Direct object, indirect object, and reflexive pronouns follow and attach to affirmative commands. They precede negative commands.

—¿Cuándo debemos visitar la Catedral?   *When should we visit the cathedral?*

—**Visítenla** por la mañana, pero **no la visiten** durante la misa.   *Visit it in the morning but don't visit it during mass.*

When adding pronouns to commands of two or more syllables, a written accent mark is placed over the stressed vowel of the affirmative command.

Práctica y conversación

A. Dígale a un(-a) turista lo que debe hacer para disfrutar de una visita a su ciudad.

MODELO   empezar el día temprano
Empiece el día temprano.

1. saber el nombre de su hotel
2. dar un paseo por el barrio colonial
3. tomar el metro al centro
4. ir a la plaza mayor
5. tener cuidado con el pasaporte
6. llegar al aeropuerto a tiempo

B. Más consejos. En Lima su compañero(-a) le pide algunos consejos. Contéstele.

MODELO

visitar la catedral / sí
Compañero(-a): **¿Debemos visitar la catedral?**
Usted: **Sí, visítenla.**

1. comprar regalos / sí
2. quedarse en el hotel / no
3. almorzar en un café típico / sí
4. sacar fotos en el museo / no
5. mandar tarjetas postales / sí
6. llevar los pasaportes a la plaza / no
7. ver el Palacio Nacional / sí
8. ¿?

C. Mi pueblo. Sus compañeros(-as) de clase piensan hacer una excursión a su pueblo. Dígales tres lugares que deben visitar y tres lugares que no deben visitar. Explíqueles por qué deben o no deben visitar estos lugares.

D. ¡Qué ciudad! Ud. y sus compañeros piensan visitar Lima y sus alrededores. Discutan qué lugares van a visitar, qué cosas quieren hacer, qué quieren comprar, qué ropa y cuánto dinero tienen que llevar, ¿?

Sitios de interés: Plaza de Armas / el Jirón de la Unión / Plaza San Martín / Palacio de Gobierno / Parque de la Exposición / Palacio Torre Tagle / Iglesia San Pedro / Campo de Marte / Museo de Antropología y Arqueología / Museo de Oro

Asking For and Giving Information

Passive se and Third Person Plural Passive

When giving information, you often use an impersonal subject such as *one, they, you*, or *people* rather than referring to a specific person. In this way, the information or action is stressed rather than the person doing the action.

People say that Lima is very interesting.
You can take a bus or a taxi downtown.

a. The Spanish equivalent of these *impersonal subjects + verb* is **se** + *third person singular verb.*

—¿Dónde **se come** bien por aquí?

Where can you get good food (eat well) around here?

—**Se dice** que el Restaurante Miraflores es muy bueno.

They say that the Miraflores Restaurant is very good.

b. The impersonal **se** can also be used to express an action in the passive voice when no agent is expressed. In such cases the following format is used:

Se + THIRD-PERSON SINGULAR VERB + SINGULAR SUBJECT
Se + THIRD-PERSON PLURAL VERB + PLURAL SUBJECT

Se abre la oficina de turismo a las 8.30 pero no **se abren** las tiendas hasta las 10.

The tourism bureau opens at 8:30 but the stores don't open until 10:00.

c. The **se** passive is a very common construction and is frequently seen in signs giving information or warning.

Se alquila.	*For rent.*
Se arreglan (relojes).	*(Watches) Repaired here.*
Se habla español.	*Spanish spoken (here).*
Se necesita camarero.	*Waiter needed.*
Se prohíbe fumar.	*No smoking.*
Se ruega no tocar.	*Please don't touch.*
Se vende(-n).	*For sale.*

d. The third-person plural of a verb may also be used to express an action in the passive voice when no agent is expressed.

Venden periódicos en el quiosco.	*Newspapers are sold in the kiosk.*
Construyeron el ayuntamiento en el siglo XVIII.	*The city hall was built in the 18th century.*

Práctica y conversación

A. ¿En qué lugar? Conteste las siguientes preguntas de una manera lógica.

1. ¿Dónde se venden periódicos?
2. ¿Dónde se consigue información turística?
3. ¿Adónde se lleva a una persona herida?
4. ¿Dónde se deposita el dinero?
5. ¿Dónde se compran aspirinas?
6. ¿Dónde se vende gasolina?
7. ¿Dónde se espera el autobús?
8. ¿Dónde se ven muchos animales?

B. Diviértase. Use el **se** impersonal para indicar lo que se puede hacer para divertirse en la ciudad de Lima.

> **MODELO**   Toman el autobús al centro.
> **Se toma el autobús al centro.**

1. Piden un plano de la ciudad en la oficina de turismo.
2. Visitan el Palacio Presidencial.
3. Caminan por el parque.
4. Toman un refresco en un café al aire libre.
5. Ven la nueva exposición en el museo.
6. Admiran la arquitectura colonial.
7. Visitan el parque Las Leyendas.

C. Conduzca con cuidado. A veces es difícil conducir en la ciudad. Explíquele a su compañero(-a) de clase lo que se debe hacer en las siguientes situaciones.

1. Hay un accidente.
2. El semáforo está en amarillo.
3. Unos peatones cruzan la calle.
4. Hay un embotellamiento.
5. Necesita estacionar el coche.
6. Hay una escuela cerca.
7. Debe comprar gasolina.

Talking About Other People

Uses of the Indefinite Article

The indefinite article in Spanish and English is used to point out one or several nouns that are not specific.

a. The indefinite article **un / una** = *a, an;* **unos / unas** = *some, a few,* or *about.*

> En **unas** ciudades de Latinoamérica hay **un** barrio histórico.
>
> *In some Latin American cities there is a historic section.*

b. The masculine, singular form **un** is used before feminine nouns beginning with a stressed **a-** or **ha-**: **un águila** = *an eagle*; **un hacha** = *a hatchet*. The plural forms of such nouns use **unas**: **unas águilas**.

c. Sometimes the indefinite article is not used in Spanish as in English.

  1. The indefinite article is usually required before each noun in a list.

> Hay **una** catedral, **un** museo y **un** ayuntamiento en el centro de la ciudad.
>
> *There is a cathedral, museum, and town hall in the downtown area.*

  2. After forms of **ser** or **hacerse** meaning *to become,* the indefinite article is omitted before an unmodified noun denoting profession, nationality, religion or political beliefs.

> Guadalupe y Manolo son peruanos. Ellos son católicos. Manolo es carpintero y Guadalupe es profesora en una escuela secundaria.
>
> *Guadalupe and Manolo are Peruvian. They are Catholic. Manolo is a carpenter and Guadalupe is a teacher in a high school.*

When such nouns are modified, the indefinite article is used.

En **unos** años Manolo se hizo **un** carpintero bastante rico.	*In a few years, Manolo became a rather wealthy carpenter.*

3. The indefinite article is omitted before the words **cien(-to), mil, otro, medio,** and **cierto** even though English includes it in such cases.

—Hay más de mil niños en ese barrio.	*There are more than a thousand children in that neighborhood.*
—Sí, y creo que necesitan otra escuela.	*Yes, and I think that they need another school.*

4. The indefinite article is generally omitted after **sin, con,** and the verbs **tener** and **buscar**.

Los turistas llegaron a Lima sin reservación pero ya tienen hotel.	*The tourists arrived in Lima without a reservation but they already have a hotel.*

NOTE: **Tener** will be followed by an indefinite article when **un(-a)** refer to how many items a person has.

—¿Cuántas residencias tienen?	*How many residences do they have?*
—Tienen **un** apartamento y **una** casa.	*They have an apartment and a house.*

Práctica y conversación

A. ¡Qué gusto de verte! Complete el siguiente diálogo con la forma apropiada del artículo indefinido cuando sea necesario.

Elisa Hola, Susana. ¿Cómo estás? ¡Tanto tiempo sin verte!

Susana Hola. Sí, hija, ando muy ocupada todo el tiempo. Ahora vengo de ver a _____ amigos que acaban de llegar de Noruega.

Elisa ¡No me digas! ¿Y se van a quedar mucho tiempo por aquí? ¿O sólo se van a quedar _____ días?

Susana Bueno, él es _____ ingeniero y ella es _____ arquitecta, y piensan mudarse aquí a Lima. Quieren _____ clima cálido y además han recibido _____ contrato fabuloso de _____ compañía internacional para trabajar aquí.

Elisa ¡Qué bien! ¿Cuántos hijos tienen?

Susana Dos. _____ hijo y _____ hija.

Elisa ¡Qué bien!

Susana Sí. Si quieres, _____ día de éstos vienes a mi casa para que los conozcas. Son _____ personas muy agradables.

Elisa ¡Maravilloso! Dame _____ llamada cuando quieras.

Susana ¡Perfecto! Te llamo entonces.

B. Mi ciudad. Cuéntele a su compañero(-a) de clase acerca de su ciudad o pueblo. Dígale dónde está, cuánto tiempo hace que vive allá, qué hay en el centro, qué puntos de interés hay. Su compañero(-a) mostrará interés y le hará preguntas.

Siga practicando el vocabulario y las estructuras gramaticales de **Capítulo 8, Primera situación** en *Interacciones CD-ROM*.

Para saber más:
www.heinle.com

Segunda situación

Presentación

¿Qué vamos a hacer hoy?

Práctica y conversación

A. ¡Vamos a divertirnos! Complete Ud. las oraciones de una manera lógica.

1. Este domingo podemos ver _____.
2. Si hace buen tiempo, podemos ir _____ o _____.
3. Compramos las entradas en _____.
4. Si queremos asientos buenos, es necesario _____.
5. Si nos gusta mucho lo que vemos, al final vamos a _____.
6. Y si no nos gusta, vamos a _____.

B. **¿Por qué no vamos a... ?** Ud. y dos compañeros(-as) de clase son los tres amigos del dibujo de la **Presentación**. Escoja una actividad y trate de convencer a sus compañeros(-as) de hacer lo que Ud. quiere. Mencione las ventajas y desventajas de la actividad. Luego, sus compañeros(-as) van a tratar de convencerlo(-la) a Ud. de hacer lo que ellos (ellas) quieren.

C. **Un día en Lima.** ¿Qué lugares de interés turístico visitaría Ud. con un día libre en Lima? Utilice las fotos a continuación y también el calendario turístico de la **Presentación** de la **Primera situación**.

Palacio Torre Tagle, construido en 1735 por la familia Torre Tagle, es típico de la arquitectura colonial.

El Jirón de la Unión es una calle principal con tiendas, boutiques y restaurantes.

La Catedral con su magnífico altar es el edificio más antiguo de la Plaza de Armas de Lima. Fue destruida por un terremoto en 1746 pero la reconstruyeron después.

En el centro de la Plaza San Martín está el Monumento a José de San Martín, el general y héroe nacional que proclamó la independencia del Perú el 28 de julio de 1821.

D. Creación. En una narración cuente lo que pasa en el dibujo de la **Presentación.**

Vocabulario

El centro cultural	**Cultural center**	la espada	*sword*
los cuadros	*paintings, pictures*	el matador	*bullfighter*
las pinturas		la taquilla	*ticket window*
los dibujos	*drawings*	la tauromaquia	*art of bullfighting*
el espectáculo de	*variety show*	el toro	*bull*
variedades		el traje de luces	*bullfighter's suit*
la exposición de arte	*art exhibit*	chiflar	*to boo, hiss*
la galería	*art gallery*	**El parque de**	**Amusement**
las obras de arte	*works of art*	**atracciones**	**park**
los retratos	*portraits*	el algodón de azúcar	*cotton candy*
admirar	*to admire*	la atracción	*ride*
aplaudir	*to applaud*	los caballitos	*carrousel*
comentar sobre	*to comment on*	el tiovivo	
criticar	*to criticize*	la casa de	*house of*
discutir	*to discuss*	espejos	*mirrors*
escuchar	*to listen to*	fantasmas	*horrors*
a los cantantes	*the singers*	el globo	*balloon*
a los músicos	*the musicians*	la gran rueda	*Ferris wheel*
al grupo musical	*the musical group*	el juego de suerte	*game of chance*
		la montaña rusa	*roller coaster*
reservar los asientos	*to reserve seats*	las palomitas	*popcorn*
ver una exposición	*to see an exhibit*	el puesto	*booth, stand*
La corrida de toros	**Bullfight**	asustado(-a)	*scared*
los billetes	*tickets*	peligroso(-a)	*dangerous*
los boletos		tímido(-a)	*shy, timid*
las entradas		valiente	*brave, courageous*
el desfile	*parade*		

Así se habla

Persuading

Ignacio	Humberto, ¿qué haces estudiando un domingo? Vámonos a la playa, arréglate.
Humberto	No, tengo que estudiar. No puedo.
Ignacio	¿No crees que sería mejor si descansaras un poco? Si vas, podrás estudiar mejor después, aprenderás más rápido y todo eso. Ya verás.
Humberto	¿A qué hora crees que regresarán?
Ignacio	Como a las seis.
Humberto	No, creo que mejor no...
Ignacio	Haz lo que quieras, pero si no descansas te vas a enfermar. Mira, Elena, Teresa y Leonor se reunirán con nosotros a mediodía.
Humberto	¡Umm! Espérame, ya voy.
Ignacio	¡Así se habla, hermano!

When you are suggesting group activities, you can use the following expressions.

Quizás debería(-n) / debieras(-n) considerar...	*Perhaps you should consider . . .*
¿No crees(-n) / te (les) parece que podrías(-n)...	*Do you think that you could . . .?*
¿No crees(-n) que sería mejor si...	*Don't you think it'd be better if . . . ?*
Haz (Hagan) lo que quieras(-n), pero...	*Do what you want, but . . .*
Tienes(-n) que ver las ventajas / desventajas de...	*You have to see the advantages / disadvantages of . . .*
Si te (se) fijas(-n) en...	*If you look at . . .*
Hay que tener en cuenta que...	*You have to take into account that . . .*

Práctica y conversación

A. ¡Vamos! Ud. y sus compañeros(-as) de cuarto tienen que hacer una serie de cosas pero nadie se decide. Ud. toma la iniciativa. ¿Qué les dice si tiene que... ?

1. estudiar para el examen de física
2. hacer la tarea de español
3. comer temprano
4. comprar las entradas para el concierto

B. ¡Cuidémonos! Ud. y su compañero(-a) han empezado un régimen de dieta y ejercicio. ¿Qué dicen?

1. no comer muchos dulces
2. hacer gimnasia todos los días
3. no acostarse tarde
4. no tomar gaseosas
5. comer comida saludable
6. no darse por vencidos(-as)

Estructuras

Discussing Future Activities

Future Tense

The future tense in English is formed with the auxiliary verb *will* + *main verb: I will work.* Although the Spanish future tense is also used to discuss future activities, it is not formed with an auxiliary verb.

a. The future tense of regular verbs is formed by adding the endings **-é, -ás, -á, -emos, -éis, -án** to the infinitive.

Verbos en -AR	Verbos en -ER	Verbos en -IR
visitar	**leer**	**asistir**
visitaré	leeré	asistiré
visitarás	leerás	asistirás
visitará	leerá	asistirá
visitaremos	leeremos	asistiremos
visitaréis	leeréis	asistiréis
visitarán	leerán	asistirán

Mañana **visitaremos** el Palacio
Torre Tagle.

Tomorrow we will visit Torre Tagle Palace.

b. A few common Spanish verbs do not use the infinitive as a stem for the future tense. These verbs fall into three categories.

Drop the infinitive vowel		Replace infinitive vowel with -d		Irregular form	
haber	**habr-**	poner	**pondr-**	decir	**dir-**
poder	**podr-**	salir	**saldr-**	hacer	**har-**
querer	**querr-**	tener	**tendr-**		
saber	**sabr-**	valer	**valdr-**		
		venir	**vendr-**		

The future tense of **hay** (**haber**) is **habrá** = *there will be.*

c. There are three ways to express a future idea or action in Spanish.

   1. The construction **ir a** + *infinitive* corresponds to the English *to be going + infinitive.*

> **Voy a comprar** las entradas.   *I'm going to buy the tickets.*

   2. The present tense can be used to express an action that will take place in the very near future.

> Esta tarde **voy** al teatro y **compro**   *This afternoon I'm going to the theater*
> las entradas.   *and I'll buy the tickets.*

   3. The future tense can express actions that will take place in the near or distant future. The future tense is not used as frequently as the other two constructions. Often it implies a stronger commitment on the part of the speaker than the **ir a** + *infinitive* construction.

> **Compraré** las entradas si tú me   *I will buy the tickets if you give me the*
> das el dinero.   *money.*

Práctica y conversación

A. Las esperanzas de Charlie Brown. Lea la siguiente tira cómica y conteste las preguntas.

¿Cómo es Charlie Brown generalmente? ¿Cómo va a ser Charlie el año que viene? ¿Qué hará Charlie?

B. Planes de un(-a) turista. ¿Qué hará Ud. para divertirse en Lima?

> **MODELO**   leer la guía turística
> **Leeré la guía turística.**

admirar la cerámica del Museo Rafael Larco Herrera / asistir a un concierto en el Campo de Marte / ver el Jardín Japonés en el Parque de la Exposición / reservar asientos para la corrida de toros / ir al Museo de Oro / volver al Jirón de la Unión para comer

C. La ciudad en 2020. ¿Cómo será la ciudad en el año 2020?

> **MODELO**   la tecnología / resolver muchos problemas
> **La tecnología resolverá muchos problemas.**

1. nosotros / conducir coches eléctricos
2. las computadoras / controlar el tráfico
3. no haber crimen
4. tú / poder caminar por todas partes
5. la policía / tener poco trabajo
6. las tiendas y los restaurantes / nunca cerrar
7. yo / estar contento(-a) de vivir en el centro de la ciudad

D. ¿Qué vas a hacer? Con un(-a) compañero(-a), haga planes para el fin de semana. Discutan sus obligaciones, compromisos, fiestas y todo lo que van a hacer.

> **MODELO**   Usted: **¿Qué harás este fin de semana?**
> Compañero(-a):   **Creo que estudiaré todo el tiempo.**

E. ¡Quién sabe! En grupos, hablen de lo que piensan hacer después de su graduación. Otro(-a) estudiante reportará a la clase lo discutido.

Expressing Probability

Future of Probability

In order to express probability in Spanish, you can use the future tense.

a. The English equivalents for the future of probability include *wonder, bet, can, could, must, might,* and *probably.*

—¿Qué **será** esto?	*I wonder what this is?*
—**Será** una entrada para el concierto de mañana.	*It must be a ticket for tomorrow's concert.*
—¿Dónde **estará** Lucía?	*Where could Lucía be?*
—Pues, **llegará** tarde, como siempre.	*Well, she will probably arrive late, as usual.*

Práctica y conversación

A. Mi primer viaje al Perú. Ud. está pensando en su primer viaje al Perú después de graduarse. Exprese sus opiniones e ideas.

> **MODELO** visitar muchos lugares
> **Visitaré muchos lugares.**

sacar muchas fotos de las ruinas incaicas en Cajamarquilla / conseguir reservaciones para la excursión a Cuzco / ir al mercado de Huancayo / visitar Iquitos y el río Amazonas / tener tiempo para ir a Machu Picchu / viajar a Arequipa / ver las líneas de Nazca

B. ¿Cómo estará Cristina? Con sus compañeros(-as) hablen acerca de Cristina, su compañera de clase que ha estado ausente las dos últimas semanas.

Estudiante 1	Estudiante 2	Estudiante 3
1. ¿Qué (pasar) con Cristina?	2. Yo creo que (estar) muy enferma.	3. ¿(Estar) en el hospital?
4. Sí, seguro (estar) en el hospital.	5. ¿Cuándo (regresar)?	6. Pues, (volver) pronto, espero...
7. Probablemente la (llamar) a su casa.	8. Seguramente te (contestar) sus padres.	9. (Estar) bien muy pronto, sin duda.

Suggesting Group Activities

Nosotros *Commands*

When suggesting group activities, the speaker often includes himself / herself in the plans. In English these suggestions are expressed with the phrase *let's + verb: Let's go to the amusement park.* In Spanish these suggestions can be expressed using:

a. the phrase **vamos a** + *infinitive.*

Primero **vamos a comer** y después **vamos a ir** al cine.	*First, let's eat and then let's go to the movies.*

b. the **nosotros** or first-person command.

Salgamos a las 7 y **regresemos** a las 10.	*Let's leave at 7:00 and let's return at 10:00.*

c. To form the **nosotros** command, drop the **-o** from the first-person singular of the present tense: **bailo → bail-; salgo → salg-.** To the stem add the ending **-emos** for **-ar** verbs or **-amos** for **-er** and **-ir** verbs: **bail- → bailemos; salg- → salgamos.**

1. The **nosotros** commands will show the same spelling changes as formal commands.

Verbs ending in **-car**	c → qu:	**practicar → practiquemos**
Verbs ending in **-gar**	g → gu:	**pagar → paguemos**
Verbs ending in **-zar**	z → c:	**almorzar → almorcemos**
Verbs ending in **-ger** or **-gir**	g → j:	**escoger → escojamos**
		dirigir → dirijamos

2. The following verbs have irregular stems as in the formal commands: **dar →
demos; estar → estemos; saber → sepamos; ser → seamos**.

The verb **ir** has the following forms:

Affirmative	**Vamos** a la corrida.	*Let's go to the movies.*
Negative	**No vayamos** a la exposición.	*Let's not go to the exhibit.*

3. Stem-changing **-ir** verbs undergo the same changes in the **nosotros** command as
in the **nosotros** form of the present subjunctive, that is, **e → i** and **o → u**:
seguir → sigamos; dormir → durmamos. However, **-ar** and **-er** stem-changing
verbs follow a regular pattern and do not change the stem in the **nosotros**
command: **cerrar → cerremos; volver → volvamos**.

d. Pronouns follow and attach to the end of affirmative **nosotros** commands and
precede the negative forms.

—¿Quieres regalarle este disco a Antonio?	*Do you want to give this CD to Antonio?*
—Sí, **comprémoslo** ahora pero **no se lo demos** hasta su fiesta.	*Yes, let's buy it now but let's not give it to him until his party.*

1. When adding pronouns to commands of two or more syllables, a written accent
mark is placed over the stressed vowel of the affirmative command.
2. The final **-s** is dropped from the **nosotros** command before adding the pronouns
-se or **-nos**.

—¿Cuándo vamos a enviarle una tarjeta a Roberto?	*When are we going to send a card to Roberto?*
—**Sentémonos** con Mariana y **escribámosela** ahora.	*Let's sit down with Mariana and let's write it to him now.*

Práctica y conversación

A. ¿Qué vamos a hacer? Haga sugerencias sobre lo que Ud. y su compañero(-a) pueden
hacer el sábado.

ir de compras / mirar la tele / dar un paseo / jugar al tenis / escuchar discos /
cenar en un restaurante / organizar una fiesta / ¿?

B. Más sugerencias. Ud. sigue haciendo sugerencias para mañana, pero su compañero(-a)
no está de acuerdo. Cada vez que Ud. sugiere algo, su compañero(-a) responde con una
idea diferente.

> **MODELO**   caminar / subir al metro
> **No caminemos. Mejor subamos al metro.**

1. estudiar / divertirnos
2. ir al cine / ir al concierto
3. comprar las entradas más baratas / escoger buenos asientos
4. llamar a Carlos / invitar a Susana y a José
5. llevar jeans / ponernos algo más elegante
6. comer en casa / cenar en un restaurante

C. **Vamos al concierto.** Ud. y su compañero(-a) deciden ir al concierto. ¿Qué deben hacer o no hacer?

arreglarse con cuidado / reunirse temprano / olvidarse de las entradas / sentarse en la primera fila / despedirse tarde / ¿?

D. **Una sorpresa.** Ud. y su compañero(-a) van a organizar una fiesta sorpresa para su mejor amigo(-a). Mencione por lo menos cinco actividades que pueden hacer en la fiesta.

Taking Notes

When you attend a class or conference or when you ask a friend for a recipe or directions, it is important to take notes about what you hear. Taking notes helps you remember what was said and improves your writing skills in Spanish.

Ahora, escuche la conversación entre tres amigas que hablan sobre cómo van a pasar la tarde. Antes de escuchar la conversación lea los siguientes ejercicios. Después conteste.

A. **Algunos detalles.** Complete las siguientes oraciones basándose en lo que Ud. escuchó y en sus apuntes.

   1. Vilma empieza la conversación sugiriendo ir a _____ o a _____.
   2. Margarita preferiría ir a _____ porque es más emocionante.
   3. Iris, por su parte, sugiere ir a un _____.
   4. Finalmente, las amigas deciden que es mejor ir a la _____ porque
      _____.

B. **Análisis.** Escuche el diálogo nuevamente prestando especial atención a la forma en que se relacionan las amigas. Luego, escoja la respuesta más apropiada.

   Según el diálogo que Ud. oyó, se puede decir que Margarita, Vilma e Iris

   a. se llevan muy bien.
   b. se conocen poco.
   c. discuten mucho.

Siga practicando el vocabulario y las estructuras gramaticales de **Capítulo 8, Segunda situación** en *Interacciones CD-ROM.*

Para saber más:
www.heinle.com

Tercera situación

Perspectivas

Las ciudades hispanas

Mientras la típica ciudad estadounidense está construida a lo largo de una calle principal que se llama muchas veces *Main Street*, la ciudad hispana está construida alrededor de una plaza. En muchas ciudades de España esta plaza principal está llamada la *Plaza Mayor*; en el Perú, el Ecuador y Bolivia es la *Plaza de Armas*, y el *Zócalo* en México, D.F. Alrededor de la plaza se concentran los edificios del gobierno, como el palacio nacional o el ayuntamiento *(city hall),* la catedral metropolitana, los bancos y negocios importantes y los hoteles de lujo.

La plaza es el centro geográfico y social de la ciudad. Es el lugar donde se reúnen los amigos y donde la gente conversa acerca de los acontecimientos *(happenings)* de la ciudad o de la nación. En las ciudades grandes hay varias plazas importantes y en otras partes de la ciudad se encuentran plazas menos grandes que forman el centro de los barrios residenciales.

Por lo general las ciudades en el mundo hispano son más antiguas que las ciudades de los Estados Unidos. Muchas ciudades de las Américas son del siglo XVI y algunas de España datan de la época griega o romana. Por eso es normal ver edificios muy antiguos pero bien conservados junto a otros edificios contemporáneos.

Otra diferencia entre las ciudades norteamericanas y las hispanas es el tamaño; las ciudades hispanas generalmente tienen menos extensión geográfica que las ciudades estadounidenses.

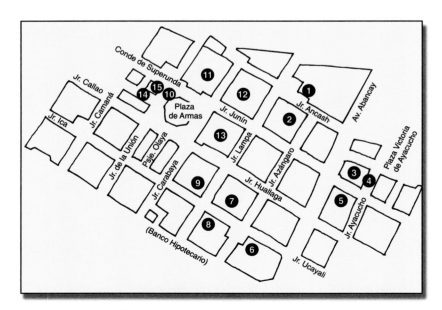

CLAVE

1 Iglesia y Convento de San Francisco	9 Museo del Banco Central de Reserva
2 Casa de Pilatos	10 Monumento a Pizarro
3 Plaza Bolívar	11 Palacio de Gobierno
4 Congreso de la República	12 Casa del Oidor
5 Museo de la Inquisición	13 Catedral
6 Iglesia y Convento de San Pedro	14 Monumento a Tauli Chusco
7 Palacio de Torre Tagle	15 Palacio Municipal
8 Casa de Goyeneche	

Vocabulario: Jr. = el jirón = la avenida

Práctica y conversación

A. El centro de Lima. Conteste las siguientes preguntas utilizando el mapa del centro de Lima.

1. ¿Qué edificios hay alrededor de la Plaza de Armas?
2. ¿Qué otras cosas hay alrededor de la Plaza de Armas?
3. Además de la Plaza de Armas, ¿qué otras plazas hay en el centro de Lima?
4. ¿Es grande o pequeño el centro de Lima? Justifique su respuesta.
5. Compare el centro de Lima con el centro de una ciudad norteamericana que Ud. conozca. Explique las diferencias y semejanzas entre las dos ciudades.

B. Una visita a Lima. Ud. y un(-a) compañero(-a) de clase visitarán Lima, Perú y se alojarán en un hotel en el centro. Usando el mapa y la información sobre Lima de este capítulo, decidan qué lugares visitarán Uds. ¿Qué actividades pueden hacer en el centro y cerca de la Plaza de Armas?

En la ciudad de Madrid

A. La vida nocturna. Con un(-a) compañero(-a) de clase haga una lista de las actividades que se asocian con la vida nocturna de una ciudad grande. Después, utilicen la siguiente fotografía para describir El Teatro de Madrid. ¿Qué funciones tienen lugar allá? ¿Qué hace la gente adentro? ¿Qué llevan las personas cuando asisten a esas funciones?

B. Lugares y edificios. Después de mirar el vídeo, identifique los lugares o edificios que se ven en el vídeo. Luego, mencione las actividades asociadas con todos los lugares o edificios vistos en el vídeo.

un bar	un cine	una iglesia
una biblioteca	una discoteca	un museo
un casino	una escuela	una ópera
una cervecería	un estadio de fútbol	un restaurante
una chocolatería	un gimnasio	

Para leer bien

Background Knowledge: Historical References

You have learned to use and expand your background knowledge of geography in order to better comprehend a reading selection. Another important component of background knowledge are references to important historical dates and periods. Authors mention dates and historical periods for two reasons: to help the reader establish the chronology of events mentioned in the reading, and to help the reader evoke the characteristics of an era and mentally picture the setting and/or characters.

To take advantage of your background knowledge of historical dates and eras, scan the title and reading for clues to time references such as actual dates (1776), the names of important historical events (*Revolutionary War*) or persons (*George Washington*), or historical periods (*colonial America*). After locating the time references, review the characteristics of that period; try to mentally picture the clothing, art, architecture, modes of transportation, and types of recreation, music, and dance. Try to associate other important persons, events and dates with the information given.

Even if you know little about a historical era in Hispanic culture, your knowledge of that same time period in your own or another society will make you aware of the period and help you find similarities and differences.

Práctica

A. La época precolombina. En la lectura que sigue se menciona la época precolombina o prehispánica. Esta época se refiere a la época anterior a la llegada de Cristóbal Colón a las Américas. ¿Cuándo llegó Colón? ¿Cómo era Hispanoamérica en la época precolombina? ¿Quiénes vivían allí? ¿Cómo eran sus culturas?

B. El tema central. Dé un vistazo al título, a las fotos y al primer párrafo para determinar el tema del artículo que sigue.

Lectura cultural   Guardián del oro del Perú

Una pieza extraordinaria

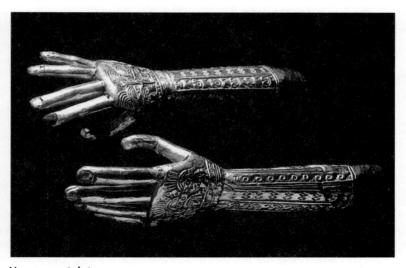

Unos guanteletes

    Cuando el vendedor apareció en casa del coleccionista Miguel Mujica Gallo para proponerle° un fragmento de un objeto, éste no vaciló en adquirirlo°. Era de oro, adornado con relieves° antiguos. Mujica lo compró con la esperanza de que vinieran a proponerle los otros pedazos° de la pieza. Con el tiempo logró° reunir sus fragmentos del objeto. Todos pertenecían al mismo artefacto de oro y podían juntarse° como las piezas de un rompecabezas°. Llegó un día, sin embargo, en que los traficantes° no le trajeron más fragmentos; era como un rompecabezas al cual le faltaba la última pieza.

    Algún tiempo después, un campeón nacional de pesca estadounidense, que también era coleccionista, se hallaba en el Perú. Mujica fue a verlo porque le habían dicho que el estadounidense había comprado muchas cosas de oro. Y entre las cosas estaba el fragmento que le faltaba.

    Mujica convenció al pescador de que se lo vendiera. Cuando lo juntó a los otros, completó la copa de oro, forjada° hace siglos por artesanos indígenas° y usada, probablemente, por la realeza°.

    Hoy día, la copa es una de las 13.000 piezas que se hallan en el famoso Museo de Oro del Perú de Mujica, considerado por muchos la mejor colección particular de objetos

to offer / acquiring it
reliefs: embossed or raised patterns
pieces / managed
to join
jigsaw puzzle / dealers

forged / native
royalty

prehispánicos de oro y metales preciosos. La forma en que Mujica logró reunir las dispersas piezas de la copa ilustra cómo ha ayudado a rescatar° el patrimonio° arqueológico del Perú de los contrabandistas°, los guaqueros° y los coleccionistas extranjeros. Si diez guaqueros hallan algo —dice Mujica—, lo parten° en diez pedazos. Es horrible. Hay que comprarles todos los pedazos y rehacer la pieza.

El museo parece más impresionante aún cuando se piensa que el coleccionista, septuagenario° ya y heredero° de una familia acaudalada°, no ha cursado estudios universitarios de antropología ni arqueología. Pero tiene un gran esmero° investigador, una pasión de preservar lo antiguo del Perú y una gran dedicación a mantener intacta su colección.

Su dedicación y celo° son reconocidos por todo el mundo. Según los funcionarios° de turismo del país, este museo privado es la mayor atracción turística de Lima. Además, desde 1958 las exposiciones del museo han viajado por setenta y tres ciudades de veintinueve países. El museo está financiado de dos maneras: la recaudación° de boletos de entrada y el dinero de su fundador°.

Se encuentra el museo en medio de un grupo de edificios situados en un elegante barrio residencial de Lima. En uno de los edificios hay una joyería que vende imitaciones de sus alhajas° antiguas. En otro se halla un restaurante. Hay también dependencias° administrativas, una biblioteca privada y la casa de Mujica.

En la planta baja° del museo hay varios salones que albergan° la colección de armas de Mujica. En un lugar central se expone° la espada° de Pizarro° con sus iniciales, su título de primer gobernador de Lima y la fecha 1539.

Detrás de las salas de exposición de las armas hay una escalera que baja al sótano; allá las paredes son oscuras y el ambiente es más silencioso. Lo único que llama la atención son las vitrinas iluminadas donde se exponen miles de artículos preciosos. Es el Oro del Perú. Hay objetos de oro para beber, para pelear, vestimentas cuajadas° de oro y artefactos ceremoniales.

Entre las cosas más extraordinarias hay una máscara funeral con catorce esmeraldas, suspendidas de los ojos como lágrimas°, y una escena fúnebre de figuras tridimensionales de oro y plata en miniatura. Lo que más estima Mujica es un par de manos moldeadas° como guanteletes°, hechas de hojas° de oro, con uñas° y diseños abstractos. Mujica dice que las manos le llegaron en pedazos, igual que la copa. —A una de las manos tuve que buscarle tres dedos —dice Mujica— y a otra, la muñeca°.

Los antropólogos y arqueólogos hacen notar que Mujica ha reunido restos° de un patrimonio que ha sido saqueado° y ha estado disperso° desde la llegada de los conquistadores en el siglo XVI. Los guaqueros de hoy siguen destruyendo el pasado arqueológico.

Perú tiene mucha razón en querer preservar los fragmentos de su pasado. Las primeras culturas indígenas desarrollaron° métodos avanzados de explotar° las minas y labrar° el oro. Cuando los conquistadores destruyeron el imperio incaico° en 1532, su civilización se extendía por lo que hoy día constituyen cinco países y los artesanos incaicos habían absorbido y mejorado la pericia° metalúrgica de muchas culturas.

—El Perú es un país privilegiado, como heredero de una extraordinaria riqueza cultural indígena—, dice Ramiro Matos, autor de Patrimonio cultural del Perú. *La población indígena prehispánica logró crear una de las civilizaciones más originales y complejas de la humanidad. Añade que el Museo de Oro, a causa de la naturaleza de las piezas que contiene y la espectacularidad de la tecnología y la creación artística de las piezas, ha asombrado° al mundo.*

Glosario (margen):

- to recover / heritage
- smugglers / grave robbers
- *dividen*
- *persona de 70 años* / heir / *rica*
- care
- zeal / employees
- collection
- founder
- treasures / outbuildings
- main floor / house
- exhibit / sword / *conquistador del Perú y el imperio incaico*
- *ropa adornada*
- tears
- molded
- gloves used as armor for the hands
- sheets / fingernails
- wrist
- remains
- *robado* / scattered
- developed / operate / to fashion, shape
- Inca
- skill
- amazed

Práctica

A. ¿Cierto o falso? Identifique las oraciones falsas y corríjalas.

1. Miguel Mujica Gallo es arqueólogo y antropólogo.
2. Mujica ha rescatado el patrimonio arqueológico del Perú de los contrabandistas y los guaqueros.
3. Mujica compró el último pedazo de una copa de un pescador que lo encontró en un lago.
4. Además del Oro del Perú, Mujica también tiene una colección de arte peruano.
5. Para los guaqueros lo más importante es preservar las alhajas antiguas del Perú.
6. Entre las piezas más impresionantes del museo hay un par de manos de oro.
7. El museo está financiado por el dinero de Mujica y la recaudación de entradas.
8. Las exposiciones del museo nunca salen del sótano por temor a un robo.

B. Referencias históricas. Usando la información del artículo, describa la época precolombina en el Perú. Incluya información sobre el arte indígena.

C. El orden cronológico. Ponga en orden cronológico las siguientes oraciones para contar cómo Mujica obtuvo la copa de oro completa.

1. _____ Los traficantes no le trajeron más fragmentos.
2. _____ Mujica juntó el fragmento con los otros y completó la copa de oro.
3. _____ Un vendedor apareció en la casa de Mujica con un fragmento de un objeto de oro.
4. _____ Mujica convenció al pescador que le vendiera el fragmento que le faltaba.
5. _____ Mujica compró el primer fragmento de la copa.
6. _____ Mujica fue a ver al coleccionista; el último fragmento estaba entre sus cosas.
7. _____ Mujica esperaba que vinieran a ofrecerle los otros fragmentos.
8. _____ Un campeón nacional de pesca estadounidense llegó al Perú; era coleccionista y había comprado muchas cosas.
9. _____ Poco a poco Mujica logró obtener los otros pedazos del objeto.

D. En defensa de una opinión. ¿Qué evidencia hay en el artículo que confirma la idea siguiente? «El Museo de Oro de Lima es impresionante y asombroso *(amazing).*»

Para escribir bien

Keeping a Journal

There are many situations in both private and professional life for which journal entries are useful. In the business or professional world journals are used for logging phone calls and discussions with clients, remembering content of meetings, and recording travel expenses. In private life journals and diaries provide interesting personal records of daily events, travel experiences, special occasions, and family and school activities.

Keeping a personal journal is an effective tool for improving your writing in Spanish for it provides writing practice on a daily basis. The following suggestions will help you write your journal entries.

1. Keep your entries in a special notebook you use only for this purpose.
2. Set aside a period each day for journal writing. It is traditional to write diary entries each evening just prior to going to bed.
3. Try to develop a natural, personal style with emphasis on content.
4. Learn to rephrase and circumlocute in order to express meaning and to avoid excessive use of the dictionary.
5. Spanish diary entries have a format similar to that of letters.

DATE	el 27 de abril de 1942
SALUTATION	Querido diario:
PRE-CLOSINGS	Bueno, querido diario, mi mamá / papá, / amigo me llama. Como siempre, querido diario, tengo que irme / dormirme.
CLOSINGS	Hasta mañana, *Susana.* (your name) Hasta pronto, *Jaime.* (your name)

Composiciones

A. **Querido diario:** Escriba un apunte *(diary entry)* por cuatro días sucesivos. Incluya información sobre su rutina diaria, su trabajo, sus estudios y sus actividades con otras personas.

B. **Un viaje.** Escriba un diario de un viaje real o imaginario. Incluya los detalles de tres días por lo menos.

C. **Un(-a) guía turístico(-a).** Ud. es el (la) guía de un grupo de estudiantes peruanos que estudian en su universidad. Prepare una lista con información básica acerca de su ciudad / pueblo y de la universidad. Explique dónde, qué y cuándo se come, dónde está la biblioteca y las horas de operación, qué se hace en el centro, etc.

Actividades

A. **Un sábado libre.** It is late Saturday morning. You and three friends have the entire afternoon and evening free. Discuss what you will do and suggest group activities. Try to persuade others to do what you want to do. Decide where you will eat and what you will do in the afternoon and evening. After you have made your decisions, inform your classmates of your plans.

B. **El quiosco turístico.** You work in a tourist information booth located in the Plaza de Armas in Lima, Perú. Two tourists (played by your classmates) come to the booth to obtain information on how to get to various sites in Lima. Using the map of Lima on page 290, tell them how to get to **la Plaza Bolívar, el Palacio Torre Tagle, el Museo del Banco Central de Reserva, el Congreso de la República,** and **la Casa de Pilatos.**

C. Un viaje especial. After you graduate, you plan to take a special trip. Explain when and where you will go, with whom you will travel, what cities you will see, what special sites you will visit, and what activities you will partipate in while there.

D. «El (La) turista alegre». As «El (La) turista alegre» you have a weekly five-minute travel segment on a morning television news show. Discuss your favorite city. Describe the famous buildings and sites and explain when they were constructed. Explain what one can see and do there; provide opening and closing hours for museums and events. Explain where one should shop, what one can buy, and where and what one can eat. Include other information you find interesting.

Para saber más:
www.heinle.com

Herencia cultural

Personalidades

De ayer

José de San Martín (1778-1850) luchó con Bolívar por la independencia de Sudamérica y fue el libertador de la Argentina, Chile y el Perú. Después de vencer a los españoles en varias batallas, proclamó la independencia del Perú el 28 de julio de 1821 y fue nombrado 'Protector del Perú'.

De hoy

Nacido en Bolivia, **Jaime Escalante** (1931-) emigró a Los Ángeles y se hizo profesor de matemáticas en una escuela secundaria. La película *Stand and Deliver* describe a este famoso profesor y los métodos que utilizó en la enseñanza de los estudiantes hispanos. Por su labor con estos alumnos ha recibido muchos premios importantes.

El peruano **Mario Vargas Llosa** (1936-) es uno de los novelistas contemporáneos más importantes de la América del Sur. Sus novelas, entre ellas *La ciudad y los perros*, describen la vida social peruana especialmente el mundo urbano de Lima. En 1990 fue candidato a la presidencia del Perú.

Para saber más:
www.heinle.com

Antonio José de Sucre (1795-1830) fue uno de los líderes más respetados de la guerra de independencia de Sudamérica. Bolívar lo nombró su lugarteniente *(deputy)* y con Bolívar y San Martín libertó el Perú y el Alto Perú (Bolivia). Después, formó el gobierno de la nueva República de Bolivia y fue su primer presidente.

La cantante **Tania Libertad** (1965-) inició su carrera en su Perú natal a los cinco años de edad; más tarde emigró a México. Ha grabado 32 discos de música variada que incluye salsa, rancheras y música latinoamericana en general. Además de su trabajo en la televisión, también participa en festivales y en giras *(tours)* mundiales.

Javier Pérez de Cuéllar (1920-) nació en Lima, Perú y empezó su larga y distinguida carrera diplomática como secretario de la embajada peruana en París. En 1981 fue elegido Secretario General de la Organización de las Naciones Unidas (ONU) y ejerció funciones *(served)* de 1982 a 1991.

Arte y arquitectura

Lima: La Catedral y el Palacio Arzobispal.

La arquitectura colonial del Perú

En la historia de Hispanoamérica, la época que va de la conquista española en el siglo XVI hasta las guerras de independencia en el siglo XIX se llama la época colonial. Durante este período España gobernó a la población y administró la economía del Nuevo Mundo. Los reyes de España dividieron la región en cuatro subdivisiones llamadas virreinatos *(vice-royalties)*. El virreinato del Perú fue la región más rica y su capital, Lima, la Ciudad de los Reyes, fue el centro político y social del territorio. Lima fue una ciudad acaudalada *(affluent)* con numerosos conventos, monasterios e iglesias y opulentos palacios y mansiones. La primera y más antigua universidad de las Américas, San Marcos, fue establecida en Lima en 1551.

El trazado *(layout)* de las ciudades y la arquitectura virreinal reflejan los estilos de España y Europa de aquella época. Los españoles siempre pusieron la plaza mayor en el centro de las ciudades en el Nuevo Mundo, y a su alrededor construyeron la catedral y edificios municipales. El estilo predominante en el Perú y en México fue el barroco, caracterizado por la profusión de adornos y decoración, la línea curva, columnas torcidas *(twisted)* y espacios grandiosos.

Lima: Interior de la Iglesia de San Pedra, consagrada en 1638

Muchas iglesias contienen magníficos ejemplos de la decoración barroca, con altares dorados, coros de madera labrada y techos embellecidos con escenas del paraíso. También se puede ver buenos ejemplos de la arquitectura colonial en el Cuzco. Allá los españoles solían construir sus iglesias y palacios sobre los restos de edificios incaicos. La Iglesia de Santo Domingo en el Cuzco fue construida sobre las ruinas del Templo del Sol.

Cuzco: Iglesia de Santo Domingo

Comprensión

A. La arquitectura. Complete el gráfico con información acerca de las características de la arquitectura del Perú colonial.

LAS CARACTERÍSTICAS
Estilo barroco
Trazado de las ciudades coloniales
Interior de las iglesias barrocas
Arquitectura colonial del Cuzco

B. Lima. Con un(-a) compañero(-a) de clase, describa la ciudad colonial de Lima, Perú. Incluya información sobre los edificios y la arquitectura.

C. La época colonial. Con un(-a) compañero(-a) compare la época colonial de los EE.UU. con la época colonial del Perú. Incluya las fechas de la época, el estilo de arquitectura predominante, la vida diaria y otros hechos *(facts)* históricos.

Para saber más:
www.heinle.com

Identifying Literary Themes

In order to help you comprehend journalistic articles, you have learned to locate the main ideas and supporting elements and apply background knowledge concerning geography and history. These same techniques can be used with literary readings in order to learn to identify and understand themes.

The literary theme *(el tema)* is generally defined as the central concept, the main idea, or the fundamental meaning of a literary selection. Some common general literary themes include love, death, the meaning of life, and the human condition. Often a general theme can be broken down into more specific sub-themes. For example, the general theme of love can be further described as unrequited love, maternal love, love of family, love of country, or love of a supreme being.

A literary theme can be *explicit,* expressed in a direct manner, or *implicit,* expressed in an indirect or subtle manner. While the main idea of a journalistic article is generally explicit, the main theme of a literary selection is generally implicit. The reader needs to analyze a variety of items within the text in order to establish the main theme of a work of literature. The reader should attempt to formulate the theme according to the effect created by items such as the actions of the characters, the relationships among the characters, the comments made by the main characters, and the comments made by the narrator or author. With a close reading, it should become clear that the author is emphasizing a particular concept or idea; the concept or idea that the author is emphasizing is the main theme of the literary work.

The following work, *La camisa de Margarita* by Ricardo Palma, takes place in eighteenth-century Peru. When approaching this reading, it is important to keep in mind the historical setting in order to establish the theme. Remember to use the reading strategies you have learned as well as the literary terminology presented in previous sections.

Antes de leer

A. El título. Dé un vistazo al título de la siguiente lectura: (**la camisa** = *gown*) ¿Cuáles son las características de una camisa? ¿En qué ocasiones se lleva una camisa? Ahora, mire el dibujo del cuento y conteste estas preguntas: ¿Qué lleva la chica? ¿Quiénes son los dos personajes? ¿Cuál es la ocasión?

B. El escenario. El cuento tiene lugar en Lima en el año 1765. ¿Cómo era Lima en aquella época? Si es necesario, repase la información de **La arquitectura colonial del Perú** en las páginas 299-301.

C. Una dote *(dowry)*. El cuento que sigue es la historia de la joven Margarita, que logró contribuir una dote a pesar de las protestas del tío del novio. ¿Qué es una dote y en qué consiste generalmente? ¿Existe el concepto de la dote en nuestra sociedad? ¿Cuándo se usaban las dotes?

D. Un viejo refrán. El cuento *La camisa de Margarita* está escrito en base a un refrán *(saying)* popular peruano: «¡Esto es más caro que la camisa de Margarita Pareja!» ¿En qué situación se puede usar este refrán?

Lectura literaria

Ricardo Palma (1833-1919), uno de los más célebres autores del Perú, fue escritor, lingüista y político. Nació en Lima y fue director de la Biblioteca Nacional. Pasó mucho tiempo coleccionando anécdotas y leyendas *(legends)* históricas del Perú. Publicó estos cuentos en una serie de diez volúmenes con el título de *Tradiciones peruanas*. La *tradición* es un nuevo género literario creado por Palma. Es una narración generalmente basada en una anécdota, una leyenda o un documento histórico; pero, a veces las tradiciones son pura ficción. Las *tradiciones* tienen elementos de un cuento y también un *cuadro de costumbres*, una descripción de las costumbres locales. Las *tradiciones* suelen ser divertidas; muchas son sátiras sociales.

La camisa de Margarita

Entre las viejas de Lima existe la tradición de quejarse del precio alto de un artículo diciendo: —¡Qué! Si esto es° más caro que la camisa de Margarita Pareja.

This is

Yo tenía mucha curiosidad de saber algo de esa Margarita y un día encontré un artículo en un periódico de Madrid que hablaba de la niña y su famosa camisa. Ahora Uds. van a leer su historia.

I

Margarita Pareja era (por los años de 1765) la hija más mimada° de don Raimundo Pareja, caballero y colector general° del Callao°.

pampered
tax collector / el puerto de Lima

La muchacha era una de esas limeñitas° que, por su belleza, cautivan al mismo diablo°. Tenía un par de ojos negros que eran como dos torpedos cargados con dinamita y que hacían explosión en el corazón de los galanes° limeños.

señoritas de Lima / *captivate the devil himself* / señores jóvenes y elegantes

Llegó por entonces de España un arrogante mancebo° de Madrid, llamado don Luis Alcázar. Tenía éste en Lima un tío solterón y acaudalado°, de una familia antigua e importante, y muy orgulloso°.

joven
rico / *proud*

Por supuesto que, mientras le llegaba la ocasión de heredar al tío, vivía nuestro don Luis tan pobre como una rata y sufriendo mucho.

Alcázar conoció a la linda Margarita en una procesión religiosa. La muchacha le llenó el ojo y le flechó° el corazón. Le echó flores°, y aunque ella no le contestó ni sí ni no, dio a entender con sonrisitas y demás armas del arsenal femenino que el galán era muy de su gusto. La verdad es que se enamoraron muchísimo.

(fig.) wounded his heart / he courted her

Don Luis no creía que su pobreza sería obstáculo para casarse con Margarita. Así, fue al padre de Margarita y le pidió la mano de su hija.

A don Raimundo no le cayó en gracia la petición y cortésmente despidió al joven, diciéndole que Margarita era aún muy niña para tomar marido, pues, a pesar de sus diez y ocho años, todavía jugaba a las muñecas.

Pero no era ésta la verdadera razón. La verdad era que don Raimundo no quería ser suegro de un pobretón y les dijo eso en confianza a sus amigos, uno de los que fue con el chisme° a don Honorato, que así se llamaba el tío. Éste, que era más arrogante que el Cid°, se enojó y dijo:

—¡Cómo se entiende! ¡Desairar° a mi sobrino! A muchas les encantaría casarse con el muchacho, porque no hay mejor en todo Lima. Pero, ¿adónde ha de ir conmigo ese colectorcito°?

Margarita, pues era nerviosa como una damisela de hoy, gimoteó° y se arrancó° el pelo, y tuvo convulsiones. Perdía colores y carnes°, se desmejoraba° a vista de ojos, hablaba de meterse monja° y no hacía nada en concierto.

¡O de Luis o de Dios!° gritaba cada vez que los nervios se le sublevaban, cosa que pasaba con mucha frecuencia. Su padre se alarmó, llamó a médicos y a curanderas, y todos declararon que la única medicina salvadora no se vendía en la farmacia. O casarla con el varón de su gusto, o enterrarla°. Tal fue el ultimátum médico.

Don Raimundo se encaminó como loco a casa de don Honorato, y le dijo:

—Vengo a que consienta usted en que mañana mismo se case su sobrino con Margarita, porque si no, la muchacha se va a morir.

—No puede ser —contestó sin interés el tío—. Mi sobrino es un *pobretón* y lo que usted debe buscar para su hija es un hombre con mucha plata°.

El diálogo fue violento. Mientras más rogaba don Raimundo, más se enojaba el tío y ya aquél iba a retirarse cuando don Luis entrando en la cuestión, dijo:

—Pero, tío, no es justo que matemos a quien no tiene la culpa.

—¿Tú te das por satisfecho?

—De todo corazón, tío y señor.

—Pues bien, muchacho, consiento en darte gusto; pero con una condición, y es ésta: don Raimundo me ha de jurar ante la Hostia consagrada° que no regalará un centavo a su hija ni le dejará un real° en la herencia°.

Aquí empezó nuevo y más agitado litigio.

—Pero, hombre —arguyó don Raimundo—, mi hija tiene veinte mil duros° de dote.

—Renunciamos a la dote. La niña vendrá a casa de su marido nada más que con la ropa que lleva.

—Concédame usted entonces regalarle los muebles y el ajuar° de novia.

—Ni un alfiler°. Si no está de acuerdo, dejarlo y que se muera la chica.

—Sea usted razonable, don Honorato. Mi hija necesita llevar por lo menos una camisa para reemplazar la puesta°.

—Bien. Consiento en que le regale la camisa de novia y eso es todo.

Al día siguiente don Raimundo y don Honorato se dirigieron muy de mañana a la iglesia de San Francisco, arrodillándose° para oír misa, y, según lo pactado, en el momento en que el sacerdote elevaba la Hostia divina, dijo el padre de Margarita:

—Juro no dar a mi hija más que la camisa de novia. Así Dios me condene si perjurare°.

II

Y don Raimundo Pareja cumplió su juramento, porque ni en vida ni en muerte dio después a su hija cosa que valiera un centavo. Pero los encajes° de Flandes que adornaban la camisa de la novia costaron dos mil setecientos duros. Y en el cordoncillo° al cuello había una cadena de brillantes°, que valían aun más.

embroidery / diamonds

Los recién casados hicieron creer al tío que la camisa no era muy costosa porque don Honorato era tan testarudo°, que habría forzado al sobrino a divorciarse.

stubborn

Convengamos° en que fue muy merecida la fama que alcanzó la camisa nupcial de Margarita Pareja.

Let's agree

Después de leer

A. Los personajes. Complete el siguiente gráfico con información del cuento.

	Descripción	Relación con los otros personajes
Margarita Pareja		
Don Raimundo Pareja		
Don Honorato		
Luis Alcázar		

B. Ponga en orden cronológico los siguientes sucesos del cuento.

_____ Luis y Margarita se enamoran.
_____ Don Raimundo jura no darle a su hija más que la camisa de novia.
_____ Don Honorato dice que don Raimundo no puede darle dinero a su hija y rechaza la dote.
_____ Don Raimundo le pide permiso a don Honorato para que los novios se casen.
_____ Luis conoce a Margarita en una procesión.
_____ Margarita dice que quiere hacerse monja.
_____ Don Raimundo prohíbe el matrimonio entre Luis y Margarita.
_____ Llega Luis Alcázar de España.
_____ Luis le pide la mano de Margarita a don Raimundo.
_____ Los dos novios reciben dinero de don Raimundo en forma de una camisa muy costosa.

C. Los temas. Con un(-a) compañero(-a) de clase, decida cuál es el tema principal del cuento. Recuerden que el honor era uno de los valores más importantes en la sociedad colonial. ¿Cómo se ve el tema del honor en los cuatro personajes principales? Además del honor, ¿hay otros temas importantes? Explique.

Bienvenidos a
la comunidad hispana

5 C's

Oscar de la Hoya

Celia Cruz

POBLACIÓN
35.300.000 hispanos dentro de los EE.UU.; *chicanos* 64%; *puertorriqueños* 11%; *cubanos* 5%; 20% de los demás países del mundo hispano. Los hispanos representan la minoría más grande dentro de los EE.UU.

CONCENTRACIÓN
Chicanos (personas en los EE.UU. de origen mexicano): de Texas a California; *puertorriqueños:* ciudad de Nueva York y la región metropolitana; *cubanos:* Miami y el sur de la Florida

FUERZA DE TRABAJO HISPANA
Gran variedad de puestos en muchos sectores económicos

HISPANOS FAMOSOS
Cine y televisión: **Daisy Fuentes, Andy García, Ricardo Montalbán, Rita Moreno, Edward James Olmos, Cristina Saralegui, Jimmy Smits**

Deportes: **Joaquín Andújar, Pedro Guerrero, Willie Hernández, Óscar de la Hoya, Nancy López, Sammy Sosa, Lee Treviño**

Literatura: **Sandra Cisneros, Judith Ortiz Cofer, Esmeralda Santiago, Pedro Juan Soto**

Moda: **Adolfo, Carolina Herrera, Óscar de la Renta**

Música: **Marc Anthony, Celia Cruz, Gloria Estefan, Ricky Martin, Jon Secada**

Política: **Robert Meléndez, Silvestre Reyes, Ileana Ros-Lehtinen**

Para saber más:
www.heinle.com

en los EE.UU.

Práctica geográfica

Usando un mapa y lo que Ud. sabe de los hispanos dentro de los EE.UU., conteste las siguientes preguntas.

A. Los chicanos
1. ¿De dónde son los chicanos? ¿Por qué emigraron a los EE.UU.?
2. ¿En qué región de los EE.UU. se encuentran los chicanos? ¿Por qué?
3. ¿Cuáles son algunas de las ciudades que tienen un gran número de chicanos?

B. Los cubanos
1. ¿Cuándo llegó la mayoría de los cubanos aquí? ¿Por qué salieron muchos cubanos de su patria?
2. ¿Dónde se encuentran actualmente? ¿Por qué?

C. Los puertorriqueños
1. ¿Por qué salen los puertorriqueños de la isla?
2. ¿Dónde se encuentran?
3. ¿Por qué van y vienen con frecuencia?

D. Otras regiones. Además de las regiones donde hay alta concentración de chicanos, cubanos y puertorriqueños, ¿qué otras regiones / estados / ciudades tienen población hispana?

E. Su ciudad / pueblo. ¿Hay presencia hispana en la ciudad o el pueblo donde Ud. vive? ¿Cómo se nota la presencia hispana?

Gloria Estefan

Ricky Martin

Edward James Olmos

CAPÍTULO
9

En la agencia de empleos

Una entrevista

Cultural Themes

The Hispanic Community: Cubans and
  Puerto Ricans

The concept of work in the Hispanic world

Communicative Goals

Changing directions in a conversation

Explaining what one would do under
  certain conditions

Describing how actions are done

Indicating quantity

Double checking comprehension

Talking about unknown or nonexistent
  people and things

Explaining what you want others to do

Expressing exceptional qualities

Primera situación

Presentación

¿Dónde trabajaría Ud.?

Práctica y conversación

A. Conseguir empleo. ¿Qué hay que hacer para conseguir empleo? Ordene las oraciones en forma lógica escribiendo delante de la oración un número del 1 al 7.

——————— Se habla de las aptitudes personales.

——————— Se leen los anuncios clasificados.

——————— Se consigue una entrevista.

——————— Se toma una decisión.

——————— Se manda un currículum vitae con cartas de recomendación.

——————— Se entera de las condiciones del trabajo.

——————— Se llena una solicitud.

B. Más anuncios clasificados. ¿Cuáles de los siguientes empleos requieren que el (la) aspirante tenga... ?

habilidades técnicas / experiencia / licenciatura / referencias / permiso de conducir / buena personalidad

---

CABLE TV
Se solicita Linemen en construcción aerea de cable tv y personal con experiencia en construcción soterrada. Posiciones disponibles inmediatamente. Enviar Resume **PO Box 60002, Luquillo PR 00773**

CONTABLE Biningue. Ciclo contabilidad completo. 2 a 3 años experiencia en manufactura, conocimientos computadoras, exper. de oficina. Enviar resume al **731-2600**

DUNKIN DONUTS Busca Asistente Gerente para Plaza Carolina. Enviar resumé a Sonia Ramírez **PO Box 9059, Carolina PR 00988**

GUARDIA DE SEGURIDAD full time. Buen salario, plan médico, se requiere referencias y fotos. Entrevistarse **Meliyan Apartments** Alonso Torres 1404 Santiago Iglesias, Rio Piedras. LU a VI 8am-4pm

● **PANADERIA INDUSTRIAL** tiene plazas para empleo general en línea de producción. Turno nocturno $4.25 hra. Reqs: Lic. Conducir, Cert. Salud y Buena Conducta. **782-2400** Unidad: 18966

REPARADOR (A) DE COMPUTADORAS Exp. en P/C Compatible y Ensamblaje. Referencias necesarias. Area Hato Rey **763-1094**

SOLICITO GERENTE TIENDA
Conocimiento música latina y americana. Resumé fax: **720-3726**

SOLICITO BARTENDER sin experiencia. Ofrecemos entrenamiento. $5.00 hora comenzando. Aplicar personalmente Calle Cacique 2277 Esq. Loiza. **726-2171** 8AM.-12AM.

JOVENES Modelos atractivas, dinámicas, con iniciativa y facilidad de palabra para promoción de servicios y productos de estética (No ventas) $15 p/h **Inf. 726-1436**

ESTILISTA CON EXPERIENCIA En corte y blower. $50 Diarios. **TECNICA(O) DE UÑAS** Experiencia en todo tipo de uñas **760-0523**

HOGAR DE ANCIANOS
Solicita persona con experiencia para trabajar turno nocturno. **756-8224**

SOLICITO CHOFER
Part-time, para manejar Van, trabajo laundry. Buen salario, beneficios marginales. Entrevista: Severo Quiñones 526 Esq. San Antonio Pda. 26 Bo. Obrero, Santurce.

Necesito Modista(o)
Que sepa cortar y coser. **TEL. 725-4750**

C. El empleo ideal. En grupos, preparen una descripción del empleo ideal. Mencionen por lo menos cinco características.

D. El Manual de Personal. Ud. y su compañero(-a) de clase están creando un Manual de Personal en el que describen todos los puestos de su compañía. Hablen de lo que está en cada hoja de apuntes hasta que Uds. tengan una lista completa de los puestos y las características de los empleados que ocupan esos puestos. A continuación está su hoja de apuntes; la de su compañero(-a) de clase está en el **Apéndice A**.

1. Jefe ejecutivo principal
2. Recepcionista
3. Contador

* Tiene mucho talento artístico y entiende bien a nuestros clientes.

* Entiende todos los reglamentos del comercio. Es experto en cuestiones legales.

* En cuanto a la tecnología avanzada es experto. Crea y mantiene nuestros portales de la Web.

* Se lleva muy bien con los clientes y conoce bien todos nuestros productos.

E. Creación. Cuente en una narración lo que pasa en el dibujo de la **Presentación**.

Vocabulario

La solicitud de trabajo	**Job application**
el anuncio clasificado	classified ad
el (la) aspirante	applicant
la compañía (Cía.)	company (Co.)
el desempleo	unemployment
la destreza	skill
el empleo	job, position
el puesto	
el personal	personnel
el (la) supervisor(-a)	supervisor
cuidadoso(-a)	careful
maduro(-a)	mature
responsable	responsible
encargarse de	to be in charge of
enterarse de	to find out about
llenar una solicitud	to fill out a job application
solicitar	to apply for a job
La entrevista de trabajo	**Job interview**
las aptitudes personales	personal skills
el ascenso	promotion
los beneficios sociales	(fringe) benefits
la carrera	career
la carta de recomendación	letter of recommendation
la confianza	confidence, trust

el currículum vitae	résumé
el sueldo	salary
conseguir (i, i) una entrevista	to get an interview
despedir (i,i)	to fire from a job
emplear	to employ, to hire
ofrecer un puesto	to offer a job
tener	to have
buen sentido para los negocios	good business sense
conocimientos técnicos	technical knowledge
experiencia	experience
iniciativa	initiative
talento artístico	artistic talent
tomar una decisión	to make a decision
El progreso	**Progress**
el robot	robot
la tecnología	technology
construir	to construct, to build
desaparecer	to disappear
desarrollar	to develop
hacerse	to become
predecir (i)	to predict
resolver (ue)	to solve

Así se habla

Changing Directions in a Conversation

Sr. Cáceres	Nuestro personal está creciendo día a día y cada vez es más especializado.
Sra. Figueroa	Jorge, ya que estamos en el tema de personal, no te olvides que necesitamos contratar un buen supervisor técnico para la agencia. Con treinta empleados y con todo el trabajo que tenemos, tú y yo necesitamos alguien que nos ayude.
Sr. Cáceres	Sí, lo sé, y tenemos que hacerlo inmediatamente. Voy a anunciarlo en nuestro portal de la Web y en los periódicos locales.
Sra. Figueroa	Perfecto, y hablando del anuncio, me gustaría que saliera rápidamente. No te descuides.
Sr. Cáceres	No se preocupe, Sra. Figueroa.

When you want to express your ideas, change topics of conversation or interrupt a speaker, you can use the following expressions:

Introducing an idea

Tengo otra idea.	*I have another idea.*
Ya que estamos en el tema...	*Since we are on the topic . . .*
Yo propongo...	*I propose . . .*
Hablando de...	*Speaking of / about . . .*
Yo quisiera decir que...	*I would like to say that . . .*

Changing the subject

Cambiando de tema...	*Changing the subject . . .*
Pasemos a otro punto.	*Let's move on to something else.*
Por otro lado...	*On the other hand . . .*

Interrupting

Un momento.	*Wait a minute.*
Escuche(-n).	*Listen.*
Antes que me olvide...	*Before I forget . . .*
Perdón, pero yo...	*Excuse me, but I . . .*

Returning to the topic

Volviendo a...	*Going back to . . .*
Como decía...	*As I / he / she was saying . . .*

A. **Con amigos.** Ud. está hablando con unos amigos acerca de su trabajo. ¿Qué dicen Ud. y sus amigos en las siguientes situaciones?

   1. Ud. tiene una idea maravillosa para obtener mejores beneficios sociales.
   2. Ud. quiere proponer la idea de pedir una entrevista con el supervisor.
   3. Su amigo(-a) piensa que su idea es peligrosa y presenta otra alternativa.
   4. Ud. defiende su proposición.
   5. Su amigo(-a) lo (la) interrumpe.
   6. Ud. quiere añadir algo.

B. **¡Ya estoy cansado de trabajar tanto!** Ud. ha estado trabajando muchísimo y está muy cansado(-a). Por eso quiere comer algo y divertirse un poco. Con un compañero(-a), complete el siguiente diálogo.

Usted	*Su compañero(-a)*
1. _____, tengo una idea. ¿Qué te parece si...?	2. Bueno, pero.... Tengo otra idea...
3. Ya que estamos en el tema...	4. Un momento...
5. Perdón, pero yo...	6. Bueno, como tú digas. ¡Vamos, pues!

C. **¿Cómo buscamos trabajo?** Ud. y su amigo(-a) están hablando de qué van a hacer para encontrar trabajo el próximo verano ya que quieren trabajar en un país hispano. Ud. prefiere ir a los diferentes consulados o a agencias internacionales, pero su amigo(-a) prefiere consultar en Internet. Discutan qué van a hacer. Luego, informen a la clase su decisión y justifíquenla.

Estructuras

Explaining What You Would Do Under Certain Conditions

Conditional

The conditional tense is used to explain what you would do when certain conditions are present. The English conditional tense is formed with the auxiliary verb *would + main verb: Given your low salary, I would apply for a different job.*

   a. In Spanish the conditional of regular verbs is formed by adding the endings of the imperfect tense of **-er** and **-ir** verbs to the infinitive: **-ía, -ías, -ía, -íamos, -íais, -ían.**

Verbos en -AR	Verbos en -ER	Verbos en -IR
trabajar	**ofrecer**	**conseguir**
trabajaría	ofrecería	conseguiría
trabajarías	ofrecerías	conseguirías
trabajaría	ofrecería	conseguiría
trabajaríamos	ofreceríamos	conseguiríamos
trabajaríais	ofreceríais	conseguiríais
trabajarían	ofrecerían	conseguirían

b. Irregular conditional stems are the same as irregular future stems.

Drop the infinitive vowel		Replace infinitive vowel with -d		Irregular form	
haber	**habr-**	poner	**pondr-**	decir	**dir-**
poder	**podr-**	salir	**saldr-**	hacer	**har-**
querer	**querr-**	tener	**tendr-**		
saber	**sabr-**	valer	**valdr-**		
		venir	**vendr-**		

The conditional of **hay (haber)** is **habría** = *there would be.*

c. The conditional is generally used to explain what someone would do in a certain situation or under certain conditions.

—Con tantos aspirantes, ¿**solicitarías** este puesto?	*With so many applicants, would you apply for this job?*
—Problamente sí, pero primero **trataría** de enterarme del sueldo.	*Probably yes, but I would first try to find out about the salary.*

d. The conditional can also be used to soften a request or criticism.

—Perdone, señor. ¿**Podría** Ud. decirme dónde se encuentra la Compañía Suárez?	*Pardon me, sir. Could you tell me where Suárez Company is located?*

Práctica y conversación

A. Un(-a) aspirante perfecto(-a). ¿Cómo sería un(-a) aspirante perfecto(-a)?

> MODELO   conseguir la entrevista
> **Conseguiría la entrevista.**

ser responsable / ofrecer recomendaciones excelentes / demostrar iniciativa / trabajar cuidadosamente / tener conocimientos técnicos / estar listo(-a) para empezar a trabajar inmediatamente

B. **¿Qué haría Ud.?** Explique lo que Ud. haría si tuviera *(if you had)* una entrevista de trabajo.

> **MODELO**   llegar a tiempo
> **Llegaría a tiempo.**

1. vestirse bien
2. llenar una solicitud
3. traer las cartas de referencia
4. hablar de mis aptitudes personales
5. enterarse de las responsabilidades del puesto
6. tomar una decisión pronto
7. ¿?

C. **Haríamos muchas cosas buenas.** Trabajen en grupos de tres. Supongan que Uds. tienen un puesto dentro de la universidad que les permite mejorar la vida de los estudiantes. Preparen una lista de lo que Uds. harían para mejorar su vida financiera, académica y social y un plan de cómo implementar sus sugerencias. Informen luego al resto de la clase su plan de acción.

Describing How Actions Are Done

Adverb Formation

Adverbs are words that modify or describe a verb, an adjective, or another adverb such as those in the following phrases: *He always works* = Trabaja **siempre**; *rather pretty* = **bastante** bonita; *very rapidly* = **muy** rápidamente.

a. Some adverbs are formed by adding **-mente** to an adjective. The **-mente** ending corresponds to *-ly* in English: **finalmente** = *finally.*

1. The suffix **-mente** is attached to the end of an adjective having only one singular form: **final → finalmente; elegante → elegantemente**.
2. The suffix **-mente** is attached to the feminine form of adjectives that have both a masculine and feminine singular form: **rápido → rápida → rápidamente**.
3. Adjectives that have a written accent mark will retain it in the adverb form: **fácil → fácilmente**.

b. Adverbs are usually placed after the verb. When two or more adverbs are used to modify the same verb, only the last adverb in the series will have the suffix **-mente**.

> Ricardo terminó su trabajo **rápida** **y eficazmente**.　　*Ricardo finished his work rapidly and efficiently.*

c. Adverbs generally precede the adjective or adverb they modify.

> Esta solicitud es **demasiado** larga. No voy a llenarla **muy** rápidamente.　　*This application is long. I'm not going to fill it out very quickly.*

d. The preposition **con** + *a noun* are often used in place of very long adverbs: *affectionately* = **cariñosamente, con cariño**; *responsibly* = **responsablemente, con responsabilidad**.

> Berta siempre trabaja **con cuidado**.　　*Berta always works carefully.*

Práctica y conversación

A. Los nuevos trabajos. ¿Cómo trabajarían estas personas en un nuevo trabajo?

> **MODELO**   Carlota / rápido
> **Carlota trabajaría rápidamente.**

1. Juan / eficaz
2. Anita / perezoso
3. Esteban / cuidadoso
4. Mercedes / atento

5. Gerardo / paciente
6. Marcos / feliz
7. Elisa / claro y conciso
8. yo / ¿?

B. Yo trabajaría eficazmente. Ud. está hablando con su compañero(-a) y le cuenta acerca de sus planes de establecer un pequeño negocio. Dígale de qué se trata y por qué quiere hacerlo, cómo piensa empezarlo, cómo va a seleccionar a sus empleados, cómo va a administrarlo, etc.

Indicating Quantity

Adjectives of Quantity

In order to talk about the number or size of people, places, and things, you will need to learn to use adjectives of quantity.

alguno	*some*	numerosos	*numerous*
bastante	*enough*	otro	*other, another*
cada	*each, every*	poco	*little, few*
demasiado	*too much / many*	tanto	*so much / many*
más	*more*	todo	*all, every*
menos	*less*	todos	*all, every*
mucho	*much, many, a lot*	varios	*several, some, various*

a. Adjectives of quantity precede the nouns they modify.

Recibimos **muchas** solicitudes para el nuevo puesto.	*We received a lot of applications for the new position.*

b. Some of these adjectives of quantity have special forms and / or usage.

1. **Alguno** is shortened to **algún** before a masculine singular noun: **algún puesto**.
2. **Cada** is invariable; it is used with singular nouns only: **cada anuncio**; **cada entrevista**.
3. Forms of **todo** are followed by the corresponding article + noun: **toda la carta** = *the whole letter;* **todos los beneficios** = *all the benefits, every benefit.*
4. **Más** and **menos** are invariable.

En mi opinión, ese empleado merece **más** dinero.	*In my opinion, that employee deserves more money.*

5. **Numerosos(-as)** and **varios(-as)** are used only in the plural.

Esta compañía ofrece **varios** beneficios sociales.	*This company offers several fringe benefits.*

6. The forms of **otro** are never preceded by **un / una**.

¿Vas a **otra** entrevista esta tarde?	*Are you going to another interview this afternoon?*

Práctica y conversación

A. Estas entrevistas. Ud. tiene que tomar muchas decisiones antes de ofrecer varios puestos a algunos aspirantes. Diga lo que tiene que hacer primero.

1. Quiero ver todos los **anuncios** clasificados.

    solicitudes / cartas de recomendación / aspirantes

2. Tengo que hablar con mi jefe sobre algunos **puestos**.

    beneficios sociales / aptitudes personales / decisiones

3. Quiero hablar con otro **aspirante**.

    supervisor / empleada de personal / gerente

B. Deseos y quejas. Complete las siguientes oraciones de una manera lógica.

1. Quiero otro(-a) _____.
2. Nunca hay bastante(-s) _____.
3. Compro poco(-a) _____.
4. Tengo que hacer mucho(-a) _____.
5. Algunos(-as) _____ son interesantes.
6. Siempre hay demasiado(-a) _____ en esta universidad.

C. Entrevista personal. Hágale preguntas a un(-a) compañero(-a) de clase.

Pregúntele...

1. qué hace para buscar trabajo.
2. si puede recomendar una agencia de empleos.
3. si quiere trabajar en un país de habla hispana.
4. si habla catalán o portugués.
5. si quiere ganar mucho dinero.

Siga practicando el vocabulario y las estructuras gramaticales de **Capítulo 9, Primera situación** en *Interacciones CD-ROM.*

Para saber más:
www.heinle.com

Segunda situación

Presentación

Necesito una secretaria

Práctica y conversación

A. ¿Qué sección? Indique qué sección de una empresa tiene las siguientes responsabilidades.

1. Se decide dónde y cómo se venden los productos.
2. Se preocupa de la planificación y la coordinación de todas las responsabilidades.
3. Se pagan las obligaciones financieras.
4. Se compran las acciones y los bonos.
5. Se preocupa de los pedidos, los vendedores y las zonas de ventas.
6. Se controla el presupuesto.
7. Se coordina el uso de las computadoras.

B. Definiciones. Dé las palabras que corresponden a estas definiciones.

1. las personas que usan Internet
2. comunicarse con un enlace
3. un programa que ofrece sonido, animación, películas, música, etc.

4. la red mundial de computadoras
5. una máquina que entra las fotos, el texto, etc. en la computadora
6. lo que permite comunicarse con la computadora

C. La tecnología personal. ¿Cuáles de estos productos le gustaría usar? ¿Por qué?

G. Sea puntual con sus citas con este organizador personal y calculadora Royal®. Organizador fácil de usar con memoria de 2KB, calculadora de 10 dígitos, pantalla de 3 líneas, función con código de acceso para información confidencial, apagado automático, alarmas diarias, archivos de teléfonos y memos. La pantalla en ángulo facilita la lectura. Mantiene las horas, alarmas diarias, fechas y detalles de las citas. Solar, con pila auxiliar incluida. Garantía limitada. Importado.
LW369 $39.99* **4.79** por mes*

H. Mantenga su saldo al día con esta chequera y calculadora Royal®. 3 diferentes memorias para cuentas de ahorro, cheques y tarjetas de crédito. Pila auxiliar incluida. Pantalla de 8 dígitos. El protector de memoria guarda el saldo. Tiene código de acceso. Bolígrafo, portador de tarjetas/fotos. Garantía limitada. Importada.
L3972 $19.99* **4.89** por mes*

J. Sea un genio de la ortografía con el Franklin® Spelling Ace®. Corrige la ortografía de más de 80,000 palabras. La función "Confusables" le ayuda con palabras que se confunden fácilmente. Tiene juegos de palabras: Hangman, Jumble, flashcards, anagramas y Word Blaster. Solución incorporada de crucigramas y combinaciones. Pantalla de 16 caracteres. Incluye pilas y estuche. Garantía limitada. Importado.
AU239 $19.99* **4.89** por mes*

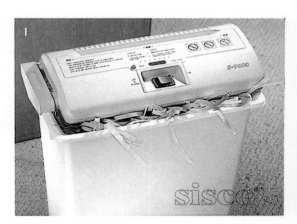

I. Guarde sus secretos con este cortador de papel y papelero Sisco® Protector™. Corta de 1 a 3 hojas de papel en tiras de ¼". Opción manual o automática y de seguridad para quitar papeles atascados. Incluye su propio papelero. Garantía limitada. Importado.
LP463 $79.99* **8.79** por mes*

D. Creación. Cuente en una narración lo que pasa en el dibujo de la **Presentación**.

Vocabulario

Las secciones	Departments
la administración	*management*
la bolsa (de acciones)	*stock market*
la contabilidad	*accounting*
las finanzas	*finance*
la informática	*computer science, information technology*
el mercadeo	*marketing*
la publicidad	*advertising*
las relaciones públicas	*public relations*
las ventas	*sales*

La oficina comercial	Business office
el archivo	*file cabinet*
la calculadora	*calculator*
la carpeta	*file folder*
la cinta adhesiva	*tape*
la engrapadora	*stapler*
la grapa	*staple*
el informe	*report*
la papelera	*wastebasket*
el quitagrapas	*staple remover*
el sacapuntas	*pencil sharpener*
el teléfono celular	*cellular phone*

La computadora	Personal computer
el chip	*microchip*
el disco	*disk*

el disco duro	*hard drive*
el documento	*file*
el escáner	*scanner*
el hardware	*hardware*
la impresora	*printer*
el lector CD-ROM	*drive CD-ROM drive*
de discos	*disk drive*
el monitor	*monitor*
la pantalla	*screen*
el programa	*program*
el software multimedia	*multimedia software*
la tecla	*key*
el teclado	*keyboard*

La autopista de información	Information superhighway
los cibernautas	*people who use the Internet*
los enlaces	*links*
la página base	*Home Page*
el portal de la Web	*Web site*
la realidad virtual	*virtual reality*
la red	*network*
hacer clic	*to click*
navegar Internet / la red	*to surf the Internet*

Así se habla

Double Checking Comprehension

Sra. Santamaría	Bueno, tenemos que encontrar el secretario o la secretaria ideal.
Sr. Echevarría	Sí, queremos que sea una persona que hable español, pero que también sepa portugués y catalán para poder comunicarse con nuestros clientes. ¿De acuerdo?
Sra. Santamaría	Sí, claro que sí, pero no se olviden que también queremos alguien que pueda usar las nuevas computadoras, todo el software multimedia que acabamos de comprar y el escáner, porque si no, vamos a tener problemas.
Sra. Gutiérrez	Sí, tienes razón. También tiene que saber cómo diseñar y mantener nuestra página base. En resumen, necesitamos una persona que esté al día en los avances del mundo de la computación. ¿Les parece?
Sra. Santamaría	Claro que sí. ¿Y cuánto le vamos a pagar?

When you want to check comprehension, you can use one of the following expressions.

¿Oyó? (¿Oíste?)	*Did you hear (me)?*
¿Me ha(-s) oído bien?	*Did you hear me well?*
¿Ya?	*Okay?*
¿Comprende(-s)?	*Do you understand?*
¿Se da cuenta Ud.? (¿Te das cuenta?)	*Do you realize (it)?*
¿Está(-s) seguro(-a)?	*Are you sure?*
¿De acuerdo? **¿Conforme?**	*Do you agree?*

¿Le (Te) parece bien?	*Does it seem okay to you?*
¿Qué le (te) parece?	*What do you think?*
¿Vale? (*España*)	
¿Está bien?	*Is it okay?*

A. ¿Qué te parece? Ud. y su esposo(-a) tienen mucho trabajo y necesitan ayuda. ¿Qué dicen en las siguientes situaciones?

Estudiante 1

1. Ud. ha sugerido contratar una persona para que limpie la casa dos veces por semana. Su esposo(-a) no contesta.
Ud. le dice: _____

3. Ud. tiene mucho trabajo y está muy cansado(-a). No quiere más obligaciones. Por eso insiste en contratar otra persona. Quiere saber si su esposo(-a) comprende.
Ud. le dice: _____

Estudiante 2

2. Ud. prefiere que su esposo(-a) haga la limpieza de la casa y así no gastar dinero. Quiere saber si su esposo(-a) está de acuerdo.
Ud. le dice: _____

4. Ud. sugiere que los dos hagan la limpieza juntos una vez por semana. Ud. quiere saber si su esposo(-a) acepta su sugerencia.
Ud. le dice: _____

B. Por favor, no agarres mis cosas. Con un compañero(-a), dramatice la siguiente situación. Ud. y su compañero(-a) son secretarios(-as) en una empresa y Ud. ha notado que él (ella) ha estado usando su computadora para navegar la red. Además ha estado revisando sus archivos y ha borrado una serie de documentos importantes en su computadora. Ud. le habla pero él (ella) parece no prestarle atención.

Estructuras

Talking About Unknown or Nonexistent People and Things

Subjunctive in Adjective Clauses

Adjective clauses are used to describe preceding nouns or pronouns: *I need a secretary who speaks Spanish. I'm looking for a job that pays well.*

a. In Spanish, when the verb in the adjective clause describes something that may not exist or has not yet happened, the verb must be in the subjunctive. When the adjective clause describes a factual situation, the indicative is used. Compare the following examples.

Subjunctive: Unknown or Indefinite Antecedent
Busco una secretaria que **hable** español.

I'm looking for a secretary who speaks Spanish.
(Such a person may not exist.)

Indicative: Existing Antecedent
Busco la secretaria que **habla** español.

I'm looking for the secretary who speaks Spanish.
(Such a person exists.)

b. Likewise, when the verb in the adjective clause describes something that does not exist, the subjunctive is used.

Subjunctive: Negative Antecedent

—Necesitamos alguien que **comprenda** este nuevo programa de computadoras.

We need someone who understands this new computer program.

—Lo siento, pero en nuestra sección no hay nadie que lo **comprenda**.

I'm sorry, but in our department there isn't anyone who understands it.

Indicative: Existing Antecedent

—Pero en la sección de contabilidad hay dos o tres secretarias que lo **usan** y lo **comprenden** bien.

But in the accounting department there are two or three secretaries who use it and understand it well.

c. Remember that it is the meaning of the entire main clause and not a particular word that signals the use of the subjunctive. When the main clause indicates that a person or thing mentioned is outside the speaker's knowledge or experience, then the subjunctive is used.

1. The speaker is looking for a specific computer and knows that it exists.

Buscamos una computadora que **tiene** un teclado español.

We are looking for a computer that has a Spanish keyboard.

2. The speaker is not looking for a specific computer and doesn't know if such a computer exists.

Buscamos una computadora que **tenga** un teclado español.

We are looking for a computer that has a Spanish keyboard.

Práctica y conversación

A. Otro contador. Ud. es el (la) gerente del departamento de finanzas en una pequeña empresa que necesita otro contador. Explique las calificaciones necesarias de este empleado nuevo.

1. Buscamos un contador que...

   ser inteligente / conocer nuestro programa de computadoras / saber mucho de contabilidad / aprender rápidamente / resolver problemas eficazmente

2. No necesitamos ninguna persona que...

   equivocarse mucho / perder tiempo / dormirse en su oficina / siempre estar de mal humor / salir temprano

B. Las fantasías. Complete las oraciones de una manera lógica explicando sus ideas.

1. Quiero un trabajo que _____.
2. Quiero un(-a) novio(-a) que _____.
3. Deseo una casa que _____.
4. Quiero comprar un coche que _____.
5. Busco un(-a) profesor(-a) que _____.

C. Se necesitan empleados(-as). Ud. es el (la) jefe(-a) de personal de una compañía y necesita contratar un(-a) contador(-a), un(-a) secretario(-a) y un(-a) mensajero(-a). Hable con su asistente y discuta las características que deben tener estos empleados.

Explaining What You Want Others to Do

Indirect Commands

Indirect commands are used when one person tells another person what a third person (or persons) should do. *Srta. Guzmán, have the new secretary file these documents.*

a. The subjunctive form is always used in Spanish indirect commands.

Que lo **haga** Tomás.	*Let Tomás do it.*
Que **escriba** las cartas la nueva secretaria.	*Have the new secretary write the letters.*

Word order in Spanish indirect commands is very different from the English equivalent.

Que	+	(no)	+	REFLEXIVE or OBJECT PRONOUNS	+	VERB (in present subjunctive)	+	SUBJECT
Que				las		escriba		la nueva secretaria.
Que		(no)		se		preocupen		los empleados.

b. The indirect command is frequently used to express good wishes directly to another person.

¡Que **te mejores** pronto!	*Get well soon!*
¡Que **se diviertan**!	*Have a good time!*

c. The introductory **que** will generally mean *let* but it can also mean *may* or *have*.

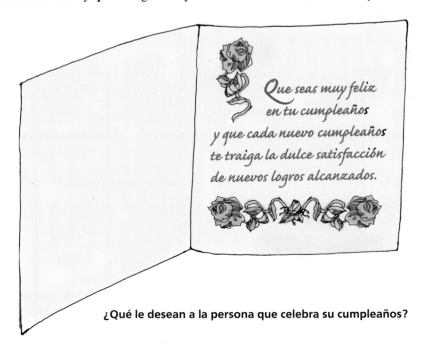

Que seas muy feliz en tu cumpleaños y que cada nuevo cumpleaños te traiga la dulce satisfacción de nuevos logros alcanzados.

¿Qué le desean a la persona que celebra su cumpleaños?

Práctica y conversación

A. **En la oficina.** Use un mandato indirecto para explicar las responsabilidades de las siguientes personas.

> **MODELO**　contestar el teléfono / la recepcionista
> **Que lo conteste la recepcionista.**

1. mandar las cartas / el secretario
2. hacer publicidad / la publicista
3. tomar decisiones importantes / el gerente
4. pagar las cuentas / el contador
5. ayudar a los clientes / el representante de ventas
6. explicar las leyes / la abogada

B. **Que tenga suerte.** Expréseles sus buenos deseos a las siguientes personas cuando digan lo que hacen o van a hacer.

> **MODELO**　　　　　　　Su amigo busca trabajo. / tener suerte
> Compañero(-a): **Busco trabajo.**
> Usted: **Que tengas suerte.**

1. Su hermano llena una solicitud. / conseguir una entrevista
2. Sus amigos salen en un viaje de negocios. / tener buen viaje
3. Su jefe está enfermo. / mejorarse pronto
4. Su novio(-a) empieza un nuevo empleo. / tener éxito
5. Sus compañeros(-as) de trabajo van de vacaciones. / divertirse
6. Su amigo(-a) necesita dinero. / encontrar un empleo pronto

C. **¡Que haga todo esto!** Ud. es el (la) jefe(-a) de personal y se va de vacaciones, pero hay un problema: un(-a) nuevo(-a) técnico(-a) de computadoras(-a) va a llegar al día siguiente y Ud. no va a poder darle las instrucciones personalmente. Llame a su asistente y dígale lo que tiene que decirle a esta nueva persona. Él (Ella) le hará una serie de preguntas sobre las órdenes que Ud. deja, dónde lo (la) puede localizar en caso que sea necesario, etc. Finalmente, Ud. se despide y él (ella) le desea unas buenas vacaciones.

Expressing Exceptional Qualities

Absolute Superlative

The absolute superlative is an adjective ending in **-ísimo**; it is used to describe exceptional qualities or to denote a high degree of the quality described. The Spanish forms have the English meaning *very, extremely,* or *exceptionally* + *adjective*.

To form the absolute superlative of adjectives that

1. end in a consonant, add **-ísimo** to the singular form: **difícil → dificilísimo**.
2. end in a vowel, drop the final vowel and then add **-ísimo**: **lindo → lindísimo; grande → grandísimo**.
3. end in **-co** or **-go,** make the following spelling changes: **c → qu: rico → riquísimo; g → gu: largo → larguísimo**.

Note that the suffix changes form to agree in number and gender with the noun modified.

Se puede encontrar información **interesantísima** navegando la red, pero requiere **muchísimo** tiempo.	*You can find very, very interesting information by surfing the Internet, but it requires a lot of time.*

Práctica y conversación

A. Una compañía moderna. Complete las siguientes oraciones utilizando el superlativo absoluto de los adjetivos presentados entre paréntesis.

1. En una compañía moderna hay (muchas) secciones con (muchos) empleados (buenos).
2. Casi todos los empleados tienen un sentido (bueno) para los negocios y son (inteligentes).
3. Trabajan (largas) horas para mejorar la compañía; a veces el trabajo es (difícil).
4. Algunos empleados que tienen una iniciativa (fuerte) se hacen (ricos).
5. En las compañías modernas utilizan una variedad (grande) de tecnología.

B. Mis amigos. Cuéntele a su compañero(-a) acerca de sus amigos(-as). Dígale quién es muy...

pobre / rico / callado / alto / simpático / antipático / inteligente / liberal / ¿?

Summarizing

When you listen to a conversation or lecture, you may have to summarize what you heard. A summary can be written in the form of an outline, chart or paragraph. To write an

outline, chart or paragraph you have to recall factual information and categorize it logically in the proper format.

Ahora, escuche el diálogo entre dos compañeros de trabajo que hablan de cómo solucionar algunos problemas en su oficina y tome los apuntes necesarios. Antes de escuchar la conversación, lea los siguientes ejercicios. Después, conteste.

A. Algunos detalles. Complete las siguientes oraciones basándose en lo que Ud. escuchó y en sus apuntes.

   1. Los compañeros de trabajo necesitan _____ porque todo el trabajo está _____.

   2. Ellos quieren alguien que sea _____, _____, que sepa _____ y que tenga conocimientos de _____.

   3. Ellos recuerdan a su _____. Ella era _____, _____ y _____.

B. Análisis. Escuche el diálogo nuevamente prestando atención especial al tono de la conversación. Después, escoja la respuesta más apropiada.

   1. Se puede decir que los compañeros de trabajo
      a. están interesados en tener más tiempo libre.
      b. quieren que la empresa funcione eficientemente.
      c. se preocupan poco por la empresa.
   2. Se puede decir que estos dos compañeros de trabajo
      a. son desorganizados.
      b. son ahorrativos *(thrifty)*.
      c. están preocupados.

Siga practicando el vocabulario y las estructuras gramaticales de **Capítulo 9, Segunda situación** en *Interacciones CD-ROM*.

Para saber más:
www.heinle.com

Tercera situación

Perspectivas

Cómo se busca trabajo

Los errores más comunes al buscar trabajo

Como regla general y para no equivocarse, piense cómo reaccionaría Ud. en caso de ser el (la) futuro(-a) empleador(-a) y actúe en consecuencia. Por ejemplo, ¿qué impresión le causaría una persona que fuera a solicitar trabajo y se peinara en su despacho? ¿O lo (la) llamara para saber si ya vio su currículum vitae un viernes por la tarde a las cinco menos cuarto?

   Aquí le vamos a relacionar unos cuantos de los más comunes (pero nada inocuos) de esos errores.

1. No se siente a esperar que le avisen.
2. Haga una gestión de trabajo en un buen momento. Escoja cualquier día que no sea ni lunes ni viernes.
3. No emita opiniones personales, sino sólo aquéllas que reflejen la imagen que a la empresa le interesa que Ud. proyecte.
4. No hable ni se comporte descuidadamente.
5. No pida una entrevista si no sabe qué plazas hay disponibles.
6. No se descuide cuando le parece que no tiene oportunidades.
7. No se considere definitivamente rechazado(-a) cuando le den el primer «no».
8. Apréndase el nombre de los empleados o ejecutivos que han conversado con Ud.
9. Pregunte cuándo habrá otra oportunidad en el mismo momento que lo (la) rechazan.
10. Envíe una nota de agradecimiento después de tener una entrevista de trabajo.
11. Demuestre un interés especial por trabajar en esa oficina.

Práctica y conversación

A. Busco trabajo. A continuación se presenta una serie de avisos económicos que ofrecen diferentes trabajos. Siga las recomendaciones de arriba en «Los errores más comunes al buscar trabajo» y solicite cualquier trabajo que le interese. Con un(-a) compañero(-a), dramatice una entrevista en una oficina de personal.

B. **Comparaciones.** Utilice el aviso en que se busca una secretaria en la última columna a la derecha (**SECRETARIA** mecanógrafa...) para contestar las siguientes preguntas: ¿Cuáles son algunas de las diferencias en el aviso del mundo hispano y un aviso de los EE.UU.? ¿Qué se puede mencionar en el mundo hispano que no se puede mencionar o pedir en los EE.UU.?

NUEVO CENTRO medico capacita senores(ras) señoritas 30 dias para seleccionar su personal estable en laboratorio RX RRPP instrumentacion emergencia guardia etc. Rz. Marañon 391 Altos Rimac 12 m - 4 pm., L - S.

PANADERIA necesita señoritas despachadoras. Presentarse de lunes a viernes Berlin 580 Miraflores

PARA EQUIPAR nuevo policlinico requerimos profesionales c/equipo dental RX laboratorio ecografo zona central estrategica excelentes ambientes c/telefono Raz. Marañon 391 Rimac frente a Bco. de La Nacion horas oficina.

PERSONAL de vigilancia para turnos de 12 horas diurno 1/. 6.500.- nocturnos 5.900.- necesita Viconsa Lampa 879 Of. 408 atencion toda la semana en las mañanas

PERSONAL De mensajeria solicita compañia presentarse Jr. Moquegua 112 - 301 Lima

POLICLINICO requiere 1 doctora Medicina General, Serumista, honorarios mensuales 1 médico radiólogo, ecografista para sus 2 sedes, contamos con pool de pacientes y movilidad una vez por semana. Presentarse asimismo 1 Oftalmólogo, 1 Otorrino, direccion Av. Alfredo Mendiola 5361, Panamericana Norte, frente Acersa Ceper.

SE NECESITA recepcionista 8 a 3 buena presencia y facilidad de palabra para centro Pre Universitario Presentarse lunes en la mañana en Av. Tacna 643 Lima.

SE NECESITA señoritas para trabajos de encuestas sueldo minimo comisiones movilidad presentarse Jr.. Chancay # 856, 10 a.m.

SE NECESITA universitario medicina y enfermeria presentarse Jirón Chancay # 850, a las 10 a.m.

SE NECESITA cortadores, compostureros, saqueros y pantaloneros para empresa de confecciones de prestigio en el mercado presentarse a Jr. Cuzco # 417 Of. 709, Lima

SE NECESITA Srta. Auxiliar Contabilidad con documentos. Presentarse el dia lunes 23 de 10 a 12 m. Manuel Segura 732, Lince

SECRETARIAS ejecutivas bilingues c. experiencia presentarse c. documentos Jose Pardo # 620 of. 214 Miraflores

SECRETARIA mecanografa señorita(ra) 18-25 años, buena presencia, educada, responsable, oficina administrativa de sólida empresa comercial Puerto Bermudez # 122, San Luis, altura Cdra. 15, Nicolas Arriola

SECRETARIA necesito estudio abogados buena presencia documetnos Huancavelica 470 Of. 308 9 am a 1 pm

Panorama cultural

El uso del español en el trabajo

A. **Patty Elizondo.** Ud. y un(-a) compañero(-a) de clase necesitan usar la foto a continuación para describir a Patty Elizondo y su ciudad de San Antonio, Texas. Contesten todas las preguntas. ¿Cómo es Patty Elizondo? ¿Qué lleva ella en la foto? ¿Cómo es San Antonio? ¿Qué edificio se ve en la foto? ¿Cuáles son otros famosos sitios históricos y turísticos de la ciudad? ¿Quiénes fundaron la ciudad? ¿Qué lenguas utilizan en la ciudad?

B. El uso del español en el trabajo. Complete las siguientes oraciones con información del vídeo acerca del uso del español en San Antonio.

1. En la época de los 40 y los 50 los padres no querían enseñarles _____ a sus _____ porque había muchísima _____ en San Antonio y porque no querían que aprendieran mal el _____.
2. Esa generación que creció sin el bilingüismo tiene una desventaja porque el _____ es muy importante en los _____ y en la _____.
3. La gente aquí (en San Antonio) hablan el _____ en _____.
4. El español es _____ a nivel turístico, a nivel de _____, en todos los niveles. Todo lo que se hace en _____, tiene que hacerse en _____.
5. En San Antonio publican *La Prensa* que es un _____ bilingüe.
6. Según Bret Gilmore el español es muy importante en su _____ porque sus _____ prefieren hablar en _____.

Identifying Point of View

Prereading and decoding are two steps that lead to comprehension. Comprehension is a global task and involves assigning meaning to the entire reading selection. In reading selections containing material that is simple to understand, comprehension may result merely from using prereading techniques and from decoding key words and phrases. Comprehension of more complex reading selections will involve more than just these initial two stages. One key to comprehension is the identification of point of view. The authors of articles and editorials frequently present their own ideas and try to convince the reader to accept these same ideas or point of view. You need to learn to identify these points of view in order to comprehend and interpret the selection. The following techniques will aid you in this process.

1. **Identify the main theme.** Using prereading techniques, identify the main theme of the reading. Decide if the author is merely relaying information or is trying to present an idea and persuade you to his / her point of view.
2. **Identify the point of view.** If the author is trying to present a point of view and convince you of its worth, you as reader must identify that point of view using some of the following techniques.
   a. Find out information about the author that will provide clues as to his / her beliefs. Ask yourself: Who is the author? Where is he / she from? Where and for whom does he / she work? With what political / religious / social group(s) is he / she associated?
   b. As you decode, make a mental list or outline of the main points or ideas of the article.
3. **Evaluate the point of view.** As a reader you need to decide if the author's point of view is valid.
   a. Decide if the main points are presented logically and clearly.
   b. Decide if the author is trying to convince you through emotional appeal or logic and reasoning.
   c. Ask if the main points are supported with legitimate examples, statistics, or research.

4. **Agree or disagree with the point of view.**
   a. Does the author's point of view depend upon special circumstances or cultural background?
   b. Does the author's point of view correspond to your background, experience, and beliefs?
   c. Does the article reinforce or change your opinion?

Práctica

A. El tema. Dé un vistazo al título, a las fotos y al primer párrafo para determinar el tema del artículo.

B. La periodista. Lea el párrafo siguiente sobre la periodista que escribió el artículo de la **Lectura cultural** de este capítulo. Decida qué información puede influir en el punto de vista de la autora.

> La persona que escribió el artículo que sigue es una periodista española llamada Ana Isabel Zarzuela. El artículo fue publicado en la revista española *Cambio 16*, que se publica cada semana y se especializa en noticias sobre política, economía, cultura y sociedad.

C. El punto de vista. Lea los dos primeros párrafos de la lectura a continuación. Decida si la periodista está informando al lector o si está tratando de convencerlo de algo.

D. Un idioma emergente. Explique lo que significa la frase «un idioma emergente». ¿Está Ud. de acuerdo con lo que dice la periodista en los dos primeros párrafos? ¿Por qué?

Lectura cultural

El español: un idioma emergente°
emerging

Más de 500 millones de personas hablan hoy español. Reforzada° por una rica tradición cultural, la lengua española goza de una amplia presencia internacional. El español se ha convertido en° un idioma emergente que aspira a ser la segunda lengua mundial.
Reinforced

become

El gran crecimiento° demográfico de las sociedades latinoamericanas y la pervivencia° del español en plazas° históricas, sostienen en parte esa emergencia. Pero hay otras razones.
growth / survival
centers

Brasil se ha convertido en uno de los mercados más potentes para la literatura y la música hispana, con un crecimiento del 500 por ciento, en los dos últimos años, de los libros procedentes de España. La enseñanza del español ha aumentado° tanto que 50 centros universitarios ofrecen licenciaturas° en español, y el Ministerio de Educación brasileño calcula que en los próximos años el país podría necesitar 210.000 profesores de español, sobre todo, si finalmente se aprueba° el español como materia obligatoria en la enseñanza secundaria.
increased
degree programs

is approved

En Asia Oriental la curiosidad por la cultura latina y el deseo de estrechar lazos° económicos abren las puertas al español, que es ya la segunda lengua más estudiada en las universidades japonesas.
tighten bonds

Pero el avance más espectacular es el que esta lengua ha vivido en los EE.UU. En los EE.UU. el español prospera y no sólo entre la comunidad hispana, ya que casi 80 millones de estadounidenses lo utilizan como segunda lengua. Además, los más de 35.000.000 de

Nuevos ciudadanos hispanos en los EE.UU.

hispanos que viven en el país, su creciente peso° político, su potencial económico y la proliferación de medios de comunicación en español, han impulsado esa emergencia.

Hoy es más fácil, que en ningún otro momento de la historia, ser hispano y vivir el español en los EE.UU. El factor de crecimiento demográfico es el principal elemento de la fuerza de los hispanos que viven en los EE.UU. Según proyecciones de la oficina del Censo, con base en Washington, D.C., los hispanos rozarán° los cien millones de habitantes en el año 2100, cuando la población de los EE.UU. alcance° los 571 millones de personas, el doble de lo que es actualmente.

Con 100 millones de personas, los hispanos pueden marcar el ritmo de la sociedad norteamericana de finales del siglo XXI, cuando la mayoría anglosajona representará menos del 50 por ciento de la población. El resto se comprondrá° de minorías étnicas, lideradas° por la hispana.

Prueba° de la vitalidad económica de los hispanos es el aumento° del poder adquisitivo° del grupo. Además de las estaciones de radio y las cadenas de televisión, en la actualidad° existen 1.300 publicaciones periódicas°, 24 diarios° y 250 semanarios° en español en este país, que, sin duda, han contribuido a mejorar la imagen de lo hispano y aumentar la lealtad de los latinos hacia su propia lengua y cultura.

La cultura es patente° en el ámbito° musical y, sobre todo, en portales de Internet. A pesar de la aparición constante de portales latinos, es muy pequeña la proporción de contenidos en español; un dos por ciento de las páginas web publicadas en el mundo, aunque el español es la segunda lengua (después del inglés) en los medios de comunicación

Glosses (left margin):
- weight
- will touch on
- reaches
- will be composed of / led
- Proof / increase / buying power
- at the present time
- periodicals / daily papers / weekly papers
- evident / sphere

en Internet. Además, el español es la lengua más estudiada en colegios y universidades de los EE.UU. y existen ciudades del país, como Miami, San Antonio o, incluso, Los Ángeles, Chicago y Nueva York, donde el bilingüismo es ya una cosa normal.

Sin embargo, hay algunas personas que son más pesimistas en cuanto al uso del español en el futuro en los EE.UU., y estas personas apuntan° las estadísticas. El 98,5 por ciento de los hispanos cree que hay que aprender inglés para trabajar y obtener prestigio social y sólo un 68 por ciento habla español en su casa, a excepción de algunos estados del suroeste, donde un 82 por ciento de los hispanos mayores de cinco años utiliza el español en su vida diaria. De los hogares° donde se habla español, sólo en un 23 por ciento ningún miembro de la familia habla bien el inglés.

El español, que ya llega a los EE.UU. con raíces° variadas —sobre todo mexicanas, cubanas y centroamericanas— se diversifica aún más en su convivencia° con el inglés. El spanglish —o Spanish U.S., como otros lingüistas prefieren llamarlo—, asume construcciones gramaticales del inglés y se termina convirtiendo en un tipo de dialecto propio. **Puchar** (to push) *por empujar,* **mapear** (to mop) *por pasar la fregona, o* **hablar p'atrás** (to talk back) *por contestar, son expresiones que pueblan° las conversaciones entre hispanos.*

El gran reto° del español en las primeras décadas del siglo XXI será su consolidación como segunda lengua internacional. Y para eso tiene tres lugares donde se la juega°: Estados Unidos, Brasil y un espacio virtual, la sociedad de la información. Sin duda, el español del futuro será más diverso e integrado.

(glosses, right margin)
point out
homes
roots
coexistence
populate
challenge
is being played out

Práctica

A. ¿Cierto o falso? Identifique las oraciones falsas y corríjalas.

1. No se estudia el español fuera de los países hispanos.
2. El español aspira a ser la segunda lengua mundial.
3. El idioma español no ha cambiado a causa de su convivencia con el inglés.
4. El spanglish es muy común en Brasil.
5. El español del futuro será más diverso e integrado.
6. Según las proyecciones de la oficina del Censo, a finales del siglo XXI los anglosajones representarán el 75 por ciento de la población de los EE.UU.
7. Es más difícil hoy ser hispano y vivir el español en los EE.UU.

B. Las estadísticas. Muchas veces las estadísticas ayudan a defender un punto de vista. Complete las siguientes oraciones con las estadísticas acerca de la información del artículo.

1. Más de _____ de personas hablan hoy español.
2. Actualmente hay más de _____ de hispanos que viven en los EE.UU.
3. Hay casi _____ de estadounidenses que utilizan el español como segunda lengua.
4. En el año 2100 habrá _____ de hispanos dentro de los EE.UU. y la población total de los EE.UU. alcanzará los _____ de personas.
5. Actualmente existen _____ publicaciones periódicas, _____ diarios y _____ semanarios en español.
6. En Brasil hay _____ centros universitarios que ofrecen especializaciones en español.
7. El Ministerio de Educación brasileño calcula que en los próximos años Brasil podría necesitar _____ profesores de español.

C. Otro punto de vista. Utilizando la información del artículo, explique el punto de vista de las personas que piensan que el español no va a ser importante en los EE.UU. en el futuro.

D. En defensa de una opinión. ¿Qué evidencia hay en el artículo que confirma la siguiente idea? «El español es un idioma emergente.»

Filling Out An Application

One of the most common types of writing that many persons do on a regular basis involves filling in forms and applications. While the writing of letters, reports, papers and compositions requires connected text, the completion of forms requires only individual words and phrases. Thus, the accuracy of filling out forms is largely dependent on your ability to read the phrases requesting information. Knowledge of the following vocabulary items should help you in most forms.

Antigüedad: Número de años que ha trabajado en el mismo lugar

Apellido(-s): El nombre de familia, como Gómez, García Fernández, Smith

Código postal (C.P.): Unos números que indican la zona postal donde Ud. vive.

Colonia: Un pequeño pueblo en las afueras de una ciudad mexicana

Cónyuge: El (la) esposo(-a)

Dependencia: En México es un barrio dentro de una colonia

Dirección / Direcciones / Domicilio actual: El lugar donde Ud. vive actualmente

Empresa: Una compañía

Estado civil (Edo. civil): Casado(-a), soltero(-a), viudo(-a), divorciado(-a), separado(-a)

Estado de cuenta (Edo. de cuenta): La cuenta que recibe al fin de cada mes y que tiene que pagar

Ingreso: El sueldo o el salario; el dinero que recibe de su trabajo

Núm.: Número

Solicitante: La persona que llena la solicitud

Teléfono: El número de teléfono

Composiciones

A. Solicitud Personal. Llene la siguiente solicitud.

SOLICITUD PERSONAL PARA LA TARJETA AMERICAN EXPRESS™ℝ

Para Uso Exclusivo de American Express	Folio		Núm. de Cuenta:	

DATOS GENERALES DEL SOLICITANTE

Apellidos: Paterno   Materno   Nombre

Cómo desearía que apareciera su nombre en La Tarjeta (considere espacios)

Edad   Reg. Fed. Contribuyentes   Edo. Civil

Domicilio Actual: Calle   Núm.   Colonia

Delegación   C.P.   Ciudad   Estado

Tiempo de residir ahí   Teléfono Lada

Vive en casa: Rentada ☐   Familiares ☐   Propia ☐   Pagándola ☐
Deseo recibir mi Edo. de Cuenta: Domicilio ☐   Oficina ☐
Núm. Licencia o Pasaporte   Fecha de Nacimiento

Nombre Completo del Cónyuge   Separación de Bienes ☐
                                      Sociedad Conyugal ☐

Número Dependientes

Domicilio Anterior (si tiene   Calle   Núm
menos de 3 años en el actual)

Colonia   Delegación   C.P.

Ciudad   Estado   Tiempo de residir ahí

Es o ha sido Tarjetahabiente American Express   Sí ☐ No ☐
Cuenta Núm.

EMPLEO ACTUAL Y ANTERIOR

Nombre de la Empresa Actual

Actividad de la Empresa

Puesto   Profesión   Antigüedad

Domicilio: Calle   Núm   Colonia   Teléfono

Delegación   C.P.   Ciudad   Estado

Nombre de la Empresa Anterior

Actividad de la Empresa

Puesto   Profesión   Antigüedad

Domicilio: Calle   Núm   Colonia   Teléfono

Delegación   C.P.   Ciudad   Estado

INGRESOS MENSUALES COMPROBABLES

Favor de especificar Ingreso Mensual $
Otros Ingresos Mensuales $
(Fuente)
Total $
Indique cualquier información adicional para facilitar la expedición de La(s) Tarjeta(s) (bienes raíces, valores, etc.)

REFERENCIAS PERSONALES

Nombre, Domicilio, Teléfono de 3 parientes o Amigos que no vivan con Ud., indicando si tienen Tarjeta American Express

1

2

3

REFERENCIAS BANCARIAS Y/O COMERCIALES

Bancarias (Tipo de cuenta, y Sucursal)   Núm. de Cuenta

1

2

3

Comerciales (Tarjetas de Crédito)

1

2

3

Las cuotas anuales y de inscripción le serán cargadas en su Estado de Cuenta

TARJETAS COMPLEMENTARIAS

Por favor envíenme Tarjetas Complementarias (personas mayores de 18 años solamente)
Nombre completo

Sexo   Edad   Parentesco   Fecha de Nacimiento
                                 Día   Mes   Año

Firma del Complementario

Lugar y Fecha

Firma del Solicitante Personal Básico

El solicitante manifiesta que los datos asentados en esta solicitud son verdaderos y autoriza a American Express Company (México), S.A. de C.V., a verificar la autenticidad de los mismos en cualquier momento que American Express Company (México), S.A. de C.V., lo juzgue necesario, y conviene en que si ésta es aceptada por American Express Company (México), S.A. de C.V. y se expiden una o más tarjetas, esta solicitud tendrá el carácter de contrato entre las partes en los términos de los artículos 1792, 1793 y demás aplicables del Código Civil para el Distrito Federal en materia común, y para toda la República en materia Federal, se acuerdo con los términos y condiciones del contrato de adhesión registrado con fecha 4 de abril de 1986 en el folio No. 194, libro 1, volumen I, vista a fojas 11 del Registro Público de Contratos de Adhesión, que lleva la Procuraduría Federal del Consumidor. Declara el solicitante básico, así como los solicitantes complementarios, que conocen y están de acuerdo con los términos, obligaciones y condiciones del Contrato de Adhesión anteriormente mencionado y que regulan el uso de la tarjeta American Express. El uso de la tarjeta por el solicitante significa su consentimiento a dichos términos, obligaciones y condiciones. El tarjetahabiente se obliga a pagar mensualmente y en forma puntual a la fecha límite de pago fijada por American Express Company (México), S.A. de C.V., el monto de los cargos que haya realizado con la tarjeta American Express, y está de acuerdo en que la falta de pago oportuno de los saldos o cargos mencionados, generarán cargos moratorios sobre saldos insolutos mensuales, los cuales serán variables y serán calculados para el caso del que el solicitante, ya siendo tarjetahabiente, incurra en mora en el pago puntual de los cargos que haya realizado con la tarjeta American Express. American Express Company (México), S.A. de C.V., expedirá un estado de cuenta de tarjetahabiente, en el cual se asentará el saldo no liquidado, así como los cargos moratorios generados, con la certificación de un corredor o notario público de que los cantidades que en su caso aparezcan en dicho estado de cuenta, son conceptos que efectivamente figuran a cargo del tarjetahabiente en los libros de American Express Company (México), S.A. de C.V. y el tarjetahabiente acepta que deberá pagar a American Express Company (México), S.A. de C.V., dichos cargos ante el requerimiento que mediante el procedimiento judicial correspondiente se le haga para tal fin y en el cual se le exhiba el estado de cuenta certificado, teniendo para el tarjetahabiente esta obligación de pago por la cantidad consignada en el ya mencionado estado de cuenta a su cargo, la fuerza de sentencia ejecutoriada conforme los artículos 1051 y 1391, fracción I, del Código de Comercio, pudiéndose cumplementar lo dispuesto en el artículo 1348 del mismo ordenamiento; ante el juzgado a través del cual se realizó el requerimiento de pago. Al firmar esta solicitud, el solicitante consiente en todos y cada uno de los términos y condiciones de la misma. American Express Company (México), S.A. de C.V., se reserva el derecho de declinar esta solicitud. Este contrato fue aprobado por la Procuraduría Federal del Consumidor según oficio número 24-1093 de fecha 4 de abril de 1986.

300M-VIII-87

Firma del Solicitante

B. Una carta de recomendación. Su mejor amigo(-a) solicita empleo en una compañía grande e importante. Escríbale una carta de recomendación a la Oficina de Personal describiendo a su amigo(-a). Explíqueles lo que su amigo(-a) haría para la compañía. Incluya información sobre sus aptitudes personales.

C. Un puesto nuevo. En su compañía necesitan un(-a) nuevo(-a) gerente de ventas *(sales manager)*. Ud. trabaja en la Oficina de Personal y tiene que escribir un aviso para el puesto y también crear una solicitud de empleo.

Distíngase.
Solicite
hoy mismo
La Tarjeta
American
Express™

Actividades

A. La agencia de empleos. Your agency has placed an ad in the paper for openings in a large corporation specializing in electronics and appliances. The openings include a sales manager, advertising director, accountant, and computer programmer. Interview four classmates for the positions. Find out if they have the necessary qualifications, experience, and personality for one of the four jobs.

B. El (La) nuevo(-a) supervisor(-a). You have applied for a new position as supervisor of a large department in an important company. Explain to the interview team (played by your classmates) what you would do as their new supervisor to improve the company. Explain your personal skills and exceptional qualities.

C. **El (La) consejero(-a).** You are a job counselor for undergraduates who are trying to finalize career plans. Interview a classmate and discuss the type of job he / she wants as well as the exceptional qualities he / she has that would be appropriate for the job.

D. **El trabajo ideal.** Explain what your ideal job would be like. Explain where the job would be located, what your boss and other employees would be like, what type of salary and benefits you would receive, what responsibilities you would have and what tasks you would perform.

Para saber más:
www.heinle.com

CAPÍTULO

10

En la empresa multinacional

Una compañía multinacional

Cultural Themes

The Hispanic community: Chicanos
Hispanic business and banking

Communicative Goals

Making a business phone call
Discussing completed past actions
Explaining what you hope has happened
Discussing reciprocal actions
Doing the banking
Talking about actions completed before
  other actions
Explaining duration of actions
Expressing quantity

Primera situación

Presentación

Quisiera hablar con el jefe

Práctica y conversación

A. ¿Quién lo hace? ¿Quién hace las siguientes actividades?

1. Crea los anuncios comerciales.
2. Explica los reglamentos de comercio.
3. Ejecuta los pedidos.
4. Atiende al público.

5. Trabaja con números.
6. Archiva los documentos.
7. Resuelve los problemas legales.
8. Crea los programas para la computadora.

B. **En la oficina**. En el dibujo de la **Presentación** hay varios grupos de personas. Con un(-a) compañero(-a) de clase, escoja un grupo y dramatice su conversación a la clase.

C. **¿Está el Sr. Gómez?** ¿Cuáles son las ventajas de usar un teléfono contestador? ¿Hay desventajas? ¿Qué diferencias hay entre un teléfono contestador y un contestador automático *(answering machine)*?

D. **Creación.** En una narración cuente lo que pasa en el dibujo de la **Presentación**.

Vocabulario

El personal	Personnel	Las responsabilidades	Responsibilities
el (la) abogado(-a)	*lawyer*	archivar los documentos	*to file documents*
el (la) accionista	*stockbroker*	atender (ie) al público	*to attend to the public*
el (la) contador(-a)	*accountant*	cumplir pedidos	*to fill orders*
el (la) ejecutivo(-a)	*executive*	entender (ie) los reglamentos del comercio de exportación y de importación	*to understand the regulations of export and import trade*
el (la) especialista en computadoras	*computer specialist*		
el (la) financista	*financier*		
el (la) gerente	*manager*	exportar productos	*to export products*
el hombre (la mujer) de negocios	*businessman, businesswoman*	hacer publicidad	*to advertise*
el (la) jefe(-a)	*boss*	importar productos	*to import products*
el (la) oficinista	*office worker*	ofrecer servicios	*to offer services*
el (la) operador(-a) de computadoras	*computer operator*	pagar los derechos de aduana	*to pay duty taxes*
el (la) programador(-a)	*programmer*	resolver (ue) los problemas	*to solve problems*
el (la) publicista	*advertising person*		
el (la) recepcionista	*receptionist*	trabajar con números	*to work with numbers*
el (la) representante de ventas	*sales representative*	trabajar con tecnología avanzada	*to work with advanced technology*
el (la) secretario(-a)	*secretary*		

Así se habla

Making a Business Phone Call

Operadora Petróleos del Suroeste, buenas tardes.
Sr. Robles Buenas tardes. Quisiera hablar con el Sr. Gamarra, por favor.
Operadora El Sr. Gamarra está en una reunión. ¿Quisiera dejar algún mensaje?

Sr. Robles	Sí, por favor. Dígale que llamó el Sr. Robles y que ya he cumplido con todos sus pedidos. Me hubiera gustado hablar con él, pero si no es posible ahora, por favor dígale que me llame lo más pronto posible.
Operadora	Le haré presente.
Sr. Robles	Muchas gracias, señorita.

To make and/or answer a business telephone call, you can use the following phrases.

Party making call:

Con el (la) señor(-a)..., por favor.	*(I'd like to talk to) Mr. / Mrs. . . . , please.*
Quisiera hacer una cita con..., **por favor.**	*I would like to make an appointment with . . . , please.*
¿Podría dejarle un mensaje?	*Could I leave him / her a message?*
Dígale por favor que...	*Please tell him / her that . . .*
Llamaré más tarde.	*I'll call later.*
Se lo agradezco.	*I appreciate it.*

Party answering call:

El (La) señor(-a) no se encuentra / **está en la otra línea / en una** **reunión.**	*Mr. / Mrs. . . . is not in / is on the other line / is in a meeting.*
¿Quisiera dejar algún mensaje?	*Would you like to leave a message?*
Muy bien, le daré su mensaje.	*Very well, I'll leave him / her your message.*
¿Para cuándo quisiera la cita?	*When would you like your appointment for?*
¿El... a las... estaría bien?	*Would . . . at . . . be convenient for you?*

Práctica y conversación

A. Por favor con... Con un(-a) compañero(-a), dramatice la siguiente situación.

Recepcionista	**Cliente**
1. ¡Riiiin! ¡Riiiin! Ud. responde.	2. Ud. quiere hablar con el Sr. Retes.
3. El Sr. Retes está ocupado.	4. Ud. quiere dejar un mensaje.
5. Ud. responde.	6. Ud. agradece y se despide.

B. ¿Con la Dra. Astete, por favor? En grupos, un(-a) estudiante hace el papel de recepcionista, otro(-a) el papel de la Dra. Astete y otro(-a) el papel de paciente. **Situación:** Ud. quiere pedir una cita con la Dra. Astete, pero sólo puede ir el lunes, miércoles o viernes por la tarde, después de las tres. La doctora está muy ocupada y la recepcionista no puede conseguirle nada que le convenga. Ud. pide hablar con la doctora y le presenta su problema. Llegan a un acuerdo.

Estructuras

Discussing Completed Past Actions

Present Perfect Tense

The present perfect tense is used to express a completed action in the past in both Spanish and English. In English this tense is formed with the present tense of the auxiliary verb *to* *have + the past participle: **I have** already **solved** the problem and Enrique **has filled** the order.*

Present Perfect Tense

haber	+	past participle
he		-AR
has		pagado
ha		-ER
hemos		vendido
habéis		-IR
han		decidido

a. In Spanish the present perfect indicative is formed with the present tense of the auxiliary verb **haber** followed by the past participle of the main verb. The past participle used in a perfect tense is invariable; it never changes form regardless of the gender or number of the subject.

b. The past participle of regular **-ar** verbs is formed by adding **-ado** to the stem: **trabajar → trabaj- → trabajado**. The past participle of regular **-er** and **-ir** verbs is formed by adding **-ido** to the stem: **comprender → comprend- → comprendido; cumplir → cumpl- → cumplido**.

c. Some common verbs have irregular past participles.

abrir	**abierto**	poner	**puesto**
cubrir	**cubierto**	resolver	**resuelto**
decir	**dicho**	romper	**roto**
escribir	**escrito**	ver	**visto**
hacer	**hecho**	volver	**vuelto**
morir	**muerto**		

Note that compound verbs formed from the verbs in the above chart will show the same irregularities in the past participle: **envolver → envuelto** = *wrapped*; **descubrir → descubierto** = *discovered*.

d. Past participles of **-er** and **-ir** verbs whose stem ends with **-a, -e,** or **-o**, use a written accent over the **i** of the participle ending: **traer → traído; leer → leído; oír → oído**.

e. Reflexive and object pronouns must precede the conjugated verb **haber**.

—¿**Le has hablado** al Sr. Ruiz esta mañana?	*Have you spoken to Mr. Ruiz this morning?*
—No, no **le he hablado** pero **le he escrito** una carta.	*No, I haven't spoken to him but I have written him a letter.*

f. The present perfect is often used to express an action that was very recently completed or an event that is still affecting the present. In Spain this tense is often used as a substitute for the preterite.

—¿**Has resuelto** el problema con
la aduana?

*Have you solved the problem with
customs?*

—Todavía no. Pero **he hablado**
con el agente muchas veces.

*Not yet. But I have talked with the
agent many times.*

Práctica y conversación

A. Mi último empleo. Su compañero(-a) de clase quiere saber lo que Ud. ha hecho en su
último empleo. Conteste sus preguntas.

> **MODELO**
>
> trabajar con números
> Compañero(-a): **¿Ha trabajado Ud. con números?**
> Usted: **Sí, he trabajado con números.**

archivar los documentos / hacer publicidad / resolver problemas / trabajar con tecnología
avanzada / tomar decisiones / escribir informes / usar una computadora

B. Antes de llegar. Diga seis cosas que Ud. ha hecho hoy antes de llegar a la universidad.

C. Entrevista. Hágale preguntas a su compañero(-a) de clase sobre sus experiencias.

Pregúntele...

1. dónde ha tenido empleo.
2. si ha atendido al público.
3. si se ha llevado bien con los clientes.
4. si ha usado un procesador de textos.
5. si ha trabajado horas extras.
6. si ha sido despedido(-a).
7. ¿?

Explaining What You Hope Has Happened

Present Perfect Subjunctive

When you explain what you hope or doubt has already happened, you will need to use the
present perfect subjunctive.

Present Perfect Subjunctive

haber	+	past participle
haya		-AR
hayas		pagado
haya		-ER
hayamos		vendido
hayáis		-IR
hayan		decidido

a. The present perfect subjunctive is formed with the present subjunctive of the auxiliary verb **haber** followed by the past participle.

b. The same expressions that require the use of the present subjunctive can also require the use of the present perfect subjunctive.

Me alegro / Espero / Dudo / Es mejor que **hayan pagado** los derechos de aduana.

I'm happy / I hope / I doubt / It's better that they have paid the duty taxes.

c. The present perfect subjunctive is used instead of the present subjunctive when the action of the subjunctive clause occurred before the action of the main clause. Compare the following examples.

Espero que **archives** los documentos.

I hope that you (will) file the documents.

Espero que ya **hayas archivado** los documentos.

I hope that you have already filed the documents.

No creo que **tengan** problemas con la computadora—es nueva.

I don't think that they are having problems with the computer— it's new.

No creo que **hayan tenido** problemas con la computadora—sólo con la fotocopiadora.

I don't think that they have had problems with the computer— only with the photocopier.

Práctica y conversación

A. En la oficina. Las siguientes personas están trabajando en un proyecto importantísimo. Diga lo que Ud. espera que ellos ya hayan hecho.

MODELO el abogado / resolver los problemas legales
Espero que el abogado haya resuelto los problemas legales.

1. el programador / crear el software multimedia
2. la financista / trabajar con el presupuesto
3. el publicista / terminar los anuncios
4. la ejecutiva / tomar decisiones importantes
5. el oficinista / archivar todos los documentos
6. la representante de ventas / cumplir los pedidos

B. Espero... Ud. acaba de salir de una entrevista de trabajo y ahora está pensando en el puesto. Complete las siguientes frases usando el presente perfecto del subjuntivo de los verbos que se presentan a continuación.

dar   decidir   demostrar   hablar   hacer   leer

1. Espero que _____ las cartas de recomendación.
2. Ojalá que yo _____ bastante confianza.
3. Dudo que yo _____ demasiadas preguntas.
4. Ojalá que _____ con mi último supervisor.
5. No creo que le _____ el puesto a otro aspirante.
6. Espero que _____ ofrecerme el puesto.

C. Los dueños. Ud. y un(-a) amigo(-a) quieren fundar una compañía nueva. Uds. ya se han dividido las responsabilidades, pero hay dificultades. Diga lo que Ud. espera que ya haya hecho la otra persona.

D. Los hombres y las mujeres de negocios. Ud. es un(-a) ejecutivo(-a) de una empresa multinacional y dos de sus empleados(-as) han ido en viaje de negocios a Latinoamérica. Uno(-a) de ellos (ellas) tenía que resolver los problemas de aduana y el (la) otro(-a) tenía que entrevistarse con los financistas de los diferentes países. Ud. los (las) llama por teléfono para saber qué han hecho y para decirles que Ud. espera que ya hayan hecho.

Discussing Reciprocal Actions

Reciprocal nos *and* se

English uses the phrases *each other* or *one another* to express reciprocal actions. *The couple met each other while working in a firm in Los Angeles.*

a. Spanish uses the plural reflexive pronouns **nos, os, se** to express reciprocal or mutual actions.

1. **nos** + *1st person plural verb*: **nos escribimos** = *we write to each other.*
2. **os** + *2nd person plural verb*: **os escribís** = *you write to each other.*
3. **se** + *3rd person plural verb*: **se escriben** = *they write to each other.*

Armando y Dolores **se conocieron** en la oficina. Ahora **se ven** a menudo.	*Armando and Dolores met at the office. Now they see each other frequently.*

b. Because the reflexive and reciprocal forms are identical, confusions can arise. Compare the following examples.

Armando y Dolores **se conocen** bien.	*Armando and Dolores know themselves well.* *Armando and Dolores know each other well.*

c. The forms **el uno al otro, la una a la otra, los unos a los otros, las unas a las otras** are used to clarify or emphasize a reciprocal action. Note that the masculine forms are used unless both persons are female.

Armando y Dolores se conocen bien **el uno al otro**.	*Armando and Dolores know each other well.*
Cada semana Anita y Marta se escriben **la una a la otra**.	*Anita and Marta write each other every week.*

Práctica y conversación

A. Las amigas. Ana y Bernarda son secretarias de una oficina muy grande. Explique lo que hacen y cuándo lo hacen.

> **MODELO**   escribir notas
> **Ana y Bernarda se escriben notas a menudo.**

hablar / ver / ayudar / llamar por teléfono / entender / reunir / ¿?

B. ¡Mis compañeros son terribles! Ud. está en un hotel en Texas en un viaje de negocios con dos compañeros(-as) de trabajo. Desafortunadamente, ellos (ellas) tienen un carácter terrible y se han peleado todo el tiempo. Ud. habla con ellos (ellas) y les reclama. Ellos (Ellas) niegan todo.

> **MODELO**   Usted: **¡Jorge, Esteban, no aguanto más! Uds. se pelean todo el tiempo.**
> Ellos: **¡Eso es falso! Nosotros no nos gritamos.**

gritar / mirar con desdén / mentir / ignorar / insultar / ¿?

C. En la empresa. Ud. es un(-a) empleado(-a) en una empresa y su amigo(-a) quiere saber cómo es la relación que tiene Ud. con sus compañeros(-as) de trabajo. Ud. le explica.

Siga practicando el vocabulario y las estructuras gramaticales de **Capítulo 10, Primera situación** en *Interacciones CD-ROM*.

Para saber más:
www.heinle.com

Segunda situación

Presentación

En el banco

Práctica y conversación

A. Situaciones. ¿Qué debe hacer Ud. en las siguientes situaciones?

1. Ud. quiere pagar con cheques pero sólo tiene cuenta de ahorros.
2. Necesita comprar una casa pero no tiene suficiente dinero.

3. Gasta más dinero de lo que gana.
4. No quiere pagar con dinero en efectivo.
5. Tiene muchos documentos importantes que deben estar en un lugar seguro.
6. Necesita suelto pero sólo tiene billetes.
7. Necesita pesos pero sólo tiene dólares.

B. En el banco. Con un(-a) compañero(-a) de clase, dramatice la conversación entre la cajera y el cliente en el dibujo de la **Presentación**.

C. Préstamos a la mano. Utilizando el anuncio a continuación, diga qué tipo de préstamo van a pedir los siguientes clientes en NationsBank.

1. La cocina de la casa de los Hernández es muy vieja y necesitan renovarla.
2. Celia Prieto necesita un coche nuevo para ir a su trabajo.
3. José Roque va a casarse y necesita dinero para la luna de miel.
4. Manuel Castellanos y su esposa viven en un apartamento pero quieren comprar una casa.
5. Fernando y Marta Torres necesitan dinero para pagar la matrícula universitaria de sus hijos. No tienen dinero en una cuenta de ahorros pero sí tienen una casa.

Préstamos A La Mano.

Un carro nuevo, un cuarto para el bebé que viene en camino, o una buena educación. En NationsBank nos dedicamos a ayudarle hacer sus sueños realidad con los productos y servicios de préstamo que ofrecen las tasas de interés y flexibilidad que usted necesita.

Hipotecas: Abra las puertas al hogar de sus sueños (o refinancíe la suya).

Mejoras Al Hogar: Dele la nueva cara que su hogar merece y que esté a su alcance.

Préstamos Para Automóviles: Siéntese al timón del carro de sus sueños sin dar vueltas.

Líneas De Crédito: Dese el lujo de unas vacaciones bién merecidas.

Préstamos Sobre El Valor Neto De La Vivienda: Ha trabajado por su casa, póngala a trabajar por usted y descubra posibles ahorros en sus impuestos.*

NationsBank
Como Tener Un Banquero En La Familia.

Visite su sucursal NationsBank más cercana, o llame gratis al 1-800-688-6086 y pregunte acerca de los préstamos que le ayudarán hacer sus sueños realidad.

El crédito está sujeto a aprobción. Consulte a su asesor de impuestos o contador para determinar si las limitaciones sobre deducciones le aplican a usted. NationsBank, N.A. (del Sur). Miembro FDIC. Ofreciendo Igualdad en Oportunidades de Préstamo Hipotecario. ©1996 NationsBank Corporation.

D. Creación. En una narración cuente lo que pasa en el dibujo de la **Presentación**.

Vocabulario

El dinero — **Money**
el billete — *bill*
la chequera (A) — *checkbook*
  el talonario (E)
la cuenta corriente — *checking account*
    de ahorros — *savings account*
el dinero en efectivo — *cash*
el giro al extranjero — *foreign draft*
la moneda — *coin*
el sencillo — *loose change*
  el suelto
la tarjeta de crédito — *credit card*
el vuelto — *change returned*

El préstamo — **Loan**
la fecha de vencimiento — *due date*
el pago inicial — *down payment*
  mensual — *monthly payment*
la tasa de interés — *interest rate*
pagar a plazos — *to pay in installments*
pedir (i, i) prestado — *to borrow*

Actividades bancarias — **Banking activities**
ahorrar — *to save*
alquilar una caja de seguridad — *to rent a safety deposit box*
cambiar dinero — *to exchange currency*

cobrar un cheque — *to cash a check*
depositar — *to deposit*
  ingresar
invertir (ie, i) — *to invest*
pedir (i, i) consejo financiero — *to ask for financial advice*
retirar dinero — *to withdraw money*
  sacar dinero
saber la tasa de cambio — *to find out the rate of exchange*
solicitar una hipoteca — *to apply for a mortgage*
verificar el saldo de la cuenta bancaria — *to verify the bank account balance*

La economía — **Economy**
la balanza de pagos — *balance of payments*
el consumo — *consumption*
el costo de vida — *cost of living*
el desarrollo — *development*
la evasión fiscal — *tax evasion*
la inflación — *inflation*
el presupuesto — *budget*
el reajuste de salarios — *salary adjustment*
la reforma fiscal — *tax reform*
la renta — *income*
el subdesarrollo — *underdevelopment*

Así se habla

Doing the Banking

Alexandra	No lo puedo creer. Había encontrado mi chequera pero la he vuelto a perder.
Mario	¿Otra vez? Pero, ¿dónde tienes la cabeza? Tú pierdes la chequera quinientas veces al día. ¿Qué te pasa, Alexandra? Voy a tener que cancelar nuestra cuenta mancomunada y abrir una personal.
Alexandra	No sé, no sé, no sé. No me atormentes. Hace dos horas que la busco pero no la encuentro.
Mario	Bueno, cálmate, pues. A ver, dime ¿cuándo fue la última vez que la viste?
Alexandra	Ayer. Yo había planeado ir al banco esta tarde y sacar dinero para pagarle a Marianita. ¡Ay, Dios mío, me voy a morir!
Mario	No te vas a morir. A ver piensa, piensa.
Alexandra	A ver, a ver...

When doing the banking, you can use the following expressions.

Quisiera abrir una cuenta corriente / de ahorros.	*I would like to open a checking / savings account.*
Quisiera cerrar mi cuenta corriente / de ahorros.	*I would like to close my checking / savings account.*
¿Qué interés paga una cuenta a plazo fijo?	*What is the interest rate on a fixed account?*
He perdido mi libreta / chequera.	*I have lost my savings book / checkbook.*
Quisiera retirar... de mi cuenta.	*I would like to withdraw . . . from my account.*

Quisiera depositar... en mi cuenta.	*I would like to deposit . . . in my account.*
¿Me podría dar mi estado de cuenta?	*Could you give me my bank statement?*
Quiero una cuenta personal / mancomunada.	*I want a personal / joint account.*
¿Me van a dar una chequera provisional?	*Are you going to give me a temporary checkbook?*

Práctica y conversación

A. En el banco. Ud. va al banco a hacer varias cosas. ¿Qué le dice al (a la) empleado(-a) si Ud. quiere... ?

1. saber cuánto dinero tiene en su cuenta de ahorros
2. retirar $5.000 dólares de su cuenta de ahorros
3. abrir una cuenta corriente nueva a nombre suyo y de su hermano
4. depositar $5.000 dólares en esa cuenta
5. una chequera provisional
6. saber cuánto interés gana una cuenta de ahorros a plazo fijo

B. Banco «La Seguridad». Trabajen en parejas. Ud. se va a casar y necesita mucho dinero. Por eso, va al banco «La Seguridad» para pedir información acerca de los préstamos que dan (tasa de interés, fecha de vencimiento, pago mensual, etc.) y para abrir una nueva cuenta de ahorros. Hable con un(-a) empleado(-a). Él (Ella) le ayudará en todo.

Estructuras

Talking About Actions Completed Before Other Actions

Past Perfect Tense

The perfect tenses describe actions that are already completed. The past perfect tense (sometimes called the pluperfect tense) is used to describe or discuss actions completed before another action. *I **had** already **gone** to the bank when Sr. Fonseca called.*

Past Perfect Tense

haber	+	past participle
había		-AR
habías		prestado
había		-ER
habíamos		aprendido
habíais		-IR
habían		invertido

a. In Spanish the past perfect indicative is formed with the imperfect of **haber** + *the past participle* of the main verb.

b. The past perfect is used in a similar manner in both English and Spanish. It expresses an action that was completed before another action, event, or time in the past. The expressions **antes, nunca, todavía,** and **ya** may help indicate that one action was completed prior to others.

Todavía no habíamos depositado todos los cheques.	*We still had not deposited all the checks.*
Mario **ya había sacado** el dinero cuando llegó el jefe.	*Mario had already withdrawn the money when the boss arrived.*

Práctica y conversación

A. En el banco. ¿Qué habían hecho ya estas personas en el banco ayer a las cinco?

1. la Sra. Gómez / alquilar una caja de seguridad
2. nosotros / cobrar un cheque
3. el Sr. Ochoa / solicitar una hipoteca
4. María / sacar dinero en efectivo
5. Uds. / verificar el saldo de la cuenta corriente
6. Tomás / pedir consejo financiero
7. yo / depositar dinero en la cuenta de ahorros

B. Actividades bancarias. Ud. tiene mucho cuidado con los asuntos financieros. Explique cuándo había hecho las siguientes actividades.

> **MODELO**   Verifiqué el saldo de la cuenta de ahorros. Retiré dinero.
> **Ya había verificado el saldo de la cuenta de ahorros cuando retiré dinero.**

1. Averigüé la tasa de interés. Pedí un préstamo.
2. Deposité el dinero. Cobré un cheque.
3. Pedí consejo financiero. Invertí mucho dinero.
4. Averigüé la tasa de cambio. Cambié dinero.
5. Verifiqué el saldo de la cuenta corriente. Cobré un cheque.

C. Averiguaciones. Ud. tiene un(-a) amigo(-a) que ha tenido muchos problemas financieros. Pregúntele si había hecho las siguientes cosas antes de tener problemas.

solicitar una hipoteca / pedir dinero prestado / alquilar una caja de seguridad / pedir una tarjeta de crédito / pedir consejo financiero / ¿?

Explaining Duration of Actions

Hace *and* llevar *in Time Expressions*

In Spanish there are two basic constructions to discuss the duration of actions or situations. These constructions are very different from their English equivalents.

a. Hace + *expressions of time*

Question

¿Cuánto tiempo hace que... (**no**) + *present tense verb?*	*(For) How long + has / have + subject + been + -ing form of verb?*
¿Cuánto tiempo hace que tu hijo ahorra para un coche?	*How long has your son been saving for a car?*

Answer

1. **Hace** + *unit of time* + **que** + *subject* + (**no**) + *present tense of verb*

   Subject + *has / have* + *been* + *-ing form of verb* + *for* + *unit of time*

   Hace dos años que Jorge ahorra y todavía no tiene suficiente dinero.

   Jorge has been saving for two years and he still doesn't have enough money.

2. Subject + (**no**) + *present tense* + **desde hace** + *unit of time*

   Subject + *has / have* + *been* + *-ing form of verb* + *for* + *unit of time*

   Jorge ahorra **desde hace** dos años.

   Jorge has been saving for two years.

Note that either variation of the Spanish answer has the same English equivalent.

b. Llevar + *expression of time*

Question

¿Cuánto tiempo + *present tense of* **llevar** + *(subject)* + *gerund?*	*(For) How long + has / have + subject + been + -ing form of verb?*
¿Cuánto tiempo llevas trabajando en este banco?	*How long have you been working in this bank?*

Affirmative answer

(Subject) + **llevar** *in present tense* + *unit of time* + *gerund*	Subject + *has / have* + *been* + *-ing form of verb* + *unit of time*
Llevo seis meses trabajando aquí.	*I have been working here for six months.*

Negative answer

Llevar *in present tense* + *unit of time* + **sin** + *infinitive*	Subject + *has / have* + *not* + *past participle* + *for* + *unit of time*
Llevo tres años **sin** ahorrar dinero.	*I haven't saved money for three years.*

Práctica y conversación

A. ¿Cuánto tiempo? Su compañero(-a) de clase quiere saber cuánto tiempo hace que Ud. hace las siguientes actividades. Conteste sus preguntas.

> **MODELO**
>
> recibir los pagos mensuales / 10 meses
>
> Compañero(-a): **¿Cuánto tiempo hace que recibes los pagos mensuales?**
>
> Usted: **Hace 10 meses que recibo los pagos mensuales.**

1. esperar hablar con el cajero / media hora
2. pagar a plazos / 8 meses
3. tener una cuenta corriente / 2 años
4. trabajar en este banco / 5 años

5. invertir en las acciones / 3 meses
6. depositar dinero en este banco / 8 semanas
7. ahorrar dinero / 6 meses

B. Mucho tiempo. ¿Cuánto tiempo llevan las siguientes personas en las actividades mencionadas?

> **MODELO**   el Sr. Rojas / 1 año / trabajar en este banco
> **El Sr. Rojas lleva un año trabajando en este banco.**

1. los empleados / 2 años / no recibir un reajuste de salarios
2. Raúl / 3 meses / buscar otro empleo
3. mis padres / 5 años / pedir consejo financiero
4. nosotros / muchos años / pagar impuestos sobre la renta
5. tú / 3 años / alquilar una caja de seguridad
6. la compañía / 6 meses / resolver los problemas financieros

C. Entrevista. Ud. es un(-a) empleado(-a) bancario(-a) y necesita información acerca de un(-a) cliente que solicita un préstamo.

Pregúntele cuánto tiempo hace que...

1. vive en la ciudad.
2. está casado(-a).
3. trabaja en la compañía «Petróleos Sudamericanos».
4. tiene cuenta en el banco.
5. solicitó una hipoteca.

Expressing Quantity

Using Numbers

Numbers are used for many important situations and functions such as counting, expressing age, time, dates, addresses and phone numbers as well as in making purchases and doing the banking.

100	cien, ciento	1.000	mil
200	doscientos	1.001	mil uno
300	trescientos	1992	mil novecientos noventa y dos
400	cuatrocientos	100.000	cien mil
500	quinientos	1.000.000	un millón
600	seiscientos	2.000.000	dos millones
700	setecientos	100.000.000	cien millones
800	ochocientos		
900	novecientos		

a. Cien is used instead of **ciento**

1. before any noun.
   cien pesos   cien cajas
2. before **mil** and **millones**.
   100.000 = cien mil   100.000.000 = cien millones

b. The word **ciento** is used with the numbers 101-199.

101 = ciento uno   175 = ciento setenta y cinco

c. The masculine forms of the numbers 200-999 are used in counting and before masculine nouns. The feminine forms are used before feminine nouns.

361 pesos = trescient**os** sesenta y **un** pesos
741 cajas = setecient**as** cuarenta y **una** cajas

d. The word **mil** = *one thousand* or *a thousand*: 20.000 = **veinte mil**. **Mil** becomes **miles** only when it is used as a noun; in such cases it is usually followed by **de**.

En el banco hay **miles de** monedas.   *In the bank there are thousands of coins.*

e. The Spanish equivalent of *one million* is **un millón**; the plural form is **millones**. *One billion* is **mil millones**. **Millón** and **millones** are followed by **de** when they immediately precede a noun.

$1.000.000 = un millón **de** dólares
$2.100.000 = dos millones cien mil dólares
$25.000.000 = veinticinco millones **de** dólares

Práctica y conversación

A. **Vamos a contar.** Cuente en español de 100 a 1.000, de cien en cien. Ahora, cuente de 1.000 a 10.000, de mil en mil.

B. **En el banco.** Ud. trabaja en el departamento internacional de un banco. ¿Cuánto dinero recibe el banco hoy?

1. 5.000.000 (euros)
2. 17.000.000 (dólares)
3. 23.000.000 (pesos)
4. 47.000.000 (bolívares)
5. 61.000.000 (sucres)
6. 83.000.000 (soles)

C. **El inventario.** Cada año hay que contar lo que hay en la oficina. Telefonee a su colega en la oficina de Caracas y léale su inventario.

1. 867 sillas
2. 571 documentos
3. 1.727 engrapadoras
4. 2.253 carpetas
5. 441 calculadoras
6. 381 impresoras
7. 137 computadoras
8. 690 escritorios

D. **Inversiones.** Ud. es asesor(-a) financiero(-a) y está hablando con uno de los gerentes de una compañía multinacional. Dígale cómo, dónde y qué cantidades de dinero debe invertir. Él (Ella) tendrá sus propias ideas.

MODELO   Usted: **Definitivamente con los intereses que está pagando le aconsejo que invierta dos millones en una cuenta a plazo fijo en el Banco La Nación.**
Gerente: **Dos millones es mucho. Quizás sólo cien mil dólares.**

¿Qué oyó Ud.?

Reporting What Was Said

Un banco multinacional

Sometimes when you listen to a conversation or message, you have to report what you have heard to another person. You do this by retelling what happened or by reporting what was said in the third-person singular and plural. For example, "John said he would come to the meeting." If you are telling one person what a second person must do in Spanish, you will generally use **que** + subjunctive *as in an indirect command. For example:* **Que lo haga María.**

Ahora, escuche la conversación entre Nerio y un empleado del banco y tome los apuntes que considere necesarios. Antes de escuchar la conversación, lea los ejercicios a continuación. Después, conteste.

A. Algunos detalles. Escoja entre las alternativas que se presentan a continuación las que mejor recuenten lo que ocurrió.

1. Nerio quería que
   a. el empleado lo ayudara a abrir una cuenta corriente.
   b. le dieran un préstamo personal y una hipoteca.
   c. le dieran su estado de cuenta.

2. El empleado le dijo a Nerio que
   a. presentara muchos documentos de identidad.
   b. le diera algunos datos personales.
   c. el proceso era muy complicado.
   d. tenía que esperar dos semanas para recibir su primera libreta.

B. Análisis. Escuche el diálogo nuevamente y compare cómo se lleva a cabo la transacción con una transacción similar que Ud. haya tenido en su banco.

Siga practicando el vocabulario y las estructuras gramaticales de **Capítulo 10, Segunda situación** en *Interacciones CD-ROM*.

Para saber más:
www.heinle.com

Tercera situación

Perspectivas

Las comunidades hispanas

Una comunidad hispana en el suroeste de los EE.UU.

En muchas ciudades de los EE.UU. existen comunidades hispanas donde vive gente de diversos lugares de la América Latina, pero principalmente de México, Cuba y Puerto Rico. Es muy interesante visitar estas comunidades ya que se encuentran mercados, restaurantes, periódicos y agencias de servicios sociales, todo para el público latino.

Además de revistas en español, los mercados latinos venden discos de música latina y también una serie de productos alimenticios típicos que las amas de casa compran para su dieta diaria. Los restaurantes sirven comidas y bebidas típicas de distintos países y son muy visitados por la población latina. Muchas comunidades tienen también periódicos locales donde los profesionales anuncian sus servicios y donde se publican las noticias de la comunidad. Las comunidades más grandes cuentan con una estación de radio que toca preferentemente música latina y que anuncian las noticias locales y mundiales en español. Visite una comunidad latina si tiene la oportunidad de hacerlo. No sólo podrá practicar su español con personas de distintos países hispanos, sino que podrá disfrutar de su cultura desde muy cerca.

Práctica y conversación

A. Vamos al barrio latino. Con un(-a), compañero(-a), haga planes para visitar un barrio latino. Usando los anuncios a continuación diga qué piensa hacer, qué va a comprar, si va a comer en un restaurante. Luego, explíquele sus planes a la clase.

B. **¿Tiene el último disco de Gloria Estefan?** Ud. va de compras en el barrio latino. Compre algo que sólo se puede encontrar allá. Un(-a) estudiante hace el papel de un(-a) vendedor(-a) de una tienda latina y otro(-a) el papel de un(-a) cliente.

Panorama cultural

Volkswagen de México

A. **De México para el mundo...** Utilizando el mapa a continuación, Ud. y un(-a) compañero(-a) de clase necesitan explicar a qué regiones del mundo Volkswagen de México exporta coches. ¿En qué manera es Volkswagen una empresa multinacional?

B. Volkswagen de México. Utilizando la información del vídeo, complete las siguientes oraciones para describir la empresa de Volkswagen de México.

Volkswagen de México está localizada entre _____ y _____. Es una gran empresa que tiene _____ hectáreas de extensión territorial; es una fuente de _____. En ese lugar fabrican _____ autos en tres turnos utilizando _____ técnicos y _____ empleados. El personal trabaja _____ días a la semana y descansa _____. Su punto número uno en este momento es fabricar autos con la _____ calidad, una calidad _____.

Using the Dictionary

You have been learning many techniques to help you guess the meaning of individual words and phrases. There are times, however, when identifying cognates, root words, and prefixes and suffixes or clarifying meaning through context, simply do not offer you any clues as to meaning. In those instances, it is appropriate to consult a bilingual Spanish-English dictionary.

There are certain techniques that can make dictionary use more effective.

1. Remember to try to understand as much as you can before looking up unfamiliar items.
2. Look up only those words that are essential to understanding the passage. Such words would include words in the title, frequently repeated words, and words at the core of a sentence such as verbs, nouns, and adjectives.

The most difficult task facing you when using the dictionary is to select the best English equivalent from the many possible entries. This task is made easier if you know the part of speech of the word in question. Examine the following two examples.

> **Paso** por ti a las ocho.
> Tuvo dificultades a cada **paso.**

In the first example, **paso** is a verb and its meaning would be located under **pasar**. The second example would be located under the noun **el paso**.

When an entry provides multiple translations, read the entire entry before trying to decide on the proper equivalent. In that way you will have a more general idea as to the global meaning of the vocabulary item in question.

Be aware of the context of the word in question. Both the expression **el paso del tiempo** and **a cada paso** are located under the noun **el paso**. The context of the first phrase leads you to the meaning of **el paso** = *passing* while in **a cada paso, el paso** = *step.*

Cross-checking entries can also help you determine the best English equivalent. After selecting one English equivalent from the several provided, look up that word in the English-Spanish section of the dictionary. Use that entry to help you judge the appropriateness of your selection. While cross-checking is particularly valuable when writing and trying to find the exact Spanish equivalent for an English word, it is also a valuable reading technique.

Práctica

A. El tema. Dé un vistazo al título, a la foto y al segundo párrafo de la siguiente lectura para determinar el tema del artículo.

B. Nuevos sentidos *(meanings).* Busque las siguientes palabras en un diccionario para aprender lo que significan. Algunas de las palabras son cognados falsos o palabras con varios sentidos.

el ámbito / la encuesta / la jornada / la tarea / el tiempo / conducir / realizar (realizado) / suceder

C. Los primeros párrafos. En algunos párrafos de la lectura que sigue no hay glosas o equivalentes en inglés. Usando varios métodos, incluso el uso del diccionario, decida lo que significan las palabras desconocidas.

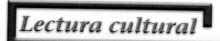

Lectura cultural

El estrés: un problema de primera magnitud

Si Ud. vive para trabajar, si Ud. ha adoptado hábitos tan poco saludables° como saltarse° el almuerzo, posponer tareas de su tiempo de ocio°, alargar° su jornada laboral más horas de las pactadas° o llevarse el trabajo y sus consiguientes problemas a casa donde afectan a su pareja, sus amigos o sus hijos, quizá debería sentarse, relajarse un poco y pensar qué es lo que está sucediendo en su vida.

Este frenético ritmo de vida al que nos estamos acostumbrando en los últimos tiempos le puede conducir a una situación física y mental al borde del abismo. Es el estrés.

«Hoy, el estrés es considerado en todo el mundo un problema de primera magnitud en las empresas» afirma Miguel Casas, jefe de la unidad de estrés del servicio de medicina psicosomática del Instituto Dexeus de Barcelona. «Afecta a miles de personas, aunque muchos de ellos o no lo saben, o se niegan a admirtirlo».

Glosses (left margin):
healthy
skip / leisure / lengthen
agreed to by contract

—Es una sensación difícil de describir —explica Isaac Rodríguez, propietario de una empresa inmobiliaria°—. Sientes una angustia permanente; un nudo en el estómago que te impide trabajar con la dedicación adecuada, porque no puedes dejar de pensar ni por un momento en el montón de tareas que tienes aún por hacer. Lo que peor llevo es la sensación insoportable de no poder controlar el trabajo. Con las veinticuatro horas que tiene el día no tienes ni para empezar.

    En el mundo industrializado, la pandemia° ha surgido como una consecuencia del trabajo, pero hoy día se ha trasladado a todos los ámbitos vitales.

    Un reciente estudio de la Agencia Europea para la Seguridad y la Salud en el Trabajo publicado en Bruselas concluye que uno de cada tres europeos sufre estrés relacionado con su trabajo. La Organización Mundial de la Salud (OMS) también se ha sumado a la afirmación y sostiene que el 64 por ciento de los trabajadores lo considera el principal problema de salud dentro de las empresas, cuando en 1996 sólo un 28 por ciento confesaba padecerlo.

    Para los especialistas, esta situación es el resultado de los múltiples cambios que se vienen produciendo en el ámbito laboral; la introducción de nuevas tecnologías y las continuas reducciones de personal han hecho que se eleve en un grado considerable el nivel de competitividad entre los trabajadores. Éstos, para conservar su empleo, responden con más horas y nuevas tareas.

    —No se trata de una enfermedad, pero el estrés puede desencadenar° en algunas enfermedades bastante graves —continúa el doctor Casas—. Lo que comienza con tensiones musculares, dolores de cabeza, mareos e insomnio, acaba en cardiopatías, cáncer, sumisión al alcohol o a las drogas o infartos°.

    Cualquier ámbito de la vida puede causar estrés, pero son las relaciones personales o las cuestiones más prácticas las que más afectan; y, en mayor medida, los cambios de vivienda, el matrimonio, el nacimiento de un hijo, la separación y el divorcio o la pérdida de un ser querido.

    El estrés es más frecuente entre las personas que tienen grandes responsabilidades, las profesiones que entrañan° peligro, como mineros o policías, en las que hay la implicación con problemas familiares como los médicos de las unidades de cuidados intensivos (UCI)°,

Glosses (right margin):
real estate

una enfermedad mundial

set off

heart attacks

attached to

intensive care units

retirees

las amas de casa que también trabajan fuera de casa o los jubilados° que sienten que han perdido el papel dentro de la familia.

Trabajos relacionados con el estrés

Unidad de cuidados intensivos

Agentes de Bolsa	Periodistas
Bomberos	Pilotos
Controladores aéreos	Policías
Informáticos	Políticos
Médicos y personal de UCI°	Profesores
Mineros	Trabajadores de la construcción

Según una encuesta realizada en diez países de todo el mundo, el 21 por ciento de las mujeres —el 24 por ciento en el caso de aquéllas que también trabajan a tiempo completo fuera de sus hogares y tienen hijos menores de 13 años—, declara que siente estrés. En el caso de los hombres, sólo lo asume un 15 por ciento.

El retrato más común suele ser el de una persona obsesiva con su trabajo: muy meticulosa, puntual, rigurosa y con una obsesión casi enfermiza por el orden.

prevent

—Hay que ser capaces de prevenir° el estrés, por el coste que supone a las empresas y a los individuos —afirma Alfonso Suengas, presidente de la Asociación de Jóvenes Empresarios de Madrid—. La terapia individual no es la única solución.

Los consejos de los especialistas son muy básicos: «En primer lugar, es fundamental saber a qué nos enfrentamos», explica la psicóloga Marta González. «Aprender una técnica de relajación siempre viene muy bien. Y después, hay que aprender a decir no cuando sea necesario, tomar una alimentación sana, practicar algo de deporte y no olvidarse de las relaciones sociales y familiares».

Hay diferentes síntomas y remedios según el sexo. Según los expertos, los hombres tienden a estar irritables y agresivos y a caer en conductas adictivas. Las mujeres, sin embargo, son más propensas a retraerse y deprimirse. Como remedio, los hombres prefieren la soledad y el ejercicio; las mujeres buscan compañía y conversación.

environment

clases

Lo que empieza a preocupar a los especialistas es el considerable aumento de los casos de estrés infantil. La relación establecida entre los niños entre los 6 y los 12 años y su ambiente° suele cada día ser más conflictiva. Los casos más difíciles son los hijos de divorcios. Para ellos, el fracaso de la relación de sus padres supone una catástrofe. Las aulas° también provocan crisis de ansiedad y estrés en los pequeños. A pesar de los escasos estudios existentes sobre la incidencia del síndrome en edad infantil, se ha comprobado que los niños estresados pueden desarrollar una personalidad rebelde o excesivamente disciplinada, y una baja autoestima.

producir

Los expertos mantienen que, a pesar de todo, el estrés es bueno para rendir° más en determinados momentos de nuestra vida, ya que nos permite salir de las dificultades. Lo importante es controlar el estrés y evitar problemas. Necesitamos recordar que la profesión es un simple trabajo, no la vida entera.

Práctica

A. El estrés. Complete las siguientes oraciones con información del artículo.

1. En el mundo industrializado, el estrés ha surgido como consecuencia del ________.
2. Según la Organización Mundial de la Salud, el 64 por ciento de los trabajadores considera el estrés ________.

3. El _____ por ciento de las mujeres declara que siente estrés. El _____
   de los hombres lo siente.
4. La persona más afectada por el estrés suele ser una persona _____.
5. Los hombres estresados tienden a _____ y las mujeres suelen _____.
6. Como remedio, los hombres prefieren _____ mientras las mujeres buscan
   _____.
7. Hay un considerable aumento de los casos de estrés _____. Unas razones de
   este aumento son _____ y _____.

B. Los trabajos. Complete el siguiente gráfico con trabajos relacionados a las varias
categorías.

Trabajos que producen el estrés		
Trabajos peligrosos	**Trabajos relacionados con problemas familiares**	**Trabajos con muchas responsabilidades**

C. Las causas, los síntomas y los remedios. Con un(-a) compañero(-a) de clase, haga tres
listas con la siguiente información: (1) una lista de las causas del estrés, (2) una lista de
los síntomas del estrés o las enfermedades relacionadas con el estrés y (3) una lista de
los remedios.

D. En defensa de una opinión. ¿Qué evidencia hay en el artículo que confirma la idea
siguiente? «El estrés es un problema de primera magnitud.»

Para escribir bien

Writing a Business Letter

The language used in Spanish business letters is quite different from that used in personal
letters. There are certain standard phrases that must be used in the salutation, opening, pre-
closing, and closing. In the past Spanish business letters were often quite lengthy because
of the use of many formulaic courtesy expressions and very "flowery" language. Today,
however, most Spanish business letters reflect the concise, clear style typical of business
letters in the international market.

Salutations

Estimado(-a) señor(-a) + apellido:	
Muy estimado(-a) señor(-a) + apellido:	*Dear Mr. (Mrs.) + last name*
Distinguido(-a) señor(-a) + apellido	
Muy señor(-es) mío(-s):	*Dear Sir(-s):*
Muy señor(-es) nuestro(-s):	

Pre-closings

En espera de sus gratas noticias	*Awaiting your (kind) reply*
Le reiteramos nuestro agradecimiento y quedamos de Ud.	*We thank you again and we remain*
Su afmo. (afectísimo) amigo y S. S. (seguro servidor)	*Your devoted friend and servant* (This pre-closing is passing from use.)

Closings

(Muy) Atentamente,	*Sincerely yours,*
(Muy) Respetuosamente,	*Respectfully yours,*
Cordialmente,	*Cordially yours,*

Other Expressions

acusar recibo	*to acknowledge receipt*
a la mayor brevedad posible	*as soon as possible*
a vuelta de correo	*by return mail*
adjuntar	*to enclose*
me es grato + *infinitive*	*I am happy* + inf.

Abbreviations

Hnos. (Hermanos)	*Brothers*
S.A. (Sociedad Anónima)	*Inc. (Incorporated)*
Cía. (Compañía)	*Co. (Company)*

Shortened Phrases

el corriente	el mes en corriente	*this month*
el pasado	el mes pasado	*last month*
atenta	la atenta carta	*letter*
grata	la grata carta	*letter*
la presente	la carta presente	*this letter*
el p. pdo	el mes próximo pasado	*last month*

Composiciones

A. ***People en español.*** Ud. quiere subscribirse a la revista *People en español*. Escríbale una carta a la compañía preguntando cuántos números anuales hay y lo que cuesta una subscripción anual. Pida una solicitud de subscripción. *People en español;* P.O. Box 61691; Tampa, FL 33661-1691.

B. **Un puesto nuevo.** Ud. acaba de obtener un puesto como gerente general de una empresa multinacional en Los Ángeles. Su jefe quiere saber qué tipo de personal necesita Ud.

para su departamento. Escríbale una carta al jefe describiendo el personal que necesita. Explíquele también las responsabilidades del personal.

C. **El Banco Madrileño.** Ud. es un estudiante de intercambio en Madrid y acaba de recibir el estado de cuenta mensual *(monthly statement)* de su banco. Pero hay un error muy grave. Según el banco Ud. tiene sólo 19.79 euros en su cuenta corriente pero Ud. está seguro de que tiene 1979 euros. Escríbale al banco y trate de resolver el problema. Banco Madrileño; Gran Vía 38; Madrid 28032 España.

A. **Compañía Méléndez, S.A.** You are the secretary for Claudio Meléndez, the president of Compañía Meléndez, S.A., a large clothing firm; you must handle all incoming phone calls. With your classmates, play the following roles.

Sr. Soto: Sales manager who wants to talk to the president about slow sales of the new winter suits. The president doesn't want to talk to Sr. Soto. Offer to take a message.

Dra. Guzmán: Designer of women's dresses. She wants to talk to the president about her designs for spring. Put her through to the president. She talks to the president about what she has done for her new collection.

Sra. Meléndez: Wants to talk to her husband about a dinner party he should attend tomorrow evening. Put her through to the president even though he doesn't want to talk with his wife.

B. **En el Banco Nacional.** A classmate will play the role of the teller in the bank where you have your account. You go to the window with your monthly paycheck. Get cash for the weekend and deposit the rest into your checking account. Explain that you're about to buy a new car. You want some information on an auto loan including the necessary down payment, interest rate and monthly payment on the car of your choice. Then withdraw the amount for the down payment from your savings account.

C. **Una reunión de la junta directiva.** You are the president of a large multinational firm based in San Antonio, Texas. The firm deals with the importation of coffee and fruit from Central and South America. You hold a meeting with three members of the Board of Directors, played by your classmates. Find out how various departments are doing in terms of sales. Explain what you hope the other members of the firm have done to obtain better quality products and sales. Use specific numbers.

D. **En la ocasión de su jubilación.** You are retiring after many years as president of a firm that sells imported furniture and accessories. Explain your history with the firm and how long you have worked in various areas. Explain what you have done to help make the firm what it is today.

Para saber más:
www.heinle.com

Herencia cultural

Personalidades

De ayer

Por su trabajo para mejorar la vida de los obreros migratorios, **César Chávez** (1927–1993) llegó a ser uno de los líderes chicanos más respetados. Con la influencia del sindicato *(union)* United Farm Workers que Chávez fundó en 1962, los campesinos recibieron contratos y mejores condiciones de trabajo.

Selena Quintanilla Pérez (1971–1995) empezó su carrera cantando con sus hermanos en Texas cuando era muy joven. Llegó a ser la Reina del Tex-Mex después de grabar *Ven conmigo (1990)* y *Amor Prohibido (1994)*. Aunque murió en 1995, todavía es muy popular.

De hoy

Sammy Sosa (1968–) actualmente es la superestrella del béisbol. Juega con el equipo Chicago Cubs y es un excelente jardinero derecho *(right fielder)* y un poderoso bateador. Lo llaman "El Bateador con Corazón" por su trabajo con la Fundación Sosa y su ayuda a la República Dominicana, su país natal.

El guapo y popular actor **Andy García** (1956–) nació en La Habana, Cuba, y emigró a los EE.UU. Ha aparecido en más de veinte películas de Hollywood; entre sus películas más importantes están *The Untouchables, Stand and Deliver, The Godfather, Part III* y *When a Man Loves a Woman*.

Cristina Saralegui nació en Cuba y llegó a los EE.UU. en 1960. Actualmente es una de las personalidades más populares y reconocidas de la televisión mundial. *El Show de Cristina* empezó en 1989 y hoy día llega a más de cien millones de personas en diecisiete países. También tiene una publicación llamada *Cristina la revista*.

La puertorriqueña **Rita Moreno** (1931–) ha tenido una carrera espectacular como cantante, bailarina y actriz durante cinco décadas. Es la única persona que ha ganado los cuatro grandes premios: Emmy, Grammy, Oscar y Tony. Ha aparecido en películas como *West Side Story* y en la televisión en las series *The Rockford Files* y *B. L. Stryker*.

Para saber más:
www.heinle.com

Arte y arquitectura

La Florida: San Agustín

El legado hispano dentro de los EE.UU.

Hay una larga tradición hispana dentro de los EE.UU. Cuarenta y dos años antes que los ingleses fundaron Jamestown y cincuenta y cinco años antes de la llegada de los *Pilgrims,* los españoles fundaron el primer pueblo en los EE.UU.: San Agustín, en la Florida. Algunos de los edificios de San Agustín todavía existen en forma preservada o restaurada.

En el oeste de nuestra nación los españoles exploraron y poblaron otros lugares. Les dieron nombres españoles a los estados de California, Colorado, Nevada y Nuevo México y a las ciudades de Amarillo, El Paso, Las Vegas, Los Ángeles, San Francisco y Santa Fe, entre otras. En todos estos sitios construyeron casas, escuelas, iglesias y edificios municipales de estilo «español». Este estilo se caracteriza por el uso de paredes gruesas de adobe, techos de tejas *(tiles)* y vigas *(beams)* de madera. Además, estos edificios suelen tener un patio interior y un decorado sencillo.

San Antonio, Texas: El Álamo

En California se puede ver buenos ejemplos de esta arquitectura típica en las misiones. En el siglo XVIII el rey español Carlos III mandó que los franciscanos fueran a California para evangelizar y educar a los indígenas. Bajo la dirección de Fray Junípero Serra los franciscanos fundaron una serie de misiones a lo largo de la costa del Pacífico. Las misiones incluían una iglesia, un campanario *(bell tower)*, la residencia de los frailes y un patio grande con un jardín. La mayoría de ellas ha sobrevivido los desastres naturales y el desarrollo moderno. Muchas de las ciudades importantes de California son una extensión de esas antiguas misiones.

California: Misión San Carlos Borromeo de Carmelo

Comprensión

A. Nombres españoles. Con un(-a) compañero(-a) de clase, prepare una lista de los estados y las ciudades de los EE.UU. que tienen nombre español. Incluya también nombres de ríos, montañas y otros rasgos geográficos.

B. Ciudades españolas. Complete el siguiente gráfico con información acerca de las ciudades estadounidenses que fueron fundadas por los españoles.

Nombre de la ciudad	Estado	Ejemplos de arquitectura española

C. La arquitectura. ¿Cuáles son las características de la arquitectura española? ¿Qué características se puede ver en la foto de San Antonio y de la misión? ¿Dónde se puede ver buenos ejemplos de la arquitectura española en los EE.UU.? ¿Hay ejemplos de este estilo en su ciudad o estado? ¿Dónde?

Para saber más:
www.heinle.com

Para leer bien

Identifying Point of View in Literature

You have learned to identify the point of view by locating the main theme and by obtaining information about the author and his / her beliefs and background. The point of view of a literary work is often presented more subtly than in journalistic articles; nonetheless, it is an important key to understanding the work.

The following work is written by a Hispanic living in the U.S. The point of view represented by immigrants is different from that of native U.S. citizens and it is no longer the view point of a native of a Hispanic country.

La literatura de los hispanos en los EE.UU.

Durante las últimas décadas el número de hispanos que viven en los EE.UU. ha crecido rápidamente. Ya representan una fuerza importante económica y políticamente. Pero su cultura también es importante y rica. Ya existe una literatura de los hispanos de los EE.UU. Es una literatura escrita en español (o a veces traducida al español) pero con temas distintos—temas de la situación particular de los inmigrantes: la pobreza, el aislamiento *(isolation),* la nostalgia por la patria. Aquí les presentamos un buen ejemplo de esta literatura que ilustra muchos de los temas de los inmigrantes.

Antes de leer

A. **Punto de vista.** ¿Cuáles son las ideas y los pensamientos de los inmigrantes acerca de los EE.UU.? ¿Qué punto de vista cree Ud. que van a presentar en sus obras literarias?

B. **El aislamiento** *(isolation).* Con un(-a) compañero(-a) de clase, discuta y describa una experiencia o situación en la cual Ud. no conocía a nadie. ¿Cómo se sentía? ¿Qué hacía? ¿Qué pensaba?

C. **La lectura.** Con un(-a) compañero(-a) de clase, describan cómo Uds. aprendieron a leer en inglés. ¿Cuántos años tenían? ¿Qué libros o materiales usaban? ¿Era fácil o difícil? ¿Iban Uds. a la biblioteca?

D. **La biblioteca.** Utilizando el dibujo al principio de la siguiente lectura, describa a la chica y la biblioteca. ¿Por qué está ella en la biblioteca? ¿Qué va a leer?

Lectura literaria

Esmeralda Santiago es escritora de cuentos, memorias y ensayos. Nació en el campo de Puerto Rico pero en 1961 vino a vivir en Nueva York con sus seis hermanos y hermanas, su abuela y su madre. Se graduó del prestigioso Performing Arts High School de Nueva York y más tarde de la Universidad de Harvard. También tiene una maestría de Sarah Lawrence College. Ganó la fama con su libro *Cuando era puertorriqueña,* publicado en 1993. En su reciente memoria, *Casi una mujer,* Santiago sigue describiendo sus experiencias como inmigrante en los barrios de Brooklyn. En la siguiente selección de *Casi una mujer,* Santiago nos habla de las dificultades de ser inmigrante y el deseo de hablar bien el inglés.

Casi una mujer

Yo no hablaba inglés, así es que el orientador escolar° me ubicó° en una clase para estudiantes que habían obtenido puntuaciones° bajas en los exámenes de inteligencia, que tenían problemas de disciplina o que estaban matando el tiempo en lo que cumplían dieciséis años° y podían salirse de la escuela. La maestra, una linda mujer un par de años mayor que sus estudiantes, me señaló° un asiento en el medio del salón. No me atreví° a mirar a nadie a los ojos. Unos gruñidos° y murmullos° me seguían y aunque yo no tenía idea de lo que significaban, no me sonaron nada amistosos°.

director of orientation / placed
scores

became sixteen years old
pointed out / didn't dare
grunts / murmurs
friendly

Me apreté° las manos debajo de la mesa para controlar el temblor y me puse a examinar las líneas sobre el pupitre. Me concentré en la voz de la maestra, en las ondas de sonidos extraños que pululaban° sobre mi cabeza. Hubiera querido salir flotando de ese salón, alejarme° de ese ambiente hostil que permeaba cada rincón, cada grieta°. Pero mientras más trataba de desaparecer más presente me sentía hasta que, exhausta, me dejé ir, y floté con las palabras, convencida de que si no lo hacía me ahogaría° en ellas.

I clenched my hands together

swarmed
to go far away / crack

I would drown

En la escuela, me hice amiga de Yolanda, una nena que hablaba bien el inglés pero que conmigo hablaba español. Yolanda era la única puertorriqueña que yo conocía que era hija única°. A ella le daba curiosidad saber cómo era eso de tener seis hermanos y hermanas y yo a ella le preguntaba qué hacía todo el día sin tener a nadie con quién jugar o pelear.

only child

Un día Yolanda me pidió que la acompañara a la biblioteca. Le dije que no podía porque Mami nos tenía prohibido que nos quedáramos en ningún sitio, sin permiso, de regreso a casa. "Pídele permiso y vamos mañana. Si traes un papel que diga dónde vives, te pueden dar una tarjeta", me sugirió Yolanda, "y puedes sacar libros prestados. Gratis°", añadió cuando titubeé°.

sin pagar
I hesitated

Yo había pasado por la Biblioteca Pública de Bushwick muchas veces y me habían llamado la atención sus pesadas puertas de entrada enmarcadas por columnas y las anchas ventanas que miraban desde lo alto al vecindario°. Alejada de la calle, detrás de un cantito de grama seca°, la estructura de ladrillos rojos parecía estar fuera de lugar en una calle de edificios de apartamentos en ruinas, y enormes e intimidantes proyectos de viviendas. Adentro, los techos eran altos con lámparas colgantes° sobre largas mesas marrón, colocadas° en el centro del salón y cerca de las ventanas. Los estantes alrededor del área estaban llenos de libros cubiertos de plástico. Cogí° uno, de una de las tablillas° de arriba, lo hojeé° y lo devolví a su sitio. Caminé todos los pasillos° de arriba a abajo. Todos los libros eran en inglés. Frustrada, busqué a Yolanda, me despedí en voz baja y me dirigí a la salida. Cuando iba saliendo, pasé por el Salón de los Niños, en donde una bibliotecaria estaba leyéndole a un grupo de niños y niñas. Leía despacio y con expresividad, y después de leer cada página, viraba° el libro hacia nosotros para que pudiéramos verlo. Cada página tenía sólo unas pocas palabras y una ilustración que clarificaba su sentido. Si los americanitos podían aprender inglés con esos libros, yo también podría.

neighborhood
a border of dry grass

hanging
arranged
I took / small shelves
glanced through / aisles

she turned

Después de la sesión de lectura, busqué en los anaqueles° los libros ilustrados que contenían las palabras que necesitaría para mi nueva vida en Brooklyn. Escogí libros del alfabeto, de páginas coloridas donde encontré: *car, dog, house, mailman*. No podía admitirle a la biliotecaria que esos libros tan elementales eran para mí. *"For leettle seesters,"* le dije, y ella asintió°, me sonrió y estampó la fecha de entrega° en la parte de atrás del libro.

estantes

agreed / return date

Paraba en la biblioteca todos los días después de clase y en casa me memorizaba las palabras que iban con las ilustraciones en las enormes páginas.

Mis hermanas y hermanos también estudiaban los libros y nos leíamos en voz alta las palabras tratando de adivinar° la pronunciación.

to guess

"Ehr-rahs-ser", decíamos en lugar de *"eraser". "Keh-neef-eh",* por *"knife". "Dees",* por *"this"* y *"dem"* por *"them"* y *"dunt"* por *"don't".*

to recognize	En la escuela, escuchaba con cuidado y trataba de reconocer° aquellas palabras que sonaban como las que habíamos leído la noche anterior. Pero el inglés hablado, a diferencia del español, no se pronuncia como se escribe. *"Water"* se convertía en *"waddah"*, *"work"*
words ran together / stream	en *"woik"* y las palabraschocabanunasconotras° en un torrente° de sonidos confusos que no guardaban ninguna relación con las letras cuidadosamente organizadas en las páginas
jeers, laughter	de los libros. En clase, casi nunca levantaba la mano porque mi acento provocaba burlas° en el salón cada vez que abría la boca.
nombre de una hermana *we laughed like crazy* *grimaces / tongues* *got twisted*	Delsa°, que tenía el mismo problema, sugirió que habláramos inglés en casa. Al principio nos destornillábamos de la risa° cada vez que nos hablábamos en inglés. Las caras se nos contorsionaban en muecas°, nuestras voces cambiaban y las lenguas° se nos trababan° al tratar de reproducir los sonidos. Pero, según los demás, se nos fueron uniendo y practicábamos entre nosotros, se nos fue haciendo más fácil y ya no nos reíamos tanto. Si no sabíamos la traducción para lo que estábamos tratando de decir, nos inventábamos la palabra, hasta que formábamos nuestro propio idioma, ni español ni inglés, sino ambos en la misma oración, y a veces, en la misma palabra.
nombre de un hermano / nombre de una hermana / sheet	"Pasa mí esa sabaneichon", le decía Héctor° a Edna° para pedirle que le pasara una sábana°.
whispered / nombre de una hermana	"No molestándomi", le soplaba° Edna a Norma° cuando ésta la molestaba.
su abuela *increased* *bond* *perplexed / pride* *envy*	Veíamos la televisión con el volumen bien alto aunque Tata° se quejaba de que oír tanto inglés le daba dolor de cabeza. Poco a poco, según aumentaba° nuestro vocabulario, se fue convirtiendo en un vínculo° entre nosotras, uno que nos separaba de Tata y de Mami que nos observaba perpleja°, mientras su expresión pasaba del orgullo°, a la envidia°, a la preocupación.

Después de leer

A. Los personajes. Identifique los siguientes personajes que aparecen en la selección de *Casi una mujer.*

Nombre	Descripción	Relación con Esmeralda
Mami		
Tata		
Yolanda		
la maestra		
Delsa, Edna, Héctor y Norma		

B. El primer día de clases. Describa el primer día de clases de Esmeralda en los EE.UU. ¿Cómo se sentía? ¿Qué hacía? ¿Qué pensaba? Compare la experiencia de Esmeralda con su propia experiencia en una situación nueva.

C. Varios puntos de vista. Describa la reacción de la madre, la abuela y los hijos al uso del inglés. ¿Por qué dice Esmeralda al final «Mami... nos observaba perpleja, mientras su expresión pasaba del orgullo, a la envidia, a la preocupación.»? ¿Qué cambios suceden en la familia a causa del inglés?

D. Comparaciones. Compare sus experiencias como estudiante de español con las experiencias de Esmeralda y su deseo de aprender inglés.

Bienvenidos a
Chile y a la Argentina

Las cataratas
de Iguazú

GEOGRAFÍA Y CLIMA

Chile: País largo y angosto entre el Pacífico y los Andes. Casi 3.000 kilómetros de costa. Norte: desierto de Atacama, la región más seca del mundo; valle central: tierras fértiles y clima templado como en California; montañas: centros de esquí.

La Argentina: Segundo país más grande de Sudamérica. Grandes variaciones geográficas. Parte central: la pampa (*grasslands*); norte: El Chaco, con ríos y árboles; sur: Patagonia, con lagos y glaciares.

POBLACIÓN

Chile: 14.200.000 de habitantes. Mestizos y blancos. En el sur la población es de origen inglés, irlandés, alemán o yugoeslavo.

La Argentina: 34.600.000 de habitantes. Población blanca de origen europeo.

MONEDA

Chile: el peso

La Argentina: el peso

ECONOMÍA

Chile: cobre, uvas y vino

La Argentina: productos agrícolas como carne, trigo, lana; automóviles

INFLUENCIA CULTURAL

Chile: Aislado de sus vecinos; no se parece mucho a los otros países de Latinoamérica.

La Argentina: Aislado del resto de Latinoamérica; mira más hacia Europa; culturalmente la influencia es francesa; económicamente la influencia es inglesa.

Práctica geográfica

Conteste las siguientes preguntas usando la información presentada y un mapa de Chile y la Argentina.

A. Chile

1. ¿Cuál es la capital de Chile? ¿Cuáles son otras ciudades importantes?
2. ¿Qué países están cerca de Chile?
3. ¿Qué hay en el norte de Chile? Descríbalo.
4. ¿Qué hay en el oeste de Chile?
5. Estudiando la geografía de Chile, ¿qué industrias y deportes tendrá?
6. ¿Qué ventajas y desventajas ofrecen la geografía y el clima de Chile?

B. La Argentina

1. ¿Cuál es la capital de la Argentina? ¿Cuáles son otras ciudades importantes?
2. ¿Qué países están cerca de la Argentina?
3. ¿Dónde está y qué es la pampa? ¿Para qué se usa?
4. ¿Qué ríos hay en la Argentina?
5. ¿Qué forman los ríos en la frontera (*border*) entre la Argentina, el Brasil y el Paraguay?
6. ¿Cuáles son las ventajas y las desventajas de la geografía de la Argentina?

C. El aislamiento (*isolation*). Se dice que Chile y la Argentina están aislados de los otros países de Latinoamérica. ¿Qué produce este aislamiento? ¿Cuáles son las consecuencias?

Una vista panorámica de Santiago de Chile

Para saber más:
www.heinle.com

CAPÍTULO
11
De viaje

Viña del Mar, Chile

Cultural Themes

Chile

Travel in the Hispanic World

Communicative Goals

Buying a ticket and boarding a plane

Explaining previous wants, advice, and doubts

Making polite requests

Discussing contrary-to-fact situations

Getting a hotel room

Explaining when actions will occur

Describing future actions that will take place before other future actions

Primera situación

Presentación

En el aeropuerto

Práctica y conversación

A. Definiciones. Explíquele las siguientes palabras a un(-a) compañero(-a) de clase.

la pista / la etiqueta / el boleto de ida y vuelta / el despegue / la azafata / la tarjeta de embarque / un vuelo sin escalas

B. ¡Buen viaje! ¿Qué hace Ud. cuando viaja en avión? Ordene las oraciones en forma lógica.

———— Sube al avión.   ———— Confirma la reservación.
———— Reclama el equipaje.   ———— Factura el equipaje.
———— Compra un boleto.   ———— Desembarca.
———— Se abrocha el cinturón.

C. Datos prácticos. Ud. hace un viaje de negocios a Santiago de Chile y necesita información sobre la ciudad. Conteste las siguientes preguntas utilizando la información a continuación.

SANTIAGO

DATOS PRÁCTICOS

INFORMACION GENERAL

— Santiago está ubicado a 543 mts. sobre el nivel del mar, en la zona central de Chile, a 2.051 kms. al sur de Arica, la ciudad más septentrional del país y a 3.141 kms. al norte de Punta Arenas, la ciudad más austral. Cien kms. la separan de la costa del Océano Pacífico y 40 kms. de la Cordillera de Los Andes.

Clima

— La capital del país presenta clima templado con una temperatura media anual de 14.5º (21ºC en enero, verano y 8.4ºC en julio, invierno), con una pluviosidad promedio anual de 346 mm.

Población

— El país tiene más de 13 millones de habitantes, de los cuales 5 millones viven en Santiago.

Idioma

— El idioma oficial es el español. En los establecimientos y empresas turísticas el personal superior habla inglés y/o francés.

Hora

— Invierno: —4 horas GMT
— Verano: —3 horas GMT

Aeropuerto Internacional Comodoro Arturo Merino Benítez.

Está a 17 km. del centro de la ciudad. El transporte a Santiago es efectuado por buses (US$ 1.3 aproximadamente) y taxis (US$ 18 aproximadamente) (*).

TRANSPORTES

En el transporte urbano destaca el **METRO** que cruza la ciudad de oriente a poniente y de norte a sur. Buses, colectivos y taxis recorren la ciudad.

(*) US$ 1 = $ 350 (al mes de Mayo de 1992).

La ciudad está conectada al resto del país a través de:

— **Aviones:** dos líneas aéreas nacionales Ladeco y Lan Chile cubren diariamente rutas nacionales con vuelos regulares. Se encuentran disponibles empresas de taxis aéreos.
— **Buses:** Recorren todo el territorio con servicios a bordo de comida, bar, video y teléfono, entre otros. Existen terminales en: Buses Norte: Amunátegui 920 (Tel. 671.21.41); Los Héroes: Roberto Pretot 21 (Tel. 696.92.50); Santiago: Av. L. Bernardo O'Higgins 3800 (Tel. 779.13.85) Alameda: Av. L. Bernardo O'Higgins 3794 (Tel. 776.10.23).
— **Trenes:** Corren desde Santiago hacia el sur con estación terminal en Puerto Montt. La Estación Central de Ferrocarriles se ubica en Av. L. Bernardo O'Higgins 3322 (Tel. 689.51.99).

CAMBIO DE MONEDA Y USO DE TARJETA DE CREDITO

Se puede realizar en bancos, casas de cambio y principales hoteles. La mayoría de las tarjetas de crédito son aceptadas en tiendas, hoteles y agencias de viaje.

Bancos

El horario de los bancos es: lunes a viernes de 9:00 a 14:00 hrs.

Casas de cambio

Horario de casas de cambio: similar a horario de comercio.

COMERCIO

Los locales comerciales están abiertos de 10:00 a 20:00 hrs. de lunes a viernes y de 10:00 a 14:00 hrs. los sábados. Los grandes centros comerciales permanecen abiertos de lunes a domingo de 10:00 a 21:00 hrs.

COMUNICACIONES

Código telefónico para Chile (56). Código telefónico para Santiago (2). Centros públicos de telefonía y fax en distintos sectores de la ciudad. Consultar Entel-Chile.

INFORMACION TURISTICA

SERNATUR (Servicio Nacional de Turismo)
— Oficina en Aeropuerto Internacional y en Providencia 1550, Tel. 236.05.31. Horario: 8:30 a 18:30 hrs. de lunes a viernes y sábado de 9:00 a 13:00 hrs.

FESTIVOS

1 enero / viernes y sábado Santo (variable: marzo-abril) / 1 mayo / Corpus Christi (variable: mayo-junio) / 29 junio / 15 agosto / 18-19 septiembre / 12 octubre / 1 noviembre / 8 diciembre / 25 diciembre /.

HOTELES

Valores referenciales, habitación doble
5☆ desde US$ 180
4☆ desde US$ 100
3☆ desde US$ 40.

ALIMENTACION

Valores referenciales:
Almuerzo, desde US$ 5
Snack o refrigerio, desde US$ 3

DIRECCIONES UTILES

— **Aeropuerto Internacional**
Informaciones: Tel. 601.97.09 / 601.90.01 / 601.96.54
Ladeco, Tel. 601.94.45
Lan Chile, Tel. 601.91.65

— **Estación Central de Ferrocarriles**
Av. L. Bernardo O'Higgins 3322. Reservas e Informaciones, Tel. 689.51.99 / 689.54.01 / 689.57.18.

Ventas de Pasajes
— Av. L. Bernardo O'Higgins 853, L. 21 tel. 39.82.47.
— Metro Escuela Militar, L. 25 Tel. 228.29.83. Lunes a viernes de 8:30 a 13:00 hrs. Sábado de: 9:00 a 13:00 hrs.
— **Compañía de Teléfonos de Chile (C.T.C.)**
Llamadas Nacionales e Internacionales Moneda 1151
— **Empresa Nacional de Telecomunicaciones, ENTEL**
Huérfanos 1133 Tel. 690.26.12.
— **Télex Chile**
Llamadas Nacionales e Internacionales y Facsímil Morande 147 Tel. 696.88.07
— **Servicio de Extranjería**
Por pérdida de Tarjeta de Turismo Policía Internacional, Depto. Fronteras General Borgoño 1052, Tel. 37.12.92 / 698.22.11. Lunes a viernes de 8:30 a 12:15 hrs. y de 15:00 la 18:30 hrs.
— Prórroga Tarjeta de Turismo Intendencia Región Metropolitana Moneda 1342, Tel. 672.53.20 Lunes a viernes de 9:00 a 13:00 hrs.

EMERGENCIAS

Ambulancia: Tel. 224.44.22
Asistencia Pública: Tel. 34.22.91.
Bomberos: Tel. 132
Carabineros: Tel. 133

Diseño/Design Sernatur 1992

---

1. ¿Cómo se llama el aeropuerto internacional? ¿Dónde está?
2. ¿Qué formas de transporte se usan para viajar dentro de la ciudad? ¿Y de Santiago al resto de Chile?
3. ¿Qué idiomas se hablan en los establecimientos turísticos?
4. ¿Cuál es la diferencia entre la hora local en Santiago y la hora local en su región de los EE.UU.? (Cuando son las ocho en Nueva York, son las siete en Santiago.)
5. ¿Cuánto cuesta una habitación doble en un hotel de cinco estrellas?
6. ¿Dónde se puede conseguir información turística?
7. ¿Dónde se puede cambiar dinero?
8. ¿Cuándo están abiertos los grandes centros comerciales?
9. ¿A qué agencia se debe llamar si se pierde la Tarjeta de Turismo?

D. Entrevista personal. Hágale preguntas a su compañero(-a) de clase.

Pregúntele...

1. si le gusta viajar en avión. ¿Por qué?
2. qué línea aérea prefiere.
3. si prefiere un vuelo directo. ¿Por qué?
4. dónde prefiere sentarse en el avión.
5. si lleva mucho equipaje cuando viaja. ¿Por qué?
6. qué hace si pierde el avión.

E. Creación. En una narración cuente lo que pasa en el dibujo de la **Presentación**.

Vocabulario

En el aeropuerto	**At the airport**	perder el avión	*to miss the plane*
el (la) aduanero(-a)	*customs agent*	reclamar el equipaje	*to claim luggage*
el billete	*ticket*	**A bordo**	**On board**
el boleto de ida y vuelta	*round-trip ticket*	el (la) aeromozo(-a) (A)	*flight attendant*
el control de seguridad	*security check*	el (la) azafata (E)	
la etiqueta	*luggage tag*	el (la) camarero(-a)	
la línea aérea	*airline*	el asiento al lado de la	*window seat*
la maleta	*suitcase*	ventanilla	
el maletero	*porter*	en el pasillo	*aisle seat*
el maletín	*briefcase*	el aterrizaje	*landing*
el pasaje (A)	*fare*	el despegue	*take off*
el (la) pasajero(-a)	*passenger*	el equipaje de mano	*carry-on luggage*
la pista	*runway*	la fila	*row*
la puerta	*gate*	la sección de (no) fumar	*(no) smoking section*
la sala de reclamación	*baggage claim area*	la tarjeta de embarque	*boarding pass*
de equipaje		un vuelo directo	*direct flight*
el talón	*baggage claim check*	sin escalas	
la tarifa (E)	*fare*	abordar el avión	*to board*
el terminal	*terminal*	abrocharse el cinturón	*to fasten the seatbelt*
el vuelo	*flight*	de seguridad	
internacional	*international flight*	aterrizar	*to land*
		bajar del avión	*to get off of the plane*
nacional	*domestic flight*	desembarcar	
confirmar una reservación	*to confirm a reservation*	caber debajo del asiento	*to fit under the seat*
		desabrocharse	*to unfasten*
facturar el equipaje	*to check luggage*	despegar	*to take off*
hacer una reservación	*to make a reservation*	hacer escala	*to stop over*
		subir al avión	*to get on the plane*
pasar por la aduana	*to go through customs*	volar (ue)	*to fly*

Así se habla

Buying a Ticket and Boarding a Plane

Mireya	Señor, tengo una emergencia personal y quisiera saber si podría comprar un pasaje para el vuelo de esta tarde o de esta noche a Valparaíso.
Empleado	A ver, déjeme ver.
Mireya	Gracias, señor. Ojalá que tenga suerte porque en realidad....
Empleado	Sí, sí tiene suerte, no se preocupe. Aquí hay un asiento disponible en el vuelo de esta mañana, el de las doce. ¿Le conviene o prefiere más tarde?
Mireya	No, no, está bien, mejor aún.
Empleado	Muy bien, entonces, ¿tiene sus maletas para facturárselas?
Mireya	Un momentito, por favor. Anabela, si fueras tan amable, ¿me podrías pasar mis maletas? Me voy en el vuelo de las doce.
Anabela	¡Qué suerte! Aquí están. ¿Las pongo aquí?
Empleado	Sí, gracias. Muy bien... ya está todo listo. Su vuelo sale a las doce por la puerta 8A. Aquí tiene su tarjeta de embarque. No se olvide que tiene que pasar por Seguridad primero.
Mireya	Sí, no se preocupe. Gracias, señor.

When you are traveling by plane, you can use the following expressions.

Quiero un pasaje de ida y vuelta a...	*I want a round-trip ticket to . . .*
Quiero sentarme al lado de la ventanilla / del pasillo / en el medio.	*I want to sit by the window / aisle / in the middle.*
¿A qué hora sale el vuelo?	*At what time does the flight leave?*
¿A qué hora empiezan a abordar?	*At what time do you start boarding?*
El vuelo está retrasado / sale a la hora.	*The flight is late / is leaving on time.*
El vuelo número... sale por la puerta número...	*Flight number . . . leaves through gate number . . .*

Facture su equipaje.	*Check your luggage.*
Muestre su tarjeta de embarque.	*Show your boarding pass.*
Cargue su equipaje de mano.	*Take your hand luggage.*
Ponga su equipaje de mano **debajo del asiento delantero.**	*Put your hand luggage under the seat in front (of you).*
Abróchese el cinturón.	*Fasten your seatbelt.*
Observe el aviso de no fumar.	*Observe the no-smoking sign.*
Ubique las salidas de emergencia.	*Find the emergency exits.*

Práctica y conversación

A. De viaje. ¿Qué dice Ud. si está en un aeropuerto y necesita lo siguiente?

1. Quiere comprar un pasaje de Nueva York a Valparaíso.
2. Necesita un pasaje de Nueva York a Santiago con regreso a Nueva York.
3. Prefiere un asiento que le permita mirar por la ventana durante el vuelo.
4. Tiene que llevar dos maletas.
5. No sabe por qué puerta sale su avión.
6. Quiere hacer algunas compras pero no sabe si tiene tiempo antes de que salga su avión.

B. ¡Voy a Santiago! Con un(-a) compañero(-a), complete el siguiente diálogo.

Viajero(-a)	Buenos días, necesito comprar un pasaje para Santiago de Chile para salir el día de hoy.
Empleado(-a)	Muy bien... Déjeme ver... Sólo tenemos espacio en primera clase. ¿Le parece bien?
Viajero(-a)	Sí, no hay problema, pero ¿cuánto me va a costar más o menos?
Empleado(-a)	Bueno, depende. ¿Quiere de _____ o sólo de _____?
Viajero(-a)	No, de _____ porque tengo que regresar aquí a los Estados Unidos.
Empleado(-a)	Y, ¿cuándo desea regresar?
Viajero(-a)	_____.
Empleado(–a)	En ese caso le va a costar $2.500.
Viajero(-a)	Está bien. ¡Qué se va a hacer!
Empleado(-a)	Bueno, yo le puedo arreglar todo ahora mismo. ¿Dónde quisiera sentarse? ¿Prefiere _____ o _____?
Viajero(-a)	Preferiría _____, si fuera posible.
Empleado(-a)	Muy bien. Aquí tiene su _____ y su _____. ¡Que tenga buen viaje!

Estructuras

Explaining Previous Wants, Advice, and Doubts

Imperfect Subjunctive

The imperfect subjunctive is used to express the same functions as the present subjunctive; the main difference is that the situations requiring the use of the imperfect subjunctive occurred in the past.

Imperfect Subjunctive of Regular Verbs

volar	perder	subir
volara	perdiera	subiera
volaras	perdieras	subieras
volara	perdiera	subiera
voláramos	perdiéramos	subiéramos
volarais	perdierais	subierais
volaran	perdieran	subieran

a. To obtain the stem for the imperfect subjunctive, drop the **-ron** ending from the third-person plural form of the preterite: **volaron → vola-; perdieron → perdie-; subieron → subie-**. To this stem, add the endings that correspond to the subject: **-ra, -ras, -ra, -ramos, -rais, -ran**. Note the written accent on the first person plural form.

b. There are no exceptions to this method of formation of the imperfect subjunctive. Thus, the imperfect subjunctive will show the same irregularities as the preterite.

Imperfect Subjunctive of Irregular Verbs

-i- Stem		-j- Stem	
hacer	**hiciera**	decir	**dijera**
querer	**quisiera**	traer	**trajera**
venir	**viniera**		

-u- Stem		-y- Stem	
andar	**anduviera**	caer	**cayera**
estar	**estuviera**	creer	**creyera**
poder	**pudiera**	leer	**leyera**
poner	**pusiera**	oír	**oyera**
saber	**supiera**		
tener	**tuviera**		

-cir Verbs		-uir Verbs	
traducir	**tradujera**	construir	**construyera**

Other Irregular Stems

dar	**diera**	ir	**fuera**
haber	**hubiera**	ser	**fuera**

The imperfect subjunctive of **hay (haber)** is **hubiera**.

Stem-Changing Verbs

e → i		o → u	
pedir	**pidiera**	dormir	**durmiera**

c. The same expressions that require the use of the present subjunctive also require the use of the imperfect subjunctive. The present subjunctive is used when the verb in the main clause is in the present tense. When the verb in the main clause is in a past tense, then the imperfect subjunctive is used.

Dudan que despeguemos a tiempo.	*They doubt that we will take off on time.*
Dudaban que **despegáramos** a tiempo.	*They doubted that we would take off on time.*
La azafata les dice a todos los pasajeros que se abrochen el cinturón.	*The stewardess tells all the passengers to fasten their seatbelts.*
La azafata les **dijo** a todos los pasajeros que **se abrocharan** el cinturón.	*The stewardess told all the passengers to fasten their seatbelts.*

d. In Spain and in certain other Spanish dialects an alternate set of endings for the imperfect subjunctive is commonly used: **-se, -ses, -se, -semos, -seis, -sen**. You will see these forms frequently in reading selections and will need to recognize them.

Práctica y conversación

A. Mi primer viaje. ¿Recuerda su primer viaje en avión? Explique lo que era necesario hacer.

MODELO comprar los boletos dos semanas antes del viaje
Era necesario que yo comprara los boletos dos semanas antes del viaje.

1. hacer una reservación
2. estar en el aeropuerto con una hora de anticipación
3. ir al terminal internacional
4. tener el pasaporte
5. saber el número del vuelo
6. oír el anuncio del vuelo
7. poner el equipaje de mano debajo del asiento

B. En el terminal. Explique lo que un empleado de la línea aérea les aconsejó a los pasajeros.

Les aconsejó que...
poner las etiquetas en las maletas / facturar todo el equipaje / pasar por el control de seguridad / averiguar el número del vuelo / tener lista la tarjeta de embarque / abordar el avión a tiempo

C. A bordo. Ud. acaba de regresar de un viaje por la América del Sur. Cuéntele a un(-a) compañero(-a) qué fue necesario hacer antes de salir de viaje y qué consejos le dieron sus familiares.

Making Polite Requests
Other Uses of the Imperfect Subjunctive

In addition to expressing past wants, advice, and doubts, the imperfect subjunctive has other uses.

a. The imperfect subjunctive forms of **deber, poder,** and **querer** are often used to soften a statement or request so that it is more polite. In such cases, the imperfect subjunctive is the main verb of the sentence. Compare the translations of the following sentences.

El aduanero brusco

Quiero revisar su equipaje. Pase por aquí. Abra sus maletas.	*I want to look through your luggage. Come through here. Open your suitcases.*

El aduanero cortés

Quisiera revisar su equipaje. ¿**Pudiera** Ud. pasar por aquí y abrir sus maletas?	*I would like to look through your luggage. Could you step through here and open your suitcases?*

b. The imperfect subjunctive is always used after the expression **como si** meaning *as if.*

Esa mujer se comporta **como si pasara** algo de contrabando.	*That woman behaves as if she were smuggling something.*

Práctica y conversación

A. El aduanero brusco. Ayude a este aduanero a ser más cortés. Dígale otra manera de expresar las siguientes frases.

1. Ud. debe pasar por aquí.
2. Quiero ver su declaración de aduana.
3. Ud. debe abrir su equipaje.

4. Quiero revisar sus maletas.
5. ¿Puede Ud. cerrar sus maletas?

B. Como si... Complete las siguientes oraciones de una manera lógica.

1. Siempre trabajo como si _____.
2. Mi novio(-a) maneja como si _____.
3. Mi mejor amigo(-a) gasta dinero como si _____.
4. Mi profesor(-a) nos da tarea como si _____.
5. Mis padres me tratan como si yo _____.

C. Quisiera... Ud. es un(-a) estudiante de intercambio en Chile y quiere invitar a su padre o madre chileno(-a) a cenar en un restaurante muy elegante. Invítelo(-la); él (ella) acepta. Luego, en el restaurante, pregúntele qué quisiera comer y beber; pida la comida. Mientras están comiendo agradézcale toda su generosidad y hospitalidad. El (Ella) responde.

Discussing Contrary-to-Fact Situations

If Clauses with the Imperfect Subjunctive and the Conditional

Contrary-to-fact ideas are often joined with another idea expressing what would or would not be done if a certain situation were true. *If I had the money, I would go to Chile.*

When a clause introduced by **si** *(if)* expresses a contrary-to-fact situation or an improbable idea, the verb in the **si** clause must be in the imperfect subjunctive. The verb in the main or result clause must be in the conditional.

Contrary-to-fact situation

Si tuviera tiempo, te **llevaría** al aeropuerto.	*If I had time* (which I don't), *I would take you to the airport.*

Improbable situation

Si abordáramos ahora mismo, no **llegaríamos** a Santiago sino hasta las 10.	*If we were to board right now* (which is unlikely), *we wouldn't arrive in Santiago until 10:00.*

Práctica y conversación

A. Si yo fuera aeromozo(-a)... Si Ud. fuera aeromozo(-a), ¿qué haría?

Si yo fuera aeromozo(-a)...
recoger las tarjetas de embarque / ayudar a los pasajeros / servir refrescos / hablar con los pilotos / contestar las preguntas de los pasajeros / prepararles las comidas a los pasajeros / viajar mucho

B. Un viaje a Latinoamérica. Explique bajo qué condiciones Ud. iría a Latinoamérica.

Iría a Latinoamérica si...
hablar mejor el español / ganar mucho dinero en la lotería / no preocuparme por los estudios / tener más tiempo / conocer a alguien que quisiera viajar conmigo / no conseguir trabajo / ¿?

C. **¿Qué haría Ud.?** Complete las siguientes oraciones de una manera lógica.

1. Si pudiera viajar a un lugar, _____.
2. _____ si tuviera mucho dinero.
3. Si pudiera ser otra persona, _____.
4. Me gustaría _____ si _____.
5. Si tuviera mucho tiempo libre, _____.

D. **¿Qué harían Uds.?** En grupos, dos estudiantes hablan de lo que harían si pudieran viajar a un país extranjero. El (La) tercer(-a) estudiante toma apuntes y después informa a la clase lo discutido.

Siga practicando el vocabulario y las estructuras gramaticales de **Capítulo 11, Primera situación** en *Interacciones CD-ROM*.

Para saber más:
www.heinle.com

Segunda situación

Presentación

Una habitación doble, por favor

Práctica y conversación

A. ¿Quién lo ayuda? ¿Qué empleado del hotel lo (la) ayuda a Ud. en las siguientes situaciones?

1. Ud. tiene muchas maletas pesadas.
2. Quiere un plano de la ciudad.
3. Necesita cobrar cheques de viajero.
4. Los huéspedes de una habitación vecina hacen mucho ruido.
5. Necesita un taxi.
6. Le faltan toallas y jabón.
7. Quiere reservaciones en un restaurante de lujo.

B. Quejas. Ud. y su compañero(-a) de clase están ayudando a su amigo(-a), un(-a) recepcionista en el Hotel Alay. Las hojas que contienen las quejas y el nombre de los huéspedes que las pusieron están en desorden. ¿Pueden Uds. juntar cada queja con el nombre del huésped que la puso? A continuación está su hoja; la de su compañero(-a) está en el **Apéndice A.**

> Se necesita limpiar la habitación 223.
> El señor Sánchez quiere ducharse
> pero no puede.
> Los enchufes en la habitación 418 no
> funcionan.
> Hace mucho frío en la habitación de
> la señora Cirre.
> En la habitación 614 el aire
> acondicionado está descompuesto.

C. La reunión anual. Ud. trabaja en Santiago de Chile para una compañía multinacional con oficinas en España y en las capitales de la América del Sur. Ud. está encargado(-a) de organizar su próxima reunión y pidió información en varios hoteles. Con un(-a) compañero(-a) de clase, discutan los servicios de estos dos hoteles y decidan cuál es el mejor para la reunión de los 300 empleados de su compañía. Justifique su decisión.

Situado al borde del mar, sobre el Puerto Deportivo y junto al Paseo Marítimo de Benalmádena-Costa, a 7 Kms. del aeropuerto y a 15 Kms. del centro de Málaga Capital, a 2 Kms. del Golf Torrequebrada. 245 habitaciones y 10 suites con vistas al mar, totalmente climatizadas y con teléfono directo, TV vía satélite, terraza y baño completo. Restaurante, salones sociales, de banquetes, seminarios y congresos, salón de juego y TV, piano bar, peluquería, sauna y gimnasio, pista de tenis, 2 piscinas, una de ellas climatizada. Servicio de lavandería y limpieza en seco.

Disfrute de nuestros restaurantes «Alay» y «Mar de Alborán» y deguste la gran variedad de exquisitos platos.

Para cocktails, cenas, almuerzos de trabajo y banquetes, el Hotel Alay le ofrece cómodas facilidades y un servicio muy esmerado.

Bar americano: Lugar favorito de encuentro para tomar una copa y gozar de una buena música en vivo.

Gran selección de salones para reuniones y banquetes.

HOTEL ALAY
* * * *

Avda. del Alay, s/n
BENALMADENA-COSTA
Costa del Sol - MALAGA - SPAIN
Phone 95 - 224 14 40
Fax 95 - 244 63 80
Telex 77034

Un sistema organizado por un eficiente equipo de profesionales para brindar una excelente atención y servicio.

Amplias habitaciones que incluyen baños con «jacuzzi» y sauna privada, TV color y minibar; restaurantes, bar, cafetería, discoteca, salas de conferencias para ejecutivos, telex y servicio de mensajería.

Ubicación excelente cerca de playas, área comercial y zona artística, y a sólo 25 minutos del Aeropuerto Internacional.

D. Creación. En una narración cuente lo que pasa en el dibujo de la **Presentación**.

Vocabulario

Los hoteles	Hotels
el albergue juvenil	*youth hostel*
el hotel de lujo con	*luxury hotel with*
piscina	*swimming pool*
salón de cóctel	*cocktail lounge*
terraza	*terrace*
el motel	*motel*
el parador	*government-run historic inn*
la pensión	*boarding house*
alojarse	*to stay*

Registrarse	To check in
la caja de seguridad	*safety box*
la estancia	*stay*
la habitación	*(hotel) room*
doble	*double room*
sencilla	*single room*
el (la) huésped	*guest*
la pensión completa	*full board*
la recepción	*registration desk*
el salón de entrada el vestíbulo	*lobby*
bajar el equipaje	*to bring down the luggage*
cargar	*to carry*
hacer	*to make a*
una reserva (E) una reservación (A)	*reservation*
llenar la tarjeta de recepción	*to fill out the registration form*
completo(-a) (E) lleno(-a) (A)	*full*
disponible	*available*

La habitación	Room
necesitar	*to need*
jabón	*soap*

papel higiénico	*toilet paper*
una almohada	*a pillow*
una manta	*a blanket*
una toalla de baño	*a bath towel*
unos ganchos (A) unas perchas de colgar (E)	*some hangers*
tener	*to have*
aire acondicionado	*air conditioning*
balcón	*balcony*
baño	*bathroom*
calefacción	*heat*
ducha	*shower*
tener problemas	*to have problems*
con el enchufe	*with the electric outlet*
el grifo	*the faucet*
el inodoro	*the toilet*
el lavabo	*the sink*
el voltaje	*the voltage*
cómodo(-a)	*comfortable*
incómodo(-a)	*uncomfortable*

Los empleados	Employees
el botones	*bellhop*
la camarera la criada	*chambermaid*
el (la) conserje	*concierge*
el portero	*doorman*
el (la) recepcionista	*desk clerk*

La cuenta	The bill
el recargo por	*additional charge for*
las llamadas telefónicas	*telephone calls*
el servicio de habitación	*room service*
el servicio de lavandería	*laundry service*
desocupar la habitación	*to vacate the room*

Así se habla

Getting a Hotel Room

Sra. Menéndez	¿No te habrás olvidado lo que te pedí, Juan?
Sr. Menéndez	¿Qué me pediste, querida?
Sra. Menéndez	Que reservaras una habitación doble de lujo. ¡No me digas que te olvidaste!
Sr. Menéndez	¿Doble? Este… por supuesto que no, querida.
Sra. Menéndez	Y en un piso alto, supongo.
Sr. Menéndez	Este.. sí, sí, sí... por supuesto…
Sra. Menéndez	A menos que te hayas olvidado…
Sr. Menéndez	No, no querida, ¿cómo se me iba a olvidar? ... Este... mira... este... ¿Por qué no esperas mejor en el saloncito mientras yo... este... lleno la tarjeta de recepción?
Sra. Menéndez	¿Esperar? ¿En el saloncito? ¿Por qué?
Sr. Menéndez	Este... para que... para que no te canses, mi amor, por supuesto.

The following expressions are used when you want to get a hotel room.

Quisiera una habitación doble / sencilla con baño.	*I would like a double / single room with a bath(room).*
Prefiero una habitación que dé a la calle / atrás / al patio.	*I prefer a room facing the street / the back part / the patio.*
¿Acepta tarjetas de crédito / cheques de viajero / dinero en efectivo?	*Do you accept credit cards / traveler's checks / cash?*
Por favor, llene la tarjeta de recepción.	*Please fill out the registration form.*
Tengo que registrarme.	*I have to check in.*
¿A qué hora tengo que pagar la cuenta?	*At what time do I have to check out?*

Necesito un recibo, por favor.	*I need a receipt, please.*
¿Me podría enviar el equipaje a la habitación?	*Could you send my luggage to my room?*

Práctica y conversación

A. En el hotel. Un(-a) estudiante hace el papel de viajero(-a) y otro(-a) el de recepcionista. ¿Qué dicen en la siguiente situación?

Viajero(-a)	Necesita una habitación.
Recepcionista	Quiere saber si el (la) viajero(-a) tiene reservación.
Viajero(-a)	Contesta negativamente.
Recepcionista	Tiene habitaciones, pero quiere saber qué tipo de habitación necesita el (la) viajero(-a).
Viajero(-a)	Responde.
Recepcionista	Quiere saber en qué sección del hotel prefiere la habitación.
Viajero(-a)	Responde.
Recepcionista	Le da la información necesaria: número de habitación, piso, precio por día, hora de salida.
Viajero(-a)	Quiere saber qué facilidades hay: aire acondicionado, televisor con cable o satélite, servicio de habitación, restaurantes, etc.
Recepcionista	Le da la información.
Viajero(-a)	Decide quedarse en ese hotel.
Recepcionista	Le da la tarjeta de recepción.
Viajero(-a)	Quiere que le lleven el equipaje a la habitación.
Recepcionista	Responde. Le desea al (a la) viajero(-a) una buena estadía en la ciudad.
Viajero(-a)	Responde.

B. Necesitamos una habitación. Con un(-a) compañero(-a), dramatice la siguiente situación. Dos amigos(-as) han llegado a Santiago de Chile. Son las doce de la noche y están muy cansados(-as) pero no tienen reservación en ningún hotel. Del aeropuerto llaman a un hotel y piden la información que necesitan. Otro(-a) estudiante toma apuntes de lo dicho y luego informa a la clase.

Estructuras

Explaining When Future Actions Will Take Place

Subjunctive in Adverbial Clauses

In Spanish the subjunctive is used in clauses when it is not certain when or if an action will take place: *We will spend our vacation in Viña del Mar provided that we can get a room in a good hotel.*

a. The subjunctive is always used in adverbial clauses introduced by the following phrases:

a menos que	*unless*	en caso que	*in case that*
antes que	*before*	para que	*so that*
con tal que	*provided that*	sin que	*without*

Nos alojaremos en un hotel con piscina **con tal que tengan** una habitación disponible.

We will stay in a hotel with a pool provided that they have an available room.

Note that the future activity (**nos alojaremos**) is dependent upon the outcome of another uncertain action (**tengan**).

b. The subjunctive is used with the following adverbs of time when a future and uncertain action is implied.

así que		cuando	*when*
en cuanto	*as soon as*	después que	*after*
luego que		hasta que	*until*
tan pronto como		mientras	*while*

Subirán el equipaje **después que Uds. llenen** la tarjeta de recepción.

They will take your luggage up after you fill out the registration form.

When these adverbs of time express a completed action in the past or habitual action in the present, they are followed by verbs in the indicative. Compare the following examples.

Future action

Saldremos para el aeropuerto **tan pronto como llegue** tu papá.

We will leave for the airport as soon as your dad arrives.

Past action

Salimos para el aeropuerto **tan pronto como llegó** tu papá.

We left for the airport as soon as your dad arrived.

Habitual action

Siempre salimos para el aeropuerto **tan pronto como llega** tu papá.

We always leave for the airport as soon as your dad arrives.

c. The subjunctive is used with the following expressions of purpose if they point to an event which is still in the future or uncertain.

a pesar de que	*in spite of*	aunque	*although / even if*
aun cuando	*even when*	de manera que	*so that*
		de modo que	

Nos alojaremos en el Hotel Pacífico **aunque no tenga** aire acondicionado.

We will stay in the Pacífico Hotel even if it doesn't have air conditioning.

When these adverbs express a certainty, the indicative is used.

Nos alojamos en el Hotel Pacífico **aunque no tenía** aire acondicionado.

We stayed in the Hotel Pacífico although it didn't have air conditioning.

Práctica y conversación

A. Vacaciones en Chile. Un(-a) compañero(-a) de clase le hace preguntas a Ud. sobre unas vacaciones que Uds. piensan pasar en Chile. Conteste según el modelo.

> **MODELO**   pasar por El Arrayán: cuando / ir a Farellones para esquiar
> **¿Pasaremos por El Arrayán?**
> **Pasaremos por El Arrayán cuando vayamos a Farellones para esquiar.**

1. visitar Viña del Mar: cuando / ir a Valparaíso
2. ir a Portillo: a menos que / no querer esquiar
3. hacer una excursión a La Serena: mientras / estar en ruta a Antofagasta
4. pasar por Concepción: a menos que / ser la época de la lluvia
5. viajar a Puntas Arenas: sin que / olvidar que es la ciudad más al sur del continente
6. volar a la isla de Pascua: con tal que / tener suficiente tiempo

B. Los viajeros. Combine las dos oraciones que se presentan a continuación usando las frases adverbiales que correspondan.

| a menos que | hasta que | cuando | tan pronto como |
| en cuanto | aun cuando | aunque | luego que |

> **MODELO**   Los viajeros generalmente facturan su equipaje. Sólo llevan una maleta pequeña.
> **Los viajeros generalmente facturan su equipaje a menos que sólo lleven una maleta pequeña.**

1. Generalmente las personas pagan su pasaje al extranjero. Han sido enviadas por su compañía o lugar de trabajo.
2. Saben que tendrán que volver a trabajar. Regresan a la oficina.
3. Saben también que tendrán que administrar su dinero muy bien. Regresan a su país.
4. Los estudiantes prefieren los albergues juveniles. Tienen muchísimo dinero.
5. Muchas veces los viajeros piensan en quedarse a vivir en el extranjero. Saben que sólo se trata de un sueño.

C. ¿Cómo podemos ayudarlo(-la)? Un(-a) estudiante hace el papel de un(-a) empleado(-a) de un hotel y otro(-a) el de un(-a) viajero(-a) que tiene muchos problemas en su habitación (la calefacción no funciona, necesita toallas, ganchos, jabón, no han subido su equipaje, la habitación no está limpia, el teléfono no funciona, etc.). El (La) tercer(-a) estudiante toma apuntes de la conversación y luego informa a la clase.

Describing Future Actions That Will Take Place Before Other Future Actions

Future Perfect Tense

The future perfect tense expresses an action that will be completed by some future time or before another future action. *We will have checked into the hotel before our friends do.*

Future Perfect Tense

habré		I will have	
habrás	**-AR**	you will have	
	viajado		traveled
habrá		he, she, you will have	
	-ER		
	aprendido		learned
habremos		we will have	
habréis	**-IR**	you will have	
	decidido		decided
habrán		they, you will have	

a. The future perfect tense is formed with the future tense of the auxiliary verb **haber** + *past participle* of the main verb.

b. The future perfect tense expresses actions that will be completed before an anticipated time in the future.

Habré salido cuando Uds. lleguen. *I will have gone when you you arrive.*
Habré salido para las 5. *I will have gone by 5:00.*

c. As is the case with the other perfect tenses, reflexive and object pronouns precede the conjugated forms of **haber**.

Me habré graduado para el año 2010. *I will have graduated by 2010.*

Práctica y conversación

A. El futuro perfecto. Lea la siguiente tira cómica y conteste las preguntas.

¿Quiénes son los personajes en la tira cómica y dónde están? ¿Qué estudian en la clase? ¿Cómo es la maestra? ¿Cuál es el futuro perfecto de amar?

B. Para el año 2025. Explique lo que las siguientes personas habrán hecho para el año 2025.

> **MODELO**   Tomás / terminar sus estudios
> **Tomás habrá terminado sus estudios.**

1. Alberto / viajar a Chile
2. Bárbara y Bernardo / casarse
3. tú / conseguir un buen trabajo
4. Elena / escribir una novela
5. nosotros / aprender a hablar español
6. Ángela / hacerse médica
7. mis amigos y yo / graduarse de la universidad

C. Para este fin de semana. Explique lo que Ud. habrá hecho para este fin de semana. Mencione por lo menos cinco actividades.

D. Planes personales. Con unos compañeros de clase, dramaticen la siguiente situación. Ud. es un(-a) empleado(-a) de un hotel y hoy llegó a trabajar muy tarde. Su jefe le habla, le explica que todo está muy atrasado y le dice todo lo que tiene que hacer. Ud. le da un plan detallado de lo que piensa haber terminado para el mediodía, para las cuatro de la tarde y para las ocho de la noche. Él (Ella) se muestra muy sorprendido(-a).

Identifying the Main Topic

En el aeropuerto de Santiago

After you listen to a conversation, you are sometimes required to answer questions about what happened. You might be asked to explain how you perceive the situation: fair or unfair, expected or unexpected. You might also be asked about the attitude of the people involved: calm or nervous, selfish or generous, upfront or dubious, arrogant or humble. To make these judgments, you rely on the factual information you hear, the words and expressions the speaker uses, and your own personal background information concerning the topic or situation.

Ahora, escuche el diálogo entre una pasajera y una empleada de la línea LanChile en el aeropuerto de Santiago y tome los apuntes que considere necesarios. Antes de escuchar la conversación, lea los siguientes ejercicios. Después, conteste.

A. Algunos detalles. De las alternativas que se presentan a continuación, escoja las que mejor identifiquen el tema principal de la conversación.

1. La viajera no sabía
   a. lo que tenía que hacer antes de facturar su equipaje.
   b. en qué sección ni en qué asiento quería sentarse.
   c. a qué hora salía el avión.
2. La empleada le dijo a la viajera que
   a. pasara por Inmigración antes de abordar el avión.
   b. no podía viajar porque no tenía visa.
   c. el avión tenía cuarenta y cinco minutos de retraso.

B. Análisis. Escuche el diálogo nuevamente y compare esta situación con otra que alguien que Ud. conoce haya tenido en un aeropuerto.

Siga practicando el vocabulario y las estructuras gramaticales de **Capítulo 11, Segunda situación** en *Interacciones CD-ROM*.

Tercera situación

Perspectivas

El transporte en el mundo hispano

Hay una gran variedad de medios de transporte en el mundo hispano y cada uno tiene sus ventajas y desventajas. El uso de un medio en vez de otro depende de las características geográficas del lugar y de su situación económica.

El autobús es un medio de transporte muy común en todo el mundo hispano pero especialmente en Hispanoamérica. Los autobuses tienen nombres distintos según el país o la región. En México lo llaman «el camión»; en la Argentina, «el colectivo»; en Cuba y Puerto Rico, «la guagua»; y en Chile, «el bus». Generalmente los autobuses interurbanos son grandes y muy cómodos; a veces tienen televisores y servicio de comida.

En la mayoría de las ciudades del mundo hispano, el transporte público está bien desarrollado y generalmente es mucho más eficaz utilizarlo que manejar y tratar de encontrar un lugar para estacionar el coche. En las ciudades de Barcelona, Buenos Aires, Caracas, Madrid, México, D.F., y Santiago los habitantes y los turistas pueden utilizar el sistema de trenes subterráneos, llamado el metro, para ir de un lugar a otro.

Pero a pesar de tener buenos sistemas de transporte público, muchas personas prefieren la conveniencia de manejar su propia motocicleta o su propio coche.

En muchos países hay sistemas nacionales de aviones o de trenes. En España RENFE, la Red Nacional de Ferrocarriles Españoles, mantiene un sistema de trenes de muchas categorías, entre ellos el AVE, el tren de Alta Velocidad Española, que transporta pasajeros entre Madrid y Sevilla.

En Hispanoamérica la naturaleza dificulta el transporte. En Centroamérica y México las montañas separan los países y las regiones dentro de los países. En Sudamérica los Andes forman una barrera natural entre las regiones de la costa del Pacífico y el interior del continente. A causa de las montañas es difícil construir carreteras o vías ferroviarias; por eso dependen del transporte aéreo. No debe ser sorprendente saber que la primera línea aérea nacional fue Avianca de Colombia ni que hay más aeropuertos que estaciones de tren en Bolivia.

Además del transporte público arriba mencionado también existen taxis o la posibilidad de alquilar un coche para viajar dentro y fuera de las ciudades.

Práctica y conversación

A. Los medios de transporte. Explique qué medio de transporte van a utilizar las siguientes personas.

1. Un turista en Madrid quiere ir de su hotel al otro lado de la ciudad.
2. Una familia mexicana quiere viajar en autobús de Guadalajara a la capital.
3. Un argentino quiere viajar en autobús de Buenos Aires a Córdoba.
4. Una colombiana quiere ir de Bogotá a Cali.
5. Un turista en Santiago no quiere usar el transporte público para trasladarse dentro de la ciudad.

B. Un viaje en Chile. Ud. y un(-a) compañero(-a) quieren ir de Santiago a Viña del Mar. Discutan los medios de transporte disponibles para ir de una ciudad a otra. ¿Cuáles son las ventajas o desventajas de cada uno? ¿Cómo van a viajar de su hotel a la estación de autobuses o de tren o al aeropuerto? ¿Qué medio de transporte van a utilizar para viajar entre las dos ciudades? Justifiquen su respuesta.

Panorama cultural

El metro de México

A. La vida cotidiana. Se dice que el metro de México es como la universidad donde se puede ver y aprender muchísimo. Con un(-a) compañero(-a) de clase, haga una lista de las actividades y cosas que Uds. piensan ver dentro del metro de México. Después, miren el vídeo y digan cuáles de las cosas y actividades que tienen en su lista aparecieron en el vídeo.

B. Un programa cultural. Durante la construcción de metro los obreros han encontrado objetos de la civilización azteca que ahora forman parte de las galerías y exhibiciones culturales del metro. Utilice la siguiente foto y describa lo que se ve. En su opinión, ¿qué es esto? Después de ver el vídeo, mencione otras facetas del programa cultural del metro.

Cross-Referencing

Authors generally use synonyms in order to avoid the repetition of the same word within a sentence or paragraph as well as within the entire article or work. This use of synonyms or symbols to refer to frequently mentioned things or people is called cross-referencing. In the following sentence about Santiago, Chile there are two sets of cross-references.

> *Hay quienes piensan que el conquistador español don Pedro de Valdivia se equivocó de lugar cuando en 1541 decidió fundar la ciudad que más tarde sería la capital de Chile: Santiago de la Nueva Extremadura.*

In the first cross-reference the word **el conquistador** is used in place of **Pedro de Valdivia.** This reference provides additional information about the man who founded Santiago by explaining he was also a Spanish conquistador. In the second cross-reference the words **el lugar / la ciudad / la capital / Santiago** are used to refer to the place where Valdivia located the city and to provide further information about it.

Sometimes this avoidance of repetition is accomplished by using pronouns and possessives that also form cross-references.

La playa de Reñaca es la favorita de la juventud; su arena blanca invita a tenderse sobre ella.

The first step in making cross-references is to recognize the synonyms for the already mentioned nouns in a reading. After recognizing synonyms, it is the job of the reader to make the connections among the synonyms, pronouns and possessives.

Práctica

A. Palabras parecidas. Identifique en la columna a la derecha las palabras que tienen algo en común con los tres lugares nombrados a la izquierda.

	la ruta
	las olas
la playa de Reñaca	el mar
los Andes	la vía
la Carretera Panamericana	los sitios elevados
	la arena
	el camino
	el sol
	las montañas

B. Las contrarreferencias *(cross-references).* Identifique las contrarreferencias en las siguientes oraciones.

1. Uno de los principales atractivos turísticos de Santiago es el llamado Parque Metropolitano, situado en el cerro San Cristóbal, mole de piedra y tierra...
2. La playa de Reñaca, con dos kilómetros de extensión, es la playa favorita de la juventud y el más importante centro de actividades del verano.
3. La cordillera de los Andes se sumerge en el mar de Drake y reaparece más tarde en el Continente Blanco —la Antártida— donde todo es nieve pura, eterna y blanca.
4. Santiago, o mejor dicho, la Región Metropolitana, reúne las mejores condiciones para el desarrollo de la producción nacional: gran concentración de población, personal calificado, recursos naturales suficientes, buenas vías de acceso y suficiente agua y energía.

Lectura cultural   Chile: Un mundo de sorprendentes contrastes

Santiago: La ciudad-jardín

Santiago de Chile

Hay quienes piensan que el conquistador Pedro de Valdivia se equivocó de lugar cuando en 1541 decidió fundar la ciudad que más tarde sería la capital de Chile: Santiago de la Nueva Extremadura. Esta opinión se renueva° cada año cuando llega el otoño y se acentúa° en el invierno. En ambas estaciones Santiago, que está situado en un valle, sufre los efectos del progreso urbano que se traduce en una contaminación atmosférica. Esta contaminación dificulta que los turistas puedan visualizar lo que casi siempre es evidente en la primavera y el verano: el cielo azul, los verdes cerros° que rodean° Santiago y el enorme y blanco telón de fondo° que constituye la cordillera de los Andes.

Fundada el 12 de febrero de 1541 por el ya mencionado capitán de Valdivia, Santiago se caracteriza por ser la ciudad más poblada de Chile. Concentra casi el 40 por ciento de los habitantes del país, al ser un constante foco de atracción de migraciones rurales. Miles de trabajadores del campo y de las ciudades más pequeñas emigran anualmente a Santiago en busca de trabajo.

Santiago, o mejor dicho, la Región Metropolitana, reúne las mejores condiciones para el desarrollo° industrial: gran concentración de población, personal calificado, recursos naturales° suficientes, buenas vías de acceso y suficiente agua y energía.

is renewed
becomes accentuated

hills / surround
backdrop

development
natural resources

is manufactured

articles of clothing / machinery

issues forth

network / railway

mass, pile

zoo

lovers / strolls
boating / forests
streams

Es aquí donde se elabora° prácticamente el 50 por ciento de toda la producción nacional. Las principales industrias manufactureras son las textiles, las de prendas de vestir°, industria del cuero, fábricas de productos metálicos, maquinarias° y equipos, productos alimenticios, bebidas y tabacos, industrias de madera y sus productos derivados.

Santiago tiene modernos sistemas de transporte y comunicaciones. Desde el centro de la ciudad, se desprende° la Carretera Panamericana. Una ruta internacional conecta la capital con la Argentina y hay también otras carreteras y vías que la unen con todo el país. Paralela a los caminos se extiende una red° ferroviaria°; el aeropuerto internacional recibe pasajeros y carga del exterior.

Uno de los principales atractivos turísticos de Santiago es el llamado Parque Metropolitano situado en el cerro San Cristóbal, mole° de piedra y tierra de más de 300 metros de altura. Allí se encuentran sitios para picnic, un jardín zoológico°, piscinas al aire libre y salas de concierto.

En la ciudad misma se conservan aún casonas y mansiones coloniales, las que junto con museos históricos, militares, aeronáuticos, de ciencias naturales y precolombinos, ayudan al visitante a conocer no sólo lo que fue y es Chile sino toda Hispanoamérica.

Para los amantes° de la naturaleza y los paseos° hay muchas posibilidades, desde las canchas de esquí hasta las aguas termales, los ríos para hacer canotaje°, valles y bosques° para acampar sin más temor que el silencio y sin más ruido que el de los riachuelos° y los pájaros.

Viña del Mar, Chile

Viña del Mar

La vida se inicia tarde en Viña del Mar. La gente comienza a salir de sus casas hacia las once y media de la mañana, pero antes los más deportistas, como en todo centro de veraneo°, han salido a trotar°, a andar en bicicleta o, simplemente, a caminar por las costaneras° o por la gran avenida que accede a todas las playas del litoral°. Reñaca, con dos kilómetros de extensión, es la playa favorita de la juventud y el más importante centro de actividades del verano.

Las vacaciones invitan a comer fuera de casa, jugar, bailar. Viña del Mar lo ofrece todo. Las marisquerías° alternan con los restaurantes en los treinta kilómetros del camino costero. El Casino Municipal es el centro de esparcimiento° más completo de la ciudad. Sus salas atraen a jugadores de ruleta y de tragamonedas°; en su café concert durante todo el año se presentan figuras internacionales de la canción y del espectáculo. La juventud tiene otras preferencias. Los últimos ritmos europeos se unen al rock latino en las discotecas de la región. Viña del Mar también ofrece una intensa vida cultural con teatro, conciertos, exposiciones y concursos° de pintura y escultura.

summer resort / to jog
sea-side walk-ways / coast

lugar donde se venden y se come
pescado y mariscos / recreation
slot machines

competitions

Magallanes

La Antártida chilena

La geografía y el clima de Chile ofrecen grandes y sorprendentes contrastes. En el norte está el desierto de Atacama, el territorio más seco del mundo, mientras al otro extremo del país todo es nieve.

La región de Magallanes y la Antártida chilena están situadas en el sur entre la Argentina y el océano Pacífico. Aunque Magallanes es la región de mayor superficie° del país es la menos poblada, con solamente 130.000 habitantes. Este territorio extenso y variado es sumamente hermoso. El paisaje° casi siempre incluye glaciares, icebergs, fiordos o islas con canales° sinuosos. Allí la cordillera de los Andes está sumergida en el mar de Drake, pero reaparece más al sur en la Antártida.

area

landscape
channels

livestock

participation

> *Además de ser una de las regiones más bellas del país, también es una de las más ricas en recursos naturales. La economía depende de la industrialización de los recursos mineros, ganaderos°, marinos y forestales.*
>
> *Magallanes también ofrece muchas atracciones turísticas; los visitantes pueden gozar de una gastronomía sabrosa, la práctica° deportiva y las costumbres tradicionales, al mismo tiempo que viajan por una región vasta e impresionante.*

Comprensión

A. Tres regiones distintas. Complete las oraciones con información del artículo.

Santiago

1. La ciudad de Santiago fue fundada por _____ en _____.
2. En el otoño y en el invierno Santiago sufre _____.
3. _____ es la ciudad más poblada del país; allá se concentra casi _____.
4. Santiago reúne las mejores condiciones para el desarrollo industrial: _____.
5. Las principales industrias de Santiago son _____.
6. El Parque Metropolitano es _____; allí se encuentran _____.
7. Dentro de la ciudad algunas de las atracciones turísticas son _____.

Viña del Mar

8. Viña del Mar es _____ que se encuentra en _____.
9. El Casino Municipal es _____.
10. Otras atracciones turísticas de Viña del Mar son _____.

La región de Magallanes

11. La región de Magallanes se encuentra _____.
12. Es la región de mayor _____ y la menos _____.
13. Entre la belleza escénica de esta región se destacan _____, _____ y _____.

B. Descripciones geográficas. Describa Santiago, Viña del Mar y Magallanes. ¿Cuáles son las características geográficas? ¿Cómo es el clima? ¿Cuáles son las ventajas y desventajas de cada región? ¿Se puede comparar estas regiones con algunas regiones en los EE.UU.? ¿Cuáles?

C. En defensa de una opinión. ¿Qué evidencia hay en el artículo que confirma la idea siguiente? «Chile es un mundo de sorprendentes contrastes.»

Para escribir bien

Explaining and Hypothesizing

When supporting an opinion in a memo, letter, essay or term paper, it is frequently necessary to explain and hypothesize. Hypothesizing involves expressing improbabilities and explaining under what conditions certain events would take place. Hypothesizing often involves the use of contrary-to-fact *if* clauses. Study the examples of explaining and hypothesizing found in the following letter.

Explanation

Thank you for inviting me to spend time with you in Chile this summer. However, I don't think that I can come because I have to work.

Hypothesis

I have applied for a scholarship this semester. If I receive it, then I would quit my job. Under these circumstances, I would be able to visit you. Even if I were to receive a full tuition scholarship, I would not be able to spend the entire summer with you since I also need to take one course in order to graduate on time.

The following phrases used to express cause and conditions will help you explain and hypothesize.

Expressions of Condition

Si yo tuviera la oportunidad / más tiempo / más dinero...

If I had the opportunity / more time / more money . . .

Si yo fuera + *adjective:* Si yo fuera (más) rico(-a) / joven / viejo(-a)...

If I were + adjective: If I were rich(-er) young(-er) / old(-er) . . .

Si yo fuera + *noun:* Si yo fuera el (la) presidente(-a) / el (la) jefe(-a) / el (la) dueño(-a)...

If I were + noun: If I were the president / the boss / the owner . . .

En su (tu) posición...

In your position . . .

Bajo otras / mejores condiciones...

Under other / better conditions . . .

Expressions of Cause

a causa de / por + *noun*
No viajaría allá a causa del / por el calor.

because of + noun
I wouldn't travel there because of the heat.

porque + *clause*
No viajaría allí porque siempre hace mucho calor.

because + clause
I wouldn't travel there because it's always very hot.

puesto que
Puesto que no pagan bien, no trabajaría allí.

since (used at the beginning of a sentence)
Since they don't pay well, I wouldn't work there.

como consecuencia
por eso / por consiguiente / por lo tanto

consequently
therefore

Composiciones

A. **Un viaje a Santiago.** Un(-a) amigo(-a) suyo(-a) estudia en Santiago, Chile este año y lo (la) invita a Ud. a pasar el mes de junio con él (ella). Escríbale una carta explicándole bajo qué condiciones podría visitarlo(-la).

B. **Un puesto en Valparaíso.** Hace muchos años que Ud. vive y trabaja en Santiago y le gustan su trabajo y su casa. Ayer recibió una carta de la Compañía Valdéz ofreciéndole un puesto excelente en Valparaíso. Escríbales una carta diciéndoles que aceptará el puesto con tal que ellos hagan ciertas cosas. Explique las condiciones bajo las cuales Ud. aceptaría su oferta.

C. **Las vacaciones de primavera.** El presidente de la universidad piensa que los estudiantes no son serios y deben estudiar más. Por eso quiere eliminar las vacaciones de primavera este año y todos los alumnos tienen que pasar el tiempo en la biblioteca o en los laboratorios. Ud. tiene que hablar en nombre de *(on behalf of)* los estudiantes en una reunión con el presidente. Escriba su discurso *(speech)* describiendo su posición, explicándole al presidente lo que querría que él hiciera y lo que pasaría si él eliminara las vacaciones.

A. **En el aeropuerto de Santiago.** You are in the airport in Santiago waiting for your return flight to the U.S. Role-play the following situation with a classmate who is the ticket agent in the airport. You go to the LanChile check-in counter. Confirm that your ticket is correct and check in two suitcases. Obtain the seat of your choice; find out when the plane leaves and the gate number; then get your boarding pass. Ask if you have time to do some shopping before departure. Find out when and where to go through customs.

B. **Una reservación.** You and your family are going to spend a week's vacation in Viña del Mar. Call the Hotel Solimar to obtain a room reservation. Talk with the reservation clerk (played by a classmate). Find out if there are rooms available when you want to arrive and the price for the type of room(-s) you want. Describe any special room items or characteristics you need. Arrange a payment method and confirm your reservation.

C. **Para el año 2010.** Interview at least five classmates to find out three things they will have done by the year 2010. Compile the results and explain what the majority of the class will have done by that date.

D. **El viaje de sus sueños.** You are a contestant on the TV quiz show *El viaje de sus sueños.* In order to win the trip of your dreams, you must explain in three minutes or less where and with whom you would go and what you would do if you were to win the trip. You also need to explain under what conditions you would travel or engage in certain activities. After listening to all the contestants, the class should decide on the winner.

Para saber más:
www.heinle.com

Los deportes

El polo es un deporte muy popular en la Argentina.

Cultural Themes

Argentina

Sports in the Hispanic World

Communicative Goals

Discussing sports and games

Explaining what you would have done under certain conditions

Discussing what you hoped would have happened

Discussing contrary-to-fact situations

Describing illnesses

Expressing sympathy and good wishes

Discussing unexpected events

Linking ideas

Primera situación

Presentación

¿Fuiste al partido del domingo?

Práctica y conversación

A. El equipo deportivo. ¿Qué equipo deportivo necesita Ud. para practicar los siguientes deportes?

el golf / el béisbol / el básquetbol / el tenis / el fútbol / el vólibol / el hockey

B. De compras. ¿De qué hablan las personas que están en el dibujo de la **Presentación**? Con uno(-a) o dos compañeros(-as) de clase, dramatice su conversación.

C. Póngase en forma. Según el anuncio a continuación, ¿cuáles servicios ofrece el gimnasio Mister Muscle para que Ud. se ponga en forma? ¿Qué piensa Ud. de estos servicios?

D. Creación. En una narración cuente lo que pasa en el dibujo de la **Presentación**.

Vocabulario

En el estadio	At the stadium	En el gimnasio	In the gym
el (la) árbitro(-a)	referee, umpire	entrenarse	to train
el (la) campeón(-ona)	champion	hacer ejercicios	to exercise
el (la) entrenador(-a)	coach	ejercicios aeróbicos	to do aerobic exercises
el equipo	team		
el puntaje	score	ejercicios de calentamiento	to do warm-up exercises
batear	to bat		
coger la pelota	to catch the ball	ponerse en forma	to get in shape
dar una patada	to kick	practicar el boxeo	to box
patear		la gimnasia	to do gymnastics
entrenar	to coach	la lucha libre	to wrestle
ganar el campeonato	to win the championship	sudar	to sweat
		El equipo deportivo	**Sports equipment**
jugar	to play	el bate	bat
al baloncesto (E)	basketball	la canasta	basket
al básquetbol (A)		el casco	helmet
al fútbol	soccer	el disco	hockey puck
lanzar	to throw	el marcador	scoreboard
tirar		el palo de golf	golf club
		de hockey	hockey stick
En el campo deportivo	**On the field**	los patines de hielo	ice skates
la cancha	playing area	la pelota	ball
la pista	track	la raqueta	tennis racquet
correr	to run	la red	net
hacer jogging	to jog		
jugar al béisbol	to play baseball		
al golf	golf		
al hockey	hockey		
al tenis	tennis		
saltar	to jump		

Así se habla

Discussing Sports and Games

Ada	Y, ¿qué tal tu partido de tenis, Felipe?
Felipe	Hubiera podido ser mejor.
Ada	Pero, ¿qué pasó?
Felipe	Nada, sino que al final me cansé y no pude jugar tan bien.
Ada	¿Quién ganó?
Felipe	Javier.
Ada	¡Qué lástima! Lo siento.
Felipe	Está bien, no te preocupes. Si hubiera practicado más y me hubiera mantenido en forma, no habría perdido.
Ada	Pero si practicaste bastante, mi amor. Todos los días ibas al Club.
Felipe	Evidentemente no fue suficiente.
Ada	Bueno, ojalá que ganes la próxima semana para que te sientas mejor.

When you want to discuss sports, you can use the following expressions:

Para informarse:

¿Qué tal el partido?	*How was the game?*
¿Quién ganó?	*Who won?*

Comentarios negativos:

Perdimos.	*We lost.*
Nos derrotaron.	*They defeated us.*
¡Qué desastre!	*What a disaster!*
¡Qué horrible / terrible / espantoso!	*How horrible / terrible / dreadful!*
¡Ni me cuentes!	*Don't tell me!*
No quiero oír nada más.	*I don't want to hear any more.*
Lo siento.	*I'm sorry.*

Comentarios positivos:

Increíble.	*Incredible.*
Buenísimo.	*Very good.*
Fantástico.	*Fantastic.*
¡Qué bien!	*Great!*

Práctica y conversación

A. **¡Qué partido!** ¿Cómo reacciona Ud. en las siguientes situaciones?

1. Su equipo favorito de fútbol ganó el último partido.
2. Su equipo favorito de hockey perdió.
3. Ud. quiere saber el puntaje final.
4. Ud. no quiere oír nada más.
5. Ud. espera que la situación mejore en el futuro.

B. **Un partido de fútbol.** El equipo de fútbol / básquetbol de su universidad jugó hoy contra uno de los más fuertes rivales. Ud. no pudo ir. Pregúntele a un(-a) compañero(-a) qué pasó.

Estructuras

Explaining What You Would Have Done Under Certain Circumstances

Conditional Perfect

In English the conditional perfect tense is expressed with *would have + the past participle* of the main verb. It is used to express what you would have done under certain conditions or circumstances. *With your height and athletic abilities, I would have been a professional basketball player.*

Conditional Perfect Tense

haber	+	past participle
habría		**-AR**
habrías		jugado
habría		**-ER**
habríamos		corrido
habríais		**-IR**
habrían		asistido

a. The conditional perfect tense is formed with the conditional of the auxiliary verb **haber** + *past participle* of the main verb.

b. The conditional perfect is used to express something that would have or might have happened if certain other conditions had been met.

Con más tiempo **habría asistido** al campeonato en Buenos Aires.	*With more time I would have attended the championship in Buenos Aires.*

Práctica y conversación

A. Con más tiempo. Forme por lo menos seis oraciones describiendo lo que habrían hecho las siguientes personas con más tiempo.

yo	ponerse en forma
mi novio(-a)	entrenarse
el equipo de la universidad	ganar el campeonato
mis amigos	hacer ejercicios aeróbicos
tú	practicar la lucha libre
nosotros	jugar al golf

B. Entrevista personal. Pregúntele a su compañero(-a) de clase lo que habría hecho con más tiempo y bajo condiciones ideales.

Pregúntele...

1. qué deportes habría practicado. ¿Por qué?
2. cómo se habría puesto en forma.
3. cuándo se habría entrenado.
4. dónde se habría entrenado.
5. qué equipo deportivo habría necesitado.
6. ¿?

C. Yo creo que... Su equipo favorito perdió un partido importantísimo ayer. Con un(-a) compañero(-a), hable de lo que Uds. habrían hecho para ganar.

Discussing What You Hoped Would Have Happened

Past Perfect Subjunctive

When you explain what you hoped or doubted had already happened, you use the past perfect subjunctive.

Past Perfect Subjunctive

haber	+	past participle
hubiera		**-AR**
hubieras		practicado
hubiera		**-ER**
hubiéramos		corrido
hubierais		**-IR**
hubieran		salido

a. The past perfect subjunctive (sometimes called the pluperfect subjunctive) is formed with the imperfect subjunctive of the auxiliary verb **haber** + *past participle* of the main verb.

b. The same expressions that require the use of the other subjunctive forms can also require the use of the past perfect subjunctive.

Esperaba / Dudaba / Era mejor que ya **hubieran terminado** el partido.

I hoped / I doubted / It was better that they had already finished the game.

Note that the phrases requiring the use of the past perfect subjunctive are also in a past tense.

c. The past perfect subjunctive is used instead of the imperfect subjunctive when the action of the subjunctive clause occurred before the action of the main clause. Compare the following examples.

Esperaba que los Tigres **ganaran** el campeonato.

I hoped that the Tigers would win the championship.

Esperaba que los Tigres ya **hubieran ganado** el campeonato.

I hoped that the Tigers had already won the championship.

Práctica y conversación

A. ¡No ganamos! El equipo de béisbol ha perdido el campeonato. Explique lo que Ud. dudaba que el equipo hubiera hecho antes de llegar a los partidos finales.

Dudaba que el equipo...

entrenarse bien / mantenerse en forma / escuchar al entrenador / querer ganar / correr bastante

B. Para tener éxito. Su compañero(-a) no salió bien en su programa deportivo. Explíquele lo que era necesario que hubiera hecho antes del fin del programa.

MODELO
                     hacer ejercicios

Compañero(-a):   **No hice ejercicios.**

Usted: **Era necesario que hubieras hecho ejercicios.**

ponerse en forma / hacer ejercicios de calentamiento / llegar al gimnasio a tiempo /
sudar mucho / hacer jogging / entrenarse todos los días

C. Entrevista personal. Converse con su compañero(-a) de clase acerca de todo lo que
Ud. y él (ella) esperaban que sus padres / amigos / profesores / jefes hubieran hecho el
año pasado.

Discussing Contrary-to-Fact Situations

If *Clauses With the Conditional Perfect and the Past Perfect Subjunctive*

Contrary-to-fact ideas, such as *If I had been more careful,* are often joined with another
idea expressing what would have or would not have been done. *If I had been more careful,
I would not have broken my arm.*

a. When a clause introduced by **si** *(if)* expresses a contrary-to-fact situation that occurred
in the past, the verb in the **si** clause must be in the past perfect subjunctive. The verb in
the main or result clause is in the conditional perfect tense.

Si **nos hubiéramos entrenado**   *If we had trained more,* (but we didn't)
    más, **habríamos ganado** el   *we would have won the championship.*
    campeonato.

b. The following chart will help clarify the sequence of tenses in *if* clauses.

    1. **Si** + *present indicative* + *present indicative* or *future*

        Si **haces** ejercicios, **te pondrás**   *If you exercise, you will get in shape.*
        en forma.

    2. **Si** + *imperfect subjunctive* + *conditional*

        Si **hicieras** ejercicios, **te**   *If you exercised, you would get in shape.*
        pondrías en forma.

    3. **Si** + *past perfect subjunctive* + *conditional perfect*

        Si **hubieras hecho** ejercicios,   *If you had exercised, you would have*
        te habrías puesto en forma.   *gotten in shape.*

Práctica y conversación

A. Mejor entrenado(-a). Explique lo que no habría ocurrido si Ud. hubiera podido
evitarlo *(avoid it).*

Si yo hubiera podido evitarlo, ...

los jugadores no estar en mala forma / las prácticas no ser tan cortas /
los jugadores no llegar tarde al gimnasio / el equipo no perder / ¿?

B. Más consejos. Explíquele a su compañero(-a) que él (ella) habría ganado la competencia si hubiera escuchado sus consejos.

Habrías ganado la competencia si ...

dormir más / comer comidas más nutritivas / tomar tus vitaminas / prestar atención / practicar más horas / ¿?

C. ¡Te lo dije! Su amigo(-a) es capitán(-ana) de un equipo deportivo de su universidad y está muy triste porque su equipo perdió el campeonato nacional. Ud. cree que es porque el equipo no practicó, no descansó, no se alimentó lo suficiente, etc. Dígale que no habría perdido si hubiera seguido sus consejos.

Siga practicando el vocabulario y las estructuras gramaticales de **Capítulo 12, Primera situación** en *Interacciones CD-ROM.*

Para saber más:
www.heinle.com

Segunda situación

Presentación

En el consultorio del médico

Práctica y conversación

A. Los síntomas. Describa los síntomas de las siguientes enfermedades.

la gripe / la mononucleosis / el catarro / la bronquitis / la pulmonía

B. Los consejos. ¿Qué consejos le da Ud. a su compañero(-a) de clase en las siguientes situaciones?

1. No puede dormirse.
2. Tiene dolor de estómago.
3. Se ha fracturado el brazo.
4. Tiene el tobillo hinchado.

5. Sufre de dolores musculares.
6. Tiene escalofríos.
7. Le duele la garganta.

C. Entrevista personal. Pregúntele a su compañero(-a) de clase sobre su salud.

Pregúntele...

1. qué hace cuando tiene dolor de cabeza.
2. si sufre de alergias.
3. qué hace si se siente deprimido(-a).
4. qué toma para una tos fuerte.
5. qué hace si sufre de insomnio.
6. qué hace cuando tiene fiebre.

D. Herbalife. Según el anuncio a continuación, ¿qué ventajas ofrece el programa Herbalife para controlar el peso? ¿Hay desventajas? ¿Cuáles?

CONTROLA TU PESO

CONTROLA TU PESO Y VOLUMEN, COMIENDO TUS PLATOS FAVORITOS, CON UN BUEN PROGRAMA NUTRICIONAL DE UNA COMPAÑIA INTERNACIONAL CON 15 AÑOS DE EXPERIENCIA

HERBALIFE

SATISFACCION GARANTIZADA DURANTE 30 DIAS O TE DEVOLVEMOS TU DINERO
INFORMA: Srta. MATI
(91) 473 30 85
"CREMA ANTI-CELULITICA" ¡YO LA TENGO!

Vocabulario

Los síntomas	Symptoms
desmayarse	to faint
estar deprimido(-a)	to feel depressed
estar mal	to feel sick
no estar bien	
sentirse (ie) mal	
estornudar	to sneeze
marearse	to feel dizzy, seasick
mejorarse	to get better
padecer de	to suffer from
alergia	an allergy
dolores musculares	muscular aches
insomnio	insomnia
mareos	dizziness
sonarse (ue) la nariz	to blow one's nose
sufrir	to suffer
tener dolor de	to have a
cabeza	headache
estómago	stomach ache
garganta	sore throat
tener escalofríos	to have chills
fiebre	fever
toser	to cough
vomitar	to vomit

Las enfermedades	Diseases
el catarro	cold
el resfriado	
la gripe	flu
la pulmonía	pneumonia

Los remedios	Medicines
los antibióticos	antibiotics
la aspirina	aspirin

las gotas	drops
el jarabe para la tos	cough syrup
las pastillas	tablets
la penicilina	penicillin
las píldoras	pills
la receta	prescription
las vitaminas	vitamins
operar a alguien	to operate on someone
ponerse una inyección	to get a shot
recetar un remedio	to prescribe a medicine

Las heridas	Injuries
la curita	band-aid
las muletas	crutches
la venda	bandage
el yeso	cast
cortarse el dedo	to cut one's finger
enyesar el brazo	to put one's arm in a cast
fracturarse la muñeca	to fracture one's wrist
golpearse la rodilla	to hit one's knee
herirse (ie)	to hurt oneself
lastimarse el hombro	to hurt one's shoulder
dar puntos en la mano	to get stitches in one's hand
romperse la pierna	to break one's leg
tener una contusión	to be bruised
torcerse (ue) el tobillo	to sprain one's ankle
vendar el dedo del pie	to bandage one's toe

Así se habla

Expressing Sympathy and Good Wishes

Ana María	Carmencita, cuánto lamento la muerte de tu padre. Mi sentido pésame.
Carmencita	Gracias, Ana María. En realidad ha sido horrible. Tan inesperado.
Ana María	Sí, ha sido una cosa tan violenta. Francamente ha sido una impresión muy fuerte para todos.
Carmencita	Un hombre tan fuerte, tan lleno de vida y entusiasmo, se muere de un momento para el otro. Si hubiera estado enfermo o si lo hubiéramos visto deteriorarse poco a poco, quizás el choque no habría sido tan fuerte. ¿Pero morirse así? Es espantoso. No se lo deseo a nadie.
Ana María	Mira, aquí estamos, ya sabes. Si necesitas cualquier cosa, por favor avísanos, que para eso somos las amigas.
Carmencita	Sí, claro. Muchas gracias por venir, Ana María. Muchas gracias por todo. De repente te tomo la palabra y te llamo un día de éstos.
Ana María	Por favor, hazlo.

When you want to express sympathy or good wishes, you can use the following expressions.

Expressing sympathy:

¡Cuánto lo siento!	*I'm sorry!*
Lo siento mucho.	*I'm very sorry!*
Mi sentido pésame.	*Receive my sympathies.*

Expressing good wishes:

Que se (te) mejore(-s).	*I hope you get better.*
Que Dios le (te) bendiga.	*May God bless you.*
Le (te) deseo lo mejor.	*I wish you the best.*
Feliz cumpleaños.	*Happy birthday.*
Feliz Navidad / Año Nuevo.	*Merry Christmas. / Happy New year.*
Felices vacaciones.	*Enjoy your vacation!*

Práctica y conversación

A. ¡Qué vida ésta! ¿Qué dice Ud. en las siguientes situaciones?

1. Su compañero(-a) de cuarto está muy triste porque su abuelo está muy enfermo.
2. Su novio(-a) está muy contento(-a) porque consiguió el trabajo que quería.
3. Su padre recibió un ascenso.
4. Su mejor amigo(-a) se va de vacaciones al Caribe.
5. Su compañero(-a) de clase cumple veintiún años.
6. Su vecino(-a) se siente muy enfermo(-a).

B. ¡Buena suerte! Con un(-a) compañero(-a), dramatice la siguiente situación. Su compañero(-a) está en el hospital y lo (la) van a operar. El (Ella) está muy preocupado(-a) y asustado(-a). Ud. le hace una visita y trata de darle ánimo.

Estructuras

Discussing Unexpected Events

Reflexive for Unplanned Occurrences

In English we often describe accidents, unintentional actions, and unexpected events with the words *slipped* or *got*. For example: *The pills slipped out of my hands; The prescription got lost.* Spanish uses a very different construction to convey these ideas.

a. To express when something happens to someone accidentally or unexpectedly, Spanish uses **se** + *indirect object pronoun* + *verb* in the third person.

Se me perdió la receta.	*My prescription got lost.*
Se me perdieron las píldoras.	*My pills got lost.*

b. In these constructions the subject normally follows the verb. When the subject is singular, the verb is third-person singular; when the subject is plural, the verb is third-person plural.

Se le cayó la botella de aspirinas.	*The aspirin bottle slipped out of his hands.*

c. The indirect object pronoun refers to the person who experienced the action. The indirect object pronoun can be clarified with the phrase **a** + *noun* or *pronoun*.

A Eduardo se le cayó la botella de aspirinas.	*The aspirin bottle slipped out of Eduardo's hands.*

d. Verbs frequently used in this construction are

acabar	*to finish, run out of*	ocurrir	*to occur*
caer	*to fall, slip away*	olvidar	*to forget, slip one's mind*
escapar	*to escape*	perder	*to lose*
ir	*to go, run away*	quedar	*to remain, have left*
morir	*to die*	romper	*to break*

Práctica y conversación

A. Me falta. ¿Qué se les acabó a las siguientes personas?

> **MODELO**   el Dr. Flores / las pastillas
> **Al Dr. Flores se le acabaron las pastillas.**

1. yo / la aspirina
2. el Dr. Maura / los antibióticos
3. nosotros / el jarabe para la tos
4. la Dra. Valle / la penicilina
5. tú / las vitaminas
6. las enfermeras / las gotas

B. ¡Qué mala suerte! Forme por lo menos seis oraciones explicando lo que les pasó a las siguientes personas.

yo	caer	la botella de jarabe
tú	romper	las gafas
mi mejor amigo(-a)	perder	las recetas
nosotros	olvidar	la pierna
mi compañero(-a)	acabar	el dinero
		las píldoras

C. ¡Se me cayó! Con un(-a) compañero(-a), dramatice la siguiente situación. Ud. no sabe dónde está la receta que el (la) médico(-a) le había dado y ya no tiene más pastillas. Explíquele al (a la) médico(-a) que no es culpa suya.

Linking Ideas

Relative Pronouns: Que *and* quien

Relative pronouns are used to link short sentences and clauses together in order to provide smooth transitions from one idea to another. The most common English relative pronouns *that, which, who,* and *whom* are often expressed in Spanish with **que** and **quien(-es).**

a. Que = *that, which, who*

1. **Que** is the most commonly used relative pronoun; it may be used as a subject or object of a verb and may refer to a person or thing.

Primero debes tomar la penicilina, **que** es un remedio común para la pulmonía. El médico **que** conocí esta mañana me dijo **que** no vas a sufrir mucho más.	*First you should take penicillin, which is a common medicine for pneumonia. The doctor that I met this morning told me that you're not going to suffer much longer.*

2. **Que** may also be used after short prepositions such as **a, con, de,** or **en** to refer to a place or thing.

El dolor **de que** te hablé se desapareció.	*The pain I talked to you about disappeared.*

b. Quien(-es) = *who, whom*

1. The relative pronoun **quien(-es)** is used after prepositions to refer to people.

Las dos enfermeras **con quienes** hablabas son mis primas.	*The two nurses with whom you were talking are my cousins.*

2. **Quien(-es)** may also be used to introduce a nonrestrictive clause, that is, a clause set off by commas that is almost an aside and not essential to the meaning of the sentence.

El Sr. Rivas, **quien** es nuestro médico, dijo que vas a mejorarte pronto.

Sr. Rivas, who is our doctor, said that you will get better soon.

In spoken language **que** is generally used in these nonrestrictive clauses; **quien(-es)** is more normally used in written language.

c. The relative pronoun is often omitted in English. In Spanish the relative pronoun must be used to join two clauses.

Esos edificios **que** ves a la derecha son los hospitales de la universidad.

Those buildings (that) you see on the right are the university hospitals.

¿Conoces a todas las personas **con quienes** trabajas en la clínica?

Do you know all the people (that) you work with in the clinic?

Práctica y conversación.

A. ¿Quiénes son? Explique quiénes son las siguientes personas.

> **MODELO** José / el médico / recetarnos un remedio
> **José es el médico que nos recetó un remedio.**

1. Paco / el chico / estar deprimido
2. Susana / la chica / estornudar todo el tiempo
3. la Sra. Blanca / la profesora / tener dolor de estómago
4. el Sr. Gómez / el trabajador / cortarse el dedo
5. María / la enfermera / poner inyecciones

B. Enfermeros y pacientes. Explique quiénes son estas personas. Siga el modelo.

> **MODELO** El Sr. Ochoa es el médico. Hablé con el Sr. Ochoa ayer.
> **El Sr. Ochoa es el médico con quien hablé ayer.**

1. Julio es un muchacho muy activo. Le enyesé la pierna a Julio.
2. Susana es una enfermera muy eficiente. Yo trabajé con Susana.
3. Mario es un estudiante. Le operé la mano a Mario.
4. La Sra. Blanca es la enfermera. Compré un regalo para la Sra. Blanca.
5. Mariano es el jugador de fútbol. Le di puntos en la cabeza a Mariano.

C. ¿Quién es? Complete las siguientes oraciones utilizando pronombres relativos.

1. Mi mejor amigo(-a) es la persona...
2. El capitán del equipo de fútbol es la persona...
3. Los enfermos son las personas...
4. El entrenador es la persona...
5. El campeón de boxeo es la persona...

D. ¡No conozco nada ni a nadie! En grupos, dramaticen esta situación. Ud. está en Buenos Aires visitando a unos amigos quienes lo (la) llevan a conocer varios lugares y personas. Ud. les hace preguntas y ellos le contestan.

Linking Ideas

Relative Pronouns: Forms of el que, el cual *and* cuyo

The relative pronouns **que** and **quien(-es)** are most often used in the spoken language. In more formal written and spoken Spanish other relative pronouns are often used.

a. **el que, la que, los que, las que** = *who, whom, that, which*
Forms of **el que** agree in gender and number with their antecedent, that is, the person or thing they refer back to.

b. **el cual, la cual, los cuales, las cuales** = *who, whom, that, which*
Forms of **el cual** also agree in number and gender with their antecedent.

c. Forms of **el que** and **el cual** are used only after a preposition or after a comma. When there is no preposition or comma, the relative **que** is used. The choice between forms of **el que** or **el cual** is often just a matter of personal preference similar to *that* or *which* in most cases in English.

    1. Forms of **el que** or **el cual** are used to avoid confusion when there are two possible antecedents.

El primo de mi mamá, **el que** (**el cual**) vive en Buenos Aires, es un cirujano famoso.	*The cousin of my mother, who (the cousin) lives in Buenos Aires, is a famous surgeon.*

    2. Forms of **el que** are generally used after short prepositions such as **a, con, de, en**.

La alergia **de la que** sufre Amalia produce síntomas terribles.	*The allergy from which Amalia suffers produces terrible symptoms.*

    3. Forms of **el cual** are preferred after prepositions of more than one syllable and after the short prepositions **por, para,** and **sin**.

El remedio **por el cual** pagué muchísimo me dio dolores por todas partes.	*The medicine for which I paid a lot made me ache all over.*

d. Forms of **el que** are also used as the equivalent of *the one(-s) that*.

Estas pastillas son buenas pero **las que** el médico me recetó el mes pasado eran mejores.	*These pills are good but the ones that the doctor prescribed for me last month were better.*

e. **lo que** and **lo cual** = *what, that which*
Lo que / lo cual refers back to a situation, a previously stated idea or sentence, or something that hasn't yet been mentioned.

El tobillo roto me duele un poco, pero **lo que** me molesta más es el yeso.	*My broken ankle hurts me a little but what bothers me most is the cast.*

f. **cuyo** = *whose*
Cuyo is a relative adjective; it agrees in number and gender with the item possessed.

Eduardo, **cuya madre** es médica, piensa hacerse médico también.	*Eduardo, whose mother is a doctor, plans to become a doctor also.*

Práctica y conversación

A. ¿Qué es esto? Explique qué son las siguientes cosas. Combine las dos oraciones en una nueva oración usando una preposición y una forma de **el que** o **el cual**.

> **MODELO** Éste es el consultorio. El doctor Milagros trabaja en este consultorio.
> **Éste es el consultorio en el que (el cual) trabaja el doctor Milagros.**

1. Éstos son los antibióticos. Curan la infección con estos antibióticos.
2. Ésta es la receta. El doctor escribe las instrucciones en esta receta.
3. Éstas son las vitaminas. La enfermera me habló de estas vitaminas.
4. Éste es el jarabe para la tos. Paco se puso mejor con este jarabe para la tos.
5. Éstas son las píldoras. Perdí mucho peso con estas píldoras.

B. Reacciones. Describa la reacción del paciente en las siguientes situaciones.

> **MODELO** No le dio puntos. Esto le gustó.
> **Lo que le gustó fue que no le dio puntos.**

1. Se torció el tobillo. Esto lo enojó.
2. No se rompió la pierna. Esto le pareció increíble.
3. Padeció de alergias. Esto no le importó.
4. Se cortó el dedo. Esto le molestó.
5. Le puso una inyección. Esto lo puso furioso.

C. Más reacciones. Complete las siguientes oraciones de una manera lógica.

1. Lo que me gusta más es...
2. Lo que necesito es...
3. Lo que no me gusta es...
4. Lo que me enoja es...
5. Lo que me parece ridículo es...

D. ¡Qué suerte! Forme por lo menos cinco oraciones usando una frase de cada columna para describir cómo se sienten estas personas.

Este chico	cuyo	hermanos tienen gripe	está contento(-a)
Aquella señora	cuya	herida no sana	está triste
Ese hombre	cuyos	píldoras se perdieron	está frustrado(-a)
Ese médico	cuyas	pacientes vinieron ayer	está furioso(-a)

¿Qué oyó Ud.?

Identifying Levels of Politeness

Un partido de fútbol

You have probably heard the expression, "It is not what he said, but the way he said it."
Sometimes the way people say something, that is, the intonation of the voice and
grammatical structures they use, affects the way you respond to them. In English, for
example, you would respond differently to each of the following: "Come here!"; "Could
you please come here?;" "Do you mind coming here?"; *and* "Do you think you could
come here, please?" *The same phenomenon occurs in Spanish where different levels of*
politeness are used in different circumstances and with different people. Note the difference
between the following: **"Ven acá"; "¿Puedes venir acá, por favor?"; "¿Podrías venir**
acá, por favor?"; *and* **"¿Serías tan amable de venir acá, por favor?"**

Ahora, escuche el diálogo entre un médico y un deportista y tome los apuntes que
considere necesarios. Antes de escuchar la conversación, lea los siguientes ejercicios.
Después, conteste.

A. Algunos detalles. Escoja entre las alternativas que se presentan a continuación las que mejor identifiquen el tema principal de la conversación.

1. El deportista fue a ver al médico porque
   a. se había roto la rodilla.
   b. recibió un golpe muy fuerte.
   c. le dolía mucho todo el cuerpo.
2. El médico le dijo al deportista que
   a. le iba a enyesar la pierna.
   b. no practicara ningún deporte.
   c. le iba a poner una inyección.

B. Análisis. Escuche el diálogo nuevamente y compare la situación con una que Ud. haya tenido con un(-a) médico(-a).

 Siga practicando el vocabulario y las estructuras gramaticales de **Capítulo 12, Segunda situación** en *Interacciones CD-ROM.*

 Para saber más:
www.heinle.com

Tercera situación

Perspectivas

Las farmacias hispanas

En España y los países latinoamericanos, cuando una persona necesita adquirir remedios o artículos de tocador como colonias, jabones, talcos, desodorantes o cremas, por ejemplo, va a la farmacia, donde generalmente hay un(-a) farmacéutico(-a) y varios empleados que la atienden. En las farmacias hay una gran variedad de remedios que se pueden adquirir sin necesidad de tener receta médica.

Además de poder adquirir remedios y artículos de tocador también es posible recibir inyecciones o vacunas que el médico receta. Como el (la) farmacéutico(-a) es una persona de confianza en el vecindario *(neighborhood),* muchas veces las personas le preguntan qué remedio deben tomar para aliviar un malestar o una enfermedad leve.

Las farmacias generalmente están abiertas de lunes a viernes a las mismas horas que los otros establecimientos comerciales. Los fines de semana y en horas de la noche las farmacias se turnan para abrir y atender al público. Es decir, unas abren un fin de semana, otras otro fin de semana; unas abren ciertas noches, otras abren otras noches. De esta manera uno siempre puede encontrar una «farmacia de turno» para adquirir un remedio durante la noche, un fin de semana o un feriado. Los periódicos de la ciudad o la guía telefónica ofrecen información acerca de las farmacias que están de turno en los diferentes vecindarios.

Práctica y conversación

A. **¡Que te mejores!** Con un(-a) compañero(-a), dramatice la siguiente situación. Ud. se siente mal. Le duele todo el cuerpo y se siente muy cansado(-a). Vaya a la farmacia y hable con el (la) farmacéutico(-a) quien le recomendará algunos remedios para que se mejore.

B. **Comparaciones.** Compare una farmacia de su vecindario o ciudad con la farmacia de la foto y descrita en la lectura de **Perspectivas**. ¿Qué diferencias hay entre una farmacia del mundo hispano y las de su vecindario?

La charreada

A. **Un charro.** Con un(-a) compañero(-a) de clase estudie la foto a continuación. Describan al joven y su ropa. En su opinión, ¿qué va a hacer él? ¿En qué deporte va a participar?

B. La charreada. Utilizando la información del vídeo, complete las siguientes oraciones para describir a varios charros y charras.

1. Charro 1: Yo soy socio de la Asociación _____ de _____ desde el año _____. Toda mi _____ ha pertenecido a esta _____.
2. Charra 1: A veces durante los entrenamientos muchas de nosotras nos hemos _____, nos ha pasado el _____ por encima. Inclusive a mí me han roto las costillas. Me prohibieron montar por _____ meses pero yo no pude; me monté al _____.
3. Charra 2: _____ son algo muy especial para uno, para mí. Es algo difícil manejarlos pero tienes que perder _____. Tienes que ser _____ también.

Para leer bien

Responding to a Reading

The comprehension of a reading selection involves collaboration between the reader and the author in order to produce a shared meaning. Many reading selections are designed to elicit a response from the reader. That response can be emotional and / or intellectual. Emotional responses range from laughter to tears, and from pleasure to fear or anger. Intellectual responses include agreeing or disagreeing with the point of view and making inferences, that is, drawing a conclusion or making a judgment about ideas presented in the reading. Making inferences can also involve "reading between the lines" in order to ascertain an author's total point of view.

By taking advantage of the decoding and comprehension techniques you have learned, you will learn to respond appropriately to a reading selection. The following are some useful guidelines.

1. Predict the content by scanning the title and opening sentences. Also use accompanying charts, photos, and art work.
2. Assign meaning to individual words and phrases by using context, cognate recognition, knowledge of prefixes and suffixes, and identification of the core of a sentence.
3. Identify the main ideas and supporting elements of the reading.
4. Use your background knowledge to help decode individual words and phrases and to comprehend the entire reading.
5. Identify the point of view expressed by the author.
6. Draw conclusions and make inferences about the author's point of view or main ideas. Agree or disagree with the ideas expressed.
7. The emotional response to the reading will occur automatically if you comprehend the passage. You must comprehend what the author is saying before laughter can occur; likewise, you must understand the tragic or unjust elements of a situation before you are moved to tears or anger.

Práctica

A. Los géneros literarios. Generalmente se asocia una determinada emoción con un género literario o una clase de lectura. Esta asociación va a ayudarlo(-la) a Ud. a reaccionar al leer. ¿Con qué emociones se asocian las siguientes clases de lectura?

la poesía romántica / una tira cómica *(comic strip)* / un drama trágico / una novela policíaca / las noticias en la primera página de un periódico / su revista favorita

B. Unas reacciones. A veces se puede reaccionar intelectual y emocionalmente. Lea la tira de Garfield que sigue y después conteste las preguntas.

1. ¿De qué se queja Garfield al principio de la tira? Al final, ¿se queja de la misma cosa?
2. ¿Cuál es el punto de vista del autor? ¿Le gusta o no la televisión? Según el autor, ¿para qué sirve la televisión?
3. ¿Cómo reaccionó Ud. emocionalmente al leer esta tira? ¿Cómo reaccionó Ud. intelectualmente? ¿Está Ud. de acuerdo con Garfield?

C. El tema principal. Dé un vistazo al título, a la foto y a los primeros párrafos de la lectura que sigue para determinar el tema principal del artículo.

Lectura cultural   La Argentina deportiva

Para muchas personas lo atractivo de la Argentina es la capital, con su música, su teatro, sus restaurantes y sus barrios étnicos. Para otras personas lo que atrae es la belleza natural del país, desde las cataratas de Iguazú a la magnífica desolación de Patagonia y desde su desértico norte hasta la cordillera andina. Pero los aficionados al deporte conocen otra Argentina que ofrece excelentes oportunidades para la aventura deportiva.

San Carlos de Bariloche es una ciudad de 77.600 habitantes que se levanta a orillas del lago Nahuel Huapi a unos 2.000 kilómetros de Buenos Aires. Tiene un parecido con las villages · *ciudades y aldeas° alpinas de Suiza. Hay construcciones de piedra y madera con todo el* flavor · *sabor° alpino que uno pueda imaginar. Los hoteles son auténticos refugios para los aficionados a la nieve. Alrededor están las montañas, que son como grandes gigantes* topped off with snow · *tocados por la nieve°.*

La ciudad está dedicada por completo al turismo de la nieve. Muchas personas, sobre todo los amantes del esquí, pasan allí las vacaciones en busca del manto° blanco donde no mantle, cloak · *van a perder la forma física.*

Bariloche, Argentina: Practicando la escalada

La estación de esquí° más importante de San Carlos de Bariloche es Cerro Catedral, que comparte° su nombre con la montaña de 2.388 metros que la rodea. Es la estación más grande del hemisferio sur. En sus pistas se puede practicar tanto esquí alpino como nórdico. Dedicada en exclusiva a este deporte, Cerro Catedral cuenta con una pequeña villa al más puro estilo suizo. Chalés° de estilizada figura combinan paredes de piedra y tejados de pizarra°.

    En los primeros días del verano argentino, San Carlos de Bariloche se convierte en punto de encuentro de los practicantes de los deportes acuáticos. A pocos kilómetros al norte de Bariloche está la ruta de los siete lagos y hacia el sur hay otros dos lagos grandes.

    La pesca de trucha° en Argentina está localizada en esta región. Comenzando en Bariloche, se puede proceder a la ciudad de Esquel o a Junín de los Andes. Son los mejores centros para la pesca en la nación, particularmente desde febrero hasta mediados de abril, cuando abundan las enormes truchas en sus lagos.

    También se puede practicar la escalada° alrededor de Bariloche. Además del Cerro Catedral, existe el monte Tronador, que con sus 3.554 metros es el pico más alto de esta zona de los Andes. Acceder a este punto es una hermosa y dura excursión y una maravilla para los que buscan aventura. Los primeros hombres que conquistaron la cima° del Tronador fueron Germán Claussen (1934) y Otto Meiling (1937). Meiling fue un veterano guía que ascendió este monte más de sesenta veces. El último refugio antes de llegar a la cima del Tronador lleva su nombre; el cerro Otto que está cerca también homenajea° a este hombre que enseñó a cientos de personas las técnicas de escalada.

    La Argentina también ofrece otras aventuras en algunos de los más espectaculares paisajes del mundo, como los del parque nacional Torres del Paine en Patagonia, al sur del país. Allá se puede hacer paseos de largo kilometraje acampando a lo largo del camino. En el parque el impacto visual es impresionante por los afilados° pilares de granito que ascienden más de una milla hasta romper° las nubes.

    Alrededor de la capital de la Argentina se extienden las pampas°, que son tierras dedicadas a la cría° del ganado°. Las pampas argentinas están repletas° de estancias o ranchos grandes donde viven los gauchos que cuidan el ganado. También en las estancias entrenan a los famosos jugadores de polo, el orgullo de la Argentina. Actualmente muchas de estas estancias se han convertido en lugares de turismo y ofrecen vacaciones para los que quieren escaparse de la vida urbana y el estrés. En la estancia se puede pescar, montar a caballo y recorrer las pampas, pasear en bicicleta, kayak o canoa o aprender a jugar al polo. Pero también se puede nadar en la piscina y después sentarse a leer un buen libro.

    Además de la acción y aventura de los deportes argentinos se puede gozar de otra tradición nacional: la comida. La gastronomía argentina está basada en la famosa carne de

---

ski resort

shares

chalets

slate roofs

trout

mountain climbing

peak

pays tribute to

pointed
break through
grassy lands, prairies
raising / cattle / filled

Una estancia en la pampa argentina

las pampas pero con influencia italiana, española, francesa, alemana y suiza. Para los argentinos la comida es un ritual para ser disfrutado con amigos y familiares. Para muchos no hay nada mejor en el mundo.

Práctica

A. Los deportes. Complete el gráfico con los deportes que se practican en cada lugar mencionado.

Bariloche	
las pampas	
Esquel y Junín de los Andes	
el parque nacional Torres del Paine	

B. Unos detalles. Identifique los siguientes lugares y personas mencionados en el artículo.

Cerro Catedral / Tronador / Germán Claussen / Otto Meiling / Torres del Paine / Nahuel Huapi

C. **En defensa de una opinión.** ¿Qué evidencia hay en el artículo que confirma la siguiente idea? «La Argentina ofrece muchas oportunidades para el deporte y la aventura.»

D. **Las reacciones.** ¿Cómo reaccionó Ud. intelectualmente a la información del artículo? ¿Cómo reaccionó Ud. emocionalmente a la información?

Writing Personal Notes

You frequently need to write brief notes to family, friends, neighbors, and co-workers to wish them well or to express sympathy. Such notes are a more courteous and lasting way of expressing personal sentiments.

In reality, a note is a brief personal letter and, thus, consists of a salutation, brief body, and closing.

When expressing good wishes or sympathy in person, you have the opportunity to react to facial expressions, tone of voice, and the person's responses. However, in a personal note you need to include all the information you want the person to receive since there is no conversational give and take. In the body of the note you will need to explain why you are writing (i.e., you have just heard the good / bad news; you know it is the person's birthday; etc.). Then express your personal feelings and reactions.

The oral expressions taught in the **Así se habla** for the **Segunda situación** of this chapter are also appropriate for written notes. Other ways of expressing good wishes and sympathy include the following.

Indirect Commands

Que tenga(-s) un buen viaje.	*Have a good trip.*
Que se (te) mejore(-s) pronto.	*Get well soon.*

Subjunctive Phrases

Me alegro que + *subjunctive*	*I'm very happy that . . .*
Siento que + *subjunctive*	*I'm sorry that . . .*

Exclamatory Phrases with **qué**

Qué + *noun*
   ¡Qué suerte / lástima!   *What luck / a pity!*
Qué + *adjective*
   ¡Qué bueno / terrible!   *How nice / terrible!*
Qué + *noun* and *adjective*
   ¡Qué noticias más buenas!   *What good news!*

Composiciones

A. **Su mejor amigo(-a).** Su mejor amigo(-a) asiste a otra universidad e iba a venir a visitarlo(-la) este fin de semana. Desgraciadamente, Ud. acaba de hablar por teléfono con su compañero(-a) de cuarto y él (ella) le dijo que su amigo(-a) tiene gripe y no puede venir. Escríbale a su amigo(-a) expresando su conmiseración *(sympathy)* y dándole ánimo *(encouragement)*.

B. Un partido de fútbol. Su hermano juega al fútbol norteamericano en el equipo de otra universidad. Durante el partido del sábado él se torció el tobillo y ahora no puede jugar; es más, no puede caminar. Escríbale un mensaje por correo electrónico expresando su conmiseración y dándole ánimo.

C. Un examen de química. Suspendieron a un(-a) amigo(-a) de otra universidad en un examen de química y ahora no quiere estudiar más. Escríbale a su amigo(-a) expresando su conmiseración y dándole ánimo. Explíquele como lo (la) habría ayudado si hubiera estudiado con él (ella).

A. Una llamada al doctor. You aren't feeling well. You probably have the flu—you have a fever and a sore throat, you ache all over, and you've been coughing a lot. You call your doctor and speak briefly with the receptionist (played by a classmate). You ask him / her to let you speak with the doctor (played by another classmate). Describe your symptoms to the doctor. Find out if you need to come in to the office. Ask the doctor to prescribe something for your cough.

B. ¡Si lo hubiera sabido! Take a survey of at least five of your classmates. Find out two things from each of them that they would have done differently in their university career if they had only known as beginning students what they know now. After completing the survey, report back to your classmates. As a group, you should draw up a list of the most important ideas that come from the surveys.

C. Unos accidentes de tenis. You and three friends (played by classmates) decided to play tennis for the first time since last summer. Since you were all out of shape, you suffered some minor injuries. One person fell and hurt an ankle, another cut a hand on some broken glass on the court, a third sprained a wrist, and you bruised your leg rather badly. You go to the university clinic. A doctor (played by a classmate) will talk to each of you and help you individually.

D. Un jugador importante. You are the sports reporter for the school newspaper. You must interview the star basketball player of your school and ask him / her about his basketball career. Discuss his / her best and worst games. Find out about his / her injuries and when and how they occurred. Ask him / her what he / she would have done differently if he had had the opportunity. Express good wishes and sympathy where appropriate.

Para saber más:
www.heinle.com

Herencia cultural

Chile y la Argentina

Personalidades

De ayer

Jorge Luis Borges (1899–1986) fue el el escritor argentino más conocido del siglo XX. Escribió ensayos y poesía de gran erudición pero fueron sus colecciones de cuentos como *El Aleph* (1949) que le dieron fama internacional. En sus obras Borges trató temas filosóficos como la existencia humana, la muerte, el tiempo y la realidad.

La pareja controversial de **Juan Domingo Perón** (1895–1974) y **María Eva Duarte de Perón** (1919–1952) dominó la historia de la Argentina a mediados del siglo XX. El poco conocido general Juan Perón usó la belleza y el carisma de su esposa **Evita** (como la llamaron) para llegar a la presidencia de la Argentina en 1946. Mientras él controlaba la vida política, Evita dominaba la vida social de Buenos Aires. Evita murió de cáncer en 1952 y poco después el gobierno peronista empezó a perder el apoyo popular. En 1955 expulsaron a Juan Perón y éste huyó del país.

De hoy

El argentino **Diego Armando Maradona** (1960–   ) empezó a jugar al fútbol desde muy joven. En 1982 pasó a Europa y como capitán llevó a su equipo de Nápoles (Italia) a ser campeón mundial en 1986. Él mismo llegó a ser el mejor futbolista de su época. En 1993 regresó a la Argentina donde jugó hasta su retiro del fútbol en 1997.

El personaje de **Mafalda** de la tira cómica argentina con el mismo nombre llegó a la fama internacional. El dibujante Joaquín Lavado, apodado Quino, la creó hace unos treinta años. La feminista Mafalda critica la televisión, las guerras, la política y el matrimonio. Aunque Quino ya se ha retirado, Mafalda es más popular que nunca.

La escritora **Isabel Allende** (1942–   ) nació en Chile y su primera novela, *La casa de los espíritus,* trata de los problemas políticos y económicos de su país natal en el siglo XX. Con la publicación de sus dos últimas novelas, *Afrodita* e *Hija de la fortuna*, Allende ha llegado a ser uno de los escritores más leídos en los EE.UU.

Para saber más:
www.heinle.com

Arte y arquitectura

Buenos Aires: La Avenida 9 de Julio

Buenos Aires: Una ciudad cosmopolita y artística

Buenos Aires, la capital de la Argentina con once millones de habitantes, es una de las ciudades más grandes del mundo. Fue fundada en 1536, destruida poco después por los indígenas de la región y fundada otra vez. Llegó a ser una ciudad importante en el siglo XVIII por tener un puerto para la importación y exportación de mercancías de Europa y otros países de la América del Sur. Hoy en día es un gran centro comercial e industrial cuyo puerto tiene las dársenas *(wharves)* más grandes de Latinoamérica. A los habitantes de Buenos Aires se les llama «porteños» por la proximidad de Buenos Aires al puerto.

Además de su importancia como centro comercial, Buenos Aires es conocida como una de las ciudades más hermosas y elegantes del mundo. Al final del siglo XIX empezaron a agrandar las calles para el uso de los automóviles; así destruyeron muchas partes antiguas de la ciudad y construyeron nuevos edificios modernos a lo largo de calles y paseos abiertos y amplios. La Avenida 9 de Julio en el centro de Buenos Aires es una de las avenidas más grandes del mundo, con más de 150 metros de ancho. En el centro de la Plaza de la República en esta avenida hay un alto obelisco que conmemora la fundación de Buenos Aires hace cuatrocientos años.

El corazón de la ciudad es la Plaza de Mayo, rodeada de históricos edificios coloniales como el Cabildo *(town hall),* donde se hicieron los planes para el movimiento de independencia; la Catedral, que contiene la tumba de San Martín, el padre de la independencia argentina; y la Casa Rosada, la residencia oficial del presidente de la República. Muy cerca de la Plaza de Mayo se encuentran la iglesia de Nuestra Señora de la Merced, la Biblioteca Nacional, el centro comercial de la ciudad, y museos de arte e historia.

Buenos Aires: La Plaza de Mayo

También cerca de la Plaza de Mayo está la Calle Florida con quioscos, boutiques y tiendas. Como es un lugar popular para reunirse con amigos a tomar una copa, la calle está reservada para el uso exclusivo de peatones.

El teatro es muy importante en la vida cultural de la ciudad. El Teatro Colón es un centro internacional de música y danza, y uno de los grandes teatros de ópera del mundo entero. El teatro tiene capacidad para 4.000 personas en un interior lujoso.

Buenos Aires: El interior del Teatro Colón

En los últimos años la Argentina ha llegado a ser un centro de producción de cine. Así, hay numerosos cines por todas partes de la ciudad y la selección de películas es tan buena como en cualquier ciudad del mundo.

Durante el siglo XIX Buenos Aires estimuló la inmigración europea. Miles de inmigrantes alemanes, franceses, ingleses e italianos llegaron a la ciudad y fundaron sus barrios étnicos. Esta inmigración ayudó a establecer el sentido cosmopolita de la ciudad. Todavía se puede ver los barrios donde mantienen la lengua, la comida y otras costumbres de su país de origen. Uno de los barrios más antiguos de la ciudad se llama San Telmo, con casas coloniales restauradas donde viven artistas y artesanos. Dentro de este ambiente artístico hay numerosos cafés, restaurantes y tanguerías donde se puede escuchar tango y bailar. Cada domingo hay una Feria de Antigüedades en la Plaza Dorrego en San Telmo.

Buenos Aires: El barrio de San Telmo

Por todas partes de Buenos Aires hay confiterías donde sirven pasteles, helados, postres y bebidas de todo tipo. Además hay muchísimos cafés, incluyendo cafés literarios como el Tortoni, el más antiguo de la ciudad donde se puede escuchar tango y jazz por la noche.

Es evidente que Buenos Aires es una ciudad de estructura moderna y dinámica. La ciudad ha conservado sus viejas tradiciones artísticas, literarias y musicales dentro de un ambiente de arquitectura hermosa e interesante.

Comprensión

A. Lugares de interés. Complete el siguiente gráfico con información acerca de los lugares de interés en Buenos Aires.

LUGAR	CARACTERÍSTICAS / DESCRIPCIÓN / OTRAS COSAS DE INTERÉS
el puerto	
la Avenida 9 de Julio y la Plaza de la República	
Plaza de Mayo	
la calle Florida	
el Teatro Colón	
el barrio San Telmo	

B. La historia. Utilizando información de la lectura, conteste las siguientes preguntas acerca de la historia de Buenos Aires.

1. ¿Cuándo fue fundada la ciudad de Buenos Aires? ¿Qué le pasó poco después? ¿Cuándo llegó a ser importante?
2. ¿Qué tipo de inmigración tuvo Buenos Aires en el siglo XIX? ¿Qué evidencia de esta inmigración se nota todavía? ¿Qué característica le dio a Buenos Aires la inmigración?

C. En defensa de una opinión. ¿Qué evidencia hay en la lectura que confirma la siguiente idea? «Buenos Aires es una ciudad cosmopolita y artística.»

D. Comparaciones. Compare Buenos Aires con Nueva York, Washington, D.C., Chicago, San Francisco u otra ciudad de los EE.UU.

Para saber más:
www.heinle.com

Para leer bien

Elements of Poetry

Many of the techniques that you have already learned to apply to works of fiction such as short stories, can also be applied to the reading of poetry. In poetry, just as in fiction, you will need to identify the literary themes, the point of view of the author, and the setting and tone of the work. In addition, you will need to look for and understand the symbols used.

Generally, poetry employs fewer words to express an idea than does narrative fiction. Poets choose each word with great care in order to provide a great many ideas and evoke a maximum amount of feeling. As readers of poetry, we need to study each word and phrase carefully in order to capture all the possible meanings and emotions conveyed. Even though poems contain fewer words than a short story, it may take longer to read a poem because of the multiple meanings of each word and phrase.

Poetry is written and printed in a different format than prose. Each line of poetry is called **un verso** in Spanish, and **una estrofa** (*strophe*) is a grouping or block of lines of poetry. The length of each line of poetry and of each strophe contributes to the overall rhythm (**el ritmo**) of the poem as does the length of individual words. Some poetry contains rhyme (**la rima**) although modern poetry tends not to use this poetic device. Another important characteristic of poetry is repetition, including the repetition of certain words or phrases as well as the repetition of certain vowels or consonants.

Antes de leer

A. El escenario y el tono. Dé un vistazo a los cuatro primeros versos de *Poema 20* y al dibujo presentado al principio del poema. Después, describa el escenario y el tono general del poema.

B. El punto de vista. Lea la información sobre Pablo Neruda para comprender su punto de vista general y el tema del *Poema 20*. ¿Cuáles son las cosas que le importan a Neruda?

C. El formato. Estudie el formato del *Poema 20* y conteste las siguientes preguntas. ¿Son largos o cortos los versos del poema? ¿Son largas o cortas las estrofas? ¿Hay versos que se repiten? ¿Cuáles?

Lectura Literaria

El chileno **Pablo Neruda** (1904–1973) fue tal vez el poeta más prestigioso de Hispanoamérica en el siglo XX. Trabajó como diplomático y viajó a muchos países de Latinoamérica, Europa y Asia. Durante sus viajes empezó a identificarse con las víctimas de la guerra, la injusticia social y la tiranía. Más tarde estas ideas aparecieron como temas de su poesía. Otros temas suyos incluyen el amor y la existencia humana. Ganó el premio Nóbel de Literatura en 1971.

El primero de los poemas de la **Lectura literaria** es el «Poema 20». Es una de las primeras obras de Neruda y forma parte de la colección *Veinte poemas de amor y una canción desesperada,* publicada en 1924. En el poema Neruda describe las emociones confusas de un amor perdido. El segundo poema, «Oda a unas flores amarillas», es de una colección llamada *Odas elementales* (1954) que se caracteriza por el lenguaje sencillo con temas dirigidos al pueblo.

Poema 20

Puedo escribir los versos más tristes esta noche.

Escribir, por ejemplo: «La noche está estrellada°,   *full of stars*
y tiritan°, azules, los astros°, a lo lejos.»   *shiver / stars*

El viento de la noche gira° en el cielo y canta.   *spins*

Puedo escribir los versos más tristes esta noche.
Yo la quise, y a veces ella también me quiso.

En las noches como ésta la tuve entre mis brazos.
La besé tantas veces bajo el cielo infinito.

Ella me quiso, a veces yo también la quería.
¡Cómo no haber amado sus grandes ojos fijos!

Puedo escribir los versos más tristes esta noche.
Pensar que no la tengo. Sentir que la he perdido.

like dew on grass

Oír la noche inmensa, más inmensa sin ella.
Y el verso cae al alma como al pasto el rocío°.

Qué importa que mi amor no pudiera guardarla.
La noche está estrellada y ella no está conmigo.

Eso es todo. A lo lejos alguien canta. A lo lejos.
Mi alma no se contenta con haberla perdido.

to approach her

Como para acercarla° mi mirada la busca.
Mi corazón la busca, y ella no está conmigo.

to whiten

La misma noche que hace blanquear° los mismos árboles.
Nosotros, los de entonces, ya no somos los mismos.

Ya no la quiero, es cierto, pero cuánto la quise.
Mi voz buscaba el viento para tocar su oído.

De otro. Será de otro. Como antes de mis besos.
Su voz, su cuerpo claro. Sus ojos infinitos.

act of forgetting

Ya no la quiero, es cierto, pero tal vez la quiero.
Es tan corto el amor, y es tan largo el olvido°.

Porque en noches como ésta la tuve entre mis brazos,
mi alma no se contenta con haberla perdido.

Aunque éste sea el último dolor que ella me causa,
y éstos sean los últimos versos que yo le escribo.

Oda a unas flores amarillas

Contra el azul moviendo sus azules,
el mar, y contra el cielo,
unas flores amarillas.

Octubre llega.

Y aunque sea
tan importante el mar desarrollando
su mito, su misión, su levadura

bursts
estalla°
sobre la arena el oro
de una sola
planta amarilla

fasten
y se amarran°
tus ojos
a la tierra,

heartbeats
huyen del magno mar y sus latidos°.

dust
Polvo° somos, seremos.

Ni aire, ni fuego, ni agua
sino
tierra,
sólo tierra
seremos
y tal vez
unas flores amarillas.

Después de leer

A. Poema 20

1. **La noche.** Aunque es una noche hermosa, Neruda está muy triste. ¿Cuál es el origen de la tristeza de Neruda? ¿Qué relación hay entre la noche y la tristeza de Neruda? Justifique su respuesta con palabras o versos del poema.

2. **La historia de su amor.** Con un(-a) compañero(-a) de clase, haga una lista de los versos con verbos en un tiempo *(tense)* pasado. Después, dé un resumen del amor de Neruda.

3. **Sentimientos confusos.** Parece que Neruda no está seguro de sus sentimientos hacia la amada. Dé ejemplos de esta confusión usando palabras o versos del poema.

B. Oda a unas flores amarillas

1. **El escenario.** Describa el escenario, incluyendo la estación del año.

2. **El tema.** ¿Qué significa el verso «Polvo somos, seremos.»? ¿Cuál es el tema central del poema?

3. **Los símbolos.** ¿Qué simbolizan las siguientes cosas en el poema?

   el otoño / el polvo / las flores amarillas

Appendix A
Information Gap Activities: Alternate Versions of Drawings

Capítulo 1   *Primera situación; Presentación; Práctica C: ¡Qué día!; Página 22*

Capítulo 3   **Primera situación; Estructuras; Formation and Agreement of Adjectives; Práctica B: Actividades familiares; *Página 95***

Capítulo 6   **Primera situación; Estructuras; Familiar Commands; Práctica D: ¿Quién va a hacer esto?; *Página 196***

pasar la aspiradora por
   la alfombra de la sala
limpiar la bañera y el
   lavabo
sacar la mala hierba
planchar la ropa

Capítulo 7   **Primera situación; Presentación; Práctica D:**
De compras; Página 233

El Corte Inglés   un collar de esmeraldas

La Zapatería Toledo   un lavaplatos

Grandes Liquidaciones   un regalo de boda

                              unas botas

Capítulo 9   **Primera situación; Presentación; Práctica E:**
El Manual de Personal; Página 310

1. Publicista
2. Abogado
3. Especialista en computadoras
4. Representante de ventas
   - Tiene buen sentido para los negocios y mucha experiencia en manejar diversas empresas.
   - Se lleva bien con otras personas y nunca falta al trabajo.
   - Trabaja bien con los números.

Capítulo 11   **Segunda situación; Presentación; Práctica D:**
Quejas; Página 390

Se necesita llevar toallas a la habitación 508.

La habitación de la señora Garza está muy sucia.

La calefacción en la habitación 324 está descompuesta.

Hace mucho calor en la habitación de la señorita Pardo.

La tele no funciona en la habitación del señor Bose.

Appendix B
Vocabulary at a Glance

The following lists of common vocabulary items are provided to aid you in describing the art and photo scenes in the textbook. For further vocabulary lists or explanations of vocabulary use, see the index under the appropriate topic heading.

Terms to Describe a Picture

el cuadro	*painting*	a la derecha	*on the right*
el dibujo	*drawing*	a la izquierda	*on the left*
la escena	*scene*	en el centro	*in the middle*
la foto(grafía)	*photo(graph)*	en el fondo	*in the background*
		en primer plano	*in the foreground*
el animal	*animal*	la gente	*people*
el árbol	*tree*	la persona	*person*
el edificio	*building*		

Cardinal Numbers

0	cero	19	diecinueve	90	noventa		
1	uno	20	veinte	100	cien, ciento		
2	dos	21	veintiuno	110	ciento diez		
3	tres	22	veintidós	160	ciento sesenta		
4	cuatro	23	veintitrés	200	doscientos		
5	cinco	24	veinticuatro	300	trescientos		
6	seis	25	veinticinco	400	cuatrocientos		
7	siete	26	veintiséis	500	quinientos		
8	ocho	27	veintisiete	600	seiscientos		
9	nueve	28	veintiocho	700	setecientos		
10	diez	29	veintinueve	800	ochocientos		
11	once	30	treinta	900	novecientos		
12	doce	31	treinta y uno	1.000	mil		
13	trece	32	treinta y dos	2.000	dos mil		
14	catorce	40	cuarenta	100.000	cien mil		
15	quince	50	cincuenta	200.000	doscientos mil		
16	dieciséis	60	sesenta	1.000.000	un millón		
17	diecisiete	70	setenta	2.000.000	dos millones		
18	dieciocho	80	ochenta	1.000.000.000	mil millones		

Ordinal Numbers

primer(-o)	*first*	sexto	*sixth*
segundo	*second*	séptimo	*seventh*
tercer(-o)	*third*	octavo	*eighth*
cuarto	*fourth*	noveno	*ninth*
quinto	*fifth*	décimo	*tenth*

Colors

amarillo	*yellow*	gris	*gray*
anaranjado	*orange*	morado	*purple*
azul	*blue*	negro	*black*
blanco	*white*	pardo	*brown*
de color café	*coffee-colored*	rojo	*red*
de color fresa	*strawberry-colored*	rosado	*pink*
de color melón	*melon-colored*	verde	*green*

Articles of Clothing

la blusa	*blouse*	los pantalones	*pants, slacks*
los calcetines	*socks*	el sombrero	*hat*
la camisa	*shirt*	el suéter	*sweater*
la chaqueta	*jacket*	el traje	*suit*
la corbata	*tie*	el vestido	*dress*
la falda	*skirt*	los zapatos	*shoes*

Days of the Week

lunes	*Monday*	viernes	*Friday*
martes	*Tuesday*	sábado	*Saturday*
miércoles	*Wednesday*	domingo	*Sunday*
jueves	*Thursday*		

Months of the Year

enero	*January*	julio	*July*
febrero	*February*	agosto	*August*
marzo	*March*	se(p)tiembre	*September*
abril	*April*	octubre	*October*
mayo	*May*	noviembre	*November*
junio	*June*	diciembre	*December*

Seasons

la primavera	*spring*	el otoño	*autumn*
el verano	*summer*	el invierno	*winter*

Geography

el este	*east*	el oeste	*west*
el norte	*north*	el sur	*south*
el lago	*lake*	el océano	*ocean*
el mar	*sea*	el río	*river*
el bosque	*forest*	la selva	*jungle*
la montaña	*mountain*	el valle	*valley*

Appendix C
Metric Units of Measurement

Measurement of Length and Distance

1 centímetro	=	.3937 inch (less than 1/2 inch)
1 metro	=	39.37 inches (about 1 yard, 3 inches)
1 kilómetro (1.000 metros)	=	.6213 mile (about 5/8 mile)

Measurement of Weight

1 gramo	=	.03527 ounce
100 gramos	=	3.527 ounces (less than 1/4 pound)
1 kilogramo (1.000 gramos)	=	35.27 ounces (2.2 pounds)

Measurement of Liquid

1 litro	=	1.0567 quarts (slightly more than a quart)

Measurement of Land Area

1 hectárea	=	2.471 acres

Measurement of Temperature

C = centígrado o Celsius; F = Fahrenheit

0° C	=	32° F (freezing point of water)
37° C	=	98.6° F (normal body temperature)
100° C	=	212° F (boiling point of water)

Conversion of Fahrenheit to Celsius

$$C = \frac{5}{9}(F - 32) \quad OR \quad (F - 32) \div 1.8$$

Conversion of Celsius to Fahrenheit

$$F = \frac{9}{5}(C + 32) \quad OR \quad (C \times 1.8) + 32$$

Appendix D

The Writing and Spelling System

The Alphabet

Letter	Name	Letter	Name	Letter	Name
a	a	k	ka	s	ese
b	be	l	ele	t	te
c	ce	m	eme	u	u
d	de	n	ene	v	ve, ve corta, uve
e	e	ñ	eñe	w	doble ve, uve doble
f	efe	o	o	x	equis
g	ge	p	pe	y	i griega
h	hache	q	cu	z	zeta
i	i	r	ere		
j	jota	rr	erre		

Some Guidelines for Spelling

Spanish has a more phonetic spelling system than English; in general most Spanish sounds correspond to just one written symbol.

1. There are a few sounds that can be spelled with more than one letter. The spelling of individual words containing these sounds must be memorized since there are no rules for the sound-letter correspondence.

Sound	Spelling	Example
/ b /	b, v	bolsa, verano
/ y /	ll, y, i + vowel	calle, leyes, bien
/ s /	s, z, ce, ci	salsa, zapato, cena, cinco
/ x /	j, ge, gi	jardín, gente, gitano

2. When an unstressed **i** occurs between vowels, then **i→y**. This is a frequent change in verb forms: **creyó; trayendo; leyeron.**

3. The letter **z** generally changes to **c** before **e: lápiz / lápices; vez / veces; empieza / empiece.**

4. The sound / g / is spelled with the letter **g** before **a, o, u,** and all consonants. Before **e** and **i** the / g / sound is spelled **gu.**

garaje	gordo	gusto	Gloria	grande
guerra	guía			

5. The sound / k / is spelled with the letter **c** before **a, o, u,** and all consonants. Before **e** and **i** the / k / sound is spelled **qu.**

carta	cosa	curso	clase	criado
que	quien			

6. The sound / gw / is spelled with the letters **gu** before **a** and **o.** Before **e** and **i** the / gw / sound is spelled **gü.**

guapo	antiguo	vergüenza	pingüino

Syllabication

In dividing a word at the end of a written line, you must follow rules for syllabication. Spanish speakers generally pronounce consonants with the syllable that follows. English speakers generally pronounce consonants with the preceding syllable.

English:	A mer i ca	English:	pho tog ra phy
Spanish:	A mé ri ca	Spanish:	fo to gra fí a

The stress of a Spanish word is governed by rules that involve syllables. Unless you know how to divide a word into syllables, you cannot be certain where to place the spoken stress or written accent mark.

The following rules determine the division of Spanish words into syllables.

1. Most syllables in Spanish end with a vowel.

me-sa	to-ma	li-bro

2. A single consonant between two vowels begins a syllable.

u-na	pe-ro	ca-mi-sa

3. Generally two consonants are separated so that one ends a syllable and the second begins the next syllable. The consonants clusters **ch, ll,** and **rr** do not separate and will begin a syllable. Double **c** and double **n** will separate.

par-que	tam-bién	gran-de	cul-tu-ra
mu-cho	ca-lle	pe-rro	
lec-ción	in-nato		

4. When any consonant except **s** is followed by **l** or **r,** both consonants form a cluster that will begin a syllable.

ha-blar	si-glo	a-brir	ma-dre	o-tro	is-la

5. Combinations of three or four consonants will divide according to the above rules. The letter **s** will end the preceding syllable.

cen-tral   san-grí-a   siem-pre   ex-tra-ño
in-dus-trial ins-truc-ción es-cri-bir

6. A combination of two strong vowels (**a, e, o**) will form two separate syllables.

mu-se-o   cre-e   ma-es-tro

7. A combination of a strong vowel (**a, e, o**) and a weak vowel (**i, u**) or two weak vowels is called a diphthong. A diphthong forms one syllable.

cui-dad   cau-sa   bue-no   pien-sa

NOTE: A written accent mark over a weak vowel in combination with another vowel will divide a diphthong into two syllables.

rí-o   dí-a   Ra-úl

Written accent marks on other vowels will not affect syllabication: lec-ción.

Accentuation

Two basic rules of stress determine how to pronounce individual Spanish words.

1. For words ending in a consonant other than **n** or **s,** the stress falls on the last syllable.

to**mar**   invi**tar**   pa**pel**   re**loj**   universi**dad**

2. For words ending in a vowel, **-n,** or **-s,** the stress falls on the next-to-last syllable.

clase   **to**man   **ca**sas
to**ma**mos   cor**ba**ta   som**bre**ro

3. A written accent mark is used to indicate an exception to the ordinary rules of stress.

sábado   to**mé**   lec**ción**   **fá**cil

NOTE: Words stressed on any syllable except the last or next-to-last will always carry a written accent mark. Verb forms with attached pronouns are frequently found in this category.

ex**plí**quemelo   levan**tán**dose   prepa**rár**noslas

4. A diphthong is any combination of a weak vowel (**i, u**) and a strong vowel (**a, e, o**) or two weak vowels. In a diphthong the two vowels are pronounced as a single sound with the strong vowel (or the second of the two weak vowels) receiving slightly more emphasis than the other.

piensa   al**mue**rzo   **ciu**dad   **fui**mos

A written accent mark can be used to eliminate the natural diphthong so that two separate vowel sounds will be heard.

cafete**rí**a   **tí**o   con**ti**núe

5. Written accent marks can also be used to distinguish two words with similar spelling and pronunciation but with different meanings.

a. Interrogative and exclamatory words have a written accent

cómo	*how*		por qué	*why*
cuándo	*when*		qué	*what, how*
dónde	*where*		quién(-es)	*who, whom*

b. Note the use of written accent marks on all but the neuter forms of demonstrative pronouns. There is a recent tendency to discontinue use of written accents marks on demonstrative pronouns. As a result you may see examples of these pronouns without the accent marks. However, the *Interacciones* program will continue to use them.

esta mesa	*this table*	ésta	*this one*
ese chico	*that boy*	ése	*that one*
aquellas montañas	*those mountains*	aquéllas	*those*

c. In ten common word pairs, the written accent mark is the only distinction between the two words.

aun	*even*	aún	*still, yet*
de	*of, from*	dé	*give*
el	*the*	él	*he*
mas	*but*	más	*more*
mi	*my*	mí	*me*
se	*himself*	sé	*I know*
si	*if*	sí	*yes*
solo	*alone*	sólo	*only*
te	*you*	té	*tea*
tu	*your*	tú	*you*

Capitalization

In Spanish, capital letters are used less frequently than in English. Small letters are used in the following instances where English uses capitals.

1. **yo** (*I*) except when it begins a sentence

Manolo y **yo** vamos a España.   *Manolo and I are going to Spain.*

2. names of the days of the week and months of the year

Saldremos el **martes** 26 de **abril.**   *We will leave on Tuesday, April 26.*

3. nouns or adjectives of nationality and names of languages

Susana es **argentina;** habla **español** y estudia **inglés.**   *Susan is Argentinian; she speaks Spanish and is studying English.*

4. words in the title of a book except for the first word and proper nouns

Cien años de soledad   *One Hundred Years of Solitude*
La casa de Bernarda Alba   *The House of Bernarda Alba*

5. titles of address except when abbreviated: **don, doña, usted, ustedes, señor, señora, señorita, doctor,** but **Ud., Uds., Sr., Sra., Srta., Dr., Dra.**

Aquí viene el **doctor** Robles con **doña** Mercedes y la **Srta.** Guzmán.

Here comes Doctor Robles with Doña Mercedes and Miss Guzmán.

Appendix E
Verb Conjugations

Regular Verbs

Infinitive	hablar	aprender	vivir
	to speak	*to learn*	*to live*
Present Participle	hablando	aprendiendo	viviendo
	speaking	*learning*	*living*
Past Participle	hablado	aprendido	vivido
	spoken	*learned*	*lived*

Simple Tenses

Present Indicative	hablo	aprendo	vivo
I speak, am speaking, do speak	hablas	aprendes	vives
	habla	aprende	vive
	hablamos	aprendemos	vivimos
	habláis	aprendéis	vivís
	hablan	aprenden	viven
Imperfect Indicative	hablaba	aprendía	vivía
I was speaking,	hablabas	aprendías	vivías
used to speak, spoke	hablaba	aprendía	vivía
	hablábamos	aprendíamos	vivíamos
	hablabais	aprendíais	vivíais
	hablaban	aprendían	vivían
Preterite	hablé	aprendí	viví
I spoke, did speak	hablaste	aprendiste	viviste
	habló	aprendió	vivió
	hablamos	aprendimos	vivimos
	hablasteis	aprendisteis	vivisteis
	hablaron	aprendieron	vivieron
Future	hablaré	aprenderé	viviré
I will speak, shall speak	halbarás	aprenderás	vivirás
	hablará	aprenderá	vivirá
	hablaremos	aprenderemos	viviremos
	hablaréis	aprenderéis	viviréis
	hablarán	aprenderán	vivirán
Conditional	hablaría	aprendería	viviría
I would speak	hablarías	aprenderías	vivirías
	hablaría	aprendería	viviría
	hablaríamos	aprenderíamos	viviríamos
	hablaríais	aprenderíais	viviríais
	hablarían	aprenderían	vivirían

Present Subjunctive	hable	aprenda	viva
(that) I speak	hables	aprendas	vivas
	hable	aprenda	viva
	hablemos	aprendamos	vivamos
	habléis	aprendáis	viváis
	hablen	aprendan	vivan
*Imperfect Subjunctive (-ra)**	hablara	aprendiera	viviera
(that) I speak, might speak	hablaras	aprendieras	vivieras
	hablara	aprendiera	viviera
	habláramos	aprendiéramos	viviéramos
	hablarais	aprendierais	vivierais
	hablaran	aprendieran	vivieran
Commands	habla	aprende	vive
speak **Informal**	(no hables)	(no aprendas)	(no vivas)
	hable	aprenda	viva
Formal	hablen	aprendan	vivan

Compound Tenses

Present Perfect	he	hemos			
Indicative	has	habéis	hablado	aprendido	vivido
I have spoken	ha	han			

Perfect (Pluperfect)	había	habíamos			
Indicative	habías	habíais	hablado	aprendido	vivido
I had spoken	había	habían			

Future Perfect	habré	habremos			
Indicative	habrás	habréis	hablado	aprendido	vivido
I will have spoken	habrá	habrán			

Conditional Perfect	habría	habríamos			
I would have spoken	habrías	habríais	hablado	aprendido	vivido
	habría	habrían			

Present Perfect	haya	hayamos			
Subjunctive	hayas	hayáis	hablado	aprendido	vivido
(that) I have spoken	haya	hayan			

Past Perfect (Pluperfect)	hubiera	hubiéramos			
Subjunctive	hubieras	hubierais	hablado	aprendido	vivido
(that) I had spoken	hubiera	hubieran			

Present Progressive	estoy	estamos			
I am speaking	estás	estáis	hablando	aprendiendo	viviendo
	está	están			

Past Progressive	estaba	estábamos			
I was speaking	estabas	estabais	hablando	aprendiendo	viviendo
	estaba	estaban			

*Alternate endings: **-se, -ses, -se, ´-semos, -seis, -sen**

Stem-changing Verbs

	e→ie		o→ue	
	pensar	perder	contar	volver
Present Indicative	pienso	pierdo	cuento	vuelvo
	piensas	pierdes	cuentas	vuelves
	piensa	pierde	cuenta	vuelve
	pensamos	perdemos	contamos	volvemos
	pensáis	perdéis	contáis	volvéis
	piensan	pierden	cuentan	vuelven
Present Subjunctive	piense	pierda	cuente	vuelva
	pienses	pierdas	cuentes	vuelvas
	piense	pierda	cuente	vuelva
	pensemos	perdamos	contemos	volvamos
	penséis	perdáis	contéis	volváis
	piensen	pierdan	cuenten	vuelvan

Some common verbs in this category:

e→ie		o→ue	
atravesar	empezar	acordar(se)	llover
calentar	encender	acostar(se)	mostrar
cerrar	entender	almorzar	mover
comenzar	negar	colgar	probar
confesar	pensar	contar	recordar
defender	perder	costar	rogar
despertar(se)	sentar(se)	demostrar	soler
		devolver	soñar
		encontrar	volar
		envolver	volver

(NOTE: The verb **jugar** changes u→ue.)

	e→ie, i	e→i, i	o→ue, u
	sentir	pedir	dormir
Present Indicative	siento	pido	duermo
	sientes	pides	duermes
	siente	pide	duerme
	sentimos	pedimos	dormimos
	sentís	pedís	dormís
	sienten	piden	duermen
Present Subjunctive	sienta	pida	duerma
	sientas	pidas	duermas
	sienta	pida	duerma
	sintamos	pidamos	durmamos
	sintáis	pidáis	durmáis
	sientan	pidan	duerman

Preterite	sentí	pedí	dormí
	sentiste	pediste	dormiste
	sintió	pidió	durmió
	sentimos	pedimos	dormimos
	sentisteis	pedisteis	dormisteis
	sintieron	pidieron	durmieron
Past Subjunctive	sintiera	pidiera	durmiera
	sintieras	pidieras	durmieras
	sintiera	pidiera	durmiera
	sintiéramos	pidiéramos	durmiéramos
	sintierais	pidierais	durmierais
	sintieran	pidieran	durmieran
Present Participle	sintiendo	pidiendo	durmiendo

Some common verbs in this category:

e→ie, i	e→i, i		o→ue, u
advertir	competir	pedir	dormir(se)
consentir	conseguir	perseguir	morir(se)
convertir	corregir	reír(se)	
divertirse	despedir(se)	repetir	
herir	elegir	seguir	
hervir	impedir	servir	
mentir	medir	vestir(se)	
preferir			
referir(se)			
sentir(se)			
sugerir			

Verbs with Orthographic Changes

1. Verbs that end in **-car** (**c**→**qu** before **e**)

   BUSCAR
   Preterite: busqué, buscaste, buscó, buscamos, buscasteis, buscaron
   Present Subjunctive: busque, busques, busque, busquemos, busquéis, busquen

   Other verbs in this category:

acercar(se)	comunicar	explicar	sacar
atacar	dedicar	indicar	secar
colocar	evocar	marcar	tocar

2. Verbs that end in **-gar** (**g**→**gu** before **e**)

   PAGAR
   Preterite: pagué, pagaste, pagó, pagamos, pagasteis, pagaron
   Present Subjunctive: pague, pagues, pague, paguemos, paguéis, paguen

   Other verbs in this category:

colgar	llegar	obligar	rogar
jugar	negar	regar	

3. Verbs that end in **-zar** (**z**→**c** before **e**)

GOZAR
Preterite: gocé, gozaste, gozó, gozamos, gozasteis, gozaron
Present Subjunctive: goce, goces, goce, gocemos, gocéis, gocen

Other verbs in this category:

alcanzar	cazar	cruzar	forzar
almorzar	comenzar	empezar	rezar
avanzar			

4. Verbs that end in **-cer** and **-cir** preceded by a vowel (**c**→**zc** before **a** and **o**)

CONOCER
Present Indicative: conozco, conoces, conoce, conocemos, conocéis, conocen
Present Subjunctive: conozca, conozcas, conozca, conozcamos, conozcáis, conozcan

Other verbs in this category:

agradecer	crecer	nacer	parecer
aparecer	establecer	obedecer	pertenecer
carecer	merecer	ofrecer	producir
conducir			

(EXCEPTIONS: hacer, decir.)

5. Verbs that end in **-cer** and **-cir** preceded by a consonant (**c**→**z** before **a** and **o**)

VENCER
Present Indicative: venzo, vences, vence, vencemos, vencéis, vencen
Present Subjunctive: venza, venzas, venza, venzamos, venzáis, venzan

Other verbs in this category:
convencer   ejercer

6. Verbs that end in **-ger** and **-gir** (**g**→**j** before **a** and **o**)

COGER
Present Indicative: cojo, coges, coge, cogemos, cogéis, cogen
Present Subjunctive: coja, cojas, coja, cojamos, cojáis, cojan

Other verbs in this category:

corregir	elegir	exigir	proteger
dirigir	escoger	fingir	recoger

7. Verbs that end in **-guir** (**gu**→**g** before **a** and **o**)

SEGUIR
Present Indicative: sigo, sigues, sigue, seguimos, seguís, siguen
Present Subjunctive: siga, sigas, siga, sigamos, sigáis, sigan

Other verbs in this category:
conseguir   distinguir   perseguir

8. Verbs that end in **-uir** (except **-guir** and **-quir**)

HUIR
Present Indicative: huyo, huyes, huye, huimos, huís, huyen
Preterite: huí, huiste, huyó, huimos, huisteis, huyeron
Present Subjunctive: huya, huyas, huya, huyamos, huyáis, huyan
Imperfect Subjunctive: huyera, huyeras, huyera, huyéramos, huyerais, huyeran
Gerund: huyendo

Other verbs in this category:

atribuir	contribuir	distribuir	influir
concluir	destruir	excluir	instruir
constituir	disminuir	incluir	sustituir
construir			

9. Some verbs change unaccentuated **i→y.**

LEER
Preterite: leí, leíste, leyó, leímos, leísteis, leyeron
Imperfect Subjunctive: leyera, leyeras, leyera, leyéramos, leyerais, leyeran
Gerund: leyendo
Past Participle: leído

Other verbs in this category:

caer(se)	creer	oír	poseer

10. Some verbs that end in **-iar** and **-uar** (except **-guar**) have a written accent on the **i** or the **u** in the singular forms and third-person plural in some tenses.

ENVIAR
Present Indicative: envío, envías, envía, enviamos, enviáis, envían
Present Subjunctive: envíe, envíes, envíe, enviemos, enviéis, envíen

Other verbs in this category:

acentuar	confiar	espiar	situar
actuar	continuar	graduar	variar
ampliar	criar		

(EXCEPTIONS: cambiar, estudiar, limpiar)

11. Verbs that end in **-guar** (**gu→gü** before **e**)

AVERIGUAR
Preterite: averigüé, averiguaste, averiguó, averiguamos, averiguasteis, averiguaron
Present Subjunctive: averigüe, averigües, averigüe, averigüemos, averigüéis, averigüen

Irregular Verbs

Infinitive	Gerund/ Past Participle	Familiar Command	Indicative		
			Present	Imperfect	Preterite
andar to walk; to go	andando andado				anduve anduviste anduvo anduvimos anduvisteis anduvieron
caber to fit; to be contained in	cabiendo cabido		quepo cabes cabe cabemos cabéis caben		cupe cupiste cupo cupimos cupisteis cupieron
caer to fall	cayendo caído		caigo caes cae caemos caéis caen		caí caíste cayó caímos caísteis cayeron
conducir to lead; to drive	conduciendo conducido		conduzco conduces conduce conducimos conducís conducen		conduje condujiste condujo condujimos condujisteis condujeron
dar to give	dando dado		doy das da damos dais dan		di diste dio dimos disteis dieron

Indicative		Subjunctive	
Future	Conditional	Present	Imperfect (-ra)
			anduviera
			anduvieras
			anduviera
			anduviéramos
			anduvierais
			anduvieran
cabré	cabría	quepa	cupiera
cabrás	cabrías	quepas	cupieras
cabrá	cabría	quepa	cupiera
cabremos	cabríamos	quepamos	cupiéramos
cabréis	cabríais	quepáis	cupierais
cabrán	cabrían	quepan	cupieran
		caiga	cayera
		caigas	cayeras
		caiga	cayera
		caigamos	cayéramos
		caigáis	cayerais
		caigan	cayeran
		conduzca	condujera
		conduzcas	condujeras
		conduzca	condujera
		conduzcamos	condujéramos
		conduzcáis	condujerais
		conduzcan	condujeran
		dé	diera
		des	dieras
		dé	diera
		demos	diéramos
		deis	dierais
		den	dieran

Irregular Verbs (continued)

Infinitive	Gerund/ Past Participle	Familiar Command	Indicative Present	Indicative Imperfect	Indicative Preterite
decir to say, tell	diciendo dicho	di	digo dices dice decimos decís dicen		dije dijiste dijo dijimos dijisteis dijeron
estar to be	estando estado		estoy estás está estamos estáis están		estuve estuviste estuvo estuvimos estuvisteis estuvieron
haber to have	habiendo habido		he has ha hemos habéis han		hube hubiste hubo hubimos hubisteis hubieron
hacer to do; to make	haciendo hecho	haz	hago haces hace hacemos hacéis hacen		hice hiciste hizo hicimos hicisteis hicieron
ir to go	yendo ido	ve	voy vas va vamos vais van	iba ibas iba íbamos ibais iban	fui fuiste fue fuimos fuisteis fueron

Indicative		Subjunctive	
Future	Conditional	Present	Imperfect (-ra)
diré	diría	diga	dijera
dirás	dirías	digas	dijeras
dirá	diría	diga	dijera
diremos	diríamos	digamos	dijéramos
diréis	diríais	digáis	dijerais
dirán	dirían	digan	dijeran
		esté	estuviera
		estés	estuvieras
		esté	estuviera
		estemos	estuviéramos
		estéis	estuvierais
		estén	estuvieran
habré	habría	haya	hubiera
habrás	habrías	hayas	hubieras
habrá	habría	haya	hubiera
habremos	habríamos	hayamos	hubiéramos
habréis	habríais	hayáis	hubierais
habrán	habrían	hayan	hubieran
haré	haría	haga	hiciera
harás	harías	hagas	hicieras
hará	haría	haga	hiciera
haremos	haríamos	hagamos	hiciéramos
haréis	haríais	hagáis	hicierais
harán	harían	hagan	hicieran
		vaya	fuera
		vayas	fueras
		vaya	fuera
		vayamos	fuéramos
		vayáis	fuerais
		vayan	fueran

Irregular Verbs (continued)

Infinitive	Gerund/ Past Participle	Familiar Command	Indicative		
			Present	Imperfect	Preterite
oír	oyendo		oigo		oí
to hear	oído		oyes		oíste
			oye		oyó
			oímos		oímos
			oís		oísteis
			oyen		oyeron
oler	oliendo		huelo		
to smell	olido		hueles		
			huele		
			olemos		
			oléis		
			huelen		
poder	pudiendo		puedo		pude
to be able	podido		puedes		pudiste
			puede		pudo
			podemos		pudimos
			podéis		pudisteis
			pueden		pudieron
poner	poniendo	pon	pongo		puse
to put	puesto		pones		pusiste
			pone		puso
			ponemos		pusimos
			ponéis		pusisteis
			ponen		pusieron
querer	queriendo		quiero		quise
to want	querido		quieres		quisiste
			quiere		quiso
			queremos		quisimos
			queréis		quisisteis
			quieren		quisieron

Indicative		Subjunctive	
Future	Conditional	Present	Imperfect (-ra)
		oiga	oyera
		oigas	oyeras
		oiga	oyera
		oigamos	oyéramos
		oigáis	oyerais
		oigan	oyeran
		huela	
		huelas	
		huela	
		olamos	
		oláis	
		huelan	
podré	podría	pueda	pudiera
podrás	podrías	puedas	pudieras
podrá	podría	pueda	pudiera
podremos	podríamos	podamos	pudiéramos
podréis	podríais	podáis	pudierais
podrán	podrían	puedan	pudieran
pondré	pondría	ponga	pusiera
pondrás	pondrías	pongas	pusieras
pondrá	pondría	ponga	pusiera
pondremos	pondríamos	pongamos	pusiéramos
pondréis	pondríais	pongáis	pusierais
pondrán	pondrían	pongan	pusieran
querré	querría	quiera	quisiera
querrás	querrías	quieras	quisieras
querrá	querría	quiera	quisiera
querremos	querríamos	queramos	quisiéramos
querréis	querríais	queráis	quisierais
querrán	querrían	quieran	quisieran

Irregular Verbs (continued)

Infinitive	Gerund/ Past Participle	Familiar Command	Indicative		
			Present	Imperfect	Preterite
reír	riendo		río		reí
to laugh	reído		ríes		reíste
			ríe		rió
			reímos		reímos
			reís		reísteis
			ríen		rieron
saber	sabiendo		sé		supe
to know	sabido		sabes		supiste
			sabe		supo
			sabemos		supimos
			sabéis		supisteis
			saben		supieron
salir	saliendo	sal	salgo		
to go out	salido		sales		
			sale		
			salimos		
			salís		
			salen		
ser	siendo	sé	soy	era	fui
to be	sido		eres	eras	fuiste
			es	era	fue
			somos	éramos	fuimos
			sois	erais	fuisteis
			son	eran	fueron
tener	teniendo	ten	tengo		tuve
to have	tenido		tienes		tuviste
			tiene		tuvo
			tenemos		tuvimos
			tenéis		tuvisteis
			tienen		tuvieron

Indicative		Subjunctive	
Future	**Conditional**	**Present**	**Imperfect (-ra)**
		ría	
		rías	
		ría	
		riamos	
		riáis	
		rían	
sabré	sabría	sepa	supiera
sabrás	sabrías	sepas	supieras
sabrá	sabría	sepa	supiera
sabremos	sabríamos	sepamos	supiéramos
sabréis	sabríais	sepáis	supierais
sabrán	sabrían	sepan	supieran
saldré	saldría	salga	
saldrás	saldrías	salgas	
saldrá	saldría	salga	
saldremos	saldríamos	salgamos	
saldréis	saldríais	salgáis	
saldrán	saldrían	salgan	
		sea	fuera
		seas	fueras
		sea	fuera
		seamos	fuéramos
		seáis	fuerais
		sean	fueran
tendré	tendría	tenga	tuviera
tendrás	tendrías	tengas	tuvieras
tendrá	tendría	tenga	tuviera
tendremos	tendríamos	tengamos	tuviéramos
tendréis	tendríais	tengáis	tuvierais
tendrán	tendrían	tengan	tuvieran

Irregular Verbs (continued)

Infinitive	Gerund/Past Participle	Familiar Command	Indicative		
			Present	Imperfect	Preterite
traer	trayendo		traigo		traje
to bring	traído		traes		trajiste
			trae		trajo
			traemos		trajimos
			traéis		trajisteis
			traen		trajeron
valer	valiendo	val(e)	valgo		
to be worth	valido		vales		
			vale		
			valemos		
			valéis		
			valen		
venir	viniendo	ven	vengo		vine
to come	venido		vienes		viniste
			viene		vino
			venimos		vinimos
			venís		vinisteis
			vienen		vinieron
ver	viendo		veo	veía	
to see	visto		ves	veías	
			ve	veía	
			vemos	veíamos	
			veis	veíais	
			ven	veían	

Indicative		Subjunctive	
Future	**Conditional**	**Present**	**Imperfect (-ra)**
		traiga	trajera
		traigas	trajeras
		traiga	trajera
		traigamos	trajéramos
		traigáis	trajerais
		traigan	trajeran
valdré	valdría	valga	
valdrás	valdrías	valgas	
valdrá	valdría	valga	
valdremos	valdríamos	valgamos	
valdréis	valdríais	valgáis	
valdrán	valdrían	valgan	
vendré	vendría	venga	viniera
vendrás	vendrías	vengas	vinieras
vendrá	vendría	venga	viniera
vendremos	vendríamos	vengamos	viniéramos
vendréis	vendríais	vengáis	vinierais
vendrán	vendrían	vengan	vinieran

Spanish-English Vocabulary

This vocabulary includes the meanings of all Spanish words and expressions which have been glossed or listed as active vocabulary in this textbook. Most proper nouns, conjugated verb forms, and cognates used as passive vocabulary are not included here.

The Spanish style of alphabetization has been followed: **n** precedes **ñ**. A word without a written accent mark appears before the form with a written accent: i.e., **si** precedes **sí**. Stem-changing verbs appear with the change in parentheses following the infinitive: **(ie)**, **(ue)**, or **(i)**. A second vowel in parentheses **(ie, i)** indicates a preterite stem change.

The number following the English meaning refers to the chapter in which the vocabulary item was first introduced actively; the letters **CP** stand for **Capítulo preliminar.**

The following abbreviations are used:

A	Americas	*m*	masculine
abb	abbreviation	*n*	noun
adv	adverb	*obj*	object
adj	adjective	*pl*	plural
art	article	*pp*	past participle
conj	conjunction	*poss*	possessive
dir obj	direct object	*prep*	preposition
E	Spain	*pron*	pronoun
f	feminine	*refl*	reflexive
fam	familiar	*rel*	relative
form	formal	*s*	singular
indir obj	indirect object	*subj*	subject
inf	infinitive		

A

a   to, at, toward; **a bordo**   on board **11; a casa**   home; **a causa de**   because of, as a consequence of; **a continuación**   following; **a cuadros**   plaid, checkered **7; a la derecha**   to (on) the right **8; a la izquierda**   to (on) the left **8; a menos que**   unless **11; a menudo**   often **1; a rayas**   striped **7; a tiempo**   on time **CP; a través de**   through, across; **a veces**   sometimes **1**

abierto   *pp* opened **10**

abogado(-a)   lawyer **10**

abonar   to pay in installments **10**

abordar   to board **11**

abrazar   to hug, embrace

abrazo   hug

abrigo   coat **7**

abril   *m* April

abrir   to open

abrocharse   to fasten **11**

absurdo   absurd

abuelo(-a)   grandfather (-mother) **3; abuelos**   grandparents **3**

aburrido   bored, boring

aburrir   to bore; **aburrirse**   to get bored

acá   here

acabar   to finish; *refl* run out of; **acabar de + *inf***   to have just (done something)

acantilado   cliff

acaso   perhaps

acceso   access

accidente   *m* accident

acción   *f* stock **9**

accionista   *m/f* stockbroker **10**

aceite   *m* oil **1;** salad oil

aceituna   olive

acento   accent

acentuar   to accent

aceptar   to accept

acera   sidewalk **8**

acerca de   about, concerning

acercarse a   to approach

acero   steel

acetona   nail polish remover

aclarar   to clear up

acomodar   to accommodate

aconsejable   advisable

aconsejar   to advise **3**

acontecimiento   event

acordarse (ue) de   to remember **1**

acortar   to shorten **7**

acostarse (ue)   to go to bed **1**

acostumbrarse   to become accustomed, get used to

actitud   *f* attitude

actividad   *f* activity **2**

activo   active

actual   *adj* current, present-day

actualmente   nowadays, at the present time

actuar   to act

acuerdo   agreement; **de acuerdo**   I agree; **estar de acuerdo**   to agree, be in agreement **9; llegar a un acuerdo**   to reach an agreement

acusado(-a)   accused person **6**

adelantado   early

adelante   forward; come in

adelanto   advance, advancement

además   besides, furthermore

adentro   inside

adiós   good-bye

adivinanza   riddle

adivinar   to guess

adjetivo   adjective

administración   *f* management **9; administración de empresas**   business administration **5**

admirar   to admire **8**

adolescente   *m/f* teenager **3**

¿adónde?   where? (used with verbs of motion) **1**

adornar   to decorate, adorn

adorno   decoration, ornament

aduana   customs **10; derechos de aduana**   duty taxes **10; pasar por la aduana**   to go through customs **11**

aduanero(-a)   customs agent **11**

adverbio   adverb

advertir (ie, i)   to warn

aéreo   *adj* air

aeróbico   aerobic **12**

aeromozo(-a)   *(A)* flight attendant **11**

aeropuerto   airport **11**

afeitadora   shaver **1**

afeitarse   to shave **1**

aficionado(-a)   fan, sports fan

afuera   outside **4; afueras**   outskirts, suburbs

agarrar   to take

agencia   agency **1; agencia de empleos**   employment agency **10; agencia de viajes**   travel agency

agente   *m/f* agent

agosto   August

agradable   pleasant

agradecer   to appreciate, thank

agrado   pleasure

agresivo   agressive

agrícola   agricultural

agrio   sour

agua   water **1; agua mineral**   mineral water, bottled water

aguacate   *m* avocado **4**

aguacero   heavy shower, downpour

ahí   there (near person addressed)

ahijado(-a)   godson(-daughter) **3; ahijados**   godchildren **3**

ahogarse   to drown **6**

ahora   now

ahorrar   to save money **10**

ahorros   *pl* savings **10; cuenta**   *f* **de ahorros**   savings account **10**

aire   *m* air; **aire acondicionado**   *m* air conditioning **11; al aire libre**   outdoor **2**

aislado   isolated

aislamiento   isolation

ajedrez   *m* chess **3**

al   (a + el)   to the + ms *noun;* **al día**   per day; **al + *inf***   on, upon; **al lado de**   beside, next to; **al principio**   in the beginning

albergue   *m* hostel **11; albergue juvenil**   *m* youth hostel **11**

albóndigas   meatballs **4**

alcalde   *m* mayor

alcance   *m* reach; **estar al alcance**   to be within reach

alcanzar   to gain, obtain

alcohólico   alcoholic

alegrarse   to be happy

alegre   happy, cheerful **3**

alegría   happiness

alemán(-ana)   German **3**

alergia   allergy **12**

alérgico allergic **12; ser alérgico a** to be allergic to **12**

alfabetización *f* literacy

alfombra rug, carpet **6**

algarabía hustle-bustle

algo something **7**

algodón *m* cotton **7; algodón de azúcar** cotton candy **8**

alguien someone **7**

algunas veces sometimes **1**

alguno, algún, alguna any, some, someone, **7;** *pl* a few **7**

alimentarse to feed oneself

alimento food, nourishment **4**

alivio relief

allá there

allí there

almacén *m* department store **CP; (grandes) almacenes** *(E) m pl* department store **CP**

almeja clam **4**

almohada pillow **11**

almorzar (ue) to have lunch **1**

almuerzo lunch **4**

alojarse to stay in a hotel **11**

alquilar to rent **10**

alquiler *m* rent

alrededor de around **5**

altavoz *m* loud-speaker

alternativa alternative

altiplano high plateau

altitud *f* altitude

alto tall, high **CP**

altura altitude

alumno(-a) student

alzar to raise, lift

ama de casa housewife

amabilidad *f* kindness

amable nice, kind

amanecer *m* dawn; **del amanecer al anochecer** from dawn to dusk

amar to love **3**

amargo bitter

amarillo yellow

amatista amethyst

ambiente *m* environment, atmosphere

amigable friendly

amigo(-a) friend **1**

ampliar to extend

amplio extensive

amoblar (ue); amueblar to furnish

amor *m* love

análisis *m* analysis

anaranjado *adj* orange

ancho wide **7**

andar to walk

anécdota anecdote

anfitrión(-ona) host (hostess)

ángel *m* angel

angosto narrow

anillo ring **3; anillo de boda** wedding ring **3; anillo de compromiso** engagement ring **3**

anoche last night **2**

anochecer *m* dusk

ansioso anxious

ante *m* suede ; prep before, in the presence of

anteayer day before yesterday **2**

anteojos *pl* eyeglasses **CP**

anterior before

antes de *prep* before

antes que *conj* before

antibiótico antibiotics **12**

anticipar to anticipate; **con anticipación** in advance

antiguo former, ancient

anunciar to announce **6**

anuncio advertisement; **anuncio clasificado** classified ad; **anuncio comercial** commercial **6**

añadir to add

año year **1; tener ...años** to be ...years old

aparato appliance

aparcar to park

aparecer to appear **1**

apartamento apartment

apellido last name **CP**

apenas hardly

aperitivo appetizer **4**

apertura de clases beginning of the term **5**

apetecer to have an appetite for

apetito appetite **4**

aplaudir to applaud **8**

aplicado studious **5**

apogeo peak; **en pleno apogeo** at the height of

aprender to learn **5; aprender de memoria** to memorize **5**

apretado tight **7**

apretar (ie) to pinch, be too tight **7**

aprobar (ue) to pass (an exam) **5**

apropiado appropriate

aprovechar to take advantage of

aptitud *f* aptitude, skill **9**

apuntes notes, classnotes **1; tomar apuntes** to take notes **1**

apurado in a hurry

apurarse to hurry

aquel, aquella *adj* that (distant) **6; aquellos, aquellas** *adj* those (distant) **6 aquél, aquélla** *pron* that (one), former **6; aquéllos, aquéllas** *pron* those, former **6 aquello** *neuter pron* that **6**

aquí here

árbitro referee, umpire **12**

árbol *m* tree **6**

arco arch

archivar to file **10**

archivo file cabinet **9**

arena sand **2**

arete *m* earring **7**

argentino *adj* Argentinian

arquitecto(-a) arquitect

arquitectura architecture **5**

arreglar to arrange, to repair, to straighten up **6; arreglarse** to get ready **1**

arreglo care **1;** arrangement, repair

arrepentirse (ie, i) to repent

arrestar to arrest **6**

arroz rice **4**

arrugado wrinkled

arte *m* art **5; bellas artes** fine arts **5**

artesanía craftsmanship

artículo article, item

artista *m/f* artist

artístico artistic **9**

asado roast(-ed)

ascenso promotion **9**

ascensor elevator

asegurar to assure, to insure **7**

asesinar to murder

asesinato murder **6**

asesino(-a) murderer **6**

así in this way, thus; **así que** as soon as **11**

asiduo frequent

asiento seat **8**

asignatura subject **5**

asistencia attendance

asistente social *m/f* social worker

asistir a to attend **5**
asociarse to associate
asombrar to astonish
aspecto aspect
áspero rough
aspiradora vacuum cleaner **6; pasar la aspiradora** to vacuum **6**
aspirante *m/f* applicant **9**
aspirina aspirin **12**
asunto subject matter
asustadizo easily scared
asustado scared **8**
asustarse to get scared
atacar to attack
atar to tie
atender (ie) to take care of **10**
atento attentive
aterrizaje *m* landing **11**
aterrizar to land **11**
atleta *m/f* athlete
atlético athletic **CP**
atracción *f* amusement park ride, attraction **8; parque** *m* **de atracciones** amusement park **8**
atraer to attract
atrás *adv* back; **de atrás** behind
atrasarse to be late
atravesar (ie) to cross
atribuir to attribute to
atún *m* tuna **4**
aumento raise
aun even; **aun cuando** even when
aún still, yet
aunque although
ausente absent
austral *m* previous currency of Argentina
autobús *m* bus **8**
automóvil *m* automobile
autopista highway; **autopista de la información** information superhighway **9**
autoridad *f* authority
autorretrato self-portrait **CP**
avance *m* advance
avanzado avanced **10**
avanzar to advance, move forward
ave *f* bird
avenida avenue **8**
aventura adventure **2; de aventura** *adj* adventure **2**

averiguar to verify, find out
avión *m* airplane **11**
avisar to advise, to inform
aviso notice, sign
ayer yesterday **2**
ayuda help
ayudar to help
ayuntamiento city hall **8**
azafata *(E)* flight attendant, stewardess **11**
azúcar sugar
azul blue **CP**

B
bacalao cod
bachillerato high-school diploma **5**
bailar to dance **CP**
bailarín(-ina) dancer
baile *m* dance
bajar to lower, to get off **11; bajar el equipaje** to take the luggage down **11; bajarse** to get off
bajo short **CP**
balanza balance; **balanza de pagos** balance of payments **10**
balcón *m* balcony **11**
baloncesto *(E)* basketball **12**
bancario *adj* banking **10**
banco bank **1**
banquero banker
bañarse to bathe **1**
bañera bathtub **6**
baño bathroom **11; cuarto de baño** bathroom **6**
bar *m* bar **2**
barato inexpensive, cheap
barba beard **CP**
barco boat
barrer to sweep **6**
barrio neighborhood **8**
básquetbol *m (A)* basketball **12**
¡basta! enough
bastante *adj* enough **9; bastante** *adv* rather
basura garbage, trash **6; sacar la basura** to take out the garbage **6**
bata robe **7**
bate *m* bat **12**
batear to bat **12**
batido milk shake
batir to beat
bautismo baptism

bebé *m* baby **3**
beber to drink
bebida beverage **4**
beca scholarship **5**
béisbol *m* baseball **12**
bellas artes fine arts **5**
belleza beauty
beneficiar to benefit
beneficio benefit; **beneficio social** fringe benefit **9**
besar to kiss
biblioteca library **5**
bicicleta bicycle; **montar (en) bicicleta** to ride a bicycle **2**
bien well, very
bienvenido welcome
bigote *m* moustache **CP**
billete *m* ticket **8**; bill; **billete de ida y vuelta** round-trip ticket **11**
billetera wallet
biología biology **5**
bisabuelo(-a) great-grandfather(-mother) **3; bisabuelos** great-grandparents **3**
bistec *m* steak
blanco white
blando soft
blusa blouse
boca mouth
bocacalle *f* intersection **8**
bocadillo sandwich
boda wedding, wedding ceremony **3; regalo de boda** wedding gift **3; torta de boda** wedding cake **3**
boletería ticket office
boleto ticket **8; boleto de ida y vuelta** round-trip ticket **11**
bolígrafo pen, ballpoint pen
bolívar *m* currency of Venezuela
bolsa *(E)* purse **7; bolsa (de acciones)** stock market **9**
bombero(-a) firefighter **8**
bonito nice, pretty
bono bond **9**
borracho drunk **2**
borrador *m* rough draft
bosque *m* forest, woods
bota boot **7**
botones *m s* bellman **11**
boutique *f* boutique **7**
boxeo boxing **12; practicar el boxeo** to box **12**
brazo arm **12**
brillante *m* diamond **7**

brillar   to shine
bromear   to joke
bronceado   suntan, suntanned
broncearse   to tan **2**
bruja   witch
bueno, buen, buena   *adj* good;
   bueno   *adv* well, all right;
   buena suerte   good luck; **lo**
   bueno   the good thing
   buenos días   good morning **2**
   buenas noches   good
   evening **2**; **buenas tardes**
   good afternoon **2**
bufanda   scarf **7**
buscar   to look for; **en busca**
   de   in search of

C
caballero   gentleman **7**
caballitos   *m pl* carousel **8**
caballo   horse; **montar a**
   caballo   to ride horseback **2**
caber   to fit **11**
cabeza   head **12**
cada   *m/f adj* each, every **9**;
   cada dos días   every other
   day **1**
cadena   chain **7**; network **6**
cadera   hip
caer   to fall, slip away; **caer**
   bien (mal)   to suit (not to
   suit) **4**; to get along well
   (poorly) **4**; **caer un aguacero**
   to rain cats and dogs **5**
café   *m* café, coffee **4**; coffee
   shop; **café al aire libre**   outdoor café **2**; **café con leche**
   coffee with warmed milk;
   café solo   black coffee
caja   box, cash register; **caja de**
   seguridad   safety-deposit
   box **10**
cajero(-a)   cashier **7**
cajón   *m* drawer
calamar   *m* squid
calcetín   *m* sock **7**
calculadora   calculator **9**
calcular   to calculate
cálculo   calculus
caldo   soup, broth **4**; **caldo de**
   pollo con fideos   chicken
   noodle soup **4**
calefacción   *f* heating system **11**
calendario   calendar
calentador   *m (A)* jogging suit **7**
calentar (ie)   to heat

calidad   *(f)* quality
cálido   warm
caliente   hot
calificación   *(f)* qualification
   (skill)
callado   quiet
callarse   to be quiet
calle   *f* street **8**
calmar   to calm, ease
calor   *m* heat; **hace calor**   it's
   hot **5**; **tener calor**   to be hot
calvo   bald **CP**
calzar   to wear shoes **7**
cama   bed **6**
camarero(-a)   *(A)* flight attendant **11**;   *(E)* waiter (waitress) **4**;   chambermaid **11**
camarones   *m pl (A)* shrimp **4**
cambiar   to change; **cambiar**
   dinero   to exchange currency
   10; **cambiarse de ropa**   to
   change clothes **1**
cambio   change; **en cambio**
   on the other hand
caminar   to walk
camino   road; **en camino**   on
   the way to
camión   *m* truck; **camión de**
   juguete   toy truck **3**
camisa   shirt **1**; **camisa de**
   noche   nightgown **7**
camiseta   tee-shirt **7**
campaña electoral   electoral
   campaign **6**
campeón(-ona)   *m* champion **12**
campeonato   championship **12**
campesino(-a)   rural person
campo   country, rural area,
   field **3**; **campo de estudio**
   field of study **5**; **campo de**
   golf   golf course **2**; **campo**
   deportivo   sports field **5**
canadiense   *m/f adj* Canadian **3**
canal   *m* channel **6**
canasta   basket **12**
cancha   playing area, court,
   field **12**;   **cancha de tenis**
   tennis court **2**
canoso   *adj* gray hair **CP**
cansado   tired
cantante   *m/f* singer **8**
cantar   to sing
cantidad   *f* quantity
caña de pescar   fishing rod
capital   *f* capital (city); *m* capital (money)

capítulo   chapter
cara   face
caracol   *m* snail
característica   characteristic
caramelo   caramel
cárcel   *f* jail **6**
carecer   to be in need of, lack
cargar   to carry **11**
cariño   affection **3**; **tener**
   cariño a   to be fond of **3**
cariñoso   affectionate **3**
carne   *f* meat **4**; **carne de cerdo**
   pork **4**; **carne de res**   beef **4**
carnet estudiantil   *m* student
   I.D. card **CP**
caro   expensive **4**
carpeta   file folder **9**
carpintero(-a)   carpenter
carrera   career **9**; race
carro   *(A)* car
carta   letter **CP**; **carta de**
   recomendación   letter of
   recommendation **9**;   **cartas**
   (A) playing cards **2**
cartel   *(m)* poster, sign
cartera   wallet, *(A)* purse
cartero(-a)   mail carrier
casa   house; **a casa**   home; **en**
   casa   at home; **casa de**
   espejos   house of mirrors **8**;
   casa de fantasmas   house of
   horrors **8**; **casa de muñecas**
   dollhouse **3**
casado   married **CP**
casamiento   wedding, wedding
   ceremony **3**
casarse   to get married **3**;
   casarse con   to marry **3**
casco   helmet **12**
casi   almost
castaño   chestnut **CP**
castellano   Spanish
castillo   castle **2**
catalán(-ana)   Catalan
catarata   waterfall
catarro   cold **12**
catedral   *f* cathedral **8**
catedrático(-a)   university professor **5**
católico   Catholic
catorce   fourteen **CP**
causar   to cause
cazar   to hunt
cebolla   onion
celebración   celebration
célebre   famous

celos *m* jealousy; **tener celos** to be jealous **3**
celular cellular
cemento cement **8**
cena dinner **4**; wedding reception **3**
cenar to eat dinner **3**
centígrado centigrade
centro center, downtown **8**; **centro comercial** shopping center, mall **1**; **centro cultural** cultural center **8**; **centro estudiantil** student center **5**
cepillarse to brush (one's teeth, hair) **1**
cepillo brush **1**; **cepillo de dientes** toothbrush **1**
cerca *adv* next to, near, close
cerca de *prep* near **5**
cercano *adj* near, close
cerdo pig
ceremonia de enlace wedding ceremony **3**
cero zero **CP**
cerrar (ie) to close **1**
cerveza beer **4**
césped *m* lawn, grass **6**
ceviche *m* marinated fish and seafood **4**
chaleco vest **7**
chamaco(-a) *(A)* kid, youngster **3**
champú *m* shampoo **1**
chandal *m (E)* jogging suit **7**
chaqueta jacket
charlar to chat **CP**
chau good-bye **2**
chaval(-a) *(E)* kid, youngster **3**
cheque *m* check; **cheque de viajero** traveler's check; **cobrar un cheque** to cash a check
chequear to check
chequera *(A)* checkbook **10**
chévere wonderful
chicano(-a) Mexican-American
chicle *m* chewing gum
chico(-a) kid, youngster **3**; **chico** *adj* small **7**
chiflar to boo, hiss **8**
chile *m* chili pepper **4**; **chiles rellenos** stuffed peppers **4**
chimenea chimney
chino(-a) Chinese
chip *m* microchip **9**

chisme *m* gossip
chismear to gossip **2**
chiste *m* joke **CP**
chistoso funny, amusing
chocolate *m* chocolate, hot chocolate **4**
choque *m* shock
chorizo hard sausage
cibernauta *m/f* person who uses the Internet **9**
cicatriz *m* scar **CP**
ciclismo biking, cycling
cien, ciento hundred **CP**
ciencia science; **ciencias de educación** education (course of study) **5**; **ciencias económicas** economics **5**; **ciencias exactas** natural science **5**; **ciencias políticas** political science **5**; **ciencias sociales** social sciences **5**
científico(-a) scientist; *adj* scientific
cierto certain, definite, right, true
cigarrillo cigarette
cinco five **CP**
cincuenta fifty **CP**
cine *m* movie theater **2**
cinta tape; **cinta adhesiva** utility tape **9**
cinturón *m* belt; **cinturón *m* de seguridad** seatbelt **11**; **(des-) abrocharse el cinturón de seguridad** to (un-)fasten the seatbelt **11**
cita appointment, date
ciudad *f* city; **ciudad universitaria** campus **5**
claro light (in color), clear; of course
clase *f* class **5**; **clase alta** upper class; **clase económica** economy class (travel); **primera clase** first class (travel)
clásico classical **2**
clavel *m* carnation
cliente *m/f* customer **1**
clima *m* climate **5**
clínica private hospital **8**
club nocturno *m* nightclub **2**
cobrar to charge, collect money; **cobrar un cheque** to cash a check **10**
cobre *m* copper

cocina kitchen **6**
cocinar to cook
cocinero(-a) cook, chef
cóctel *m* cocktail **4**; **cóctel de camarones** shrimp cocktail **4**; **cóctel de mariscos** seafood cocktail **4**
coche *m* car
código code; **código postal** zip code
coger to take, seize; to catch **12**
coincidir to coincide
cola line; **hacer cola** to stand in line
colaborar to collaborate
colchón neumático *m* air mattress **2**
colegio elementary school, boarding school, college preparatory high school
colgar (ue) to hang, to hang up **6**
colina hill
colocar to place, put
colombiano(-a) Colombian
colonial colonial **8**
color *m* color; **de color café** brown **CP**; **de color melón** melon-colored; **de un solo color** solid color **7**
collar *m* necklace **7**; **collar de brillantes** diamond necklace **7**
combinar to match, combine **7**
comedia comedy **2**
comedor *m* dining room **6**
comentar to comment **8**
comenzar (ie) to begin **1**
comer to eat
comercio trade **10**; **comercio de exportación** export trade **10**; **comercio de importación** import trade **10**
comestibles *m* food, foodstuffs, unprepared food **4**; **tienda de comestibles** grocery store **4**
cometa *m* comet; kite
cómico funny **2**
comida food, meal, main meal **4**; **comida completa** complete meal **4**; **comida criolla** native or regional food **4**; **comida ligera** light meal **4**; **comida rápida** fast food;

comida típica typical meal **4**

comisaría police station **8**

comité *m* committee

como as, like, since; **¡Cómo no!** Of course!; **como si** as if; **tan** + *adj* or *adv* + **como** as + *adj* or *adv* + as; **tanto como** as much as

¿cómo? how? **1**

comodidad *f* comfort

cómodo comfortable **11**

compañero(-a) companion; **compañero(-a) de clase** classmate; **compañero(-a) de cuarto** roommate; **compañero(-a) de juegos** playmate **3**

compañía (Cía.) company (Co.) **1**

comparar to compare

compartir to share, divide

competir (i, i) to compete

complacer to please

complacerse to take pleasure

complejo turístico tourist resort **2**

completamente completely

completar to complete

completo full **11**

complicado complicated

complicarse to become complicated

comportamiento behavior

comportarse to behave **3**

compra purchase; **hacer compras** to shop, purchase **1**; **ir de compras** to go shopping **CP**

comprador(-a) buyer, shopper

comprar to buy **1**

comprender to understand

comprensivo understanding

comprometerse con to become engaged to **3**

compromiso engagement, commitment **3**

compuesto *pp* composed

computadora *(A)* computer **1**

comunicarse to communicate

comunidad *f* community

con with **5**; **con tal que** provided that **11**; **conmigo** with me **5**; **contigo** with you *fam s* **5**

concierto concert **CP**

conciliatorio conciliatory

conciso concise

concluir to conclude

concha shell **2**

condimentado spicy

condimento dressing, condiment

conducir to drive **1**

conductor(-a) driver **8**

conectar to connect

conferencia lecture **5**; **dar una conferencia** to give *a* lecture **5**

confesar (ie) to confess

confianza trust, confidence **9**; **ser de confianza** to be close friends

confiar en to confide in, trust **3**

confirmar to confirm **11**

confitería sweetshop, tea shop

conflictivo conflictive

confundirse to be confused

confusión *f* confusion

conjunto band, musical group **2**

conocer to know, to meet, to make an acquaintance of, to recognize **1**

conocido(-a) acquaintance; *adj* familiar, well-known

conocimiento knowledge **9**

conquistador *m* conqueror

consciente aware

conseguir (i, i) to get, obtain **9**

consejero(-a) advisor, counselor

consejo advice **3**; **consejo financiero** financial advice **10**

conserje *m* concierge **11**

consentir (ie, i) to consent to, agree

conservar to keep, preserve

considerar to consider

consistir en to consist of

constituir to constitute

construcción *f* construction

construir to construct **1**

consultorio doctor's or dentist's office **1**

consumo consumption **10**

contabilidad *f* accounting **5**

contador(-a) accountant **10**

contaminación *f* pollution; **contaminación del aire** air pollution

contar (ue) to count, tell **CP**

contenido content

contento content, happy

contestar answer

continuar to continue; **a continuación** following

contra against **5**

contratar to hire

contrato contract

contribuir to contribute **1**

control *m* control; **control de seguridad** *m* security check **11**; **control remoto** *m* remote control **6**

controlar to control

contusión *f* bruise **12**; **tener una contusión** to be bruised **12**

convencer to convince

conveniente convenient

convenir to agree, be suitable

conversación *f* conversation

conversar to converse, talk

convertir (ie, i) to convert; to become

cooperación *f* cooperation

cooperador cooperative

cooperar to cooperate

coordinación *f* coordination

copa drink **2**; goblet, glass with a stem **4**

coqueta flirt, flirtatious **3**

corazón *m* heart

corbata tie

cordero lamb

cordillera mountain range

correcto correct, right

corregir (i, i) to correct

correo post office, mail **1**; **correo electrónico** e-mail **1**

correr to run **2**

correspondencia mail

corresponder to correspond

corrida de toros bullfight **8**

cortacésped *m* lawnmower **6**; **carro cortacésped** m riding lawnmower **6**; **cortacésped de motor** *m* power lawnmower **6**

cortar to cut **6**; **cortar el césped** to cut the grass **6**

cortarse to cut oneself **12**

corte *f* court; *m* cut

cortés courteous, polite

cortesía courtesy, politeness

corto short **CP**

cosa thing

cosmopolita cosmopolitan

costa coast

costar (ue) to cost

costo cost **10; costo de vida** cost of living **10**

costumbre *f* custom **3; de costumbre** usual

creación *f* creation

crear to create

crecer to grow

crédito credit; **tarjeta de crédito** credit card

creer to believe

crema de afeitar shaving cream **1**

crema dental *(A)* toothpaste

criada maid, chambermaid **11**

criar to bring up (children), raise (animals); to look after **3**

crimen *m* crime **6**

crisis *f* crisis

crisol *m* melting pot

criticar to criticize **8**

cruce *m* intersection **8**

crucero cruise

crucigrama *m* crossword puzzle **CP; hacer crucigramas** solve crossword puzzles **CP**

cruzar to cross

cuaderno notebook

cuadra *(A)* (street) block **8**

cuadrado square

cuadro painting **8**

¿cuál(-es)? which one(-s)? **1**

cualidad *f* quality

cualquier(-a) any

cuando *conj* when **11**

¿cuándo? when? **1**

¿cuánto? how much? *pl* how many? **1**

cuarenta forty **CP**

cuartel *m* **de policía** police station **8**

cuarto room, quarter; *adj* fourth **4; cuarto de baño** bathroom **6**

cuatro four **CP**

cuatrocientos four hundred **10**

cubano(-a) Cuban

cubierto place setting **4;** *pp* covered **10**

cubo bucket, pail **6; cubos de letras** blocks **3**

cubrir to cover

cuchara soup spoon **4**

cucharita teaspoon **4**

cuchillo knife **4**

cuello neck

cuenta account, bill, check **11; cuenta a plazo fijo** fixed

account **cuenta corriente** checking account **10; cuenta de ahorros** savings account **10; cuenta mancomunada** joint account **10**

cuento story, tale

cuero leather **7**

cuerpo body

cuidado care; **con cuidado** carefully; **tener cuidado** be careful

cuidadoso careful **9**

cuidar to look after, to care for

cuidarse to take care of oneself

culpable guilty **6**

cultivar to grow plants

cultura culture; **centro cultural** cultural center **8**

cumpleaños *m* birthday

cumplir to carry out, to fulfill, execute **5; cumplir… años** to turn… years old

cuñado(-a) brother-in-law (sister–) **3**

cura *m* priest **3;** *f* cure

curandero(-a) healer

curar to cure

curita band-aid **12**

curriculum vitae *m* résumé **9**

cursar to take courses

curso course **5; curso electivo** elective class **5; curso obligatorio** required class **5**

cuyo whose **12**

D

dama de honor bridesmaid **3**

damas checkers **3**

dar to give **1; dar a** to face; **dar a luz** to give birth **3; dar ánimo** to encourage; **dar consejos** to give advice **3; dar puntos** to get stitches **12; dar un paseo** to take a walk **CP; dar una patada** to kick **12; dar vueltas** to turn around and around; **darse cuenta de** to realize, become aware; **darse por vencido** to give up, acknowledge defeat

dato fact, a piece of information

de of, from, about **CP; de acuerdo** I agree; **de alguna manera** some way **7; de**

algún modo some how **7; de atrás** behind; **de casualidad** by chance; **de flores** flowered **7; de la mañana** A.M. **CP; de la noche** P.M. **CP; de la tarde** P.M. **CP; de lujo** luxurious **11; de lunares** polka dot **7; de nada** you are welcome; **de ninguna manera** no way **7; de ningún modo** by no means **7; de película** out of the ordinary, incredible; **de repente** suddenly; **de retraso** delayed; **de talla media** of average height **CP; de un solo color** solid color **7; de vez en cuando** from time to time **1**

debajo de under, underneath **5**

deber to have to do something, must

débil weak, soft (sound) **CP**

decidir to decide

décimo tenth **4**

decir to say, to tell **1**

decisión *f* decision; **tomar una decisión** to make a decision **9**

declaración *f* declaration

decorar to decorate

dedicarse a to devote oneself to **1**

dedo finger **12; dedo de pie** toe **12**

defender (ie) to defend

dejar to leave, let, allow, to leave something **5; dejar una clase** to drop a class **5**

del **(de + el)** of the + *ms noun*

delante de in front of **5**

delgado slender **CP**

delicado delicate

delicioso delicious

delito crime, offense **6**

demás *adj* rest (of a quantity)

demasiado too much **9**

demora delay

demorarse to delay

demostrar (ue) to demonstrate

dentífrico *(E)* toothpaste **1**

dentista *m/f* dentist

dentro de in, inside of **5**

departamento department

depender de to depend on

dependiente(-a) salesclerk **7**

deporte *m* sport **CP**

deportivo *adj* sport **12**
depositar to deposit **10**
deprimente depressing
deprimido depressed **12**
derecha right; **a la derecha** to the right
derecho law (course of study) **5**; *adv* straight **8; derechos de aduana** duty taxes; **seguir (i, i) derecho** to go straight
derrotar to defeat **12**
desabrocharse to unfasten **11**
desafortunado unfortunate
desherbar (ie) to weed **6**
desagradable unpleasant
desaparecer to disappear **9**
desarrollar to develop **9**
desarrollo development **10**
desastre *m* disaster **6**
desatar to untie
desayunar to have breakfast
desayuno breakfast **4**
descansar to relax, rest
desconocido unknown
descontar (ue) to discount
descortés discourteous, impolite
describir to describe
descripción *f* description **CP**
descubierto *pp* discovered
descubrir to discover
descuento discount
desde from, since **5**
desdén *m* scorn
desear to want, desire
desembarcar to get off **11**
desempleo unemployment **9**
desfile *m* parade **2**
desierto desert
desinfectante *m* disinfectant **6**
desmayarse to faint **12**
desmoralizado demoralized
desocupado unoccupied
desocupar to vacate **11**
desodorante *m* deodorante **1**
desorden *m* disorder
desorganizado unorganized
despacio slowly
despedida farewell
despedir (i, i) to fire, to dismiss **9**; to see someone off **11; despedirse (i, i)** to say goodbye **1**
despegar to take off **11**
despegue *m* takeoff **11**
despejarse to clear up (weather) **5**
despertador *m* alarm clock **1**

despertarse (ie) to wake up **1**
después *adv* afterwards, later; **después de** *prep* after **11; después que** *conj* after **1**
destacar to stand out
destreza skill **9**
destruir to destroy **1**
desventaja disadvantage
desvestirse (i, i) to get undressed **1**
detalle *m* detail
detener to detain
detergente *m* detergent **6**
deteriorarse to deteriorate
detrás de behind, in back of **5**
deuda debt
devolución *f* return (of something)
devolver (ue) to return something **7**
día *m* day **1; día de la boda** wedding day **3; al día** per day; up to date; **día feriado** holiday
diamante *m* diamond
diálogo dialogue
diario daily
dibujo drawing, sketch **8; dibujo animado** cartoon
diciembre *m* December
dictar una conferencia to give a lecture
dicho *pp* said **10**
diecinueve nineteen **CP**
dieciocho eighteen **CP**
dieciséis sixteen **CP**
diecisiete seventeen **CP**
diente *m* tooth **1; cepillo de dientes** toothbrush **1**
dieta diet **4; estar a dieta** to be on a diet **4**
diez ten **CP**
diferente different
difícil difficult
dificultad *f* difficulty
diligencia errand **1; hacer diligencias** run errands **1**
dinero money **10; dinero en efectivo** cash **10; cambiar dinero** to exchange currency **10**
diputado(-a) representative **6**
dirección *f* direction, address **CP**
directo direct **11**
director(–a) de personal director of personnel

dirigir to direct
discar to dial (a telephone)
disco record, computer disk **9;** hockey puck **12; disco compacto** CD; **disco duro** hard drive **9**
discoteca discotheque **2**
disculpar to excuse
discurso speech **6**
discusión *f* discussion
discutir to discuss **8**
diseño design **7**
disfraz *m* costume; **fiesta de disfraces** costume party
disfrutar de to enjoy, to make the best out of something, to have **2**
disgustar to displease **4**
disminuir to diminish
disponible available **11**
distinguir to distinguish
distracción *f* distraction
distraído distracted
distribuir to distribute
distrito district; **distrito postal** zip code
diversión *f* hobby, amusement, recreation
diverso diverse; **diversos** various
divertido fun, amusing
divertirse (ie, i) to enjoy oneself, to have fun **1**
dividirse to be divided
divorciado divorced **CP**
doblar to turn **8**
doce twelve **CP**
doctorado doctorate **5**
documento document, official paper **CP**; computer file **9**
dólar *m* dollar
doler (ue) to ache, feel pain (emotional or physical) **12**
dolor *m* ache, pain **12; dolor muscular** muscular ache **12**
doméstico domestic **6**
domicilio residence **CP**
domingo Sunday
dominó dominoes **3**
don sir, male title of respect
¿dónde? where? **1**
doña lady, female title of respect
dormilón(-ona) heavy sleeper **1**
dormir (ue, u) to sleep **1; dormirse (ue, u)** to fall asleep **1**

dormitorio bedroom **6**
dos two **CP; dos veces** twice
doscientos two hundred **10**
drama *m* drama **2**
dramatizar to dramatize
ducha shower **11**
ducharse to shower **1**
duda doubt
dudar to doubt
dudoso doubtful
dueño(-a) owner
dulce *adj* sweet; *n m pl* candy
durante during **5**
durar to last
duro hard

E
e and (replaces **y** before words beginning with **i-** and **hi-**)
economía economy **10**
económico inexpensive **4; ciencias económicas** economics **5**
echar: echar de menos to miss someone; **echar una carta** to mail a letter **1; echar una siesta** to take a nap **1; echarles flores y arroz** to throw flowers and rice **3**
edad *f* age **CP**
edificio building **8**
educación *f* education; **ciencias de educación** education (course of study) **5**
efectivo *n* cash
efecto effect; **efectos personales** personal effects
eficaz efficient **9**
egoísta selfish
ejecutar to fill, execute
ejecutivo(-a) executive **10**
ejemplo example; **por ejemplo** for example
ejercer to exercise
ejercicio exercise; **ejercicio aeróbico** aerobic exercise **12; ejercicio de calentamiento** warm-up exercise **12; hacer ejercicios** to exercise **12**
el the
él *subj pron* he; *prep pron* him **5**
elecciones *f pl* election **6**
electricista *m/f* electrician
eléctrico electric **1**

electrodoméstico appliance
elegante dressy, elegant **7**
elegir (i, i) to choose, elect **5**
ella *subj pron* she; *prep pron* her **5**
ellos(-as) *subj pron* they; *prep pron* them **5**
embajada embassy
embarazada pregnant
embarcar to board
emborracharse to get drunk **2**
embotellamiento traffic jam **8**
emitir to broadcast **6**
empanada turnover **4**
empeorar to make worse
empezar (ie) to begin **1**
empleado(-a) employee **11**
emplear to employ, hire **9**
empleo employment, job **1; agencia de empleos** employment agency
empresa company; **administración f de empresas** business administration **5**
en in, on, at **5; en casa** at home; **en caso que** in case that **11; en cuanto** as soon as **11; en grupo** in a group; **en parejas** in pairs; **en punto** on the dot, exactly; **en vez de** instead of
enamorarse de to fall in love with **3**
encaje *m* lace **7**
encantador charming
encantar to adore, love, delight **4**
encanto charm
encargado in charge of
encargarse de to be in charge of **9**
encargo message
encender (ie) to light
enciclopedia encyclopedia
encima de on top of, over **5**
encontrar (ue) to find, meet **1; encontrarse (ue) con** to meet
enchilada cheese or meat filled tortilla **4**
enchufe *m* electric outlet **11**
enérgico energetic
enero January
enfadarse to get angry
enfatizar to emphasize
enfermarse to get sick

enfermedad *f* disease, illness **12**
enfermero(-a) nurse
enfermizo sickly
enfermo sick **12**
enfrentarse to face
enfrente de in front of **5**
engordar to gain weight **4**
engrapadora stapler **9**
enlace *m* link **9**
enojado angry **3**
enojarse to get angry
enriquecer to enrich
ensalada salad **4**
enseñanza teaching **5**
enseñar to teach, show
entender (ie) to understand **1**
enterarse de to find out about **9**
entero entire
entidad *f* entity
entonces then, at that time
entrada *(E)* entrée, main course; *(A)* first course **4;** ticket **8;** entrance; **salón** *m* **de entrada** lobby **11**
entrar (en) to enter
entre between, among **5**
entregar to hand in, deliver **5**
entremés *m (E)* appetizer **4;** hors d'oeuvre
entrenador(-a) coach **12**
entrenar to coach **12; entrenarse** to train **12**
entrevista interview **9**
entrevistar to interview **6**
entusiasmado enthusiastic
enviar to mail, send **1**
envolver (ue) to wrap **7**
envuelto *pp* wrapped
enyesar to put a cast on **12**
equipaje *m* baggage, luggage **11; equipaje de mano** carry-on luggage, hand luggage **11; bajar el equipaje** to bring the luggage down **11; subir el equipaje** to bring the luggage up **11**
equipo team, equipment **12**
equivocado mistaken
equivocarse to be mistaken
error *m* mistake, error
esbelto slender **CP**
escala stop(over); **hacer una escala** to make a stop(over) **11**
escalofrío chill **12**
escáner *m* scanner **1**

escaparate   *m* store window (E), display case (A) **7**

escaparse   to escape

escaso   scarse

escena   scene

escoba   broom **6**

escocés(–esa)   Scottish **3**

escoger   to choose

escribir   to write **CP; escribir a máquina**   to type **1**

escrito   *pp* written **10**

escuchar   to listen to **2**

escuela   school **1; escuela primaria**   elementary school; **escuela secundaria**   high school

ese, esa   *adj* that **6; esos, esas** *adj* those **6**

ése, ésa   *pron* that (one) **6; ésos, ésas**   *pron* those **6; eso** *neuter pron* that **6**

esforzarse (ue)   to make an effort **5**

esfuerzo   effort

esmeralda   emerald **7**

espacio   space

espada   sword **8**

espalda   back

espantoso   awful

España   Spain

español(-a)   Spanish

espárragos   *m pl* asparagus

especial   special

especialidad   *f* specialty; **especialidad de la casa** restaurant specialty **4; especialidad del día** today's special

especialista   *m/f* specialista **especialista en computadoras** computer specialist **10**

especialización   *f* major area of study

especializarse en   to major in **5**

específico   specific

espectáculo   show, floorshow, variety show **2; espectáculo de variedades**   variety show **8**

espejo   mirror **1; casa de espejos**   house of mirrors **8**

esperanza   hope

esperar   to hope, wait for, expect

espiar   to spy

esponja   sponge **6**

esponsales   *m* engagement announcement **3**

esposo(-a)   husband (wife) **3**

esquema   *m* chart

esquí   *m* ski; **esquí acuático** *m* water-skiing **2; practicar el esquí acuático**   to water-ski **2**

esquiar   to ski

esquina   corner **8**

establecer   to establish

establecerse   to settle

estación   *f* season, station **8; estación de servicio**   gas station **1; estación de taxi**   taxi stand **8; estación de trenes** train station **8**

estacionamiento   parking **8**

estadio   stadium **5**

estado   state; **estado civil** marital status **CP; estado de cuenta**   bank statement

Estados Unidos (EE.UU.) United States

estadounidense   *m/f adj* of or from the United States **3**

estampado   printed (fabric) **7**

estampilla   *(A)* stamp **1**

estancia   stay **11**

estar   to be **CP; estar a dieta** to be on a diet **4; estar al alcance** to be within reach;   **estar bien (mal) educado**   to be well (poorly) brought up **3; estar de** + profession   to work as; **estar de acuerdo**   to be in agreement; **estar de huelga**   to be on strike; **estar de moda**   to be in style **7; estar de pie   to stand;** estar de **vacaciones**   to be on vacation **2; estar embarazada** to be pregnant **3; estar en liquidación**   to be on sale **7; estar en oferta**   to be on sale;   **estar loco por**   to be crazy about **4; estar mal** to feel sick **12; estar pendiente** to be hanging

estatura   height

este   *m* east

este, esta   *adj* this **6; estos, estas**   *adj* these **6**

éste, ésta   *pron* this (one), latter **6; éstos, éstas**   *pron* these (ones), latter **6; esto** *neuter pron* this **6**

estómago   stomach **12**

estornudar   to sneeze **12**

estrecho   narrow **7**

estricto   strict

estuche   *m* box

estudiante   *m/f* student; **estudiante de intercambio** exchange student

estudiantil   *adj* student **CP**

estudiar   to study **1**

estudio   study

estudioso   studious

estupendo   terrific, marvelous

etiqueta   label **7;**   luggage tag **11**

étnico   ethnic

europeo   European

evasión fiscal   *f* tax evasion **10**

evento   event

evidente   evident

evitar   to avoid **6**

evocar   to evoke

exacto   exact; **ciencias exactas** natural sciences **5**

examen   *m* exam **1; examen de ingreso**   entrance exam **5**

examinar   to examine, give a test **5**

excluir   to exclude

excursión   *f* outing **3**

excusa   excuse

exhausto   exhausted

exhibición   *f* display

exhibir   to exhibit, display

exigente   demanding **3**

exigir   to demand

existir   to exist

éxito   success; **tener éxito**   to be successful

exótico   exotic

experiencia   experience **9**

experimentar   to experience, undergo

explicar   to explain

exportar   to export **10**

exposición   *f* exhibit **8**

expresar   to express

extrañar   to miss someone, something, or some place

extranjero(-a)   *adj.* foreign; n. foreigner; **en el extranjero** abroad **10**

F

fábrica   factory **1**

fabricación   *f* manufacturing

fabuloso fabulous
fácil easy
factura bill, receipt
facturar to check (luggage) **11**
facultad *f* school, college **5**
falda skirt
falso false
falta lack
faltar to be missing, lacking; to need **4; faltar a** to miss, be absent from **5**
familia family **3**
familiar *adj* family **3;** n relative
famoso famous
fantasma *m* ghost **8**
fantasía fantasy
fantástico fantastic
farmacéutico(-a) pharmacist
farmacia pharmacy (course of study) **5;** pharmacy, drugstore **8**
fascinar to fascinate **4**
favor *m* favor; **por favor** please
favorito favorite
febrero February
fecha date; **fecha de nacimiento** date of birth **CP; fecha de vencimiento** due date **10**
felicidades *f* congratulations
felicitaciones *f* congratulations
felicitar to congratulate
feliz happy **3**
feo ugly **7**
feria festival, holiday
fértil fertile
fideo noodle **4**
fiebre *f* fever **12**
figura figure
fijarse en to notice, pay attention to
fijo fixed, steady
fila row **11**
filosofía y letras liberal arts **5**
fin *m* end; **fin de semana** weekend
final final
finalmente finally **1**
financiero financial **10; consejo financiero** financial advice **10**
financista *m/f* financier **10**
finanzas *f pl* finance **9**
fingir to pretend

fino of good quality
firmar to sign
física physics **5**
físico physical **CP**
flaco skinny **CP**
flan *m* caramel custard **4**
flexible flexible
flojo lax, weak **5;** loose fitting **7**
flor *f* flower **6**
folklórico folkloric **2**
folleto brochure
fondo background; bottom; fund
forma form, shape
formidable splendid
formulario form
forzar (ue) to force
foto *f* photo
(foto)copia (photo)copy
(foto)copiadora copying machine **1**
fotocopiar to photocopy
foto(grafía) photo(graph)
fracturarse to fracture **12**
francamente frankly
francés(-esa) *adj* French **3**
frase *f* sentence, phrase
frecuencia frequency
frecuentemente frequently **1**
fregadero sink **6**
fregar (ie) to clean, scrub, wash **6**
fregona mop **6; pasarle la fregona al suelo** to mop **6**
fresa strawberry
fresco coolness, cool temperature; **hace fresco** it's cool
frijol *m* bean
frío cold **5; hace frío** it's cold **5; tener frío** to be cold
frito *pp* fried
frontera border
fruta fruit **4; fruta del tiempo** fruit in season **4**
fuego fire; **fuegos artificiales** fireworks **2**
fuente *f* fountain **8,** source
fuera de outside of
fuerte strong **CP**
fuerza force
fumar to smoke
funcionar to work, operate, function
funcionario(-a) official

fundar to found, establish
furioso furious
fútbol *m* soccer **CP**

G
gafas *f pl* eyeglasses **CP; gafas de sol** sunglasses **2**
galería art gallery **8**
gallego(-a) Galician
gambas *pl (E)* shrimp **4**
gana desire, wish, longing; **tener ganas de** + inf to feel like (doing something)
ganar to win **12**
gancho *(A)* clothes hanger **11**
ganga bargain **7**
garganta throat **12**
gaseosa mineral (soda) water **2**
gasolina gasoline
gasolinera gas station **8**
gastar to spend (money)
gato cat
gazpacho chilled vegetable soup **4**
gemelos(-as) twins **3**
generalmente generally **1**
gente *f* people
gentil nice, kind
gentileza kindness
geográfico geographical
geografía geography
gerente *m/f* manager **10**
gimnasia gymnastics **12; practicar la gimnasia** do gymnastics **12**
gimnasio gymnasium **2**
giro bank draft **10; giro postal** money order
gitano gypsy
glaciar *m* glacier
globo balloon **8**
gobierno government
golf *m* golf **CP; campo de golf** course golf **2; palos de golf** golf clubs **12**
golpear to hit
golpearse to hit oneself **12**
gordo fat **CP**
gota drop **12**
gozar de to enjoy, to make the best out of something, to have **2**
gozoso enjoyable **3**
gracia grace, wit; **tener gracia** to be witty
gracias thanks

gracioso   funny, amusing
graduación   graduation
graduado(-a)   graduate
graduarse   to graduate **5**
gran   (before *s n*) great;
   grande   big, large **7; gran
   rueda**   Ferris wheel **8**
granate   *m* garnet
grande   big, large
grapa   staple **9**
grapadora   stapler **9**
gratis   free (of charge)
grifo   faucet **11**
gripe   *f* flu **12**
gris   gray
gritar   to shout
grupo   group **8; en grupo**   in
   a group
guacamole   *m* avocado dip **4**
guante   *m* glove **7**
guapo   handsome
guardar   to keep, save, put
   away
guerra   war **6**
guía   *m/f* guide; **guía de
   televisión**   *f* TV guide **6**
guitarra   guitar **CP**
gustar   to like, to be pleasing **4**
gusto   pleasure, taste **4; de
   buen (mal) gusto**   in good
   (bad) taste **7**

H

haber   there to be; **hay**   there
   is, there are; **hubo**   there
   was, there were; **haber**   to
   have (auxiliary verb) **10**
habilidad   *f* skill **1**
habitación   *f* room **11;
   habitación doble**   double
   room **11; habitación sencilla**
   single room **11**
habitante   *m/f* inhabitant
hablador   talkative
hablar   to talk
hacer   to do, make **1; hacer** +
   unit of time + preterite ago;
   hacer clic   to click **9; hacer
   cola**   to stand in line; **hacer
   compras**   to purchase **1;
   hacer daño**   to harm, injure;
   hacer de niñero(-a)   to
   babysit **3; hacer diligencias**
   to run errands **1; hacer
   ejercicios**   to exercise **CP;
   hacer el favor**   to do the

favor; **hacer el papel**   to play
   the part; **hacer escala**   to
   make a stop(-over); **hacer
   jogging**   to jog **12; hacer
   juego con**   to match **7;
   hacer la cama**   to make the
   bed **6; hacer la sobremesa**
   to have after-dinner conversation **3; hacer las maletas**   to
   pack; **hacer un brindis**   to
   propose a toast; **hacer un
   picnic**   to go on a picnic **2;
   hacer un viaje**   to take a trip
hacerse   to become **1**
hacha   hatchet
hambre   hunger **4; tener
   hambre**   to be hungry **4;
   morirse de hambre**   to be
   starving **4**
hardware   *m* hardware **9**
harina   flour
hasta   *prep* until, as far as, even
   5; hasta luego   good-bye;
   hasta pronto   good-bye
hasta que   *conj* until **11**
hay   there is, there are; **hay que**
   + *inf*   it is necessary + *inf*; **no
   hay de qué**   you are welcome
hecho   *pp* done, made **10**
helado   ice cream **4**
herida   injury, wound **12**
herido   *pp* wounded **12**
herir (ie, i)   to hurt **12**
herirse (ie, i)   to get hurt **12**
hermanastro(-a)   stepbrother
   (-sister) **3**
hermano(-a)   brother (sister) **3**
hermoso   beautiful, pretty
hervir (ie, i)   to boil
hielo   ice
hijastro(-a)   stepson(-daughter)
   3
hijo(-a)   son (daughter) **3;** *pl*
   children
hinchado   swollen **12**
hipoteca   mortgage **10**
historia   history **5**
histórico   historic **8**
hockey   *m* hockey **12; disco de
   hockey**   hockey puck **12;
   palo de hockey**   hockey stick
   12
hoja de papel   sheet of paper
¡hola!   hi!
holandés(–esa)   Dutch **3**

hombre   *m* man; **hombre de
   negocios**   businessman **10**
hombro   shoulder **12**
honrado   honorable, honest
hora   hour, time of day; **horas
   extras**   overtime **1; horas
   pico** *(A),* **horas punta** *(E)*
   rush hours; **media hora**   half
   hour
horario   schedule **5**
horno   oven **6**
hospedarse   to stay as a guest
hospital   *m* hospital **8**
hotel   *m* hotel **2**
hoy   today; **hoy (en) día**
   nowadays, at the present time **3**
huachinango   red snapper **4**
hubo   there was, there were
huelga   strike **6**
huésped   *m/f* guest **11**
hueso   bone
huevo   egg
huir   to run away
humedad   *f* humidity
húmedo   humid, damp **5**

I

idea   idea
ideal   ideal
identidad   *f* identity **CP**
identificar   to identify
idioma   *m* language used by a
   cultural group; **idioma extranjero**   foreign language **5**
iglesia   church **3**
igual   equal
ilustrar   to illustrate
imaginación   *f* imagination
imaginarse   to imagine
impaciente   impatient
impedir (i, i)   to impede,
   obstruct, prevent
importante   important
impermeable   *m* raincoat **7;
   impermeable**   *adj* waterproof
importar   to be important, to
   matter **4;**   to import **10**
imposible   impossible
impresión   *f* impression
impresora   printer **1**
impuesto   tax
incendio   fire **6**
incluir   to include
incómodo   uncomfortable **11**
increíble   incredible
independencia   independence **2**

indicar   to indicate
indiferencia   indifference
indiferente   indifferent
indígena   indigenous
indio(-a)   Indian
individuo   individual
industria   industry
inesperado   unexpected
infeliz   unhappy **3**
inferior   inferior
inferir (ie, i)   to infer
inflación   *f* inflation **10**
influir   to influence
información   *f* information
informar   to inform **6**
informática   computer science,
   information technology **9**
informe   *m* report **9**
ingeniería   engineering **5**
ingeniero(-a)   engineer
inglés(–esa)   English **3**
ingresar   to enter; to deposit **10**
ingreso   admission **5**;
   income; **examen de ingreso**
   entrance exam **5**
inicial   initial; **pago inicial**
   down payment
iniciativa   initiative **9**
inicio   beginning
injusticia   injustice
inmediato   immediate
inocencia   innocence
inodoro   toilet **11**
inolvidable   unforgettable
insatisfecho   unsatisfied
inscribirse   to enroll in a class **5**
inscripción   *f* registration
insistir en   to insist on
insomnio   insomnia **12**
insoportable   intolerable
instalar   to install
interno   internal
instituto   high school
instruir   to instruct
intentar   to try, make an attempt
interacción   *f* interaction
intercambiar   to exchange
intercambio   exchange;
   estudiante de intercambio
   exchange student
interés   *m* interest; **tasa de**
   interés   interest rate **10**
interesante   interesting
interesar   to be interesting, to
   interest **4**
internacional   international **6**

Internet   (used without an article) Internet **9**
interrumpir   to interrupt
íntimo   close, intimate **3**
intranquilo   uneasy
inundación   *f* flood **6**
inútil   useless
invertir (ie, i)   to invest **10**
investigación   *f* research **5**
invierno   winter
invitación   *f* invitation
invitado(-a)   guest **3**
invitar   to invite
inyección   *f* injection **12**
ir   to go **CP**; **ir de compras**
   to go shopping **CP**; **ir a misa**
   to attend Mass **3**
irlandés(-esa)   Irish **3**
irse   to go away, leave, run
   away **1**
isla   island
-ísimo   very, extremely
italiano(-a)   Italian
izquierda   left; **a la izquierda**
   to (on) the left

J

jabón   *m* soap **1**
jamás   never **1**
jamón   *m* ham
japonés(-esa)   Japanese **3**
jarabe   *m* syrup **12**; **jarabe**
   para la tos   cough syrup **12**
jardín   *m* yard **6**; **jardín**
   zoológico   zoo **8**
jefe(-a)   boss **10**; **jefe(-a) de**
   ventas   sales manager **CP**
jícama   jicama **4**
jornada   work day
jornal   *m* day´s work
joven   *m/f adj* young **3**
joya   jewel; *pl* jewels, jewelry
   7; **joyas de fantasía**
   costume jewelry
joyería   jewelry shop **7**
juego   game; **hacer juego con**
   to match; **juego de suerte**
   game of chance **8**
jueves   *m* Thursday
juez(-a)   *m/f* judge **6**
jugar (ue)   to play (a sport,
   game) **CP**; **jugar a la casita,**
   jugar a la mamá   to play
   house **3**; **jugar a ladrones y**
   policías   to play cops and
   robbers **3**; **jugar al escondite**

to play hide and seek **3**; **jugar**
   a las visitas   to have a tea
   party **3**
jugo   *(A)* juice
juguete   *m* toy **3**; **de juguete**
   adj toy **3**
julio   July
junio   June
junto   together; **junto a**   next to
justificar   to justify
justo   *adj* fair, just; *adv* coinci-
   dentally
juventud   *f* youth
juzgar   to judge

L

la   the; *dir obj pron* it, her, you
   (form s) **2**
labio   lip
labor   *f* work
laboratorio   laboratory;
   laboratorio de lenguas
   language lab **5**
laca   hair spray **1**
lado   side; **al lado de**   next to,
   beside **5**; **por otro lado**   on
   the other hand
ladrillo   brick **8**
ladrón(-ona)   thief **6**
lago   lake
lamentar   to be sorry
lámpara   lamp
lana   wool **7**
lancha   motorboat, launch **2**
langosta   lobster
lanzar   to throw **12**
lápiz   *m* pencil; **lápiz de labios**
   lipstick **1**
largo   long **CP**
las   the; *dir obj pron* them, you
   (form pl) **2**
lástima   pity **¡Qué lástima!**
   That´s too bad!
lastimar   to injure, hurt, offend
   12
lastimarse   to get hurt **12**
lavabo   sink **6**
lavadora   washing machine **6**
lavandería   laundry room **6**
lavaplatos   dishwasher **6**
lavar   to wash
lavarse   to wash oneself **1**;
   lavarse los dientes   to brush
   one's teeth **1**
le   *indir obj pron* (to, for) him,
   her, you *(form s)* **4**

lección *f* lesson
leche *f* milk
lechón *m* **asado** roast suckling pig
lechuga lettuce
lector(-a) reader; **lector de discos** disk drive **9; lector de CD-ROM** CD-ROM drive **9**
lectura reading
leer to read **CP**
legal legal
legumbre *f* vegetable
lejos *adv* far
lejos de *prep* far from **5**
lema *m* slogan
lengua language, tongue
lenguado sole **4**
lenguaje *m* specialized language
lentes *(A) m* eyeglasses **CP; lentes de contacto** *m pl* contact lenses **CP**
les *indir obj pron* (to, for) them, you *(form pl)* **4**
letrero sign, billboard **8**
levantar to raise, lift; **levantar pesas** to lift weights **2**
levantarse to get up **1**
ley *f* law **6**
libertad *f* freedom **2**
libre free; **libre de derechos de aduana** duty free **10**
librería bookstore **5**
libreta (de ahorros) savings book
libro book
licenciado having a university degree **5**
licenciarse en to receive a bachelor's degree **5**
licenciatura bachelor's degree **5**
liceo high school
licor *m* liquor
ligero light in weight
limón *m* lemon
limonada lemonade
limpiar to clean **6**
limpieza cleaning, cleanliness **6; productos de limpieza** cleaning products **6**
limpio clean **1**
lindar to border
lindo nice, pretty **7**
línea line; **línea aérea** airline **11**
lingüística linguistics

lino linen **7**
liquidación *f* sale **7; estar en liquidación** to be on sale **7; tienda de liquidaciones** discount store **7**
líquido liquid
liso smooth **CP**
lista list; **lista de vinos** wine list **4**
listo ready (with **estar**), clever, smart (with **ser**) **3**
liviano light
llamada call **11**
llamar to call
llamarse to be called **1**
llano plain
llave *f* key
llegar to arrive; **llegar a ser** to become; **llegar de visita** to visit; **llegar tarde** to arrive late, be tardy
llenar to fill, fill out **1**
lleno full **11**
llevar to carry, take, to wear **1; llevar a cabo** to carry out, accomplish; **llevar una vida feliz** to lead a happy life **3; llevarse bien** to get along well **1**
llorar to cry **3**
llover (ue) to rain **5; llover a cántaros** to rain heavily, to pour **5**
lluvia rain **5**
lo *dir obj pron* it, him, you *(form s)* **2; lo** *neuter def art* the; **lo mejor** the best thing; **lo mismo** the same thing; **lo peor** the worst thing; **lo que** what, that which
local local **6;** *m* place, quarters
loción *f* lotion **2; loción solar** sunscreen **2**
loco crazy; **estar loco por** to be crazy about
locura craziness
locutor(-a) announcer **6**
lógico logical
lograr to achieve, obtain
lomo loin **4**
los the; *dir obj pron* them, you *(form pl)* **2**
lotería lottery
lucir traje de novia y velo to wear a wedding gown and veil **3**

lucha libre wrestling **12; practicar la lucha libre** to wrestle **12**
luego later, then, afterwards **1; luego que** as soon as **11**
lugar *m* place **1; lugar de nacimiento** birthplace **CP**
lujo luxury **4; de lujo** luxurious, deluxe **4; tienda de lujo** expensive store **7**
luna de miel honeymoon **3**
lunar *m* beauty mark **CP**
lunes *m* Monday
luz *f* light

M
macanudo wonderful
madera wood **8**
madrastra stepmother **3**
madre *f* mother **3**
madrina maid of honor; godmother **3**
madrugada dawn
madrugador(-a) early riser **1**
madrugar to get up early
maduro mature **9**
maestría master's degree **5**
maestro(-a) teacher
magnífico wonderful
mal *adv* bad, sick **12;** *adj* before m s noun bad, evil; **mal educado** bad-mannered
maleta suitcase **11; hacer las maletas** to pack
maletero porter **11**
maletín *m* briefcase **11**
malhumorado bad humored
malo *adj* sick (with **estar**), bad, evil (with **ser**) **3; lo malo** the bad thing
mancha stain
mandar to mail, send **1; ¿mande?** what?
mando a distancia *(E)* remote control **6**
manejar to drive
manera manner; **de alguna manera** somehow, some way; **de manera que** so that; **de ninguna manera** by no means, no way; **de todas maneras** at any rate
manguera hose **6**
manifestación *f* demonstration **6**
mano *f* hand **12**

manta blanket **11**
mantener to maintain **6**
manzana apple; *(E)* (street) block **8**
mañana *f* morning **CP; de la mañana** A.M. **CP; pasado mañana** day after tomorrow; **por la mañana** in the morning; *adv* tomorrow **CP**
mapa *m* map
maquillaje *m* make-up **1**
maquillarse to put on make-up **1**
máquina machine; **máquina de escribir** typewriter; **máquina de fax** fax machine **1; escribir a máquina** to type **1**
maquinaria machinery; computer hardware
mar *m* sea **2**
maravilloso wonderful
marca brand **7**
marcador *m* scoreboard **12**
marearse to feel dizzy, seasick **12**
mareo dizziness **12**
marido husband **3**
mariscos seafood **4; cóctel de mariscos** seafood cocktail **4**
marítimo maritime, marine
martes *m* Tuesday
marzo March
más more **9; más o menos** more or less; **más tarde** later **1**
masticar to chew
matador *m* bullfighter **8**
matemáticas *f* mathematics **5**
materia material; subject **5; materia prima** raw material
materno maternal
matrícula tuition **5**
matricularse to register **5**
matrimonio married couple
maya Mayan
mayo May
mayor older; **la mayor parte** most **1**
me *dir obj pron* me **2;** *indir obj pron* (to, for) me **4;** *refl pron* myself
medianoche *f* midnight **CP**
medias *f pl* stockings **7**
medicina medicine (course of study) **5**

médico(-a) doctor **12**
medio middle, average **CP; media hora** half hour; **medio tiempo** half-time, part-time **1**
mediodía *m* noon **CP**
medir (i, i) to measure
mejillón *m* mussel **4**
mejor better, best; **lo mejor** the best thing
mejorar to improve
mejorarse to get better, improve **12**
memoria memory; **aprender de memoria** to memorize **5**
mencionar to mention
menor younger
menos less, except **5; a menos que** unless **11; menos mal** thank goodness
mensaje *m* message
mensajero(-a) messenger
mensual monthly **10; pago mensual** monthly payment
mentir (ie, i) to lie
mentira lie
menú *m* menu **4; menú del día** special menu of the day **4; menú turístico** tourist menu **4**
menudo tripe soup **4; a menudo** often
mercadeo marketing **9**
mercado market
mercancía merchandise **7**
merecer to merit, deserve **1**
merienda snack **4**
mes *m* month **1**
mesa table **4**
mesero(-a) *(A)* waiter, waitress **4**
meta goal
metal *m* metal
meter to put, place
metro subway **8**
mexicano(-a) Mexican **3**
mi *poss adj* my **3**
mí *prep pron* me **5**
microondas *m* microwave oven **6**
miedo fear; **dar miedo a** to scare; **tener miedo de** to be scared of
miembro member
mientras while **11**
miércoles *m* Wednesday

mil thousand **10**
milagro miracle, surprise
millón *m* million **10**
mimado spoiled **3**
mineral *m* mineral; **agua mineral** mineral water **2**
minero *adj* mining
mínimo minimum
minuto minute **2**
mío *poss adj* and *pron* my, mine **3**
mirar to watch, look at **CP**
misa Mass **3**
mismo same; **lo mismo** the same thing
mitad *f* half
mixto mixed, tossed; **ensalada mixta** tossed salad **4**
mochila backpack
moda style **7;** fashion; **estar de moda** to be in style **7; estar pasado de moda** out of style **7**
moderado moderate
moderno modern
modo manner, way; **de algún modo** some way, somehow; **de modo que** so that; **de ningún modo** by no means; **de todos modos** at any rate
molestar to annoy, to bother **4**
molestia bother, nuisance
molesto annoyed **3**
monarquía monarchy
moneda coin, currency **10**
monitor *m* monitor **9**
mono cute **3**
monótono monotonous
montaña mountain; **montaña rusa** roller coaster **8**
montañoso mountainous
montar to ride **2; montar a caballo** to ride horseback **2; montar (en) bicicleta** to ride a bicycle **2**
morado purple
moreno brunette **CP**
morir (ue, u) to die **1; morirse de hambre** to be starving **4**
mostrador *m* counter
mostrar (ue) to show **1**
motel *m* motel **11**
moto(cicleta) motorcycle
mover (ue) to move

movimiento   movement
mozo(-a)   *(A)* waiter, waitress **4**
muchacho(-a)   boy (girl) **3**
mucho   *adv* much, a lot;   *adj* much, *pl* many, a lot **9**
mudarse   to move (change residence)
mueble   *m* piece of furniture; *pl* furniture **6**
muerto   *pp* dead **10**
mujer   *f* woman; **mujer de negocios**   businesswoman **10**
muleta   crutch **12**
multimedia   *m/f adj* multimedia **9**
multinacional   international
mundial   *adj* worldwide
muñeca   doll **3**; wrist **12**
museo   museum **3**
música   music **2**; **música clásica**   classical music **2**; **música jazz**   jazz **2**; **tienda de música**   music store **7**
musical   musical **8**
músico(-a)   musician **8**
muy   very

N

nacer   to be born **CP**
nacimiento   birth **CP**
nacional   national **6**
nacionalidad   *f* nationality **CP**
nada   nothing **7**; **de nada**   you are welcome
nadar   to swim **2**
nadie   no one, nobody **7**
naipe   *m* playing card **2**
naranja   *n* orange
nariz   *f* nose **12**; **sonarse (ue) la nariz**   to blow one's nose **12**
narración   *f* narration
narrar   to narrate
natación   *f* swimming
navegar   to sail **2**; **navegar Internet / la red**   to surf the Internet **9**
Navidad   *f* Christmas
neblina   fog **5**
necesario   necessary
necesitar   to need
negar (ie)   to deny
negocio   transaction, deal; *pl* business **9**; **hombre (mujer) de negocios**   businessman (-woman)

negro   black **CP**
nervioso   nervous
nevar (ie)   to snow **5**
ni   nor **7**; **ni...ni**   neither...nor **7**; **ni siquiera**   not even **7**
nieto(-a)   grandson(-daughter); *pl* grandchildren **3**
nieve   snow **5**
ninguno, ningún, ninguna   no, none, no one, (not)...any **7**
niñero(-a)   babysitter **3**
niño(-a)   child; boy (girl); *pl* children
no   no, not **7**
noche   *f* night, evening **CP**; **camisa de noche**   nightgown **7**; **de la noche**   P.M. **CP**; **esta noche**   tonight; **Nochebuena**   Christmas Eve; **Nochevieja**   New Year´s Eve; **por la noche**   in the evening **CP**
nocturno   *adj* nighttime, nocturnal **2**
nombrar   to name
nombre   *m* first name **CP**; **en nombre de**   in the name of
noreste   *m* northeast
noroeste   *m* northwest
norte   *m* north
nos   *dir obj pron* us **2**; *indir obj pron* (to, for) us **4**; *refl pron* ourselves
nosotros   *subj pron* we; *prep pron* us **5**
nostalgia   nostalgia
nota   grade, note **5**
noticia   news item **6**; *pl* news **1**
noticiero   news program **6**
novecientos   nine hundred **10**
novedad   *f* novelty
novela   novel
noveno   ninth **4**
noventa   ninety **CP**
noviazgo   engagement period **3**
noviembre   *m* November
novio(-a)   boyfriend (girl–), fiancé(–e) **3**;   pl engaged couple, bride and groom **3**
nublado   cloudy **5**
nuera   daughter-in-law **3**
nuestro   *poss adj* our **3**; *poss pron* our, ours **3**
nueve   nine **CP**

nuevo   new
nuez   *f* nut **6**
número   number; size (clothing) **7**
numerosos   numerous **9**
nunca   never **1**

O

o   or **7**; **o... o**   either... or **7**
obedecer   to obey **1**
obligación   *f* obligation
obligar   to oblige, force
obligatorio   obligatory
objeto   object
obra   (literary, artistic or charitable) work **8**
obrero(-a)   worker
observar   to observe
obtener   to obtain
obvio   obvious
ocasión   occasion
ocasionar   to cause
océano   ocean
ochenta   eighty **CP**
ocho   eight **CP**
ochocientos   eight hundred **10**
octavo   eighth **4**
octubre   *m* October
ocupación   *f* occupation
ocupado   busy
ocupar   to occupy
ocurrencia   occurrence, idea; **¡Qué ocurrencia!**   What a crazy idea!
ocurrir   to occur
oeste   *m* west
ofender   to offend
oferta   offer, sale item; **estar en oferta**   to be on sale
oficina   office **1**; **oficina administrativa**   administrative office **5**; **oficina comercial**   business office **9**; **oficina de correos**   post office **1**; **oficina de turismo**   tourist bureau **8**
oficinista   *m/f* office worker **10**
ofrecer   to offer **1**
oír   to hear, listen to **1**
ojalá (que)   I hope that
ojo   eye **CP**; **¡ojo!**   be careful!
ola   wave **2**
oler (ue)   to smell
olor   *m* aroma, smell
olvidar   to forget

ómnibus *m* bus
once eleven **CP**
ondulado wavy **CP**
ópalo opal
ópera opera **2**
operador(-a) operator **10;**
 operador(-a) de
 computadoras computer
 operator **10**
operarle a uno to operate on
 someone **12**
opinar to have an opinion
oponerse to be opposed
oportunidad *f* chance
oración *f* sentence
orden *f* order
ordenador *m (E)* computer **1**
ordenar to order
organizar to organize, arrange
orgullo pride **1**
orgulloso proud
oro gold **7**
orquesta orchestra **2**
orquídea orchid
os *dir obj pron* you *(fam pl)* **2;**
 indir obj pron (to, for) you
 (fam pl) **4;** *refl pron* your-
 selves *(fam pl)* **1**
otoño autumn
otro other, another **9**
oyente *m/f* listener; **ser oyente**
 to audit **5**

P
paciencia patience
paciente *adj* patient; *m/f*
 patient
padecer to suffer **12**
padrastro stepfather **3**
padre *m* father, priest **3;** *pl*
 parents **3**
padrino best man, godfather,
 pl godparents **3**
paella seafood, meat and rice
 casserole
pagar to pay; **pagar a plazos**
 to pay in installments **10; pagar**
 al contado to pay in cash
página page; **página base**
 Home Page **9**
pago payment **10; balanza de**
 pagos balance of payments
 10; pago inicial down payment **10; pago mensual**
 monthly payment **10**
país *m* country

pájaro bird
palabra word
palacio palace **8**
palo stick, club; **palo de golf**
 golf club **12; palo de hockey**
 hockey stick **12**
palomitas *f pl* popcorn **8**
palta *(A)* avocado **4**
pampa grassy plain in
 Argentina
pan *m* bread
pantalones *m pl* pants **1**
pantalla screen **9**
pantufla slipper **7**
papa potato
papá *m* father
papel *m* paper, role; **hacer el**
 papel to play the role; **papel**
 higiénico toilet paper **11**
papelera wastebasket **6**
paquete *m* package **1**
par *m* pair **7**
para *prep* for, in order to **5;**
 para que *conj* so that **11**
parada de autobús bus stop **8**
parador *m* government-run
 historic inn **11**
parafrasear to paraphrase
paraguas *m s* umbrella **7**
parar to stop
pardo brown
parecer to seem **1; parecerse**
 a to look like
parecido similar
pareja *f* couple **3; en parejas**
 in pairs
pariente *m* relative **3; parientes**
 políticos in-laws **3**
parque *m* park **8; parque de**
 atracciones amusement
 park **8**
parte *f* part; *m* report; **¿de**
 parte de quién? who is calling? **la mayor parte** the
 greater part; **parte** *m* **de las**
 carreteras traffic report;
 todas partes everywhere
participar en to participate
particular particular
partido game, match **12**
partir to leave, depart, set off
párrafo paragraph
pasado *pp* last, past; **pasado**
 de moda out of style;
 pasado mañana day after
 tomorrow

pasaje *m (A)* fare **11**
pasajero(-a) passenger **11**
pasaporte *m* passport **CP**
pasar to come in, pass; to happen; to spend time; **pasar la**
 aspiradora to vacuum **6;**
 pasar lista to take attendance **5; pasar por la aduana**
 to go through customs **11;**
 pasarle la fregona al suelo
 to mop **6; pasarlo bien** to
 have a good time **2**
pasatiempo *m* leisure-time
 activity **CP**
Pascua Easter
pasearse to take a walk **2**
paseo walk, outing; **dar un**
 paseo to take a walk **CP**
pasillo aisle **11**
pasta de dientes toothpaste **1;**
 pasta dental *(A)* toothpaste
 1; pasta dentífrica *(E)*
 toothpaste **1**
pastel *m* pastry
pastilla tablet **12**
patada kick **12**
patata *(E)* potato
patear to kick **12**
paterno paternal
patín *m* skates **12; patines de**
 hielo ice skates **12**
patinaje *m* skating
patinar to skate
patio patio **4**
patria native country
patriótico patriotic **2**
paz *f* peace **6**
peatón(-ona) pedestrian **8**
peca freckle **CP**
pecho chest
pedazo piece
pedido order **10**
pedir (i, i) to ask for something, to request, to order **1;**
 pedir prestado to borrow **10**
peinarse to comb one's
 hair **1**
peine *m* comb **1**
pelear to fight
película movie, film **2;**
 película de acción action
 movie **2; película**
 documental documentary **2;**
 película de terror horror
 movie **2; película de**
 vaqueros western **2**

peligroso   dangerous **8**
pelirrojo   red-haired **CP**
pelo   hair **CP**
pelota   ball **12**
peluquería   beauty shop, barber shop **1**
pena   shame
penicilina   penicillin **12**
península   peninsula
pensar (ie)   to think **1; pensar** + *inf*   to plan; **pensar de**   to think of, think about; **pensar en**   to think of, think about someone or something
pensión   *f* boarding house **11; pensión completa**   full board **11**
peor   worse; **lo peor**   the worst thing
pequeñito(-a)   toddler **3**
pequeño   small in size; young
percha   *(E)* clothes hanger **11**
perder (ie)   to lose; to waste; to miss something, to fail to get something **1;**
perderse   to get lost
perdido   lost
perezoso   lazy **5**
perfumarse   to put on perfume **1**
periódico   newspaper **CP**
periodismo   journalism **5**
periodista   *m/f* journalist
perla   pearl **7**
permiso   permission; **permiso de conducir**   driver's license **CP**
permitir   to permit, allow
pero   but
perro(-a)   dog
persecución   *f* persecution
perseguir (i, i)   to pursue
persona   person
personaje   *m* character (in literary work)
personal   *adj* personal **CP;** *m n* personnel **9**
personalidad   *f* personality
pertenecer   to belong
pesa   weight; **levantar pesas** to lift weights **2**
pesado   heavy; **ser pesado**   to be boring, to be unpleasant
pésame   condolence
pesar   to weigh; **a pesar de que**   in spite of

pesca   fishing
pescado   fish (as food) **4**
pescar   to fish **2; caña de pescar**   fishing rod
peseta   currency of Spain
peso   weight; currency in Mexico and several Latin-American countries
petición   *f* **de mano**   marriage proposal **3**
petróleo   oil
pez   *m* fish
piano   piano **CP**
picante   spicy
picar   to snack
picnic   *m* picnic **2; hacer un picnic**   to go on a picnic **2**
pie   *m* foot; **a pie**   on foot; **dedo del pie**   toe; **estar de pie**   to stand
piedra   stone **8; piedra preciosa**   precious stone **7**
piel   *f* fur **7;** skin
pierna   leg **12**
pieza   piece
pijama   pajamas **7**
píldora   pill **12**
pimentero   pepper shaker **4**
pimienta   pepper
pintura   painting **8**
piña   pineapple
piscina   swimming pool **2**
piso   floor **6**
pista   runway **11;** track **12**
pistola de juguete   toy gun **3**
placer   *m* pleasure
plan   *m* plan
plancha   iron **6**
planchar   to iron **6**
planear   to plan
planificación   *f* planning
planificar   to plan
plano   map
plantar   to plant **6**
plata   silver
platillo   saucer **4**
plato   plate, course **4; plato de la casa**   restaurant's specialty **4; plato del día** today's specialty **4; plato principal**   entrée, main course **4**
playa   beach **2**
plaza   square **8; plaza de toros** bullring **8; plaza mayor** main square **8**

plazo   installment **10**
plomero(-a)   plumber
plomo   lead
población   *f* population
pobre   poor; (precedes noun) unfortunate
pobreza   poverty
poco   *adj* little, small (quantity), slight **9;** *pl* few **9;** *adv* little, not much; **un poco de** a little, a little bit of
poder   *m* power; **poder (ue)** to be able, can **1**
política   politics **6; ciencias políticas**   political science **5**
político(-a)   politician **6**
policía   *m* policeman; *f* police; **mujer policía**   policewoman
policíaca   *adj* mystery **2**
pollo   chicken **4**
polvo   dust
poner   to put, place **1; poner el despertador**   to set the alarm clock **1; poner fin**   to end; **poner la mesa**   to set the table **6; poner la tele**   to turn on the TV; **poner una inyección**   to get a shot **12**
ponerse   to put on **1;** to become **10; ponerse en forma**   to get in shape **12**
popular   popular **2**
por   for, by, in, through **5; por aquí / allí**   around here / there **5; por ciento**   percent; **por desgracia**   unfortunately **5; por ejemplo**   for example **5; por eso**   therefore, for that reason **5; por favor**   please **5; por fin**   finally **5; por la mañana / noche / tarde**   in the morning / evening / afternoon **CP; por lo general** generally **1; por lo menos**   at least; **por medio**   through, by means of; **por otro lado**   on the other hand; **¿por qué?** why? **1; por supuesto**   of course **5; por último**   finally **1**
porque   because **1**
portal de la Web   *m* Web site **9**
portarse   to behave
portero   doorman **11**
portugués(–esa)   Portuguese **3**
poseer   to own, to possess
posgrado   post graduate

posteriormente finally
postre *m* dessert **4**
practicar to practice, participate in (sports) **CP**
préstamo loan **10**
precio price **7**
precioso lovely, precious **7;**
piedra preciosa precious
stone **7**
preciso necessary
predecir to predict **9**
preferencia preference **4**
preferentemente preferably
preferir (ie, i) to prefer **1**
pregunta question; **hacer
preguntas** to ask questions
preguntar to ask a question;
preguntar por to ask
about
premio prize
prenda de vestir article of
clothing
preocupado preoccupied, wor-
ried
preocuparse (por) to worry
(about) **1**
preparar to prepare;
prepararse to prepare oneself **1**
preparativo preparation
presentador(-a) show host **6**
presentación *f* presentation
presentar to introduce, present; **presentarse** to appear
presente present
presidencial presidential **8**
presidente *m/f* president
préstamo loan **10**
prestar to lend; **prestar
atención** to pay attention **5**
presupuesto budget **10**
pretender to claim, pretend
pretexto pretext
previo previous
primavera spring
primero, primer, primera *adj*
first **4**
primo(-a) cousin **3; primo(-a)
hermano(-a)** first cousin **3;
primo(-a) segundo(-a)** second cousin **3**
principio beginning; **al
principio** in the beginning
probar (ue) to prove, to try,
taste, test something **1;**
probarse (ue) to try on **7**

problema *m* problem;
¡Ningún problema! No
problem!
procedimiento procedure
procesador *m* **de textos**
word processor
producir to produce **1**
producto product **10**
profesión *f* profession, job **CP**
profesor(-a) teacher in sec-
ondary school, professor
profesorado faculty **5**
programa *m* program **9;
programa de concursos**
game show **6**
programación *f* **de
computadoras** computer
programming **5**
programador(-a) programmer
10
progreso progress **9**
prohibir to prohibit
prometer to promise
pronóstico forecast
pronto soon
propiedad *f* property
proponer to propose
proteger to protect
protestar to protest **6**
provisional temporary
provocar to tempt
próximo next
proyecto plan, project
prueba test, quiz
publicidad *f* advertising **9;**
hacer publicidad to adver-
tise **10**
publicista *m/f* advertising person **10**
público audience, public **10**
pueblo town; people
puente *m* bridge **8**
puerta door, gate **11**
puertorriqueño(-a) Puerto
Rican
pues well. . .
puesto booth, stand **8;** position, job **9;** *pp* put, placed **10;**
puesto que because, since
pulmonía pneumonia **12**
pulpo octopus
pulsera bracelet **7**
puntaje *m* score **12**
punto point; stitch **12; dar
puntos** to get stitches **12; en
punto** exactly, on the dot **CP**

Q
que *rel pron* that, which, who
¡qué! how! what (a)!; **¡qué
barbaridad!** how awful!
¡qué va! no way! **¿qué?**
what?, which? **1; ¿qué hay de
nuevo?** what's new?; **¿qué
tal?** how are things?; **¿qué
tiempo hace?** what's the
weather like?
quedar to be located, be left,
be remaining **4;** to fit **7;**
quedar viudo(-a) to be wid-
owed **CP; quedarse** to
remain, stay; **quedarse con**
to keep for oneself
quehacer *m* **doméstico** task,
chore, *pl* housework **6**
quejarse (de) to complain
(about) **1**
quemar to burn **6; quemarse**
to burn oneself **2**
querer (ie) to want, wish **1;** to
love; **querer decir** to mean
querido dear (greeting for a
personal letter)
queso cheese
¿quién(-es)? who? **1**
química chemistry **5**
químico chemist
quince fifteen **CP**
quinientos five hundred **10**
quinto fifth **4**
quiosco newsstand **8**
quitagrapas *m s* staple
remover **9**
quitarse to take off (clothing)
1
quizás perhaps, maybe

R
radio *f* radio (sound from); *m*
radio (set)
ramo bouquet
rápido rapid
raqueta racquet **12**
raro strange, rare
rascacielos *m* skyscraper **8**
rastrillo rake **6**
rato short time, while **2; ratos
libres** free time
ratón mouse **9**
raza race
razón *f* reason; **tener razón**
to be right
reacción *f* reaction

reaccionar to react

reajuste *m* adjustment **10**

real actual, true

realidad *f* reality; **en realidad** actually, as a matter of fact

realidad *f* **virtual** virtual reality **9**

rebaja reduction, sale **7; en rebaja** on sale

rebajar to reduce, lower

recado message

recambio parts (of machinery)

recargo additional charge **11**

recepción *f* reception **3;** registration desk **11**

recepcionista *m/f* receptionist **10;** desk clerk **11**

receta prescription **12;** recipe

recetar to prescribe a medicine **12**

recibir to receive

recién recently; **recién casados** newlyweds **3**

recientemente recently

reclamar el equipaje to claim luggage **11**

recoger to pick up, put away **1**

recomendación *f* recommendation

recomendar (ie) to recommend **1**

reconocer to recognize **1**

recontar (ue) to recount, tell

recordar (ue) to remember **1**

recuento recount; inventory

recurso resource

red *f* net **12;** network **9**

redactar to write, draft

redondo round

referirse (ie, i) to refer

reforma fiscal tax reform **10**

refresco soft drink **2**

refrigerador *m* refrigerator **6**

refugio shelter

regalar to give (a present) **7**

regalo gift, present **3; regalo de bodas** wedding gift **3; tienda de regalos** gift store **7**

regañar to scold **3**

regar (ie) to water **6**

regadera watering can **6**

regador giratorio *m* sprinkler **6**

región *f* region

registrarse to check in **11**

reglamento regulation **10**

regresar to return; **de regreso** *adj* return

regular all right, so-so

reina queen; **reyes** king and queen

reintegrar to reimburse

reír (i, i) to laugh **3**

relación *f* relationship; **relaciones públicas** public relations **9**

relajado relaxed

religioso religious

reloj *m* watch, clock **7; reloj de pulsera** wristwatch **7**

remedio remedy, medicine **12**

rendirse (i, i) to give oneself up **6**

renta income **10**

reñir (i, i) to quarrel **3**

reparar to repair

repartir to deliver

repasar to review **5**

repetir (i, i) to repeat **1**

reportar to report

reportero(-a) reporter **6**

representante *m/f* representative; **representante de ventas** *m/f* sales representative **10**

república republic

requerido required

requerir (ie, i) to require **5**

requisito requirement **5**

res; carne *f* **de res** beef

rescatar to rescue **6**

reserva *(E)* reservation **4**

reservación *f (A)* reservation **4**

reservar to reserve **8**

resfriado *m* cold **12; estar resfriado** to have a cold **12**

residencia home, dormitory; **lugar** *m* **de residencia** city or area of residence; **residencia estudiantil** dormitory **5**

resolver (ue) to resolve **9**

respetar to respect **3**

respetuoso respectful

responder to respond

responsabilidad *f* responsibility **10**

responsable responsible **9**

respuesta answer

restaurante restaurant **4**

resto rest

resuelto *pp* resolved **10**

resultado result

resumen *m* summary

retirar dinero to withdraw money **10**

retrasado delayed

retrato portrait **8**

reunión *f* meeting

reunirse to get together **1**

revisar to check **1**

revista magazine **CP**

rey *m* king; *pl* king and queen

rezar to pray

rico rich, delicious **4**

ridículo ridiculous

rímel *m* mascara **1**

rincón *m* corner **4**

río river

risa laughter

rizado curly **CP**

rizar to curl **1**

robar to rob **6**

robo robbery **6**

robot *m* robot **9**

roca rock

rodeado surrounded

rodear to surround

rodilla knee **12**

rogar (ue) to beg, to implore

rojizo reddish **CP**

rojo red

romántico romantic **2**

romper to break **12**

ron *m* rum **2**

ropa clothing **6; cambiarse de ropa** to change clothing **1; ropa de caballeros** men's clothing **7; ropa femenina** women's clothing **7**

rosa rose

rosado pink

roto *pp* broken, torn **10**

rótulo sign, billboard **8**

rubí *m* ruby

rubio blond **CP**

ruido noise

ruidoso noisy

ruinas *f pl* ruins

ruso(-a) Russian; **montaña rusa** roller coaster **8**

ruta route

rutina routine

S

sábado Saturday

saber to know **1;** (to taste); **saber + *inf*** to know how to

sabor *m* flavor, taste

sabroso delicious **4**

sacapuntas *m s* pencil sharpener **9**

sacar to take out, to get, to withdraw **6; sacar buenas (malas) notas** to get good (bad) grades **5; sacar fotos** to take pictures; **sacar la basura** to take out the garbage **6; sacar prestado un libro** to check out a book **5**

sacudir to dust **6**

sal *f* salt

sala living room **6; sala de reclamación de equipaje** baggage claim area **11**

salado salty

salario salary **10**

salchicha sausage

salchichón *m* salami

saldo de la cuenta bancaria bank account balance **10**

salero salt shaker **4**

salida departure; exit

salir (de) to leave **1;** to turn out to be, to come out; **salir con** to date, go out with **3; salir mal** fail **5**

salón *m* large room; **salón de cóctel** cocktail lounge **11; salón de entrada** lobby **11**

salsa sauce

saltar to jump **12**

salud *f* cheers, health

saludable healthy

saludar to greet

saludo greeting

salvar to rescue something or someone

sandalias sandals **2**

sandwich, sándwich *m* sandwich

sangre *f* blood

sangría wine punch

santo saint; **santo patrón** patron saint

satisfacer to satisfy

satisfecho *pp* satisfied

se *refl pron* himself, herself, itself, yourself(-ves), themselves

secador *m* hair dryer **1**

secadora clothes dryer **6**

secar to dry; **secarse** to dry off **1**

sección *f* department; section **9**

secretario(-a) secretary **10**

secuestrar to kidnap, hijack

sed *f* thirst; **tener sed** to be thirsty

seda silk **7**

seguido often

seguir (i, i) to follow, pursue **1; seguir derecho** to go straight

según according to **5**

segundo second **4**

seguridad *f* security; **caja de seguridad** safety deposit box **10; cinturón** *m* **de seguridad** seatbelt; **control** *m* **de seguridad** security check

seguro certain, sure

seis six **CP**

seiscientos six hundred **10**

seleccionar to choose

selva jungle

sello *(E)* stamp **1;** seal

semáforo traffic light **8**

semana week **1; fin de semana** weekend

semejante similar

semejanza similarity

semestre *m* semester **5**

sencillo *adj* simple, plain; *n* loose change **10**

sentarse (ie) to sit down

sentido sense **9; sentido de humor** sense of humor; **tener sentido** to make sense

sentir (ie, i) to be sorry, regret, feel **1; sentirse a gusto** to feel at ease; **sentirse mal** to feel sick **12**

seña feature **CP; seña particular** distinguishing feature **CP**

señal *f* **de tráfico** traffic sign **8**

señalar indicate

señor *m* Mr., sir, gentleman, abb **Sr.**

señora Mrs., lady, abb **Sra.**

señorita Miss, young lady, unmarried lady, abb **Srta.**

separado separated **CP**

separar to separate

septiembre, setiembre *m* September

séptimo seventh **4**

ser to be **CP**

serie *f* series

serio serious

servicio service **10; servicio de habitación** room service **11; servicio de lavandería** laundry service **11**

servilleta napkin **4**

servir (i, i) to serve **1**

sesenta sixty **CP**

setecientos seven hundred **10**

setenta seventy **CP**

sexto sixth **4**

si if

sí yes

sicología psychology **5**

sicológico psychological

sicólogo(-a) psychologist

sidra cider

siempre always **1**

sierra mountain range

siesta nap **1**

siete seven **CP**

siglo century

significado meaning

siguiente following

silla chair

sillón armchair

símbolo symbol

similar similar

simpático nice

simplificado simplified

sin *prep* without **5; sin embargo** however; **sin que** *conj* without **11**

singular singular

sino but, but rather

síntoma *m* symptom **12**

sitio place

situación *f* situation

situar to put, place

sobre on top of, over **5**

sobremesa after-dinner conversation **3**

sobresaliente outstanding **5**

sobresalir to excel **5**

sobretodo overcoat **7**

sobrino(-a) nephew (niece) **3**

sociable sociable

sociología sociology **5**

software *m* software **9**

sol *m* sun **2; hace sol** it's sunny **5; el nuevo sol** Peruvian currency; **tomar el sol** to sunbathe **2**

soldadito de juguete toy soldier **3**

soler (ue) to be accustomed to

solicitar to apply **9**

solicitud *f* job application **9**

solo *adj* alone

sólo *adv* only

solomillo sirloin

soltero *adj* unmarried *n* bachelor **CP**

solución *f* solution

solucionar to solve

sombra de ojos eye shadow **1**

sombrero hat **2**

sombrilla beach umbrella **2**

sonar (ue) to sound; **sonarse (ue) la nariz** to blow one's nose **12**

sonreír (i, i) to smile **3**

sonriente smiling

soñar (ue) to dream **1**

sopa soup **4**

soportar to tolerate **4**

sorprendente surprising

sorprender to surprise

sorpresa surprise

sortija ring

sospechoso suspect **6**

sótano basement

su *poss adj* his, her, its, your *(form s),* their, your *(pl)* **3**

suave smooth, soft

subdesarrollo underdevelopment **10**

subir to go up(stairs); **subir el equipaje** to take the luggage up **11**

subscribirse to subscribe

suceder to follow or succeed (someone in a post), happen

sucio dirty **1**

sucre *m* currency in Ecuador

sudar to sweat **12**

suegro(-a) father(mother)-in-law **3**

sueldo salary **9**

suelto *adj* light in consistency **7**; *n* loose change **10**

sueño dream, sleep; **tener sueño** to be sleepy

suerte *f* luck; **buena (mala) suerte** good (bad) luck; **juego de suerte** game of chance; **tener suerte** to be lucky

suéter *m* sweater

sufrir to suffer **12**

sugerencia suggestion

sugerir (ie, i) to suggest **4**

supermercado supermarket **1**

supervisor(-a) supervisor **9**

suponer to suppose

supuesto *pp* supposed; **¡por supuesto!** of course!

sur *m* south

sureste *m* southeast

suroeste *m* southwest

sustituir to substitute

suyo *poss adj* and *pron* his, her, hers, its, your, yours *(form s* and *pl*), their, theirs **3**

T

tabla board; **tabla de planchar** ironing board **6; tabla de windsurf** windsurfing board **2**

taco crisp tortilla filled with meat, lettuce, tomatoes, cheese **4**

tacón *m* heel **7; zapatos de tacón** high–heel shoes **7**

tal such; **tal vez** maybe, perhaps

talento talent **9**

talón *m* baggage claim check **11**

talonario *(E)* checkbook **10**

talla size **7; de talla media** of average height **CP**

taller *m* garage, repair shop, workshop **1**

también also, too **7**

tampoco neither, not... either **7**

tan so; **tan... como** as... as; **tan pronto como** as soon as **11**

tanque *m* automobile gasoline tank **1**

tanto(-a) so much, as much **9; tantos(-as)** so many, as many; **tanto... como** as... as

taquilla ticket window **8**

tapa *(E)* appetizer **4**

tardar to take time

tarde late **CP; más tarde** later

tarde *f* afternoon **CP; de la tarde** P.M. **CP; por la tarde** in the afternoon **CP**

tarea task; homework **1**

tarifa *(E)* fare **11**

tarjeta card **CP; tarjeta de crédito** credit card **10; tarjeta de embarque** boarding pass **11; tarjeta de identidad** I.D. card **CP;**

tarjeta de recepción registration form **11; tarjeta postal** postcard

tasa rate; **tasa de cambio** rate of exchange **10; tasa de interés** interest rate **10**

tatarabuelo(-a) great-great-grandfather(–mother) **3**; *pl* great-great-grandparents **3**

tataranieto(-a) great-great-grandchild **3**

tauromaquia art of bullfighting **8**

taxi *m* taxi **8**

taza cup **4**

te *dir obj* you *(fam s)* **2**; *indir obj pron* (to, for) you *(fam s)* **4**; *refl pron* yourself *(fam s)*

té *m* tea **4**

teatro theater **2**

tecla key **9**

teclado keyboard **9**

técnico technical **9**

tecnología technology **9**

tecnológico technological

tela fabric, material **7**

tele *f* TV **6**

telefónico *adj* telephone

telefonista *m/f* telephone operator

teléfono telephone; **teléfono celular** cellular phone **9**

telegrama *m* telegram

telenovela soap opera **1**

telepromoción *f* informercial **6**

televidente *m/f* television viewer **6**

televisión *f* television **CP**

televisor *m* television set **6**

tema *m* topic, theme

temer to fear

temeroso fearful

temperatura temperature

templado moderate

temporada season, period **5; temporada de exámenes** examination period **5**

temprano early **CP**

tenacillas de rizar *(E)* (hair) curler **1**

tender (ie) a + *inf* to have a tendency

tenedor *m* fork **4**

tener to have **CP; tener... años** to be... years old; **tener calor** to be hot; **tener celos** to be jealous; **tener dolor de...** to have a ... ache, to have a pain in... **12; tener en cuenta** to take into account; **tener frío** to be cold; **tener ganas de +** *inf* to feel like (doing something); **tener hambre** to be hungry; **tener la bondad de + *inf*** to be so kind as to (do something); **tener miedo de** to be afraid of; **tener que + *inf*** to have to (do something); **tener razón** to be right; **tener sed** to be thirsty; **tener sueño** to be sleepy; **tener suerte** to be lucky

tenis *m* tennis **CP; zapatos de tenis** tennis shoes **7**

tercero, tercer, tercera third **4**

terminar to finish

terminal *f* terminal **11**

termómetro thermometer

ternera veal

terraza terrace **11**

terremoto earthquake **6**

territorio territory

testigo *m/f* witness **6**

texto textbook **5**

ti *prep pron* you *(fam s)* **5**

tiempo time, period of time, weather; **a tiempo** on time; **tiempo completo** full time **1**

tienda store, shop **1**

tierra land; soil; earth

timbre *m (A)* stamp **1**

tímido shy, timid **8**

tintorería dry cleaner **1**

tío(-a) uncle (aunt) **3;** *pl* uncle and aunt **3; tío(-a) abuelo(-a)** great uncle (aunt) **3**

tiovivo carousel **8**

típico typical

tipo type, kind

tira cómica comic strip

tirar to throw **12**

titular *m* headline **6**

título degree **5;** title

toalla towel **1**

tobillo ankle **12**

tocadiscos *m* disk player, record player

tocar to play (a musical instrument) **CP;** to knock; to be one's turn

todavía still, yet; **todavía no** not yet

todo all, every **9; todos los días** every day; **todas partes** everywhere

tomar to take, eat, drink; **tomar el sol** to sunbathe **2; tomar un curso** take a course **5; tomar un examen** to take an exam **5; tomar una decisión** to make a decision **9**

tomate *m* tomato

topacio topaz

torcerse (ue) to sprain **12**

torero bullfighter

tormenta storm

toro bull **8**

torta cake

torturar to torture

tos *f* cough **12**

toser to cough **12**

trabajador *adj* hard-working **5;** *n* worker

trabajar to work **1**

trabajo work, job **9**

traducir to translate **1**

traer to bring, carry **1**

tráfico traffic

trágico sad, tragic **2**

traje *m* suit; **traje de baño** bathing suit **2; traje de luces** bullfighter's suit **8; traje de novia** wedding gown **3**

tranquilizar to calm

tranquilo calm

transmitir to transmit

tranvía trolley **8**

trapeador *m* mop **6; trapear el suelo** to mop **6**

trapo rag **6**

tratar to handle or treat something or somebody; **tratar de** to try, make an attempt; **tratarse de** to be about, deal with

trato treatment, relation **3**

travieso naughty, mischievous **3**

trayecto route, way

trece thirteen **CP**

treinta thirty **CP**

tren *m* train **8**

tres three **CP**

trescientos three hundred **10**

trigo wheat

trimestre *m* quarter **5**

triste sad **3**

tristeza sadness

triunfar to triumph, win

tropical tropical

tu *poss adj* your *(fam s)* **3**

tú *subject pron* you *(fam s)*

tumulto commotion

turismo tourism **8**

turista *m/f* tourist

turístico *adj* tourist **2**

turquesa turquoise

tuyo *poss adj and pron* your, yours *(fam s)* **3**

U

u or (replaces **o** in words beginning with **o-** or **ho-**)

ubicar to locate

último last; **por último** finally

un(-a) a, an, one; **unos(-as)** some, a few, several

único only, unique

unido close-knit, united **3**

universidad *f* college, university **5**

universitario *adj* university **5**

uno one **CP**

uña fingernail

usar to use **1; usar talla ___** to wear size ___ **7**

uso use

usted *subj pron* you *(form s);* *abb* **Ud.;** *prep pron* you *(form s)* **5**

ustedes *subj pron* you *(fam and form pl);* abb **Uds.;** *prep pron* you *(fam and form pl)* **5**

útil useful

utilizar to use

uva grape

¡uy! Oh!

V

vacaciones *f pl* vacation **2; estar de vacaciones** to be on vacation **2**

vaciar to empty **6**

vacío empty

valer to be worth

valiente brave, courageous **8**

valle *m* valley

valor *m* value

valorar to appraise **7**

variación *f* variation

variado assorted, varied

variar to vary

variedad *f* variety

varios *pl* various **9**
vasco(-a) Basque
vascuense *m* Basque language
vaso (drinking) glass **4**
vecino(-a) neighbor
vegetal *m* vegetable
vehículo vehicle
veinte twenty **CP**
veinticinco twenty-five **CP**
veinticuatro twenty-four **CP**
veintidós twenty-two **CP**
veintinueve twenty-nine **CP**
veintiocho twenty-eight **CP**
veintiséis twenty-six **CP**
veintisiete twenty-seven **CP**
veintitrés twenty-three **CP**
veintiún, veintiuno(-a) twenty-one **CP**
velero sailboat **2**
velo veil **3**
vencer to defeat
venda bandage **12**
vendar to bandage **12**
vendedor(-a) salesperson
vender to sell
venezolano(-a) Venezuelan
venir to come **1**
venta sale **9**
ventaja advantage
ventana window **4**
ventanilla small window, ticket window **11**
ver to see **CP**
verano summer
verdad *f* truth; **¿verdad?** right?, true?
verdadero actual, true
verde green **CP; tarjeta verde** resident visa, green card
verduras *f pl* vegetables
verificar to verify **10**
vestíbulo lobby **11**
vestido dress **1**
vestirse (i, i) to get dressed **1**
vez *f* time (in a series), occasion, instance **1; a veces** sometimes, at times **1;**

algunas veces sometimes **7; de vez en cuando** from time to time **1; dos veces** twice; **en vez de** instead of; **muchas veces** often; **otra vez** again; **una vez** once
viajar to travel
viaje *m* trip; **hacer un viaje** to take a trip
viajero *adj* and *n* traveler; **cheque** *m* **de viajero** traveler's check
victoria victory
vida life
videocasetera VCR **6**
videocinta videotape **6**
vidrio glass (material) **8**
viejo old **3**
viento wind; **hace viento** it's windy **5**
viernes *m* Friday
vino wine **2; vino blanco** white wine; **vino tinto** red wine
violencia violence
violento violent
violín *m* violin
visitar to visit **3**
visto *pp* seen **10**
vistoso bright, colorful, flashy **7**
vitamina vitamin **12**
vitrina *(E)* display case **7;** *(A)* store window **7**
viudo(-a) widower (widow) **CP**
vivir to live
vivo alive (with **estar**), lively, alert (with **ser**) **3**
vocabulario vocabulary
volar (ue) to fly **11**
vólibol *m* volleyball **12**
voltaje *m* voltage **11**
volumen *m* volume
volver (ue) to return **1; volver** *a* + inf to do something again; **volverse** to become

vomitar to vomit **12**
vos *subj pron* you *(fam s)* in Argentina, Uruguay, and other parts of Hispanic America
vosotros(-as) *subj pron* you *(fam pl, E); prep pron* you *(fam pl, E)* **5**
voz *f* voice; **en voz alta** out loud
vuelo flight **11**
vuelto *pp* returned **10;** *n* money returned as change **10**
vuestro *poss adj* your *(fam pl, E)* **3;** *poss adj and pron* your, yours *(fam pl, E)* **3**

W
Web *f* World Wide Web **9**
windsurf *m* windsuring; **tabla de windsurf** windsurfing board **2**

Y
y and
ya already **1; ya no** not any more, no longer
yate *m* yacht **2**
yerno son-in-law **3**
yeso cast **12**
yo I
yugoslavo(-a) Yugoslavian

Z
zafiro sapphire
zapatería shoe store **7**
zapato shoe **7; zapatos bajos** low–heeled shoes **7; zapatos de tacón alto** high heels **7; zapatos de tenis** tennis shoes **7; zapatos deportivos** athletic shoes **7**
zona de ventas sales zone
zumo *(E)* juice

Index

Photo Credits

Page 1-Young adults at an outdoor cafe,Spain © Marcello Bronsky/DDB Stock Photo

Page 12-Bus scene © Chip & Rosa Maria de la Cueva Peterson

Page 18-Beach scene © Peter Menzel/Stock Boston

Page 46-Rowing on canal, Seville © Patrick Ward/Corbis

Page 50-Two women on pay phones © Frerck/ © Odyssey/Chicago

Page 61-Young adults in a restaurant © Peter Menzel

Page 72-Beach scene in/near Benidorm, Spain. © Frerck/ © Odyssey/Chicago

Page 76 bottom left-Spanish film director Pedro Almódovar © Sygma Corbis

Page 76 bottom right-Golfer Sergio García © Mike Fiala/The Liaison Agency

Page 76 middle left-"Ferdinand and Isabella Seeing Christopher Columbus Off from the Dock at Palos" by Victor A. Searles. Library of Congress, © Washington, D.C./The Bridgeman Art Library

Page 76 middle right-King Juan Carlos & Queen Sofia © Michael Smith/The Liaison Agency

Page 76 top left-Statue of El Cid in Burgos, Spain © Frerck/Odyssey/ Chicago

Page 76 top right-Enrique Iglesias © Robin Platzer/Newsmakers/ The Liaison Agency

Page 77-"Burial of Count Orgaz" El Greco © Erich Lessing/ © Art Resource

Page 78-"Las Meninas"Velazquez © Erich Lessing/ © Art Resource

Page 79-"The Third of May" Goya © Scala/ © Art Resource

Page 81 top-Spanish author Ana Maria Matute © Courtesy of the Castilleja School

Page 82-Gustavo Adolfo Bécquer (1836-1870) © Courtesy of MAS

Page 84-Paseo de la Reforma © Randy Faris/Corbis

Page 85-Taxco © Peter Menzel/ Stock Boston

Page 86-Mexico. Family scene © Bob Daemmrich/Stock Boston

Page 90-Two women greeting each other © Frerck/ © Odyssey/ Chicago

Page 100-Birthday celebration © David Young-Wolff/ © PhotoEdit

Page 111-Guadalajara, Mexico © Porterfield-Chickering/Photo Researchers Inc.

Page 112-Mariachi band © Sergio Dorantes/Corbis

Page 113-View of Lake Chapala © Danny Lehman/Corbis

Page 116-Mexico. Sanborn's House of Tiles © Danny Lehman/Corbis

Page 118 bottom left-Gazpacho © David Simson/Stock Boston

Page 118 bottom right-Flan © John Lei/Stock Boston

Page 118 top left-Ceviche © LeDuc/ Monkmeyer Press Photo

Page 118 top right-enchiladas © Carol & Mike Werner/Stock Boston

Page 119-Patio restaurant © Beryl Goldberg

Page 137-Restaurant, Morelia, Mexico. © Beryl Goldberg

Page 144 bottom-Bellas Artes metro station, Mexico City © Beryl Goldberg

Page 148 bottom left-Mexican President Vicente Fox © Wesley Bocxe/The Liaison Agency

Page 148 bottom right-Mexican author Carlos Fuentes © Christopher Cormack/Corbis

Page 148 middle left-Sor Juana Ines de la Cruz © Archivo Iconografico,S.A./Corbis

Page 148 middle right-Singer Luis Miguel © Buck Kelly The Liaison Agency

Page 148 top left- Aztec emperor Cuauhtémoc © Artist, A. Tirado/ Art Archive/The Picture Desk

Page 148 top right-Salma Hayek © AFP/Corbis

Page 149-Rivera mural © Frerck/ © Odyssey/Chicago

Page 150 bottom-Siqueiros Mural, UNAM © Owen Franken/Stock Boston

Page 150 top-Hidalgo by Orozco © Comstock

Page 151-"Self-Portrait with Diego on my Mind", 1943, Frida Kahlo. Jacques and © Natasha Gelman Collection of Twentieth Century Mexican Art. Courtesy of The Vergel Foundation,NY.

Page 154-Mexican author Elena Poniatowska © Courtesy of Alfaguara Publishing

Page 155-Guatemala. Lake Atitlán. © Dave G.Houser/Corbis

Page 156-Bogota. © Larry Lee/ Corbis

Page 158-Francisco Marroquin University, Guatemala City © Doug Bryant/ © DDB Stock Photo

Page 183-Lecture-type classroom, Barcelona © Ulrike Welsch

Page 185-National Park Braulio Carrillo,CR © Bob Winsett/ © Corbis

Page 186-La Fortuna de San Carlos Church, Costa Rica © Rom Benoit/ © Stone

Page 189-Hispanic family © Michael Newman/PhotoEdit/ PictureQuest

Page 194 left-House in Puerto Rico © Dave G.Houser/Corbis

Page 194 right-People watching large screen TV © Michael Newman/PhotoEdit

Page 216-Merida, Venezuela © Kevin Schafer/Stone

Page 221 bottom left-Oscar Arias Sanchez © The Liaison Agency

Page 221 bottom right-Rubén Blades © Touchstone Television/ The Liaison Agency

Page 221 middle left-Ruben Dario, poet from Nicaragua-Courtesy of OAS

Page 221 middle right-Rigoberta Menchu © Sygma Corbis

Page 221 top left-Portrait of Simon Bolivar © Christie's Images/ Corbis

Page 221 top right-Colombian singer Shakira © Chris Weeks/ © The Liaison Agency

Page 222-"Presidential Family", 1967, Botero. Oil on canvas, 6'8 1/8" × 6'5 1/4". Collection, © The Museum of Modern Art, NY. © Gift of Warren D. Benedek.

Page 223-"Penetrable", & the artist Jesús Rafael Soto © Sygma Corbis

Page 225-Gabriel Garcia Marquez © Piero Pomponi/The Liaison Agency

Page 229-Quito, Ecuador © Mireille Vautier/Woodfin Camp/ Picture Quest

Page 230-Lake Titicaca © Jeff Greenberg/Photo Edit

Page 232-Quicentro Shopping Center, Quito © Pablo Corral/ © Corbis

Page 237-Shopping,Quito © Frerck/ © Odyssey/Chicago

Page 258-Otavalo Market in Ecuador. © Brian Vikander/Corbis